Knaur

Vom Autor sind außerdem erschienen:

*Die Julia-Durant-Krimis:*

Der Finger Gottes

Tod eines Lehrers

Jung, blond, tot
Das achte Opfer
Letale Dosis
Der Jäger
Das Syndikat der Spinne
Kaltes Blut
Das Verlies

Über den Autor:

Andreas Franz wurde in Quedlinburg geboren. Er hat als Übersetzer für Englisch und Französisch gearbeitet und war jahrelang als Schlagzeuger tätig. Seine große Passion aber ist das Schreiben. Seine Maxime: »Die Leser fesseln und trotzdem (vielleicht) zum Nachdenken anregen (aber nie den Zeigefinger erheben!).« Andreas Franz ist verheiratet und hat fünf Kinder. Wenn Sie mehr über den Autor erfahren wollen, besuchen Sie seine Homepage: www.andreas-franz.org

ANDREAS FRANZ

# Die Bankerin

Roman

Knaur

Besuchen Sie uns im Internet:
www.knaur.de

Vollständige Taschenbuchausgabe Juni 1998
Droemersche Verlagsanstalt Th. Knaur Nachf. München
Dieser Titel erschien bereits unter der Bandnummer 60805.
Copyright © 1998 by
Droemersche Verlagsanstalt Th. Knaur Nachf. München
Alle Rechte vorbehalten. Das Werk darf – auch teilweise –
nur mit Genehmigung des Verlags wiedergegeben werden.
Umschlaggestaltung: Agentur Zero, München
Umschlagfoto: SUPERSTOCK, München
Satz: MPM, Wasserburg
Druck und Bindung: Clausen & Bosse, Leck
Printed in Germany
ISBN 3-426-61264-X

10    12    14    13    11

# Prolog

Die Luft im Zimmer war stickig und schwül. Der Mann war mit Handschellen ans Bett gefesselt, er hatte es so gewollt, in der Absicht, eine außergewöhnliche Liebesnacht zu verbringen.

»Na, gefällt es dir?« fragte sie lächelnd, während sie ihr Kleid auszog, unter dem sie einen schwarzen BH und einen schwarzen Slip trug.

»Ja, verdammt noch mal, ja, es gefällt mir! Mach mit mir, was du willst, du wirst es auch nicht bereuen.«

Sie ging näher an das Bett heran, beugte sich hinunter, ihr Gesicht war direkt vor seinem, aus seinem Mund drang der penetrante Geruch von Whisky. Er hatte Schweißperlen auf der Stirn, als sie sagte: »Nein, ich werde es ganz sicher nicht bereuen. Ganz sicher nicht. Du wirst es bereuen, mich in dein Haus gelassen zu haben.«

Sein Blick veränderte sich, aus anfänglicher Lust wurde mit einemmal Angst. Er rüttelte an den Bettpfosten, doch seine Hände hatten kaum Spielraum. Die Frau öffnete ihren Koffer, holte einen Sack heraus, warf einen kalten, abschätzenden Blick auf den Mann. Sie trat wieder an das Bett, im Sack war Bewegung. Die Frau hatte lange Stiefel und bis über die Ellbogen reichende Lederhandschuhe an. Alle Fenster waren geschlossen, nur der riesige Ventilator bewegte sich mit leisen Umdrehungen. Das Haus stand einsam am Ende der Straße, direkt dahinter breitete sich ein schier undurchdringlicher Dschungel aus.

»Wie klein dein Schwänzchen doch geworden ist ...«

»Was willst du? Wer bist du?«

»Wer ich bin?« sagte sie verklärt, den Sack noch immer in Händen haltend. »Nenn mich Bastard, einfach nur Bastard ... du weißt doch, was ein Bastard ist, oder?«

»Ja, ja, ja ... aber was um alles in der Welt willst du von mir? Ist das ein neues Spiel?«

»Es ist vielleicht ein Spiel. Aber im Grunde möchte ich, daß du eine Schuld begleichst ... Nur eine Schuld. Ich sehe an deinem Blick, daß du mich nicht kennst, und ich sehe deine Angst, deine verfluchte, gottverdammte Angst. Ich kenne dich, und irgendwie kennst du mich auch. Irgendwie. Und irgendwie sind wir eins, irgendwie aber auch nicht ...«

»Was soll der Scheiß, was faselst du da? Schuld, Schuld, Schuld! Von was für einer verdammten Schuld redest du?«

Sie reagierte nicht darauf, sagte: »Nackt siehst du übrigens überhaupt nicht mehr gut aus. Du bist zu fett, und ich kann fette Männer nicht ausstehen. Ich ekle mich vor ihnen ... Ein fetter Bauch und ein winzig kleines Schwänzchen. Und trotzdem hast du damit schon ganz schön viel Unheil angerichtet ...«

Der Schweiß rann in Bächen über sein Gesicht und seinen nackten Körper. »Was meinst du damit?« schrie er hysterisch. »Und was hast du da in diesem Sack?«

Sie lachte auf, doch ihr kalter Blick strafte das Lachen Lügen. »In dem Sack befinden sich die Schuldeneintreiber. Damit wird ein für allemal deine Schuld getilgt sein. Ist das nicht herrlich, endlich schuldenfrei zu sein, diesen Ballast loszuwerden? Schulden sind doch etwas Erdrückendes, oder?«

Sie öffnete vorsichtig die Schlaufe, die den Sack zusammenhielt. Warf dem Mann einen undefinierbaren Blick zu, ging ans Bett, sah seine vor Angst weit geöffneten Augen, seine Unfähigkeit, auch nur einen Laut herauszubringen.

»Möchtest du noch etwas sagen? Vorher, meine ich?«

»Ich habe nichts Unrechtes getan«, krächzte er. »Nie in

meinem Leben habe ich etwas Unrechtes getan. Glauben Sie mir, ich bin unschuldig, was immer Sie glauben mögen.«

»Möchtest du vielleicht noch etwas zu trinken, deine Stimme hört sich nicht gut an. Ein Whisky? Du kannst von mir aus die halbe Flasche trinken, dann spürst du vielleicht den Schmerz nicht so sehr . . .«

»Bitte!!!!!«

»Trink den Whisky, ich will nicht zu grausam sein. Hier, ich halt sie dir an den Mund, nimm ein paar Schlucke.«

Er trank hastig, mit einemmal riß sie die Flasche weg und stellte sie auf den Tisch. Sie riß den Sack mit dem sich immer heftiger bewegenden Inhalt auf, trat direkt vor den Mann, der nur noch keuchte, drehte den Sack um und ließ den Inhalt auf den Körper des Mannes fallen. Er schrie, als die Giftzähne sich in seinen zuckenden Körper bohrten, während sie sich das Kleid anzog, die Tasche umhängte, einen letzten verächtlichen Blick auf den Mann warf und das Haus verließ. Ein paar Minuten noch, und es würde diesen Mann nicht mehr geben. Sie lächelte.

## 22. APRIL, SAMSTAG

Es waren furchtbare Tage. Nach zwei Wochen brütender Hitze, die in diesem Jahr ungewöhnlicherweise bereits Mitte April begonnen hatte, war der Regen gekommen, Sturzfluten hatten sich über die Stadt und das Land ergossen, und jetzt regnete es schon seit drei Tagen fast ununterbrochen, herrschte graue, triste Dämmerung. Zwar hatte der Regen Abkühlung mit sich gebracht, dafür war die Feuchtigkeit in jeden Winkel der Wohnung gekrochen. Aber der Regen war nicht der Grund, weshalb er sich miserabel fühlte, seit Tagen unter stechenden Kopfschmerzen in der linken Schläfe litt, keinen Appetit hatte und ein gähnendes schwarzes Loch sich wie ein riesiger, gefräßiger Schlund vor ihm auftat. Begonnen hatte es am Dienstag, als die erste Rechnung wie eine tickende Bombe im Briefkasten lag, am Mittwoch, Donnerstag und Freitag waren es jeweils zwei Rechnungen, und am Samstag kamen gleich fünf auf einen Streich. Es war das gleiche wie immer, Telefon, Versicherung sowie die Rate für den Autokredit, die von der Bank wieder einmal mangels Deckung nicht überwiesen worden war. Dazu kamen die Reparatur der Waschmaschine, ein Strafmandat für falsches Parken (vierzig verdammte Mark für zehn Minuten Parken im eingeschränkten Halteverbot, nur weil die dämliche Kuh in seiner Bankfiliale geschlagene fünf Minuten ein privates Telefonat führte!), die in einem Monat fällige Kfz-Steuer, die zweimonatliche Gas- und Wasserrechnung. Alles in allem, zusammen mit Miete und den anderen Ausgaben eines großen Haushalts, 2937,85 DM. Das war verdammt viel für jemanden, dessen Einkommen kaum höher lag. Verdammt viel für jemanden, dessen Kinder dringend neue Sommerkleidung brauchten. Verdammt viel für jemanden, der ohnehin nichts mehr hatte und wahrscheinlich auch nie wieder etwas haben würde. Er dachte die absurdesten Gedanken, wie er die Situation seiner Familie verbessern konnte, doch entweder waren diese Gedanken kriminell oder nicht durchführbar.

Dabei hätte er noch vor einem Jahr angesichts der Höhe dieser Rechnungen nur müde lächelnd mit den Schultern gezuckt und sich nicht einmal im Traum vorstellen können, kaum zwölf Monate später auf der anderen, der lausigen Seite des Lebens zu stehen.

Es war der 10. Mai gewesen. Ein warmer, sonniger Tag. Er war gerade ins Büro gekommen, etwas später als sonst wegen eines Zahnarzttermins, die meisten anderen der siebenundzwanzig Angestellten waren bereits anwesend, bis auf eine Schreibkraft, die nur halbtags arbeitete und heute erst um dreizehn Uhr kommen würde, und der Buchhalter und Prokurist Dr. Edouard Meyer, dessen Krankmeldung auf David von Marquardts Schreibtisch lag. Er würde die nächsten zehn Tage nicht da sein. David nahm sich vor, ihn gegen Mittag anzurufen, nicht um ihm nachzuspionieren, dazu kannte er Meyer zu gut, er war zu korrekt, als daß er eine Krankheit nur simuliert hätte, sondern um sich nach seinem Befinden zu erkundigen. Seit fünfzehn Jahren kannten sie sich, seit elf Jahren war er für David eine unverzichtbare Kraft, ein fleißiger, analytischer Kopf, dem es mit zu verdanken war, daß das Unternehmen so florierte. Doch es war vor zwölf Jahren auch Glück gewesen, in einen gerade boomenden Markt vorzustoßen – Software für PC-Anwender, Textverarbeitung, Tabellenkalkulation. Vor allem mit dem Textverarbeitungsprogramm hatten sie den Markt gestürmt, hatten ein Produkt entwickelt, Marqword, das alle anderen damals erhältlichen Programme mit Riesenschritten hinter sich ließ. Entwickelt von David und seinem besten Freund Michael Treusse, der aber den gewaltigen Erfolg des Produkts nicht mehr auskosten konnte, ein ruptiertes Aneurysma der Bauchschlagader hatte seinem noch jungen Leben ein jähes Ende bereitet. Das einzige Glück war, wenn es überhaupt etwas Positives an seinem Tod gab, daß er weder eine Frau noch Kinder noch eine Geliebte hinterließ, er war schwul, lebte allein, hatte nur dann und wann eine lose Beziehung, die sich in den meisten Fällen auf One-Night-Stands beschränkte. Was David jedoch am meisten vermißte, war die unbeschreibliche Genialität, mit der Treusse selbst schwierigste Probleme bei der Programmentwicklung scheinbar mühelos knacken konnte.

Innerhalb von nur einem Jahr wuchs die Zahl der Angestellten von drei auf zehn. Mittlerweile zählte das Unternehmen insgesamt siebenundzwanzig Mitarbeiter, von denen fünfzehn direkt mit der Neu- und Weiterentwicklung von Programmen sowie der Erstellung von Handbüchern beschäftigt waren. Der Ertrag betrug im letzten Jahr achtundzwanzig Millionen Mark, der Kreditrahmen bei der Bank fünfzehn Millionen Mark. Seit Gründung des Unternehmens war der Umsatz Jahr für Jahr um zehn bis fünfzehn Prozent gesteigert worden. Es gab nichts, aber auch gar nichts, wovor sich die MARQUARDT GMBH hätte fürchten müssen. Das Produkt stimmte, der Umsatz war gigantisch, das Betriebsklima ausgezeichnet. Es gab kein Mobbing, keinen Neid, alle verdienten überdurchschnittlich gut.

David von Marquardt, gerade vierzig geworden, genoß dieses Leben, das er sich in akribischer Feinarbeit aufgebaut hatte. Er lebte mit seiner Frau Johanna und den vier Kindern, von denen sie eins mit in die Ehe gebracht hatte, in einer großzügigen Villa in der nobelsten Ecke von Niederrad, er fuhr abwechselnd den Jaguar oder den Porsche, Johanna begnügte sich mit einem kleinen Renault. Es gab fast nichts, was sie sich nicht leisten konnten. Der einzige Wermutstropfen in ihrem Leben war ihr zehnjähriger Sohn Maximilian, der mit einem schweren Herzfehler zur Welt gekommen war und bereits zwölf Operationen über sich hatte ergehen lassen müssen, und die Frage war, wie lange sein ohnehin schwächlicher Körper noch durchhielt. Er ging zwar zur Schule, aber wegen der vielen Arztbesuche und Krankenhausaufenthalte war er statt in der dritten erst in der zweiten Klasse. Die Ärzte sagten, es wären noch mindestens fünf Operationen notwendig, um die schlimmsten Beschwerden zu beseitigen. Ob er jedoch jemals ganz gesund sein würde, das vermochte niemand zu prophezeien.

Der zweiundzwanzigjährige Thomas studierte in Harvard Amerikanistik und Geschichte, der sechzehnjährige Alexander und die dreizehnjährige Nathalie besuchten Privatschulen; beide zählten zu den besseren Schülern ihrer Klasse, beide waren sehr musisch veranlagt, was sie offensichtlich von ihrer Mutter geerbt hatten, die, bevor sie David kennenlernte, ihr Brot als Pianistin verdient hatte. Johanna war fünf Jahre älter als David, doch das störte weder sie noch David. Seit neunzehn Jahren kannten sie sich, er hatte sich gerade an der Uni eingeschrieben, sie spielte in Bars, um den Unterhalt für sich und den unehelichen Sohn Thomas zu verdienen. Er ging noch immer zur Uni, als sie heirateten, sie spielte weiter Klavier und gab Unterricht. Mit vierundzwanzig, direkt nach seinem Examen, trat er in eine große, jedoch überalterte Firma ein, wo er es drei Jahre aushielt, bis er feststellte, daß er mit seinen Fähigkeiten am falschen Ort war. Innovationen gegenüber zeigte man sich wenig aufgeschlossen, unzählige Häuptlinge, fast alle über fünfzig, machten sich selbst das Leben schwer, und David hatte kaum Möglichkeiten, seine Kreativität zu entfalten. Er hatte heimlich und nebenbei mehrere Kontakte zu Firmen aufgebaut, die interessiert waren an innovativer Software für ihre speziellen Computerbedürfnisse. Von dem Geld, das er mit seinen ersten drei Programmen verdiente, gründete er die MARQUARDT GMBH. Und seitdem war sein Aufstieg nicht mehr zu bremsen.

Er warf einen kurzen Blick auf die Krankmeldung von Meyer, legte sie wieder auf den Schreibtisch, ging die Notizen durch, die auf dem Tisch lagen, sah nach, welche Termine für den Tag anstanden. Er setzte sich, nahm den Hörer in die Hand und wollte gerade eine Nummer eintippen, als Frau Seubert, seine Sekretärin, in der Tür stand. Sie hatte hektische Flecken am Hals, brachte kaum einen Ton heraus, wurde etwas rüde von einem Kerl in einem beigefarbenen Lederblouson zur Seite geschoben. Jetzt sah David noch mehr Männer auftauchen, und bevor er irgend etwas sagen konnte, meinte der in dem Lederblouson: »Herr Marquardt?«

»Ja?«

»Bitte stehen Sie auf und rühren Sie nichts mehr an. Sie sind vorläufig festgenommen.«

»Bitte was?« fragte David ungläubig und erhob sich von seinem Sessel; er versuchte zu grinsen, was aber gründlich mißlang. »Warum, um alles in der Welt, bin ich verhaftet?«

»Stellen Sie doch um Himmels willen nicht so blöde Fragen!«

»Ich stelle sie aber!« schrie David erregt. »Ich habe nämlich keine Ahnung, was hier eigentlich vorgeht!«

»Na gut, spielen wir das Spiel«, sagte der Kerl mit zynischem Grinsen und zündete sich ungeniert eine Zigarette an, obgleich keiner in der Firma rauchte. »Sie sind pleite, bankrott. Es ist aus und vorbei mit der MARQUARDT GMBH. Jetzt kapiert?«

»Was sagen Sie da? Ich und pleite? Sie müssen sich täuschen«, sagte David von Marquardt und brachte wieder nur eine Grimasse zustande.

»Ja, ja, das sagen alle ...«

»Nein, verdammt noch mal, Sie müssen sich täuschen! Wir

und pleite! Wir sind das stabilste und am schnellsten wachsende Unternehmen im Softwarebereich in Europa. Und wir sollen pleite sein?! Daß ich nicht lache! Spielen Sie Ihre albernen Spielchen woanders, aber nicht hier! Gehen Sie doch zu meiner Bank oder zu meinen Kunden ...«

»Bevor Sie weiterreden, Herr Marquardt – es ist genau Ihre Bank, die uns geschickt hat. Und einige Gläubiger, die seit Monaten auf ihr Geld warten. Und nicht nur die sind scharf auf Sie, sondern vor allem das Finanzamt, wegen Steuerhinterziehung. Sie sind pleite, guter Mann, ob Sie es wahrhaben wollen oder nicht. So, ich denke, Ihre anderen Angestellten wissen inzwischen auch Bescheid. Sie werden jetzt mit uns kommen, sämtliche Akten werden beschlagnahmt ...«

»Dr. Meyer! Er ist mein Buchhalter und Prokurist, er könnte Ihnen sicherlich sagen, daß dies alles ein riesengroßer Irrtum ist ...«

»Wo ist dieser Dr. Meyer?«

»Er ist krankgeschrieben. Hier«, sagte David und hielt dem Kerl in dem Lederblouson den gelben Schein hin, »hier ist die Krankmeldung. Sie lag, als ich vorhin kam, auf dem Tisch. Dr. Meyer wird alles aufklären können ...«

»Wo wohnt er?«

»Orffweg zwölf.«

»Gut, wir werden gleich jemanden hinschicken, der sich mit ihm unterhalten wird. Ist er öfters krankgeschrieben?«

David fuhr sich übers Kinn, blickte nachdenklich auf den Mann vor ihm, der ihm von Sekunde zu Sekunde unsympathischer wurde. Er schüttelte den Kopf. »Nein, eigentlich nicht. Eigentlich ist er, solange ich ihn kenne, noch überhaupt nicht krank gewesen. Seltsam ...«

»Kommen Sie, wir gehen jetzt. Auf dem Präsidium werden Sie einige Fragen zu beantworten haben.«

Das war das letzte Mal gewesen, daß er seine Firma betreten hatte. Alle Akten waren beschlagnahmt, er selbst vier Wochen lang von morgens bis abends verhört worden. Vier Wochen in Untersuchungshaft, vier Wochen Angst vor der Zukunft, die nichts war als ein riesiges schwarzes Loch, in das er fiel und fiel und fiel. Vier Wochen lang keinerlei Kontakt zu seiner Familie. Sie hatten ihm nicht glauben wollen, daß er ahnungslos war, sie hatten ihm nicht abgenommen, daß er von den getürkten Steuererklärungen nichts wußte, genausowenig wie von den seit drei Monaten nicht bezahlten Versicherungsbeiträgen, am wenigsten aber, daß er behauptete, nicht zu wissen, daß das Dispositionslimit bei der DEUTSCHEN GENERALBANK von zehn Millionen um zwei Millionen überschritten war, obgleich bis vor einem Dreivierteljahr ein Guthaben von fast zwanzig Millionen bestanden hatte, aber seit fünf Monaten nicht ein einziger Eingang mehr verzeichnet worden war. Sämtliche Zahlungseingänge waren auf ein anderes, vor einem halben Jahr eingerichtetes Konto bei einer anderen Bank gegangen. Ein Konto, für dessen Einrichtung David von Marquardts Unterschrift vorlag, genau wie die von Dr. Meyer. Doch David hatte nie eine Einwilligungserklärung für die Einrichtung eines neuen Kontos unterschrieben. Er konnte es sich nicht erklären, und er grübelte verzweifelt.

Und Dr. Meyer war verschwunden. Seit dem Tag vor Davids Verhaftung. Eine Nachbarin hatte ihn am späten Nachmittag in einem Taxi wegfahren sehen, er hatte zwei große Koffer bei sich. Und auch Davids Steuerberater, Gerhard Neubert, war unauffindbar. Beide auf und davon. Mit über dreißig Millionen Mark, wie es schien. Interpol war eingeschaltet, zwei internationale Haftbefehle ausgeschrieben worden, doch jeder wußte, wie leicht es war, mit diesem Geld eine neue Identität in einem anderen Land anzunehmen. Wahrscheinlich würden die beiden nie gefunden, es sei denn, meinte ein Kriminalbeamter, einen der beiden plagte das Heimweh, was in solchen Fällen gar nicht einmal so selten vorkam. Das wäre dann vermutlich die einzige Möglichkeit, sie zu schnappen.

David hatte alles verloren, was er sich aufgebaut hatte. Seine Firma, seine Reputation, sein Haus, seine Autos. Keine Einkäufe mehr mit der Golden American Expresscard, der Eurocard, der Visacard. Keine Reisen mehr, keine der wenigen, aber ergiebigen Bummel durch noble Geschäfte. Aus und vorbei. Kein Harvard mehr, keine Privatschule. Die Menschen, denen er am meisten vertraut hatte, hatten ihn betrogen und ausgeraubt. Die ersten Monate hatte er wie in Trance zugebracht, er war wie hypnotisiert, wollte nicht wahrhaben, daß all dies geschehen war, geschehen konnte, daß es Menschen in seiner Umgebung gab, die so niederträchtig waren. Er kam sich vor wie in einem bösen Traum, hoffte immer wieder, bald daraus zu erwachen, doch da war niemand, der mit den Fingern schnippte und ihn von diesen Ketten befreite.

Die Versteigerung des Hauses samt Mobiliar und Bildern, darunter ein Modigliani und ein Manet, der Autos, des Firmeninventars deckte in etwa die Hälfte des entstandenen Schadens. Ein weiterer beträchtlicher Teil wurde durch das Abstoßen von Aktienpaketen und den Verkauf der Softwarerechte an einen zunächst unbekannt gebliebenen Käufer gedeckt. Später erfuhr David, daß eine Firma mit Namen SOFPRO die neue Eigentümerin der Rechte war. Aber noch blieben achtundachtzigtausend Mark Restschuld.

Einem Freund bei der Kripo Frankfurt, Hauptkommissar Manfred Henning, hatte er es schließlich zu verdanken, daß man ihn nach nur vier Wochen aus der U-Haft entließ, doch leider konnte dieser Freund sonst nichts weiter für David tun; er arbeitete für die Mordkommission und nicht für die Steuerfahndung.

Kurz nachdem er aus der U-Haft entlassen worden war, hatte er wieder Arbeit gefunden, bei Werner Holbein, dem ebenfalls ein Softwareunternehmen, die PROCOM, gehörte und der David in der Poststelle untergebracht hatte. Als sie zur Uni gingen, waren sie dicke Freunde gewesen; sie hatten zusammengearbeitet, bis sie sich, was die Entwicklung eines Programms anging, in die Haare gerieten und sich ab da ihre Wege trennten. Drei Jahre lang waren die beiden Firmen härteste Konkurrenten auf dem Gebiet der Softwareentwicklung, wobei die MARQUARDT GMBH die PROCOM schließlich weit hinter sich gelassen hatte und diese sich, um bestehen zu können, auf unternehmensspezifische Programme für NetServer spezialisierte.

Werner Holbein war, als der Bankrott der MARQUARDT GMBH bekannt wurde, trotz der ehemaligen Feindschaft einer der wenigen, die hinter David standen, ihm glaubten, daß er mit dem Konkurs seiner Firma nichts zu tun hatte. Er hatte sich bei der Deutschen Generalbank für David eingesetzt und einen Deal ausgehandelt, woraufhin die Bank bereit war, die noch ausstehende Schuldsumme in ein befristetes Darlehen umzuwandeln, das mit monatlich eintausendfünfhundert Mark rückgeführt wurde.

Jetzt hausten sie in einer schäbigen Fünfzimmerwohnung in einem Hochhaus in einem der elendsten und schmutzigsten Gebiete von Frankfurt. Ihre Wohnung lag im zweiten Stock, die Aufzüge waren meist außer Betrieb, das Treppenhaus eine stinkende Müllhalde, in die gepißt und geschissen wurde, wo Junkies sich ungeniert einen Schuß setzten, wenn ihnen danach war. Vor drei Wochen war sein Wagen, ein acht Jahre alter Peugeot 505 Familiale, von Unbekannten über und über mit Fäkalien beschmiert worden, man hatte ihm einen Schuhkarton mit Hundekot vor die Tür gelegt, der nachts um zwei explodierte, in seinen Briefkasten war uriniert worden, immer wieder klingelte das Telefon, ohne daß sich jemand meldete, man hörte nur schweres Atmen am anderen Ende der Leitung, und er hatte schon mehrere Drohbriefe von Unbekannt erhalten, daß ihm und seiner Brut, wie es hieß, das Leben zur Hölle gemacht werden würde. Er hatte mit seinem Freund Manfred Henning von der Kripo gesprochen, ihm die Briefe gezeigt; er vermutete, daß hinter alledem ehemalige

Mitarbeiter steckten, die sich auf diese abscheuliche Weise an ihm rächen wollten. Henning war der gleichen Meinung, sagte aber, daß die Polizei absolut nichts ausrichten könne, solange kein physischer Schaden entstand und das Leben der Familie nicht in unmittelbarer Gefahr war. Worüber David nur hämisch lachte, weil ihm diese Mitteilung ganz und gar nicht die Angst nahm, daß ihm oder einem Mitglied seiner Familie etwas zustoßen könnte.

Und jetzt waren da diese wie ein Damoklesschwert über ihm hängenden Rechnungen; jeder wollte sein Geld sofort haben. Kleinere Beträge wie Strafmandate ließen sich hinauszögern bis zur zweiten Mahnung oder sogar bis zum Einschreiben mit Androhung von Erzwingungshaft. Doch weder der Vermieter noch das Finanzamt, noch die Stadtwerke oder das Fernmeldeamt ließen mit sich spaßen, Strom und Telefon waren ganz leicht abzustellen.

Das war es, was ihm Kopfzerbrechen bereitete. Er hätte besser aufpassen müssen, nicht so gutgläubig sein dürfen, hätte öfters selber überprüfen müssen, ob mit dem Konto und den Rechnungen alles in Ordnung war. Aber jetzt war es zu spät, über diese Versäumnisse nachzugrübeln.

Möglicherweise wäre das alles auch nicht so schlimm gewesen, irgendwie hätte er es geschafft, wären da nicht die vier Kinder. Von der Kinderzahl her zählten sie bereits zu den Minderheiten, zu den mitleidig, aber auch spöttisch Belächelten, den jenseits der Gutbürgerlichkeit Angesiedelten. Vier Kinder – auch wenn eines davon bereits erwachsen war – in einem Land, in dem kaum noch Großwohnungen gebaut und Kindergartenplätze zu einer heißbegehrten Mangelware wurden, zeugten in den Augen vieler von grober Verantwortungslosigkeit. Vier Kinder konnten schon den ersten Schritt zur Asozialität bedeuten.

Bereits zweimal hatte er um Stundung der Raten gebeten, jetzt, beim drittenmal, hatte die Bank die Nase voll von seinen Überziehungen, Bitten und Betteleien um Stundung, und es hätte schon eines mittleren bis großen Wunders bedurft, aus dieser Misere mit einigermaßen heiler Haut herauszukommen.

Er und Johanna, diese kleine, bis vor kurzem noch so zierliche, liebenswürdige Person, die fast immer ohne zu murren zu ihm gehalten hatte (welchen Grund zu murren hätte sie in den letzten Jahren auch schon gehabt!?), suchten seit Tagen nach einem Ausweg aus der Misere, doch ihre Gedanken waren gefangen, drehten sich im Kreis, sie waren verzweifelt. Wovon sollten sie in Zukunft leben, wovon die hungrigen Mäuler stopfen? Schlaflose Nächte, Tage voll endlosem Grübeln. Die Stimmung zwischen Johanna und ihm sank auf einen Tiefstpunkt. Sie redeten nur noch das Nötigste, umarmten sich kaum noch, seit genau fünf Wochen hatten sie nicht mehr miteinander geschlafen, manchmal flehten Johannas Augen voll Inbrunst nach etwas Zärtlichkeit, die er ihr nicht gab oder geben konnte, weshalb immer häufiger Spannung zwischen ihnen herrschte und sie spöttische Bemerkungen über seine Männlichkeit fallenließ, doch sie würde nie verstehen können, daß seine »männlichen« Fähigkeiten zur Zeit auf Eis gelegt waren.

Er war unzufrieden, mürrisch, kaum ansprechbar. Was Johanna als pure schlechte Laune auslegte (wer konnte es ihr verdenken?), denn in diesen Tagen vermochte selbst sie, die sonst so Einfühlsame, sich nicht in seine Sorgen- und Alptraumwelt hineinzuversetzen, die nur noch aus Grau- und Schwarztönen bestand.

Am Samstag dann *der* Brief! Die Bank. Keine Kontoauszüge, diese Briefe fühlten sich immer leichter an. Er riß ihn mit fahrigen Fingern in dem stinkenden Treppenhaus auf, blieb auf den steinernen, ausgetretenen, unansehnlichen Stufen neben einer Urinlache stehen. Der Brief kam von der Zentrale. Ein kurzes, unmißverständliches Schreiben, die Bitte, mit den aktuellen Gehaltsunterlagen am Mittwoch um zehn Uhr morgens dort vorzusprechen, um zu klären, wie ihm – er nahm aber an, vor allem der Bank – geholfen werden konnte; falls er verhindert wäre, so sollte er doch bitte am Montag morgen kurz anrufen.

Er überflog die Zeilen. Sein Puls raste, er fühlte sich wie auf einem riesigen Karussell. Er lehnte sich an die schmutzige Wand mit den Schmierereien und den getrockneten Urinfäden, schloß kurz die Augen, dachte nach. Eine Strategie, er mußte eine Strategie entwickeln. Der Brief war von einer Frau unterzeichnet worden, und wenn er überhaupt einen Vorteil für sich sah, dann den, es mit einer Frau zu tun zu haben, denn in der Regel kam er mit Frauen besser zurecht als mit Männern, was immer auch der Grund dafür sein mochte, denn er war weder groß noch muskulös, noch verfügte er über jene äußeren Attribute, auf die Frauen in der Regel flogen.

Er suchte alle Unterlagen zusammen, die ihm am Mittwoch das Leben retten konnten, Gehaltsabrechnungen, Kindergeld- und Wohngeldbescheid, Mietquittungen, Versicherungen und was sonst noch an größeren und kleineren Beträgen innerhalb eines Monats anfiel. Am Mittwoch dann, nach schlaflosen, alptraumhaften Nächten, war er bereit, den Weg zum Schafott anzutreten. Schweißnasse Hände, kein Frühstück, sein Magen rebellierte seit Tagen (am Sonntag hatte er sich fünfmal übergeben müssen!), im großen und ganzen fühlte er sich tatsächlich wie kurz vor seiner Hinrichtung – Herzklopfen, Schweißausbrüche, Durchfall, Schüttelfrost.

## MITTWOCH, 26. APRIL

Der strategische Stützpunkt der Bank war in zwei riesigen Türmen untergebracht, in deren gläserner Fassade sich Schönwetter-Kumuli und der blaue Himmel spiegelten, die Türme wirkten von innen noch gewaltiger als von außen.

Acht Fahrstühle sausten in einem fort rauf und wieder runter, ein ständiges Kommen und Gehen, ein vielzähliges Stimmengewirr in der überdimensionalen Halle, in deren Zentrum sich ein großflächiges, quadratisches Wasserbecken mit einem polierten Marmorrand befand, das nur wenige Zentimeter tief war, mit einem Springbrunnen in der Mitte, doch kaum einer warf auch nur einen Blick auf das in sanften Fontänen aus den Düsen gestoßene Wasser.

Er meldete sich an, der Pförtner, ein älterer Mann mit ausdruckslosen Augen in einem leeren, zerknautschten Bulldoggengesicht, die fette Gestalt in eine dunkelblaue Uniform gezwängt, füllte mit ungelenken Fingern einen Zettel aus mit seinem Namen und der Uhrzeit seines Kommens, dann schickte er ihn in den dreizehnten Stock. Mit einem mulmigen Gefühl betrat er den Aufzug, eine angeborene Klaustrophobie hatte ihn stets einen großen Bogen um Aufzüge und große Menschenansammlungen machen lassen. Mit ihm in der Kabine befand sich eine junge Frau mit schulterlangem, blondem Haar; sie hatte zwar kein sonderlich hübsches Gesicht, doch ihre Kleidung und Ausstrahlung und der sie umgebende Duft verliehen ihr etwas ungemein Erotisches. Klaustrophobie hin, Klaustrophobie her – in seine Phantasie schmuggelte sich für Sekunden der frivole Gedanke – *ein purer Traum* –, der Aufzug könnte irgendwo zwischen den Stockwerken hängenbleiben und ihm die Gelegenheit geben, es mit diesem Wesen zu treiben. Der Lift glitt fast geräuschlos nach oben, womöglich war dieser dreizehnte Stock ein schlechtes Omen. Zweimal verlief er sich im Labyrinth der weitverzweigten Gänge, bevor er seine Richtstätte mit fünfminütiger Verspätung erreichte. Er klopfte an die Tür mit dem Namensschild Dr. N. Vabochon, ein leises »Herein«.

Er öffnete so lautlos wie möglich die Tür, steckte den Kopf durch den Spalt und blickte auf eine Frau, die allein in einem großen, hellen Zimmer saß. Eine unscheinbare Person in einem unscheinbaren Kostüm, die mit unscheinbaren Bewegungen hinter ihrem für sein Gefühl viel zu wuchtigen Schreibtisch hervorgekrochen kam. Ihre schmalen, blassen Lippen lächelten leicht verkniffen, die dunkle Hornbrille verlieh ihrem Gesicht etwas schulmeisterlich Strenges. Sie war weiß Gott nicht der Typ Frau, den er sich in einer solchen Position in einem solchen Hause vorgestellt hatte. Auch sonst hätte er kaum mehr als einen flüchtigen Blick an sie verschwendet, dieses genaue Gegenteil der duftenden Fee aus dem Aufzug. Er war in keiner Weise auf den sich ihm bietenden Anblick vorbereitet; erfolgreiche Frauen hatte er sich stets groß, attraktiv, in teures Tuch gehüllt und von einer Wolke Chanel No. 5 umgeben vorgestellt. Dazu ein liebenswürdiges, aufmunterndes Lächeln als Fassade für eiskalte Berechnung. Nichts von dem erwartete ihn hier. Es roch nach Büro und sonst nichts, ihr graues Kostüm erinnerte auf fast groteske Weise an Grenzbeamtinnen ehemals sozialistischer Länder (denen ja auch ein Hang zum Sadismus nachgesagt wurde), und großgewachsen war die Frau auch nicht. Und statt Blumen auf dem Schreibtisch verkümmerte lediglich ein traurig herabhängender Efeu mit vielen gelben Blättern auf der Fensterbank.

Er ging auf die Frau zu, sie trafen sich genau in der Mitte des Raumes, sie streckte ihre Hand aus, er nannte artig seinen Namen. Ihr Händedruck war schlaff, kaum spürbar. Für einen Sekundenbruchteil musterte sie ihn abschätzend aus kaltblauen Augen, doch sie kehrte sofort hinter ihren Schreibtisch zurück, deutete mit einer Hand auf den ihr gegenüber stehenden Stuhl.

Er setzte sich gehorsam, die Knie eng beieinander, die dünne Aktentasche auf den leicht zitternden Schenkeln. Sie hatte einen Aktenordner aufgeschlagen vor sich liegen und schrieb etwas auf ein Blatt Papier, schlug dann die Akte zu, legte sie auf die Seite. Sie sah auf, die Unterarme auf die Schreibtischplatte gestützt, die Hände gefaltet.

Sie hatte kein häßliches Gesicht, nur ihre offensichtliche Unfähigkeit, ihm Schönheit zu verleihen, ließ es matt und grau erscheinen. Das streng nach hinten gekämmte, dunkle Haar war zu einem Knoten gebunden, die Fingernägel unlackiert, kein Lippenstift, kein Rouge, kein Lidschatten, kein nichts.

»Herr...«, sie stockte einen Moment, nahm eine andere Akte und sprach weiter, »Herr von Marquardt«, in ihrer Stimme schwang Traurigkeit, als hätte man sie gezwungen, ihm mitzuteilen, daß das bereits verhängte Todesurteil leider sofort zu vollstrecken sei und der Henker ungeduldig im Zimmer nebenan warte, »es ist nett, daß Sie vorbeigekommen sind. Sie wissen ja, weshalb ich Sie sprechen möchte?«

»Ja, ja, sicher.« Er wischte den Schweiß in seinen Handflächen an der Hose ab. »Ich weiß. Es geht um dieses leidige Darlehen und...«

»Nun«, unterbrach sie ihn kopfschüttelnd, legte die Hände aneinander und führte sie an die Nase, und für Sekunden blickte sie durch ihn hindurch, »es ist nicht allein das Darlehen, Herr von Marquardt, es geht leider auch um Ihr Konto... Sie wissen, wir sind Ihnen... damals... mehr auf Drängen Ihres Bekannten, großzügigerweise entgegengekommen, indem wir Ihnen sogar einen Dispositionskredit von DM dreitausend einräumten. Aber jetzt ist Ihr Konto so weit überzogen, daß wir unmöglich weitere Abhebungen zulassen können.«

Er spürte, wie das Blut seinen Kopf verließ und sich in den Zehenspitzen sammelte. Seine Alpträume! Wie inständig hatte er gebetet, ja gefleht, sie würde nur wegen des Darlehens mit ihm sprechen wollen, nicht wegen des Kontos. Er hatte jeden Gedanken an das Konto einfach verdrängt; er wollte nichts damit zu tun haben, wollte nicht, daß davon gesprochen wurde.

»Es tut mir leid, Herr von Marquardt«, fuhr Dr. Vabochon geschäftsmäßig kühl fort, »aber Ihr Verhalten in der letzten Zeit... vor allem die nicht eingehaltenen Zusagen... läßt uns einfach keine andere Wahl. Ich bedaure...«

»Und wovon sollen wir leben?« stammelte er.

»Das, Herr von Marquardt, hätten Sie sich früher überlegen müssen.«

»Aber, ich meine, ich bin doch damals zu Ihnen gekommen und Sie haben mir ...«

»*Ich* habe überhaupt nichts.«

»Nein, natürlich nicht Sie persönlich, aber Ihre Bank und Ihre Leute ...«

»Es ist nicht *meine* Bank, und es sind nicht *meine* Leute.«

»Mein Gott, mir geht es doch nicht darum, daß ich mir irgendwelchen Firlefanz leisten will, bei uns geht es nur noch ums nackte Überleben! Sie wissen doch selber, was mit mir und meiner Firma passiert ist ...« Er hatte Schweiß auf der Stirn, in den Handflächen, am Rücken.

»Was geschehen ist, ist geschehen.«

»Ich bin betrogen worden, und jetzt –«

»Inwieweit Sie Schuld trifft, kann ich nicht sagen, ich kenne weder Ihre Firma noch Ihre Geschäftsgepflogenheiten. Doch wenn die genauso waren wie ... Nun, ich glaube, ich brauche nicht deutlicher zu werden.«

»Okay«, sagte er und versuchte so ruhig wie möglich zu bleiben, »dann lassen Sie mich wenigstens erklären, wie ich in das jetzige Dilemma geraten bin.«

»Herr von Marquardt«, unterbrach sie seinen Redefluß, »Erklärungen können Sie abgeben, so viele Sie wollen, nur«, sie schürzte die blutleeren Lippen, »sie werden Ihnen nichts nützen! Sie hätten sich früher überlegen müssen, welche Konsequenzen die Nichteinhaltung Ihrer Zusagen letzten Endes für Sie hat. Daß wir gerade bei Ihnen besonders vorsichtig sind und sein müssen, das liegt in der Natur der Sache. Und für Ihre Liquidität sind nicht *wir* zuständig.« Sie hielt kurz inne, sah ihn wieder mit undefinierbarem Blick an. »Aber lassen Sie mich doch bitte erst einmal Ihre Unterlagen sehen.«

Mit nervösen Fingern kramte er aus seiner Tasche die Klarsichthülle hervor und reichte sie über den Tisch. Dr. Vabochon nahm sie in ihre zerbrechlich wirkenden Finger und ging, ohne eine Miene zu verziehen, Blatt für Blatt durch. Nach menschlichem Ermessen hätte sie mindestens einen halben Tag brauchen müssen, um alles zu studieren und durchzurechnen, aber diese Maschine benötigte nur anderthalb oder zwei Minuten. Sie legte die Papiere beiseite und kniff die Lippen zusammen, bis sie dünner als ein Federstrich waren.

»Und wie stellen Sie sich das alles in Zukunft vor? Wie ich Ihren Unterlagen entnehme, verdienen Sie gerade dreitausendzweihundert netto . . .«

Er lachte kurz auf, unterbrach sie: ». . . vor einem Jahr war das ein Trinkgeld für mich . . .«

»Was vor einem Jahr war, interessiert mich nicht. Und wenn ich richtig überschlagen habe, bleiben Ihnen nach Abzug aller Ausgaben jetzt und heute gerade noch dreihundertfünfzig Mark zum Leben. Dies erscheint mir ehrlich gesagt reichlich wenig, um davon eine sechsköpfige Familie zu ernähren. Oder wie sehen Sie das?«

»Dazu kommen noch Kindergeld und Wohngeld. Es sind in Wirklichkeit tausend Mark, die wir zur Verfügung haben.«

»Hm, tausend Mark. Nicht gerade viel, vor allem in Frankfurt. Laut der letzten Statistik benötigt eine sechsköpfige Familie in dieser Stadt mindestens achtzehnhundert Mark für die täglichen Dinge, exklusive Miete und Strom. Wie schaffen Sie es, mit soviel weniger auszukommen?«

»Sie sehen doch, daß ich es nicht schaffe!« erwiderte er leise, den Blick zu Boden gerichtet. Dieses verfluchte Geld, er fühlte sich so erniedrigt, er hätte sein letztes Hemd dafür verwettet, daß die Vabochon entweder eine vertrocknete alte Jungfer oder eine verdammte Lesbe war.

»Richtig, das sehe ich.« Sie sah ihn von Mal zu Mal länger an, sie hätte schöne Augen und eigentlich auch einen schönen Mund gehabt, hätte sie versucht, beides besser zur

Geltung zu bringen. Er siedelte ihr Alter irgendwo zwischen dreißig bis Mitte Vierzig an, ihr Gesicht war falten- und ihre Augen ausdruckslos, doch dadurch, daß sie sich so altmodisch und erzkonservativ gab, war es nicht leicht, ihr Alter genau zu bestimmen. Auch hatte sie keine schlechte Figur, ein klein wenig pummelig vielleicht, aber dieser Eindruck konnte auch von dem unvorteilhaft geschnittenen Kostüm herrühren, das nicht verriet, ob sie einen großen oder kleinen Busen hatte, eine schlanke oder füllige Taille, kräftige oder dünne Oberschenkel. Doch etwas vermochte sie nicht zu verbergen – ihre Hände. Selten zuvor hatte er solch formvollendete Hände gesehen, lange, schmale Finger, so gerade, als wären sie nach Lineal gearbeitet worden, sauber geschnittene, makellose Fingernägel, weder zu lang noch zu kurz, alles, was seiner Meinung nach fehlte, war ein die Makellosigkeit der Finger noch hervorhebender Nagellack. Sie trug auch weder einen Ring noch Ohrringe, keine Halskette und kein Armband, nur eine schmucklose, häßliche Digitaluhr, die dem sie umgebenden Grau den letzten »Pfiff« verlieh. Diese Frau war so ziemlich das schmuckloseste Wesen, das ihm je unter die Augen gekommen war. Und eines der kaltherzigsten. Aber natürlich, dachte er mit bitterem Groll, was für Leute sollten in einem Haifischrachen wie dieser Bank auch sonst schon arbeiten?!

»Herr von Marquardt, was machen wir mit Ihnen?«

»Ich . . .« Hilflosigkeit. Hoffnungslosigkeit. Angst.

»Passen Sie auf«, sagte sie, und für einen winzigen Moment, einen Wimpernschlag lang, huschte so etwas wie ein Lächeln über ihren schmalen Mund, »Sie lassen mir Ihre Unterlagen hier. Ich werde Ihre Angelegenheit noch einmal prüfen und Sie morgen anrufen. Wann kann ich Sie erreichen?«

»Morgen ist Donnerstag, da werde ich so gegen fünf, halb sechs zu Hause sein.«

»Fünf«, sagte sie, unsicher den Kopf wiegend, »das ist etwas spät . . . Kann ich Sie auch im Büro erreichen?«

»Sicher«, erwiderte er.

Er nannte die Telefonnummer, sie schrieb sie auf. »Ich werde um halb fünf anrufen.« Sie erhob sich, ein weiteres Mal lächelte sie, diesmal nicht wie beim ersten Mal in Lichtgeschwindigkeit. Er reichte ihr die Hand, fragte stotternd: »Was ich fragen wollte, ich bin im Augenblick etwas knapp bei Kasse und ...«

»Auch darüber werden wir morgen sprechen.«

»Hundert Mark?« fragte er gequält. »Ich habe wirklich nichts mehr.«

»Meinetwegen, hundert Mark. Ich werde Ihrer Zweigstelle Bescheid geben. Und überlegen Sie bitte mit, wie wir den Wagen wieder flott kriegen.«

»Sicher, und vielen Dank für Ihre Hilfe«, murmelte er im Hinausgehen. Er spürte ihren bohrenden Blick in seinem Rücken, drehte sich aber nicht mehr um. Auf dem Weg nach Hause dachte er unentwegt an morgen und übermorgen und dieses ganze beschissene Leben.

## DONNERSTAG, 16.30 UHR

Das Telefon läutete genau um halb fünf. Den ganzen Tag über war in seinem Kopf nichts als diese Schulden, Dr. Vabochon, der Anruf. Vor Nervosität hatte er mit dem Zeigefinger die Haut am rechten Daumen abgepult, bis es blutete, er spielte alle Möglichkeiten durch, was schlimmstenfalls passieren könnte, legte sich Worte zurecht, obgleich er nicht einmal wußte, was sie ihm sagen oder ihn fragen würde. Er hatte die Tür zur Poststelle zugemacht, zuckte zusammen, als das Telefon anschlug, nahm erst nach dem dritten Läuten ab. Sollte sie es sein, dann sollte sie nicht denken, er hätte nur auf ihren Anruf gewartet.

Dr. Vabochon. »Herr von Marquardt«, sagte sie, durch das Telefon klang ihre Stimme warm und weich, »ich habe mir fast einen ganzen Tag nur für Ihre Angelegenheit Zeit genommen, bin aber bis jetzt noch zu keinem endgültigen Resultat gekommen. Ich möchte Sie deshalb bitten, noch einmal vorbeizukommen, damit wir über die Vorschläge, die ich Ihnen zu machen habe, sprechen. Allerdings sollte das auch in Ihrem eigenen Interesse schnellstens geschehen, denn Sie wollen ja sicherlich auch endlich eine Klärung. Würde es Ihnen heute abend passen?«

»Heute abend?« fragte er überrascht. »Wie lange sind Sie denn im Büro?«

»Nun, es gibt ein kleines Problem. Ich werde morgen und am Montag geschäftlich unterwegs sein ... Aber ich gehe donnerstags immer zu ENRICO essen. Kennen Sie ENRICO?«

»Nein, aber –«

»Gut«, unterbrach sie ihn und beschrieb den Weg dorthin, »ich erwarte Sie dann um halb acht bei ENRICO. Es tut mir leid, wenn ich Ihnen dadurch Umstände bereite, aber wie gesagt ... Es genügt übrigens, wenn Sie allein kommen.«

»Also gut, ich werde da sein«, sagte er, legte auf, fuhr sich nachdenklich über das kratzige Kinn, schüttelte verwundert den Kopf. Er stand auf, packte seine Tasche und machte sich auf den Weg nach Hause.

# DONNERSTAG, 17.30 UHR

»Und, haben sie angerufen?« fragte Johanna, kaum daß er die Wohnung betreten hatte.

»Ich soll heute abend noch hinkommen«, sagte er und wich ihrem Blick aus.

»Heute abend?« Ihre mattgrünen Augen konnten die Überraschung nicht verbergen, sie hatte die Stirn in Falten gezogen. »Machen die extra wegen dir Überstunden?«

Er zuckte nur mit den Schultern und sagte: »Schatz, unsere Lage ist hoffnungslos. Aber wenn es einen Weg geben sollte, der diese Hoffnungslosigkeit ein wenig erträglicher macht, dann werde ich diesen Weg gehen. Und wenn sie mich für Mitternacht nackt auf den Hauptfriedhof bestellt hätten, ich würde hingehen.«

»Es ist aber trotzdem komisch ...«

»Komisch oder nicht, es ist eine Chance, zumindest hoffe ich das.« Etwas, eine innere Stimme, hinderte ihn, Johanna von dem ungewöhnlichen Treffpunkt zu berichten, sie wäre wahrscheinlich nur mißtrauisch geworden, aus welchen Gründen auch immer.

»Und wie lange, schätzt du, wird es dauern?«

»Was weiß ich, eine halbe Stunde, eine Stunde ... kommt drauf an, was es alles zu besprechen gibt.«

Er ging ins Schlafzimmer, Johanna folgte ihm. Er zog die Schuhe aus, stellte sie unters Bett. »Die machen sich eine ganz schöne Mühe mit uns, nicht?« Er grinste etwas gequält und umarmte sie. Sie roch nach Küche und Schweiß, eine Haarsträhne klebte ihr an der Stirn. Sie roch, seit sie hier wohnten und keine Putzfrau und Köchin mehr hatten, viel nach Küche und Putzen und Schweiß, ihre Haare klebten oft an ihrer Stirn, es fiel ihm nicht leicht, sie in solchen Momenten zu umarmen.

»Wie du noch lachen kannst!« sagte sie leicht vorwurfsvoll und legte ihren verschwitzten Kopf an seine Brust. »Ich wünschte, es würde einen Knall geben und wir wären alle unsere Sorgen los. Aber auf Wunder zu warten lohnt sich wohl kaum. Wenn ich bedenke, wie es noch vor einem Jahr war ...!«

»Ich versuche, nicht mehr daran zu denken. Und du solltest es auch sein lassen. Wir sind betrogen worden, aber wir sind weiß Gott nicht die einzigen, denen so übel mitgespielt worden ist. Und vielleicht schaffen wir es ja eines Tages wieder?!«

»Eines Tages?« sagte sie seufzend. »Wann wird dieses ›eines Tages‹ wohl sein? Es ist alles so eng geworden! Wenn ich sehe, wie andere Leute leben, und uns damit vergleiche ...«

»Johanna, bitte, jetzt hör doch endlich mit dieser alten Leier auf!« Er stieß sie weg, lehnte sich wütend gegen die Wand, die Arme über der Brust verkreuzt. Ihre unverblümten Worte verletzten ihn, dabei wußte er, sie verrieten nur, daß sie den tiefen Absturz vom Luxus ins Elend bis jetzt nicht verkraftet hatte; die Frage war, ob sie es je verkraften würde, so wie er. Dennoch fuhr er sie laut und theatralisch gestikulierend an: »Ich weiß, es ist alles meine Schuld! Ich bin der Haushaltsvorstand, ich muß die Familie ernähren, ich muß mit dem Geld klarkommen, ich hätte nicht so gutgläubig sein dürfen, ich sollte endlich zusehen, daß wir so schnell wie möglich wieder aus dieser Scheißgegend rauskommen, und, und, und ...!« Er schnaufte tief durch, schloß die Augen, beruhigte sich allmählich, sagte: »Meinst du etwa, für mich ist das leicht? Meinst du etwa, ich gehe gerne heute abend zur Bank, um mir von denen ihre Vorstellungen aufzwingen zu lassen? Ich hasse dieses verfluchte Leben genauso wie du, glaube mir.«

Sie sah ihn aus großen, erschrockenen Augen an, ein leichtes Beben zuckte um ihre Mundwinkel. »Ich weiß gar nicht, weshalb du auf einmal so eingeschnappt bist! Und so laut zu werden brauchst du auch nicht, oder willst du unbedingt, daß die Kinder alles mitbekommen? Ich habe dir keine Schuld gegeben, wenn, dann sind wir beide schuld!«

»Ach komm, hör doch auf damit! An was bist du denn, bitteschön, schuld?! Dummes Geschwätz!«

Sie betrachtete ihre rissigen, spröden Hände, sie spielte noch immer gern Klavier, gab Nathalie und Alexander Unterricht, aber das Spielen fiel ihr zusehends schwerer, denn trotz ihrer noch relativ jungen Jahre ließ Arthritis ihre Finger verkrüppeln, und meist bei Wetterumschwüngen litt sie arge Schmerzen; sie tat ihm unendlich leid, weil es in ihrem Leben nichts gab, sie nie etwas verbrochen hatte, das diese Schmerzen gerechtfertigt hätte, sie tat ihm leid, weil sie sich nicht mehr ansehnlich fand; all dies für ihn ein zusätzlicher Grund, diese ganze elende Lage noch mehr zu verfluchen, denn wenn jemand verdient hätte, das sorgenfreie Leben von früher zu führen, dann Johanna. Letztlich war es auch ihr Verdienst gewesen, daß sie sich einige Jahre jeden Luxus leisten konnten, sie hatte schließlich damals durch ihr Klavierspiel mitgeholfen, sein Studium zu finanzieren.

Sie hatte die Hände gefaltet, den Blick gesenkt, die Haarsträhne an ihrer Stirn löste sich, sie sagte leise: »Vielleicht sollten wir einfach nur mehr Gottvertrauen aufbringen.«

Er seufzte auf, schüttelte kaum merklich den Kopf. Gott. Wenn nichts mehr ging, kam Johanna mit Gott. Der Gott, den sie morgens, mittags und abends anbetete, von dessen Existenz sie so fest überzeugt war, selbst jetzt, in dieser trostlosen Lage. Sie hatte nie Gott die Schuld gegeben, daß er ihnen nicht beigestanden hatte, als sie von einer Sekunde zur andern alles verloren hatten. Johanna hatte einen bedingungslosen, kindlich-naiven Glauben, um den David sie bisweilen beneidete. Doch er gestand sich ein, daß ihm dieser letzte Rest an Kindlichkeit, an Naivität fehlte, vielleicht lagen die Ursprünge dafür in seiner Kindheit, als Gott für ihn ein Monster gewesen war, das nur strafte und seine Kinder

31

nur dann liebte, wenn sie mit essigsaurer Miene durchs Leben gingen und den ganzen Tag über Rosenkränze beteten. Wie Mutter, die einen Rosenkranz nach dem anderen herunterleierte, die nie lächelte, nur Bitterkeit und Groll in sich hatte. David hatte oft gerätselt, was die Wurzeln dieser Verbitterung und dieses Zorns waren, Antworten hatte er keine gefunden. Vielleicht kam sie nicht darüber hinweg, mit einem Adeligen verheiratet zu sein, der aber, anstatt sich zu seinem Stand zu bekennen und entsprechend zu leben, einfach nur ein Landarzt für Mensch und Vieh war, der seine Arme bis zu den Schultern in die Ärsche von Rindern steckte und wenig später Menschen behandelte. Vielleicht war es das relativ bescheidene Leben, das zu führen sie verdammt war, vielleicht verwand sie nicht den Wohlstand ihrer Schwester Maria und deren Mann Gustav, die einen riesigen Gutshof mit ausgedehnten Ländereien bewirtschafteten und bei denen David sich gerne aufhielt, als er noch klein war. Tante Maria war eine herzensgute Frau, liebevoll und gütig, die für einige wenige Jahre mehr Mutter für ihn war als seine eigene Mutter, die ihn auf den Schoß nahm, ihm Geschichten erzählte oder vorlas, die mit ihm Lieder sang, mit ihm durch die Wälder oder entlang der Felder spazierenging. Damals, als er noch ein kleines Kind war, vor Ewigkeiten also, lebten sie in einem gottverlassenen Kaff in Oberfranken, nahe der tschechischen Grenze, von der bei Ostwind an manchen Tagen der Gestank von Katzendreck herübertrieb.

Aber es war nur eine kurze Zeit, in der ihm die Kindheit etwas versüßt wurde, genau gesagt bis er fünfeinhalb war und Tante Maria schwanger wurde. Und wenn er auch noch ein kleines Kind war, er spürte die Veränderung, die mit seiner Tante vor sich ging. Noch bevor die Schwangerschaft sichtbar war, verfiel sie in tiefe Depressionen, warum, vermochte keiner zu sagen, aber sie wurde immer in sich gekehrter. Sie nahm ihn kaum noch auf den Schoß, und wenn, dann nicht mehr mit der Zärtlichkeit vergangener Wochen,

Monate, Jahre. Dann und wann sah er sie stumme Tränen weinen. Die ganze Atmosphäre im Haus wurde gedrückter, es war, als hinge eine unsichtbare Spannung wie ein dichtes, undurchdringliches Spinnennetz in allen Räumen, und so sehr man sich auch bemühte, es zu durchdringen, es schien unmöglich.

Sie brachte ein Mädchen zur Welt, kurz nachdem David sechs geworden war. Nur noch selten ging David zu Onkel Gustav und Tante Maria, mit seiner kindlichen Sensibilität spürte er, daß er nicht mehr so willkommen war wie früher.

David war acht und das Mädchen knapp zwei Jahre alt, als das Unglück den ganzen Ort erschütterte und lähmte. Tante Maria hatte sich offensichtlich in einem Anfall tiefster Depression eine großkalibrige Pistole in den Unterleib geschoben und zweimal schnell hintereinander abgedrückt. Es hieß, der ganze Raum sei von Blut getränkt gewesen, die Decke, die Wände, der Schrank, die Stühle, das Sofa, der Fußboden und der Teppich, selbst Tante Marias liebevolle Sammlung kleiner Porzellanfiguren und -figürchen. Und niemand kannte den Grund für diese scheinbar sinnlose und wahnsinnige Tat.

Onkel Gustav, ein gebrochener Mann, verkaufte kurz darauf seinen Hof, nahm seine Tochter und verließ den Ort. Er verriet niemandem, wohin es ihn trieb, wo er ein neues Leben anfangen wollte, um zu vergessen, was er in seiner alten, vertrauten Umgebung nie würde vergessen können.

Vielleicht hatte David dies und so einiges mehr mißtrauisch gegenüber allem gemacht, was mit Gott zusammenhing, vielleicht war es auch nur ein Teil seines Wesens. Und zudem versuchte er mit dem Verstand zu erforschen, was mit dem Verstand nicht erforschbar war, glaubte er nur die Dinge, die er mit seinen fünf Sinnen wahrnehmen konnte. Dies unterschied ihn von Johanna. Und obwohl er lange Zeit Sonntag für Sonntag mit Johanna die Kirche besuchte und dort vorgab, an Gott zu glauben, an diesen von Johanna als liebevoll und gütig und vergebend gepriesenen Gott, so fehlte ihm die echte Überzeugung, ob all dies, was dort gepredigt wurde, auch der Wahrheit entsprach. Doch oft, wenn Johanna in brenzligen Situationen mit Gott kam, dann explodierte etwas in ihm. Wie jetzt.

Einen Moment herrschte Stille, er preßte die Arme noch fester an die Brust, mahlte mit den Kiefern aufeinander, schloß die Augen, hörte das dumpfe Schlagen seines Herzens, lachte zynisch auf, seine Worte mußten wie Speerspitzen in ihr Herz und ihre Seele dringen: »Gott, Gott, Gott, daß ich nicht lache! Wo war er denn, als wir ihn so dringend brauchten?! Gott ist parteiisch, diesem gibt er, den andern lacht er aus! Er macht Gewinner und er macht Verlierer. Und die Gewinner werden belohnt, die Verlierer gedemütigt. Das ist sein Spiel des Lebens! Weiß der Teufel, nach welchen Kriterien er seine Gunst verteilt, aber ich gehöre ganz sicher nicht zu denen, die seine Sympathie haben! Und seit wir hier in diesem ... gottverdammten ... Haus dahinvegetieren, sind wir sowieso überhaupt nichts mehr wert!« Er streckte provozierend den rechten Mittelfinger in die Höhe, machte ein verächtliches Gesicht. »Es ist einfach nur zum Kotzen!«

»Es ist nicht Gottes Schuld. Wir sind zwei erwachsene Leute, wir haben Fehler gemacht ...«

»Verdammt, jetzt hör endlich auf! *Ich* habe Fehler gemacht und nicht du.«

»Und vielleicht leben wir einfach nicht so, wie wir sollten«, sagte sie trotzig, stand auf, stellte sich dicht vor ihn. Ihr Atem berührte sein Gesicht, er roch ihren Schweiß, sie streichelte mit ihren nach Zwiebeln riechenden Fingern über seine Stirn und sagte versöhnlich: »Komm, hören wir auf, zu streiten. Zieh dir für heute abend was Gutes an. Diese Bande soll auf gar keinen Fall denken, daß wir asozial geworden sind. Wenn wir auch so gut wie nichts haben, wir sind nicht asozial!«

## DONNERSTAG, 19.30 UHR

Er war innerlich aufgewühlt, als er sich auf den Weg zu diesem ENRICO machte. Der Verkehr war zäh und stockend. Johannas Worte hallten in seinen Ohren wider und wider. Es waren immer nur Kleinigkeiten, mit denen sie ihn in letzter Zeit immer häufiger zur Weißglut treiben konnte, ein Wort nur, ein Satz, vielleicht auch nur eine Geste oder ein Blick. Geschickt versteckte Anspielungen, mit denen sie ihn offensichtlich aufforderte, ihre Situation zu ändern; zumindest empfand er es so. Er fühlte sich einfach nur miserabel. Immer öfter hielt sie ihm einen Spiegel vor, stellte Anforderungen, die sie früher so nie gestellt hatte, nie zu stellen brauchte. Sie erwartete, daß er den Kindern ein »Vater« war, Zeit für sie aufbrachte, mit ihnen etwas unternahm. Es war wieder einer der Momente gekommen, der ihm die Sinnlosigkeit seines jetzigen Daseins mehr als deutlich vor Augen führte.

Er parkte das Auto im Halteverbot, in der Hoffnung, jetzt am Abend nicht aufgeschrieben oder gar abgeschleppt zu werden. Er trug eine helle Sommerhose, ein weißes Hemd mit dezenter, gelb-grüner Krawatte und ein kariertes Sommersakko. Er malte sich die bevorstehenden Minuten, mehr würden es sicher nicht werden, in den düstersten Farben aus. Bedingungen, knallhart und unnachgiebig, auf die einzugehen er auf Gedeih und Verderb verdammt war. Keine Chance, den stählernen Klauen eines übermächtigen Gegners zu entkommen. Für Augenblicke zerfloß er zu einem Brei aus triefendem Selbstmitleid, während er in einem Pulk von Menschen mitgerissen die Straße überquerte.

Er fand ENRICO sofort, auch wenn der sich in einer winzigen Seitenstraße versteckte und ein noch winzigeres Schild seinen Namenszug trug. ENRICO war ein Insider-Restaurant hauptsächlich für Yuppies und Banker, qualitativ wahrscheinlich eher mittelmäßig, dafür um so teurer, wie David vermutete. Eine schmale, steile Treppe führte in den angenehm kühlen Keller, der Geruch von Zwiebeln und Knoblauch, Spaghetti und Lasagne, Essig und Öl, Wein und fremdländischen Gewürzen, das alles vermischt mit dem kalten Qualm unzähliger Zigaretten, hatte sich in jedem Quadratmillimeter des um diese Zeit nur spärlich besuchten Restaurants festgesetzt.

Sie saß in einer Nische. Er erkannte sie, obgleich sie ihr Äußeres verändert hatte. Sie trug kein graues Kostüm, sondern ein türkisfarbenes, geblümtes Kleid, und seine Vermutung vom Vortag, sie könnte pummelig sein, wurde deutlich widerlegt. Die Haare waren hinten nicht hochgesteckt, sie fielen in leichtem Schwung über ihre Schultern, die Lippen leuchteten in hellem Rot und wirkten dadurch voller, sie hatte blauen Lidschatten aufgelegt und Wangenrouge, und sie trug auch keine Brille mehr. Eine mit Abstrichen aparte, anziehende Frau – sie schön zu nennen wäre übertrieben gewesen, zumindest hatte er seit seiner frühesten Jugend ein bestimmtes Schönheitsideal, geschmückt mit langen, dunklen Haaren, feurigen, ebenso dunklen, Leidenschaft versprühenden Augen und diesem einen Mann um den Verstand bringenden sinnlichen Blick, eine perfekt modellierte Figur ... Sie saß vor einem Glas Wein und verfolgte aufmerksam jeden seiner Schritte zu ihrem Tisch. Sie lächelte freundlich, wenn auch mit einer gewissen Distanz, deutete mit einer Hand auf den ihr gegenüber stehenden Stuhl.

»Guten Abend«, sagte er und versuchte, die Verblüffung über die Metamorphose dieses gestern noch so unscheinbaren Wesens, das sich von einer grauen, unattraktiven Raupe in einen bunten, glänzenden Schmetterling verwandelt hatte, zu verbergen.

»Ich bin auch eben erst gekommen«, erwiderte sie sanft, ihre Stimme hatte den sozialistischen Grenzbeamtinnentonfall mit dem grauen Kostüm abgelegt. »Möchten Sie etwas essen?«

»Nein, danke, ich habe bereits zu Hause gegessen. Ich dachte ja, daß ...«

»Dann erlauben Sie mir wenigstens, Sie zu einem Glas Wein einzuladen.«

»Das brauchen Sie nicht«, wehrte er ab, »ich ...«

»Tun Sie mir den Gefallen. Meine Bank ist in letzter Zeit nicht sehr freundlich mit Ihnen umgegangen. Sagen wir, ein Glas Wein zur Versöhnung? Und außerdem komme ich mir albern vor, wenn ich esse und trinke und Sie nur dasitzen und mir zusehen.«

»Nun, eigentlich trinke ich keinen Alkohol, ich bin Abstinenzler.«

»Ein Glas! Sie werden nicht daran sterben. Bei einem Italiener muß man Wein trinken.«

Um sie nicht zu enttäuschen, sagte er: »Bitte, wenn Sie darauf bestehen.«

»Sehen Sie, es kommt nicht oft vor, daß jemand mit mir an einem Tisch sitzt. Darf ich Sie nicht doch einladen, eine Kleinigkeit zu essen?«

»Ich weiß nicht, ich ...«

Sie lächelte verständnisvoll. »Sie machen hier phantastischen Salat mit Frutti di Mare. Ich kann ihn nur empfehlen.«

»Ja, wenn Sie meinen ...«

»Also gut, ich bestelle zweimal Salat und je eine Portion Lasagne nach Art des Hauses. Sie werden nie wieder eine andere Lasagne anrühren, nachdem Sie diese hier probiert haben.«

Er lehnte sich zurück, faltete die Hände, sah einen Moment der ihm gegenüber sitzenden Frau ins Gesicht, wandte den Blick aber gleich wieder ab, sobald ihre Augen sich trafen. Was um alles in der Welt geschah hier? Was hatte sie vor? Warum lud sie ihn zum Essen ein? Was sich hier abspielte, war absurd, ja geradezu unmöglich. Was für ein perfides Manöver der Bank steckte hinter alledem?

»Ähm«, sagte er und rieb seine juckende Nasenspitze (sie juckte immer, wenn er nervös war), »Sie sagten, Sie hätten sich Gedanken gemacht über –«

»Herr von Marquardt«, unterbrach sie ihn, »heben wir uns doch das Geschäftliche für nach dem Essen auf. Erzählen Sie mir etwas aus Ihrem Leben. Wo Sie herkommen, was genau Sie machen, wie Sie in dieses Dilemma geraten sind. Schießen Sie los!«

»Sie sind auf einmal an meinem Leben interessiert?«

»Natürlich.«

Der Ober, einer von diesen jungen, überaus gutaussehenden Papagalli, trat an den Tisch, beugte sich leicht nach unten, sie gab flüsternd die Bestellung auf. Der gelackte Schönling verschwand lautlos und kehrte nach höchstens einer Minute mit zwei Gläsern und einer Flasche Chianti zurück. Sie hob das Glas und prostete ihm zu, David nahm einen Schluck. Er war an Wein nicht gewöhnt und verzog den Mund; das einzige Mal, daß er welchen getrunken hatte, war in seiner Jugend gewesen, und die lag Ewigkeiten zurück. Er stellte das Glas auf den Tisch, fuhr mit dem Zeigefinger über den Rand, verfolgte mit seinen Augen den sich im Kreis drehenden Finger.

»Nun, ich bin zweiundvierzig Jahre alt, komme aus einer kleinen Stadt in Oberfranken, das ist in Nordbayern. Mein Vater hat die Familie verlassen, als ich vierzehn Jahre alt war, den genauen Grund kenne ich nicht, aber vermutlich hat es mit meiner Mutter zu tun, die, nun sagen wir, nicht gerade eine vor Lebensfreude sprühende Frau ist. Wissen Sie, wenn meine Frau von morgens bis abends den Rosenkranz runterleiernd durch die Wohnung ziehen würde, ich weiß nicht, wie lange ich das aushalten würde ... Ich weiß nicht einmal, wohin es ihn verschlagen hat. Wir haben nie wieder etwas von ihm gehört.« Er zuckte mit den Schultern, nippte an seinem Wein, fuhr fort: »Na ja, als ich zwanzig war, bin ich nach Frankfurt gegangen. Ich habe studiert, meine Frau kennengelernt, wir haben geheiratet ... Mit siebenundzwanzig habe ich mich selbständig gemacht, mit dreißig war ich Millionär ...« Er seufzte auf, schüttelte mit einem bitteren Lächeln den Kopf. »... Und mit vierzig war ich urplötzlich arm wie eine Kirchenmaus. Und ob Sie's mir glauben oder nicht, ich habe nichts, aber auch gar nichts verbrochen. Meine Angestellten haben alle ein exzellentes Gehalt bezogen, meiner Familie fehlte es an nichts, ich brauchte mir um meine Zukunft keine Sorgen zu machen ... Um mehr als dreißig Millionen Mark bin ich betrogen worden, betrogen von den zwei Leuten, denen ich am meisten vertraute. Mein Prokurist, Dr. Meyer, er war, solange ich ihn kannte, oder zumindest zu kennen glaubte, die Zuverlässigkeit in Person. Er war nie krank, hat sich nie etwas zuschulden kommen lassen, hat immer alle Zahlungstermine eingehalten, wir hatten keine Probleme miteinander ...«

»Und Sie hatten nie einen Verdacht, daß er eines Tages zu einem solchen ... Verbrechen ... fähig sein würde?«

»Er war zwar ein etwas eigenbrötlerischer Mensch, war geschieden, hatte hier und da eine Beziehung, aber wir kannten uns einfach zu lange, als daß ich ihm nicht vertraut hätte. Glauben Sie, ich hätte ihn zum Prokuristen ernannt, hätte ich auch nur den geringsten Zweifel an seiner Integrität gehabt? Unbescholtener als Dr. Meyer kann ein Mensch überhaupt nicht sein.« Er lachte bitter auf. »Und deswegen war ich um so mehr vor den Kopf gestoßen, daß ausgerechnet er mir das angetan hat. Aber nicht nur mir, auch meiner Familie und meinen Angestellten. Er und mein Steuerberater, dieser Neubert, müssen das Ganze über einen recht langen Zeitraum hinweg geplant haben. Wenn ich so überlege, dann muß die Planung mindestens ein Jahr vor Ausführung begonnen haben.« Er machte eine erneute Pause, sie schwieg ebenfalls, er sagte: »Das war's, mehr gibt's nicht zu berichten.«

»Und jetzt, was machen Sie jetzt?«

»Ich bin bei einem ehemaligen Kollegen und späteren Konkurrenten untergekommen. Er hat mich eingestellt, obwohl wir im Streit auseinandergegangen sind. Er sagte, er glaube an meine Unschuld und ... na ja, wenigstens habe ich einen Job. Aber Sie kennen ihn ja, er hat sich für mich bei Ihrer Bank eingesetzt.«

»Und was machen Sie?«

»In der Poststelle, woanders hat er mich nicht unterbringen können. Ist ja auch egal, Hauptsache ich kann arbeiten. Trotzdem, ich hätte nie gedacht, eines Tages so zu enden. Und jetzt wohnen wir in einer viel zu kleinen Wohnung in einem absolut heruntergekommenen Stadtteil! Wir werden bedroht, belästigt, ich warte nur auf den Tag, an dem einem von uns wirklich etwas passiert. Die Polizei meint, sie könne uns nicht schützen, solange ...«

»Solange nicht wirklich etwas passiert«, führte sie den Satz zu Ende.

Dann fuhr er leiser werdend fort, wobei er sich am Weinglas festhielt: »Und Sie können es ruhig glauben, mein sehnlichster Wunsch ist, endlich schuldenfrei zu sein. Nicht jeden Pfennig zigmal umdrehen zu müssen und alles, was ich kaufe, wieder bar bezahlen zu können.« Er nahm einen kleinen Schluck von dem zu trockenen Wein und sah Dr. Vabochon an, eine bis jetzt aufmerksame Zuhörerin, auf deren Gesicht sich keiner ihrer Gedanken widerspiegelte.

»Sie sind also unglücklich«, stellte sie trocken fest.

»Ja, das gebe ich ganz offen zu. Das wäre wohl so ziemlich jeder an meiner Stelle. Ich glaube, meine Kinder verstehen am wenigsten, was geschehen ist. Ich mußte meinen Ältesten von Harvard nehmen, meine beiden anderen Kinder von der Privatschule, und mein Jüngster ist schwer herzkrank.«

»Was halten Sie davon, wenn ich Ihnen helfe?«

»Sie mir helfen? Wie soll das funktionieren?«

»Später«, sagte sie, drehte das Glas zwischen den Fingern

und setzte es an die Lippen. Sie lehnte sich zurück, nahm ihre Handtasche von der Lehne, holte eine Schachtel mit filterlosen, schwarzen Gauloises heraus, hielt ihm die Schachtel hin, er lehnte dankend, doch entschieden ab. Sie zündete die Zigarette an und inhalierte tief. Durch den ausgeblasenen Rauch sah sie ihn aus zu Schlitzen verengten Augen an.

»Schauen Sie mich an ... was glauben Sie ... bin ich glücklich?«

Er hob nur die Schultern.

»Sicher, wenn man Glück allein am Geld messen würde, müßte ich es eigentlich sein. Aber mein Leben ist eintönig, in etwa so aufregend wie das einer hundertjährigen Schildkröte. Ich lebe allein, ich arbeite allein, ich esse allein. Abends läuft meist der Fernsehapparat, und oft schlafe ich dabei ein. Ich habe weiter keine Hobbys, ich glaube, ich bin so ziemlich die untalentierteste und langweiligste Person in ganz Frankfurt. Also, glauben Sie immer noch, ich sei glücklich?«

»Tut mir leid ...«

»Es braucht Ihnen nicht leid zu tun. Ich möchte nur manchmal meine Sachen packen und alles hinschmeißen und abhauen. Weit, weit weg, aber ich weiß, daß ich damit nichts, aber auch gar nichts ändern würde. Sie sehen, jedes Ding hat zwei Seiten. Sie haben kein Geld, aber eine große und wie ich hoffe glückliche Familie. Bei mir ist es genau umgekehrt. C'est la vie, c'est le péché, c'est la guerre!«

Was für ein Spiel war das? Statt über seine mißliche Lage zu sprechen, tranken sie Wein – der ihm schon nach wenigen Schlucken in den Kopf stieg –, warteten auf die Lasagne und philosophierten über Glück und Unglück. Sie drückte ihre Zigarette im Aschenbecher aus und sah ihn für ein oder zwei Sekunden an. Der Ober kam und stellte das Essen auf den Tisch, sie begannen zu essen.

»Den Salat sollte man genießen, solange er noch ganz frisch ist«, sagte sie. Das Essen war tatsächlich außergewöhnlich gut, und als krönenden Abschluß bestellte sie noch für jeden eine Riesenportion Vanilleeis mit Früchten und Sahne. Nach dem zweiten Glas Wein spürte er das ungewohnte Zirkulieren des ungewohnten Alkohols in seinem Blut, seine Sinne wurden leicht, sie rauchte eine weitere Zigarette, ihre mit Belanglosigkeiten gefüllte Unterhaltung plätscherte dahin wie ein kleiner, ruhiger Bergbach an einem milden Frühlingsabend. Das Lokal füllte sich zusehends, der Lautstärkepegel stieg deutlich an.

»Lassen Sie uns gehen«, sagte sie eine gute Stunde später und winkte den Ober herbei, »die Gemütlichkeit ist dahin.«

»Aber ...«

Sie reagierte nicht. Mit einer Kreditkarte beglich sie die Rechnung, die weit mehr ausmachte als das, was er bei sich trug. Sie stand auf, zog ihr dünnes Jäckchen über und ging mit selbstbewußten Schritten zur Treppe. Er folgte ihr gezwungenermaßen, bewunderte ihren leichten, doch festen Gang, folgte dem klackenden Tippeln ihrer hochhackigen Schuhe auf dem Steinboden, glaubte, bewundernde Blicke der anwesenden Männer zu ernten, wobei doch keiner ahnen konnte, was ihn wirklich mit dieser Frau verband. So sehr er sich auch anstrengte, er vermochte sich keinen Reim auf all dies zu machen. Es ging doch nur um seine Schulden, dabei hatte er in einem teuren Restaurant mit ihr gespeist, Wein getrunken ... Sie tänzelte vor ihm die Treppe hinauf, schöne feste Beine, eine Idee zu kräftig in den Waden vielleicht, doch das hing vom Geschmack des Betrachters ab. Draußen blieb sie stehen, faßte sich kurz an die Stirn und sagte: »Jetzt habe ich doch über dem Essen und der Unterhaltung ganz den eigentlichen Grund unseres Treffens vergessen. Was machen wir nun?« Sie kaute auf ihrer Unterlippe, meinte dann mit unschuldig entschuldigendem Blick: »Wissen Sie was, wir gehen zu mir. Natürlich nur, wenn es Ihnen nichts ausmacht. Ich wohne recht ruhig, und dort kann ich Ihnen auch gleich in aller Ruhe die Vorstellungen meiner Bank darlegen.«

»Und wo wohnen Sie?« fragte er ein wenig mißtrauisch.

»Im Magnolienweg. Um diese Zeit sind es etwa zehn Minuten mit dem Auto von hier. Sie sind doch mit dem Auto da, oder?«

»Ja, natürlich ...«

»Gut, dann lassen Sie uns fahren.«

Als sie ankamen, leuchtete die Reserveanzeige des Tanks bereits auf. Die Wohnung befand sich in einem fünfstöckigen Neubau in einer ruhigen Gegend, inmitten von Bungalows und Reihenhäusern, adrett angelegten Gärten mit akkurat geschnittenen Hecken, sauberen Bürgersteigen und schmalen Straßen, fast schon Gassen, und über allem lag der betörende Duft des Frühlings, das Bild der mit Macht dem Sommer zustrebenden Natur, das am Abend, im Hauch des südwestlichen Windes, der sanft durch die Blätter fächelte, besonders eindrucksvoll wirkte.

Sie schloß die Tür auf und hinter sich wieder ab. Sie befanden sich in einer kleinen Halle mit einem Boden aus poliertem Marmor, sie drückte den Knopf des Aufzugs, der sich von oben her mit einem leichten Surren in Bewegung setzte und kurz darauf hielt. Nur vier Personen hatten darin Platz, und jetzt in dieser engen Kabine, so dicht neben ihr stehend, umfächelte ihn dieses würzige, intensive, holzige Parfüm, das in sanften, unsichtbaren Wellen sie einem Feenschleier gleich umtanzte. Der Duft hatte etwas Anziehendes, und obgleich er verwirrt war, hätte er gerne ihren Hals geküßt, sie umarmt, diese fremde Frau, dieses Chamäleon, diese Verwandlungskünstlerin, dieses geheimnisvolle Wesen, das ihn im Auftrag der Bank zu einem opulenten Essen und nun zu sich nach Hause eingeladen hatte.

Der Aufzug hielt im fünften Stock. Die Flure waren mit dezent braunem Teppichboden ausgelegt, der den Klang ihrer Schritte in sich aufsog, und am Ende des Flurs, neben dem Fenster, reckte sich eine Yuccapalme bis fast hinauf zur Decke, in die Wand eingelassene Lampen spendeten warmes, unaufdringliches Licht.

Ihre Wohnung war elegant und stilvoll eingerichtet, eine farbliche Harmonie, die geblümten Vorhänge aus englischem Leinen im Laura-Ashley-Stil, die dezent gestreiften Tapeten, der einfarbige, hellblaue Teppichboden, die weiße Ledergarnitur, und wenn auch ein uralter, scheinbar vom Flohmarkt stammender mattbrauner Sekretär neben einem weißen Glasbücherschrank wie ein Stilbruch wirkte, so ergänzten sich beide doch auf seltsam markante Weise. Dazu eine Stehleuchte, deren Schirm ebenfalls ein verspieltes Laura-Ashley-Dessin trug, pastellfarbene Couchkissen. An der Wand Bilder von Turner und Constable, ob echt oder gutgemachte Kopien, entzog sich seinem Urteilsvermögen, aber auch Masken, furchteinflößende, finster dreinblickende Fratzen mit riesigen Mäulern und schwarzen, verbrennenden Augen, die ihn vernichtend anstarrten. Afrikanische oder Voodoo-Masken, aber auch das vermochte er nicht zu sagen, nur daß ihm deren Anblick leichte Schauer über den Rücken jagte. Wenn es einen Stilbruch in der Einrichtung gab, dann war es die Anwesenheit dieser dämonischen Fratzen.

Dr. Vabochon knipste einen Schalter an, die Fensterbeleuchtung flackerte auf, eine lange Neonröhre hinter der Vorhangschiene spendete indirektes, unaufdringliches Licht, das das Gardinenmuster intensiv betonte. Sie drückte den Hebel der Balkontür herunter und stieß sie weit auf, der Frühlingszauber strömte herein.

»Nehmen Sie doch Platz«, sagte sie, auf die aus zwei Sesseln und einer dreisitzigen Couch bestehende Ledergarnitur deutend. »Möchten Sie etwas trinken?«

»Nein, eigentlich nicht«, sagte er unsicher. »Ich weiß nicht, aber ...« Er schaute zur Uhr, dann auf die etwa zwei Meter entfernt stehende Frau, die ihn erneut mit leicht stechendem Blick hypnotisierte. Ein kurzes Wölben der Lippen, ein kaum merkliches, verständnisvolles Nicken des Kopfes.

»Natürlich, Ihre Zeit ist begrenzt, und ich will Sie auch nicht lange aufhalten. Warten Sie kurz, ich werde gleich zurücksein.« Sie verschwand um die Ecke, kehrte nur Sekunden später zurück. Sie hielt eine dickbauchige, dunkelgrüne Flasche und zwei Cognacschwenker in Händen. Sie stellte die Flasche und die Gläser auf den niedrigen Glastisch und schraubte den Verschluß von der Flasche.

»Trinken Sie bitte einen mit mir, es ist echter Cognac und kein billiger Weinbrand«, sagte sie und schenkte einfach ein, ohne eine Antwort abzuwarten, und setzte sich dann mit anmutigen Bewegungen ihm gegenüber auf das Sofa, schlug elegant die Beine übereinander.

»Kommen wir zum Geschäft«, fuhr sie fort und zündete sich eine Gauloise an. Einen Moment lang hörte man nichts als das Rauschen der vom Abendwind bewegten Blätter und das ferne, kaum wahrnehmbare helle Singen eines startenden Flugzeugs. Dann, nach einem weiteren Zug an ihrer Zigarette, kam sie zur Sache, ohne Umschweife, sie holte nicht unendlich aus, sie war keine Erzählerin, die jede Geschichte und jeden Satz mit wahllos aneinandergeknüpften anderen Geschichten vermengte. Sie begnügte sich mit dem Wesentlichen.

»Ich will Ihnen helfen, alle Ihre Schulden loszuwerden. Sind Sie damit einverstanden?«

»Ich verstehe nicht ...« Natürlich war er einverstanden, trotzdem verstand er es nicht.

»Deswegen werde ich es Ihnen auch erklären. Es gibt für mich Mittel und Wege, Sie von Ihren Schulden zu befreien, ohne daß die Bank etwas davon merkt. Können Sie mir folgen?«

»Ja, aber ... das ist doch sicher ungesetzlich?« Er schwitzte, der Kragen seines Hemdes wurde zu eng, seine Hände zitterten kaum merklich, allein der Gedanke an Schuldenbefreiung hatte etwas Spannendes.

»Haben Sie moralische Bedenken?« fragte sie mit kühlem Spott.

»Ich habe noch nie . . .«

»Sie haben noch nie und ich auch nicht«, unterbrach sie ihn schnell. »In Ihrem Fall wäre ich bereit, eine Ausnahme zu machen.«

»Wieso ausgerechnet in meinem Fall? Und was sind die Bedingungen?«

Pause, dann: »Ach ja, die Bedingungen«, sagte sie nachdenklich, neigte den Kopf etwas nach links, drückte ihre Zigarette aus und zündete sich gleich eine neue an, schwenkte den Cognac im Glas und schüttete den brennenden Inhalt wie Wasser in sich hinein, ohne den Mund zu verziehen, sah kurz zu Boden, dann ihn direkt an. »Natürlich gibt es Bedingungen. Es gibt ja für alles Bedingungen, diese Welt ist eine Welt der Bedingungen. Leider muß auch ich welche stellen. Ich hoffe und denke, es wird Ihnen nicht allzu schwerfallen, sie zu erfüllen.« Sie schenkte sich erneut ein. Alles lief in ruhigen Bewegungen ab, keine Spur von Nervosität. Eben noch hatte sie gelächelt, jetzt war ihr Gesicht eine eiserne Maske. Er fühlte sich unbehaglich, hatte Angst. Eine innere Stimme befahl ihm, aufzuspringen und wegzurennen . . . er schaffte es nicht. Als spürte sie seine Angst, als genieße sie es, ließ sie eine Weile des Schweigens vergehen, sagte schließlich ganz ruhig, kühl und gelassen, nach einem tiefen Zug an der Zigarette, während Sie den Rauch ausstieß:

*»Ich will Sie.«*

Stille trat ein. Eine vollkommene, unnatürliche, atemlose Stille. Eine Stille, wie sie vielleicht unmittelbar vor oder nach dem absoluten Ende der Welt eintritt, eine Stille, wie sie mitten im Auge eines furchtbaren, alles vernichtenden Hurrikans herrscht, eine Stille wie nach dem letzten Atemzug . . . Sie rauchte und blies aus, schnippte die Asche in den perlmuttglänzenden Aschenbecher.

»Bitte was? Mich?« fragte er wie betäubt. »Was wollen Sie von mir?«

Sie verzog belustigt den Mund. »Ich will, daß Sie dreimal in der Woche zu mir kommen.«

»Hierher?«

»Hierher.«

»Und was soll ich hier?«

»Können Sie sich das nicht vorstellen?«

»Nnn-nein, eigentlich nicht«, stotterte er, auch wenn er ahnte, was sie wollte. »Was soll ich tun?«

»Einfach nur herkommen. Sie werden es dann erfahren.«

Er ließ sich zurückfallen, sagte mit bebender Stimme: »Warum sagen Sie es nicht jetzt?«

»Bitte, wenn Sie möchten … Sie werden mir Gesellschaft leisten. Sie werden einfach nur dasein.«

»Dasein? Für was?«

»Können Sie kochen?«

»Nicht besonders gut.«

»Gut, vielleicht werden Sie dann und wann kochen. Putzen, mit mir spielen, fernsehen, Musik hören …« Sie stoppte, zündete sich eine weitere Zigarette an der fast zu Ende gerauchten an, eine erneute Pause entstand.

»Fehlt noch etwas?« fragte er in die unerträgliche Stille hinein.

»Vielleicht.«

»Und das wäre?«

»Sie wollen alles ganz genau wissen, nicht? Gut, Sie werden auch mit mir schlafen.«

Zugegeben, sie war eine attraktive Frau. Und sie verlangte, als Gegenleistung für Schuldenerlaß, daß er mit ihr schlief. Und sie bestimmte, wann. Und er hatte nie die Gelegenheit gehabt, mit einer anderen, einer solchen Frau …

»Ich bin verheiratet«, quetschte er hervor, nahm das Glas und trank den ersten Cognac seines Lebens. Es brannte auf der Zunge und in der Kehle und im Magen, ein heißes, zunächst unangenehmes Gefühl breitete sich aus, als wollten die Magenwände durchbrechen, er mußte husten, dann ließen das Brennen und der Husten nach, und auf einmal wurde alles leicht.

»Ich habe weder vor, in eine Ehe einzubrechen, noch einen Vater von seinen Kindern zu trennen!«

Er stand auf, vergrub die schweißnassen Hände in den Hosentaschen, ging zur Tür, blieb stehen, atmete tief ein und wieder aus, drehte sich langsam um, kam zurück, blieb vor ihr stehen, ohne sie anzusehen, während sie ihn von unten herauf musterte, und sagte mit tonloser Stimme: »Und wie stellen Sie sich das vor? Was soll ich meiner Frau sagen, wo ich dreimal in der Woche sein werde?«

Ihre Antwort war verständnisvoll und nett. »Das ist kein Problem. Sagen Sie ihr, daß Ihre Bank Ihnen zur Erleichterung Ihrer Schuldensituation eine Stellung angeboten hat, und zwar für Kontrollgänge auf dem Gelände unserer Niederlassungen. Wir haben allein im Frankfurter Raum vierunddreißig Filialen und dreiundzwanzig sonstige Objekte, die sämtlich überwacht werden müssen. Und zwar dreimal in der Woche, sagen wir montags, mittwochs und freitags in der Zeit von zwanzig bis vierundzwanzig Uhr. Ihre Frau wird das nicht nur verstehen, sie wird sogar dankbar sein.«

»Dreimal in der Woche vier Stunden ...«

»Keine Angst, ich werde Sie nicht überstrapazieren«, spottete sie. »Ich möchte nicht nur das *Eine* von Ihnen. Wie gesagt, ich brauche jemanden, der mir Gesellschaft leistet. Ich sagte Ihnen bereits im Restaurant, daß ich ziemlich allein bin.«

»Und was, wenn meine Frau, ich meine, wenn ich nach Hause komme und sie will mit mir ...«

Sie zuckte die Achseln. »Nun, das wird dann allerdings Ihr Problem sein. Aber sie wird nicht wollen. Sie müssen doch morgens früh aufstehen. Eine liebende Frau bringt immer Verständnis für einen hart arbeitenden Mann auf, und schließlich bleiben Sie ihr *dafür* an vier anderen Tagen erhalten.«

Er griff ohne zu fragen nach der Flasche und schenkte das Glas halbvoll. »Warum ich? Warum ausgerechnet ich?«

»Weil Sie zur rechten Zeit am rechten Ort waren. Bilden Sie sich jetzt um Himmels willen nichts darauf ein. Aber ich könnte mir vorstellen, Sie sind ein ganz guter Liebhaber.«

»Wieso sollte ausgerechnet ich ein guter Liebhaber sein? Es gibt Millionen von Männern, die –«

»Das kann ich erst beurteilen, nachdem ich mich von Ihren Fähigkeiten überzeugt habe«, unterbrach sie ihn.

»Sind Sie sich eigentlich im klaren, was Sie da verlangen?«

»Natürlich bin ich das. Schauen Sie, heutzutage ist es üblich, daß Männer Frauen kaufen. Ich dachte mir, warum sollte eine Frau nicht auch einmal einen Mann kaufen, wenn sie es sich leisten kann. Und ich denke, ich kann Sie mir leisten. Und noch etwas – Sie sollten sich im klaren sein, was Sie ausschlagen, wenn Sie ablehnen!«

»Sie können sich mich leisten! Wie sich das anhört!« Er stellte sich mitten in den Raum, die feuchten Hände in den Hosentaschen vergraben, mit dem Rücken zu ihr. »Ich bin doch keine Hure!«

»Habe ich das behauptet? Huren schlafen mit vielen Menschen. Sie sind keine, ich versichere es Ihnen.«

Schweigen. Sie rauchte, fixierte ihn, er spürte ihre Blicke in seinem Rücken. Nach einer Weile fragte er: »Und wie soll das Ganze finanziell aussehen?«

Er merkte, wie sie lächelte, auch wenn er es nicht sah: »Ah, ich sehe, Sie bewegen sich in die richtige Richtung. Es ist ganz einfach. Sie werden zwölf- bis maximal vierzehnmal im Monat hier sein. Ihre Kreditrate beträgt glatte fünfzehnhundert Mark; dazu kommen die Überziehungszinsen für Ihr Konto in Höhe von etwa hundert Mark; Ihr Girokonto ist am absoluten Dispositionslimit angelangt und sollte auch peu à peu ausgeglichen werden; plus der Quartalszinsen und Abschlüsse kommen wir auf, sagen wir, achtzehnhundert Mark. Auf die Stunde umgerechnet verdienen Sie bei mir damit über den Daumen gepeilt fünfunddreißig Mark. Ich nehme nicht an, daß die Arbeit Sie überanstrengen wird. Und sollten Sie besonders nett sein, wird mir sicher noch die eine oder andere Gratifikation einfallen. Ich bin in der Regel großzügig.«

Sie erhob sich, ihr Kleid raschelte, als sie sich auf die Balkontür zubewegte, sie trat hinaus, lehnte sich auf die Brüstung, er folgte ihr einen Moment später, stellte sich einen halben Meter neben sie. Die drückende Schwüle des Tages, die ihn seit dem Aufstehen mit stechenden Kopfschmerzen in der linken Schläfe peinigte, war mit Einbruch der Nacht verschwunden und hatte auch die Kopfschmerzen mitgenommen.

»Es ist schön hier oben, nicht?« sagte sie nach einer Weile. »Man hat einen wunderbaren Blick über Frankfurt.«

»Hmh.«

»Und – haben Sie es sich überlegt?«

»Es ist absurd, pervers oder wie immer Sie es nennen mögen! Und Sie wissen das ganz genau! Und ...«, er schloß die Augen und flüsterte, »ich habe meine Frau noch nie betrogen.«

»Betrug, Betrug! Sie betrügen Ihre Frau nicht. Sie zahlen nur Ihre Schulden zurück. Sie würden Ihre Frau betrügen, wenn Ihr Herz bei mir wäre. Ich will aber nicht Ihr Herz, ich will nur Ihren Körper.«

»Als ob man das eine vom andern trennen könnte!«

»Mein Gott, sind Sie ein komischer Mann! Bisher habe ich eigentlich gedacht, gerade Männer könnten das eine vom andern trennen! Aber bitte, ich lasse mich gerne eines Besseren belehren. Ich kann Sie selbstverständlich nicht zwingen, auf mein Angebot einzugehen ... Wenn Sie überzeugt sind, Ihre Probleme auch anderweitig zu meistern ...«

Sie wußte, er war in einer Lage, aus der er sich nicht aus eigener Kraft befreien konnte. Sie wußte es und nutzte diese Tatsache gnadenlos aus. Sein Gewissen meldete sich, er dachte an Johanna, daß er sie nie betrogen hatte. Er hatte noch nie die Ehe gebrochen. Er hatte Johanna noch nie wirklich weh getan. Und warum nicht? Aus Überzeugung? Aus Angst? Hätte man ihn gefragt, er hätte geantwortet, er wüßte es nicht ... Und jetzt? Doch wie um alles in der Welt konnte er auf tausendachthundert Mark verzichten! Tausendachthundert Mark, tausendachthundert Mark! Minuten vergingen, in denen die Vabochon rauchte, vom Balkon ins Zimmer ging, sich zu trinken einschenkte und wieder auf den Balkon zurückkehrte.

Und er dachte. Und je mehr und je länger er dachte, seine Lungen die sauerstofffreie Nachtluft aufnahmen, der Alkohol seine beruhigende Wirkung entfaltete, desto überzeugter wurde er, daß ihm keine andere Wahl blieb. Denn vor nicht allzulanger Zeit hatte dieses teuflische Leben die Karten neu gemischt und ihm ein verdammt schlechtes Blatt zugeteilt.

Diese Welt war eine Welt für die Starken, und er wollte unter den Starken überleben. Seine Kinder sollten es wieder besser haben und nicht mehr den Druck finanzieller Not spüren müssen. Er wollte ihnen wieder Wünsche erfüllen können, die jetzt noch utopisch schienen, wollte Johanna Geschenke machen, auf die sie Anspruch hatte, eine kleine Entschädigung für das schreckliche letzte Jahr. Und jetzt brauchte er nur die Hände auszustrecken, das Angebot von Dr. Vabochon anzunehmen und den Dingen ihren Lauf zu lassen.

Und beging er wirklich Ehebruch, wenn er nicht mit dem Herzen dabei war, sondern nur den Unterleib einsetzte? Und bei dieser Frau, bei diesem Körper würde er sicher keine Probleme haben, den Unterleib einzusetzen!

»Was werden Sie tun, wenn ich ablehne?«

Ihr harter Blick strafte das sanfte Lächeln Lügen. »Wir werden Ihnen keine Stundung mehr gewähren. Wir werden alles pfänden, was rechtlich pfändbar ist. Sie werden zum

Leben nur das Allernötigste haben, und glauben Sie mir, das ist sehr, sehr wenig. Es täte mir leid für Sie und Ihre Familie. Aber wenn Sie ablehnen, lassen Sie mir leider keine andere Wahl.«

»Wie lange?«

»Was, wie lange?«

»Wie lange soll das gehen?«

»Bis alles bezahlt ist. Etwa vier Jahre.«

»Vier Jahre!« Er lachte in einem Anflug von Galgenhumor auf, ihm war kotzelend. »Vier Jahre sind eine Ewigkeit!«

»Aus eigener Kraft werden Sie in vier Jahren noch nicht einmal die Hälfte Ihrer Schulden beglichen haben«, entgegnete sie kalt. Sie drehte sich um, lehnte sich mit dem Rücken an das Geländer. »Ich erwarte Ihre Antwort allerdings noch heute abend. Sollten Sie gehen, ohne mir geantwortet zu haben, werte ich das als Ablehnung.«

»Und was, wenn ich ja sage?«

»Dann ist alles dafür bereit, schon heute abend die erste Abzahlung zu leisten. Was ich allerdings nicht von Ihnen verlange. Einen Tag würde ich Ihnen noch zugestehen.«

»Bekomme ich es schriftlich?«

Sie schüttelte den Kopf, lachte ihn aus. »Für was halten Sie mich? Nein, nichts Schriftliches! Es könnte für uns beide nur von Nachteil sein. Die mündliche Vereinbarung muß Ihnen genügen.«

»Und wie kann ich sichergehen, daß Sie mich nicht reinlegen? Ich biete Ihnen meine Dienste, und Sie verweigern die Zahlung ...«

»Ob Sie wollen oder nicht, Sie müssen mir vertrauen. Sie werden am Anfang des Monats den Beweis für meine Ehrlichkeit auf Ihrem Kontoauszug wiederfinden. So lange müssen Sie sich schon noch gedulden. Ich mache Ihnen jedoch einen Vorschlag – ich beweise Ihnen meinen guten Willen, indem ich eine volle Rate für heute und morgen bezahle. Und zwar gleich Anfang nächster Woche. Ein faires Geschäft, wie ich finde. Quasi eine Starthilfe. Was sagen Sie dazu?«

»Ich weiß nicht . . .«

»Sind Sie immer so zögerlich? Oder genieren Sie sich etwa?« fragte sie spöttisch.

»Was, wenn meine Frau einen Vertrag sehen möchte?«

»Sagen Sie ihr, daß der Vertrag bei der Bank liegt. Zeigen Sie ihr am Monatsanfang den Kontoauszug, das wird ihr genügen.«

»Sie haben an alles gedacht, nicht? Ich möchte nur eines wissen – warum tun Sie das? Haben Sie es nötig? Warum suchen Sie sich nicht einen ledigen Mann, es gibt unzählige, die besser aussehen und womöglich auch . . .«

»Sicher gibt's die.« Sie zuckte die Achseln. »Aber wie ich schon sagte, Sie tun mir leid, und wenn mir jemand leid tut, dann kann ich nicht anders, dann muß ich helfen. Und außerdem haben verheiratete Männer dieses gewisse Etwas, lassen Sie es mich innere Ruhe und Erfahrung nennen, Eigenschaften, die ein lediger Mann nur sehr selten mitbringt. Zudem stellen verheiratete Männer fast nie Bedingungen, denn das ist das letzte, was sie sich leisten können, wenn sie nicht die Ehe und was sonst noch dranhängt aufs Spiel setzen wollen. Deshalb habe ich Sie gewählt. Ich könnte tatsächlich unzählige Männer haben, wenn ich wollte . . .« Ihr rechter Mundwinkel zuckte zweimal, ihr Blick schien durch ihn hindurchzugehen. »Wie diese Typen in der Bank, diese fettärschigen, sabbernden, geilen Kerle, die sich für unwiderstehlich halten, wenn sie mit Anzug und Krawatte und umnebelt von billigem Aftershave wie aufgeblähte Gockel rumspazieren. Alles Idioten, sage ich Ihnen. Das ist der Grund, warum ich dort die abweisende, frustrierte Frau spiele, die sich nichts aus Männern, nichts aus ihrem Äußerem, aus nichts etwas macht. Ich bin als Lesbe verschrien, und das ist gut so. Sollen sie von mir denken, was sie wollen, Hauptsache, sie lassen mich in Ruhe.« Nach einer Pause: »Kommen Sie, ich führe Sie durch meine Wohnung.«

Er blieb stehen, sie war bereits an der Tür. Sie drehte sich um, zog die Stirn in Falten und sah ihn fragend an. Er sagte: »Was, wenn die Sache auffliegt? Sie wandern ins Gefängnis, und ich vielleicht auch!«

»Aber ich bitte Sie, keiner wird ins Gefängnis wandern, weder Sie noch ich! Was ich tue, ist so sicher wie das Amen in der Kirche. Niemand wird je hinter unser kleines Geheimnis kommen, weil keiner auch nur den leisesten Verdacht schöpfen wird. Sie können sich voll und ganz auf mich verlassen, ich bin nicht umsonst promovierte Juristin. Und bedenken Sie, es geht für Sie um eine Menge Geld. So, und jetzt kommen Sie endlich.«

Sie verließen den Balkon. Vom Wohnzimmer, das eigentlich ein kombinierter Wohn-Eßbereich war, gelangte man durch eine schmale Tür in die Küche, ein Modern-Art-Museum für Küchengeräte und -möbel, ein schwarzweiß gefliester, hochglänzender Steinfußboden, der einem riesigen Schachbrett glich. Er warf nur einen kurzen Blick hinein, sie betraten das luxuriöse Bad, so groß wie ein Wohnzimmer, in dessen Mitte sich eine halb in den Boden eingelassene, blaue, runde Badewanne mit einem Durchmesser von etwa zwei Metern und goldfarbenen Armaturen befand, rechter Hand zwei ebenfalls blaue, große Waschbecken mit goldglänzenden Armaturen und neben der blauen Toilettenschüssel ein gleichfarbiges Bidet, dazu ein Kosmetiktisch, auf dem sich Flaschen und Flakons wie auf einer Testbar in der Parfümerie präsentierten, dicke, flauschige Vorleger bedeckten große Teile des blauschwarzen Bodens, ein etwa drei Meter breiter Spiegel reichte von der Decke bis hinunter zum Kosmetiktisch. »Es ist ein Colani-Bad«, bemerkte sie mit kühlem Understatement.

Die nächste Tür, hinter der er einen recht großen Raum vermutete, war verschlossen. »Eine Rumpelkammer«, beantwortete sie knapp seine unausgesprochene Frage und führte ihn in das Schlafzimmer, drückte einen Schalter, gedämpftes Licht. Gegenüber der Tür ein quadratisches Bett, linker Hand ein Nachtschrank und zu beiden Seiten des Bettes je ein einfarbiger, mit dunkelblauem Samtstoff bezogener Sessel. Der Schrank mit den Lamellentüren war in die Wand eingelassen und offensichtlich begehbar. Der Nachtschrank und die Schranktüren leuchteten in unersättlichem Rot, sonst war alles in ein kräftiges Dunkelblau getaucht, wie das Mittelmeer, wenn die allmählich sich dem Horizont zuneigende Abendsonne es in tiefes Blau taucht. Ein perfektes Zimmer. Als er in der Zimmermitte stand, ließ er den Blick von einer Ecke in die andere wandern und wähnte sich in einer anderen Welt, einem anderen Universum, und als er seine Augen zur Decke hob, glitzerten dort Lichtjahre entfernte Sterne und Milchstraßen, als wäre da keine Decke, sondern der Ausgang in die Unendlichkeit des Universums. Sie hatte sich das Weltall ins Schlafzimmer geholt!

»Es ist großartig! Wie sind Sie auf die Idee mit der Decke gekommen?«

»Fast alle haben weiße Decken, phantasielos, wie ich meine. Ich bin nun mal für das Besondere, wie Sie vielleicht schon bemerkt haben. Es gefällt Ihnen also?« Sie kam näher, blieb dicht neben ihm stehen, sah ihn von der Seite an, er spürte ihren Atem in seinem Gesicht. Sie setzte sich auf das von einer blauen Samtdecke bedeckte Bett, schlug die Beine übereinander. »Ich hasse diese sterilen Schleiflackzimmer mit den weißen Tapeten und rosa Bettvorlegern. Mich zieht das Außergewöhnliche an und sonst nichts ... in jeder Beziehung! Kommen Sie, setzen Sie sich aufs Bett und fühlen Sie, wie gut man darauf – sitzt.«

»Es war sicher nicht billig, das alles so ...«

»Was ist schon Geld? Nun kommen Sie schon und setzen Sie sich.«

Unsicherheit. Was, wenn er sich setzte? Faßte sie das dann

bereits als Zustimmung auf? Er setzte sich einen Meter entfernt von ihr, die Matratze war weich, eher amerikanisch. Eine Matratze, so typisch amerikanisch wie Marshmallows und rosafarbene oder giftgrüne Puddings, diese so unglaublich kitschigen Perlonkleider und die riesigen, schwerfälligen, benzinfressenden Karossen. Und dazu Fleetwood Mac oder Canned Heat hören und sich einfach treiben lassen! Vor drei Jahren war er mit Johanna in Florida gewesen, Key West, hatte Hemingways Haus besucht, im warmen Meer gebadet, sich abends mit Johanna an den Strand gesetzt und zusammen mit Hunderten anderer den Sonnenuntergang zelebriert, wie man ihn wohl sonst nirgends zelebrierte, man sah andächtig der Sonne zu, wie sie sich, nach einem langen, anstrengenden Tag müde geworden, allmählich zur Ruhe setzte und in der Unendlichkeit des Horizonts in das Meer eintauchte und Platz machte für eine milde Nacht. Bis auf einmal, wo es fürchterlich regnete, hatten sie diesem Zeremoniell Abend für Abend beigewohnt. Und sie hatten sich vorgenommen, wieder einmal hinzufahren, noch einmal diese Lust zu verspüren und diese Atmosphäre. Doch wie es aussah, würde daraus nichts mehr werden, würde ein Wunder geschehen müssen, damit er je wieder den Boden Floridas unter seinen Füßen spürte.

Er wippte ein paarmal auf und ab, sie rückte näher, eine Bewegung ihres Kopfes, und Schwaden ihres Parfüms füllten die Luft. Er stand vor der perversesten Entscheidung seines Lebens, überzeugt, nicht einmal der phantasiebegabteste Schriftsteller war in der Lage, sich je diese Situation auszudenken. Es war, als forderte man ihn auf, barfuß über die Kante einer Rasierklinge zu gehen, ohne sich dabei zu schneiden.

»*Muß* ich die Entscheidung heute treffen?«

»Noch immer Zweifel? Denken Sie an die Vorteile und nur daran. Es gibt keine Nachteile!«

»Nicht Sie müssen die Entscheidung treffen ...«

»Wollen Sie vielleicht erst mit Ihrer Frau darüber sprechen?« fragte sie spottend, er reagierte nicht darauf, wirkte abwesend.

»Und es ist wirklich völlig gefahrlos?«

»Was bereitet Ihnen eigentlich mehr Sorgen – ob Sie etwas Ungesetzliches tun oder daß Sie mit mir schlafen sollen?«

Schulterzucken.

»Nun, Sie müssen selbstverständlich nicht darauf antworten ...«

Er stützte die Ellbogen auf die Oberschenkel, faltete die Hände und drückte sie so fest zusammen, daß die Knöchel weiß hervortraten. »Wo ist der Haken? Wo, zum Teufel, ist der verdammte Haken?«

»Welcher Haken? Sie tun etwas für mich und ich etwas für Sie. Ein fairer Handel.«

»Ein fairer Handel, ein fairer Handel! Es ist kein fairer Handel! Und Sie wissen das verdammt genau!« Er fuhr mit dem Handrücken über die Stirn, wischte den Schweiß ab. Da war die Angst wieder! Was immer er tun würde, es war falsch. Doch was war der am wenigsten falsche Weg? Er schloß die Augen, Pochen in seinen Schläfen, er glaubte zu spüren, wie die Adern sich aufblähten, um im nächsten Moment zu zerplatzen. Eigentlich wollte er nur raus hier, ins Bett, sein eigenes Bett gehen und schlafen und denken und warten.

»Und, wie lautet Ihre Antwort?«

»Lassen Sie mir vielleicht eine andere Wahl?«

»Gut, sehr gut«, sagte sie zufrieden und stand auf, schloß das Fenster, zog die samtenen, dunkelblauen Vorhänge zu. »Ich weiß, der Anfang ist das schwerste. Wahrscheinlich wird Ihnen das erste Mal besonders schwerfallen. Möchten Sie vielleicht noch etwas trinken, um sich zu entspannen? Oder wollen Sie ein Bad nehmen? Ich sollte am besten gleich sagen, daß ich extrem viel Wert auf Hygiene lege, vor allem wenn es um Geschlechtsverkehr geht.«

Er sah zu Boden, zuckte mit den Schultern, schwieg, schämte sich, glaubte noch immer nicht, daß das, was er hier erlebte, Wirklichkeit war.

»Sie können natürlich auch beides haben. Ich werde Wasser einlaufen lassen, und dann trinken wir noch einen.« Sie lehnte die Tür nur an. Sie ließ ihn allein im Weltallzimmer. Die Aufregung ließ ihn zittern. Er ging ins Wohnzimmer, sie hatte die Flasche stehengelassen, absichtlich, wie er annahm. Trotz der Übelkeit trank er noch einen Cognac, an diesem Abend tat er sowieso lauter Dinge, die gegen seine bisherigen Lebensregeln verstießen. Dann ging er zurück ins Schlafzimmer, ließ sich rücklings aufs Bett fallen. Ein kurzer Blick zur Uhr, halb zehn. Johanna wartete bestimmt längst, machte sich wahrscheinlich Sorgen. Sie war an und für sich kein ängstlicher Typ, doch ihrer Meinung nach sollte man sich nach Einbruch der Dunkelheit in Frankfurt nicht mehr allein auf die Straße wagen.

Sie kam zurück. Sie war barfuß, sie trug einen schwarzen, seidenen Morgenmantel mit goldglänzenden chinesischen Motiven, Drachen und Schlangen und allen möglichen Schriftzeichen. Sie hielt die Flasche und die Gläser in Händen, reichte ihm eines, schenkte ein. Er richtete sich auf, nahm es und trank aus, als wäre er gewohnt, jeden Tag Cognac zu trinken.

»Möchten Sie in die Wanne?« fragte sie. Er versuchte zu lächeln, es mißlang, selbst das Laszive, Auffordernde in ihrer Stimme beruhigte ihn nicht.

»Muß es wirklich heute abend schon sein?«

»Heute abend oder nie.«

»Dann werde ich baden . . .«

»Gut, dann lassen Sie aber bitte die Tür angelehnt, ich werde nachkommen.« Dr. Vabochon, die Kettenraucherin, ging zum Nachtschrank, holte eine Zigarette aus der Schublade, die fünfte oder sechste in der letzten halben Stunde und zündete sie an, setzte sich aufs Bett, und als ihre Blicke sich trafen, wölbte sie für einen Moment die jetzt voll wirkenden Lippen und fuhr sich mit der Zungenspitze über die Oberlippe. Er ging ins Bad, war sich bewußt, trotz der Schwerelosigkeit im Kopf, daß er im Begriff stand, sein gesamtes bisheriges Leben auf den Kopf zu stellen und die Ruhe und den Frieden – trotz der Schulden war es so! – gegen etwas Unbekanntes, gefährlich Unbekanntes einzutauschen.

Mit den Händen fuhr er sich durch sein stetig lichter werdendes Haar, er verlor sie beim Waschen, beim Kämmen, im Schlaf – der Tribut, den das Alter forderte. Auf einem Beistelltisch stand eine unangebrochene Flasche Giorgio Beverly Hills pour Homme. Hatte sie sie extra für ihn gekauft, in weiser Voraussicht, wie seine Entscheidung ausfallen würde? Er gab ein paar Spritzer in die Handfläche, verrieb den Duft auf der Haut. Ein letzter Blick in den Spiegel, er fand sich nicht einmal mehr gutaussehend. Weder muskulös noch durchtrainiert, dafür der Ansatz eines Bauches, zu dünne, schlaffe Arme. Warum er? Warum hatte sie ihn, ausgerechnet ihn, ausgesucht?

Das Wasser hatte genau die richtige Temperatur. Ein Meer von Rosen, cremiger Schaum. Er wusch sich schnell, strich mit einer Hand übers Kinn, der Bart war seit dem Morgen gewachsen, kratzige Stoppeln. Mit der Zunge überprüfte er die Zähne, zuletzt hatte er sie gestern abend geputzt. Noch hätte er sich anziehen, diese Lasterhöhle verlassen können, noch hätte er seine Träume ... Doch er war nackt, und sie stand in der Tür.

Sie liebten sich, kurz und lieblos. Er hoffte, Johanna würde nie herausfinden, was er in Zukunft an drei Abenden in der Woche trieb. So verständnisvoll sie auch immer gewesen war, so sehr sie auch zu ihm gehalten hatte, so sehr sie ihn auch liebte, sie würde ihm nie verzeihen, für Geld – und wenn es alles Geld dieser Erde war – seinen Körper und somit seine und ihre Liebe verkauft zu haben. Es war ein Verbrechen, sie zu hintergehen, er war ein Verbrecher.

Doch das Schicksal, und nichts anderes war es wohl, hatte ihn auf Wege geleitet, die er nicht verstand, wahrscheinlich nie verstehen würde – und die Johanna nie akzeptieren würde. Johanna war sicher eine der verständnisvollsten Personen, aber auch eine Johanna war nicht vollkommen. In jedem Fall aber war sie vollkommener als er.

Es war kurz nach elf, als er sich zum Gehen ankleidete. Er hatte die Haare geföntet, die Spuren des fremden, durchdringenden Parfüms durch intensives Waschen des Gesichts und des Halses zu beseitigen versucht.

Es war kein ausgiebiger Geschlechtsakt gewesen, er hatte viel zu früh ejakuliert, weil er zu erregt gewesen war. Alles war so anders, so fremd, die Frau, die Umgebung, dieser Körper, dieses tief aus dem Innern kommende, knurrende Stöhnen. Nicht zu vergleichen mit der Monotonie, in der Johanna und er den Beischlaf vollzogen. Seit Jahren die gleiche, inzwischen bisweilen langweilige Zeremonie, an der ihn nichts mehr reizte. Sie hatten sich aneinander gewöhnt, und was anfangs Liebe war, hatte sich in tägliche Routine gewandelt. Er war zwanzig, als er sie kennenlernte, einundzwanzig, als sie heirateten, und irgendwie waren alle Pläne und Wünsche und Träume, die er vorher hatte, auf einmal in eine andere Richtung gelenkt worden. Er hatte nie eine Frau vor ihr gehabt, sie aber war zwei Jahre fest liiert gewesen, mit einem brutalen Typen, den er einmal kurz kennengelernt hatte, dessen Lebensinhalt ihren Erzählungen zufolge aus nichts als Saufen, Prügeln und Vergewaltigen bestand. Und jetzt, nach beinahe zwanzig Jahren, kannte er ihren Körper, ihr Lachen, ihre Gesten, ihre Mimik, wußte sie, daß er es haßte, wenn sie beim Fernsehen Äpfel knackte oder auf Karotten rumknabberte, wußte er aber auch, wie sie am leichtesten zu verletzen war.

Dr. Vabochon saß im Schneidersitz auf dem Bett, nackt, die Haare zerwühlt, sie beobachtete ihn beim Anziehen. Kein

Wort fiel. Erst als er fertig angezogen war, bereit zum Gehen, stand sie auf, kam auf ihn zu, legte die Arme um seinen Hals und küßte ihn, kurz und leidenschaftlich, und diesmal erwiderte er ihren Kuß. Sie sagte »Danke« und »Bis morgen«. Und als er in der Tür stand: »Einen Moment noch. Ich möchte Ihnen noch etwas sagen.« Die Kettenraucherin zündete sich eine Zigarette an und trank den Rest Cognac aus ihrem Glas und sagte ruhig: »Der Vertrag wäre also hiermit besiegelt. Sie sollten immer daran denken, was alles für Sie davon abhängt. Und noch etwas – keine Telefonate, weder Sie bei mir noch ich bei Ihnen. Keine Kontakte. Ich werde immer zur abgemachten Zeit auf Sie warten.«

»In Ordnung.«

Er zog leise die Tür ins Schloß, drückte den Aufzugknopf, der Lift setzte sich mit einem Surren in Bewegung, stoppte fast geräuschlos. Das miserable Gefühl stellte sich ein, sobald er allein war. Sobald ihre Ausstrahlung und Anziehungskraft ihn nicht länger bannten, sobald er ihren Fängen und klebrigen Fäden entronnen war. Doch er spürte ihre Hände, ihre Brüste, der Duft ihrer Scham hatte sich in seine Nase gebrannt. Ihre Stimme schwirrte durch seinen Kopf, ihr Parfüm war sein unsichtbarer Begleiter.

Er war eine Hure, eine erbärmliche Hure, benutzt, bezahlt, zum Ficken mißbraucht. Er hatte Unrecht begangen und würde es weiter tun. Auf dem Weg zum Auto befahl er sich, kein schlechtes Gewissen zu haben, nur Feiglinge und Schwächlinge hätten eines. Unterwegs hielt er an, um sich zu übergeben.

# DONNERSTAG, MITTERNACHT

Es war fast Mitternacht. Licht brannte, Johanna saß im Wohnzimmer vor dem Fernsehapparat, in ihrem knöchellangen, bis zum Hals geschlossenen Baumwollnachthemd, die Beine auf das Sitzkissen gelegt. Ein Teller mit Chips und Süßigkeiten stand auf der Lehne, ein zur Hälfte geleertes Glas Limonade auf dem Tisch. Das Fenster war gekippt, aus einem der oberen Stockwerke drang das Brüllen eines Mannes und die sich überschlagende, keifende Stimme einer Frau, dann für Sekunden Stille, das Klatschen von Händen oder Fäusten, noch lauteres, angsterfülltes Schreien der Frau. David war an solche Geräusche inzwischen gewöhnt, ignorierte sie einfach. Johanna häkelte, sah auf, verwundert und scheinbar verärgert zugleich. Ein kurzes Hallo, ein fragender Blick.

»Wieso kommst du erst jetzt?« Sie legte das Häkelzeug auf die Schenkel.

»Tut mir leid, Schatz«, sagte er und küßte sie nicht zur Begrüßung. Er wollte nicht, daß sie seine Fahne roch. Statt dessen ließ er sich stöhnend in den Sessel fallen, lockerte die Krawatte und löste den obersten Knopf des Hemdes. »Mann, war das ein anstrengender Abend! Aber er hat sich wenigstens gelohnt.«

Aus den Augenwinkeln verfolgte er ihre Reaktion, brachte es nicht fertig, ihr direkt in die Augen zu sehen. Johanna wölbte die Stirn, die Neugier siegte. »Schatz«, begann er wieder – wie konnte er sie jetzt nur Schatz nennen?! – und versuchte zu strahlen wie ein Kind vor einem bunt glitzernden Weihnachtsbaum, »halt dich fest! Wir werden alle unsere Schulden los! Die Bank ist doch nicht ganz so übel, wie ich immer gedacht habe. Sie haben mir einen Vorschlag gemacht und ... na ja ... ich habe eingewilligt. Na, was ist, möchtest du ihn hören?«

»Jetzt übertreib nicht!«

»Sie haben mir einen Job angeboten! Stell dir vor, ich soll schon ab morgen dreimal in der Woche so 'ne Art Kontrollgänge durch die Filialen und Grundstücke machen. Ich arbeite von acht Uhr abends bis Mitternacht. Dafür zahlen sie achtzehnhundert Mark im Monat! Na, was sagst du?«

»Du willst neben deiner Arbeit noch bis spät in die Nacht . . .?! Das schaffst du nie!« sagte sie und nahm eine Handvoll Chips aus der Tüte.

»Ach, du immer mit deinem Pessimismus! Kannst du nicht einmal eine Sache positiv sehen?! Das Ganze dauert maximal vier Jahre, und wenn die vier Jahre rum sind, haben wir keine Schulden mehr! Wir können dann mit unserem Geld wieder tun und lassen, was wir wollen! Als ob mich die Arbeit umbringen würde! Wir werden unsere Schulden los, und das allein zählt. Nur vier Jahre, vielleicht sogar weniger, und wir sind aus allem Schlamassel raus. Und dann, das schwöre ich dir, nie, nie, nie wieder auch nur einen Pfennig Schulden! Im Gegenteil, wir werden noch einmal von vorne beginnen. Wir werden es allen zeigen, die meinen, wer einmal so tief gestürzt ist, kann unmöglich wieder nach oben kommen. Vielleicht schaffe ich es sogar, wieder in meinem alten Beruf Fuß zu fassen.«

»Ich bin nicht pessimistisch, ich bin nur vorsichtig. Im letzten Jahr ist schon viel zuviel schiefgegangen. Und ich weiß nicht«, sagte sie zweifelnd, »auf den ersten Blick hört sich das ja ganz schön und gut an, aber ist da auch bestimmt kein Haken an der Sache?«

»Ich werd noch wahnsinnig mit dir! Die können es sich doch nicht leisten, mich übern Tisch zu ziehen. Jetzt komm und mach ein fröhliches Gesicht und freu dich mit mir. Aber gut, wenn du zweifeln willst und nicht dran glaubst, dann kann das ja auch nichts werden. Dann lassen wir's eben!« tat er beleidigt.

»Vier Jahre lang dreimal in der Woche? Ich weiß nicht, wie du das durchhalten willst . . .«

»Wenn ich merke, daß es zuviel wird, höre ich einfach auf. Aber ich werde durchhalten. Ich tu's ja für uns. Für dich und vor allem für die Kinder. Sie sollen eines Tages nicht sagen müssen, ihr Vater wäre ein Versager.«

»Bitte, probier's ... Wieso hat es aber heute abend so lange gedauert? Du stinkst nach Qualm und ...« Sie kniff die Lippen zusammen und schüttelte den Kopf. »Du hast getrunken, stimmt's? Hast du?«

»Jetzt hab dich nicht so, sie haben mir einen Cognac angeboten, und ich wollte nicht unhöflich erscheinen. Sie waren sehr freundlich zu mir. Es wird nicht wieder vorkommen. Großes Ehrenwort!« sagte er und streckte die rechte Hand zum Schwur in die Höhe, wissend, daß er einen Meineid schwor.

Sie seufzte auf, nahm noch ein paar Chips in die Hand und steckte einen in den Mund. Während sie kaute, sagte sie: »Ich möchte nicht, daß du trinkst. So, und jetzt komm, gehen wir ins Bett. Morgen wird ein harter Tag für dich.« Sie wischte die Krümel von ihrem Nachthemd und stand auf. Er sah ihr nach, wie sie aus dem Zimmer ging. Sie hatte im letzten Jahr über zehn Kilo zugenommen, erste Krampfadern durchzogen wie langgestreckte Gebirgszüge ihre Waden, sie stand viel und lange in der Küche, nicht einmal zum Bügeln setzte sie sich. Ihre früher so grazilen Hände waren gezeichnet von Spülwasser, Wäschewaschen, -bügeln und -aufhängen, Putzen, und das einst Leichte und Schwebende ihrer Jugend hatte sich innerhalb weniger Monate in müde Schwerfälligkeit gewandelt. Ein paar tiefe Täler hatten sich in die Mundwinkel gegraben, Sorgenfalten. Und womöglich kamen bald noch welche dazu.

Er schloß kurz die Augen, der Alkohol und der kräftezehrende Tag zeigten Wirkung. Ihm war schwindlig, der Sessel drehte sich im Kreis. Er öffnete die Augen wieder und sah zur Uhr. Sechs Stunden Schlaf, danach ein Achtzehnstundentag.

Er wusch sich nur oberflächlich, er hatte ja gerade erst gebadet, putzte die Zähne und legte sich schlafen. Er wünschte sich einen tiefen, erholsamen Schlaf und am nächsten Morgen aufzuwachen und zu wissen, daß dieser Abend nichts als ein in höchstem Maße abstruser Traum gewesen war.

Die Nacht war grausam. Er wälzte sich im Schlaf, schweißüberströmt, obgleich kühle Luft durch das geöffnete Fenster wehte, und wenn er doch einschlief, dann nur oberflächlich und gepeinigt von furchtbaren, düsteren Alpträumen. Einmal spürte er Johannas beruhigende Hand auf seiner Schulter, er war zum Ende der Nacht hin schreiend aufgewacht (er litt in letzter Zeit oft unter diesen unerklärlichen Alpträumen), die ersten Streifen der Dämmerung tauchten das Zimmer in noch diffuses, silbrig-graues Licht. Einen Moment blieb er regungslos liegen, Stakkato in der Brust, Schwere in den Beinen, ein leichter Anflug von Übelkeit, Nadelstiche in der linken Schläfe. Bei einem Blick zur Uhr stellte er bestürzt fest, daß seit dem Einschlafen gerade vier Stunden vergangen waren. Auf einmal war der Alptraum wieder gegenwärtig, eine seltsame Collage vergangener Gesichter in einer düsteren Umgebung, die vertrauten Gesichter ausdruckslos und dabei so merkwürdig traurig. Vater, dessen Haut dunkelblau verfärbt war und sich allmählich vom Gesicht löste, bis nur noch die Haare und der blanke Schädel zu sehen waren; Tante Maria, die geliebte Tante seiner frühen Kindheit, die sich den Leib weggeschossen und womöglich ein schreckliches Geheimnis mit ins Grab genommen hatte; Onkel Gustav, den er nur von weitem sah und auch nur den Rücken, der an einer Hand seine kleine Tochter hielt und in der anderen einen schweren, dunklen Koffer, und auch die Kleine hielt etwas in der Hand, was, das konnte er im Traum nicht genau ausmachen, so sehr er sich auch anstrengte, er glaubte aber, einen länglichen Gegenstand gesehen zu haben, und beide entfernten sich langsam von ihm und tauchten in den Horizont ein. Der Traum war lebendig, selbst jetzt, nachdem er aufgewacht war und das aufgeregte Hämmern in seiner Brust nachließ.

Er dachte daran, an diesem Freitag einfach zu Hause zu bleiben, die Poststelle der ProCom würde auch einmal ohne ihn auskommen. Es war ohnehin eine lausige Arbeit. Wofür zum Teufel hatte er überhaupt studiert?! Warum hatte sein sogenannter Freund ihn nicht für die Entwicklung von Programmen eingesetzt?! Statt dessen Briefe eintüten, sortieren, frankieren, im Haus verteilen . . .

Johanna hatte ihre Hand wieder zu sich genommen und schlief leise schnarchend. Draußen donnerten die ersten Autos über die nahegelegene Brücke, aus der Wohnung über ihnen dröhnte der hämmernde, monotone Rhythmus nervtötender Technomusik mit den unglaublich schnellen, nervösen Beats. Lumpenpack, ihr verdammtes! dachte er zornig, ballte die Fäuste und verfluchte dieses armselige Gemäuer, in dem dahinzuvegetieren sie verdammt waren, und diesen asozialen Abschaum über ihnen, für den Rücksicht ein Wort mit unbekannter Bedeutung war. Kein Tag, an dem das Treppenhaus nicht erbärmlich stank, die Aufzüge nicht blokkiert waren, demoliert von Randalierern, die Knöpfe mit Feuerzeugen angesengt, die Türen und Wände mit Kot oder Blut oder in harmloseren Fällen mit Sprühdosen oder dicken Edding-Stiften beschmiert. Urinlachen und Kothaufen auf den Treppenstufen. Autos wurden zu jeder Tages- und Nachtzeit aufgebrochen oder abgestellte Wagen einfach angezündet, die ausgebrannten Wracks verrotteten auf den Parkplätzen und an der Straße, und niemand kümmerte sich darum, denn Angst dominierte. Heroinsüchtige spritzten sich ihr Gift in aller Öffentlichkeit, erst vor ein paar Tagen war ein kleines Mädchen auf dem Spielplatz in eine Fixerspritze getreten, und jetzt fürchteten die Eltern, die Kleine könnte sich mit Aids infiziert haben. Jugendbanden terrorisierten die Anwohner mit Lärm und Gewalt, rotteten sich zusammen und zogen aus zum Krieg gegen andere Banden. Schlägereien, Vergewaltigungen, Einbrüche gehörten hier zum Alltag, und die Polizei sah weg. Der Briefträger, ein freundlicher, junger Mann, war vor einer Woche brutal zusammengeschlagen und ausgeraubt worden. Im Nachbarhaus hatte ein Mann seine Frau so schwer mißhandelt, daß die Ärzte noch nach Tagen nicht sagen konnten, ob sie überleben würde. David hatte die gellenden Schreie der Frau gehört, doch nicht er, jemand anders hatte die Polizei alarmiert. Er mußte sich eingestehen, Angst vor Rache zu haben, doch eigentlich fürchtete er weniger für sich als für Johanna und die Kinder. Und die Furcht war berechtigt, denn kaum hatte die Polizei ihn vernommen, war der Mann bereits wieder auf freiem Fuß, stand mit seinen Saufkumpanen an der Trinkhalle und ließ sich vollaufen.

Ein Dreivierteljahr war seit ihrem Einzug in dieses Haus vergangen, und jetzt hausten sie auf der untersten Stufe von Wohnqualität, auf die man in dieser Stadt rutschen konnte. Zwar hielt die Miete sich in erträglichen Grenzen, dafür mußte man Schmutz und Gestank, Geschrei und Obszönitäten und die ständige Angst vor Einbrüchen und Überfällen in Kauf nehmen. Kleine Kinder draußen spielen zu lassen hätte bedeutet, sie überall lauernden Gefahren auszusetzen, um ihr Leib und Leben fürchten zu müssen. Die Wasserhähne tropften, ein paar Scheiben waren so milchig, daß man kaum noch durchsehen konnte, ständig blubberte es aus dem Abfluß der Badewanne, und dann stank es erbärmlich nach Fäkalien, und keiner machte sich die Mühe, die Ursache für das Blubbern und den Gestank herauszufinden oder gar zu beseitigen. Es gab zwar einen Hausmeister, der aber mehr betrunken als nüchtern war und offensichtlich die Anweisungen der Wohnungsgesellschaft befolgte, Reparaturen nur in äußersten Notfällen durchführen zu lassen. Nein, keine Reparaturen, keine Renovierungen, nicht für diese

Häuser, diese Menschen, diesen Abschaum. Wer hier abgelegt wurde, krepierte allmählich, ein langsamer, schleichender Tod, ein Dahinvegetieren. Oft genügte schon die Nennung des Straßennamens, spätestens jedoch sobald eine der hohen Hausnummern genannt wurde, wollte kein *anständiger* Mensch mehr etwas mit einem zu tun haben. Jeder, der hier wohnte, war verdammt, als Asozialer und somit als wertlos, als lebender Müll abgestempelt zu werden.

Was sie alles gehabt hatten! Und was sie alles noch vorgehabt hatten! David wollte das Geschäft noch führen, bis er fünfzig war, dann mit Johanna den Rest des Lebens irgendwo im Süden verbringen. Alles war nach Plan verlaufen, bis zum 10. Mai des letzten Jahres.

Und nun war der Traum vom Süden begraben, sie lebten in einem heruntergekommenen Haus, ärgerten sich über degenerierte Nachbarn, führten ein schäbiges Leben, die Schulden wuchsen ihnen über den Kopf, und er erging sich ein ums andere Mal in bitterem Selbstmitleid, und manchmal wachte er nachts auf und weinte.

Und nur weil er keinen anderen Ausweg sah, hatte er sich gestern kaufen lassen.

Bis gestern hatte es für ihn keine Zukunft gegeben. Doch seit ein paar Stunden träumte er wieder. War ihm der Vorschlag von Dr. Vabochon anfangs dubios, ungesetzlich und unmoralisch vorgekommen, so erhielt er bei näherem Hinsehen und mit dem Abstand von ein paar Stunden Schlaf eine immer angenehmere und freundlichere Gestalt. Wenn sie die Schulden übernahm, wobei ihn der Gedanke im Augenblick wenig scherte, ob legal oder nicht, so bestand doch noch Hoffnung, daß er eines Tages wieder ein sorgenfreies Leben führen konnte.

Er war nicht mehr müde. Er würde zur Arbeit gehen und später am Abend zu Dr. Vabochon. Er würde mit ihr schlafen, und vielleicht machte es sogar Spaß, jetzt, nachdem er die Sache überdacht hatte und zu dem Schluß gekommen war, daß er nichts eigentlich Unrechtes tat. Versuchte er denn nicht lediglich, sein und das Leben seiner Familie zu retten – was sollte daran verwerflich sein? Weder mordete er, noch stahl er, noch beschädigte er fremdes Eigentum, noch verletzte er Menschen. Und außerdem war nicht er auf diese zugegeben haarsträubende Idee gekommen, er hatte nur ja gesagt. Und vielleicht erlebte auch das Liebesleben zwischen Johanna und ihm eine Renaissance, denn bei genauer Betrachtung hatte sich der Geschlechtstrieb – und die Lust – bei ihm in den vergangenen Jahren auf ein Minimum zurückentwickelt. Ihr physisches Eheleben bestand aus routinemäßig durchgeführten Hin- und Herbewegungen, ein paar Küssen auf die Brüste, Küsse auf den Mund waren zu einer Rarität verkommen, er hatte zusehends mehr Mühe, erregt zu werden. Nein, Spaß bereitete der Sex nicht mehr, dieses immer gleiche Ritual, Licht aus, Bettdecke bis ans Kinn, rüberrutschen, lustloses Umarmen und genauso lustloses Streicheln und versuchen, an andere, attraktivere Frauen zu denken, um überhaupt noch erregt zu werden. (Arme Johanna, wenn sie gewußt hätte, welch verwerfliche Gedanken durch seine Ganglien sausten! Wenn sie gewußt hätte, wie wenig ihm ihr Körper noch bedeutete!)

Er fühlte sich sonderbar gut. Teuflisch gut. Er verschränkte die Arme hinter dem Kopf. Ihn beschlich sogar der verrückte Gedanke, was ihm jetzt widerfuhr, könnte womöglich gar ein Wink des Himmels sein. Eine Art Wiedergutmachung von oben für all das ihm zugefügte Unrecht (wenn es denn ein »Oben« gab). Er mußte grinsen und verwarf den Gedanken sofort wieder.

Es war gut, daß Johanna schlief, sie keinen Zugang zu seinen Gedanken fand; er allein war mit sich und der Zukunft. Träume. Geld. Wohlstand. *(Träume süß, liebe Johanna!)*

Er lag etwa eine halbe Stunde regungslos, die meiste Zeit die Augen zur Decke gerichtet. Seine Arme begannen zu schmerzen, und als er sie unter dem Kopf hervorzog, machten sich Millionen von Ameisen auf einmal auf den Weg von der Schulter in Richtung Hände bis in die Fingerspitzen hinein. Er schüttelte die Hände, um so das schmerzhafte Ziehen schneller loszuwerden, schließlich stand er leise auf und ging ins Bad. Entleerte seine Blase, die Ameisen hatten ihre Wanderung beendet. Er betrachtete sein Gesicht im Spiegel, zwei Pickel auf der linken Wange, tiefe Ringe unter den Augen, dunkle Bartstoppeln, erste Falten auf der Stirn, Geheimratsecken. Er sah sich in die Augen, um herauszufinden, was für ein Mensch ihm da gegenüberstand. Ein schlechter, ein guter oder einfach nur ein gebeutelter Mann? War er lau oder ein toter Fisch oder lediglich jemand, der einfach nur die ihm jetzt gebotene Chance mit beiden Händen ergriff? Er lächelte sich aufmunternd zu und grinste dann, zog eine Grimasse, wackelte mit den Ohren. Wenn Nathalie oder Alexander jetzt hereingekommen wären, sie hätten gelacht. Er hatte sich nicht verändert, physisch. Und würde sich auch nicht verändern. David war David und würde immer *derselbe* David bleiben.

Viertel nach fünf. Die Musik hämmerte. Eines Tages, so schwor er sich, spätestens beim Auszug, wollte er diesem asozialen Pack über ihnen eine Bombe, gefüllt mit einem riesigen Haufen Hundescheiße, als Abschiedsgeschenk vor die Tür legen. Er legte sich wieder hin, die ersten Strahlen der Sonne kamen hinter einem Baum hervorgekrochen. Johanna drehte sich knurrend auf die andere Seite, die Matratze ächzte. Die Matratzen waren billig und durchgelegen, wahrscheinlich ein Grund für seine bisweilen reißenden Rückenschmerzen. Er schlief ein, nachdem er lange über die Zukunft sinniert hatte, wie durch ein Wunder die Musik abgestellt wurde, und um Punkt Viertel nach sieben – er hatte noch eine Stunde geschlafen – weckte ihn Johanna, die sich herunterbeugte und ihm einen leichten Kuß auf die Stirn drückte. Insgeheim freute er sich auf den vor ihm liegenden Tag.

# FREITAG, 18.30 UHR

»Es ist eine verfluchte Sauerei«, sagte Hauptkommissar Manfred Henning und fuhr sich mit einer Hand über den Dreitagebart. Er schüttelte den Kopf, ging um die Leiche, betrachtete sie. »Wie heißt er?«

»In seinem Paß steht Manuel Martinez ...«

»Paß? Ist er Spanier oder was?«

»Nein, der Paß ist in Paraguay ausgestellt worden.«

»Der Typ heißt also Manuel Martinez und kommt aus Paraguay? Seltsam. Ist er Diplomat oder was?«

»Nein, es ist kein Diplomatenpaß.«

»Wer hat ihn gefunden?«

»Das Zimmermädchen. Er hat heute morgen um genau vier Uhr dreißig beim Portier Bescheid gesagt, daß er nicht gestört werden möchte und um Punkt achtzehn Uhr geweckt werden soll. Als sich auf den Anruf vom Weckdienst hin keiner meldete, haben sie das Zimmermädchen hochgeschickt, die ihn dann gefunden hat. Die Tür war abgeschlossen, aber der Schlüssel steckte nicht.«

»Wann?«

»Fünf nach sechs etwa. Sie ist völlig fertig. Ist ja auch kein schöner Anblick.«

»Arzt?«

»Schon angefordert. Wird gleich hier sein.«

»Seit wann ist er in Deutschland?«

»Seit vorgestern.«

»Was hat er hier gewollt?«

»Keine Ahnung. Wir haben bis jetzt nichts angerührt; wir wollten warten, bis Sie hier sind.«

Hauptkommissar Henning schaute auf den Toten. Er lag auf dem Rücken, war nackt, sein Anzug hing wie sein Hemd auf einem Bügel, die Unterwäsche lag zusammen mit den Socken auf dem Ankleidestuhl, die Schuhe, in denen Schuhspanner steckten, standen daneben. Es roch säuerlich nach den Ausscheidungen, die im Augenblick des Todes seinen Körper verlassen hatten. Der Mund war halb geöffnet, die Augen starrten zur Decke, mit dem Unterschied, daß es keine Augen mehr waren, sondern nur noch leere, schwarze Höhlen. Der Schnitt zog sich von einem Ohr zum anderen, der Teppichboden um seinen Kopf herum war von jetzt getrocknetem, fast schwarzem Blut durchtränkt. Es hatte den Tag über immer wieder kurze Schauer gegeben, auch jetzt regnete es wieder, der Raum war in ein diffuses Licht getaucht. Der Tote trug am linken Handgelenk eine Rolex und einen klotzigen Opalring. Die rechte Hand war am Gelenk abgetrennt und lag genau in der Mitte des Bettes, das unberührt war. Der Mann war laut Angaben im Paß achtundvierzig Jahre alt, hatte dunkles, schütteres, leicht gewelltes Haar und einen Schnurrbart. Schmale Lippen und außergewöhnlich kleine Ohren. Neben dem Bett stand ein schwarzer Aktenkoffer und eine Tüte von einem Geschäft für exklusive Herrenkleidung. Auf dem Nachtschrank eine Brieftasche und ein Portemonnaie aus Krokoleder, darin mehrere Kreditkarten sowie siebenhundertfünfzig Mark in bar.

Kommissar Henning ließ seinen Blick durch das Zimmer schweifen, er konnte nirgends Spuren entdecken, die auf einen Kampf hindeuteten oder daß dieser Martinez sich in irgendeiner Weise gewehrt hatte. Es schien eher, als hätte der Tod ihn völlig unvorbereitet ereilt, als hätte er nicht damit gerechnet, daß sein letzter Besucher auch sein letzter sein würde.

»Er hat sich nicht gewehrt«, sagte Henning leise, worauf sein Kollege Schmidt meinte: »Was, wenn er geschlafen hat und sich nicht wehren konnte?«

»Legen Sie sich vielleicht nackt auf den Fußboden, wenn Sie schlafen möchten und ein großes, bequemes Bett im Zimmer steht? Das Bett ist nicht angerührt worden.«

Schmidt schoß die Röte ins Gesicht, er räusperte sich verlegen. »'tschuldigung, hab' noch nicht so genau hingeschaut.«
Es klopfte an die Tür, einer der beiden Streifenbeamten, die als erste am Tatort gewesen waren, öffnete. Die Kollegen von der Spurensicherung sowie der Arzt und ein Fotograf waren eingetroffen.
»Wie lange ist er tot?« fragte Henning den Arzt, der noch vor dem Toten stand, seine Tasche auf den Boden stellte, in die Hocke ging, sie öffnete, die Gummihandschuhe herausholte und überstreifte.
»Vielleicht lassen Sie mir ein paar Minuten, damit ich ihn mir in aller Ruhe ansehen kann. Ich kann keine Ferndiagnosen stellen«, erwiderte der Arzt kühl. Er tastete kurz die Haut des Toten ab, holte ein Thermometer aus der Tasche, maß die Temperatur des Leichnams rektal. Nach einer Minute zog er das Thermometer heraus. »Siebenundzwanzig acht.« Er drehte den Leichnam auf den Bauch, begutachtete den Rücken, nickte kaum merklich, drehte ihn wieder zurück und sagte: »Die Leichenstarre ist vollständig ausgebildet, ebenso die Leichenflecken, die nicht mehr verlagerbar sind. Es ist ziemlich warm hier im Raum, ich schätze etwa zwanzig bis zweiundzwanzig Grad ... Ich würde sagen, über den Daumen gepeilt ist der Tod vor etwa neun bis zehn Stunden eingetreten. Vorausgesetzt wir halten uns an die Methode nach Henske, nach der die Körpertemperatur bei den hier vorliegenden Verhältnissen um zirka ein Grad pro Stunde sinkt. Es kann allerdings auch sein, daß er schon fünfzehn bis zwanzig Stunden tot ist. Genau können wir das erst nach der Autopsie sagen.«
Henning nickte nur, er hielt noch immer den Paß in der Hand, schlug damit ein paarmal auf die Handfläche seiner Linken und sagte, an seinen Kollegen Schmidt gewandt: »Schicken Sie das Bild durch den Fahndungscomputer. Vielleicht haben wir es ja mit einem alten Bekannten zu tun. Auch wenn mir das Foto im Moment nicht viel sagt.«

Der Arzt beugte sich tiefer über den Toten, runzelte die Stirn, tastete über die Unterseiten der Ohren und ein paar andere Stellen im Gesicht und blickte auf. »Der Mann ist operiert worden. Ich würde sagen, es sieht ganz so aus, als hätte er sein Äußeres verändert. Er hat winzige, kaum sichtbare Narben etwas unterhalb beider Ohren, an der Nase und unterhalb der Augen. Außerdem ist sein Haar fülliger gemacht worden ...«

»Fülliger?« fragte Henning zweifelnd. »Er hat doch nicht sehr viel ...«

»Er hat vorher wahrscheinlich bis auf die Seiten eine Glatze gehabt.«

»Aber er hat einen Paß aus Paraguay«, sagte Henning mehr zu sich selbst. »Und die stellen gegen gutes Geld ... falsche Pässe aus. Scheiße! Wir brauchen die Fingerabdrücke.«

Einer der Männer der Spurensicherung holte sein Werkzeug heraus, Stempelfarbe, Papier, einen Pinsel, Mangandioxid, eine Schere und eine Rolle Klebefolie. Die Fingerspitzen des Toten drückte er auf die Stempelfarbe, danach auf ein Stück Papier. Mit dem Pinsel trug er das Mangandioxid auf den Unterarm, von dem die Hand abgeschnitten war, drückte die abgeschnittene Folie darauf und zog sie ab. Er schüttelte den Kopf. »Keine Abdrücke.« Er steckte das Papier mit den Fingerabdrücken in eine Plastiktasche, Henning nahm sie entgegen, reichte sie Schmidt.

»Hier, nehmen Sie die auch mit, vielleicht kriegen wir so die wahre Identität des Kerls raus.«

Der Fotograf nahm mit einer Spiegelreflexkamera je einen Film mit einem Normal- und einem Weitwinkelobjektiv auf, danach videografierte er den Raum aus allen erdenklichen Positionen. Abschließend machte er zehn Aufnahmen mit einer Polaroidkamera. Hauptkommissar Henning nahm den Koffer, legte ihn auf den Boden, öffnete ihn vorsichtig. Der Inhalt bestand aus zwei Büchern, einem billigen, dreisprachigen Pornomagazin und einem leeren Schreibblock. Henning kratzte sich an der Stirn und meinte nachdenklich: »Mehr hat er nicht bei sich gehabt? Ein Mann wie er trägt normalerweise ein Notizbuch bei sich, denn er wird seine Termine wohl kaum alle im Kopf behalten haben. Was für Termine das auch immer gewesen sein mochten.«

Nach einer Dreiviertelstunde verließ Henning den Raum, begab sich hinunter in die um diese Zeit mit regem Leben erfüllte Hotelhalle, ging an die Rezeption. Er wies sich aus.

»Könnte ich bitte mit dem Portier sprechen, der letzte Nacht hier Dienst hatte?« fragte er einen jungen Mann.

»Ich hatte letzte Nacht Dienst. Und Herr Schütze, der ist noch nicht da, er kommt so gegen acht, manchmal auch etwas früher.« Er wandte kurz den Kopf, deutete auf einen etwa sechzig Jahre alten Mann, der im Augenblick telefonierte. »Er ist doch schon da. Wir beide hatten Nachtdienst.«

»Wenn ein Gast nicht gestört werden möchte und anruft, wer nimmt dann das Gespräch entgegen?«

»Wenn das letzte Nacht war, dann entweder ich oder mein Kollege.«

»Hat Herr Martinez heute morgen oder in der späten Nacht mit Ihnen gesprochen?«

»Ja. Er hat angerufen und gesagt, daß er bis achtzehn Uhr nicht gestört werden möchte. Normalerweise machen morgens zwischen acht und zehn Uhr die Zimmermädchen sauber, aber wenn jemand ausdrücklich wünscht, in Ruhe gelassen zu werden, so ist das natürlich zu respektieren. Der Wunsch des Gastes hat immer Priorität.«

»Wenn Sie Nachtdienst haben, von wann bis wann dauert der?«

»Von zwanzig bis sechs Uhr.«

»Haben Sie Herrn Martinez heute nacht gesehen?«

»Er kam gegen vier ins Hotel und hat eine halbe Stunde später angerufen.«

»Ist er allein gekommen?«

»Er war allein.«

»Und Sie können das mit Bestimmtheit sagen?«

»Absolut. Um diese Zeit ist bei uns in der Regel kein großer Publikumsverkehr. Er kam allein durch die Tür, hat sich den Schlüssel geholt und ist allein in den Aufzug gegangen.«

»Und später, ist später jemand gekommen, den Sie nicht kannten? Kurz nach ihm oder auch eine Viertel- oder halbe Stunde danach?«

»Nein, niemand.«

»Ab wann etwa wird es hier in der Halle etwas voller?«

»So ab halb sechs, sechs. Das ist die Zeit, wenn die ersten Gäste zum Frühstück kommen. Es gibt aber auch Nacht-schwärmer, die erst morgens zurückkommen.«

»Hat irgend jemand nach ihm gefragt, seit er hier ist? Oder hat er einen Anruf bekommen?«

»Nicht, solange ich da war, andererseits müßten Sie schon meine Kollegen von der Tagesschicht fragen. Aber von de-nen ist jetzt keiner mehr da. Morgen früh wieder.«

»Eine Frage noch«, sagte Henning, beugte sich ein wenig weiter nach vorn und fragte mit gedämpfter Stimme: »Wie sieht das eigentlich aus mit ... Damen? Sie wissen doch, wovon ich spreche, oder?«

Der Mann zog die Stirn in Falten, machte ein pikiertes Gesicht.

»Huren. Jetzt kapiert? Jetzt erzählen Sie mir nicht, daß es das in Ihrem Hotel nicht gibt. Was ist, wenn Huren kommen? Müssen die sich anmelden, oder wie läuft das?«

Der Mann wurde verlegen, räusperte sich, ein kurzer Blick auf Henning, Schulterzucken.

Henning wurde etwas lauter. »Ach kommen Sie, jetzt sagen Sie schon, wie das hier bei Ihnen abläuft! Hat dieser Marti-nez sich ein Mädchen kommen lassen?«

Der Mann schüttelte energisch den Kopf. »Ich habe ihm keine bestellt ...«

»Ist er mit einer gekommen?«

»Ich sagte doch schon, daß er allein gekommen ist.«

»Und keine Frau und auch kein unbekannter Mann ist nach Martinez an Ihnen vorbeigekommen?«

»Nein, so glauben Sie mir doch!«

»Gibt es einen Eingang, von dem aus man in die einzelnen Stockwerke gelangt, ohne an Ihnen vorbei zu müssen?«

»Klar gibt's den, aber der ist verschlossen, das ist der Personaleingang. Da kommt man nur mit einem Schlüssel rein . . .«

»Und wer alles hat so einen Schlüssel?«

»Keine Ahnung.«

»Wie viele ungefähr?«

»Zehn, fünfzehn . . .«

»Oder zwanzig oder dreißig! Oh Scheiße!« Henning verdrehte die Augen. »Und wer weiß, wer alles einen Schlüssel hat?«

»Der Geschäftsführer und . . . na ja, es gibt eine Liste, in der jeder vermerkt ist, der –«

»Gut, dann machen Sie mir eine Kopie von der Liste, und zwar sofort!«

»Aber . . .«

»Kein aber! Hier in Ihrem Hotel ist vor ein paar Stunden jemand auf eine ziemlich üble Weise umgebracht oder besser gesagt hingerichtet worden, und ich will wissen, von wem! Und wenn Sie niemand Unbekanntes nach Martinez das Hotel haben betreten sehen, dann muß jemand durch die Hintertür hier reingekommen sein. Kapiert?!«

»Moment, bitte, ich werde mit meinem Kollegen sprechen. Er weiß, wo die Liste ist.«

Henning lehnte sich mit dem Rücken an die Empfangstresen und schaute in die Halle. Es herrschte hektisches Treiben. Jetzt am Abend, um diese Zeit, dachte er, schien es beinahe unmöglich, Gäste von Nichtgästen zu unterscheiden, jetzt wäre es ein leichtes, unerkannt ins Hotel zu gelangen. Moment, dachte er und fuhr sich mit der Zunge über die Lippen. Was, wenn der- oder diejenige schon lange vorher auf dem Zimmer war, bevor Martinez zurückkehrte? Oder wenn er von jemandem getötet wurde, der ... als Gast hier im Hotel eingetragen war?

Der Portier kam zurück, hielt die Liste in der Hand. Es waren vierunddreißig Namen. Henning warf einen kurzen Blick darauf, faltete sie zusammen und steckte sie in die Tasche.

»Danke«, sagte er und ging zum Auto. Er fuhr zurück ins Präsidium, stellte den Wagen auf dem Präsidiumshof ab, ließ ihn unverschlossen stehen.

Henning wurde bereits von Schmidt erwartet. Er saß am Schreibtisch, eine Zigarette glimmte im Aschenbecher vor sich hin, Schmidt hielt einen Becher Kaffee in der Hand, deutete auf den Paß, nahm einen Schluck, stellte den Becher ab, beugte sich nach vorn, reichte ihn zusammen mit einem Computerausdruck Henning.

»Sein Foto«, sagte er, »konnte nicht identifiziert werden. Aber seine Fingerabdrücke. Hier, das wird Sie überraschen.« Er hielt Henning ein Bild hin, auf dem ein Mann abgebildet war, der seit einem Jahr auf der Fahndungsliste stand. Henning hielt es eine Weile in der Hand, setzte sich, betrachtete es ausgiebig, holte aus seiner Brusttasche eine Schachtel Marlboro und legte sie auf den Tisch.

»Das ist ein Hammer, weiß Gott, das ist es! Aber warum ist er nach Deutschland zurückgekehrt? Und wer hat ihn so zugerichtet? Und vor allem ... warum ist er so zugerichtet worden?«

»Sie meinen, das mit der Hand?«

»Jemand hat ihm die Hand abgehackt und sie genau in die Mitte des Bettes gelegt. Weiß der Geier, was das zu bedeuten hat, aber es muß eine Bedeutung haben. Und warum sind ihm die Augen ausgestochen worden? Und warum hat kein Mensch auch nur das geringste bemerkt?«

»Ob es mit der alten Sache zusammenhängt?«

»Vielleicht ...« Er griff zum Telefon, wählte eine Nummer, niemand meldete sich. Er legte wieder auf und sah seinen

Kollegen an. »Übrigens, absolute Nachrichtensperre. Es darf vorläufig kein Wort über die Sache an die Presse dringen. Am besten fahren Sie gleich noch mal ins Hotel und instruieren auch das Personal dort.«

Schmidt nickte nur, verschwand aus dem Zimmer, schloß die Tür leise hinter sich. Kommissar Henning drehte sich zum Fenster, zündete sich eine Zigarette an. Dachte nach.

## FREITAG, 19.30 UHR

Mittags um drei legte sich David für zwei Stunden ins Bett, schlief nicht, ruhte nur aus. Duschte, zog frische Unterwäsche an, aß zu Abend, eine Kleinigkeit nur, denn Dr. Vabochon hatte gesagt, daß er bei ihr zu essen bekäme. Und zu trinken. Und aller Wahrscheinlichkeit nach sie selbst.

»Wann wirst du zu Hause sein?« fragte Johanna beim vorgezogenen Abendbrot, das sie allein in der Küche einnahmen. Salamibrot, eine Tomate, Pfefferminztee. Alexander und Nathalie saßen im Wohnzimmer vor dem Fernsehapparat, sahen sich einen Trickfilm an, bei dem Alexander Schulaufgaben machte. Thomas, der Älteste, hatte sich schon vor einer halben Stunde verabschiedet, er wollte den Abend und wahrscheinlich auch die Nacht mit Freunden in verschiedenen Diskotheken verbringen.

»So gegen Viertel nach zwölf. Ich weiß zwar nicht, ob sie mich heute schon irgendwo einsetzen werden, ich denke, ich werde erst einmal eingearbeitet.«

»Und kann ich dich irgendwo erreichen, ich meine, falls mal irgendwas ist?«

»Ich werde mir heute eine Nummer geben lassen, wo du mich notfalls erreichen kannst ...«

»So eilig ist das auch wieder nicht. Es wäre nur allgemein beruhigend, wenn du erreichbar wärst. Das ist alles.« Sie sah ihn aus ihren grünen, matten Augen an. Sie hielt die Tasse Tee zwischen den Händen und verdeckte damit den schmalen, blutleeren Mund. Er hatte diesen Mund schon lange nicht mehr richtig geküßt, dabei wußte er, wie sehnlichst sie darauf wartete, wieder einmal richtig in den Arm genommen zu werden, nicht wie eine Schwester von ihrem Bruder, sondern wie eine Geliebte von ihrem feurigen Liebhaber. Er erwiderte ihren Blick, glaubte, darin so etwas wie Resignation lesen zu können, Hoffnungslosigkeit, daß nichts, weder das Materielle noch das Verhältnis zwischen ihr und David, sich bessern würde. Und trotz allem stand sie zu ihm, murrte nicht, klagte nicht, forderte nicht. Sie war eine ergebene, das ihr zugewiesene Schicksal mit stoischer Ruhe tragende Frau, auch wenn er meinte, daß sie ihm dann und wann zumindest ein Teil Schuld an der Misere gab. Sie stellte die Tasse auf den Tisch und stand auf. Ihr Gesicht war wieder einmal verschwitzt, ein paar Haare hingen strähnig in die Stirn, sie war müde und abgespannt. Das war nicht mehr die Johanna früherer Tage, die unternehmungslustige Johanna, die Johanna der verrückten Einfälle, die offenbar nicht genug vom Leben bekommen konnte. Sie stand jetzt mit dem Rücken zu ihm an der Spüle, fragte, ob sie ihm noch etwas zu essen machen sollte, doch er schüttelte den Kopf und meinte, eine Banane würde als Proviant reichen. Er trank den Tee aus, stellte sich hinter sie, legte seine Arme um sie, das Kinn auf ihre ewig verspannte Schulter, sie ließ sich die Umarmung wohlig gefallen, er sagte: »Du arbeitest zuviel. Mach dir einen schönen Abend ...«

»Und die Bügelwäsche, wer erledigt die?«

»Unterbrich mich nicht! Hör zu, setz dich ins Wohnzimmer, lies was, mach den Fernseher an oder leg dich früh schlafen. Ab heute wird alles anders! Wir werden's schaffen, das schwör ich dir! Ich hasse dieses verdammte Haus, diese verdammten Nachbarn, diesen Gestank! Ich kann dir gar nicht sagen, wie sehr ich das alles hasse!«

Sie drehte sich um. »Wenn ich's denn wirklich glauben könnte ...«

»Ich könnte versuchen, noch einen Fernkurs zur Weiterbildung zu belegen ... Ob ich jemals wieder eine Chance habe, eine Firma aufzubauen ...?!«

»Nein, bitte, hör auf damit! Aber ich, ich könnte vielleicht Heimarbeit annehmen. Manche Firmen zahlen gar nicht so schlecht ...«

»Jetzt mach aber mal halblang! Das hältst du nie durch.«

»War auch nur so 'ne Idee«, sagte sie müde und streichelte sein Gesicht. »Ich liebe dich. Ich habe dir das lange nicht gesagt, aber es ist nie anders gewesen.«

Es war einer dieser kurzen Momente, in denen er sich so unglaublich schäbig fühlte. Natürlich liebte sie ihn, sie mußte ihn lieben, wie sonst hätte sie diese harte, unmenschliche Zeit mit ihm durchstehen können?! Er erwiderte nichts, küßte sie kurz auf die salzig schmeckende Wange. Nathalie kam herein, sie war sehr blaß und wegen ihrer Periode heute auch nicht zur Schule gegangen, nahm sich wortlos eine Scheibe Wurst vom Teller und verschwand wieder. Er sah ihr nachdenklich hinterher.

»Was denkst du?« fragte sie.

»Nichts weiter, wirklich, nichts weiter.«


Er verließ um Punkt halb acht die Wohnung. Setzte sich ins Auto, startete den Motor und fuhr langsam rückwärts aus der Parklücke. Auf der anderen Straßenseite zwei ausgebrannte Autowracks, der Bürgersteig neben den Autos von Glassplittern übersät. Johanna stand zusammen mit Nathalie am Fenster und winkte. Der Ritus des Winkens war so alt wie ihre Ehe, Johanna würde sicher auch dann noch winken, wenn sie beide alt und klapprig waren und sie die Arme kaum noch würde heben können. Er winkte zurück, legte den ersten Gang ein und gab Gas. Am Straßenrand lungerten eine Horde junger Männer und einige Mädchen, herunter-

81

gekommene, hoffnungslose Gestalten, Bier- und Weinfla-
schen machten die Runde. Sie lungerten immer hier rum,
morgens, mittags, abends, bei Regen, bei Sonne, keiner von
denen arbeitete. Pure Faulheit bei den einen, davon war er
überzeugt, doch es gab auch andere hier, die gerne gearbeitet
hätten, die aber keiner haben wollte. Eine alte, einsame Frau,
der Rücken fast rechtwinklig gekrümmt, Wollstrümpfe an
den mageren, rachitischen Beinen, kramte in einer Müllton-
ne. Nicht alle Menschen, die hier wie Sperrmüll abgeworfen
worden waren, waren schlecht. Viele hatten nur einfach nie
eine Chance gehabt. Und jetzt hatten viele von ihnen resi-
gniert, und ihre Resignation ertränkten sie in Bier und
Schnaps. Oder äußerten sie in Gewalt, wie einige der jungen
Leute, indem sie aus blinder Wut heraus zerstörten.
Er stellte das Radio an, ihm war nach lauter Rockmusik. Er
fand keinen passenden Sender, legte eine Kassette ein. Unterwegs meldete sich für einen Moment das schlechte Gewissen, er drehte die Lautstärke einfach höher.

## FREITAG, 19.45 UHR

Das Telefon klingelte, gerade als David vom Parkplatz auf die
Straße gefahren war. Alexander nahm den Hörer ab, meldete
sich.
»Nein, mein Vater ist gerade weggefahren ... Meine Mutter? Ja, Moment, sie steht neben mir.« Er reichte den Hörer
weiter zu Johanna.
»Ja, bitte?«
»Hier ist Manfred, Manfred Henning. Hallo, Johanna. Ich
habe gerade von Alexander gehört, daß David weggefahren

82

ist. Ich müßte ihn aber ganz dringend sprechen. Kann ich ihn irgendwo erreichen?«

Johanna lachte kurz auf. »Tut mir leid, aber ich habe selbst keine Nummer von ihm. Er ist zur Arbeit gefahren, aber ich denke, daß er heute eine Telefonnummer mitbringt.«

»Wo arbeitet er denn?«

»Ach, das ist eine lange Geschichte. Ich kann jetzt am Telefon nicht so gut darüber reden, aber am besten fragst du ihn selber. Du kannst ja morgen vormittag anrufen ...«

»Neun? Oder ist neun zu früh?«

»Nein, nein, das ist schon okay. Wir müssen morgen vormittag sowieso einkaufen gehen.«

»Und wie geht's sonst so?« fragte Henning.

»Es geht. Aber ich müßte lügen, wenn ich sagen würde, daß alles in Ordnung ist. Aber du weißt ja selbst ...«

»Es tut mir leid, Johanna, aber ich persönlich glaube, daß David mit der ganzen Geschichte nichts zu tun hat, er ist einfach nicht der Typ dafür, aber es ist nun mal so, der Boß ist am Ende doch der Schuldige. Aber was erzähl ich dir da, du weißt das ja alles selbst.«

»Hm, allerdings! Ruf morgen früh an. Sollte ich David heute noch sehen, werde ich ihm auf jeden Fall Bescheid sagen.«

»Danke und tschüs.«

Kommissar Henning legte auf, lehnte sich zurück. Steckte sich eine Zigarette an, inhalierte tief. Stand auf, ging ans Fenster, schaute hinunter auf die Mainzer Landstraße, die jetzt, um diese Zeit, noch immer sehr belebt war. Er schüttelte den Kopf, machte ein nachdenkliches Gesicht, drückte die halbgerauchte Zigarette aus, nahm seine Jacke vom Stuhl und verließ das Büro. Seine Schritte hallten durch den langen Gang. Er war müde.

## FREITAG, 20.00 UHR

»Sie sind pünktlich«, sagte Dr. Vabochon, an den Türrahmen gelehnt, die Arme unter der Brust verschränkt, bekleidet mit einem seidenen, dunkelroten Hausanzug, der vorne tief ausgeschnitten war und den Ansatz ihrer vollen Brüste ausgesprochen markant hervorhob. Sie war barfuß, die Zehennägel wie mit reinem Blut lackiert. Sie hielt eine Zigarette zwischen den Fingern.

»Wir haben einen Vertrag«, erwiderte er mit einem versuchten Grinsen. Sie blieb stehen, ließ ihn an ihr vorbei eintreten. Sie duftete wie gestern nach sündigem Parfüm. Sein erster Blick galt den Fratzen an der Wand, die scheinbar jeden seiner Schritte verfolgten, als achteten sie sorgfältig darauf, daß er auch den direkten Weg in die Hölle nahm.

»Ich hoffe, Sie haben noch nicht gegessen. Ich habe nämlich gekocht. Mögen Sie chinesische Küche?« Sie schloß die Tür, tänzelte ins Wohnzimmer.

»Sicher. Aber jetzt habe ich noch keinen Hunger.«

»Und warum nicht?« fragte sie etwas gereizt und nahm einen tiefen Zug an der Zigarette.

»Weil ich eben erst gegessen habe . . .«

»Hören Sie, ich will nicht, daß Sie sich vollessen, bevor Sie herkommen! Das können Sie an den andern Tagen machen. *Ich* möchte mit Ihnen essen!«

»Augenblick, ich . . .«

»Schon gut, schon gut«, sagte sie mit einer beschwichtigenden Handbewegung, »ich habe es nicht so gemeint. Ich bin nur ein wenig durcheinander, der Tag war anstrengend. Wissen Sie, ich mußte heute einem älteren Ehepaar leider den Gerichtsvollzieher auf den Hals hetzen, die armen Leute, sie werden bald nichts mehr haben. Aber setzen Sie sich doch und trinken Sie.« Sie holte ein Glas aus dem Schrank und stellte es auf den Tisch. »Wein, Bier, Whisky, Sherry?«

»Weder noch, am liebsten etwas Alkoholfreies.«

»Warum? Gestern ...«

»Gestern war gestern und eine Ausnahme. Die Überraschung, wenn Sie verstehen.«

»Es tut mir leid, aber ich habe nichts Alkoholfreies, außer Leitungswasser und Milch. Kommen Sie, ein Glas Wein zur Entspannung. Wein bringt Sie nicht um, und ich Sie noch weniger. Also trinken Sie mit mir.«

Er gab nach. »Also gut, ein Glas Wein.«

Sie schenkte das Glas voll, stellte die Flasche in die Mitte des Tisches. Sie setzte sich ihm gegenüber auf die Couch, legte die Beine hoch, drückte ihre bis zum Filter gerauchte Zigarette aus und zündete sich gleich eine neue an.

»Hatten Sie einen guten Tag?« fragte sie.

»Ich habe bis drei gearbeitet und mich dann ein wenig ausgeruht ...«

»Für mich?« fragte sie mit gespielter Laszivität.

»Vielleicht. Sie wollen ja wohl sicher nicht, daß ich bei Ihnen einschlafe, oder?«

»Oh, es würde mir nichts ausmachen. Allerdings würde ich Sie spätestens um zwölf wecken, schließlich will ich vermeiden, daß Ihr liebes Frauchen sich unnötige Sorgen macht.«

Die nächsten Minuten Schweigen. Er nahm das Glas und leerte es. Die Atmosphäre hatte etwas Beklemmendes. Ihm gegenüber saß eine giftige, hungrige Spinne und belauerte ihn, er hatte das Gefühl, als wäre jede Faser ihres Körpers angespannt, zum Sprung bereit, sich auf das Opfer zu stürzen, es mit seinem Gift zu lähmen und ins Netz zu zerren, um es geschwind und mit flinken Bewegungen in einen Vorratskokon einzuspinnen und es immer dann herauszunehmen, wenn ihr unstillbarer sexueller Hunger sie dazu trieb. Sie führte die Zigarette provozierend ruhig zum Mund, behielt den Rauch lange in den Lungen, bevor sie ihn ausstieß. Er fühlte sich, als trüge er auf der nackten Haut einen Pullover aus purem Roßhaar, das seine Haut zerkratzte. Er wollte raus aus diesem Pullover, raus aus diesem Haus.

»Ach übrigens«, beendete sie die unerträgliche Pause, er atmete erleichtert auf, »Sie werden sich wundern, weshalb wir uns nicht duzen, wo wir doch miteinander schlafen. Ich denke mir, vorläufig ist es besser, wenn es ein reines Dienstverhältnis bleibt. Ich duze meinen Chef auch nicht. Aber wir können uns beim Vornamen nennen, ich heiße Nicole. Und noch was – Sie haben Freiheiten, wenn Sie hier sind. Der Kühlschrank, die Bar und der Fernsehapparat stehen zu Ihrer Verfügung. Alles andere bestimme ich, aber ich denke, das dürfte Ihnen klar sein. Ich bestimme über mich und über Sie. Ich bestimme, wann Sie mit mir schlafen. Ich bestimme außerdem alle Regeln im Bett. Haben Sie das verstanden?«

Ihr Blick war eisig und überlegen, sie erniedrigte ihn. Er haßte Frauen, die ihn erniedrigten, doch er unterdrückte seine Gefühle.

»Sie werden fragen, warum ich das betone. Nun, das bleibt mein kleines Geheimnis. Vorläufig! Sie werden einfach nur tun, was ich sage. Sie brauchen aber keine Angst zu haben, ich werde nichts Unmögliches verlangen. Ich habe noch niemals von irgend jemandem Unmögliches verlangt.«

Sie war kalt und berechnend. Sie hatte einen begehrenswerten Körper, schlank, straff, wie er es liebte und ihn sich insgeheim seit Jahren gewünscht hatte. Johanna hatte nie einen solchen Körper besessen. Nur ihre Art verabscheute er (schon jetzt, am Anfang dieses zweiten Abends!) und war doch gleichzeitig fasziniert davon. Es war das Spiel zwischen Kaninchen und Schlange, und er war das Kaninchen.

»Ich habe jetzt Hunger«, fuhr sie fort. »Und ich würde mich freuen, wenn Sie mitessen würden.« Sie stand auf, beugte sich nach unten, um den Aschenbecher vom Tisch zu nehmen. Sie trug den Hausanzug auf der nackten Haut, ihre großen, runden Brüste wurden deutlich sichtbar bis zu den

Brustwarzen, er hätte nur die Hände auszustrecken brauchen, um sie zu greifen, ihr Gesicht, ihre Haare waren nur Zentimeter entfernt. Er war überzeugt, sie provozierte ihn absichtlich, gegen die Regeln zu verstoßen. Sie hatte schöne Brüste, fest und doch weich und fast doppelt so groß wie die von Johanna, unverdorben, noch keine hungrigen Mäuler, die sie ausgezehrt hatten. Er spürte ein leichtes Zittern in den Händen, den Armen, ein Vibrieren zwischen den Schenkeln. Schier eine Ewigkeit stand sie vornübergebeugt, eine Ewigkeit benötigte sie, den Aschenbecher hochzuheben und fortzutragen. Ihre Schritte hatten dieses unverschämt Laszive, Auffordernde, Aufforderung im Blick, in der Bewegung. Sie warf ihm, bevor sie in die Küche trat, einen belustigten Blick über die Schulter zu, er errötete, sie zog das Oberteil ihres Hausanzugs gerade und prüfte den Sitz.

»Essen Sie jetzt mit oder nicht?« fragte sie plötzlich sanft und tat unschuldig, als bemerkte sie nicht seine Erregung, das Verlangen seines Körpers, ihre so glatte und samtene Haut, wie er noch nie eine gespürt hatte, die keine Poren zu besitzen schien, berühren zu dürfen.

»Nur eine Kleinigkeit.«

Sie betrat die Küche, er hörte sie hantieren, fragte mit angehobener Stimme: »Was sind das für Fratzen an der Wand?«

»Hab ich aus Afrika und Südamerika. Souvenirs.«

»Sie haben etwas Furchteinflößendes . . .«

»Ja, ja, ich weiß. Angeblich besitzen sie auch magische Kräfte. Keine Ahnung, ob das stimmt. Vielleicht haben sie wirklich Zauberkräfte, aber dazu müßte man wohl den Schlüssel oder die Geheimformel kennen, womit man sie aktiviert. Das habe ich allerdings nicht mitkaufen können.«

»Wüßten Sie gerne, wie's funktioniert?«

»Was?«

»Die Zauberkräfte.«

»Sicher, mich würde schon interessieren, ob das, was diese

Voodoo-Priester und Medizinmänner treiben, nur Humbug ist oder ob nicht doch wenigstens ein Körnchen Wahrheit dahintersteckt.«

»Ich hätte Angst, es herauszufinden.«

Sie kam aus der Küche: »So, Schluß mit dem Thema. Es sind nur Masken, alberne, billige Masken. Essen wir. Ich habe aufgefüllt.«

Die Laszivität, die Sünde verschwand erneut in der Küche. Sie sah nicht nur von vorn, sondern auch von hinten hinreißend aus. Ihr einladender Hintern bewegte sich rhythmisch im Takt ihrer Schritte. Jede ihrer Bewegungen ließ ihr Parfüm wie eine Woge wohlduftender Gischt in seine Nase branden. Ein Parfüm, geschaffen, einen Mann um den Verstand zu bringen, ihn willenlos, lüstern zu machen, einen kleinen Funken, ein winziges Glimmen zu einem Feuer wilder Glut zu entfachen.

Er setzte sich. Es duftete köstlich nach fremdländischen Gewürzen. Sie nannte den Namen des Gerichts, er vergaß ihn gleich wieder.

»Was sind das für Leute, denen Sie den Gerichtsvollzieher ins Haus schicken?« fragte er, während er den ersten Bissen nahm.

»Das übliche. Sie haben sich übernommen, falsch gewirtschaftet, und jetzt erhalten sie die Quittung. Sie haben gemeint, sich alles mögliche auf Kosten der Bank leisten zu können, aber sie haben nicht die Unwägbarkeiten einkalkuliert. Der Mann hatte vor einem halben Jahr einen schweren Autounfall und ist seitdem halbseitig gelähmt. Er hat seine Arbeit verloren, er bekommt jetzt nicht einmal mehr die Hälfte von dem, was er vorher hatte. Und seine Frau kann nur noch halbtags arbeiten gehen. Es ist tragisch und doch eigenes Verschulden.«

»Ist das nicht ungerecht? Der Mann kann nichts für seinen Unfall und –«

»Hören Sie, David, ich mache meine Arbeit und Sie Ihre!

Was gerecht und was ungerecht ist, bestimmen die Regeln der Bank. Und die hab nicht ich gemacht. Verstanden?!«

»Trotzdem, ich . . .«

»Nein. Das Thema Geld wird hier kein Thema sein. Guten Appetit.«

Nach einer Weile sagte er: »Meine Frau möchte wissen, wo sie mich im Notfall erreichen kann.«

»Natürlich, das habe ich vergessen. Geben Sie ihr meine Nummer. Sollte sie anrufen, werde ich ihr sagen, daß Sie zurückrufen. Es ist kein Problem.« Sie stopfte sich eine Gabel voll in den Mund und trank einen Schluck Wein. »Wie hat sie überhaupt reagiert?«

»Sie freut sich.«

»Das ist die richtige Einstellung.«

»Wenn sie wüßte, wie meine Arbeit in Wirklichkeit aussieht . . .«

»Tut sie aber nicht. Und sie wird es nie wissen. Erzählen Sie mir von Ihren Kindern.«

»Was soll ich erzählen? Es sind ganz normale Kinder.«

»Wie viele Jungs und wie viele Mädchen haben Sie? Sie werden doch etwas über sie sagen können!«

»Drei Jungs und ein Mädchen. Der Älteste ist zweiundzwanzig, der Jüngste zehn. Es sind gute Kinder. Wir hatten mal fünf, aber das fünfte ist kurz nach der Geburt gestorben. Und wie lange der Kleine noch überleben wird, steht in den Sternen, er hat einen schweren Herzfehler.«

»Das tut mir leid, wirklich. Aber ein zweiundzwanzigjähriger Sohn? Sie sind doch noch gar nicht so lange verheiratet!«

»Er stammt aus der ersten Ehe meiner Frau. Ich habe ihn adoptiert. Er wohnt noch bei uns. Es ist auch für einen jungen Mann nicht leicht, eine Wohnung in Frankfurt zu finden.« Er seufzte auf. »Letztes Jahr hat er noch in Harvard studiert . . .«

»Ist es denn nicht sehr eng bei Ihnen zu Hause?«

»Doch, schon. Aber wir kommen klar. Bis jetzt noch. Und

wie es aussieht, wird sich unsere Situation über kurz oder lang sowieso verbessern.«

»Wie meinen Sie das?« fragte sie.

»Wenn ich die Schulden los bin ...«

»Nun, Sie sollten das Fell nicht verteilen, bevor der Bär erlegt ist. Noch ist nicht einmal die erste Rate bezahlt. Und außerdem sind Sie noch in der Probezeit. Und die dauert auch bei mir drei Monate.«

»Moment, ich dachte, gestern abend ...«

»Gar nichts war gestern abend. Wir haben einen Vertrag geschlossen. Es tut mir leid, wenn ich vergessen habe, das mit der Probezeit zu erwähnen. Es hängt allein von Ihnen ab, wie es nach drei Monaten weitergeht. Strengen Sie sich an!«

»Ich werde mir alle Mühe geben«, sagte er zähneknirschend.

»Ich erwarte nichts anderes.«

Sie aßen zu Ende. Später lehnte Nicole Vabochon sich zurück und rauchte. »Ich möchte Sie bitten, den Tisch abzuräumen und das Geschirr in die Spülmaschine zu stellen. Nun, ich gehe davon aus, daß Sie wissen, wie man eine Küche aufräumt und saubermacht. Ich werde nach nebenan gehen. Wenn Sie Fragen haben, wo was liegt ...«

Er folgte ihrem Befehl. Ohne Murren füllte er die Spülmaschine, wischte den Tisch ab, die Herdplatte, füllte Reiniger und Klarspüler in die Maschine, stellte sie an. Mit einem Lappen beseitigte er einige Flecken vom Fußboden. Er war zufrieden. Besser hätte es auch Johanna nicht machen können.

Nicole Vabochon stand auf dem Balkon. »Wie spät ist es?« fragte sie.

»Neun.«

»Noch drei Stunden«, sagte sie und ließ eine kurze Pause verstreichen, bevor sie fortfuhr. »Haben Sie Lust auf mich?«

»Bitte? Ich verstehe nicht ...«

»Sind Sie immer so schwer von Begriff? Haben Sie Lust auf mich, sind Sie scharf auf mich, sind Sie geil? Möchten Sie mit mir schlafen?«

»Ich weiß nicht . . .«

»Sie sind ein sehr unentschlossener Mann, David. Wie eine lauwarme Kartoffel. Können Sie nicht ja oder nein sagen?«

»Ich habe Lust auf Sie«, flüsterte er.

»Na endlich! Aber wie gesagt, die Regeln bestimme ich.«

»Natürlich.«

»Vielleicht um zehn. Haben Sie schon mal auf dem Balkon gevögelt, ich meine, draußen im Freien?« fragte sie ernst, ohne eine Miene zu verziehen. Als würde sie gleich das Unterteil ihres Hausanzugs runterreißen, ihm auffordernd ihr Becken hinhalten, damit er sie nahm. Sie gehörte offensichtlich nicht zu den Frauen, die man liebte, eine wie sie wurde gevögelt oder gefickt, weil sie es so wollte. Johanna hatte zeit ihres Lebens das Wort Ficken nicht in den Mund genommen, und wenn sie es hörte, wurde sie fuchsteufelswild. Als Nathalie eines Tages dieses Wort zu Alexander sagte, rutschte Johanna die Hand aus. Denn Ficken war für sie Gossensprache, hatte nichts mit Feingefühl, Liebe und Zärtlichkeit zu tun. Ficken taten Tiere, Ficken war gefühllos, nur eine Frage schneller Bewegungen, aber Ficken war keine Liebe. Ficken war roh und gewalttätig, Ficken tat weh. Ebensowenig hätte Johanna je schwarze Nachtwäsche angezogen, um ihn zu reizen, keine Strumpfhalter oder wenigstens etwas, das einen Mann nach vielen Jahren Ehe anspornte, wieder Lust auf die eigene Frau zu bekommen. Johanna war prüde und konservativ (sie war prüde und konservativ und religiös erzogen worden) und überzeugt von Werten, die in der heutigen Welt nur noch wenig galten – Ehre, Treue, bedingungslose Hingabe und Ehrlichkeit (und natürlich Sittlichkeit und Anstand, und schwarze Wäsche war unanständig). Diese Einstellung hatte sich nie geändert, selbst in den Zeiten, in denen sie in besseren Kreisen verkehrten, die Frauen oftmals aufreizend gekleidet waren und Johanna bekannt war, daß es Dinge zwischen Mann und Frau gab, die über das Übliche, Gewohnheitsmäßige hinausgingen, aber

Johanna wollte es nicht wissen, verdrängte es aus ihrem Leben; sie wollte, daß ihr Leben rein war, und nichts Schmutziges hatte darin Platz.

Und Dr. Vabochon stand hier und fragte wie selbstverständlich, ob er es schon einmal auf dem Balkon ...

»Nein«, erwiderte er, froh, daß Dunkelheit allmählich die Stadt überzog und die Frau neben ihm nicht sah, wie er errötete.

»Dann sollten wir es tun.«

»Weiß nicht ...«

»Ja oder nein?!«

»Im Schlafzimmer?«

»Haben Sie Angst vor den Leuten? Daß jemand etwas hören könnte?«

»Nein, aber ...«

»Doch, genau davor haben Sie Angst. Was soll's, das kriegen wir schon hin.« Sie ging zurück ins Wohnzimmer und setzte sich auf ihren angestammten Platz, er folgte ihr.

»Könnten Sie mich lieben?« fragte sie. Er war erstaunt über die Frage, doch er reagierte nicht, tat, als hätte er die Frage nicht gehört.

»Ich habe Sie etwas gefragt!«

»Was?«

»Ob Sie mich lieben könnten?«

»Ich verstehe nicht ...«

»Mein Gott noch mal! Ich habe Sie gefragt, ob Sie imstande wären, mich zu lieben!«

»Ich kenne Sie doch kaum! Ja, doch, körperlich, aber ...«

»Sie wissen genau, daß ich von etwas anderem spreche. Ich spreche von meiner Seele.«

»Was soll diese Frage?«

»Nichts, ich wollte nur meine Neugier befriedigen. Verschieben wir's auf ein andermal.«

»Wir hatten andere Bedingungen ausgemacht.«

»Und was, wenn ich die Bedingungen ändern würde? Wenn

ich, sagen wir, eines Tages behaupten würde, ich würde Sie lieben. Als Ganzes, so wie Sie sind. Was dann?«

»Hören Sie doch auf damit! Ich würde meine Frau betrügen, und das könnte ich nicht!«

»Sie Idiot! Sie betrügen Ihre Frau so oder so! Auch wenn es nicht genau das gleiche ist, als wenn Sie mich lieben würden. Sie kennen mich erst seit gestern. Was, wenn Sie mich länger kennen?«

»Dann . . .« Er hielt inne.

»Was dann?«

»Dann liebe ich Sie vielleicht noch weniger.«

»So, und warum?« fragte sie mit hochgezogenen Augenbrauen.

»Weiß nicht, war dumm von mir, das zu sagen.«

»Ich helfe Ihnen. Weil man dann einen Menschen mit all seinen Stärken und Schwächen kennt. Anfangs ist es nur der Körper, und ich habe einen schönen Körper. Bin ich begehrenswert für Sie? Kommen Sie, sagen Sie, daß Sie mich begehren.«

»Gehört das zu den Regeln?«

»Natürlich, alles, was ich sage, gehört zu den Regeln.«

»Ja, Sie sind begehrenswert.«

»Und was? Meine Titten, mein Arsch? Oder mögen Sie diese Ausdrücke auch nicht?«

Johanna, liebe, gute Johanna, wenn sie das alles gehört hätte! Titten, Arsch . . . Sie hätte ihm die Augen ausgekratzt.

»Ich dachte immer, Männer gebrauchen nur solche Ausdrücke. Titten, Arsch, ficken. Ist es nicht so?«

»Nicht jeder Mann.«

»Oho, vor mir sitzt ein Heiliger!«

»Ich bin kein Heiliger. Ich bin aber auch kein ordinäres Schwein. Ich mag solche Ausdrücke einfach nicht.«

»Oh, Sie halten mich also für ein ordinäres Schwein! Und warum mögen Sie diese Ausdrücke nicht? Ich finde, ich habe schöne, große Titten. Hier, schauen Sie sie sich gut an. Im

Abendlicht wirken sie besonders schön und groß.« Sie öffnete das Oberteil des Anzugs, hielt ihm ihre Brüste hin. Er lief rot an vor Verlegenheit.

»Und mein Arsch, finden Sie meinen Arsch schön? Knackig oder zu dick?«

»Er ist okay.«

»Sie sind sehr gehemmt, mein Lieber. Das brauchen Sie aber nicht, denn Sie werden dafür bezahlt, auf meine Fragen zu antworten. Aber um ehrlich zu sein, ich mag diese Ausdrücke auch nicht. Nur gewöhnliche Leute gebrauchen so was, anständige Leute denken es höchstens nur. Dennoch halte ich Sie für verklemmt, Herr von Marquardt.«

»Mag sein.«

»Mag sein, mag sein!« äffte sie ihn nach. »Wissen Sie, daß diese Welt durch und durch verlogen ist? Alle, auch Sie und ich, denken ordinär, gewöhnlich, versaut, doch wenn andere es sagen, drehen wir uns weg und tun so, als widerte es uns an. Dabei würden wir es selber gerne sagen, ab und zu wenigstens, die Worte herausschreien, daß alle es hören können. Aber wir haben Angst, Angst davor, daß die anderen Heuchler sich wie wir wegdrehen und so tun, als wären sie angewidert. Wissen Sie, das ist das Verlogene an der Welt. Wir stehen alle nicht zu dem, was wir denken. Ach, Mist, ich rede zuviel . . .«

»Aber gibt es nicht eine Grenze des guten Geschmacks?« versuchte er sich zu rechtfertigen – wofür eigentlich, sie hatte doch recht!

»Klar gibt's die. Aber hier, in meiner Wohnung, denke und spreche ich, wie ich möchte! Sie werden sich daran gewöhnen müssen. Sprechen Sie mit Ihrer Frau nie so?«

»Nein, nie.«

»Wenn Sie miteinander schlafen, ist dann auch immer schön das Licht aus und die Bettdecke bis übers Kinn gezogen? Und alles geschieht ohne ein Wort? Sagt sie nie ›fick mich‹?«

»Ich möchte nicht darüber sprechen.«

»Aber Sie werden zugeben, ich habe recht. Wie ist Ihre Frau? Ist sie klein oder groß, nein, sie muß klein sein, Sie sind ja selber nicht gerade ein Riese. Ist sie dick oder dünn, hat sie lange oder kurze Haare? Erzählen Sie mir von ihr, und zwar so, daß ich mir ein Bild von ihr machen kann.«

»Es gibt nicht viel von ihr zu erzählen. Sie ist etwas kleiner als ich, mittlere Figur, kurze, fast schwarze Haare. Das ist alles.«

»Und was für ein Mensch ist sie?«

»Sie hat fünf Kinder zur Welt gebracht, hält den Haushalt in Ordnung, und eigentlich ist sie der wunderbarste Mensch der Welt.«

»Eine treue Seele also!«

»Ganz genau das ist sie!«

»Und Sie lieben sie sehr?«

»Ja, ich liebe sie.«

»Und wofür? Dafür, daß sie Ihnen jeden Tag die Socken und die Unterhosen wäscht oder wofür sonst?«

»Ist das nicht egal, wofür man jemanden liebt? Es sind zu viele Dinge ... Aber ich liebe sie ...« Er hielt inne, sah zu Boden, wollte etwas sagen, aber bevor er es aussprach, biß er sich auf die Zunge und schluckte die Worte hinunter. Nicole Vabochon lächelte, als ahnte sie seine Gedanken.

»Aber ich liebe sie ...?«

»Vergessen Sie's!«

»Warum lieben Sie sie? Was ist so Besonderes an ihr?«

»Sie ist gut. Sie ist einfach nur gut. Sie sieht in keinem Menschen etwas Schlechtes. Sie spricht nie böse. Und sie hat immer zu mir gehalten. Deswegen liebe ich sie.«

»Und sie, liebt sie Sie auch?«

»Natürlich!« erwiderte er entrüstet und streckte sich. Es gab absolut keinen Zweifel, daß Johanna ihn liebte. Sie vergötterte ihn, ja, das tat sie.

»Sind Sie sich da ganz sicher? Hat sie Sie nie betrogen?«

»Verdammt noch mal, worauf wollen Sie eigentlich hinaus?! Sie würde nicht einmal im Traum an so was denken!«

Nicole Vabochon lachte spitz auf und griff nach der Schachtel Zigaretten. »Sie sind ein Träumer und Phantast! Sie haben überhaupt keine Ahnung, was Frauen alles denken und träumen! Sie sind also tatsächlich überzeugt, Ihre Frau würde nicht einmal im Traum an Ehebruch denken? Ich sage Ihnen eines, jede verheiratete Frau denkt dann und wann an andere Männer. Auch Ihre, glauben Sie mir. Und wenn sie mit Ihnen schläft, dann stellt sie sich im Dunkel des Zimmers vor, daß ein anderer sie besteigt, irgendein Traummann, dem Sie niemals das Wasser reichen können. Vielleicht Richard Gere oder Götz George oder irgend so ein anderer Fuzzi, oder aber es ist nur der Hausmeister, der Elektriker, der Gasmann, den sie sich neben sich wünscht, wer weiß? Jede Frau tut das, jede hat ihre geheimen Wünsche ... Wie Männer übrigens auch.«

»Na und«, erwiderte er und tat gleichgültig, auch wenn ihre Giftpfeile ihn getroffen hatten. Johanna, dieses Lamm, diese Unschuld, die nicht einmal das Wort Scheiße in den Mund nahm, sollte derart verborgene und verbotene Gelüste haben? Er zuckte die Achseln. »Wenn schon! Solange sie es nur denkt.«

»Und wenn sie wüßte, daß Sie ...«

»Sie weiß es aber nicht!«

»Trotzdem, was, wenn sie es herausbekäme, durch einen dummen Zufall vielleicht? Wie würde sie reagieren?«

»Woher soll ich das wissen?! Sie würde wahrscheinlich nach den Hintergründen fragen, und ich würde sie ihr erklären. Sie verzeiht schnell.«

Dr. Vabochon nahm einen langen Zug an der Zigarette, lachte höhnisch auf. »Sie sind so gottverdammt naiv! Sie denken, Ihre Frau würde Ehebruch hinnehmen, als ob es sich um eine zerbrochene Tasse handelt? Mein Gott, in was für einer Welt leben Sie eigentlich? Was wissen Sie wirklich von Frauen? Wissen Sie, womit man eine Frau am schlimmsten verletzen kann? Nein, natürlich tun Sie das nicht, aber ich

96

werde es Ihnen sagen – das Schlimmste ist, wenn man sie betrügt. Wenn man ihre Gutgläubigkeit und ihr Vertrauen mißbraucht. Und glauben Sie mir, Ihre Frau ist da keine Ausnahme, im Gegenteil, ich fürchte, gerade sie würde Ihnen das Leben zur Hölle machen, wenn sie es wüßte! Sie würde Sie bluten lassen, bis Sie tot umfallen.«

»Sie wird es nie herausbekommen. Ich will nicht, daß ihr weh getan wird, sie hat es nicht verdient.«

»Natürlich«, sagte die Vabochon und schaute durch ihn hindurch und fuhr sich mit der Zungenspitze über die Lippen. »Sie wird es nicht herausbekommen.«

Er sah zur Uhr, fünf Minuten vor zehn. Sie begab sich wortlos ins Bad, ohne die Tür abzuschließen. Es war dunkel geworden. Um Punkt zehn kam sie heraus. Sie hatte die Lippen dunkelrot angemalt, den Körper kaum verhüllt von einem durchsichtigen, dunkelblauen Babydoll. Ihre Brüste wippten bei jedem Schritt. Sie setzte sich neben ihn auf die Sessellehne, drückte ihren Busen an sein Gesicht, kraulte mit einer Hand durch sein Haar, ließ eine Weile verstreichen, sagte mit gurrender Stimme: »Ich will, daß Sie jetzt mit mir schlafen.«

## SAMSTAG, 8.45 UHR

David lag wach im Bett, während Johanna bereits aufgestanden war, um Brötchen zu holen. Er hatte die Arme hinter dem Kopf verschränkt, starrte an die Decke, sein Kopf und sein Denken waren leer. Die Helligkeit drang durch die viel zu dünnen Übergardinen, es war feuchtwarm im Zimmer, die Bettwäsche fühlte sich klamm an, in den oberen Ecken der Wände und der Decke bildete sich erster Schimmel. Er war müde, hatte schlecht geschlafen, der Alptraum der letzten Wochen hatte ihn wieder nicht zur Ruhe kommen lassen. Er war schweißgebadet aufgewacht, sein Herz schlug hart und schnell gegen seinen Brustkorb. Er versuchte zu ergründen, was der Traum bedeuten konnte, doch er machte keinen Sinn. Die Kinder schliefen noch oder waren wach und lagen auch noch im Bett.

Das Telefon klingelte, David sah zur Uhr, runzelte die Stirn, sprang nach dem zweiten Läuten auf, riß den Hörer von der Gabel. »Ja?« meldete er sich.

»David?«

»Ja?«

»Hier ist Manfred.«

»So früh?«

»Hat Johanna dir nicht ausgerichtet ... Was soll's, ich habe gestern abend schon angerufen, aber da warst du gerade weg. Ich müßte dich sprechen, und zwar so schnell wie möglich.«

»Warum? Ist irgendwas passiert?«

»Nicht am Telefon. Wann können wir uns sehen? Johanna hat gesagt, daß ihr einkaufen geht. Wann seid ihr zurück?«

»Keine Ahnung. Wir haben ja noch nicht mal gefrühstückt ... Halb eins, eins, so um den Dreh.«

»Gut«, sagte Manfred Henning, »dann werde ich um zwei bei dir sein.«

»Von mir aus ... Aber sag, was ist eigentlich los?«

»Nicht am Telefon. Bis nachher.«

»Hm, bis nachher«, sagte David, etwas verwundert über die Geheimniskrämerei, und legte auf. Er ging ins Bad, entleerte seine Blase, wusch sich notdürftig die Hände und übers Gesicht, kämmte sich. Zog sich an, Johanna kehrte zurück, sie schwitzte. Es duftete nach frischen, warmen Brötchen.

»Sag mal«, empfing er sie, »eben hat Manfred Henning angerufen ...«

»Oh«, sagte Johanna und faßte sich an die Stirn, »hab ich ja ganz vergessen, dir zu sagen ...«

»Schon gut, aber ... hat er dir gesagt, was er von mir will?« Johanna zuckte mit den Schultern, wischte den Tisch ab, spülte den Lappen aus, trocknete sich die Hände ab, ging zum Schrank, holte Teller heraus, verteilte sie auf dem Tisch. »Keine Ahnung, er hat's mir nicht verraten.«

»Komisch, aber ich werd's wohl heute mittag erfahren.« Er wollte Johanna helfen, den Tisch zu decken, hatte schon zwei Gläser mit Marmelade in der Hand, als es klingelte. Er stellte die Gläser auf den Tisch, drückte auf die Sprechanlage. Eine Stimme quäkte zurück: »Paket!«

David drückte einen anderen Knopf, wartete in der offenen Tür. Der Paketmann kam mit dem Aufzug, auf einem Lastkarren einen Stapel Pakete. Er nahm das oberste herunter, reichte es David, der die Stirn runzelte, hielt ihm einen Stift und ein Blatt hin und bat ihn, den Empfang zu quittieren. David setzte seine Unterschrift auf die rechte Seite, verabschiedete sich. Ging in die Wohnung, schloß die Tür. Johanna kam aus der Küche.

»Ein Paket? Von wem?«

»Keine Ahnung. Ohne Absender.«

»Vielleicht mal wieder ein Buch, das du bestellt hast ... Die Kartongröße stimmt jedenfalls.«

»Ich habe kein Buch bestellt, außerdem fühlt sich ein Buch anders an. Gib mir doch mal eine Schere«, sagte er, das Paket in der Hand haltend. Johanna zog eine Schublade aus der Eßzimmerkommode, reichte David die Schere. Er schnitt die Schnur durch, klappte den Deckel auseinander, der Inhalt war mit Seidenpapier umwickelt. Er entfaltete das Seidenpapier ... er ließ das Paket fallen, Johanna wich zurück an die Wand und schrie, wie er sie noch nie hatte schreien hören. Er war nur starr vor Entsetzen, brachte keinen Ton über die Lippen, machte einen schnellen Schritt zurück, die Augen unablässig auf den toten Inhalt gerichtet. Als er merkte, daß von dem Inhalt keine Gefahr mehr ausging, bückte er sich, nahm den Zettel heraus, der dabei lag, las ihn. *Hallo, ich hoffe, es geht Dir gut? Schönes Tier, nicht? Es ist eine Lanzenotter. Wenn sie noch leben würde, wärst Du jetzt wahrscheinlich schon tot. Ich melde mich wieder. Ciao.*

Alexander, Nathalie und Thomas waren, von Johannas Schreien aufgeweckt, aus ihren Zimmern gestürzt. »Geht zurück, das ist nichts für euch«, sagte David mit tonloser Stimme. »Bitte, geht wieder in eure Zimmer.« Und als sich keiner rührte, schrie er sie an: »Seht endlich zu, daß ihr verschwindet!«

Er bückte sich wieder, faltete den Karton zusammen, schluckte schwer. Johanna hatte sich wieder beruhigt, ihr Atem ging noch immer schnell und rasselnd. Sie trat näher, sagte fassungslos: »David, was soll das? Wer macht so was?« Er drehte den Kopf ein wenig, sah sie von der Seite an, stieß leise hervor: »Wenn ich das wüßte! Wenn ich das bloß wüßte!«

---

## SAMSTAG, 14.00 UHR

---

Manfred Henning kam um kurz vor zwei. David öffnete die Tür, bat ihn in die Wohnung. Johanna war noch in der Küche beschäftigt, Nathalie und Alexander waren jeweils bei Freunden, Thomas büffelte für eine Klausur. David hatte Henning seit etwa drei Monaten nicht gesehen, er wirkte übernächtigt, hatte tiefe Ringe unter den Augen, er hätte ihn fast nicht wiedererkannt, denn bei ihrem letzten Treffen trug er noch einen Vollbart. Er hatte ihn abgenommen, sein Haar war jetzt kürzer, er trug eine andere Brille.

»Können wir uns ungestört unterhalten?« fragte Kommissar Henning.

»Gehen wir ins Wohnzimmer. Ich sag nur schnell Johanna Bescheid, daß wir nicht gestört werden wollen.«

Manfred Henning begab sich ins Wohnzimmer, setzte sich auf die Couch, die an einigen Stellen Risse im Polster aufwies, und schlug die Beine übereinander. David kam kurz darauf, schloß die Tür.

»Möchtest du was trinken?« fragte er.

»Nein ... oder ein Glas Wasser, wenn du hast.«

David holte eine Flasche Mineralwasser und zwei Gläser, schenkte ein. Henning nahm einen Schluck, stellte das Glas auf den Tisch und faltete die Hände.

»Also, schieß los, was gibt's so Wichtiges, daß du mich so dringend sprechen mußt? Du hast dich sehr geheimnisvoll angehört am Telefon.«

»David, ich bin gekommen, um dir ein paar Fragen zu stellen, die ich dich bitte, so genau und vor allem so ehrlich wie möglich zu beantworten. Wo warst du gestern morgen zwischen vier Uhr dreißig und sieben Uhr?«

David beugte sich nach vorn und sah sein Gegenüber mit zu Schlitzen verengten Augen an. »Warum willst du das wissen?« fragte er zischend.

»Beantworte nur meine Frage. Wo warst du in dieser Zeit?«

David schüttelte nur den Kopf. »Wo sind normalerweise Menschen um diese Zeit? Entweder noch im Bett, oder sie machen sich bereit für den Weg zur Arbeit ... Ich habe bis halb acht geschlafen, bin dann aufgestanden, und um Punkt halb neun bin ich hier weggefahren. Zufrieden?«

»Kann Johanna bestätigen, daß du um diese Zeit zu Hause warst?«

»Sag mal, spinnst du? Was soll diese Scheißfragerei?« fragte David aufgebracht. »Natürlich kann sie das!«

»Wie lange hat sie geschlafen?«

»Sie steht jeden Morgen etwa um Viertel vor sieben auf.« Er schloß die Augen, zwang sich zur Ruhe, atmete langsam ein und wieder aus, sagte: »Bitte, verrat mir, was los ist.«

101

»Dr. Edouard Meyer ...«

»Was ist mit Meyer? Habt ihr dieses verdammte Arschloch endlich gefunden?«

»Meyer ist tot«, sagte Henning und beobachtete genau jede Reaktion von David. Der schaute ihn nur an, erwiderte nichts. Henning fuhr fort: »Wir haben Meyer gestern abend gefunden, jemand hat ihn ganz schön zugerichtet. Die Kehle durchgeschnitten, die rechte Hand abgehackt, er war nackt, lag auf dem Fußboden ...«

David lachte zynisch auf: »Und du glaubst ... nein, das kann nicht wahr sein ... du glaubst wirklich, ich hätte etwas damit zu tun? Du mußt verrückt sein, wenn du mir so was unterstellst!«

»Moment«, sagte Henning mit einer beschwichtigenden Handbewegung, »du bist der erste und bis jetzt einzige, der einen triftigen Grund gehabt hätte, ihn zu beseitigen. Mein Gott, der Mann hat dich ruiniert, er hat dein Lebenswerk zerstört, welchen besseren Grund könnte es geben, einen Menschen umzubringen? Es sind schon Leute für viel weniger getötet worden.«

»Wo hat man ihn gefunden?«

»Im Plaza Central.«

»Was hat er hier in Deutschland gewollt? Wo kam er her?« wollte David wissen.

»Er hatte einen paraguayischen Paß. Und er hatte sein Aussehen verändert.«

Bevor Henning noch etwas hinzufügen konnte, sprang David auf, rannte aus dem Wohnzimmer, kehrte wenig später mit dem Paket zurück, das er am Morgen erhalten hatte. Er reichte es wortlos Henning, der ihn fragend ansah.

»Mach's schon auf«, forderte David ihn mit kalter Stimme auf.

Henning klappte den Deckel hoch und ließ es, wie schon David am Morgen, auf den Boden fallen. Sein Gesicht war aschfahl.

»Mein Gott, was ist das?«

»Eine Lanzenotter. Ich habe im Lexikon nachgeschaut, sie gehört zu den giftigsten Schlangen der Erde. Jährlich fallen ihr in Südamerika etliche tausend Menschen zum Opfer. Ein kleines Begleitschreiben lag auch dabei. Hier, lies.«

»Woher hast du das?«

»Kam heute morgen mit der Post. Ein ganz normales Paket ohne Absender.« David setzte sich wieder, ohne das Paket mit dem makabren Inhalt aufzuheben. »Du sagst also, Meyer kam aus Paraguay. Soweit ich weiß, liegt das in Südamerika.« Er fuhr sich mit der Zunge über die spröden Lippen, trank sein Glas leer, schenkte sich nach. »Meinst du vielleicht, ich schicke mir selbst eine Giftschlange? Vor allem, wo sollte ich sie herhaben? Ich bin nur froh, daß Kopf und Körper voneinander getrennt waren.«

»Meyer«, sagte Henning nachdenklich, einen weiteren Blick auf das tote Reptil werfend. »Meyer wird sie mitgebracht haben. Und als er hier ankam, hat er sie gleich an dich abgeschickt. Aber das beantwortet mir noch längst nicht die Frage nach seinem Mörder.« Er erhob sich, sah David lange an, legte ihm eine Hand auf die Schulter. »Hör zu, ich persönlich glaube nicht, daß du mit dem Mord etwas zu tun hast. Aber es gibt andere, die in erster Linie dich verdächtigen. Und du weißt, es soll Leute geben, die haben schon Pferde vor der Apotheke kotzen sehen. Es kann sein, daß wir noch mehr Fragen haben ... Und noch eines – solltest du auch nur das geringste damit zu tun haben, dann wird es bitter für dich.«

»Du bist ein Arschloch, Manfred! Ein gottverdammtes Arschloch, wenn du so was auch nur denkst! Ich hätte Meyer niemals umgebracht, ich hätte ihn nur dorthin gebracht, wo er meiner Meinung nach hingehört – ins Gefängnis. Ich glaube, es ist besser, du gehst jetzt, dieser Tag ist irgendwie ... beschissen!«

»Nur noch eine Frage – Johanna erzählte gestern was davon,

daß du zur Arbeit gefahren bist. Hast du noch einen Job nebenbei?«

David wandte sich ab, ging zur Tür und sagte, während er die Hand auf die Klinke legte: »Nein, nicht richtig. Ich mache Kontrollgänge, dreimal in der Woche abends. Es ist kein richtiger Job, nur ein kleiner Nebenverdienst, wenn du verstehst, was ich meine.«

»Und für wen?«

»Warum willst du das wissen?«

»Interessiert mich eben.«

»Ist es wichtig für die Aufklärung des Mordes?« fragte David und sah Henning geradeheraus an. Der schüttelte den Kopf. »Nein, eigentlich nicht. Aber warum machst du so ein Geheimnis daraus?«

»Das ist meine Sache. Wenn's weiter nichts gibt ...«

»Ja, ja, bin schon weg.« An der Tür sagte er: »Tut mir leid, daß wir uns unter solchen Umständen treffen mußten. In deinen Augen bin ich bestimmt nur einer von diesen lausigen Bullen, die ihre Nase in jeden Scheiß stecken, oder?«

David grinste verkniffen. »Ganz so drastisch würde ich es nicht ausdrücken, aber das letzte Jahr war verdammt hart. Ich will nicht auch noch mit einem Mord in Verbindung gebracht werden. Mir reicht schon diese Umgebung und dann auch noch diese Post.«

## SAMSTAG, 15.30 UHR

Kommissar Henning kehrte von seinem Besuch bei David von Marquardt in sein Büro zurück. Der Obduktionsbericht Dr. Edouard Meyer lag auf dem Tisch, ebenso der Bericht der Spurensicherung. Er schlug die Aktenmappe auf, setzte sich, legte die Beine auf den Tisch, zündete sich eine Zigarette an, nahm den Bericht in die Hand. Er las. Name: Edouard Meyer. Größe: 1,73 m. Gewicht: 79 kg. Todesursache: Herz- und Kreislaufversagen durch hohen Blutverlust nach Schnitt in Larynx und Halsarterien. Todeszeitpunkt: zwischen 6.00 Uhr und 6.30 Uhr. Mageninhalt: Pizzareste mit Peperoni, Salami, Paprika, Zwiebeln, sowie Whisky. Promillegehalt des Blutes zum Zeitpunkt des Todes: etwa 1,1 Promille. Auffällig war, daß Meyer unter einem bislang offensichtlich unentdeckten Magenkarzinom litt, da weder Medikamente noch Spuren einer Behandlung nachgewiesen werden konnten. Meyer schien häufig zu Beruhigungspillen gegriffen zu haben, da sich in seinem Blut erhebliche Spuren von Diazepam fanden. Unter den Fingernägeln ältere Seifenreste, aber weder fremde Hautpartikel oder sonstige Partikel, die für einen DNA-Test hätten herangezogen werden können. Plötzlich schoß Henning nach vorn. Meyer hatte kurz vor seinem Tod Geschlechtsverkehr gehabt. Spermaspuren fanden sich in den Schamhaaren und unter der Vorhaut. Doch keine Spuren von Scheidenflüssigkeit. Auch keine fremden Schamhaare, nur zwei lange, dunkle Kopfhaare ohne Haarscheidenzellen auf dem Schambein. Kein Fremdspeichel.

Henning griff zu seinem persönlichen Telefonbuch, suchte die Privatnummer von Dr. Bock, dem Leiter des Instituts für Rechtsmedizin, heraus, der auch den Bericht unterzeichnet hatte. Er hob den Hörer ab, wählte die Nummer, Bock meldete sich nach dem zweiten Klingeln.

»Hier Henning. Störe ich?«

»Was gibt's denn jetzt schon wieder?«

»Hör zu, der Obduktionsbericht, ich hätte ein paar Fragen dazu. Geht auch telefonisch ...«

»Schieß los ...«

»Es ist also sicher, daß der Typ kurz vor seiner Hinrichtung gebumst hat, richtig?«

»Kann sein, kann aber auch nicht sein. Die Sache ist doch ganz einfach. Hätte er Geschlechtsverkehr im klassischen

Sinn gehabt, hätten wir neben seinem Sperma auch Scheidenflüssigkeit gefunden. Oder, wenn er schwul war, typische Spuren aus dem Analbereich, ich brauch dir ja wohl nicht großartig zu erklären, um was für Spuren es sich handeln würde. Oralsex ... möglich, aber eher unwahrscheinlich, wir hätten mit fast hundertprozentiger Sicherheit Speichel entweder an seinem Schwanz oder dem Hodensack oder den Schamhaaren nachgewiesen. Aber nichts dergleichen, wie gesagt, nur sein Sperma ...«

»Und was, wenn der Täter oder die Täterin ihn gewaschen hat?«

»Dann hätte er oder sie gründlichere Arbeit geleistet. Dann hätten wir Sperma höchstens noch in der Harnröhre nachweisen können oder im Urin, den er bei Todeseintritt gelassen hat.«

»Wie lange vor seinem Tod hat er ...«

»Zwei Minuten, drei Minuten, fünf Minuten ... Was weiß ich?! Vielleicht ist er ja *dabei* umgebracht worden. Für meine Begriffe hat der- oder diejenige auf jeden Fall, wer immer es ihm gemacht hat, ihm auch den endgültigen Abgang verschafft.«

»Und wie?«

»Jemand, ein Mann oder eine Frau, hat ihm einen runtergeholt und ihm entweder dabei oder kurz nachdem er ejakuliert hat die Kehle durchgeschnitten. Dabei hat er Urin und etwas Darminhalt verloren. Es war ein recht schneller und schmerzloser Tod. Ich schätze, so und nicht anders war's.«

»Und was, wenn er sich's selber besorgt hat?«

»Ausgeschlossen, dann hätten wir Spermaspuren an seinen Händen gefunden und wahrscheinlich auch auf dem Bauch. Die- oder derjenige, der's ihm besorgt hat, hat das Zeug entweder mit einem Taschentuch oder mit dem Mund aufgefangen, wobei letzteres nicht sehr wahrscheinlich ist, wie gesagt, wir hätten dann Speichelspuren nachweisen können.

Auf keinen Fall aber hat ein direkter Vaginal- oder Analkontakt stattgefunden.«

»Und die Kopfhaare, stammen sie von einer Frau oder einem Mann?«

»Kann ich noch nicht genau sagen, aber der Beschaffenheit nach zu urteilen eher von einer Frau. Aber wann diese Haare dorthin gekommen sind – keine Ahnung. Es könnte immerhin sein, daß er sie aus Paraguay mitgebracht hat. Dort gibt es meines Wissens eine Menge schwarzhaariger Frauen. Noch was?«

»Nein, danke, das war's erst mal. Schönes Wochenende und besten Dank.«

Henning legte auf, starrte versonnen an die Decke. Erwachte aus seiner Versonnenheit, als die Tür aufging und Schmidt hereinkam. Wortlos reichte Henning ihm den Bericht, er selbst las den der Spurensicherung. Bedeutungslos.


## SAMSTAG, NACH MITTERNACHT


Es war eine schwüle, heiße Nacht, in der selbst das dünnste Laken als Zudecke noch zuviel und an erholsamen Schlaf kaum zu denken war. In seinem alten Haus hatte er eine Klimaanlage gehabt, hatte er sich nie Gedanken über Hitze zu machen brauchen, war es möglich, sowohl im Sommer wie im Winter die gleiche Temperatur in den Räumen zu halten. In dieser schwülheißen Nacht träumte er wieder. Der Alptraum, der ihn in immer kürzeren Abständen heimsuchte. Die immer gleichen Bilder, der gleiche Hintergrund, die gleichen tristen Farben, wenn es denn überhaupt Farben waren, eher glichen sie unterschiedlichen Grautönen. Vaters dunkelblaues Gesicht mit den traurigen Augen, das sich abschälende Fleisch, bis nur noch der blanke Schädel übrigblieb, Tante Maria, die sich, ihn so unendlich traurig anblickend, die Pistole in den Leib steckte und abdrückte, und Onkel Gustav, auch er so unendlich fern und doch so nah, so seltsam melancholisch, der mit gramgebeugtem Haupt, seine kleine Tochter an der Hand, die Stadt verließ.

David erwachte wieder einmal schwer atmend, hatte das Gefühl, ein tonnenschweres Bleigewicht läge auf seiner Brust, sein Mund war ausgetrocknet, das Herz galoppierte in wildem Stakkato, als wollte es der Enge des ihn umgebenden Raumes entfliehen. Er fürchtete sich, ohne zu wissen wovor. Hätte er nur den Traum deuten können! Er setzte sich auf, nahm den Kopf zwischen die Hände, versuchte, ruhig zu atmen, allmählich hörte das hämmernde Stakkato auf. Aber er konnte nicht mehr einschlafen. Nach einer Weile des Wachliegens stand er auf, nahm aus dem Medizinschrank das Fläschchen mit dem Valium, träufelte fünf Tropfen in ein Glas, gab Wasser dazu, trank aus. Er legte sich zurück ins Bett und schloß die Augen. Angst.

## MONTAG, 8.30 UHR, POLIZEIPRÄSIDIUM

Lagebesprechung. Henning saß hinter seinem Schreibtisch, rauchte, während er die Akte Edouard Meyer in der Hand hielt. Ihm gegenüber saßen oder standen vier Kollegen, die gespannt auf das warteten, was Henning ihnen zu sagen hatte.

Der beugte sich nach vorn, drückte die Zigarette aus, schloß das Fenster, der Krach von der Straße störte ihn. Er nahm

seinen Becher Kaffee, trank einen Schluck, sagte: »Also, hier
der Bericht über das, was wir bis jetzt über diesen Meyer
rausgefunden haben. Er kam bereits am Mittwoch aus Asun-
ción/Paraguay hier an. Das Zimmer im PLAZA CENTRAL war
für ihn reserviert, von wem, kann allerdings keiner sagen. Er
war ein unauffälliger Gast, so wird er zumindest vom Personal beschrieben. Wir haben uns mit der deutschen Botschaft
in Paraguay in Verbindung gesetzt, die rausfinden sollen,
seit wann Meyer dort lebte und vor allem *wie* er lebte. Ich
gehe davon aus, daß ein reicher Mann wie er nicht in einer
billigen Absteige hauste. Ich hoffe, wir bekommen die Antwort noch heute. Wir haben das gesamte Hotelpersonal
befragt, ob ihnen jemand Fremdes in oder an seinem Zimmer
aufgefallen ist, aber keiner will etwas gesehen haben. Irgendwer muß sich jedenfalls Zutritt zu seinem Zimmer verschafft
haben, denn alleine wird er sich wohl kaum die Kehle durchgeschnitten und die Hand abgehackt und aufs Bett gelegt
haben.« Er machte eine kurze Pause, bevor er fortfuhr:
»Also, wer ist der oder die Unbekannte oder vielleicht sogar
die Unbekannten, die Meyer ins Jenseits befördert haben?
Wie sind er oder sie ins Hotel gelangt? Es gibt vierunddreißig
Personen, die einen Schlüssel für den Hintereingang haben.
Meine Vermutung ist, daß wir unter diesen vierunddreißig
den- oder diejenige finden werden, der oder die den oder die
Täter ins Haus gelassen hat. Eine andere Vermutung allerdings ist auch, daß der Mörder selbst in dem Hotel wohnte
und nur darauf wartete, daß Meyer zurückkam. Vielleicht
hatten sie sogar eine Verabredung. Nach der fast rituellen
Vorgehensweise nehme ich beinahe an, daß Meyer seinen
Mörder kannte und ihn arglos empfing. Und weil er nicht
gestört werden wollte, gab er dem Personal die Anweisung,
bis achtzehn Uhr nicht gestört zu werden. Den Obduktionsbericht können Sie alle lesen, auch den der Spurensicherung.
Das war's fürs erste von meiner Seite. Fragen?«
»Ja, eine«, meldete sich Kommissar Leitner zu Wort. »Was

ist mit seinem früheren Chef, diesem Marquardt? Könnte er etwas damit zu tun haben? Er hätte tausend Gründe …«

»Ich war am Samstag bei ihm. Man hat ihm ein nettes Päckchen geschickt – mit einer hochgiftigen Lanzenotter. Zum Glück war sie tot, sonst würde es auch Marquardt nicht mehr geben. Er fällt erst mal raus aus den Ermittlungen. Ich möchte Sie jetzt bitten, noch einmal das Personal zu befragen und außerdem die Verkäufer und Verkäuferinnen der Geschäfte, in denen er eingekauft hat. Wenn's weiter nichts gibt, meine Herren, dann können Sie jetzt gehen.«

Er lehnte sich wieder zurück, zündete sich eine Zigarette an, trank seinen Kaffee aus, dachte nach. Irgend etwas paßte nicht zusammen … Die Frage, die ihn am meisten beschäftigte, war: Warum war Meyer nach Deutschland zurückgekehrt?

## MONTAG, 20.00 UHR

Das Wochenende war vorüber, am Montag ließ er sich den Kontostand ausdrucken. Dr. Vabochon hatte wie versprochen die erste volle Rate bezahlt, wie, das sollte ihr Geheimnis bleiben. Auf einmal standen ihnen jedenfalls achtzehnhundert Mark mehr zur Verfügung. Einerseits war er glücklich, denn die Arbeit war einfach und bereitete ihm wenig Mühe, und insgesamt hatte er bisher nur zweimal mit Nicole geschlafen (auch wenn es ein leichtes für ihn gewesen wäre, es öfters zu tun). Sie saßen vor dem Fernsehapparat, spielten Rommé, unterhielten sich, tranken. Sprachen über Dinge, über die er sich mit Johanna nie hätte unterhalten können, Malerei, Schriftstellerei, Philosophie. Diesmal aber war es anders gewesen. Er erzählte von dem Wochenende.

»Mein ehemaliger Buchhalter Dr. Meyer ist in Frankfurt umgebracht worden, und zwar auf eine ziemlich bestialische Art. Er lag nackt auf dem Boden, die Kehle durchgeschnitten, eine Hand abgehackt und in die Mitte des Bettes gelegt. Und am Samstag kam ein Päckchen mit einem wundervollen Inhalt – einer toten Lanzenotter, wenn Sie wissen, was das ist.«

»Wie schrecklich. Weiß man schon, wer diesen Meyer auf dem Gewissen hat und was er überhaupt hier in Frankfurt wollte? Und das mit der Schlange kapiere ich noch weniger. Haben Sie Feinde?«

»Keine Ahnung. Meyer kam aus Paraguay, aber was er hier wollte, ist der Polizei bislang ein Rätsel. Aber er ist bestimmt nicht ohne Grund nach Frankfurt zurückgekehrt.«

»Nein, vermutlich nicht. Ist ja auch egal, damit ist ein Teil der Schuld getilgt, sehen Sie es einfach so. Aber kommen Sie, reden wir von etwas anderem, Angenehmerem.«

Und wenn er ihr auch schon viel über sich erzählt hatte, so wußte er von ihr bislang fast gar nichts. Nicht, wo sie herkam, ob ihre Eltern noch lebten und wo sie lebten, wie sie ihre Jugend verbracht hatte, wie sie sich ihre Zukunft vorstellte. Alles, was er wußte, war, daß sie eine Menge über ihn wußte. Das störte ihn, genau wie ihr immer wieder aufflammender Spott, ihre Provokationen, ihr Befehlston. Nur wenn er mit ihr schlief, wenn sie ihm befahl, mit ihr zu schlafen, dann war es anders. Wenn ihre grazilen Finger ihn berührten und streichelten, ihr Lippenstiftmund ihn küßte, wenn sie heiß und verlangend war, dann vergaß er alles um sich. Dann vergaß er sogar, daß er eigentlich bloß eine Hure war, eine billige, verfluchte Hure, die ihren Körper verkaufte, um frei zu werden.

Doch sonntags, in der Kirche, kam das Gewissen aus seinem Schlupfwinkel hervorgekrochen. Mit penetranter Regelmäßigkeit plagte ihn jener tief im Verborgenen sitzende, unsichtbare Teil seiner selbst. Eine Warnglocke, die mal lauter

111

und mal leiser anschlug. Immer sonntags (verdammter Sonntag, verdammte Kirche!) erkannte er, daß er nicht nur gegen die Regeln der Kirche und gegen die Gebote Gottes verstieß, vor allem verstieß er gegen die Regeln gesunden menschlichen Moralempfindens. Ein Ausbruch aus der Normalität. Hätten die anderen (all jene bigotten Damen und Herren seiner Gemeinde!) je herausbekommen, was er trieb – mit Schimpf und Schande hätten sie ihn aus ihrer Gemeinschaft ausgestoßen. Im Mittelalter hätten sie ihn geteert und gefedert und an den Pranger gestellt, bespuckt und verhöhnt, vielleicht sogar auf den Scheiterhaufen geworfen oder geviertteilt oder gerädert, ein Volksfest aus seiner Hinrichtung gemacht, mit Marktschreiern und Gauklern, für die eine Exekution ein gutes Geschäft bedeutete und die dem einfachen Volk zu einer Abwechslung im bitteren, harten Lebenskampf verhalf. Heute würden sie höchstens noch mit Fingern auf ihn zeigen, all jene fetten, aufgeblasenen Heuchler, die vorgaben, an Gott zu glauben! Die logen und betrogen und heimlich Ehebruch begingen und unehrlich waren! Nun, nicht alle waren bigott, nicht alle heuchelten, aber einige. Viele waren treue und demütige Geister, die im stillen ihre guten Werke verrichteten, ohne je einen weltlichen Lohn dafür zu empfangen. Die Kranke besuchten, sich um Alte kümmerten. Die Gott dienten, indem sie den Menschen dienten. Die nicht unehrlich waren, nicht die Ehe brachen, nicht ihre Seele durch begehrliche Gedanken verunreinigten. Johanna zählte dazu. Sie half, wenn ihre Hilfe gefragt war, sie betreute Alte, sie hütete Kinder, sie sorgte sich einfach nur, ohne auch nur ein Danke dafür zu erwarten. Ein ganzes Jahr lang hatte sie eine alte Schwester gepflegt, ihr die letzten Tage so angenehm wie nur möglich zu gestalten versucht, war jeden Tag für zwei oder drei Stunden zu ihr gefahren, hatte sie gewaschen und saubergemacht, ihr die Stirn gekühlt und Geschichten vorgelesen, Einkäufe erledigt und schließlich in der letzten Stunde ihre Hand gehalten.

Wenn es einen Gott gab, dann mußte er Johanna an seine Seite setzen, wenn sie eines Tages diese Welt verließ.

Er fühlte sich nicht mehr so wohl in der Gemeinde wie früher. Schuldgefühle. In ihm kämpften Gut und Böse, Dr. Jekyll und Mr. Hyde, Gott und Satan. Und wer siegte? Er wußte es noch nicht, ahnte es nur. Siegte Jekyll, dann war, was er tat, recht. Doch was, wenn Hyde der Überlegene war? Hyde war schlecht, verkommen, bösartig, unberechenbar, grausam. Hyde war der Teufel, die Verlockung. Hyde suchte den Menschen zu zerstören, das Gute auszumerzen.

Aber er wollte sich dem Kampf nicht stellen. Unentwegt dachte er an die Zukunft, an das Freisein von weltlichen Sorgen, an das Nachholen von dem, was ihm seiner Meinung nach im letzten Jahr vorenthalten worden war. Nein, was er tat, war nicht unmoralisch, unmoralisch handelten andere, die Bank, die Geldhaie, Mörder, Betrüger, Lügner!

## FREITAG, 20.00 UHR

An diesem Freitag war er wieder bei Nicole. Sie aßen und tranken und schwiegen. Sie tat eine ganze Weile, als existierte er nicht, und er tat, als ignorierte er ihr Verhalten. Dann, auf einmal, bat sie ihn, aus seiner Kindheit und Jugend zu erzählen. Wo er geboren war, seit wann er in Frankfurt lebte. Er hatte viel getrunken, mehr als je zuvor, seine Zunge war schwer und doch redselig. Und zum ersten Mal in seinem Leben erzählte er einem anderen Menschen von seiner Kindheit. Einzelheiten, die er selbst Johanna vorenthalten hatte, von seinem Vater, von Tante Maria, von all dem Unglück, das ihm widerfahren war und das er in sich hineingefressen hatte.

113

»Ich habe nicht gewußt, daß Sie eine derart harte Kindheit hatten!« sagte Nicole bedauernd, nachdem er geendet hatte. »Sie hatten nicht viel Freude am Leben, wie mir scheint.«

»Och, ich habe es abgehakt«, log er und winkte ab. »Nicht die Vergangenheit, die Zukunft zählt!« Er machte eine abfällige Handbewegung, die Vergangenheit war tot.

»Und Ihr Vater, Sie wissen wirklich nicht, was aus ihm geworden ist?«

»Er ist verschwunden. Ich vermute, er ist nicht mehr in Deutschland. Ich erinnere mich, wie er früher ein paarmal von Südamerika geschwärmt hat. Vielleicht ist er dort untergetaucht. Vielleicht hockt er jetzt irgendwo in einer Holzhütte im dampfenden Regenwald und befreit irgendwelche Indianer von Läusen und Flöhen.« Er kicherte albern. »Egal, auch das ist längst Vergangenheit.«

»Und Ihre Mutter? Lebt sie noch?«

»Ja, sie lebt noch.«

»Sie sprachen vorhin von Helmbrechts? Wo liegt das eigentlich?«

»Zwischen Fichtelgebirge und Frankenwald. Meine Mutter wohnt dort mit meiner Schwester Sarah in einem großen Haus mit einem großen Garten.«

»Sie haben eine Schwester? Wie alt ist sie?«

»Siebenundzwanzig. Und sie ist mongoloid, weil wohl die Natur etwas dagegen hatte, daß ... äh, lassen wir das!«

»Wie tragisch!«

»Ja, ja, wie tragisch!« stieß er höhnisch hervor und trank noch einen Cognac. »Aber wissen Sie was – diese verdammte Frau ist selber schuld, daß Sarah schwachsinnig ist! Hurt mit meinem eigenen Bruder rum! Haben Sie verstanden – meine Mutter hat sich von meinem Bruder vögeln lassen! Gottverdammtes Miststück! Sie hat mit ihm gevögelt und ihm alles gegeben, was eine Mutter einem Sohn geben kann, und mich, mich hat sie immer nur beschimpft. Und bei einer dieser Vögeleien ist wohl meine Schwester Sarah entstan-

114

den. Aber jetzt ist Schluß, jetzt gibt es diesen elenden Bastard
nicht mehr! Wissen Sie, was mit meinem Bruder passiert ist?
Außer meine Mutter zu vögeln war er auch noch begeister-
ter Bergsteiger, und meine Mutter hat ihm zu seinem Geburtstag eine Reise in die Dolomiten geschenkt. Und genau
zwei Tage nach seinem Geburtstag ist er in den Dolomiten
fast zweihundert Meter tief abgestürzt und verreckt. Dieser
schöne Kerl mit diesem herrlich durchtrainierten Körper war
nichts als ein breiiger Klumpen aus Fleisch und Blut. Sie
sagten, sein Gesicht sei kaum noch zu erkennen gewesen.
Und auch wenn Sie mich jetzt für böse oder gemein halten,
damals habe ich mich diebisch gefreut, daß er verreckt ist.
Und eigentlich hat sich daran bis heute nichts geändert.« Er
füllte sein Glas erneut auf, obgleich er schon ziemlich betrunken war.
»Wie schrecklich! Haben Sie je mit Ihrer Mutter darüber
gesprochen?«
»Ach was, ich hätte mich nie getraut! Wissen Sie, wo ich
mich am liebsten aufgehalten habe, als ich noch so richtig
klein war? Bei meiner Tante, der Schwester meiner Mutter.
Sie hatten einen großen Bauernhof, und ich bin, sooft es nur
ging, hingegangen.« Er machte eine Pause, und ein paar
Tränen stiegen ihm in die Augen – die Sentimentalität eines
Betrunkenen. Er lachte auf. »Verdammt, wenn man besoffen
ist, wird man leicht rührselig, nicht? Aber ich glaube, sie hat
mich geliebt. Ich war fünf, als sie schwanger wurde, und
knapp sechs, als sie ein Mädchen zur Welt brachte. Zwei
Jahre später hat sie sich das Leben genommen. Mein Vater
hat mir später erzählt, sie hätte sich eine großkalibrige Pistole in den Unterleib gesteckt und zweimal schnell hintereinander abgedrückt. Sie hat sich im wahrsten Sinn des Wortes
den Leib weggeballert. Peng, Peng! Sie war eine herzensgute
Frau, und sie war schön. Zumindest in meiner Erinnerung.
Aber ich glaube, für kleine Jungs sind fast alle Frauen irgendwie schön. Sie hat mich auf ihrem Schoß gewiegt, sie hat

mich gestreichelt, sie hat all das getan, was meine eigene Mutter nie tat. Mein Onkel hat wenig später den Hof verkauft und ist mit seiner Tochter fortgezogen. Irgendwohin, ich habe nie wieder von ihnen gehört. Aber in letzter Zeit träume ich seltsamerweise immer wieder von Tante Maria und Onkel Gustav und von meinem Vater. Komisch, die Vergangenheit läßt einen eben doch nicht los ... Ich würde zu gerne wissen, ob mein Onkel noch lebt, was aus dem kleinen Mädchen geworden ist. Ob sie so wunderhübsch ist, wie ihre Mutter war. Die Kleine müßte jetzt etwa in Ihrem Alter sein. Na, ich werde es wohl nie erfahren.«

»Wer weiß«, sagte Nicole, trank ihren Whisky und sah ihn mit unergründlichem Blick an. »Haben Sie denn schon nach ihr gesucht?«

»Ach was, dazu bräuchte ich Glück. Doch ich gehöre nicht zu den Glücklichen dieser Welt ... Seit einem Jahr zumindest nicht mehr. Schon früher, immer wenn David von Marquardt zu seiner Mutter kam, verzog das Glück, diese holde Fee, sich in irgendeinen Winkel, wohl hoffend, ich würde sie nicht finden. Nein«, sagte er kopfschüttelnd, »wo sollte ich schon suchen?«

»Man muß es wenigstens versuchen.«

»Nein, nein, das Glück hat sich verzogen, und es gibt auch keine Gerechtigkeit. Wissen Sie, wenn ich je an Gerechtigkeit geglaubt habe, dann als Erhard draufgegangen ist. Und mit ihm ist auch meine verdammte Mutter ein klein bißchen krepiert. Dieses rosenkranzbetende Ungeheuer wird seitdem dann und wann von Depressionen heimgesucht. Kann ich mir auch vorstellen, wie die Alte bibbert vor dem Tag, an dem sie dem lieben Herrgott begegnet und der nur den Kopf schüttelt. ›Nein, nein, liebe Agnes, in meinem Plan war nicht vorgesehen, daß Mütter und ihre Söhne es miteinander treiben. Ab, in die Hölle, zu deinem Sohn! Dort könnt ihr weiter miteinander ...!‹ Bloß Sarah, sie tut mir irgendwie leid, sie kann schließlich nichts dafür. Sie ist, glaub' ich, die einzige, die mich wirklich liebt. Ich fahre nicht oft nach Helmbrechts, aber jedesmal, wenn ich komme, freut sie sich wie ein kleines Kind, mich zu sehen. Dann leckt sie mich ab wie ein Hund sein Herrchen … Sie sehen, dieses Scheißleben hat so manche Überraschung parat.«

»Ihre Jugend …«

»Meine Jugend war eine Scheißjugend, sagte ich doch schon. Und verdammt noch mal, ich glaub, ich bin besoffen! Ich habe in meinem ganzen verdammten Leben noch nicht so viel gesoffen, und meine Frau wird ganz schön sauer sein, wenn ich heimkomme.« Er kicherte wieder. »Na ja, dann werde ich mir noch einen genehmigen, um den Empfang besser zu verkraften. Vielleicht steht sie ja mit dem Nudelholz hinter der Tür.«

»Sie müssen noch Auto fahren …«

»Scheiß drauf!« Er lachte, schenkte sich ein, trank. Um zwölf schwankte er zum Aufzug, verfolgt von ihren kritischen Blicken. Er setzte sich ins Auto und legte für einen Moment den Kopf auf das Lenkrad. Scheißleben! Er atmete schwer.


»Du hast getrunken!« schimpfte Johanna, die Hände in die fleischigen Hüften gestemmt. »Nicht nur das, du bist sogar betrunken! Du meine Güte, was ist bloß in dich gefahren? Seit du diese Arbeit hast, habe ich das Gefühl, daß kein Grundsatz dir mehr etwas bedeutet.«

»Ach, laß mich zufrieden!« herrschte er sie an und wischte ihre Bemerkung einfach wie eine lästige Mücke weg. »Ich bin nicht betrunken. Aber du hast recht, ich habe etwas getrunken. Und ich werde mir das von dir nicht verbieten lassen!«

»Du hast dich verändert, David von Marquardt. Und zwar zu deinem Nachteil!«

»Papperlapapp! Gar nichts hab ich. Schlafen die Kinder alle?« fragte er lallend.

»Natürlich, was sollen sie sonst machen. Nur Thomas …«

»Ja, ja, ja, Thomas! Er ist in der Disko, wie ich vermute. Ich könnte jetzt auch noch einen kleinen Diskobummel verkraften. Wann kommt er heim, morgen früh? Na, aus dem wird ebenfalls nichts, auch wenn er studiert. Genau das gleiche wie bei mir, obwohl ich ihm die Versagergene nicht einmal vererbt haben kann.« Er schüttete sich fast aus vor Lachen. Dann hob er den Zeigefinger. »Aber er ist ein guter Kerl. Ein sehr guter Kerl. Und allein das zählt.«

»Du redest großen Blödsinn! Wasch dich und geh ins Bett und schlaf deinen Rausch aus«, keifte Johanna. »Und dann hoffe ich, daß du endlich mit dieser elenden Trinkerei aufhörst! Du wirst dich noch zugrunde richten damit.«

»Ach, halt doch endlich deine Klappe, du dämliche Kuh!« schrie er und ließ eine verdutzte und traurige Johanna stehen, ging ins Wohnzimmer und ließ sich mit Schwung in den Sessel fallen. Er schlief sofort ein.

Um halb vier wurde er von Johanna kräftig an der Schulter gerüttelt. Sein Kopf schmerzte, ihm war speiübel, er hatte in unnatürlich verrenkter Haltung im Sessel geschlafen, seine gesamte rechte Seite war taub und gefühllos und fing, sobald er sich bewegte, an zu schmerzen. »Was ist los?« fragte er benommen und faßte sich an die Stirn.

Johanna stand völlig aufgeregt vor ihm. »Es hat geklingelt, schon ein paarmal! Es ist mitten in der Nacht! Wer klingelt denn um diese Zeit bei uns?«

»Woher soll ich das denn wissen? Mach auf, dann weißt du's.«

»David, würdest du bitte zur Tür gehen und fragen, wer da ist?!«

Er hatte Mühe hochzukommen, einen Moment stand er schwankend da, ihm war schwindlig, er hätte kotzen können. Mit müden, bleiernen Schritten schlurfte er zur Tür und fragte: »Wer ist da?«

»Kriminalpolizei. Bitte öffnen Sie die Tür.«

»Können Sie sich ausweisen?«

»Wenn Sie durch den Spion schauen würden!« Einer der beiden Typen hielt den Ausweis hoch.

»Und was wollen Sie?«

Er machte die Tür einen Spalt auf. Draußen standen zwei Beamte in Zivil. Er gab die Tür frei und ließ die Männer eintreten.

»Hauptkommissar Ludwig, und dies ist mein Kollege Kommissar Schneider. Herr und Frau Marquardt?« fragte der kleingewachsene, dickliche Mann, hinter dem David niemals einen Kommissar vermutet hätte. Er hatte kleine, dunkelbraune, stechende Schweinsäuglein und ebenso kleine, wurstförmige Hände und Finger. Er roch streng nach Schweiß.

»Ja«, erwiderte David zögernd. »Was wollen Sie von uns mitten in der Nacht?« Johanna hatte sich einen Morgenmantel übergezogen und stand mit ängstlichem und mißtrauischem Blick in der Wohnzimmertür.

»Könnten wir uns bitte in aller Ruhe unterhalten? Im Wohnzimmer oder in der Küche?« fragte der kleine Mann leise.

»Im Wohnzimmer«, sagte David, den eine schlimme Ahnung befiel. Er ging voran und deutete auf die Couch, Johanna und er nahmen in den Sesseln Platz. Einen Moment lang herrschte atemlose Stille. Die beiden Männer sahen sich im Zimmer um, David und Johanna beobachteten die Männer.

»Sie haben einen Sohn Thomas?« fragte schließlich der kleine, dicke Mann, nachdem er offensichtlich genügend Eindrücke über ihre äußeren Lebensverhältnisse gesammelt hatte. David nickte nur.

»Es tut uns leid, aber«, der Kommissar machte eine Pause und verfolgte aufmerksam die Reaktion in Johannas Gesicht, die mit weitaufgerissenen Augen den Mann anstarrte, als ahnte sie die folgenden Worte, »Ihr Sohn ist vor etwa zwei Stunden zusammengeschlagen und durch mehrere Messerstiche lebensgefährlich verletzt worden. Es tut mir leid, Ihnen diese Nachricht überbringen zu müssen.«

Johanna schluckte, atmete hastig und sagte nichts, lediglich ihre vor Entsetzen weit aufgerissenen Augen gaben ihre Gefühle preis. David schüttelte nur den Kopf. Johanna fing an zu weinen, schluchzte leise. Sie stand auf und holte ein Päckchen Taschentücher.

»Sollen wir einen Arzt rufen?« fragte der kleine, dicke Mann, mit dem Kopf auf Johanna deutend. Sie schüttelte den Kopf.

»Wie ist es passiert?« fragte David.

»Wir wissen überhaupt nichts. Ein Pärchen hat ihn gefunden, in der Eschenheimer Anlage. Wir haben überhaupt keine Anhaltspunkte auf den oder die Täter. Wissen Sie, wo Ihr Sohn sich gestern abend aufgehalten hat?«

»Er geht freitags immer in die Disko. Dorian Gray, Omen, Sie kennen sicher die Schuppen. Nur freitags ist er ausgegangen, sonst war er immer zu Hause. Ich kann es nicht begreifen. Er ist der netteste Junge, den man sich nur vorstellen kann. Ich liebe ihn wie mein eigen Fleisch und Blut. Ich bin nur sein Stiefvater, müssen Sie wissen.«

»Hat Ihr Sohn irgendwelche Feinde?«

»Thomas? Niemals! Für ihn würde ich mein letztes Hemd verwetten ...«

»An Ihrer Stelle würde ich nicht wetten! Wir haben bei Ihrem Sohn Rauschgift gefunden, genauer gesagt Kokain. Fünfzig Gramm, die er unter seinen Achseln versteckt hatte. Und zweitausend Mark in bar. Können Sie sich das erklären?«

»Ich verstehe nicht«, stieß David höchst erregt hervor. »Ich verstehe wirklich nicht, was ...«

»Ich wiederhole mich ungern, aber Ihr Sohn Thomas hatte Kokain bei sich, fünfzig Gramm. Und zweitausend Mark in bar! Und ich habe gefragt, ob Sie eine Erklärung dafür haben«, sagte der Mann barsch.

»Wie bitte? Soll das etwa heißen, daß Thomas mit Rausch-gift . . .?«

»Wie es aussieht, ja. Genauer werden wir es wissen, wenn er aus seiner Bewußtlosigkeit erwacht.« Und dann schränkte er ein: »Wenn er denn erwacht.«

»Nein, das glaube ich nicht, ich lege meine Hand immer noch für Thomas ins Feuer . . .«

»Herr von Marquardt, bitte!« sagte der kleine, unsympathi-sche Mann hart. »Im Moment sprechen die Fakten ganz klar für sich und gegen Ihren Sohn. Wir haben Kokain und eine Menge Geld gefunden. Und wenn ich mir die Gegend an-schaue, in der Sie wohnen, dann sind zweitausend Mark, die jemand einfach so bei sich trägt, verdammt viel Geld. Und hier wohnt weiß Gott ein anderes Volk als der Mittelstand!«

»Hören Sie zu«, David wurde wütend, »wir gehören nicht zu *dem Volk*, wie Sie es nennen! Wir sind durch mißliche Umstände hierher geraten . . .«

»Was Sie hier in dieser verrotteten Gegend tun und warum Sie hier sind, interessiert uns nicht. Es geht um Ihren Sohn. Mit wem hatte er Umgang?« fragte der Kerl kalt.

»Ganz normale Freunde! Von der Uni, von früher. Sie kommen sogar manchmal her. Keiner von denen war jemals auf der schiefen Bahn. Nein, hier ist irgendwas passiert, das ich noch nicht in die Reihe bekomme, aber etwas stimmt nicht! Sie müssen mir glauben, Thomas ist kein Dealer! Er hat auch nie Rauschgift genommen. Er trinkt ja nicht einmal Alkohol oder raucht.«

»Dann beten und hoffen Sie, daß er durchkommt. Vielleicht finden wir dann die Wahrheit heraus. Ich hoffe für Sie, daß Sie recht haben. Wenn nicht, sieht es sehr schlecht für Ihren Sohn aus.«

»Wo liegt er?« fragte David zornig über die arrogante Art seines Gegenübers.

»In der Uniklinik. Sein Zustand ist sehr kritisch. Er hat schwere Kopfverletzungen und innere Blutungen. Sie können ihn noch nicht besuchen. Aber Sie können anrufen und sich nach seinem Befinden erkundigen. Hier ist die Nummer der Station.«

»Haben die Ärzte irgendwas gesagt, ich meine, haben sie Hoffnung ...?«

»Sie tun alles Menschenmögliche. Mehr kann ich nicht sagen. Es hängt viel von seiner Konstitution ab. Wir werden uns bei Ihnen melden, sobald wir mehr wissen«, sagte der Mann. »Herr von Marquardt, noch eine Frage – hat Ihr Sohn ein eigenes Zimmer?«

»Ja, hat er. Ist zwar nur klein, aber es ist sein kleines Reich.«

»Dürfen wir uns bitte kurz umsehen?«

»Warum?«

»Reine Routine. Es dauert höchstens fünf Minuten.«

»Suchen Sie etwas Bestimmtes?«

»Vielleicht. Wenn Sie uns bitte das Zimmer zeigen wollen.«

David führte die Männer in Thomas' Zimmer, das am Ende des langen, schmalen Flurs lag, direkt neben dem Bad. Ein schmaler, länglicher Raum, den Thomas nach seinem eigenen Geschmack eingerichtet hatte. Hier ein paar Poster, dort ein Bild, das ihn zusammen mit zwei Schulfreunden vor dem schiefen Turm von Pisa zeigte, Platten und CDs, eine erlesene Stereoanlage, ein Fernsehapparat, ein Videogerät. Ein Kleiderschrank, ein kleiner Schreibtisch mit einer Halogenleuchte, ein Bett und ein Stuhl.

»Verdient Ihr Sohn gutes Geld?« fragte der kleine Mann, während er die Schreibtischschublade herauszog und den Inhalt durchwühlte.

»Warum?«

»Beantworten Sie nur meine Frage.«

»Er geht zur Uni und jobbt nebenbei als Fahrer.«

Der andere Beamte griff in die Taschen von Hemden und Jakken und Hosen, tastete über das Oberteil des Schranks, bückte sich und schaute unter Tisch und Bett. Sie ließen nichts aus, nicht einmal hinter der Heizung. Sie hoben das Bett an, die

Bettdecke wurde abgetastet, zwischen den Platten und CDs und der Anlage gesucht. Mit einem Mal hielt der andere Beamte inne. Er winkte seinen Kollegen zu sich. »Hier«, sagte er und hielt ihm seinen Fund vors Gesicht. Der kleine Dicke nickte und nahm das winzige Päckchen in die Hand.

»Ich fürchte«, sagte er, »Ihr Sohn steckt tiefer in der Scheiße, als Sie ahnen. Und Sie wissen wirklich nichts?«

»Was ist das?« fragte David mühsam beherrscht.

»Wir werden es untersuchen lassen, aber aller Wahrscheinlichkeit nach Heroin. Es sieht schlecht aus für Ihren Sohn. Sehr schlecht. Und sollten wir herausfinden, daß Sie uns etwas verschweigen, dann sind auch Sie wegen Vertuschung einer Straftat dran.«

»Er hat nicht gedealt!« kreischte Johanna und fuchtelte wild mit den Armen. »Was immer hier passiert und was immer Sie hier finden mögen, Thomas hat damit nichts zu tun! Wir sind allesamt gläubige Christen, und wir tun so was nicht! Verstehen Sie, wir nicht!!«

»Christen haben Christen umgebracht, gute Frau Marquardt. Christen haben schlimmere Verbrechen begangen als irgendwer sonst. Christ sein heißt gar nichts. Absolut nichts! Selbst die größten Mafiabosse gehen sonntags in die Kirche und stellen Kerzen auf. Aber nichtsdestotrotz alles Gute«, sagte der Mann zynisch und verabschiedete sich. An der Tür drehte er sich noch einmal um und meinte: »Aber vielleicht sollten Sie nicht nur beten, daß Ihr Sohn durchkommt, sondern auch dafür, daß alles wirklich nur ein Mißverständnis ist. Gute Nacht.«

David blieb mit dem Rücken an die Tür gelehnt stehen, die Schritte der Männer verhallten im Treppenhaus, die Haustür schlug scheppernd zu. Er hörte das Starten des Motors, das Geräusch des sich langsam entfernenden Autos. Johanna kam aus dem Wohnzimmer, rotgeränderte Augen, Hilflosigkeit im Blick. Sie schneuzte sich die Nase. »Warum Thomas? Mein Gott, warum ausgerechnet er? Er hat doch wirklich niemandem etwas getan! Und das stimmt nicht, daß er mit Drogen handelt! Nicht er, nicht Thomas!« Sie stockte kurz, den Blick zu Boden gerichtet. Dann fuhr sie fort: »Aber ich habe immer schon gewußt, daß eines Tages irgend etwas mit ihm passieren würde – immer nachts unterwegs, immer allein, und das in Frankfurt! Wie oft habe ich ihn gewarnt. Und er, was hat er gemacht, er hat immer nur gelacht und abgewunken. Und jetzt stirbt er vielleicht ...« Sie weinte wieder und legte ihren Kopf an seine Schulter, vergessen war der Zornesausbruch von vorhin. Johannas Haar roch selbst jetzt nach Zwiebeln und Gebratenem.

»Laß uns für ihn beten!« bat sie.

»Beten?« David lachte ätzend auf und stieß Johanna weg. »Gott liebt uns doch nicht!« zischte er. »Steck dir deinen Gott sonstwohin, aber der Gott, den wir uns all die Jahre über eingebildet haben, dieser Gott existiert nicht! Ich habe mich getäuscht, und du solltest selber einmal überlegen, ob du nicht einem Phantom nachjagst.«

»Hör auf!« schluchzte Johanna. »Hör endlich auf! Du denkst doch in letzter Zeit sowieso nur noch an dich und deine Sauferei.«

David ignorierte ihre Worte. »Ich werde jetzt im Krankenhaus anrufen. Geh ins Bett.«

Er griff zum Telefonhörer und wählte die Nummer. In der Wohnung über ihnen wurde die Musik angestellt. Laut und hämmernd. Dreckiges Gesindel! Es dauerte lange, bis sich eine weibliche Stimme meldete. David fragte nach Thomas, die Schwester versprach, den Arzt zu holen. Es vergingen mehrere Minuten. Der Arzt berichtete mit schnarrender, unfreundlicher Stimme, ohne ihn zu Wort kommen zu lassen, Thomas sei bewußtlos und habe viel Blut verloren. Mit einem stumpfen Gegenstand, vermutlich einem Knüppel, seien ihm sehr schwere Schädelverletzungen zugefügt worden, dazu mehrere Stiche in Brust, Bauch und Rücken. Zwei Stiche hatten die Wirbelsäule verletzt. Vermutlich würde Thomas, sollte er überleben, den Rest seines Lebens im Rollstuhl zubringen müssen. Aber es wäre noch zu früh, Prognosen abzugeben. Die nächsten achtundvierzig Stunden müßten abgewartet werden. Überstand er die, stünden seine Chancen gar nicht so schlecht. Sie könnten Thomas am Sonntag besuchen, aber nur für ein paar Minuten. Dann legte der Arzt nach einem kurzen »Auf Wiederhören« auf, ohne David die Chance zu geben, eine Frage zu stellen.

Er berichtete Johanna. Nathalie kam aus dem Kinderzimmer und wischte sich über die Augen. Sie blickte kurz auf und tippelte vorbei auf die Toilette, und genauso geräuschlos verschwand sie wieder in ihrem Bett. Johanna ging vor David ins Schlafzimmer, er legte sich neben sie, die Arme hinter dem Kopf verschränkt.

»Es gibt Gott«, flüsterte sie und sah ihn von der Seite an, und es klang trotzig, so, als zweifelte auch sie in ihrem tiefsten Innern, als müßte sie sich selbst in ihrem Glauben bestärken. »Glaub doch, was du willst! Für mich jedenfalls ist Schluß mit diesem – Aberglauben«, sagte er. »Gott hat in meiner Phantasie existiert und nirgends sonst. Ich versuche zu schlafen. Ich habe dieses verdammte Leben so satt!!«

## SAMSTAG, 10.00 UHR

»Thomas liegt in der Uni-Klinik, er schwebt in Lebensgefahr. Er ist zusammengeschlagen und mit mehreren Messerstichen lebensgefährlich verletzt worden. Im Ernst, Manfred, das kann doch alles kein Zufall mehr sein.«

»Langsam, langsam«, sagte Manfred Henning, »was genau ist passiert?«

»Das weiß ich selber nicht. Aber letzte Nacht standen plötzlich zwei deiner Kollegen vor unserer Tür und haben uns das von Thomas erzählt. Sie hätten fünfzig Gramm Kokain und zweitausend Mark in bar bei ihm gefunden, außerdem fanden sie in seinem Zimmer noch eine geringe Menge Heroin. Sie halten ihn für einen Dealer.«

Henning lehnte sich zurück, zündete sich eine Zigarette an.

»Nun, eigentlich traue ich ihm so was auch nicht zu, aber bedenk doch mal, was sich für den Jungen im letzten Jahr alles geändert hat. Seine Hoffnungen und Pläne haben sich zerschlagen, als du ihn von Harvard runternehmen mußtest.« Er faßte sich kurz an die Nase, fuhr fort: »Vielleicht brauchte er Geld ...«

»Fängst du auch noch damit an! Ich habe mir die ganzen letzten Stunden den Kopf darüber zerbrochen, was an der Geschichte nicht stimmt, nicht stimmen kann, und mit einemmal ist mir die Erleuchtung gekommen. Wenn Thomas tatsächlich von sogenannten konkurrierenden Dealern zusammengeschlagen wurde, was ja wohl für die Polizei auf der Hand liegt, warum haben sie ihm dann nicht das Kokain und das Geld abgenommen?«

»Da magst du recht haben, aber was ist mit dem Heroin in seinem Zimmer? Ist es vielleicht von allein dort hineingekommen?«

»Diese Frage habe ich mir selbst allerdings auch schon gestellt. Noch habe ich keine Erklärung dafür, außer, daß einer seiner Freunde es dort deponiert hat. Eine andere Möglichkeit fällt mir im Augenblick dazu nicht ein.«

»Waren in den vergangenen Tagen oder Wochen irgendwelche fremden Personen in eurer Wohnung?«

David kniff die Augen zusammen, nickte: »Ja, letzte Woche waren zwei Handwerker bei uns, die die Fenster ausgemessen haben.«

»Alle?«

»Nein, nur die von Nathalie und Thomas.«

»Sollt ihr neue Fenster bekommen?«

»Nein, es war ein eher überraschender ... Besuch.«

»Hmh, hmh, das könnte allerdings eine Erklärung sein, wenn auch nur eine sehr vage. Hattest du jemals das Gefühl, daß Thomas Drogen nimmt? Ecstasy, Koks oder ähnliches? Habt ihr, du oder Johanna, irgendeine Verhaltensänderung bei ihm bemerkt? Wirkte er aufgedrehter als sonst oder apathisch?«

»Nein, zu keiner Zeit. Im Gegenteil, der einzige Tag, an dem er auf Walze ging, war freitags, sonst hat er alle seine Vorlesungen besucht und dann zu Hause gebüffelt, um sich auf seine Klausur vorzubereiten. Er wirkte wie immer. Nein, Manfred, das ist kein Zufall. Erst das mit der Schlange, dann Thomas. Irgendwer will uns nicht nur Angst machen, ich habe das Gefühl, jemand will uns vernichten oder zumindest um den Verstand bringen. Aber frag mich um Himmels willen nicht, wer das sein könnte.«

»Frühere Mitarbeiter deiner Firma?«

»Die sind alle bestens anderweitig untergebracht. Ich kann das auch irgendwie nicht glauben. Ich hätte es für möglich gehalten, wenn so was kurz nach dem Konkurs passiert wäre, aber ... denk doch auch mal an Meyer. Vielleicht besteht zwischen alldem eine Verbindung. Meyer kommt doch nicht einfach so nach Deutschland zurück, außer es gibt wichtige Gründe, äußerst wichtige Gründe. Ich habe Angst, Manfred, ich habe wirklich Angst. Was, wenn Johanna oder gar den anderen Kindern auch noch was zustößt?«

Henning räusperte sich. »Ich kann dir nur soviel sagen: Wir kümmern uns intensivst um den Fall Meyer, und sollten wir einen Zusammenhang zwischen seinem Tod und dem Zwischenfall mit Thomas sehen, werden wir natürlich eingreifen. Aber vorher sind uns, so leid es mir tut, die Hände gebunden. Ich kann deine Angst verstehen ...«

David lachte auf. »Du kannst also meine Angst verstehen! Gar nichts kannst du, und wenn du mal ehrlich zu dir selber bist, dann weißt du, daß hier etwas nicht mit rechten Dingen zugeht. Mein Gott, Manfred, begreifst du denn nicht, daß Thomas unter Umständen sterben kann? Der Junge hatte die Zukunft vor sich, und jetzt ... für ihn ist alles sinnlos geworden! Ich hätte weiß Gott mehr Engagement von dir erwartet.«

»Hör zu, wir tun, was wir tun müssen und tun dürfen. Wir können euch nicht, wie du vielleicht denkst, unter Polizeischutz stellen, dazu sind ganz andere Voraussetzungen nötig. Aber wie gesagt, wir tun, was wir können, um zur Lösung der ganzen Angelegenheit zu kommen.«

»Ich hätte mir denken können, daß ich von dir nicht mehr Hilfe zu erwarten habe. Mach's gut und sieh zu, daß der Fall schnell aufgeklärt werden kann.«


Am Sonntagnachmittag, kurz nachdem sie erneut von den Kriminalbeamten aufgesucht und mit unangenehmen Fragen belästigt worden waren, auf die sie keine Antworten hatten, besuchten David und Johanna Thomas im Krankenhaus. Sie mußten sich in einem Vorraum die Hände desinfizieren, Handschuhe und einen Kittel überziehen sowie einen Mundschutz umbinden. Er war noch immer bewußtlos, sein Kopf bandagiert, sein Gesicht unnatürlich weiß und verquollen, eine Maschine überwachte seinen Puls, eine andere seine Atmung, eine dritte seinen Blutdruck, ein Schlauch führte durch seine Nase in den Magen. Licht fiel in breiten Bahnen ins Zimmer, es war heiß und stickig, obgleich ein riesiger Ventilator sich schnell drehte. Er lag in einem Dreibettzimmer – drei Bewußtlose an piependen, kalten Apparaten. Ein junger, freundlicher Arzt begleitete David und Johanna.

»Wie ist sein Zustand?« fragte Johanna leise.

»Kreislauf und Atmung sind stabil. Wir gehen davon aus, daß er bald aus seiner Bewußtlosigkeit erwachen wird. Trotz der schweren Schädelverletzungen hat er Glück im Unglück gehabt, soweit wir das an den Gehirnströmen messen können. Auch wenn es sich für Sie dumm anhört, aber wir müssen einfach abwarten. Geduld ist jetzt alles.«

»Ist er noch in Lebensgefahr?«

»Die Frage läßt sich nicht eindeutig beantworten, nur soviel: Sein Zustand ist weiter kritisch. Vermutlich ist sein Augenlicht in Gefahr. Unglücklicherweise haben die Messerstiche in die Wirbelsäule das Rückenmark verletzt. Wenn er durchkommt, wovon wir einmal ausgehen, wird er in ein paar Monaten zwar einigermaßen wiederhergestellt sein, aber ...«

»Aber er wird den Rest seines Lebens im Rollstuhl verbringen müssen, stimmt's?«

»Wie es aussieht, ja. Leider. Es tut mir leid, Ihnen keine bessere Nachricht geben zu können.«

Sie durften eine Stunde bleiben. Die ganze Zeit über hielt Johanna Thomas' Hand, während David, trotz der Hitze die Hände in den Hosentaschen vergraben, aus dem Fenster auf den weitläufigen, großteils im Schatten liegenden Hof sah, wo alle Bänke besetzt waren. David grübelte, er begriff die Sinnlosigkeit nicht. Er begriff nicht, daß Thomas etwas mit Rauschgift zu tun haben sollte, doch die Fakten sprachen eine deutliche Sprache. Thomas, der brave, nette, unauffällige, höfliche Junge. Doch waren es nicht meist die braven, netten, unauffälligen, höflichen Menschen, in deren Seele sich ungeahnte Abgründe auftaten? Hatte er etwas falsch gemacht, hatte Johanna etwas falsch gemacht? Waren sie beide auf ihre Weise Versager? Wie kam ein junger Mann, dem das Leben wahrhaft noch offenstand, dazu, mit Drogen zu handeln? Er drehte sich um und stützte sich mit beiden Händen aufs Fensterbrett. Er sah stumm auf diesen fast reglosen Körper, der da, von Maschinen umgeben, mit geschlossenen Augen und sich kaum sichtbar hebendem Brustkorb vor ihm lag. Thomas' Gesicht war zerschunden und zerschlagen, unter seiner Haut hatten sich Hämatome gebildet. Als die Stunde um war, wurden sie von einer altjüngferlichen Schwester gebeten, das Zimmer wieder zu verlassen. Sie könnten aber morgen wiederkommen.

Sie fuhren wortlos mit dem Aufzug nach unten, liefen den Bürgersteig entlang und setzten sich auf eine freigewordene Bank. Die Sonne brannte gnadenlos von einem wolkenlosen Himmel, ein heißer Südwind blies durch die Häuserschluchten. Die anderen Kinder waren zu Hause geblieben. David und Johanna sprachen kein Wort, hingen beide ihren Gedanken nach.

Nach schier einer Ewigkeit fragte Johanna: »Wäre das nicht passiert, wenn wir woanders wohnen würden? Wenn wir mehr Geld hätten?«

»Wie kommst du darauf? Was hat das mit Thomas mit Geld zu tun?«

»Ich weiß nicht, war 'ne dumme Frage von mir.«

## MONTAG, 19. JUNI

Drei Wochen vergingen, es war Mitte Juni. Thomas' Zustand besserte sich von Tag zu Tag, zwei Wochen nach der Tat war er aus seiner komaähnlichen Bewußtlosigkeit erwacht, er versuchte Johanna und David anzusehen, doch sie waren nichts als verschwommene Schemen vor seinem Bett. Fremde Menschen, die er nie zuvor gesehen hatte. Erst an ihren Stimmen erkannte er sie, und ganz allmählich kehrte sein Gedächtnis zurück, nur die Ereignisse in jener verhängnisvollen Nacht waren ausgelöscht, er konnte sich nicht erinnern, so sehr er sich auch anstrengte. Auf dem linken Auge war er fast blind, auf dem rechten hatte er noch eine Sehschärfe von etwa sechzig Prozent. Johanna hatte jede freie

Minute bei ihm verbracht, manchmal war sie erst spät in der Nacht nach Hause gekommen. Sie betete Tag und Nacht, sie flehte Gott an, ihr und Thomas beizustehen, ihr und Thomas alle Sünden zu vergeben, so groß sie auch sein mochten, sie nicht zu verlassen. David aber betete nicht.

Thomas wurde krankengymnastisch betreut, im Rollstuhl umhergefahren, er weinte viel, doch selten, wenn jemand bei ihm war, eine Schwester berichtete es David. Sein junges, hoffnungsvolles Leben war in eine furchtbare Bahn gelenkt worden, auf der zu fahren er noch nicht bereit war und vielleicht nie sein würde. Diese Unfähigkeit, seine Beine zu bewegen, sie nicht zu fühlen, wenn er auch noch so kräftig hineinzwickte, dieses tote Fleisch, diese zu nichts mehr zu gebrauchenden Muskeln, diese Starre, dazu dieser Nebel auf dem einen Auge, die nachlassende Schärfe auf dem anderen. Er verzweifelte. Er hatte viel verlernt; wenn er sprach, kam es nur stockend über seine Lippen, und die Sätze waren häufig unvollständig. Womit hatte er das verdient, was hatte er Böses getan? Immer und immer wieder wollte er die schicksalhafte Nacht rekonstruieren, versuchte er sich die Gesichter derjenigen vorzustellen, die ihm das angetan hatten. Zahllose Male stellten sie ihm die Frage nach dem Rauschgift, doch auch hier verließ ihn sein Gedächtnis, nein, er schwor Stein und Bein, nie auch nur ein Milligramm Rauschgift besessen zu haben. Irgendwann dachte Thomas an den Tod. Irgendwann wollte er nicht mehr leben. Er wollte niemanden sehen, mit niemandem sprechen, er wollte nur allein sein. Er dachte daran, aus dem Fenster in die Tiefe zu springen, doch er war zu schwach, er hätte ja hinkriechen und sich hochhangeln müssen, um das Fenster überhaupt öffnen zu können, wenn es sich denn öffnen ließ. Irgendwann, vielleicht, würde er es tun. Im Krankenhaus hatte er viel Zeit zum Nachdenken. Sein junges Leben war so sinnlos geworden.

Die Polizei hatte nichts über den oder die Täter herausgefunden, Phantome, die im Nichts untergetaucht waren. David vermutete aber, daß die Polizei nicht sonderlich daran interessiert war, die Schläger zu finden. Wahrscheinlich dachten sie, daß Thomas in einem Milieu verkehrte, in dem zusammengeschlagen und getötet zu werden eben zum Risiko gehörte.

Und David ging weiterhin dreimal in der Woche zu Nicole, die nur anfangs scheinbar Mitgefühl mit Thomas zeigte; doch David spürte rasch, daß sie an sich keinerlei Interesse für sein Privatleben aufbrachte. Doch er fand, er war es jetzt nicht nur Johanna und sich selbst schuldig, jetzt mußte er auch für Thomas arbeiten. Er fügte sich allen Bedingungen, die Nicole ihm auferlegte, so demütigend sie auch sein mochten. Es gab Abende, da sprach sie kein Wort mit ihm, wollte nicht, daß er fernsah, Musik hörte, alles, was sie duldete, war, daß er sich betrank. An anderen Abenden gierte sie unentwegt nach seinem Körper, und nicht immer war er in der Lage, diese Gier zu befriedigen. Dann verhöhnte und verspottete sie ihn und drohte ihm mit Kündigung. Sie reichte ihm Zuckerbrot, und sobald er es nahm, gab sie ihm die Peitsche. Und David ertrug alles ohne Murren. Er kochte, putzte, fickte. Sie sagte »hopp«, und er sprang, und manchmal kopulierten sie wie räudige Straßenköter, schmutzig und hart. David hatte nur noch ein Ziel vor Augen. Und sein Gewissen, das anfänglich so machtvoll zu ihm gesprochen, ja geschrien hatte, war fast gänzlich verstummt.

David hatte einen Freund. Wobei Freund nicht der richtige Ausdruck war, denn es handelte sich um einen Mann, den David vor Jahren auf dem Flohmarkt kennengelernt hatte und den er nur sehr sporadisch sah. Ein Mann, den David jederzeit besuchen durfte, der keine Ansprüche stellte, der allein lebte. Ein Bär, ein Hüne, mit riesigen Händen, so groß wie Pizzateller, immer unrasiert, die langen, schwarzen Haare immer fettig und nie gekämmt. Er hatte sich in einer ausrangierten Fabrikhalle eingenistet, wo er seinen Tätigkeiten nachging – Malen, Bildhauern, Schweißen, Saufen. An einem brütend heißen Sommertag besuchte David diesen Mann, dessen Name Pierre war. David wußte nicht, ob es sein richtiger Name war, er kannte auch nicht seinen Nachnamen. Er wußte nicht, woher Pierre kam, was diese seltsame Tätowierung eines Schmetterlings auf seinem Unterarm bedeutete, warum er nie etwas über sich erzählte. Etwas trieb ihn an diesem Tag, als er die Bücherei bereits um halb fünf verließ, Pierre einen Besuch abzustatten. Einmal mit einem Menschen zu reden, der keine unnötigen Kommentare abgab, und wenn er etwas sagte, dann meist Gescheites. Er war in seiner Fabrik. Pierre trug, wie meist, einen mit Farbklecksen übersäten, dunkelblauen Overall auf dem nackten Körper, die behaarte Brust nur zur Hälfte verdeckt, massige, muskulöse Oberarme, so dick wie Davids Schenkel, im Mundwinkel hing eine halbgerauchte Gauloises, auf dem kleinen Tisch neben der Staffelei stand eine viertelvolle Flasche Absinth. In dieser riesigen Halle arbeitete Pierre, schlief er, aß er, soff er, und wenn er von seinem selbstgebrauten Absinth besoffen genug war, grübelte er über die Welt und sein Schicksal nach.

»David«, nuschelte Pierre zur Begrüßung mit seiner dunklen, von Rauch und Absinth zerfressenen Stimme. Er malte, warf nur einen kurzen Blick auf David. »Hab dich lange nicht gesehen. Was zu trinken? 'tschuldige, hab vergessen, daß du ja nicht trinkst.«

»Absinth wär okay ...«

»Seit wann?« fragte Pierre, ohne David anzuschauen, und wischte den Pinsel ab.

»Seit einiger Zeit.«

»Geht's dir nicht gut?«

»Es geht. Ich dachte mir, ich lass' mich mal wieder bei dir

blicken.« Pierre reichte ihm die Flasche. David wischte mit der Handfläche über die Trinköffnung und setzte die Flasche an.

»Erzähl!« forderte Pierre ihn auf und malte. Die meiste Zeit verbrachte er mit dem Malen von Bildern, die keiner kaufen wollte, die er aber selbst für unübertroffene Kunstwerke hielt, und er schien die Hoffnung nicht aufgegeben zu haben, es eines Tages doch noch zu schaffen, daß sein überragendes Talent anerkannt wurde. Bis dahin verdiente er seinen Lebensunterhalt mit kleinen Skulpturen, kunstgeschmiedeten Blumenhockern, Kerzenständern ..., die er auf Flohmärkten verkaufte, und dann und wann tauchten auch irgendwelche Frauen in seiner Fabrik auf, kauften etwas und ließen sich von Pierre vögeln. Er war ein seltsamer Kauz, der irgendwann in Frankfurt gelandet war und hier sein Nest gebaut hatte. David ließ den Absinth wirken und berichtete von Nicole und Thomas sowie von dem Mord an Meyer. Pierre hörte zu, während er malte, ohne einen Kommentar abzugeben, die ganze Zeit über hatte er David den Rücken zugewandt. Er wartete, bis David zu Ende erzählt hatte, und ließ eine Weile verstreichen. Er drehte sich um, nahm einen Schluck aus der Flasche und reichte sie wieder David, der sie leerte.

»Das mit Thomas ist Scheiße. So was ist immer Scheiße. In der Fremdenlegion hab ich solche jungen Kerle krepieren sehen. Nicht sterben, krepieren! Achtzehn, neunzehn Jahre alt, die Beine weggeschossen, das Kreuz gebrochen, was immer. In Rollstühlen sind sie durch die Gegend kutschiert worden, ein verdammtes Scheißleben. Du mußt zu Thomas halten. Du und deine Frau. Wenn ihr's nicht tut, wird er's nicht überleben. Und das mit dem Kokain ist ein Scheißdeal. Glaub nicht, daß er da rauskommt. Vielleicht hat's ihm aber wirklich jemand zugesteckt, doch wer und warum? Wenn sie ihn wegen Koks vermöbelt hätten, hätten sie auch den Koks und das Geld mitgenommen. Es gibt keinen Sinn.« Er schüt-

134

telte den massigen Schädel und schaute David kurz an, zog die ohnehin faltige Stirn noch weiter zusammen und nahm einen tiefen Zug an seiner Zigarette. Dann sagte er: »Aber das mit dieser Frau ist kein gutes Geschäft. Was will sie von dir?«

»Wenn ich das nur wüßte! Manchmal denke ich, sie ist verrückt. Manchmal denke ich, ich habe mich in sie verliebt. Aber sie ist diejenige, die meine Schulden bezahlt. Sie ist sonderbar. Einfach nur sonderbar. Ich werde nicht schlau aus ihr.«

»Es gibt keine Frau, aus der man schlau wird. Ich habe Frauen längst aus meinem Leben gestrichen. Frauen bringen nur Unglück. Vögeln ja, alles andere nein. Du mußt verdammt auf der Hut sein, mein Lieber.«

»Das weiß ich selber, aber ich brauch das Geld. Diese Frau ist *mein* Strohhalm! Wir würden sonst langsam, aber sicher vor die Hunde gehen.«

»So schnell geht man nicht vor die Hunde. Außerdem, warum arbeitest du nicht richtig nebenbei?«

»Keine Ahnung ...«

»Ich sag's dir – weil's dir Spaß macht, die Alte zu besteigen. Na ja, würde mir wahrscheinlich nicht anders gehen. Ist sie der Grund, warum du jetzt säufst?«

»Ich saufe doch nicht ...«

»Ach, komm, mir brauchst du nichts vorzumachen! Du mußt aufpassen, du mußt höllisch auf der Hut sein. Ich habe immer schon gesoffen, und ich werde auch am Saufen verrecken. Was sagt deine Frau dazu?«

»Nichts weiter, aber ich denke, es beschäftigt sie. Ich merke das. Aber was soll ich tun?«

»Hast du nicht gesagt, du würdest an Gott glauben?«

»Was soll die Frage? Ausgerechnet du Atheist!«

»Ich stehe zu meinen Grundsätzen. Du aber offensichtlich nicht zu deinen. Du hast mir schon eine Menge von deinem Gott erzählt. War wohl alles nur leeres Geschwätz! So sind die Menschen, mal so, mal so! Grundsätze gelten nur so lange, wie sie bequem sind. Sonst schmeißt man sie einfach über Bord. Mach dir nichts draus, das ist das Leben. Eine große, verfluchte Scheiße!«

»Du bist ein verdammter Zyniker!«

»Richtig, ich bin ein verdammter Zyniker! Und wenn du herkommst, mußt du mit meinem Zynismus leben. Und ich sage dir noch einmal, vergiß diese Frau! Sie wird dich ins Unglück stürzen. Hier«, sagte er und drehte sich um und klopfte sich auf die linke Brust, »hier drin spüre ich, daß du dabei bist, dich zu ruinieren. Und irgendwann wird deine Frau es herausfinden. Irgendwann wird sie merken, daß ...«

»Nein, nein, nein!« David schüttelte entschieden den Kopf. »Das wird sie nicht! Ich bin nicht unvorsichtig. Ich weiß, was ich tue ...«

»Und warum bist du dann hier? Du bist doch nur gekommen, um mir die Ohren vollzujammern! Und ich habe zugehört und dir einen Rat gegeben; mehr kann ich nicht tun.«

»Ich brauche keinen Rat«, log David, »ich wollte nur sehen, was du so treibst.«

»Ja, ja, schon gut! Ich habe keine Zeit mehr. Verschwinde«, sagte Pierre ruhig, steckte sich eine Gauloises an und malte wieder und ignorierte David. David erhob sich, seine Schritte hallten von überallher in dieser weiten, hohen Halle wider. Draußen wurde er von der Hitze fast erschlagen. Seit Wochen diese unerträgliche Schwüle, dazwischen immer wieder vernichtende Gewitter mit schweren Hagelstürmen, aufgeheizte Straßen, die wie Nebelmaschinen waren, wenn Regen und Hagel auf den heißen Asphalt krachten, die Hitze in den Häuserschluchten, die Hitze in den Wohnungen. David war auf dem Weg nach Hause. Duschen, umziehen, zu Nicole fahren. Und später, wenn er bei Nicole fertig war, noch mal duschen.

136

Als er nachdachte, an einer lange auf Rot stehenden Ampel, wunderte er sich, daß Johanna noch nicht das fremde Parfüm gerochen hatte, ihr noch kein fremdes Haar an seiner Kleidung aufgefallen war. Oder hatte sie es gerochen, durch den Alkohol hindurch, doch die Samariterin sagte nichts? Es hätte zu ihr gepaßt, der still leidenden Frau, die sich in ihr Schicksal ergab. Natürlich, da war die Gleichgültigkeit in vielem, sie regte sich auch kaum noch über seine Trinkerei auf, sie war jetzt schon den zweiten Sonntag allein mit den Kindern in die Kirche gefahren, während David sich in der Stille zu Hause vergrub und sich gleichzeitig nach der Gemeinschaft, der Geborgenheit sehnte. Sie hatten seit zwei Monaten nicht mehr miteinander geschlafen, und selbst das schien sie nicht weiter zu stören. Sie wechselten ab und zu ein paar belanglose Worte, doch immer häufiger stritten sie wegen Kleinigkeiten, aber wenn sie sich früher immer gleich wieder versöhnten, grollten sie jetzt stunden-, manchmal auch tagelang. Und die Liebe?

An diesem Abend klingelte bei Nicole das Telefon. Johanna. Sie wirkte aufgeregt, sagte Nicole, und David wollte gleich zurückrufen.

»Wollen Sie sie mißtrauisch machen?« fragte Nicole unwirsch. »Warten Sie noch ein paar Minuten, Sie sind schließlich unterwegs und nicht ständig zu erreichen. Ihre Frau hat übrigens eine sympathische Stimme. Wenn ich allein nach der Stimme urteilen müßte, würde ich sagen, Ihre Frau ist eine schöne und sehr sinnliche Frau. Ist sie sinnlich und schön?«

»Sie war schön, aber sie war nie sinnlich. Reicht das?«

»Warum sind Sie dann bei ihr?«

»Weil sie gut ist.«

»Ist sie ein Engel, eine Wohltäterin der Menschheit? Oder wie soll ich das verstehen?«

»Vielleicht ist sie all das, was ...« Er stockte und biß sich auf die Unterlippe.

Sie lächelte spöttisch. »Was? Was ich nicht bin? Helfe ich Ihnen etwa nicht aus Ihrer Not und Verzweiflung? Ich finde, ich bin ein guter Mensch.«

»Ich möchte jetzt bitte anrufen!« sagte David gereizt.

»Bitte, wenn die liebe Seele damit Ruh' hat!«

Johanna nahm bereits nach dem ersten Läuten ab, sagte mit sich überschlagender Stimme, daß ihr Vater am Nachmittag einen schweren Herzinfarkt hatte, gleich nach der Dialyse, und die Ärzte meinten, daß es jederzeit mit ihm zu Ende gehen könnte. Sie stockte, schluchzte, putzte sich die Nase, und David wartete, bis sie sich beruhigt hatte.

»Können wir übermorgen fahren?«

»Und wie lange?«

»Ein paar Tage nur.«

»Ich muß mir dafür freinehmen. Aber das sollte kein Problem sein. Ich werde in zwei Stunden zu Hause sein. Am besten nimmst du jetzt eine Tablette, damit du ruhiger wirst.«

»Bitte komm so schnell wie möglich!«

David und Johanna legten gleichzeitig auf. David trank ein halbes Glas Whisky, behielt das Glas aber in der Hand.

»Mein Schwiegervater liegt im Sterben«, sagte er. »Ich muß übermorgen hinfahren.«

»Übermorgen? Und wie lange?«

»Sonntag, Montag, ich weiß es nicht.«

»Und wo wohnt er?«

»In einem kleinen Ort an der Ostsee.«

»Wir sind für Freitag verabredet, das haben Sie doch wohl hoffentlich nicht vergessen!«

»Nein, habe ich nicht, verdammt noch mal! Ich werde Sie aber bitten müssen, mir für Freitag freizugeben!«

Sie lächelte maliziös und überlegen und fuhr sich mit der Zunge über die Lippen. »Natürlich bekommen Sie frei. Was ist mit Ihrem Schwiegervater?«

»Er hatte einen Herzinfarkt. Seinen zweiten bereits. Die Ärzte sagen, es geht zu Ende.«

»Wie alt ist er?«

»Vierundsechzig.«

»Ich habe meinen Vater verloren, als er gerade neunundvierzig war. Er ist an Krebs gestorben. Nein, er ist nicht gestorben, er ist dahingesiecht, gequält von den grauenvollsten Schmerzen, aber der Krebs kam nicht vom Körper, er kam von seiner Seele. In der Seele meines Vaters war etwas, das ihn nicht am Leben ließ.« Ihr Blick war auf David gerichtet und doch abwesend. Sie hielt die ausgerauchte Zigarette zwischen den Fingern und drückte sie in den Aschenbecher, als zerquetschte sie eine Laus. »Ich hatte einen wunderbaren Vater, vielleicht den besten, den man sich nur vorstellen kann. Warmherzig, liebevoll, gütig. Niemand kann je einen solchen Vater haben.« Sie hielt inne, stand auf und ging auf den Balkon. Drückende Schwüle lag über der Stadt, vom westlichen Horizont her näherte sich eine finstere Wolkenfront. Kein Luftzug bewegte die Blätter in den Bäumen, kaum ein Vogel piepste, in einem Garten drehte sich einsam ein Rasensprenger, noch jemand, der sich einen Dreck um das Verbot der Wasserverschwendung scherte. David stellte sich zu Nicole, lehnte sich mit den Armen auf die Brüstung und schaute hinunter auf die Straße.

»Sie haben mir noch nie etwas über sich erzählt«, sagte er. »Ich dachte, Ihre Eltern leben noch. Tut mir leid.«

Sie lachte kurz auf. »Es braucht Ihnen nicht leid zu tun. Ich bin alt genug, um allein zurechtzukommen. Glauben Sie mir!«

»Und Ihre Mutter?«

»Ich war noch klein, kann mich kaum an sie erinnern ... Werden Sie am Montag wieder da sein?« Sie sprach offenbar nicht gerne über ihre Vergangenheit, ein Verdrängungsprozeß, wie David mit seinen laienhaften psychologischen Kenntnissen vermutete.

»Ich weiß es nicht.«

»Und die Kinder? Fahren sie mit? Vor allem, was ist mit Thomas?«

»Er ist seit einer Woche in einer Reha-Klinik. Die anderen werden wohl die paar Tage allein zurechtkommen. Vielleicht bleiben sie hier.«

»Da ich Sie jetzt eine Weile nicht sehen werde, möchte ich, daß Sie heute mit mir schlafen. Wir haben es seit einer Weile nicht mehr getan.«

»Heute, ausgerechnet heute?«

»Können Sie heute nicht?«

»Schon, aber . . .«

»Haben Sie etwa moralische Bedenken, jetzt, wo Ihr Schwiegervater . . .?« fragte sie mit diesem unglaublichen Spott.

»Vielleicht . . .«

»Seltsam, Sie haben keine Bedenken, was Ihre Familie angeht, aber bei Ihrem Schwiegervater, der Hunderte von Kilometern entfernt lebt, da behaupten Sie, welche zu haben! Also gut, lassen wir's!«

»Es war nicht so gemeint«, lenkte David ein. »Wenn Sie möchten.«

»Gut, dann lassen Sie uns hineingehen.«

Sie liebten sich eine volle Stunde. Danach zog David sich an und betrachtete für einen Moment stumm ihr Gesicht. Er versuchte, ihr Wesen zu ergründen, in ihren Augen, an ihrem Mund. Kein Spott, kein Lächeln, nur eine regungslos dasitzende Statue, die Beine eng geschlossen, die Arme um die Knie geschlungen, ein Modell für einen Maler – vielleicht Pierre? –, das die eingehende Begutachtung und Abschätzung widerspruchslos über sich ergehen ließ.

»Könnten Sie mich lieben?« fragte sie sanft, bereits zum zweiten Mal.

Er fuhr sich mit beiden Händen durchs Haar. »Sie quälen mich mit dieser Frage. Warum tun Sie das?«

»Ich will Sie nicht quälen, ich will nur eine Antwort. So wie heute haben Sie mich noch nie geliebt. Körperlich. Ich hatte aber das Gefühl, als wenn . . .«

»Nein, Ihr Gefühl täuscht.«

»Ich verstehe. Es ist ja nur ein Arbeitsverhältnis zwischen uns.« Sie klang traurig. War sie vorhin noch ein fauchendes, beleidigtes, wildes Tier, so wirkte sie nun auf eine sonderbare Weise traurig oder schwermütig, Melancholie, die sich im Zimmer festgesetzt hatte. Sie erinnerte David an jemanden, den er kannte, doch ihm fiel nicht ein, an wen. Ihr Mund, ihre Augen, die Gesichtszüge, in diesem pastellfarbenen Licht meinte er, sie schon ein Leben lang zu kennen. Sie konnte hart, spöttisch, höhnisch, verletzend, bösartig sein. Jetzt war sie nur noch verletzlich, verwundbar und zart. Er spürte, ohne sie zu berühren, die seidige Wärme ihrer Haut, er atmete den Duft ihrer Scham, fühlte das Vibrieren ihrer Schenkel. Er schloß für Sekunden die Augen, band seine Schuhe zu. Als er fertig angezogen war, drehte er sich um. Ihre Haltung hatte sich nicht verändert. Gerne hätte er sie ein letztes Mal an diesem Abend gestreichelt, sie in den Arm genommen.

»Küß mich, bevor du gehst«, bat sie, und zum ersten Mal duzte sie ihn. »Bitte, bitte küß mich.« David gehorchte wie in Trance. »Ruf mich an, wenn du wieder da bist.« Sie begleitete ihn nackt zur Tür. »Ich werde auf dich warten.«

Er mußte lächeln, berührte kurz mit seinen Fingerspitzen ihre Nase, ihren Mund. Lief die Treppe hinunter, lautlos wie eine Katze bewegte er sich in die laue Nacht hinein. Setzte sich ins Auto, drehte den Zündschlüssel, kurbelte das Fenster herunter und fuhr los. Hielt an der nächsten Ecke, die Straße war menschenleer. Legte den Kopf aufs Lenkrad und wurde von einem heftigen Weinkrampf durchgeschüttelt. Eine ältere Frau führte ihren Hund spazieren, blieb kurz stehen und sah zu David herüber. Ja, sagte er zu sich selbst, ich könnte sie lieben, vielleicht.


Johanna war ein bedauernswertes Häufchen Elend. Sie stand mit verheultem Gesicht vor dem geöffneten Schrank und packte ein paar Sachen für die Fahrt in eine Reisetasche.

David nahm sie in den Arm. Sie weinte noch heftiger, und David mußte an früher denken, als er noch klein und häufig krank gewesen war, er manchmal tagelang im Bett liegen mußte, dann weinte er immer besonders heftig, sobald sich jemand zu ihm setzte oder ihn umarmte. Doch es gab kaum jemanden, der zu ihm kam und ihn umarmte. Wenn er krank war, war er allein. Meistens.

David streichelte über Johannas strohiges Haar. Sie roch heute nicht nur nach Küche und Arbeit, jetzt hatte sich der fade Geruch von Kummer und tiefer Trauer dazugesellt. Sie wußten schon seit vielen Jahren, daß Johannas Vater krank war, es hatte mit seinen Nieren begonnen, und irgendwann hatte sich die Krankheit wie ein Schwelbrand über seinen ganzen Körper ausgedehnt, und schließlich war sein Herz in Mitleidenschaft gezogen worden. Einst ein Baum von einem Mann, hatte er zu lange die Warnsignale seines Körpers ignoriert, gehörte er zu den vielen, die meinten, unsterblich zu sein, als wäre er die meiste Zeit seines Lebens überzeugt gewesen, nie sterben zu müssen. Doch der Tod kam schneller als erwartet. David würde nie diesen einen Morgen vergessen, während einem der seltenen Besuche bei Johannas Eltern, als seine Schwiegermutter aufgeregt morgens um halb fünf (der Himmel war von pastellfarbenem Blau und am östlichen Horizont rötlich gefärbt, und es war nur eine Frage weniger Minuten, bis die Sonne als riesiger gelber Ball aus der See hervorsteigen würde) gegen die Tür hämmerte und David aufgelöst bat, ihr zu helfen, ihrem Mann ginge es sehr schlecht. Er saß vornübergebeugt auf der Eckbank in der Küche, einen Blecheimer vor sich auf dem Stuhl, das Gesicht grün-blau angelaufen, die Augen dunkelrot, er würgte zähen, grau-grünen Schleim aus seinem Magen, und dabei schrie er wie ein wildes, schwer verwundetes Tier und würgte wieder Schleim, und seine Frau hatte verzweifelt gesagt, so hätte sie ihn noch nie erlebt, doch David hatte kühl und gefaßt erwidert, er würde einen Krankenwagen rufen, im

Krankenhaus wäre sein Schwiegervater besser aufgehoben. Doch bereits zu diesem Zeitpunkt arbeiteten seine Nieren mit stark gedrosselter Kraft, und nur wenige Wochen später hatten sie die Arbeit eingestellt.

»Es ist schon gut«, sagte David und klopfte ihr ganz leicht auf den Rücken.

»Es ist so ungerecht! Warum er, warum ausgerechnet er?!« schrie sie und krallte ihre Finger in sein Hemd.

»Es ist besser für ihn. Du weißt selbst, wie sehr er gelitten hat. Er hatte keine Freude mehr am Leben.«

Sie löste sich aus seiner Umarmung, wischte sich die Tränen aus den Augen und mit dem Handrücken über die Nase, sah ihn für einen Moment verständnislos an und packte weiter ein.

»Was ist mit den Kindern, wenn wir weg sind?« fragte David und setzte sich auf die Bettkante.

»Es wird dir nicht gefallen«, sagte Johanna, ohne David anzusehen, »aber ich habe deine Mutter angerufen. Sie wird kommen. Ich weiß, das ist das letzte, was du möchtest, aber ich hatte keine andere Wahl. Helga ist übers Wochenende verreist, Gisela feiert die silberne Hochzeit ihres Bruders. Wir können die Kinder aber unmöglich mitnehmen, wir haben nicht so viel Platz. Und allein lasse ich sie in diesem Haus zu diesem Zeitpunkt nicht.«

»Mutter! Verdammt noch mal, ist das wirklich die einzige Möglichkeit? Gibt es denn niemand anderen als Helga oder Gisela, den wir fragen könnten? Was ist mit Alexander? Er ist alt genug.«

»Alexander ist unzuverlässig, das weißt du. Und fällt dir vielleicht sonst jemand ein, der gleich für ein paar Tage in diesem … beschissenen … Haus babysitten möchte?« fragte Johanna zornig.

»Ausgerechnet meine Mutter!«

»David«, sagte Johanna, drehte sich um und stemmte die Hände in die Hüften, »du tust, als ob deine Mutter die

Pest hätte! Was hast du nur gegen sie? Sie ist deine Mutter, und sie ist bereit, den langen Weg von Helmbrechts hierher zu machen. Statt zu meckern, solltest du lieber dankbar sein!«

»Ich werde duschen«, entzog sich David einem weiteren Gespräch. »Es war ein harter Tag.«

Er hatte eine weitere miserable Nacht. Einer halben Stunde Schlaf folgten zehn Minuten Wachliegen, Alpträume, Schweißausbrüche, Umherwälzen. Ein immer wiederkehrender Rhythmus die ganze Nacht hindurch. Johanna stöhnte ein paarmal wie unter schrecklichen Qualen auf, doch David drehte sich nicht zu ihr, legte nicht seine Hand auf ihre Stirn, tröstete sie nicht. Mutter! Es gab keinen Menschen, für den er soviel Verachtung empfand. Er haßte sie für alles, was sie ihm angetan hatte, für alles, was sie ihm vorenthalten hatte, für alles, womit sie ihn gedemütigt hatte. Sie, die, so lange er sie kannte, immerzu den Rosenkranz runterleierte, die Wohnung mit dem gekreuzigten Christus vollhängte, immer eine Kerze brennen ließ und nie lachte. Er war so unendlich zornig, sie sehen zu müssen, hier, in diesem Haus, das sie noch nie betreten hatte, und er ahnte oder kannte schon im voraus ihre Reaktion, diese abfällig heruntergezogenen Mundwinkel, die stechend fragenden Augen, warum er es nicht wieder geschafft hatte, seiner Familie ein anständiges Heim zu bieten. So, wie er auch wußte, daß sie Vater die Schuld gab, ihr nie das geboten zu haben, was sie sich in ihren Träumen ausgemalt hatte. Sie hatte nie verwunden, daß dieser starke Mann bis zur Schulter in den Ärschen von Rindern und Schweinen gewühlt hatte und gleichzeitig sie begrapschen wollte. David hatte sie längst durchschaut, haßte sie, und wenn es je einen Menschen gab, den er hätte umbringen können, dann sie.

Er nahm sich für den Rest der Woche frei. Er half Johanna, die Wohnung herzurichten, die Kinder zu instruieren, artig zu sein, Großmutter, die sie kaum kannten, nicht zu ärgern, ihr im Haushalt zu helfen, schließlich sei sie schon eine alte Frau.

Um halb vier am Nachmittag stand Mutter vor der Tür. Eine kleine, schmächtige, unscheinbare Person, die er seit mehr als vier Jahren nicht gesehen hatte, und obwohl schon auf die siebzig zugehend mit beinahe faltenlosem Gesicht, in dem das Hervorstechendste der schmallippige Mund und die stechenden, jetzt eisgrauen Augen waren.

Der Taxifahrer stand neben ihr und hielt die Hand auf. »Wenn du ihn bitte entlohnen würdest«, sagte sie herrisch. David griff in seine Hosentasche, holte das Portemonnaie hervor und bezahlte den Taxifahrer, der sich mit einem Gruß verabschiedete.

Mutter hatte nur einen kleinen Koffer bei sich. Sie lächelte nicht, streckte David nicht einmal die Hand entgegen. Sie duftete nicht nach Parfüm, nicht nach Haarspray, nicht nach Schweiß, sie roch oder duftete überhaupt nicht. Nur eine winzige Spur nach Mottenkugeln. Sie trug das graue Haar gerade so, wie alte Frauen das zu tun pflegen, unauffällig und mit vielen kleinen Haarklammern zusammengehalten. Ein dunkelbraunes Kostüm bedeckte ihre magere Gestalt, eine vom Leben enttäuschte, verbitterte, hoffnungslose Gestalt, die bald zu Staub zerfallen und an die sich niemand erinnern würde. Außer David.

Auch David reichte ihr nicht die Hand, er tat auch nicht, was andere Söhne getan hätten, er umarmte sie nicht. Sie zu berühren hätte ihn angewidert. Wahrscheinlich hätte sie es nicht einmal akzeptiert, ein Händedruck wäre das äußerste an Körperkontakt gewesen.

»Tag, Mutter«, sagte er und versuchte ein freundliches Gesicht aufzusetzen. »Es ist nett, daß du gekommen bist. Johanna hat dir ja schon alles am Telefon berichtet. Wirst du klarkommen?«

»Warum nicht?« fragte sie und stellte ihren Koffer ab. »Ich habe schon mehr Kinder großgezogen.«

»Du sollst keine Kinder großziehen, du sollst nur für ein paar Tage für sie dasein. Das ist alles. Mehr verlange ich nicht.«

»Johanna hat nicht verlangt, daß ich komme, sie hat mich gebeten.« Sie trat näher, und David schloß die Tür. »Ich habe gehört, du arbeitest noch nebenbei?« Sie hängte ihre Jacke an die Garderobe und fuhr sich mit beiden Händen übers Gesicht. »Wenn ich dieses verrottete Haus sehe . . . Wie kommt man in eine solche Gegend?« fragte sie hart und anklagend, wie es ihre Art war.

»In eine solche Gegend kommt man, wenn man nicht genügend Geld hat! Und wir haben leider nun mal nicht genug davon«, erwiderte er zynisch.

»Du hättest nicht so früh heiraten sollen. Dann wären dir solche Probleme erspart geblieben. Ist es eigentlich im ganzen Haus so widerlich schmutzig? Ist das Urin auf der Treppe?«

»Es ist Pisse! Und ich weiß nicht, wie's weiter oben aussieht, ich geh nie nach oben. Aber wahrscheinlich ist es überall das gleiche. Wenn du nicht aufpaßt, trittst du hier in die Scheiße!«

»Wo ist deine Frau?« fragte sie, ohne auf seine zynischen Bemerkungen einzugehen.

»Einkaufen. Sie müßte eigentlich gleich zurückkommen. Und Sarah?«

»Sie wird ein paar Nächte bei meiner Bekannten schlafen. Ich hätte sie mitbringen können, aber eine fremde Umgebung macht ihr angst. Kann ich mir irgendwo die Hände waschen?«

»Ja, hier ist das Bad.«

Sie schloß die Tür hinter sich ab, David ging in die Küche, ließ Wasser in den Teekessel laufen und stellte ihn auf den Herd. Es war die Situation eingetreten, die er am meisten gefürchtet hatte, fast allein mit Mutter sein zu müssen. Er atmete erleichtert auf, als er hörte, wie der Schlüssel von außen ins Schloß gesteckt wurde und Johanna zusammen mit Nathalie und Maximilian hereinkam. Johanna und Mutter tauschten ein paar unverbindliche Nettigkeiten aus, während die Kinder ihre Großmutter aus kritischer Distanz begutachteten. Nathalie drückte sich an David und flüsterte ihm ins Ohr: »Sie hat uns nicht mal was mitgebracht!«

Glücklicherweise war Mutter schon frühzeitig müde. Sie ließ sich um halb acht die Couch im Wohnzimmer ausziehen, betete einen Rosenkranz, bekreuzigte sich dreimal, murmelte noch ein paar undeutliche Phrasen und schlief eine halbe Stunde später auf dem Rücken, die Hände wie in einem Sarg über der Brust gefaltet. Sie hatte die Haare streng nach hinten gekämmt und ein Haarnetz darumgelegt. Sie schnarchte leise.

David ging, nachdem auch Johanna nach einem anstrengenden Tag voller Vorbereitungen eingeschlafen war, für einige Minuten aus dem Haus, an die Trinkhalle auf der anderen Straßenseite, die immer bis weit nach Mitternacht offen hatte, wo er sich zwei Flachmänner Chantré besorgte. Einen kippte er sofort in sich hinein, der andere war für die Nacht bestimmt.

David und Johanna machten sich am nächsten Morgen gegen acht auf den Weg. Auf der Treppe eine riesige, gelblich-grüne Pfütze, die Haustürscheibe war wieder einmal eingetreten, irgendwer hatte gegen die Hauswand gekotzt. David wandte schnell seinen Blick ab und beschleunigte die Schritte, er mußte würgen. Sie trugen beide eine Reisetasche und David zusätzlich eine Tasche mit Proviant. Sie rechneten mit sechs bis acht Stunden Fahrt, wobei es hauptsächlich vom Verkehr zwischen Hannover und dem Elbtunnel abhing, wie schnell sie die Ostsee erreichten. Schon jetzt am Morgen betrug die Temperatur 25 °C, kaum ein Luftzug, keine Wolke, nichts, nur der ständig die Häuser umkreisende Gestank dieser Gegend. Riesige Graffitis an den Wänden, *BRONX Boys*, *GHETTO Boys*, *Kill 'em all! Motherfuckin' Gallus!* und noch mehr.

Auf dem Parkplatz nur wenige Autos, dafür viele winzige Glassplitter, Überbleibsel eingeschlagener Scheiben und aufgebrochener Türen. Ein betrunkener Mann und eine zum Gehen kaum fähige, noch recht junge und sturzbetrunkene Frau bewegten sich langsam schwankend vorwärts, wobei der Mann die Frau stützen mußte, die nichts trug als einen schwarzen Minirock, unter dem fette, aufgequollene Beine hervorragten, sie war barfuß, ihr Haar schwarz und klebrig, wie mit Schmierfett eingerieben klebte es an ihrem Kopf, das Gesicht rot und aufgedunsen. Der Mann hingegen war groß und ausgemergelt, das Gesicht tief eingefallen, die Augen große Höhlen; heruntergekommene, verwahrloste Gestalten, deren Lebenssinn aus nichts weiter als Saufen bestand. Es war nur eine Frage der Zeit, bis ihre Körper vor diesem Leben kapitulierten. David sah täglich solche Wesen aus einer Schattenwelt, er nahm sie nur noch am Rande wahr.

Die Kinder standen am Fenster und winkten, Großmutter war nicht zu sehen. David schloß den Kofferraum auf, hievte die Taschen hinein und schlug die Klappe wieder zu. Er ging ums Auto herum und öffnete zuerst auf Johannas Seite, dann bei sich. Er setzte sich hinein, steckte das Radio in die gähnende Öffnung, legte den Sicherheitsgurt an und startete den Motor. Legte den Rückwärtsgang ein, um aus der Parklücke zu fahren, doch der Wagen bewegte sich kaum, nur sehr schwerfällig, als klebten die Räder am Boden. David runzelte die Stirn und stieg wieder aus. Er erstarrte und ballte die Fäuste in ohnmächtiger Wut. Alle vier Reifen waren platt, sie waren förmlich massakriert, ganze Fetzen herausgeschnitten worden. Er bat Johanna auszusteigen und deutete wortlos auf die Bescherung. Er quetschte einen derben Fluch durch die Zähne, der Johanna erzittern ließ, er verfluchte einmal mehr dieses Gesocks, dieses nichtsnutzige

Gesindel, diesen asozialen, degenerierten Abschaum, diese faule und durch und durch verkommene und böse Bagage. Diesen verfluchten Dreck, diese mißratenen, vermoderten Kreaturen mit langen schmierigen Haaren, vergammelten Zähnen, diese wertlosen Säufer und Huren und ihre abscheuliche Nachkommenschaft.

»Diese elenden Dreckschweine! Diese elenden Dreckschweine haben die Reifen zerstochen! Alle vier! Das darf einfach nicht wahr sein!« heulte David. Mit den Dreckschweinen war die Familie über ihnen gemeint, dieses Geschmeiß, die schon morgens um vier die Musik auf volle Lautstärke drehten, die ihren Vogelbauer über dem Balkon saubermachten, wohl wissend, daß der ganze Dreck auf den darunterliegenden Balkon fallen würde, meist dann, wenn frischgewaschene Wäsche zum Trocknen auf dem Ständer hing. Jeden zweiten Abend feierten sie wüste Partys, mit Getrampel und Gegröle und Besäufnissen und anschließender Randale im Treppenhaus, sie pißten, schissen, fickten auf den stinkenden Treppen, dieses widerwärtige Gelump, das gefürchtet war im ganzen Haus, dreizehn Personen zwängten sich in die kleine Wohnung, davon sieben gestandene Männer, furchteinflößende Gestalten, die allesamt vom Sozialamt lebten, und das nicht schlecht. Sie waren gewalttätig, rücksichtslos, gewissenlos. Wenn David je gewissenlose Menschen kennengelernt hatte, dann dieses Otterngezücht. David glaubte nicht an das absolut Böse, doch in seinen Augen hatte diese Schlangenbrut einen sehr hohen Schlechtigkeitsgrad erreicht. Nur sie kamen für die zerstochenen Reifen in Frage, genau wie für die mit Kot beschmierten Autoscheiben vor einem halben Jahr, die in einer heißen Sommernacht durchs geöffnete Küchenfenster geflogenen faulen Eier, die eingeschlagenen Scheinwerfer. Als sie das Auto mit Kot überzogen hatten und David es sah, nicht sofort, sondern erst, als er die Tür aufschloß und in den Kot griff, hatte er sich in breiten Schwällen übergeben müssen.

Johanna sah mit stummem Entsetzen auf die Reifen, richtete den Blick gen Himmel, als könnte sie von dort Hilfe erwarten, und atmete ein paarmal tief durch. Sie bebte, rang um Fassung, lautlose Tränen liefen über ihre Wangen. »Was machen wir jetzt?« Sie wirkte so hilflos, so entmutigt, ihre Schultern hingen nach vorn.

»Ich weiß es nicht. Wenn es nur ein Rad wäre ... aber es sind gleich alle vier! Und dabei sind die Reifen erst ein halbes Jahr alt! Ob die Versicherung das bezahlt?«

»Das ist mir so was von egal! Ich will nur so schnell wie möglich zu Vater!«

»Ich werde den ADAC und die Polizei anrufen. Die werden uns helfen. Und du rufst bei deiner Mutter an und erklärst ihr, was passiert ist. Komm, wir müssen uns beeilen.«

Drei Stunden später als geplant starteten sie. Die Versicherung würde die Kosten für die neuen Reifen übernehmen, die vom Autohaus komplett mit Felgen auf dem Parkplatz montiert worden waren.

Als David und Johanna am späten Nachmittag – er war fast die ganze Zeit, wenn möglich, mit Höchstgeschwindigkeit gefahren – in dem kleinen Ort eintrafen, war Schwiegervater tot. Er war kurz nach Mittag gestorben. Jeder versuchte jeden zu trösten, es wurde geheult, geschluchzt, gejammert, der Tote bedauert und bemitleidet, man klopfte sich gegenseitig auf die Schultern, nur David tat nichts von alldem, seine Gedanken waren weit fort. Er konnte nicht trauern, nicht jammern, lamentieren, er hatte kein besonderes Verhältnis zu seinem Schwiegervater gehabt, dazu hatte er ihn zuwenig gekannt, so wie er auch kein Verhältnis zum Tod hatte. Er hatte nur Angst davor. Er stand starr vor diesem unheimlichen Gebilde, von dem manche behaupteten, daß es zum Leben gehörte, doch wenn es nach David gegangen wäre, so hätte das Leben ewig und der Tod nicht existent sein müssen. Der Tod war etwas, worüber er nicht nachdachte, selbst wenn es hieß, es gäbe ein Leben nach diesem Leben. Er fürchtete sich vor dem schwarzen, unheimlichen Mann mit der scharfen Sense. Er sah den Tod als weites, finsteres Loch, in das man hineingestoßen wurde, ohne zu wissen, ob irgendwo Grund war, man irgendwo landete, es irgendwo Licht gab, irgendwo in einer andern Sphäre Leben existierte, anders, nicht körperlich, aber Leben. Der Gedanke, nach diesem Leben könnte alles, aber auch wirklich alles vorbei sein, war es, was David am meisten ängstigte.

Als eines Tages Schwiegervaters Nieren endgültig versagt hatten, war er nicht mehr derselbe Mensch. Er war ständig müde und abgespannt, nörgelte viel, schimpfte über Kleinigkeiten, nichts konnte ihm mehr recht gemacht werden. Dabei war es nur, weil er nicht mehr all das tun konnte, was früher sein Leben so lebenswert gemacht hatte, Angeln gehen, vor allem im Herbst und im Frühjahr, nachts, wenn alle noch schliefen, sich die warmen Klamotten überstreifen, Gummihose, Gummistiefel, den Seemannspullover, die Schiebermütze und nicht zu vergessen den Proviant aus belegten Broten und einer Thermoskanne voll Tee mit Rum. Und wenn er vom Angeln kam, schnitt er mit behenden Fingern die Fische auf, entgrätete sie und hängte sie, aufgespießt am Kopf, in den Räucherofen, den er mit Wacholderholz beheizte, und wenn der Fisch bereit war, dann wurde er meist mit Butterbrot und Salat gegessen und Bier dazu getrunken. Wenn Schwiegervater überhaupt etwas lieb und teuer gewesen war, dann das Angeln. Seit zwei Jahren war er nicht mehr Angeln gewesen. Zwei Jahre lebte er auf den Tod hin, verdrängte ihn, wo immer er konnte, doch aufhalten hatte er sich nicht lassen, und Schwiegervater hatte das gewußt und in dem Bewußtsein gelebt, und seine Augen waren stumpf und leer geworden.

Als David Schwiegervater dahinsiechen sah, wünschte er sich nur, nie so sterben zu müssen. Abends einschlafen und morgens einfach nicht mehr aufwachen. Im Schlaf hinübergleiten, wo immer dieses Hinüber auch war. Doch niemals den Tod bewußt erleben.

Sie hatten gesagt, Schwiegervater wäre mit einem Lächeln auf den Lippen eingeschlafen. Es hieß, viele würden mit einem Lächeln einschlafen. Es hieß auch, viele würden von ihren längst verstorbenen Verwandten abgeholt, um ins Jenseits geleitet zu werden. David hätte eine Menge dafür gegeben, hätte er von alldem überzeugt sein können.

Die Beerdigung war für den Dienstag vorgesehen, zu lange für David. Er beschloß, am Sonntag wieder nach Hause zu fahren, Johanna sollte mit dem Zug nachkommen. Er war froh wegzukommen, weg von dieser Heuchelei, diesem Modergeruch, dieser Hektik. Er lernte Leute kennen, die er nie zuvor gesehen hatte. Er hoffte, Schwiegervater hatte seinen Frieden gefunden in einem Reich, in dem ihn keine Krankheit mehr piesackte. Und er fragte sich, ob Schwiegervater mit der ganzen Heuchelei einverstanden gewesen wäre, denn zeitlebens war er ein kerniger, teils poltriger, manchmal sogar ein wenig ungehobelter Mann gewesen, der seine Zunge oft nicht im Zaum hielt. David glaubte auch nicht, daß Schwiegervater von diesen Tagen bis zur Beisetzung begeistert gewesen wäre, bestimmt hätte er lieber eine Kapelle mit Seemannsliedern an seinem Grab spielen lassen, seine Kumpel in Angelzeug, und über allem den Duft des Sees, vermischt mit dem fettigen Rauch des Räucherofens, und statt Tränen und salbungsvoller Worte nur den Satz »Hier liegt ein Mann, der nie anders gelebt hat, als er leben wollte«.

Sonntag abend kehrte David heim. Er genoß die Fahrt, die Stille, die Möglichkeit nachzudenken, sich nicht die bisweilen spitzen Bemerkungen von Johanna anhören zu müssen, wenn sie auf sein neues Laster zu sprechen kam und wie es ihn veränderte. Zwei Staus hielten ihn kurz auf, und die Sonne brannte unbarmherzig durch die Fenster.

Die Wohnung war notdürftig aufgeräumt, Nathalie und

Maximilian hatten sich bereits fürs Bett fertig gemacht, jetzt saßen sie vor dem Fernsehapparat, was Großmutter sichtlich mißfiel. Alexander war mit Freunden unterwegs. David war erschöpft von der langen Fahrt, er hatte Durst und Hunger. Bevor er aß, duschte er, zog frische Sachen an und setzte sich ins Wohnzimmer zu Nathalie und Maximilian. Er sagte, sie möchten ihn doch bitte einen Moment allein lassen, außerdem wäre es an der Zeit, ins Bett zu gehen. Sie küßten ihn beide auf die Wange, Maximilian, blaß wie immer, hauchte ihn an, um zu beweisen, daß er sich die Zähne geputzt hatte. Als David allein war, kam Mutter mit einem Tablett herein, sie hatte zwei Brote mit Salami und Streichkäse gemacht und eine Kanne Tee gekocht. Sie stellte alles wortlos vor David ab und setzte sich ihm gegenüber, die Beine eng geschlossen, die Hände um die Knie geschlungen. Sie fragte kühl und trocken, wie es gewesen war, und David beantwortete ihre Fragen in kurzen und knappen Worten.

»Wie ging es mit den Kindern?«

»Sie machen keine Probleme. Nur Alexander, ist er auch sonst jeden Abend unterwegs? Ich finde, ein junger Mann wie er sollte früher schlafen gehen.«

»Die Zeiten haben sich geändert.«

»Vorhin hat auch eine Frau von der Wach- und Schließgesellschaft angerufen. Du sollst sie zurückrufen.«

»Was hat sie gewollt?« fragte er beim Essen.

»Weiß nicht, sie wollte dich sprechen.«

»Wann hat sie angerufen?«

»Kurz bevor du gekommen bist. Diese Frau hat sich nett angehört. Kennst du sie?«

»Flüchtig.«

»Sie hat aber deinen Vornamen genannt. Sie hat sich außerdem sehr eingehend nach dir erkundigt.«

»Na und?! Außerdem, was geht es dich an?«

»Ich bin deine Mutter, und ich mache mir Gedanken ...«

David ließ das Brot sinken und schaute seine Mutter mit zu

Schlitzen verengten Augen an. »Worauf willst du hinaus?«
fragte er scharf.

»Sie hat nicht so geklungen, als ...«

»Als was?«

»Ich denke, du bist in Schwierigkeiten.«

»Und ich denke, das geht dich einen feuchten Dreck an! Es
ist mein Leben!«

»Stimmt, entschuldige«, sagte sie und lehnte sich zurück.

»Ich weiß genau, was in deinem alten Schädel vorgeht! Du
denkst, ich habe ein Verhältnis mit dieser Frau? Und du
machst dir Gedanken um mein Seelenheil? Gut, dann bete
doch ein paar Rosenkränze für mich, damit ich nicht in die
Hölle komme!« höhnte er. »Aber vergiß dabei nicht, auch
für dich welche zu beten, denn du kommst vor mir dort
unten an!« zischte David und sprang auf. Er schnaubte wie
ein zorniges Pferd, während seine Mutter auf der Couch
immer kleiner wurde und David mit entsetztem Blick ansah,
als ahnte sie die kommenden Worte.

David fuhr fort: »Ich werde dir jetzt etwas erzählen, von dem
nur ich, Erhard und du etwas wissen, und vielleicht auch Vater. Und der da oben, du weißt schon, der mit den Rosenkrän-
zen«, sagte er, bitterböse grinsend. »Du weißt, was jetzt
kommt? Ja, weißt du's? Ehrlich, ich habe Jahr um Jahr um
Jahr auf diesen Moment gewartet. Jahr um Jahr habe ich mit
mir gerungen, ob ich es endlich loswerden sollte oder nicht.
Ich werde es tun, und mir ist scheißegal, was dann mit dir
wird, ich weiß nur, was aus mir geworden ist. Ich war zwölf
Jahre alt, zwölf verdammte junge Jahre, als ich euch gesehen
habe, dich und Erhard! Dich und deinen abgöttisch geliebten
Sohn! Ich hatte mein Schulbrot vergessen, und weil ich sieben Stunden Schule hatte, brauchte ich es. Vor dem Haus ist
an der Straße gearbeitet worden, und vielleicht habt ihr mich
deshalb nicht gehört. Ich bin ins Haus gegangen, arglos und
naiv wie ich eben war, und da waren diese seltsamen Geräusche, die ich nicht einzuordnen vermochte. Aber ich ging die-

sen Geräuschen nach, die aus dem Schlafzimmer kamen, die Tür stand einen Spalt offen, und ich blieb einen Moment wie gebannt und mit fürchterlichem Herzklopfen davor stehen, denn ich hatte ja keine Ahnung, was in diesem verdammten Zimmer vor sich ging. Ich dachte zuerst, du hättest Schmerzen, weil du so stöhntest, also drückte ich die Tür ein klein wenig zur Seite, und ich blickte auf das Bett, und da lagst du, die Beine weit auseinander, und deine Haare waren zerzaust und deine Augen geschlossen, und Schweiß stand auf deiner Stirn, und du hast dich von meinem eigenen Bruder, deinem Sohn, durchvögeln lassen!« Er hielt inne und sah aus dem Fenster, die Hände in den Hosentaschen; seine Kiefer mahlten aufeinander. »Weißt du, ich habe bis dahin nie verstanden, warum du mir nicht auch nur einen Hauch an Liebe zukommen ließest. Aber damals habe ich wohl mehr unterbewußt gespürt, daß deine Liebe für Erhard so groß war, daß da unmöglich noch Platz für mich sein konnte. Es sind fast dreißig Jahre vergangen seit damals, doch ich bin sicher, euer perverses, verbrecherisches Verhältnis hat noch lange angedauert. Du hast dich von Erhard vögeln lassen, und Vater hast du abgewiesen. Auch das weiß ich, denn er hat es mir erzählt. Und ich weiß noch mehr, daß nämlich Sarah das Ergebnis dieser unheiligen Beziehung ist. Sie, die kleine, dicke, schwachsinnige Sarah, ist die Tochter meines Bruders. Und noch etwas, und das muß ich dir einfach sagen ...« Er hielt kurz inne, fuhr dann mit einem bösen Grinsen fort: »Damals, als Erhard abgestürzt ist, brach in mir ein unglaublicher Jubel los, erlebte ich ein Glücksgefühl, wie ich es noch nie zuvor erlebt hatte. Ich wußte immer, das, was ihr getan habt, durfte und würde nicht ungesühnt bleiben. Du bist zwar meine Mutter und wirst es immer bleiben, aber in meinem Herzen warst und bleibst du auf ewig eine gottverdammte Hure. Eine bigotte, inzestuöse Hure, die es mit ihrem eigenen Fleisch und Blut trieb! Daß du dich überhaupt noch traust, Gott um irgend etwas zu bitten!«

Davids Mutter saß mit versteinertem Gesicht da und schaute aus großen Augen auf ihn. Aus ihrem Kopf war alles Blut gewichen, ihre Lippen, ihre Wangen, alles war von unnatürlichem Weiß, ihre Haut schien wie Pergament. Sie bebte, rang um Fassung und sagte: »Aber ...«, doch David unterbrach sie mit einer Handbewegung und erwiderte, plötzlich leise, die Stimme sanft und mit ernstem Gesicht, seiner Mutter den Rücken zugekehrt, eine Hand in der Hosentasche: »Es gibt kein Aber, Mutter. Er wird nie ein Aber geben. Du wirst nie genug Argumente haben, dein Tun zu rechtfertigen. Ich habe so lange geschwiegen, und ich habe so lange mit mir gerungen, und so oft schon wollte ich es herausschreien, ich wollte dich sogar schon umbringen, doch mein Wille war nie stark genug, denn ich hatte stets Angst vor dir. Wenn du nur deinen eigenen stechenden Blick sehen könntest, diesen erbärmlich harten Zug um deinen Mund! Wenn du deine eigenen, verletzenden Worte hören könntest, wie sie in meinen Ohren gedröhnt haben! Wenn du nur ahnen könntest, was du angerichtet hast! Aber ich sage dir eines, dies ist mein Leben, und wenn es jetzt auch ein stinkendes, widerwärtiges Leben ist, so ist es immer noch besser, als deines je war! Komm nie und versuch, mir Vorwürfe zu machen, es gibt keinen Menschen, der weniger Recht dazu hätte!« Er machte eine Pause, ging ins Schlafzimmer, öffnete den Wäscheschrank und griff hinter seine Socken. Holte eine kleine Flasche Chantré hervor und kehrte zurück. Schraubte die noch unangebrochene Flasche auf und nahm einen langen Zug. Dann rülpste er leise, doch provozierend.

»Schau, ich habe damit angefangen!« sagte er und hielt die Flasche hoch. »Irgendwann kommt der Punkt, da man einfach nicht mehr anders kann. Wenn in meinem verdammten Leben irgendwas schiefgelaufen ist, dann trägst du wesentliche Schuld daran. Cheers!«

Ein weiterer Schluck, dann stellte er die Flasche auf den

Tisch. Mutter, von beinahe kataleptischer Starre befallen, sagte nichts.

»Du hast alle Liebe Erhard gegeben. Er hat immer das beste Stück Fleisch bekommen, die schönsten Kleider, er mußte nie sein Zimmer aufräumen, im Garten arbeiten oder Besorgungen machen. Ich habe immer nur den Abfall bekommen, wie ein räudiger Straßenköter, ich mußte seine Sachen auftragen, aufräumen, spülen, den Rasen mähen, einkaufen, Beete bepflanzen. Und ich Idiot habe alles getan!« Er schüttelte den Kopf, seufzte auf. »Aber so sehr ich auch um wenigstens ein bißchen Zuneigung gebettelt habe, keiner von euch hat sie mir gegeben ... nicht einmal Vater. Ist es nicht seltsam, daß der einzige Mensch in der Familie Marquardt, der etwas für mich empfindet, eine Schwachsinnige ist? Sie macht keinen Unterschied, sie akzeptiert mich so wie ich bin. Ich habe wirklich keine Ahnung, wie du das alles mit deinem Gewissen vereinbaren willst oder kannst. Aber eines werde ich nie vergessen – du hast jeden Tag eine Kerze aufgestellt, hast die Marienbilder abgestaubt und voll Hoffnung draufgeschaut und hast Millionen und Abermillionen Rosenkränze runtergeleiert, jawohl runtergeleiert, ähnlich wie die Pharisäer es getan haben, und doch hast du so etwas Abscheuliches getan! Du hast mit deinem eigenen Sohn geschlafen, du hast dich von ihm vögeln lassen! Glaubst du ernsthaft, daß der von dir gepredigte Gott dir das jemals verzeihen wird? Und du hast auch keine Chance mehr, das Unrecht wiedergutzumachen, denn der liebe, gute, vergötterte Erhard weilt nicht mehr unter uns. Traurig, nicht?! Ich möchte nur zu gerne wissen, wie du dir jetzt vorkommst. Elend, verzweifelt? Aber im Prinzip ist mir das scheißegal, mir ist scheißegal, was aus dir wird. Johanna weiß, daß ich dich nicht mag, aber sie weiß nicht, daß ich dich in Wirklichkeit bis ins Mark hasse und verabscheue. Und du kannst beruhigt sein, ich habe ihr gegenüber auch nie ein Wörtchen verloren über das, was vorgefallen ist. Wüßte sie es, würde sie vielleicht vieles verstehen.«

»Bist du fertig?« fragte sie mit tonloser Stimme.

»Hast du etwa schon genug?« höhnte David.

»Erhard war die einzige Liebe in meinem Leben, das dein Vater mir versaut hat. Und Gott weiß, was ich in meinem Herzen fühle. Er wird mir vergeben ...«

»Bist du dir da so sicher? Aber wie nicht anders zu erwarten, müssen andere für deine Sünden herhalten! Vater, natürlich, er war ja nur ein kleiner Landarzt, der sich mit Mensch und Vieh gleichzeitig abgab. Er konnte dir nicht das bieten, was du dir in deinen vermessenen Träumen ausgemalt hattest, Luxus, edle Menschen, edle Stoffe. Du dachtest wohl immer, zu einem Adelstitel müsse auch Geld gehören. Du bist so anders, als Tante Maria war! Sie habe ich als meine wirkliche Mutter betrachtet – bis dieses unsägliche Unglück geschah. Manchmal würde ich alles dafür geben, wenn Tante Maria noch am Leben wäre. Aber ausgerechnet sie mußte sich umbringen! Wenn ich nur wüßte, weshalb sie es getan hat!«

»Ich werde jetzt zu Bett gehen«, sagte Davids Mutter, ohne diese Frage zu beantworten. »Ich brauche meinen Schlaf.«

»Natürlich brauchst du den. Du hast ja immer gut schlafen können, und so wird es auch weiterhin sein. Verrat mir nur, wie geht das, wie verdrängt man? Oder unterdrückt man? Oder was tut man, um nicht ständig erinnert zu werden? Es würde mir helfen, das Rezept zu kennen ...«

»Halt den Mund, David! Du hast mich genug gedemütigt!«

»Meinst du wirklich, daß ich das habe? Ich dich gedemütigt? Wenn hier jemals irgendwer gedemütigt wurde, dann ich von dir! Aber ich werde jetzt trotzdem meinen Mund halten. Das Wichtigste ist gesagt.«

»Ich werde von deinem Verhältnis nichts Johanna gegenüber erwähnen ...«

»Von was für einem Verhältnis zum Teufel noch mal sprichst du eigentlich?«

»Es ist gut, David. Vergiß es! Ruf sie an.«

»Ja, ich werde diese Frau anrufen. Auch wenn du's nicht glaubst, sie ist ein Teil meiner Arbeit! Ich arbeite nebenbei, um meiner Familie etwas bieten zu können! Wir wollen nämlich so schnell wie möglich raus aus diesem verdammten Haus mit den bepißten Wänden und Stufen, den Sandkästen, in denen die Junkies ihre Spritzen einfach liegenlassen. Vor einem Jahr noch konnten wir uns alles leisten, was wir wollten, und jetzt ... wir haben Schulden, aber das interessiert dich nicht! Erhard hätte noch so viele Schulden haben können, du hättest sie ihm alle bezahlt. Mir hast du nie auch nur eine Mark zukommen lassen. Meine Kinder, deine Enkelkinder, haben von dir noch nie ein Geschenk erhalten. Hätte Erhard Kinder gehabt, sie würden von dir mit Geschenken nur so überhäuft.« Er machte eine winzige Pause und sagte dann mit hohntriefendem Tonfall: »Oh, entschuldige, ich vergaß für einen Moment, Erhard hat ja ein Kind! Überhäufst du sie wenigstens mit Geschenken?«

David stand abrupt auf, warf seiner Mutter einen verächtlichen Blick zu, holte das Telefon und nahm es mit sich ins Schlafzimmer. Die Spannung der vergangenen Minuten begann langsam von ihm abzubröckeln, doch dann kamen Herzklopfen und Atemnot, Übelkeit. Er haßte Auseinandersetzungen, er hatte sie immer gehaßt, immer einen großen Bogen darum gemacht, immer versucht, Streitigkeiten auf friedliche und ruhige Weise beizulegen. Er ließ sich rückwärts aufs Bett fallen, horchte in sich hinein, auf das Wummern seines Herzens, spürte das Rauschen des Blutes durch seine Ohren strömen. Allmählich erholte er sich, setzte sich wieder auf und wählte Nicoles Nummer. Sie nahm nach dem zweiten Läuten ab, tat überrascht. »Oh, David, du bist schon zurück?«

»Warum haben Sie hier angerufen? Hatten wir nicht ausgemacht, keine Kontakte?«

»Warum so förmlich? Ich dachte, wir duzen uns, das heißt, ich dachte, ich bestimme die Regeln?! Ich wollte nur hören, wie es dir geht.«

»Danke, mir geht es gut, und ich bin erschöpft.«

»War die Beerdigung schon?«

»Nein, erst am Dienstag.«

»Und deine Frau, ist sie noch an der Ostsee?«

»Natürlich ist sie das!«

»Dann könntest du eigentlich auf einen Sprung vorbei-schauen.«

»Nein, heute ist Sonntag.«

»Aber du warst am Freitag nicht da. Die Zeit sollte kompen-siert werden ...«

»... aber nicht heute! Wir sehen uns morgen, gute Nacht!«
Er knallte wütend den Hörer auf die Gabel. Das Telefon klingelte Sekunden später.

»Hör zu, David von Marquardt, tu so etwas bitte nie wieder! In Ordnung, wir sehen uns morgen, und ich schätze, wir werden uns dann in aller Ruhe über den Vertrag unterhal-ten. Ich erwarte dich um Punkt acht. Gute Nacht!«
David zitterte. Da war sie wieder, die eisige Kälte. Er stützte den Kopf in seine Hände und weinte. Dieser Tag war über seine Kräfte gegangen. Das Schlafzimmerfenster stand weit offen, draußen wurde laut gelacht und Ordinäres geredet.

Er rief, bevor er schlafen ging, bei Johanna an. Ihre Stimme klang bedrückt, sie sagte, sie wünschte nur, der ganze Rum-mel wäre endlich vorüber.
Um zehn schlief er erschöpft ein, um halb zwölf klingelte das Telefon. Er nahm den Hörer ab, doch niemand meldete sich. Um zwölf klingelte das Telefon erneut, wieder niemand. Um halb zwei schlug die Haustürklingel an.
Er träumte zweimal in dieser Nacht seinen Alptraum und wachte davon das erste Mal um halb vier, das zweite Mal um fünf auf. Danach lag er zwei Stunden wach. Es war erstaun-lich ruhig über ihm, keine laute Musik, kein Geschrei, nur Vogelgezwitscher. Heute mußte er erst um zehn in der ProCom sein, und er wollte die Zeit nutzen, bei Thomas in

der Klinik vorbeizuschauen. Als er um fünf aufstand, um auf die Toilette zu gehen, schlief seine Mutter noch. Um sieben war ihr Bett leer und ungemacht, ihre Tasche gepackt.

Sie stand im Flur und tat überrascht, ihn zu sehen, ihre stahlgrauen Augen blitzten ihn kurz und verächtlich an, sie sagte spitz und hart: »Ich werde fahren. Ich habe mir ein Taxi gerufen. Mein Zug geht in einer Stunde. Du hast übrigens recht gehabt, ich habe nur Erhard geliebt. Du warst und bist mir egal. Irgendwie hast du immer deinem Vater geähnelt. Und ich habe deinen Vater gehaßt, denn er hat mein Leben ruiniert. Du kommst ganz nach ihm. Du bist ein Versager, genau wie dein Vater! Er hat es zu nichts gebracht als zu einer lausigen Landpraxis, und du ... du bist sogar noch tiefer abgestürzt. Aber Hauptsache, dir gefällt dein Leben. Fahr zur Hölle, David von Marquardt! Fahrt zur Hölle alle beide, du und dein verfluchter Vater!« Nach diesen Worten nahm sie ihre Tasche und verließ die Wohnung.

David sah ihr nach, ihr Kölnisch Wasser hing noch streng in der Luft. Nun hatte sie endlich ausgesprochen, was er immer gefühlt hatte. Er fühlte sich auf einmal seltsam leicht, fast beschwingt, der Alptraum Mutter war vorüber.

David machte die Kinder für die Schule fertig, nur noch drei Tage bis zu den Ferien. Die Ferien! Für die Kinder diesmal eine lange Zeit der Langeweile. Die ganzen letzten Jahre waren sie in den Ferien durch die Welt gereist, nur einmal nicht, als Maximilian operiert werden mußte, sie hatten sich Ferienhäuser gemietet oder waren in den besten Hotels abgestiegen. Einmal waren sie in den Osterferien an der Ostsee gewesen, eingeladen von Johannas ehemaligen Schwiegereltern, brave, gute und einfache Leute, die Johanna immer geliebt hatten und die ihrem mißratenen Sohn die Tür gewiesen hatten, als sie erfuhren, daß er Johanna regelmäßig verprügelt und vergewaltigt hatte. Sie hatten ihnen für zwei Wochen die beiden Wohnwagen auf ihrem Heimatcampingplatz zur Verfügung gestellt, direkt am Meer. Er erinnerte sich gern daran zurück, wünschte, seiner Familie wieder einmal einen schönen Urlaub gönnen zu können. Nach Mallorca oder auf die Kanaren, einmal drei Wochen nicht die Sorgen spüren, einmal andere Menschen sehen. Er räumte mit wehmütigen Gedanken die Wohnung auf, spülte Geschirr. Nathalie fragte ihn beim Frühstück, was los sei, ob er krank sei, doch David schüttelte nur den Kopf und meinte, er habe schlecht geschlafen und Kopfschmerzen. Der schweigsame Alexander verließ als erster grußlos das Haus, ihm folgten zehn Minuten später Nathalie und Maximilian. David beseitigte die letzten Spuren des Frühstücks, machte noch die Betten und saugte in der Küche die Krümel vom Boden. Setzte Wasser für Tee auf, und als der Kessel durchdringend pfiff, schenkte er die Tasse dreiviertelvoll und gab anschließend noch den letzten Rest Chantré aus einem Flachmann dazu. Er trank langsam und schlürfend.

Danach wollte er zu Thomas. Er übersprang gekonnt die Urinlache, drückte die Tür mit einem Finger auf, richtete den Blick weder nach links noch nach rechts. Auf dem Parkplatz stand einsam wie ein Relikt sein Wagen.

Er sah es schon in dem Augenblick, als er ins Freie trat. Er glaubte, Sand im Mund zu haben. Die Reifen! Er rannte hin und um den Wagen herum, bückte sich und faßte sie an, alle vier Reifen zerstochen, wie vor ein paar Tagen. Dazu dicke Kratzer im Lack, ein abgerissener Außenspiegel und die Scheibe auf der Beifahrerseite eingeschlagen, Splitter auf dem Beifahrersitz, der Mittelkonsole und auf dem Boden, Heroinbesteck im Wageninnern. Er taumelte benommen wie ein angeschlagener Boxer ins Haus zurück und rief aufgeregt die Polizei. Die Beamten ließen sich sehr viel Zeit mit dem Kommen, ein Protokoll wurde angefertigt, und zum Schluß gab ihm der ältere der beiden Polizisten den väterlichen Rat, David solle seine Familie nehmen und von hier verschwinden, er mache nicht den Eindruck, als würde er auf diesen Müllplatz gehören.

Blablabla, dachte er nur und nickte abwesend, mit den Gedanken unendlich weit fort, mitten in seinem tristen, öden, baum- und wasserlosen Land des Elends und der Dürre. Einige Hausbewohner gingen wie stumme Marionetten vorbei, nur ein Mann, mit dem David dann und wann ein paar belanglose Worte wechselte, ein Frührentner, wie er wußte, ein riesiger Mann mit freundlichen Augen, betrachtete das Auto und meinte: »Scheiße, hier ist alles Scheiße! Diese ganzen Häuser müßte man abbrennen. Aber wohin dann?« Nach diesen Worten ging der Mann mit langsamen, müden Schritten weiter. Er war in etwa so alt wie David, vielleicht sogar jünger, einer, der auch nicht hierhergehörte.

## MONTAG, 9.30 UHR

»Manfred Henning.«
»Hallo, ich wollte mich mal wieder bei dir melden«, sagte David. »Seid ihr inzwischen in der Sache Meyer vorangekommen?«
»Nein, keine Spur. Bei der Gelegenheit kann ich dir auch gleich sagen, daß ich dich sowieso heute oder morgen noch angerufen hätte, und zwar wegen Thomas. Es liegen weder eindeutige Beweise für oder gegen seine Schuld vor. Aber da er ja so krank ist, wird es wohl kaum zu einer Anklage kommen. Das zu Thomas. Meyer hatte sich übrigens in Asunción eine Nobelvilla zugelegt und sich, wahrscheinlich gegen gutes Geld, von den paraguayischen Behörden einen legalen Paß auf den Namen Manuel Martinez ausstellen lassen. Außerdem hatte er sein Äußeres verändert. Aber das wird wohl nicht der Hauptgrund für deinen Anruf sein. Was ist los?«

»Wir werden weiter terrorisiert. Das ist los. Mein Schwiegervater ist am Freitag gestorben, und als Johanna und ich losfahren wollten, waren alle vier Reifen zerstochen ...«

»Das ist nun mal die Gegend, in der ihr lebt ...«

»Aber warum immer nur wir? Und heute morgen das gleiche, die neuen Reifen zerfetzt, der Lack zerkratzt, die Seitenscheibe eingeschlagen. Sag mir, ist das Zufall?«

»Was ist schon Zufall und was nicht? Aber wenn's wirklich jemand auf euch abgesehen hat – wie um alles in der Welt sollen wir herausfinden, wer es ist?«

»Deswegen rufe ich auch nicht an, ich wollte dir nur Bescheid geben. Mach's gut und meld dich, sobald du was erfährst.«

Er strich den Besuch bei Thomas. Rief in der Klinik an und sagte Bescheid, danach telefonierte er mit der ProCom und meldete sich krank. Wartete, bis die neuen Reifen aufgezogen waren, die Scheibe konnte erst am Nachmittag eingesetzt werden. Er aß den ganzen Tag nichts außer zwei Bananen, trank aber einen Flachmann Chantré. Und er grübelte über sein Schicksal. Um fünf war das Auto bis auf die Lackschäden wieder instand gesetzt. Nachdem er sich geduscht und rasiert und eine Scheibe Brot mit Salami gegessen hatte, instruierte er Nathalie und Maximilian für den Abend. Sie hatten Angst, so lange allein bleiben zu müssen. David versprach, Alexander dazu zu bringen, diesen einen Abend zu Hause zu bleiben.

»Warum? Die beiden sind doch alt genug, und sie können die Tür abschließen. Was soll schon passieren?« maulte er.

»Ich will, daß du wenigstens einmal auf dein Vergnügen verzichtest und deinen Beitrag zum Familienleben leistest. Du weißt selbst, was in letzter Zeit hier vor sich geht.«

»Schon gut, schon gut, schon gut, dann werde ich eben dableiben. Wenn dir davon wohler wird.«

»Was ist los mit dir? Warum kannst du nicht einmal einfach nur sagen, ja, ich tue es gerne?«

»Ach komm, die ganze Scheiße wäre doch nicht passiert, wenn du deinen Laden –«

Zu mehr kam er nicht, David schlug schnell und hart in sein Gesicht. »Du wirst nie wieder so mit mir reden, nie wieder, hörst du?! Und jetzt tu, was ich dir sage, du bleibst hier und paßt auf deine Geschwister auf.«

## MONTAG, 20.00 UHR

Pünktlich um acht stand er bei Nicole vor der Tür, doch sie schien nicht da zu sein. Er rannte, nachdem er eine andere Klingel gedrückt hatte und ihm geöffnet worden war, die Treppe hinauf in den fünften Stock. Hinter ihrer Tür war alles still. Er setzte sich auf den Flur, blieb bis zehn, dann fuhr er los. In eine Kneipe. Trank kurz hintereinander vier Bier und vier Korn. Als er zu Hause anlangte, war er betrunken. Zehn Minuten nach zwölf läutete das Telefon. Nicole!

»Wo warst du?« fragte sie hart.

»Ich war bei dir!« schrie David in den Hörer.

»Schrei mich nicht so an! Mag sein, daß du hier warst, aber nicht lange genug! Ich habe mich verspätet, du hättest warten müssen. Das wird Konsequenzen für dich haben.«

»Leck mich am Arsch!«

»Gute Nacht, Herr von Marquardt!«

»Fick dich selber«, sagte er, als sie bereits aufgelegt hatte.

165

## DIENSTAG, 18.00 UHR

Der Zug hatte zwei Minuten Verspätung. Er stand schon eine halbe Stunde am Bahnsteig, ging auf und ab, kaufte am Zeitungsstand ein Magazin, das er mit fahrigen Fingern durchblätterte, beobachtete die Menschen, von denen so manch einer den Bahnhof, diese riesige Halle mit ihren unzähligen Winkeln, für eine Art Refugium hielt. Obdachlose, Junkies, Alkoholiker. Bahnpolizisten in blauen Uniformen liefen Streife. Ein Betrunkener kauerte zusammengesunken neben einem Paßbildautomaten, Passanten gingen entweder achtlos oder angeekelt an ihm vorbei. An einem Stehimbiß standen, wankten, torkelten, schwankten zwei einst sicher hübsche, junge Frauen (benebelt von Heroin oder Schnaps) wie Segelboote bei Orkanstärke, eine von ihnen hatte, während David sie aus gebührlichem Abstand beobachtete, die ganze Zeit die Augen geschlossen, in der einen Hand hielt sie eine volle Tasse dampfenden Kaffees, in der anderen eine vor sich hin glimmende Zigarette, und sie schwankte vor und zurück, und bei einem dieser imaginären Windstöße kippte ihr die Tasse aus der Hand, und alles ergoß sich über ihre nackten, schmutzigen Beine, und sie schrie nicht einmal auf vor Schmerz. Die andere, nur bekleidet mit einem BH und knallengen Shorts über aufgequollenen Schenkeln und einem fetten Hintern, hatte einen Arm dick verbunden, doch sie war fähig, mit dieser Hand ihren Kaffee zu halten. Zwei Männer mittleren Alters, vermutlich Nordafrikaner, kamen auf die Frauen zu und fragten sie, ob sie für einen Fick mitkommen wollten, und einer von beiden wedelte dabei mit einem Zwanzigmarkschein.

Am Südausgang wurde ungeniert mit Drogen gedealt, eine heruntergekommene Gestalt mit langen, fettigen, strähnigen Haaren, zerschlissenen Kleidern und uralten, durchgelatschten Schuhen, schmutzigen Händen und blutunterlaufenen Augen streckte die Hand aus. Der Mann war höchstens fünfundzwanzig. Vor Bahnsteig zwei schrien sich zwei Ausländer, vermutlich Bosnier, Serben oder Kroaten, an, und David fürchtete, sie könnten sich gleich prügeln. An den runden Stehtischen der Kioske wurde getrunken und sich laut unterhalten, und mit dem Geklapper unzähliger Schuhe auf dem Steinboden, den fast ununterbrochenen Durchsagen über Verspätungen oder gleich einfahrende Züge, dem durchdringenden Quietschen kreischender Bremsen und dem Schlagen von Türen vermengte sich dies alles zu einem dicken Brei in dieser riesigen, hohen, von früher zahllos hier eindonnernden Dampfloks rußgeschwärzten Halle. Es duftete an einer Ecke nach frischgebackenen Waffeln, an einer anderen nach Pizza, dann wieder war die Luft von Alkohol geschwängert, und dort, wo die Alkoholnebel am dichtesten waren, traf man auch die meisten Menschen.

Johanna saß im vorletzten Wagen. Sie war durchgeschwitzt, und selbst der frisch aufgelegte Lippenstift und das Rouge vermochten nicht die Strapazen der vergangenen Tage zu überdecken. Ihre Haut wirkte grau, ihr Gesicht eingefallen, die Augen waren müde und glanzlos, tiefe Ränder darunter. Die Tasche, die sie trug, schien sie auf den Boden ziehen zu wollen, David nahm sie ihr sofort ab. Er lächelte und hauchte ihr einen flüchtigen Kuß auf die blassen Lippen.

»Wartest du schon lange?« fragte sie erschöpft.

»Nein, bin gerade erst gekommen«, log er. »Wie war die Fahrt?«

»Ich hab in einem Abteil mit einer Frau und ihren drei Kindern gesessen. Ich wollte schlafen, aber sie haben mich nicht gelassen. Ich habe noch nie solch unerzogene Kinder erlebt! Was soll's, es ist vorüber! Und wie ist es euch ergangen? Was macht deine Mutter?«

»Sie ist gefahren ...«

»Was? Sie wollte doch bleiben, bis ...« Sie blieb abrupt stehen, kniff die Augen zusammen. »Was ist passiert?«

»Es gab einen kleinen Disput, und da ist sie einfach abgehauen. Sie hat mich zur Hölle gewünscht.«

»Was hast du mit ihr gemacht?« fragte Johanna ärgerlich und faßte David am Arm.

»Eine alte Geschichte, die ich dir irgendwann einmal erzählen werde. Aber nicht heute. Irgendwann«, wich David aus.

»Ich will sie jetzt hören!«

»Nein, verdammt noch mal!« fuhr David sie lauter als beabsichtigt an und drehte sich erschrocken um, ob auch niemand seinen Wutausbruch mitbekommen hatte, und fuhr leiser werdend fort: »Es geht jetzt nicht.«

»Gut, aber du weißt, ich hasse solche Geschichten. Deine Mutter war nie böse zu uns ...«

»Ach ja, war sie vielleicht gut?! Hat sie jemals den Kindern eine Freude bereitet? Du kennst sie nur von den wenigen Besuchen in Helmbrechts, nur von den beiden Malen, die sie bei uns war. Ich kenne sie aber besser, ich kenne sie verdammt viel besser, diese elende Heuchlerin!«

»Oh, mein Gott, jetzt geht es schon wieder ums Geld! Ich hätte mir denken können, daß du deswegen mit ihr gestritten hast.«

»Nein«, erwiderte David kopfschüttelnd, »nicht deswegen! Es hatte mit Geld absolut nichts zu tun.«

»Gut, du willst nicht, dein Leben ist ein großes Schweigen und ein noch größeres Geheimnis. Aber ich bin zu müde, um jetzt mit dir zu streiten.«

Sie erreichten den Ausgang. Aus den schmutzigen Ecken neben den Pfeilern stieg der süßlich-saure Gestank von Urin nach oben. Es waren diese Ecken und Nischen um die Eingänge herum, wo häufig Obdachlose kampierten, wohin sie urinierten und manchmal auch mehr, wenn nachts der Bahnhof und die Toiletten geschlossen waren. Der Gestank hatte sich festgesetzt, und wenn auch regelmäßig saubergemacht wurde, so war der Geruch der Fäkalien über die Jahre hinweg in die Steine und Ritzen gekrochen und hatte sich wie mit stählernen Krallen festgesetzt. David hielt vom Fotoautomaten bis zum Bürgersteig die Luft an. In der drückenden Hitze war der Gestank noch intensiver als sonst. Er parkte im Halteverbot. Sein erster Blick galt der Windschutzscheibe, kein Strafmandat. Johanna fragte wie beiläufig, was mit dem Lack geschehen sei, David gab ihr nur eine knappe Antwort. Er packte die Reisetasche in den Kofferraum und schloß die Beifahrertür auf. Sie blieben noch einige Sekunden vor dem Auto stehen, um die Hitze entweichen zu lassen, dann setzten sie sich. Das Thermometer im Innern zeigte über 50 °C an.

»Du bist sicher todmüde«, sagte David und drehte den Zündschlüssel.

»Kannst du dir ja wohl denken, oder?«

»Warum bist du auf einmal so eingeschnappt?« fragte David.

»Laß mich zufrieden, okay! Laß mich einfach nur zufrieden!«

Johanna schloß die Augen. Von Westen bewegte sich eine schwarze Wolkenwand auf die Stadt zu. Der Wetterbericht hatte wieder einmal Gewitter angekündigt, wie fast jeden Tag in den vergangenen Wochen. Trotzdem hatte der Pegel des Mains einen Rekordtiefstand erreicht, der Wassernotstand war in Teilbereichen des Rhein-Main-Gebietes ausgerufen worden. Autowaschen und Rasensprengen waren verboten. Und schon wurde angekündigt, daß, wenn nicht bald eine Änderung der Wetterlage einträte, die Wasserversorgung auf bestimmte Stunden reduziert werden müßte.

Nathalie und Maximilian saßen vor dem Fernsehapparat. Johanna begrüßte die Kinder und umarmte sie, erzählte nur kurz von der Ostsee und ließ sich gleich darauf Badewasser einlaufen. David nahm ein Aspirin gegen seine Kopfschmerzen und bereitete dann einen großen Teller belegter Brote mit Salami, Schinken, Käse und Tomaten, dazu schnitt er

eine frischgekaufte Gurke in dünne Scheiben und legte
Zwiebelringe und Radieschen dazu. Er stellte zwei Karaffen
mit Säften auf den Tisch, den Maximilian und Nathalie
deckten.

Sie saßen zu viert am Tisch, Alexander war irgendwo bei
Freunden, sie sprachen ein Tischgebet und aßen beinahe
schweigend. Kurz nach dem Essen ging Johanna zu Bett.
David räumte den Tisch ab und spülte das wenige Geschirr,
das Wasser lief nur langsam ab. Schon einige Male hatte
Johanna ihn gebeten, den Abfluß zu reinigen. Er haßte diese
stinkende, eklige Arbeit, aber dafür einen Klempner kommen zu lassen hätten sie sich momentan nicht leisten können. Er trocknete ab, danach brauchte er nicht einmal zehn
Minuten, bis er die schleimige, übel stinkende Masse aus
dem Siphon unter der Spüle entfernt hatte.

David langweilte sich. Dabei hätte er eine Menge zu erledigen gehabt, Überweisungen überfälliger Rechnungen aus-
schreiben, zwei Briefe beantworten oder das eine oder andere
Telefonat führen müssen. Doch er tat nichts davon. Um halb
zehn duschte er. Er kam gerade aus dem Bad, als das Telefon
klingelte. Nicole!

»Komm her«, sagte sie, »ich brauche dich jetzt, großer
Held!«

»Das geht heute nicht«, flüsterte er, »wirklich, heute nicht.«
»Schlappschwanz!« zischte Nicole und knallte den Hörer
auf. Wenig später klingelte das Telefon ein weiteres Mal. Er
nahm sofort den Hörer ab, um Johanna nicht zu wecken.
Schweres, ziehendes Atmen am anderen Ende. David fragte
ein paarmal leise, wer da sei, keine Antwort. Er legte auf,
stellte das Telefon leise und nahm es mit sich ins Wohnzimmer. Es klingelte erneut. Wieder nur dieses schwere Atmen,
das David die Kehle zuschnürte. Er wollte gerade auflegen,
als eine unbekannte, fistelnde Stimme sagte: »Schau in deinem Briefkasten nach.« Klicken.

David zog sich eilig etwas über und rannte wie von Furien

gehetzt zum Briefkasten. Er schloß ihn mit fahrigen Fingern auf, ein kleiner, weißer Umschlag steckte drin. Er griff ihn mit nervöser Hand und riß ihn auf. Auf dem Zettel stand, mit Maschine geschrieben: *Wir werden deine Brut vernichten.* Keine Anrede, natürlich keine Unterschrift. Jemand hatte David einen Bleimantel umgelegt, unter dem er meinte ersticken zu müssen. Das Treppenhauslicht ging aus. Er stopfte den Zettel in seine Hosentasche, rannte zur Trinkhalle, kaufte sich eine große Flasche Whisky. Bevor er die Straße überquerte, schraubte er den Verschluß ab und nahm einen Schluck. Dabei wurde er von zwei angetrunkenen, ungepflegten Männern beobachtet, die Zigaretten zwischen den Fingern hielten. David drehte sich um und kaufte auch für sich eine Schachtel Zigaretten.

»Hey, Junge«, sagte einer der beiden Männer, ein Bär von mindestens drei Zentnern, »du siehst nicht gut aus. Irgendwas passiert?«

David atmete tief ein und kräftig wieder aus. Er sah den Mann mit verwirrtem Blick an. »Weiß nicht. Irgendwas Schlimmes. Haben Sie Feuer?« fragte er und steckte sich die erste Zigarette seines Lebens an. Er inhalierte und hustete.

»Und was?« fragte der Bär mit den von Tausenden von Zigaretten quittegelben Fingerspitzen weiter.

»Mein Sohn ist zusammengeschlagen worden und sitzt jetzt im Rollstuhl. Wir bekommen anonyme Anrufe und jetzt auch noch Drohbriefe. Und ich habe keine Ahnung, weshalb und wer dahintersteckt.«

»Das ist Scheiße, Alter! Komm, trink 'n Bier mit uns.«

»Ich muß hoch, meine Frau . . .«

»Äh, Weiber! Meine Alte wartet auch jeden Abend. Die kann mich mal! Is sowieso 'ne alte Schlampe. Soll von mir aus verrecken, die alte Sau, läßt sich jeden Tag, wenn ich auf Tour bin, von 'nem andern Kerl ficken.«

»Also gut, ein Bier.«

»Hey, Charlie, laß mal 'n Pils rüberwachsen, geht auf mich.«

»Danke«, sagte David, »das wäre nicht nötig ...«

»Reg dich ab, Alter, geht schon klar. Ich merk, wenn's jemand nötig hat. Kannst dich ja bei Gelegenheit mal revanchieren.«

David hielt die Flasche Whisky hoch. »Hiermit?«

»Da sag ich nicht nein. Ich bin übrigens Manni, und das da ist mein Kumpel Sepp. Der spricht aber nicht«, sagte er lachend, »oder besser gesagt, er spricht überhaupt nichts, der Kerl ist nämlich taub wie 'ne Nuß und stumm wie'n Fisch. Und außerdem krepiert er sowieso bald, hat sich die Leber kaputtgesoffen. Haste mal 'ne Kippe für mich?«

David hielt erst ihm, dann Sepp die Schachtel hin. »Wo wohnst du?« fragte Manni. David deutete auf das Haus.

»'n Scheißhaus! Genau wie meins. Verrottetes Gesindel! Was macht eigentlich einer wie du hier? Siehst nicht aus, als wenn du hierher gehören würdest.«

»Geld! Alles, was fehlt, ist dieses verfluchte Geld! Willst du noch mehr wissen?«

»Vergiß es, überall die gleiche gottverdammte Scheiße! Prost!« sagte Manni, und die drei Männer ließen die Flaschen klirren. Davids Angst und Unbehagen wurden von dem Bier und einem weiteren Schluck Whisky fortgespült.

Als er wieder oben ankam, versteckte er die Flasche in einer Seitenkammer unter einem Haufen ausrangierter Wäsche, die schon seit Monaten unangetastet dort in Säcken stand und eigentlich für die Altkleidersammlung bestimmt war. Das Telefon schlug erneut an, er hörte es, obgleich er es leise gestellt hatte. Er nahm ab. Die Fistelstimme.

»Hast du unsere Botschaft erhalten, Drecksau? Gut so, es wird nämlich hart für dich werden. Schlaf gut, Drecksau!«

## MITTWOCH, 8.30 UHR

David rief bei Henning an. Berichtete ihm in kurzen Worten von den Vorfällen der vergangenen Nacht. Erzählte ihm von dem Brief, den Anrufen.

»Kannst du ihn vorbeibringen?« fragte Henning.

»Sicher, aber erst nach der Arbeit. Ansonsten könnt ihr ihn ja in meiner Firma abholen und untersuchen lassen. Und komm mir jetzt bloß nicht, daß ich mir den Brief vielleicht sogar selber geschrieben haben könnte ...«

»Quatsch! Einen solchen Blödsinn traue ich dir nicht zu. Ich lass' ihn abholen und ins Labor bringen, okay?«

»Okay. Bis später.«

Am Abend fuhr er wieder zu Nicole. Und sollte sie auch diesmal nicht zu Hause sein oder aufmachen, so würde er eben geschlagene vier Stunden vor ihrer Tür sitzen bleiben. Johanna hatte den ganzen Tag kaum ein Wort mit David gewechselt, sie ging ihm aus dem Weg. Einmal hatte er sie gefragt, was mit ihr los sei, doch sie hatte nur gemeint, er solle sie in Ruhe lassen.

David hatte Johanna nichts von den seltsamen Anrufen verraten, schon gar nichts von dem Brief, es hätte ihr freudloses Dasein nur um ein paar weitere Sorgen bereichert. Wer wollte ihm Böses, warum drohte man ihm? Er besaß weder Geld noch Einfluß, er war so wertlos wie ein Klumpen Dreck. Und doch gab es irgendwo in dieser verdammten Stadt einen oder mehrere Menschen, die sein weniges Hab und Gut zerstörten und jetzt vielleicht auch noch Hand an seine Familie legten. Es war ein unvollständiges Puzzle, das er hatte, und je mehr und je intensiver er nachdachte, desto weniger glaubte er, daß für die zerstochenen Reifen und das eingeschlagene Fenster und den zerkratzten Lack das Pack über ihm in Frage kam. Irgendein verfluchtes Phantom hatte es auf ihn abgesehen. Doch wer war dieses Phantom?

*Wir werden deine Brut vernichten!*

Was würde die Zukunft bringen? Was die nächsten Tage? Was, wenn er einen Abend bei Nicole verbrachte, wie heute, und zu Hause ...? Die gräßlichsten Gedanken rasten wie in einer Geisterbahn durch seinen Kopf; ein Einbruch, Johanna zusammengeschlagen und vergewaltigt, die Kinder entführt oder getötet, die Wohnung ein Flammenmeer. Seine Phantasie bekam Flügel und flog mit ihm davon in ein Alptraumland.

Und er mußte so verdammt vorsichtig sein im Umgang mit der Polizei. Sie würden immer mehr Fragen stellen und dabei womöglich auf Nicole stoßen. Und auf Nicole zu stoßen hätte bedeutet, daß Johanna von seiner Beziehung erfuhr, daß sein Lügengebilde wie eine Seifenblase zerplatzte. Johanna hätte ihn dann sicher verlassen. Und das wollte er nicht.

---

## MITTWOCH, 20.00 UHR

---

Diesmal war Nicole zu Hause. Sie blickte ihn kalt an. »Was willst du?«

»Heute ist Mittwoch, und ...«

»Na und? Du warst vorgestern auch nicht da!« Sie hatte getrunken, ihr Haar war fettig und ungekämmt, es stank in der Wohnung. Der Fernsehapparat lief gleichzeitig mit der Stereoanlage. Er hatte die Wohnung noch nie in einem derartigen Zustand gesehen, überall verstreut Zeitschriften und Bücher, Schallplatten und CDs, ungespülte Teller und Tassen und Gläser, zwei überquellende Aschenbecher, Asche auf dem Tisch, auf dem Teppich, auf der Couch und den Sesseln, als wäre eine wilde Orgie mit wilden Gesellen gefeiert worden. Die Balkontür war geschlossen, abgestandener, heißer Mief hing wie eine schwere Glocke in der Wohnung.

»Was ist los mit dir?« fragte David.

»Was soll los sein?«

»Warst du heute nicht arbeiten?«

»Kann dir doch egal sein. Trink was und sei still!«

»Warum hast du mich gestern abend angerufen? Du bringst mich dadurch in Schwierigkeiten.«

»Deine Schwierigkeiten, Schlappschwanz, sind nicht meine Schwierigkeiten. So, und jetzt räum auf! Ich bin im Bad. Anderthalb Stunden müßten eigentlich reichen, oder?«

»Wo warst du?« fragte David und stand auf. Sie sah jetzt nicht anders aus als eine gewöhnliche, billige Schlampe, ungepflegt, schmierig, fettig, unappetitlich. Das Laszive war nur noch ordinär, die unterste Stufe der Gewöhnlichkeit. Im Moment fläzte sie sich auf der Couch, der Hausanzug von Flecken übersät, leicht geöffnet, eine Brust lag frei.

»Was soll die Frage? Ich hatte viel zu tun und keine Zeit. Und du wirst dafür bezahlt, mir einen Teil meiner Arbeit abzunehmen. Du kannst dir selbstverständlich zur Stärkung was zu trinken nehmen.«

»Ich meine, wo warst du am Montag? Ich habe geschlagene zwei Stunden gewartet ...«

»Und wenn du vier Stunden wartest, du hast immer zur abgemachten Zeit hier zu sein!« sagte sie kalt. »Und jetzt fang an, du hast nicht den ganzen Abend Zeit.«

Nach einer Stunde hatte David die Spülmaschine gefüllt und angestellt, die Küche aufgeräumt und gewischt und das Wohnzimmer in einen vorzeigemäßigen Zustand gebracht, die Balkontür und ein Fenster geöffnet. Nicole war noch im Bad. David trank seinen zweiten Whisky, das Glas fast dreiviertelvoll, ohne Eis, ohne Soda, pur und in einem Zug. Er hatte sich daran gewöhnt. Als sie aus dem Bad kam, trug sie den schwarzen Seidenmantel mit der chinesischen Stickerei, den sie auch am allerersten Abend getragen hatte, sie war barfuß und unter dem Mantel nackt, er sah es an ihren wippenden Brüsten und den sich unter dem Stoff abzeichnenden Warzen. Sie rauchte. Setzte sich auf ihren angestammten Platz, eine Flasche Nagellackentferner und Watte und ein Fläschchen Nagellack stellte sie auf den Tisch. Sie legte die Zigarette auf den Aschenbecherrand. Sie begann wortlos mit der Prozedur, entfernte zuerst den Lack von ihren Fingernägeln, dann von ihren Fußnägeln. Der beißende Geruch von Aceton breitete sich aus, ab und an nahm Nicole einen Zug von ihrer Zigarette. Eine gespannte, unbehagliche Atmosphäre erfüllte den Raum.

Um Viertel vor zehn, nach weiteren schweigsamen Minuten, klingelte es. Nicole blickte auf, erhob sich und ging zur Tür, betätigte den Knopf der Sprechanlage und fragte, wer da sei. Doch statt einer Antwort klopfte es. Nicole öffnete die Tür einen Spalt. David hatte sich umgedreht und blickte in ihre Richtung.

»Du?« fragte Nicole entsetzt und löste die Sicherheitskette, dann gab sie die Tür frei.

»Ja, genau ich«, sagte eine noch junge, weibliche Stimme, und der dazugehörige Körper trat ein. »Überrascht, mich zu sehen?«

»Was willst du hier? Warum bist du nicht bei deinem Vater?«

»Eine lange Geschichte, die ich dir irgendwann erzählen werde, aber nicht heute. Ich bin hungrig und müde.«

David schätzte die junge Frau auf neunzehn, vielleicht auch zwanzig Jahre.

»Wer ist das?« fragte sie und deutete mit dem Kopf in Davids Richtung.

»Ein Bekannter. Er heißt David. David, das ist Esther, meine Tochter.«

»Angenehm«, sagte David, der seine Überraschung verbarg und sich erhob. Die junge Frau war eine winzige Spur kleiner als er. In der einen Hand hielt sie einen großen, mit Schottenmuster karierten Koffer und in der anderen eine ebenso gemusterte prallgefüllte Reisetasche, beides ließ sie einfach auf den Boden fallen. David reichte ihr die Hand, ihre fühlte sich weich und zart an, noch weicher, noch zarter als die ihrer Mutter. Dieses Mädchen, diese nie zuvor erwähnte Tochter, war ein Geschöpf von geradezu makelloser Schönheit, kein Puppengesicht, weiß Gott nicht, mit leicht hervorstehenden Wangenknochen, katzenartigen Augen und mit der feinstporigen Haut, die David jemals zu Gesicht bekommen hatte, Finger wie feine Blütenstengel zauberhafter Orchideen, und ihre großen Augen waren von solch tiefem Ozeanblau, daß David meinte, darin eintauchen und zum Grund ihrer glitzernden Seele schwimmen zu können. Und trotz ihrer noch jungen Jahre hatte sie den Gesichtsausdruck einer Erwachsenen, und ihre Bewegungen waren elegant und dabei von einer wohl nur jungen Frauen eigenen Laszivität, nicht bewußt provozierend, sondern von unglaublicher Nonchalance. David hatte Mühe, den Blick von diesem zarten Wesen abzuwenden, das jetzt etwa zwei Meter von ihm entfernt dastand und ihn mit kritischen und neugierigen Augen musterte. Sie hatte schmale und doch feingeschwungene Lippen, sie war ungeschminkt und doch eine perfekte Schönheit, das Gesicht von halblangem, goldglänzendem Haar wie ein Meisterwerk eingerahmt, sie kaute Kaugummi, trug Jeans und Turnschuhe und ein T-Shirt, ihr Körper war perfekt geformt, auch wenn er noch etwas Nymphenhaftes hatte.

»Ist das dein Neuer?« fragte sie mit schamloser Offenheit, machte eine Blase mit dem Kaugummi und ließ sie zerplatzen.

»Erstens geht dich das gar nichts an, und zweitens will ich, daß du wieder verschwindest! Ich habe dich nicht eingeladen.«

»Und wo soll ich hingehen?«

»Zu deinem Vater, von mir aus. Verschwinde einfach nur!«

»Sehen Sie, das ist meine Mutter. Immer liebenswürdig, vor allem zu ihrer Tochter. Aber liebe Mutti, ich kann nicht weg, denn mein lieber Daddy ist nicht da. Und ich habe keine Ahnung, wo er ist und wie ich ihn erreichen könnte. Du weißt ja, er ist viel unterwegs, und obgleich wir einen Segeltörn durch die Karibik machen wollten, haben sich seine Pläne von einem Tag auf den andern geändert. Und allein bleibe ich die Ferien über nicht in diesem großen Haus. Denn auch von den Dienstboten ist keiner da.«

»Der Teufel soll deinen Vater holen!« zischte Nicole brodelnd vor Wut und verschränkte die Arme vor der Brust. »Also gut, dann bleibst du eben die Ferien über hier. Aber geh mir um Himmels willen nicht auf die Nerven, du weißt, ich kann sehr ungemütlich werden. Und weder Freunde noch Partys!«

»Ganz wie du willst, Mutter! Kann ich jetzt in mein Zimmer gehen?«

»Ich hole den Schlüssel«, sagte Nicole, nahm ihn aus einer Schublade des Sekretärs und reichte ihn Esther.

David starrte Esther fasziniert an. Warum hatte Nicole sie verschwiegen? Warum hatte sie behauptet, der verschlossene Raum wäre nur eine Rumpelkammer? Schämte sie sich ihrer Tochter? Und warum verhielt sie sich so abweisend ihr gegenüber? Aus der Entfernung von etwa fünf Metern erkannte David, daß das Zimmer tatsächlich in etwa so groß wie das Schlafzimmer war. Jugendlich hell eingerichtet und sauber. Esther holte ihren Koffer und die Reisetasche und knallte die Tür mit einem Fersenkick zu.

»Du hast mir nie von ihr erzählt«, sagte David, worauf Nicole ihn zornig anblickte.

178

»Es gibt nichts über sie zu erzählen. Außerdem geht dich mein Privatleben nichts an. Du bist hier, um zu arbeiten, und sonst nichts. Und daran und an nichts weiter solltest du denken!«

»Freust du dich denn nicht, sie zu sehen?«

»Warum sollte ich?« fragte sie kalt und zündete sich eine Zigarette an. »Ich habe sie seit über einem Jahr nicht gesehen, und ich hätte es auch noch länger ausgehalten. Sie ist *der* Fehltritt meines Lebens.«

»Ach komm, ein Kind ist doch kein Fehltritt.«

»Hör zu, David von Marquardt, für dich sind Gören vielleicht etwas Normales, für mich muß es das noch längst nicht sein! Ich hasse Kinder, kapiert?!« Dann trat eine Pause ein, Nicole pulte an ihrem Daumenrand, starrte David an und sagte: »Ich habe für die nächste Zeit umdisponiert. Zu deiner Aufgabe wird es gehören, dich um sie zu kümmern. Es paßt mir zwar nicht ganz ins Konzept, aber es ist immer noch besser, du hältst sie mir vom Leib, als daß sie mir auf die Nerven geht!«

»Was meinst du damit, ich soll mich um sie kümmern? Ist sie nicht alt genug ...«

»Bist du schwer von Begriff? Geh mit ihr ins Kino, ins Theater, Eis essen, in den Zoo, den Palmengarten, mein Gott, dir wird doch wohl irgendwas einfallen!« Sie zog hastig an ihrer Zigarette, ihre Bewegungen waren nervös und fahrig.

»Und was, wenn ich jemanden treffe? Jemanden, den ich kenne, meine ich? Johanna würde –«

»Papperlapapp! Gar nichts wird sie! Dann treibt euch eben nicht in Frankfurt rum, fahrt nach Wiesbaden, Mainz, Bad Homburg, du wirst ja wohl nicht in jeder Stadt Bekannte haben, oder?«

»Das nicht, aber –«

»Kein aber! Die Sommerferien über, und so lange wird sie wohl hierbleiben, bist du für sie verantwortlich.«

»Wie alt ist sie?«

»Sie wird im September achtzehn.«

»Sie ist erst siebzehn? Sie macht einen erwachsenen Eindruck.«

»Erwachsener Eindruck, daß ich nicht lache! Du wirst sehr schnell das Gegenteil feststellen, wenn du sie näher kennst.« Esther kam aus ihrem Zimmer und ließ die Tür offenstehen.

»Kann ich baden?« fragte sie.

»Du weißt ja, wo das Bad ist.«

»Alles klar, dann bis später.« Esther ging ins Bad, schloß die Tür aber nicht ab. Das Rauschen des einlaufenden Wassers kam wie aus weiter Ferne. Esther kam zurück, nur mit einem winzigen Slip und dem Shirt bekleidet, um sich ein Handtuch zu holen. »Ach ja«, rief sie und steckte ihren Kopf zwischen Tür und Rahmen, »könnte ich bitte etwas zu trinken haben?«

»Du kannst trinken, wenn du fertig bist!«

»Das kann dauern. Wenn einer von euch beiden bitte so freundlich wäre, mir eine Whisky-Cola zu bringen!«

»Verdammtes Luder! Kaum aus den Windeln raus und säuft schon! Das hat sie garantiert von ihrem Vater. Er hat das Sorgerecht und, weil er viel unterwegs ist, ihr alle Freiheiten gelassen. Möchte nicht wissen, wo die einmal landen wird, wenn das so weitergeht.«

»Die Jugend ist früher reif ...«

»Sicher, irgendwann kriegen sie als Babys im Hochstuhl Milch mit einem Schuß Whisky!«

»Wo lebt ihr Vater?«

»In Hamburg. So, und jetzt hab ich die Schnauze voll. Ich verzieh mich einen Moment auf den Balkon! Allein!«

Das Rauschen aus dem Bad verstummte. David holte aus dem Kühlschrank eine Flasche Cola, aus dem Schrank ein Glas, und schenkte erst einen Schuß Whisky und dann Cola ein. Er klopfte an die Badezimmertür.

»Herein, wenn's meine Whisky-Cola ist!«

»Ich bin's«, sagte David vorsichtig und faßte die Klinke an.

»Macht nichts, kommen Sie rein, ich beiße nicht.«

David drückte die Klinke und trat ins Bad. Nur Esthers bezaubernder Kopf lugte aus der meterhohen Gischt, ihre ozeantiefen Augen funkelten ihn leicht belustigt an, er errötete wie ein Schuljunge, der Raum war erfüllt von einem Meer von Rosen, als hätte sie die ganze Flasche Rosenschaum in die Wanne gekippt.

»Stellen Sie's hier auf den Hocker.«

David tat es wortlos, seinen Blick einen Moment auf ihr Gesicht geheftet, drehte sich um und ging. Draußen setzte er sich, nahm die Fernbedienung vom Tisch und schaltete den Fernsehapparat ein. Im Fernsehen lief ein Uraltkrimi, den David schon mindestens fünfmal gesehen hatte. Er stellte den Ton leise und legte den Kopf zurück. Er merkte nicht, wie Nicole zurückkam und sich ihm gegenüber setzte.

»Was machen wir jetzt?« fragte sie. »Eigentlich können wir gar nichts mehr machen, jetzt, wo sie hier ist!«

»Und warum nicht? Sag ihr, daß ich deine Putze bin oder was immer, sie ist alt genug, es zu verstehen.«

»Mal sehen. Komm, erzähl, wie ist es dir in den letzten Tagen ergangen? Wir haben uns schließlich eine ganze Weile nicht gesehen.«

»Wie es mir ergangen ist? Seit wann interessiert dich das?«

»Mir ist eben danach.«

David erzählte von den zerstochenen Reifen, den Drohanrufen, dem Brief.

»Willst du mich auf den Arm nehmen? Du bekommst Drohanrufe? Von wem?«

»Ich habe doch gesagt, daß es anonyme Drohungen waren!«

»Der Anrufer, ist es ein Mann oder eine Frau?«

»Ein Mann mit einer Fistelstimme, ich habe die Stimme noch nie zuvor gehört. Ich weiß nicht, was auf einmal los ist, erst Thomas, jetzt diese Drohungen ... Ich habe schon gedacht, daß es vielleicht mit Thomas zusammenhängt, daß er wirklich mit Drogen gedealt hat und sich jetzt irgendwelche geprellten Typen rächen wollen. Aber ich habe doch nichts mit Thomas' Geschäften zu tun, und ich bezweifle noch heute, daß er selber schmutzige Finger hat. Irgendwer will uns eins auswischen, irgendwer hat was gegen uns. Ich hoffe nur inständig, keinem von meinen Kindern passiert etwas. Von mir aus können sie mich haben, wenn's unbedingt sein muß, aber nicht die Kinder. Wenn ich mir nur vorstelle, Nathalie oder Maximilian ... ich glaube, ich wäre zu allem fähig.« Er machte eine Pause, fuhr sich mit dem Zeigefinger über die Lippen. »Und irgendwie werde ich den Gedanken nicht los, daß die ganze Sache auch mit Meyer zusammenhängt. Nur fehlt mir der richtige Durchblick.«

Nicole beugte sich vor, ihre Miene drückte Besorgnis aus. »Könnte sein, könnte auch nicht. Was, wenn Thomas doch ... Ich meine, ist es abwegig, daß er in Kreisen verkehrte, von denen ihr, ich meine du und deine Frau, keine Ahnung hattet? Und wenn ihr ihn fragt, kann er sich an nichts erinnern, stimmt's? Aber bei Verbrechern, entschuldige den Ausdruck, aber mir fällt kein anderer ein, ist es doch häufig so, daß sie vorgeben, sich nicht erinnern zu können, um damit einer möglichen Strafe zu entgehen. Könnte das nicht auch bei deinem Sohn sein?«

»Thomas ist kein Verbrecher! Wenn ich nur wüßte, warum man ihn zusammengeschlagen hat, woher das Rauschgift kommt und das viele Geld in seiner Tasche. Wahrscheinlich werde ich es nie erfahren. Vielleicht hat das, was in den letzten Tagen geschieht, mit Thomas zu tun. Vielleicht wollen diejenigen aber auch mich oder Johanna, doch mir fällt nichts ein, womit ich jemanden verletzt hätte. Und mit der Polizei muß ich äußerst vorsichtig umgehen ...«

»Warum?«

»Willst du, daß alles auffliegt? Sie werden herausbekommen, wo ich dreimal in der Woche bin. Ich habe nicht einmal Johanna von den Anrufen und dem Brief erzählt. Sie würde panische Angst bekommen.«

»Und was, wenn sie selber einen solchen Anruf erhält? Oder einen Brief?«

»Das Risiko muß ich eingehen. Ich kann ja immer noch sagen, ich hätte sie nicht beunruhigen wollen.«

»Nun gut, du mußt damit klarkommen. Tut mir leid, wenn ich dir nicht helfen kann. Ich denke, du wirst es durchstehen. Wahrscheinlich ist es nur ein armer Irrer, der euch Angst einjagen will. Bestimmt ist es das. Und diese Irren werden immer irgendwann geschnappt. Komm, trinken wir was, es wird dir guttun.«

Esther kam aus dem Bad. Ihr Haar war naß, wodurch es jetzt dunkler wirkte, sie hatte einen weißen Bademantel an, der nur knapp über ihren Po reichte. Mit einem Handtuch rubbelte sie ihr Haar, den Kopf leicht zur Seite geneigt. »Das Bad ist jetzt frei«, sagte sie grinsend. »Ich werd mir noch 'ne Kleinigkeit zu essen machen und dann ins Bett verschwinden. Die Fahrt war verdammt anstrengend. Bleibt er hier?«

»Nein, David bleibt nicht hier. Um Mitternacht muß er leider gehen.«

»Egal. Wann kommen Sie wieder?«

»Am Freitag.«

»Gut. Mal sehen, vielleicht bin ich da.«

»Du wirst da sein, mein Liebes, denn David wird sich während der Ferien um dich kümmern. Du darfst nicht vergessen, du bist erst siebzehn. Aber keine Angst, er wird dich begleiten, wo immer du hinwillst.«

»Hey, hey, hey, Moment mal, ich brauch kein Kindermädchen!« protestierte sie. »Ich kann ganz gut allein zurechtkommen! Du hast doch schließlich durchgesetzt, daß ich in dieses verdammte Internat gesteckt wurde, wo man angeblich Selbständigkeit lernt. Ich hab sie gelernt – und eine ganze Menge anderer Sachen dazu!«

»Was nichts an der Tatsache ändert, daß du erst siebzehn bist . . .«

»Und im September achtzehn!«

»... und David sich deiner annehmen wird, ob du willst oder nicht! Du brauchst auch überhaupt keine Angst vor ihm zu haben, er wird dir nichts tun, stimmt doch, David, oder!«

Esther ließ das Handtuch sinken und grinste breit. »Aber ich ihm vielleicht, wenn er nicht aufpaßt!«

»Das macht unter euch aus. Wenn du Sperenzchen machst, werde ich dich einfach irgendwoanders unterbringen, und wenn es in einem Hotel ist. Also, benimm dich!«

Nicole steckte sich eine Zigarette an. Esther warf ihr einen wenig freundlichen Blick zu, streckte wenig damenhaft die Zunge heraus und schnitt eine Grimasse. »Verflucht sei der Tag, an dem ich diese Welt erblickte«, sagte sie und grinste plötzlich wieder.

»Das gleiche könnte ich auch sagen.«

»Ich weiß, ich war dir nie willkommen. Aber ich bin nun mal da, und daran läßt sich beim besten Willen nichts ändern. Sechs Wochen mußt du's mit mir aushalten und umgekehrt. Ciao, ich mach mir 'ne Scheibe Brot und hau mich dann aufs Ohr. Und gute Nacht, Herr David!«

»David reicht«, sagte David.

»Haben Sie auch einen Nachnamen?«

»Klar, von Marquardt.«

»Oh, Adel! Hätt ich mir denken können, daß Mutter sich nur mit den Großen und Edlen dieser Welt einläßt ...«

»Verarmter Adel, Schatz«, sagte Nicole spöttisch. »Kein Geld, kein Besitz, nichts.«

»Macht auch nichts. Manchen Leuten kommt es eh nur auf den Titel an. Es gibt doch da diese Schauspielerin, die sich 'nen Adligen zum Vorzeigen geholt hat. So 'ne alte Schrulle. Machst du's genauso?«

»Hau jetzt endlich ab und laß uns allein!«

»Bin schon weg. Aber Marquardt, Marquardt«, sagte sie und schüttelte den Kopf, als überlegte sie, »irgendwoher kommt mir der Name bekannt vor.«

»In einer Fernsehserie hat vielleicht mal einer mitgespielt ...«, sagte Nicole.

»Mag sein. Aber ich seh nicht viel in die Glotze. So, jetzt bin ich aber wirklich weg! Gute Nacht.«

»Gute Nacht«, sagte David leise und sah ihr hinterher, diesem zarten Wesen mit der spitzen Zunge, dieser Nymphe mit dem unvergleichlichen Körper und diesen katzenartigen Bewegungen, die einen Schleier von Rosen hinter sich herzog und im Raum verteilte.

»Hast du schon einen Plan für Freitag?« fragte Nicole und schien belustigt über den langen Blick, den David Esther hinterherwarf.

»Ich lasse mir was einfallen.«

»Wie alt ist deine Tochter?«

»Dreizehn.«

»Dann kennst du den Geschmack der meisten Teenies. Aber Esther ist nicht wie die meisten Teenies. Sie geht auf das beste und teuerste Internat in diesem Land, sie genießt eine Ausbildung, die ihresgleichen sucht, sie ist selbständiger und erfahrener als die meisten in ihrem Alter.«

»Du hast doch vorhin selber gesagt, sie wäre noch nicht erwachsen ...«

»Sicher ist sie das nicht. Erwachsen sein und selbständig ist ein himmelweiter Unterschied. Manchmal muß man bei ihr nur höllisch auf der Hut sein.«

*Das muß man bei dir auch*, dachte David. Esther hantierte in der Küche, kam mit einer Scheibe Wurstbrot und einer sauren Gurke heraus, durchquerte das Wohnzimmer und kickte die Tür ihres Zimmers mit lautem Knall zu. David blieb noch eine Stunde. Auf der Heimfahrt dachte er an Esther.

## MITTWOCH, 22.15 UHR

Johanna saß mit schweißüberströmtem Gesicht am Bügeltisch, ein Haufen gebügelter Wäsche stapelte sich, nach
Personen geordnet, auf der einen Seite des Bettes, ein Berg
noch zu erledigender Wäsche lag auf der anderen Seite. Sie
hatte bereits die Hälfte weggebügelt, und es würde weitere
zwei Stunden dauern, bis der Rest geschafft war. Sie hatte die
Schlafzimmertür geschlossen und das Fenster geöffnet, doch
alles, was hereinkam, waren Mücken und die nach den Farb-
werken Hoechst stinkende Luft sowie die seit Wochen anhal-
tende, unerträgliche Schwüle, die wie ein bleiernes Gewicht
auf Johanna lag. Dazu die Hitze vom Bügeleisen. Sie schalt
sich eine Närrin, das Bügeln so lange hinausgeschoben zu
haben. Durch den wenigen Schlaf der vergangenen Tage und
die viele liegengebliebene Arbeit schmerzten ihre Beine
selbst jetzt in dieser Sitzhaltung, ein reißendes Ziehen war
in ihrem Rücken, und ihre arthritischen, leicht verkrüppelten Finger brannten von innen, was oftmals auf einen Wet-
terumschwung hindeutete. Ihretwegen hätte der Sommer
vorüber sein dürfen. Alexander war mit Freunden im Kino,
Nathalie und Maximilian schliefen. Auf der Straße spielten
noch immer Kinder, Erwachsene unterhielten sich mit lauter
Stimme, irgendwo zerschepperte eine Flasche. Laute Musik
vermischte sich mit all den anderen vielfältigen Geräuschen
dieses heißen Sommerabends. Der Wetterbericht hatte für
morgen Temperaturen zwischen 36 ° und 40 °C angesagt,
Johanna grauste es davor. Zum Wochenende hin müßte
jedoch mit aufkommenden Gewittern und einer deutlichen
Abkühlung gerechnet werden. Im Schlafzimmer waren es
jetzt mindestens 35 °C.
Johanna strich gerade mit dem Eisen über ein rotes T-Shirt
von Alexander, als das Telefon klingelte. Wie immer abends,

wenn sie im Schlafzimmer zu tun hatte, stand das Telefon auf dem Fußboden neben der Tür. Sie stand auf, die Schnur reichte nicht ganz bis an den Bügeltisch heran. Sie wischte sich mit dem Handrücken den Schweiß von der Stirn und nahm ab. Sie meldete sich mit Namen, keine Antwort, nur schweres, ziehendes Atmen. Sie nannte ein weiteres Mal ihren Namen, diesmal etwas lauter, dann wurde der Hörer am anderen Ende aufgelegt. Einen Moment starrte sie das Telefon an, verzog verärgert den Mund und setzte sich wieder. Kaum saß sie, klingelte es erneut. Wieder stand sie auf, wieder meldete sich niemand. Nur dieses beängstigende Atmen, wie in einem harten Thriller.

»Wer ist denn da?« rief sie in die Sprechmuschel. »So antworten Sie doch!« Ein seltsames Geräusch, als kratzte jemand mit dem Fingernagel über den Hörer, dann war die Verbindung unterbrochen. Johanna begann trotz der Hitze zu zittern. Sie setzte sich aufs Bett und starrte auf das Telefon. Doch es blieb still. Ein dummer Scherz, sie liebte solche Scherze aber nicht, sie ängstigten sie nur. Sie holte sich eine Flasche Wasser aus der Küche und schenkte sich ein Glas voll. Sie trank in langsamen Schlucken, es war lauwarm. Nach etwas mehr als einer Viertelstunde schlug das Telefon wieder an. Wieder nur dieses Atmen. Gerade als Johanna den Hörer auf die Gabel knallen wollte, meldete sich eine fistelnde, männliche Stimme: »Richte ihm aus, daß es hart für ihn werden wird. Sehr, sehr hart. Wir kriegen die Drecksau!«

»Wer sind Sie? Und von wem sprechen Sie?« flüsterte Johanna angstvoll.

»Sag's ihm einfach nur, er wird's schon wissen, Frau von Marquardt!«

»Ist es wegen Thomas? Sprechen Sie von ihm?«

»Schlaf gut und träum süß!« Der unheimliche Anrufer mit der Fistelstimme lachte wirr und legte auf, ohne Johannas Frage zu beantworten. Johanna spürte ihr Herz bis in die Schläfen pochen, etwas Spitzes rührte in ihren Eingeweiden,

187

Angstschweiß lief in breiten Bächen über ihren Körper. Sie spürte die Schmerzen in ihren Beinen nicht mehr, das Reißen im Rücken war verschwunden, ihre Finger taten nicht mehr weh. Was sollte dieser seltsame Anruf? Also war Thomas doch in krumme Sachen verwickelt! *Mein Gott,* schrie sie in Gedanken und hob den Kopf und krallte die Hände ineinander, *mein Gott, warum das alles? Was haben wir getan? Bitte, bitte, bitte, hilf uns doch!* Sie weinte, die Anspannung der letzten Tage, der Tod ihres Vaters, die Aufregung um die Beerdigung, die viele Arbeit, und David war auch nicht zu Hause. Sie hatte Angst. Angst, daß das Telefon erneut klingeln könnte. Angst vor weiteren Drohungen. Angst, daß irgendwann nachts jemand vor der Tür stehen und ... wenn sie ganz allein mit den Kleinen zu Hause war. Wie gut, daß morgen der letzte Schultag war! Noch eine gute Stunde, bis David heimkam. *Bitte, bitte, beeil dich! Und lieber Gott, vergib uns unsere Sünden, bitte, ich flehe dich an! Laß uns jetzt nicht im Stich!*

Das Telefon! Sie ließ es fünfmal läuten, bevor sie mit zittrigen Fingern abhob. »Hallo, ich bin's, Helga! Tut mir leid, wenn ich so spät noch anrufe, aber ich dachte mir, daß du noch auf bist, du kannst doch bei dieser Hitze bestimmt auch nicht schlafen.«

»Helga!« sagte Johanna und atmete erleichtert auf. Dieser Anruf tat ihr gut. Sie telefonierten anderthalb Stunden.

## MITTOCH, MITTERNACHT

David verließ Nicole um genau eine Minute nach Mitternacht. Der Aufzug war außer Betrieb, David lief die fünf Stockwerke nach unten. Die Straße war menschenleer, sein Wagen stand etwa dreihundert Meter entfernt. Seine Schritte hallten durch die stille, mondlose Nacht. Er ging schnell, er hatte ein ungutes Gefühl, ihm war, als folgte ihm jemand, doch als er sich umdrehte, war da nur die leere Straße. Er beschleunigte seine Schritte – war da nicht doch jemand hinter ihm? Sein Herz begann zu rasen, Schweiß aus jeder Pore seiner Haut auszutreten. Wieder drehte er sich um, niemand. Die Aufregung der letzten Tage zehrte an seinen Nerven. Angst und Phantome überall.

Er befand sich auf dem Weg durch die Stadt nach Hause. Er hielt an einem Hamburger-Restaurant, bestellte sich einen Cheeseburger und eine Cola. Er würde am Freitag mit Esther ins Kino und hinterher essen gehen. Und erst um Mitternacht würde er sie zu Hause abliefern. Es war ein göttlicher Auftrag. Er war fasziniert von ihrer jugendlich-lasziven Ausstrahlung, ihrer Schlagfertigkeit, ihrer Schönheit. Anfangs war er irritiert, ja sogar erschrocken über die Art und Weise, wie Nicole und Esther miteinander umgingen. Später war er nur noch amüsiert, vor allem über die Überlegenheit von Esther, gegen die Nicole verbal keine Chance hatte. Er aß und trank und machte sich auf den Heimweg.

Die Straßen waren voller als sonst, es lag an der Hitze, die die Menschen zu nachtaktiven Schwärmern machte, sie nicht schlafen ließ. In seiner Straße spielten selbst jetzt um Mitternacht noch Kinder, Erwachsene standen an der Trinkhalle und betranken sich und rauchten und philosophierten über das Glück und Unglück dieser Welt. Myriaden von Mücken umtanzten die Laternen, magisch angezogen von dem weißlichen Licht, das am Ende ihren Tod bedeutete. Der Himmel war wolkenlos, und doch waren die Sterne kaum zu sehen, eine dicke Dreckschicht in der Atmosphäre behinderte die Sicht auf den Großen und den Kleinen Wagen und all die anderen Sternbilder, die man sonst in den Sommermonaten sah. Die meisten Fenster waren geöffnet, auf vielen Balkonen hing Wäsche zum Trocknen, der penetrante, süßliche

Gestank der Farbwerke geisterte wie ein schwerer, unsichtbarer Schemen durch die Häuserschluchten.

David stieg aus und schloß ab. Er mußte an ein paar betrunkenen Jugendlichen vorbei, er hielt den Blick gesenkt, jeder falsche Blick konnte schon als Provokation aufgefaßt werden. Im Treppenhaus stank es nach Fäkalien, einen Stock höher vermengte sich dieser Gestank mit dem nicht minder abstoßenden Geruch von Knoblauch und Gebratenem, und David fragte sich, wer bei dieser Hitze um diese Zeit in der Küche stand und briet. Er ging schneller, nahm jeweils zwei Stufen auf einmal. Die Klinke der Flurtür war naß, und was immer es auch war, es ekelte ihn. Die Flurbeleuchtung war wieder einmal ausgefallen, und wahrscheinlich würde es Wochen dauern, bis der Hausmeister sich bequemte, sie reparieren zu lassen, wozu er jedoch einen nüchternen Kopf benötigte, den aber er nur selten hatte. Die Alarmglocke des rechten Aufzugs schrillte. Eine Frau schrie um Hilfe, ein Mann versuchte sie zu beruhigen. Der andere Aufzug hielt gerade im zehnten Stock. Vom Parallelflur drang aus einer der Wohnungen lautes Geschrei von sich streitenden Erwachsenen, ein weinendes Kind.

David hielt den Schlüssel in der Hand, machte schnell die Tür auf und hinter sich wieder zu. Der vordere Teil der Wohnung lag im Dunkeln. Er ging nach hinten, Johanna sortierte, während sie den Telefonhörer zwischen Ohr und Schulter geklemmt hatte, die von ihr gebügelte Wäsche, das Bügeleisen stand zum Auskühlen am offenen Fenster. Als David eintrat, legte sie sofort auf, kam auf ihn zugeschossen und drückte sich fest an ihn. Sie schlang ihre Arme um ihn, sie zitterte.

»Was ist passiert?« fragte er irritiert.

»Ich weiß es nicht, David, ich weiß es nicht! Ich habe solche furchtbare Angst! Vorhin hat dreimal jemand hier angerufen, die ersten beiden Male hat sich niemand gemeldet, da hat dieser Kerl nur so schwer geatmet und einfach nach ein paar Sekunden wieder aufgelegt. Aber beim dritten Mal hat er was gesagt. Er hat gesagt, ich solle ihm ausrichten, daß es hart für *ihn* werden wird, sehr, sehr hart. Und daß sie *ihn* kriegen werden. Ich habe gefragt, ob er von Thomas spricht, aber er hat mir nicht darauf geantwortet. Mein Gott, was hat Thomas bloß getan? In was für eine Gesellschaft ist er da geraten? Ich habe solche Angst!«

David tätschelte leicht Johannas Rücken. »Komm, Schatz, beruhige dich wieder. Es war bestimmt nur ein übler Scherz ... Außerdem, woher willst du wissen, daß sie Thomas und nicht mich meinen? Thomas haben sie doch, wenn sie es waren, schon zugrunde gerichtet. Ich fürchte fast, sie meinen mich. Dennoch halte ich es vorerst noch für einen derben, wenn auch makabren Scherz.«

»Ein derber Scherz? Du hast den Kerl nicht gehört! Er hat meinen Namen genannt und mir zum Schluß noch so unglaublich höhnisch eine gute Nacht und süße Träume gewünscht. Und er hat gelacht wie ein Irrer. Das war kein Scherz, David, ich schwöre es dir! Es ist wie ein Puzzle, und die Teile passen zusammen. Thomas, die Schlange, die zerstochenen Reifen, jetzt diese Anrufe. Es ist wegen Thomas, ich spüre es. Was hat dieser Junge bloß getan? Welcher Teufel hat ihn nur geritten, daß wir alle jetzt so leiden müssen? Sag's mir!«

»Es ist doch gar nichts bewiesen. Und die Ärzte selber sagen, daß Thomas ...«

»... daß Thomas sich nicht erinnern kann! Aber sie sagen nicht, daß er *nicht* mit Drogen gedealt hat oder sogar noch Schrecklicheres begangen hat. Hier will sich jemand rächen, und weil Thomas im Augenblick außer Reichweite ist, müssen wir herhalten! Kapierst du das? Wir sind seine Eltern, und gegen uns richtet sich jetzt ihr Zorn! Wir, wir, wir!«

Sie löste sich von David und sah ihn aus tieftraurigen Augen an. Sie setzte sich aufs Bett, die Beine eng geschlossen, die Hände gefaltet, und auf beinahe groteske Weise erinnerte ihn diese Haltung an die, die früher seine Mutter oft eingenommen hatte, um ihre Demut und Ehrfurcht vor Gott äußerlich zu bekunden. Jetzt fehlte nur noch der Rosenkranz in Johannas Händen und die Kerze. David lehnte sich gegen den Schrank.

Sie fuhr leise fort: »Wir, David, wir müssen büßen! Und wir wissen nicht einmal, wofür. Was haben wir nur falsch gemacht, was? Warum müssen wir für etwas büßen, wofür wir nichts können? Sicher haben wir Thomas lange Zeit all das bieten können, was er sich erhofft und erträumt hatte. Und dann auf einmal war alles zu Ende. Und seit einem Jahr können wir ihm nichts mehr bieten. Ich glaube, nur dieses Geld ist schuld an dem, was mit Thomas passiert ist. Und wer ist der nächste? Alexander? Was macht er, wenn er Abend für Abend weggeht und wir nicht wissen, wohin?« Sie hielt inne und sagte dann noch einmal: »Was haben wir nur falsch gemacht? Was?«

David zuckte hilflos mit den Schultern. Ihre Worte, ihr seltsam trauriger und auch anklagender Blick, diesmal verletzten sie ihn nicht. Wie recht sie doch hatte! Aber er hatte es immer gewußt – nur wer Geld hat, hat die Freiheit zu handeln. Nur wer Geld hat, kann auch den Kopf frei haben für die wesentlichen Dinge im Leben, er hatte es jahrelang ja selbst erlebt. Und gerade jetzt, wo sie begannen, sich freizuschwimmen, jetzt schien es zu spät. *Alea iacta est! Der Würfel war gefallen.* David lehnte sich mit dem Rücken gegen das Fensterbrett und sah Johannas traurige Gestalt an.

»Was wir falsch gemacht haben? Nichts, und das weißt du. Aber wir werden nicht aufgeben, zu kämpfen und zu hoffen. Egal, was auf uns zukommt, wir werden uns nicht unterkriegen lassen. Wir müssen einfach zusammenhalten und stark sein. Es geht doch bergauf! Schatz, schau«, sagte er und breitete die Arme aus, »vielleicht ist es zu spät, die Fehler der Vergangenheit wiedergutzumachen, vielleicht aber auch nicht. Ich tue mein Bestes, und das weißt du. Ich lasse meine Familie nicht im Stich.«

Johanna sah David kurz an, ihre Hände verkrampften sich ineinander, bis die Knöchel weiß hervortraten. »Und Gott?« fragte sie.

»Du gibst einfach nicht auf, was?« fragte David zornig, verschränkte die Arme über der Brust und kniff die Augen zusammen. Seine ganze Haltung war Abwehr.

»Wäre es nicht besser, wir würden ihn in unsere Zukunft integrieren? Wie früher?« fragte sie vorsichtig.

»Und was ist daraus geworden?« fragte er hart und zynisch.

»Wir haben es nie richtig probiert. Ich vertraue auf ihn ...«

»Gut, vertrau du auf ihn ... ich vertraue auf mich. Wir teilen das Vertrauen gerecht auf.«

Johanna wandte ihren Blick ab. Sie weinte, stand auf, ging zum Nachtschrank und wischte sich mit einem Taschentuch die Tränen ab, putzte sich die Nase. David reagierte nicht. Nach einer Weile sagte Johanna mit belegter Stimme: »Wir haben nie an einem Strang gezogen. Du hast zwar immer vorgegeben, an Gott zu glauben, in Wirklichkeit aber warst du immer meilenweit von ihm entfernt. Du bist nur mir zuliebe in die Kirche gegangen ...«

»Das stimmt nicht ganz!« protestierte David. »Ich bin lange Zeit gerne dorthin gegangen, aber gut, jetzt nicht mehr. Die Zeiten und meine Einstellung haben sich eben geändert.«

»Deine Einstellung zu vielem hat sich geändert, David. Nicht nur zur Kirche. Du gehst eigene Wege, ich merke das. Es muß doch einen Grund geben, warum du angefangen hast zu trinken! Du schläfst kaum noch mit mir, obwohl du genau weißt, daß ich mich nach deiner Zärtlichkeit sehne. Aber ich spüre schon lange, daß du mich nicht mehr liebst. Du bist zwar da und doch weit, weit weg.«

»Mein Gott, nach zwanzig Jahren benimmt man sich nicht mehr wie frisch Verliebte ...«

»Als ob ich das verlangen würde! Es wäre sogar albern,

würde man sich mit vierzig noch so benehmen wie mit zwanzig. Ich habe einfach nur das Gefühl, wir haben uns auseinandergelebt. Als hätten die Sorgen unsere Liebe zugeschüttet.« Ein kurzer, undefinierbarer Blick auf David, dann: »Schön theatralisch ausgedrückt, nicht? Aber ich sage es, wie ich es fühle. Irgendwann einmal dachte ich naives Huhn, wir würden alle Höhen und Tiefen gemeinsam durchstehen und was immer sich uns in den Weg stellt zusammen wegräumen. Ich war einmal überzeugt, unsere Liebe würde alles überdauern.«

»Nichts hat ewig Bestand.«

Johanna schloß die Augen und seufzte. »Siehst du, ich wußte es. Zum ersten Mal seit langem bist du ehrlich zu mir. Ich bin alt und verbraucht und du bist jung und attraktiv. Ich hätte mir im klaren darüber sein müssen, daß der Tag kommt, an dem ich dir zuviel werde . . .«

»Ach komm, jetzt mach doch nicht so ein Theater! Als ob du mir zuviel werden würdest! Aber gut, vielleicht stecke ich in einer persönlichen Krise. Ist das nicht erlaubt, wenn man in der Mitte seines Lebens steht und auf die ganze Scheiße zurückblickt? Mit steht alles bis zum Hals, und ich finde mein Leben zum Kotzen! Reicht dir das?« Er hielt inne, holte tief Luft. »Es hat aber nichts mit dir persönlich zu tun. Ich werde es dir beweisen.«

»Zeig mir nur, daß du mich noch liebst. Ich weiß, ich bin nicht mehr begehrenswert, und ich kann sogar verstehen, wenn du nicht mehr so oft Lust hast, mit mir zu schlafen. Aber mein Körper ist verbraucht. Fünf Kinder, David, fünf habe ich zur Welt gebracht, auch wenn eines davon nicht mehr lebt.« Eine kurze Pause entstand, sie hielt das Taschentuch zwischen den Händen, blickte zu Boden und fuhr fort mit einem leichten Lächeln: »Weißt du noch, Sabrina sollte sie heißen. Sie war das hübscheste Baby, das man sich nur vorstellen kann. Und dann das . . . Und jetzt, jetzt sind da die Sorgen, andere Sorgen. Manchmal frage ich mich, was habe ich eigentlich vom Leben gehabt? Weißt du's? Meinst du vielleicht, der Reichtum der vergangenen Jahre hat mir wirklich etwas bedeutet?! Sicher, es war angenehm, nicht jeden Pfennig umdrehen zu müssen. Aber im Grunde habe ich mir immer nur ein harmonisches Familienleben gewünscht.«

David nahm sie in den Arm und zog sie an sich. Er holte tief Luft, gab ihr einen Kuß auf die Wange und einen auf die schweißnasse Stirn. »Wir schaffen's! Und jetzt warten wir die Hypnosebehandlung von Thomas ab. Was immer in seinem Unterbewußtsein vergraben liegt, sie werden es herausfiltern. Und diese verdammten Anrufe ignorieren wir einfach!«

»Und die Schlange? Die zerstochenen Reifen, den Lack? Ignorieren wir das auch?«

»Ich bin versichert, und solange ich versichert bin, ignoriere ich es! Ich bin müde.«

»Ich räume nur schnell das Bügelzeug weg.«

»Laß dir Zeit, ich muß noch duschen.«

Als David sich nach dem Duschen nackt ins Bett legte, ging über ihnen die Musik an. Als sollte der gesamte Stadtteil beschallt werden. David rollte sich auf die Seite und preßte das Kissen auf seine Ohren. Jemand schrie von der Straße oder von einem anderen Fenster aus, dieser gottverdammte Lärm solle endlich abgestellt werden, es gäbe schließlich Leute, die morgens zur Arbeit gehen müßten. Noch etwas später kam die Polizei, danach kehrte Ruhe ein.

David schlief nicht sofort ein, er kroch rüber zu Johanna, die auf dem Rücken lag und die Hände über dem Bauch gefaltet hatte. Sie trug ein leichtes, kurzes Baumwollnachthemd, im schwach durch das Fenster fallenden Licht sah er nur ihre Umrisse. Er ließ langsam seine rechte Hand über ihre Beine streichen, ihre Hände und ihre Brust. Sie rührte sich nicht. Er sagte nichts, sie verhielt sich still, atmete nur ruhig und gleichmäßig. Es war das gleiche Spiel wie seit vielen Jahren,

er konnte sie nur bei gelöschtem Licht lieben, brachte es
nicht fertig, ihr in die Augen zu sehen oder dabei mit ihr zu
sprechen. Er ließ nur seine Hände und seine Lippen und
seine Zunge sprechen. Er spürte ihr Verlangen, Wochen
waren – wieder einmal – seit dem letzten Mal ins Land
gezogen, aber Johanna beklagte sich nicht mehr darüber. Sie
nahm seine Liebkosungen, wenn er bereit war, sie ihr zu
geben. Sie wußte ja selbst, daß ihr Körper seine Anziehungskraft verloren hatte und daß an diesem Zustand für den Rest
ihres Zusammenlebens nichts zu ändern war. Doch Johanna
war eine vergebende, liebevolle Person, die selbst nicht gege-
bene Liebe vergab, nach der sie sich sehnte. Sie träumte oft
von Berührungen und Liebkosungen, aber sie wäre nie auf
die Idee gekommen, sich die Erfüllung dieser Sehnsüchte
woanders zu holen, nicht einmal in Gedanken, auch wenn
Nicole anderes behauptete. Sie hatte sich mit ihrem Leben
abgefunden, dessen Sinn sie nicht verstand, aber sie war eine
demütige Frau, deren Demut nicht geheuchelt war, sondern
aus tiefstem Herzen kam. Sie lag still, als Davids Hände und
Lippen ihren Körper, diese längst bekannte und oft durchstreifte Landschaft, wieder einmal nach langer Zeit erkundeten, und nach einer Weile bewegte sie sich und schlang ihre
Arme um David (der dabei unentwegt an Nicoles vollkom-
menen Körper dachte!). Sie liebten sich kurz, doch intensiv,
und jedesmal danach glaubte sie, daß David sie liebte. Und
sie liebte David, auch wenn er in letzter Zeit Angewohnhei-
ten angenommen hatte, die ihr nicht gefielen.
Johanna schlief in Davids Arm ein, glücklich, wieder einmal
geliebt worden zu sein. Sie würde dieses Liebesspiel spei-
chern, wie ein Kamel Wasser speicherte, denn es würde, das
wußte sie, eine ganze Zeit vergehen bis zum nächsten Mal.

David träumte wieder. Er war eingeschlafen kurz nach dem
Sex mit Johanna, er fand, es war wieder einmal an der Zeit
gewesen, seine körperliche Pflicht ihr gegenüber zu erfüllen,

auch wenn es ihm schwerfiel und er sich diesmal vorgestellt
hatte, Nicole unter sich liegen zu haben. Ihre vollen, weichen
Brüste, diesen flachen Bauch, diese festen Schenkel.
Der Alptraum! Wieder und wieder und wieder bohrte er sich
in Davids Schlaf und peinigte ihn. Vaters blaues Gesicht,
David hatte den Eindruck, als würde es von Mal zu Mal ein
wenig blauer und düsterer, seine Augen etwas trauriger, als
fielen seine Haut und sein Fleisch schneller vom Kopf ab.
Tante Maria, diesmal sah er sie zuerst schwanger, diesen
riesigen Ballonbauch, und dann wechselte das Bild urplötzlich, und er sah sie, wie sie sich weinend die Pistole in die
Vagina schob und ganz schnell zweimal abdrückte. Aber sie
war nicht tot, ihr Körper war zerfetzt, nur ihr Gesicht sah
unendlich melancholisch, betrübt und kummervoll aus, und
eine Träne löste sich aus dem linken Auge und glitt in
Zeitlupe über ihre Wange. Und da war Onkel Gustav, der,
die kleine Tochter an der Hand, eine endlose, lange Straße
entlanglief und sich aus dem Traum entfernte, einen Koffer
in der rechten Hand, während die Kleine diesen länglichen,
spitzen Gegenstand in der Linken hielt. Es muß zur Abend-
zeit gewesen sein, die Sonne versank gerade in einem riesigen, blutroten Ball hinter der Biegung des Horizonts. Und
dann sah er ein Haus, ein großes, schönes Haus inmitten
eines prächtigen Parks mit hohen, weitausladenden Eichen,
akkurat geschnittenem Rasen und unzähligen Blumen, und
Rhododendron und Flieder und Ginster blühten. Und er
meinte, den über allem liegenden Duft aufzusaugen, diesen
Wohlgeruch inmitten der friedvollen Szenerie. Es war, als
schaute er durch eine Kamera und drehte sich im Kreis mit
ihr. Doch als er sich einmal um die eigene Achse gedreht
hatte und wieder zum Ausgangspunkt zurückkehrte, war
plötzlich die Sonne weg, und das Bunte welkte in Sekunden-
schnelle dahin und wandelte sich in tiefes, düsteres Grau,
und aus den Fenstern und Türen und dem Dach des Hauses
drängten lodernde Flammen, und das Dach stürzte in sich

197

zusammen, und er hörte das Bersten und Krachen von Holz und Glas, und es dauerte nur Sekunden, bis das Haus von einem riesigen Flammenmeer vernichtet war, und die blühenden Büsche und Blumen waren verwelkt und von pechschwarzem Ruß überzogen.

Diesmal wachte David nicht auf, doch am Morgen erinnerte er sich genau an jedes Detail. Während Johanna in der Küche hantierte, lag er eine Weile wach, um die ihn einschnürende Angst zu bekämpfen. Er sammelte sich und stand auf. Was hatte auf einmal dieses brennende Haus zu bedeuten? Warum war es anfangs so erhaben und schön, und warum verbrannte es dann einfach? Er fand keine Antwort, wie er zu nichts in dem Traum eine Antwort fand. Doch was ihn bestürzte, war die Hartnäckigkeit, mit der dieser Traum ihn bedrängte.

Johanna war gutgelaunt und schwungvoll, wie immer am Morgen *danach*. Er setzte sich auf seinen Stuhl und beobachtete sie beim Arbeiten. Er hatte noch eine Stunde Zeit, bis er bei der PROCOM anfangen mußte. »Ich werde Alexander über die Drohungen informieren«, sagte David. »Ich finde, er sollte es wissen.«

»Wann willst du das tun?«

»Gleich, wenn er aufgestanden ist. Ich will nicht, daß ihm das gleiche wie Thomas passiert.«

Nacheinander kamen Maximilian und Nathalie und schließlich Alexander in die Küche. Alexander hatte tiefe Ränder unter den Augen, er war mürrisch und wie meist morgens schlechtgelaunt und wortkarg. Er setzte sich ungekämmt und ungewaschen und grußlos an den Tisch.

»Guten Morgen«, sagte David demonstrativ laut und ungewohnt aggressiv. »Gut geschlafen?«

»Hm«, kam es zurück.

»Du bist wieder sehr spät heimgekommen. Ist das die neue Masche?«

»Ich bin alt genug, um zu wissen, wann ich heimzukommen

habe! Ich bin bald volljährig«, sagte er ruhig und verzog das Gesicht gelangweilt.

»Das bald ist in mehr als einem Jahr. Und bis dahin wäre es gut, wenn wir in Zukunft Bescheid wüßten, wo wir dich erreichen können und wann du vorhast heimzukommen.«

»Und warum? Ich kann auf mich aufpassen!«

»Ach ja? Das gleiche hat Thomas wohl auch gedacht ...«

»Äh, ich bin nicht Thomas! Und es ist sein verdammtes Problem, wenn er sich vermöbeln läßt.« Alexander sah nicht die Hand, die urplötzlich in sein Gesicht knallte. Er ließ den Löffel fallen und funkelte David böse an. »Was soll das?« fragte er.

»Du wirst nie wieder in diesem Ton von deinem Bruder sprechen, kapiert? Es könnte sein, daß mir dann wieder die Hand ausrutscht! Also, sieh dich vor.«

»Jetzt wird man in diesem Haus sogar schon geschlagen! Na ja, öfter mal was Neues.«

Nathalie und Maximilian verfolgten den Streit mit gespannten Gesichtern. Johanna fuhr dazwischen: »Bitte, müßt ihr euch unbedingt hier streiten?«

»Hab ich vielleicht mit dem Blödsinn angefangen? Er schlägt mich doch! Beschwer dich bei deinem Mann! Und ich hab recht, es ist ganz allein Thomas' Schuld gewesen. Was macht er auch für 'n Scheiß!«

»Okay, renn doch in dein Unglück! Ich wollte mit dir reden, aber du wolltest nicht. Deine Mutter ist Zeuge. Ich hab's probiert.«

»Äh, vergiß es, Mann!« Alexander stand auf und ging. David sah ihm hinterher, er verstand den Jungen schon seit langem nicht mehr.

»Das war nicht gut«, sagte Johanna kopfschüttelnd.

David nahm sich eine Scheibe Brot aus dem Korb. »Er hat schlechte Manieren, das ist alles. Irgendwann wird der Bengel wieder zur Vernunft kommen.« Dann wandte er sich Nathalie und Maximilian zu. »Na, letzter Schultag heute. Freut ihr euch schon auf die Ferien?«

»Weiß nicht«, erwiderte Maximilian, der wieder einmal auf-
fallend blaß war. Dazu kam, daß er in den letzten Tagen wieder des öfteren über Kopfschmerzen und Müdigkeit geklagt
hatte. Aber nächste Woche hatten sie sowieso einen Arztter-
min mit dem Jungen. Nathalie sagte gar nichts, sie war ein
wenig wie Alexander, in sich gekehrt und wenig gesprächig,
und mit ihren jetzt dreizehn Jahren steckte sie mitten in der
Pubertät, und nichts und niemand konnte ihr etwas recht
machen. Vor drei Monaten hatte sie ihre erste Menstruation
gehabt, und es war gerade wieder soweit, und offensichtlich
hatte sie noch Probleme, damit klarzukommen.
»Ich habe euch doch die Ferienkarten gekauft. Ihr könnt eine
Menge damit unternehmen. Und Mutti macht das eine oder
andere bestimmt mit.«
»Hm.« Maximilian nickte und schluckte die Cornflakes mit
Milch runter. »Ich würde gerne mal ins Phantasialand fahren. Meine Freunde erzählen in der Schule immer davon. Die
waren fast alle schon da, nur ich nicht.«
»Ich war auch noch nicht dort«, sagte Johanna. »Aber wir
machen's dieses Jahr, versprochen. Stimmt doch, oder?«
fragte sie und sah David an.
»Klar, großes Indianerehrenwort.«
»Ich gehe nach der Schule noch mit Millie in die Stadt«, sagte
Nathalie, bevor sie aufstand. »Sie will sich ein paar Schuhe
kaufen, und ich soll sie beraten. Nur damit ihr's wißt.«

An diesem Donnerstag begann die Hypnosebehandlung von
Thomas. Der Arzt sagte, es hinge weitgehend von Thomas
ab, inwieweit die Hypnose Erfolge zeitige, denn solange sein
Bewußtsein sich sträube, so lange bliebe auch sein Unterbewußtsein verschlossen. Es sei mit einer langen Behandlungs-
zeit zu rechnen.

Nathalie kam nach der dritten Stunde heim, Millie hatte
plötzlich ihre Meinung geändert und wollte doch nicht Schu-

he kaufen. Sie war diesmal vor Maximilian zu Hause, obgleich Maximilians Schule nur fünf Minuten zu Fuß von zu Hause entfernt war, während Nathalie die Straßenbahn und den Bus nehmen mußte. Als Maximilian auch nach einer Dreiviertelstunde nicht da war, wurde Johanna unruhig und rief bei einem Klassenkameraden an – er war schon lange zu Hause. Johanna zog sich an und lief aufgeregt den Weg zur Schule ab, keine Kinder mehr. Die seltsamen Telefonate kamen ihr in den Sinn. Angst! Sie rief bei drei weiteren Mitschülern an, doch keiner wußte, wo Maximilian abgeblieben sein konnte. Sie legte auf, ging ins Bad, um eine Beruhigungspille zu nehmen, dann wollte sie noch einen Moment warten, bevor sie die Polizei informierte.

Das Telefon klingelte. Mit nervöser Hand nahm sie ab. Die Fistelstimme. »Hör gut zu, Johanna, was ich dir jetzt zu sagen habe. Maximilian geht es gut, er sitzt gerade im Auto und schleckt ein Eis. Du wirst ihn bald wiedersehen. Du sollst nur merken, daß wir es ernst meinen und daß wir jeden von euch kriegen können. Wir werden eure Brut vernichten, aber anders, als ihr denkt. Freu dich schon darauf, Maximilian bald wieder in die Arme schließen zu können. Ach ja, fast hätt ich's vergessen, du findest ihn am Goetheturm. Er wird schon sehnsüchtig auf dich warten. Und noch was, vergiß die Bullen, ihr würdet damit alles nur noch viel schlimmer machen! Tschüüs!« Johanna war mit den Nerven fertig, wurde von einem heftigen Weinkrampf durchgeschüttelt. Nathalie kam auf sie zu und legte ihre Arme um sie.

»Was ist los?« fragte sie.

»Irgendwer hat Maximilian entführt. Nein, nicht richtig entführt, er ist am Goetheturm. Ich muß sofort dorthin fahren.« Sie wischte sich die Tränen mit einem Papiertaschentuch ab, putzte sich die Nase.

»Warum rufst du nicht Papa an?« fragte Nathalie.

»Stimmt, ich sollte ihn anrufen. Er hat das Auto, mein Gott, ich bin völlig durcheinander!« Sie verwählte sich aus lauter Nervosität zweimal. David war gerade auf der Toilette, er würde zurückrufen, sagte eine Frauenstimme, doch Johanna sagte, es wäre äußerst dringend, sie würde warten.

## GOETHETURM, 12.35 UHR

Maximilian saß auf einer Bank, die Schultasche neben sich auf dem Boden. Er war allein und schlenkerte mit den Beinen. Er sah David mit großen Augen an, der auf ihn zustürzte und ihn an sich preßte.
»Was ist passiert?« fragte er. »Warum bist du hier?«
»Der Mann hat mir einen Zettel von dir gezeigt und gesagt, er sollte mich zu dir bringen ...«
»Mein Gott, Maximilian, ich habe dir doch schon tausendmal gesagt, daß du nicht mit Fremden mitgehen sollst! Was, wenn es ein böser Mann gewesen wäre?«
»Er hat mir ein Eis gekauft und ein Micky-Maus-Heft. Er war nicht böse, er hat nur eine ganz schön blöde Stimme gehabt. Wie ein kleiner Junge, der sich verschluckt hat.«
»Wie hat er ausgesehen?«
»Weiß nicht. Ich glaube, er war nicht größer als du.«
»Und weiter? Seine Haarfarbe, war er dick oder dünn, was für Sachen hatte er an?«
»Ich glaube, er hat so Haare wie Alexander, und er hat Jeans und ein T-Shirt angehabt.«
»Gut. Komm, ich bring dich nach Hause.«
»Was ist mit dem Mann?«
»Nichts, es ist schon alles in Ordnung«, log David.
Johanna wartete bereits ungeduldig auf der Straße und

schlang ihre Arme um Maximilian. David ging mit nach oben, und nach einer Weile, nachdem Johanna Maximilian ausgefragt hatte, bestand sie energisch darauf, mit ihm zu reden. »Wir müssen die Polizei einschalten«, sagte sie. »Das ist zuviel! Auch wenn dieses Schwein gesagt hat, wir würden dadurch alles noch schlimmer machen. Ruf Manfred Henning an, bitte!«

»Hatte ich sowieso vor. Aber was soll ich ihm sagen? Daß Maximilian entführt wurde? Dabei wurde er doch gar nicht richtig entführt. Soll ich ihm von den Telefonanrufen berichten? Er wird einen Beweis verlangen. Und dann solltest du nicht vergessen, sie werden all das mit Thomas in Verbindung bringen und den Jungen dadurch noch mehr unter Druck setzen. Aber um dich zu beruhigen, ich habe schon seit längerem Kontakt zu Manfred. Wir denken beide, daß unter Umständen der Tod von Meyer, das mit Thomas, die Anrufe, die Vorfälle mit dem Auto, das mit der Schlange und jetzt wahrscheinlich auch die Entführung irgendwie miteinander zusammenhängen. Aber er kann nichts tun. Wo soll er suchen? Ich kann ihm nur Fakt für Fakt auf den Tisch legen, und vielleicht ergibt sich daraus ja eines Tages ein vollständiges Bild. Ich finde, wir sollten versuchen, uns mit den Tätern zu arrangieren. Ich weiß zwar selbst nicht, wie das aussehen soll, aber mir wird schon was einfallen. Noch ist nichts Gravierendes passiert ...«

»Nichts Gravierendes?! Nennst du das alles nichts Gravierendes? Thomas, nichts Gravierendes? Er ist für den Rest seines Lebens gezeichnet. Wir werden niemals mehr den Thomas zurückbekommen, der er noch vor ein paar Wochen war! Komm, mach dir doch nichts vor, sie wollen uns vernichten, und sie werden es schaffen, wenn nicht bald etwas geschieht, und zwar von seiten der Polizei!«

»Sie hätten Maximilian doch ganz leicht entführen und ...«

»Und was?« fragte Johanna mit zornigem Blick. »Ihn umbringen können? Das ist es doch, was du sagen wolltest,

oder? Willst du warten, *bis* sie einen von uns umbringen?«
schrie sie ihn wild und mit bösem Funkeln in den Augen an,
wie David sie noch nie zuvor gesehen hatte. »Soll ich dir was
sagen, im Moment steht mir alles bis hier oben hin«, sagte
sie und deutete mit einer Hand auf ihr Kinn. »Und sollte, was
ich persönlich noch immer nicht glaube, Thomas wirklich in
eine faule Sache verwickelt sein, dann sehe ich nicht ein,
warum unsere ganze Familie darunter leiden sollte! Thomas
ist alt genug, um für sein Handeln die Verantwortung zu
übernehmen. Aber wir sind ein paar Personen mehr, merk
dir das! Doch ich werde mich vorläufig noch zurückhalten
und alle Entscheidungen dir überlassen. Aber bei der nächsten Kleinigkeit ... Du weißt, es gibt Fangschaltungen ...«
»Bitte, ich kann dich nicht davon abhalten. Obgleich ich
nicht glaube, daß dieser Typ von zu Hause aus anruft. Und
du weißt genau, sie haben sogar schon uns verdächtigt ...«
»Blödsinn! Sie haben uns nicht verdächtigt, mit Thomas
unter einer Decke zu stecken! Sie haben nur Fragen gestellt,
und das ist in einem solchen Fall doch wohl nur mehr recht
als billig.«
Sie holte tief Luft und sah David sehr direkt an. »David,
kannst du dir eigentlich überhaupt vorstellen, welche Todes-
ängste ich vorhin ausgestanden habe? Die Vorstellung, Maximilian könnte etwas zugestoßen sein ... Ich mußte unentwegt an diese Anrufe von gestern abend denken, und dann
rief dieses Schwein tatsächlich wieder an. Das sind keine
leeren Drohungen! Noch haben sie Maximilian nichts angetan, noch ist *nur* Thomas betroffen, wobei das schon schwer
genug für mich zu verkraften ist. Was, wenn sie dir auf-
lauern, in einer dieser Nächte, in denen du unterwegs bist?
Du bist nicht immer auf der Straße, du kontrollierst auch die
Hintereingänge, du bewegst dich über dunkle Hinterhöfe.«
*Arme Johanna, die Lüge lebte noch, sie hatte das Netz noch
nicht enttarnt!* »Was, wenn sie kommen und dich zusam-
menschlagen und du für den Rest deines Lebens ein Krüppel

bleibst, so wie Thomas?« Sie hielt inne, fuhr leiser werdend fort: »Oder gar schlimmer. Du kannst dir diese Angst vielleicht nicht vorstellen, aber ich kann es! Meine Phantasie ist groß genug, um mir vorzustellen, was alles passieren kann. Wir haben es hier mit einem unbegreiflichen Phantom zu tun ...«

David unterbrach sie mit einer Handbewegung. »Das ist es doch, wir haben es mit einem Phantom zu tun. Wie, glaubst du wohl, wird die Polizei dagegen vorgehen? Meinst du vielleicht, sie stellen Wachtposten vor unsere Tür? Oder glaubst du allen Ernstes, sie werden uns Begleitschutz zum Einkaufen geben? Ich sag dir was, sie werden uns auslachen, verhöhnen! Sie werden uns ins Gesicht schleudern, wir seien ja selbst schuld an unserer Misere. Sie werden sagen, sucht euch doch eine andere Absteige als dieses Dreckloch, und dann kommt wieder. Aber solange ihr hier wohnt, so lange können wir nichts für euch tun. Meinst du etwa, sie würden diese Gegend nicht kennen? Wenn sie überhaupt eine Gegend kennen, dann diese hier. Und wir sind ein Teil davon. Die Menschen sind alle gleich, ihnen ist doch scheißegal, weshalb du ins Unglück gestürzt bist, sie sehen nur die Scheiße, in der du lebst, und mit Scheiße wollen sie nichts zu tun haben! Keinen Menschen interessiert, warum du hier gelandet bist. Wir tragen einen riesigen Stempelabdruck auf unserer Stirn, und der lautet ›asozial, asozial, asozial‹! Und, verdammt noch mal, wir sind es, wir sind asozial, weil wir hier leben und eines Tages hier krepieren werden, und keine Sau schert sich einen Deut darum! Und die verdammten Bullen am allerwenigsten! Das solltest du bedenken.«

»Ich habe dich auch schon mal anders reden gehört, David von Marquardt. Wo bleibt dein Optimismus? Du arbeitest hart, und es wird nicht mehr lange dauern, bis wir aus diesem elenden Loch rauskommen. Das waren deine Worte. Und nun redest du auf einmal ganz anders. Warum?«

»Weil ich das Gefühl habe, irgendwer kann uns nicht ausstehen und will uns unter allen Umständen eins reinwürgen! Und wenn unser werter Herr Sohn seine Pfoten in einer schmutzigen Sache stecken hat, dann müssen wir es mit ausbaden. Und da hilft uns auch kein Geld weiter. Uns würde vielleicht nur helfen, wenn wir weit, weit weg zögen, wo uns diese unsichtbaren Häscher nicht kriegen können. Ich weiß, wir sind in Gefahr, und es stimmt, ich habe noch gar nicht daran gedacht, daß ich wahrscheinlich auch gefährdet bin. Aber solange wir uns in der Wohnung aufhalten, so lange kann uns nichts geschehen. Und du bist doch immer diejenige, die von Gottvertrauen spricht. Jetzt ist der Zeitpunkt, dieses Gottvertrauen auch wirklich zu zeigen. Na, was sagst du dazu?« fragte er höhnisch.

Johanna setzte sich auf den Rand des Wohnzimmertischs, und zum ersten Mal seit langer, langer Zeit bemerkte er einen sehr zornigen Ausdruck in ihren Augen. Sie nickte und sagte scharf: »Ja, vielleicht wäre es wirklich an der Zeit, Gott zu zeigen, daß wir auf ihn vertrauen. Aber ich allein kann das nicht schaffen, du mußt auch etwas dafür tun. Und ich verstehe deinen Hohn nicht. Warum verhöhnst du mich für mein Gottvertrauen?«

»Ich verhöhne dich nicht, ich will dir nur endlich klarmachen, daß es Gott *nicht* gibt, n-i-c-h-t!« Er ballte die rechte Faust, boxte mit voller Wucht gegen die Wand, schloß kurz die Augen, in ihm vibrierte es. Er drehte sich wieder um, sah Johanna an, sagte fast flüsternd: »Es gibt keinen Gott, es gibt keinen Gott, es gibt keinen Gott.« Und dann etwas lauter: »Wo ist er denn, dieser Gott, wenn uns dieses verdammte Schwein belästigt? Wo ist er, wenn Maximilian von der Schule weg entführt wird? Wo ist er, wenn Thomas ...« Er winkte ab. »Aber dieser Gott hat uns in die verfluchteste Gegend dieser Stadt geschickt, vielleicht sollte ich es Hölle nennen. Wir leben in der Hölle, meine Liebe, denn schlimmer kann es in der Hölle, wo der Teufel wohnt, auch nicht sein!«

»Hat Gott das wirklich getan? Hat *er* uns hierher geschickt?«

»Er hat es zumindest nicht verhindert!«

»Ich frage mich, ob wir nicht selbst ...«

»Ach komm, hör auf mit diesem Gerede! Es ist vorbei, ich muß wieder in die Firma. Und es tut mir leid, ich wollte nicht ausfallend werden. Meine Nerven liegen nur blank, das ist alles.«

»Was ist bloß aus meinem David geworden?«

David nahm Johanna in den Arm und drückte sie an sich. Sie ließ es widerstandslos mit sich geschehen, doch sie legte ihre Arme nicht um ihn. Er küßte sie auf den Mund, sie erwiderte den Kuß nicht. Sie sah ihn nur traurig fragend an.

»Tschüs«, sagte er und streichelte ihr übers Haar, »bis nachher.«

Sie antwortete nicht. Maximilian war mit Nathalie im Kinderzimmer. David verabschiedete sich auch von ihnen und sagte, sie sollten heute nicht vor die Tür gehen, und wenn, dann nur zu zweit. Aber warum sagte er es ihnen überhaupt, sie verließen, seit sie hier wohnten, sowieso kaum einmal das Haus.

Auf der Fahrt in die Firma ging ihm das Gespräch nicht aus dem Kopf. Seit einiger Zeit war sein Leben eine einzige große Lüge. Zum Glück war dies bis jetzt vor Johanna verborgen geblieben. Hoffentlich jedenfalls. Wie lange aber würde er die Lüge und den Betrug noch vor ihr verheimlichen können? Er hielt vor einem Kiosk an und kaufte sich eine kleine Flasche Chantré. Er drehte den Verschluß ab und nahm einen tiefen Schluck. Es brannte wie lodernde Flammen in seinem leeren Magen. Er legte eine Kassette mit dem harten Sound von Guns n' Roses ein. Motherfuckin'!

## FREITAG, 20.00 UHR

Einen Tag später. Nicole Vabochon empfing ihn mit mürrischem Gesicht, ihre Augen waren klein und hatten einen glasigen Schimmer, sie war ungeschminkt und ungekämmt, der Nagellack blätterte wie alter Putz von den Finger- und Fußnägeln, sie trug nichts als einen alten, schlabbrigen Morgenmantel, der bis zum Hals geschlossen war. Ihr Atem roch säuerlich nach Alkohol und Zigaretten, sie machte einen leicht verwirrten Eindruck. Der Fernseher lief mit ziemlicher Lautstärke.

»Hallo, David«, begrüßte sie ihn. Esther lümmelte auf der Couch, sie trug Shorts und ein dünnes Trägerhemd, unter dem sich ihre kleinen festen Brüste deutlich abzeichneten. Sie warf einen kurzen, gelangweilten Blick auf David, feilte weiter an den Fingernägeln herum und kaute Kaugummi. Sie sagte nur: »'n Abend, Herr von Marquardt.«

»Da ist sie«, sagte Nicole und deutete auf Esther. »Schnapp sie und unternimm was mit ihr. Hier habt ihr Geld.« Sie zog einen Hundertmarkschein aus ihrer Handtasche und reichte ihn David.

»Will sie überhaupt?« fragte er zweifelnd mit einem Blick auf die lustlos wirkende Esther.

»Mir ist egal, ob *sie* will, ich will auf jeden Fall. Mir hat der Tag gestern schon gereicht.«

»Und wo gehen wir hin?« fragte Esther.

»Ich weiß nicht, ich hab mir weiter keine Gedanken gemacht. Mal sehen, wir fahren ein bißchen in der Gegend rum, und dann wird uns schon was einfallen.«

Esther sprang mit einem Schwung auf, klopfte sich kurz die abgeknipsten und abgefeilten Fingernägel vom Hemd und den Shorts und verschwand im Badezimmer.

»Sie ist ein kleines Miststück«, zischte Nicole, als Esther

außer Hörweite war. »Ich wünsche dir viel Spaß mit dem Luder.«

Zwei Minuten später war Esther wieder da. Sie hatte sich umgezogen, trug jetzt einen Minirock und Sandalen und ein trägerloses Top. Ihre Lippen waren dunkelrot angemalt, blauer Lidschatten über den Augen.

»Du hast dich zurechtgemacht wie eine kleine Hure«, giftete Nicole.

»Ich dachte mir, ich laufe mal so rum, wie du es immer zu tun pflegst, wenn du nicht gerade in der Bank bist«, konterte Esther schnippisch. Und an David gewandt: »Gehen wir, ich krieg sonst keine Luft mehr!«

Esther hatte das sinnliche Parfüm ihrer Mutter aufgelegt. Sie ging vor ihm zum Aufzug, drückte den Knopf. Nicole stand in der Tür und wartete, bis sich der Aufzug nach unten in Bewegung setzte. Esther machte mit ihrem Kaugummi ab und zu Blasen und ließ sie mit lautem Knall zerplatzen. Einige Male musterte sie David provozierend von der Seite. Sie lief dicht neben ihm zum Auto, er schloß zuerst ihre Tür auf. Er fuhr aus Frankfurt heraus und nahm die Autobahn Richtung Wiesbaden. Esther legte ein Bein auf die Hand-ablage, das andere streckte sie aus, ihr Blick ging durch das Seitenfenster.

»Wo fahren wir eigentlich hin?« fragte sie nach einer Weile.

»Weiß nicht. Für was interessierst du dich denn?«

»Gehen wir ins Kino. Läuft gerade ein absolut abgefahrener Film mit Luke Perry. Kennen Sie Luke Perry?«

»Nein, tut mir leid. Und außerdem, du brauchst mich nicht zu siezen, ich heiße David, wie du weißt.«

»Okay, David. Kennst du ein Kino in Wiesbaden?«

»Nein, aber wir werden sicher eines finden.«

»Was machst du eigentlich für meine Mutter? Bist du ihr Liebhaber oder nur ein Angestellter?«

David grinste errötend. »Was wäre dir denn lieber?«

»Mir egal. Es interessiert mich einfach nur.«

»Ich arbeite für sie. Dreimal in der Woche für vier Stunden.«

»Und immer abends?«

»Immer abends.«

»Hast du keine Familie?«

»Doch, ich habe eine Frau und vier Kinder.«

»Und dann schläfst du mit meiner Mutter?«

»Wie kommst du denn darauf?« David errötete noch mehr.

»Nur so.«

David erwiderte nichts, fuhr in die Innenstadt von Wiesbaden und fragte einen Passanten nach einem Kino. Sie kamen eine Viertelstunde zu spät, der Hauptfilm war noch nicht angelaufen. Es war nicht der von Esther gewünschte Film. David kaufte an der Kasse eine Tüte Popcorn und in der Pause zwischen der Werbung und dem Hauptfilm eine Packung Eis. Das Kino war nur spärlich besetzt, der Film lief bereits die zehnte Woche. Als der Film begann, legte Esther ihre Beine auf die Rückenlehne vor sich und faltete die Hände über dem flachen Bauch. Da war wieder dieses ungemein Aufreizende, Provozierende, das David so erregte, im von der Leinwand reflektierten flackernden Licht betrachtete er aus den Augenwinkeln ihre makellosen Beine, diese Harmonie, diese perfekten Formen. David konzentrierte sich kaum auf den Film. Er stellte sich vor, seine Hände über ihre Beine streichen zu lassen, ihren Bauch und höher, sein Blut pulsierte in den Adern. Sie war siebzehn, noch zwei Monate bis zu ihrem achtzehnten Geburtstag, sie hätte seine Tochter sein können, doch sie war anders als alle siebzehnjährigen Mädchen, die er bisher kennengelernt hatte. Sie war eine junge Frau, frech, provozierend, aufsässig und doch ein kraftvoller Magnet. Er stellte sich vor, sie zu küssen, diesen kleinen, roten Mund, diese noch jungen, zarten Kirschen, ihre Knospen zu befühlen, sie zu streicheln, sie im Arm zu halten.

»Wollen wir noch eine Kleinigkeit essen gehen?« fragte David nach dem Film.

»Nee, keinen Hunger.«

»Spazierengehen?«

»Nee, laß uns ein bißchen mit dem Auto rumfahren. Der Film war langweilig.«

»Ich hab auch schon bessere gesehen. Na ja, oft ist die Reklame besser als der Film.«

Sie fuhren aus Wiesbaden heraus, Richtung Frankfurt.

»Was machst du beruflich?«

»Ich arbeite in einer Computerfirma.«

»Wie alt sind deine Kinder?«

»Der Älteste ist zweiundzwanzig, der jüngste zehn . . .«

»Zweiundzwanzig! Ich habe dich für jünger gehalten.«

»Wie alt schätzt du mich denn?«

»Weiß nicht, ich dachte, du bist bestimmt nicht älter als Anfang Dreißig. Aber das kann ja wohl schlecht sein . . .«

»Der älteste Sohn stammt aus der ersten Ehe meiner Frau.«

»Und die ist älter als du, stimmt's? Viel älter?«

»Nein, nicht viel, nur ein bißchen.«

»Na gut, dann bist du vielleicht fünfunddreißig. Hab ich recht?«

»Ja, kommt hin«, schwindelte er.

Sie gab sich mit der Antwort zufrieden und kaute weiter auf ihrem Kaugummi, den sie den ganzen Abend über im Mund hatte.

»Zeigst du mir das Bahnhofsviertel?« fragte sie.

»Warum das?«

»Ich hab gehört, dort soll's ganz schön zugehen. Ich würde nur gerne mal durchfahren.«

David lenkte den Wagen durch das Viertel, durch die zum Teil engen, um diese Zeit von vielen Autos verstopften Straßen. Von allen Seiten blinkte es rot, gelb und grün, zuckten die Neonröhren in der schwülen Nacht, priesen sich wohlgeformte und unförmige Leiber an, standen Huren in Hauseingängen, nur sichtbar durch aufglimmende Zigarettenspitzen, hockten und zockten Albaner oder Jugoslawen

auf dem Bürgersteig, um ahnungslosen Spielern das Geld
aus der Tasche zu ziehen, patrouillierten Polizisten, ohne
von der Szenerie Notiz zu nehmen, kauerten Junkies ohne
Stoff und Betrunkene an schmutzigen, bepißten Wänden
oder lagen einfach auf dem Bürgersteig, grölten Besoffene
durch die Nacht, schlugen sich zwei junge Männer. David
fuhr auf Aufforderung von Esther langsam. Eindeutige Bilder in den hellerleuchteten Auslagen der Nachtbars ließen
der Phantasie keinen Spielraum mehr, Türsteher und Raus-
schmeißer lockten Kundschaft in die Etablissements.
»Warst du schon mal im Puff?« fragte Esther.
»Nein, bis jetzt noch nicht.«
»Würdest du gerne mal in einen gehen?«
»Ich glaube kaum. Nachts ist es besser, hier nicht auszusteigen. Frankfurt ist eine schlimme Stadt, vor allem in dieser
Gegend und um diese Zeit.«
»Sind die Puffs nur nachts geöffnet?«
»Nein, ich denke, eine Hure kann man immer finden.«
»Ich hätte jetzt doch noch Appetit auf einen Hamburger«,
sagte sie, nahm den Kaugummi aus dem Mund und drehte
ihn eine ganze Weile durch ihre zarten, langen Finger, bevor
sie ihn aus dem Fenster schnippte.
Sie gingen zu McDonald's, wo selbst um diese späte Stunde
noch großes Gedränge herrschte. Die Leute standen in
Dreierreihe vor dem Abfertigungsschalter, eine junge Frau
rief immer wieder nach hinten, daß man sich mit der Pro-
duktion der Hamburger und Cheeseburger beeilen sollte. Ein
Tablett nach dem andern wurde nach vorne gereicht und in
die Wärmeablage sortiert. Esther bestellte einen Erdbeer-
milchshake und einen Big Mäc. David trank eine Cola. Er
beobachtete verstohlen Esther beim Essen. Wenn ihn jetzt
jemand gesehen hätte, jemand Bekanntes, jemand aus der
Firma gar! Er wollte lieber nicht daran denken. Um Viertel
vor zwölf sagte David, daß es jetzt Zeit sei, nach Hause zu
fahren.

»Jetzt schon?« fragte Esther mißmutig. »Ich bin noch überhaupt nicht müde.«

»Deine Mutter ... Tut mir leid, ich bin auch noch nicht müde, aber so sind nun mal die Regeln in diesem Spiel.«

»In was für einem Spiel?«

»Es ist ein dummes Spiel ... Außerdem wartet meine Frau auf mich.«

»Ist sie hübsch?« fragte sie auf dem Weg zum Auto.

»Wer, meine Frau?«

»Ja, wer sonst?«

»Sie ist hübsch, ja, sie ist hübsch.«

»Das klingt aber nicht sehr überzeugend. Ist sie so hübsch wie meine Mutter?«

»Warum stellst du mir diese Frage?«

»Ich finde, meine Mutter ist hübsch, auch wenn ich sie auf den Tod nicht ausstehen kann.«

»Nein, meine Frau ist nicht so hübsch wie deine Mutter. Aber deine Mutter hat auch keine fünf Kinder zur Welt gebracht.«

»Fünf? Eben waren's doch noch vier!«

»Eines ist kurz nach der Geburt gestorben.«

»Dann war deine Frau einmal hübsch und ist es jetzt nicht mehr?«

»Sie war einmal die hübscheste Frau für mich. Hübsch und klug und vor allem sehr, sehr lieb.«

»Und jetzt ist sie all das nicht mehr? Läuft sie jetzt den ganzen Tag in Lockenwicklern durch die Gegend, eine Zigarette im Mund, und schreit die Gören an?« fragte sie grinsend.

David grinste auch. »Du hast zu viele Filme gesehen, was? Erstens habe ich sie noch nie in Lockenwicklern gesehen, zweitens raucht sie nicht, und drittens haßt sie es wie die Pest, wenn man mit Kindern rumschreit. Und falls du auf die Idee kommen solltest, daß sie vielleicht die Kinder haut, auch da liegst du falsch, sie hat noch nie die Hand gegen eines der

Kinder erhoben. Sie ist überzeugt, daß man Kinder auch anders erziehen kann.«

»Das hört sich nach einer Heiligen an! Du hast eine echte Heilige als Frau.«

»Auf die eine oder andere Weise magst du sogar recht haben. Aber eine Heilige ist sie nicht. Höchstens ein guter Mensch, und ich glaube, es gibt auf dieser Welt nichts Wichtigeres, als ein guter Mensch zu sein.«

»Komm, fahr mich heim, sonst wird meine liebe Mutti noch unruhig.«

Nicole lag auf der Couch und hielt ein Magazin in der Hand, ohne zu lesen. Die Fenster und die Terrassentür waren geschlossen, dichter Qualm hing in der Luft, Nicole hatte getrunken, auch wenn sie nicht betrunken schien, und starrte die Eintretenden aus etwas glasigen Augen an. In der rechten Hand hielt sie die obligatorische Zigarette, neben ihr stand ein fast leeres Glas.

»Na, habt ihr euch schön amüsiert?«

»Wir haben uns auf jeden Fall nicht betrunken«, sagte Esther anzüglich und ließ sich in den Sessel fallen.

»Ich und betrunken?!« Nicole lachte auf. »Ich bin nicht betrunken. Leider!«

»Das merkst du doch schon gar nicht mehr«, sagte Esther.

»Freches Gör! Verschwinde ins Bett! Und David fährt nach Hause. Und ich habe meine Ruhe, kapiert?«

»Dann macht's mal gut«, sagte David und warf Esther einen belustigten und vielsagenden Blick zu. Sie grinste zurück.

»Tschüs, David«, sagte sie winkend. »Und schlaf gut.«

»Ciao, oder wie der Engländer sagt: ›Good night, sleep tight, don't let the bed bugs bite‹.«

An diesem Abend hatte David so gut wie nichts getrunken. Er lenkte den Wagen durch die Nacht, hielt in einer Seitenstraße und ging an den Kofferraum, machte den Deckel auf, hinter dem sich der Wagenheber und das Radkreuz befanden, nahm die noch fast volle Flasche Weinbrand, die er am Morgen gekauft hatte, heraus und trank einen Schluck. Er wartete, bis die erwünschte Wirkung eintrat, und als er die Flasche in das Versteck zurücklegte, dachte er, *warum hab ich jetzt getrunken?* Er schüttelte den Kopf über seine Dummheit, und natürlich hatte Johanna recht, es ging bergab mit ihm, und wenn er nicht aufpaßte, würde er über kurz oder lang zum Alkoholiker werden, etwa so wie Pierre.

Er fuhr in gemächlichem Tempo nach Hause. Als er in seine Straße einbog, erblickte er schon von weitem die durch die Nacht blitzenden, rotierenden blauen Lichter. Ein ungutes Gefühl beschlich ihn, er gab Gas. Die Fistelstimme, die Anrufe, die Drohungen! Etwa fünfzig Meter vor seinem Haus mußte er anhalten und das Auto am Straßenrand abstellen, weil zwei Feuerwehrautos und ein Krankenwagen den Weg versperrten und Polizisten Mühe hatten, die Passanten und Schaulustigen vom Ort des Geschehens wegzudrängen. David stieg erleichtert aus. Seine Befürchtungen hatten sich nicht bewahrheitet, im Nachbarhaus war ein Brand im obersten Stockwerk ausgebrochen, und gerade, als er auf sein Haus zulief, wurden zwei Personen auf Bahren aus dem Haus getragen.

David ließ die Männer vom Roten Kreuz vorbei, dann erblickte er den Hünen Manni, der sich angeregt mit einem anderen Mann unterhielt. David stellte sich neben ihn und fragte: »Was ist hier passiert?«

»Hey, Alter«, sagte Manni und klopfte David kräftig auf die Schulter, »die ham da oben die ganze Bude abgefackelt. Besoffene Arschlöcher. Einer von denen ist vom dreizehnten Stock runtergesprungen, seine Teile sammeln sie gerade auf. Ich kenn die alle drei, wär sowieso nicht mehr lange mit denen gutgegangen. Verdammtes Polackenpack!«

»Polen?«

»Polacken! Ham sich 'n ganzen Tag über zulaufen lassen und selber gefickt. Ich sag doch, Arschlöcher!«

»Na gut, geht mich nichts an«, sagte David und ging weiter. »Nacht.«

»Hey, Alter«, rief Manni ihm hinterher, »wenn de mal wieder Zeit hast, zischen wir einen, okay?«

»Okay«, erwiderte David und hielt die rechte Hand in die Höhe. Er würde mit diesem Manni kein Bier trinken. Und erst recht keinen Schnaps. Manni war selber ein Arschloch. Einer, der hierher gehörte, wie die meisten.

Johanna duschte. Alexander stand am Fenster und beobachtete die gespenstische und aufregende Szenerie, die sich unter und über ihm abspielte. Er wandte kurz seinen Kopf in Davids Richtung, murmelte Hallo. David stellte sich zu ihm.

»Hast du es von Anfang an mitgekriegt?« fragte er.

»Ziemlich«, war die karge Antwort.

»Bist du schon lange zu Hause?«

»Halbe Stunde vielleicht.«

»Findest du nicht, daß du ein wenig mehr Schlaf nötig hättest?«

»Nee, ist außerdem mein Problem.«

»Kann man mit dir nicht mehr in vernünftigem Ton reden?« fuhr David ihn an.

»Ich geh jetzt wohl besser zu Bett.«

»Alexander, warte einen Moment«, sagte David. »Es geht so nicht weiter. Du bist mein Sohn, und wenn ich etwas falsch gemacht habe oder ich mich für irgend etwas entschuldigen müßte, dann sag's einfach. Aber behandle mich nicht wie ein Stück Dreck. Zumindest sag's mir, wenn ich in deinen Augen Dreck bin.«

Alexander schaute seinen Vater sehr ernst an, er stützte sich mit beiden Händen auf das Fensterbrett, sein Kopf war in das blaue, rotierende Licht der Kranken-, Feuerwehr- und Polizeiautos getaucht, er zuckte mit den Schultern und verzog die Mundwinkel. Dann sagte er im Flüsterton, so daß keiner außer David es hören konnte, der ungefähr einen Meter vor ihm stand: »Du bist kein Dreck, Vater. Aber du hast uns in den Dreck gebracht. Ich bin nicht verantwortlich für dieses Haus und diese Dreckschweine da draußen. Weiß der Geier, weshalb ich in dieser Gegend leben muß, aber es ist bestimmt nicht meine Schuld. Und Mutter und Nathalie und Maximilian hätten auch was Besseres verdient. Aber dazu bist du nicht fähig, und du wirst es wahrscheinlich niemals mehr sein! Tut mir leid, aber ich habe keinen Respekt vor dir. Du hast uns einfach zu tief fallen lassen. Du hast versagt, Vater, auf der ganzen beschissenen Linie versagt! Wenn ich nächstes Jahr mit der Schule fertig bin, werde ich weggehen. Ich werde studieren; meine Noten sind gut genug, daß ich ein Stipendium bekomme. Vielleicht gehe ich nach Utah auf die Brigham-Young-Universität, ich habe mich bereits informiert. Und ich schwöre dir, ich werde es schaffen!«

»Du hältst mich also für einen Versager ...«

»Kann sein! Tut mir leid, weniger für dich als für die anderen hier. Und ich sage dir noch was – das mit Thomas hat irgendwo auch was mit dir zu tun. Ich spüre es einfach. Auch wenn ich nicht weiß, was es ist oder sein könnte. Aber für alles Elend in dieser Familie gebe ich dir die Schuld!«

David neigte den Kopf zur Seite und hob die Hand. Alexander sah es, doch er rührte sich nicht von der Stelle. »Na komm schon, schlag zu, das scheint ja in der letzten Zeit eine Spezialität von dir zu sein, wenn du nicht mehr weiterweißt, einfach draufzuhauen. Aber glaub nicht, daß ich Angst habe! Nicht vor dir!«

David ließ die Hand wieder sinken. »Du bist mein Sohn, und du hast nie wirklich schlecht gelebt, und jetzt auf einmal willst du mir allein den Schwarzen Peter zuschieben?« fragte David und verengte die Augen zu Schlitzen. »Ich finde, auch du hast eine Verpflichtung mir und dieser Familie gegenüber.«

»Gar nichts habe ich! Ihr habt mich in die Welt gesetzt, und die einzige Verpflichtung, die ich habe, ist die mir selber gegenüber, mir selber zu helfen, denn von dir kann ich ja keine Hilfe erwarten. Kinder schulden ihren Eltern nichts, nichts, aber auch rein gar nichts! Kennst du Janusz Korczak? Wahrscheinlich hast du von ihm gehört. Er hat sich sein Leben lang um Kinder gekümmert, die nicht einmal seine eigenen waren, er hat sich sogar mit ihnen zusammen von den Nazis vergasen lassen, und er hat gesagt, Kinder schulden den Erwachsenen überhaupt nichts. Im Gegenteil. Du hast mich gewollt, also schuldest du mir etwas. Und nicht umgekehrt. Aber du hast nie auch nur einen Funken Liebe für mich empfunden, du hast nie ...«

»Nie was?«

»Vergiß es! Ich geh jetzt zu Bett.«

»Halt«, sagte David und hielt Alexander am Arm fest. »Was habe ich nie?«

»Vergiß es! Du glaubst wohl, es wird schon alles gut werden. Aber nichts wird gut werden, nichts ist gut, und nichts wird jemals gut sein! Du liebst nur zwei Personen in diesem Haus. Die eine ist Maximilian, die andere bist du selber. Alle anderen sind dir doch scheißegal! Selbst Mutter. Und die Kirche auch. Du stinkst nach billigem Fusel, Vater! Seit einer ganzen Weile schon. Du hast dich schon ganz ordentlich an diese Gegend angepaßt. Ich bin sicher, irgendwann werde ich dich mit all den anderen Pennern hier an der Trinkhalle stehen und dich besaufen sehen. Und dann werdet ihr dreckige Witze reißen und an den Straßenrand pissen. So, jetzt weißt du's, aber beklag dich nicht, du wolltest es ja unbedingt wissen.«

David ließ den Arm von Alexander los. Er senkte den Kopf, unfähig, seinem Sohn in die Augen zu blicken. Noch nie hatte ihm jemand die Wahrheit so unverblümt und grausam ins Gesicht geschleudert. Und doch unternahm er einen letzten, verzweifelten Versuch, die Situation zu retten.

»Ich versuche doch, unsere Lage zu verbessern. Ich arbeite nicht nur tagsüber, sondern auch nachts. Merkst du nicht, daß ich es versuche? Natürlich schuldest du mir nichts. Und doch, denke ich, sollten wir zusammenhalten. Es tut mir leid, wenn du vielleicht den Eindruck hast, ich würde dich nicht lieben. Ich tue es aber. Selbst jetzt ...«

Alexander lachte auf. »Selbst jetzt, wo ich dir die Wahrheit ins Gesicht schleudere? Mein Gott, jetzt mach um Himmels willen nicht einen auf Gefühlsduselei! Ich habe dich durchschaut, und Mutter hat es auch. Du hast verspielt, Vater, du bist bankrott, nicht nur materiell, sondern vor allem in dir drin. Mir fällt da diese schöne Stelle im Matthäus-Evangelium ein, wo Christus zu den Pharisäern spricht und ihnen sagt, daß sie wie weißgetünchte Gräber wären, nach außen hin schön anzusehen, aber in ihrem Innern vermodert und voller Aas. Der Vergleich mit dir fällt mir irgendwie nicht schwer.«

»Und wenn ich etwas ändern würde?«

»Was denn und wie?« höhnte Alexander. »Meinst du nicht, daß es dafür ein wenig zu spät ist? Geh du deinen und laß mich meinen Weg gehen. Wir beide zusammen, das haut nicht hin. Gute Nacht.«

»Warte, bitte!«

Alexander war bis zur Tür gegangen und stehengeblieben. David sagte: »In der Bibel steht auch etwas von Verzeihen ...«

»Mag sein«, sagte Alexander und schloß die Tür hinter sich. David setzte sich auf das Bett und legte seinen Kopf in die Hände.

## SAMSTAG, 1.15 UHR

David lag angezogen auf dem Bett, die Arme hinter dem Kopf verschränkt. Noch immer standen Feuerwehr und Krankenwagen vor dem Haus, und David starrte an die nur von den kreisenden, blauen Lichtern erhellte Decke. Er versank in einem Strudel aus Selbstmitleid, spielte mit dem Gedanken, hinauszugehen und sich zu betrinken, bis zur Besinnungslosigkeit, damit er endlich Frieden hatte. Seine Schläfen pochten, und in seinem Kopf war ein gähnendes, schwarzes Loch, das ihn langsam verschlang.

Johanna kam herein, ein schwarzer Schemen, der am Fußende an David vorbeiging. Sie schaute kurz aus dem Fenster auf die Straße, dann schlug sie die Bettdecke zurück und setzte sich mit dem Rücken zu David. David wandte seinen Blick in ihre Richtung, ohne etwas zu sagen.

»Ich habe euer Gespräch mitgehört, zumindest einen Teil davon«, sagte sie und cremte ihre spröden Hände ein. »Die Tür stand einen Spalt offen. Du fühlst dich jetzt bestimmt miserabel, oder?«

»Die Wahrheit ist immer miserabel. Aber sobald ein anderer dir die Schwächen und Fehler aufzeigt, bekommt die Sache eine andere Dimension. Ich kann ihm nicht einmal böse sein, er hat recht mit allem, was er über mich sagt.«

»Nein, das hat er nicht. Er sieht alles nur aus seiner eigenen Perspektive. Er kennt nicht die Vorgeschichte, er will sie wahrscheinlich nicht einmal kennen. Ich habe vorhin überlegt, ob ich mit ihm sprechen soll, aber ich werde es zumindest vorläufig nicht tun. Er hat dich als schlechten Menschen hingestellt, und das bist du nicht. Du bist liebevoll, wenn auch ein bißchen egoistisch ... Aber wer ist das nicht? Aber ich hatte niemals das Gefühl, daß du uns nicht lieben würdest. Wenn ich nur seine Gedanken lesen könnte! Ich glaube, so wie er über dich denkt, so denkt er auch über mich. David, ich liebe dich, auch wenn Alexander mit ein paar Dingen recht hat. Und du weißt genau, wovon ich spreche.«

»Ja, ich weiß es. An manchem Morgen stehe ich auf und hasse das Gesicht, das mir aus dem Spiegel entgegenstarrt. Ich frage mich, was aus mir geworden ist und warum. Ich würde lügen, würde ich behaupten, das, was Alexander gesagt hat, würde an mir abperlen wie Wasser an einer Regenhaut. Das stimmt nicht, im Gegenteil. Ich fühle mich so beschissen wie seit Jahrzehnten nicht. Von deinem eigenen Fleisch und Blut hören zu müssen, welch ein Versager du bist! Und ich kann nicht einmal richtig weinen. Früher, da hätte ich mich in mein Kissen vergraben und geheult, bis ich keine Tränen mehr gehabt hätte. Aber diese Zeiten sind vorbei, ich kann nicht mehr weinen. Die Wahrheit schmerzt, doch deswegen bleibt es immer noch die Wahrheit.«

»Du bist kein Versager, David. Es gibt für alles im Leben eine Erklärung, warum dies und jenes nicht geklappt hat ...«

»Am Ende, wenn du eines Tages stirbst, fragt kein Schwein danach, warum du es zu nichts gebracht hast. Du wirst für alle entweder als Gewinner oder Verlierer in Erinnerung bleiben.«

»Komm, zieh dich aus und schlaf. Laß uns jetzt nicht über Dinge reden, auf die wir keine Antwort finden. Ich halte zu dir. Und egal, wie dreckig es uns geht, was kann wichtiger sein als unsere Liebe? Früher haben wir immer gesagt, solange wir uns lieben, so lange kann uns nichts passieren. Und Alexander ist noch jung und unerfahren. Von klein auf war er verschlossen und in sich gekehrt. Du hast nichts verkehrt gemacht. Du hast ihn fast nie geschlagen, du hast nur selten mit ihm geschimpft, und du hast ihm alle seine Wünsche erfüllt, und das immerhin mehr als fünfzehn Jahre. Als ich ihn vorhin hörte, mußte ich für einen Moment wirklich an mich halten, um nicht hereinzustürmen und ihm zu sagen, wie undankbar er ist. Ich finde wirklich, er ist

221

undankbar. Mag sein, daß er sich wieder ein tolles Haus wünscht, teure Kleidung und allen möglichen Firlefanz, aber wenn es das ist, was ihn glücklich macht, dann tut er mir leid. Für mich war er nicht ehrlich. Irgendwann werde ich ihn mir vornehmen, und dann muß er Stellung beziehen. Ich werde ihm sagen, daß ich euer Gespräch belauscht habe.«

»Tu's nicht, ich bitte dich. Es bringt nichts, höchstens Streit und Zorn.«

»Das ist mir auch egal. Ein schwelender Unfrieden ist in meinen Augen noch viel schlimmer als ein offen ausgetragener Kampf. Er wird lernen, sich, solange er hier wohnt, unterzuordnen. Und er wird lernen, die Gefühle anderer zu respektieren.«

David setzte sich auf, Johanna hatte ihre Haltung nicht verändert. Automotoren heulten auf, der Geruch von Verbranntem zog durchs Zimmer. Die Löschfahrzeuge fuhren ab, drei Menschen waren tot, eine Wohnung total ausgebrannt, etliche andere Bewohner des Nachbarhauses hatten wegen der Wasserschäden für etliche Zeit keine Bleibe.

»Ich werde duschen«, sagte David und stand auf. Er schlug seine Bettdecke zur Seite und holte den Schlafanzug hervor. Er schlurfte mit müden Schritten nach draußen, zog sich aus und stellte die Dusche an. Als er fertig war und sich abgetrocknet hatte, wurde ihm plötzlich übel, und er mußte sich übergeben. Ein kurzes, schmerzloses Würgen, bis sein Magen sich entleert hatte. Danach ging er in die Küche, schnitt eine Scheibe Brot ab, schmierte Butter drauf und legte zwei Scheiben Salami darüber. Es war wie früher, er aß, direkt nachdem er sich ausgekotzt hatte.

In jener Nacht wälzte David sich unruhig im Bett hin und her. Um drei Uhr, knappe anderthalb Stunden, nachdem er eingeschlafen war, wachte er auf, warf die Decke wütend auf den Boden, um sie im nächsten Moment wieder hochzuholen und über seine Beine zu legen; der Schweiß trocknete. Er hatte wieder geträumt, das schöne Haus, das brennende Haus. Alles brannte und verbrannte, und er befand sich mittendrin und fotografierte alles. Er lag wach, Johanna atmete ruhig und gleichmäßig. Er hatte eine volle Blase, er stand auf und entleerte sich. In der Küche holte er sich eine Banane, aß sie und warf die Schale in den Müllbeutel neben dem Herd. Aus der Seitenkammer mit der ausrangierten Wäsche in den blauen Säcken kramte er die versteckte Flasche Whisky hervor und nahm einen Schluck. Auf Zehenspitzen schlich er zurück ins Schlafzimmer und drückte die Tür so leise er konnte ins Schloß. Die Matratze knarrte, sobald er sich drauflegte, Johanna gab einen knurrenden Laut von sich und drehte sich auf den Rücken, den Mund halb geöffnet, sie fing leise an zu schnarchen. Sie hatte sich fast abgedeckt, ihr Nachthemd war bis zum Bauch hochgerutscht, sie trug keinen Slip. Ihre Beine waren leicht gespreizt, er fragte sich, wie sie reagieren würde, wäre er jetzt in sie eingedrungen. Wäre sie überhaupt wach geworden, oder hätte sie es nur als einen angenehmen Traum empfunden? Stimmte es, was Nicole behauptete, daß jede Frau *dabei* an den Mann ihrer Träume dachte? Er hätte sie nehmen können, gewaltlos und zärtlich, er tat es nicht, er hätte sich geschämt, wäre sie aufgewacht. Seltsam, dachte er, bei Nicole wäre dies anders. Sie würde ich nehmen, ohne Hemmungen dabei zu haben. Und Esther? Die verwerflichsten Gedanken schossen durch sein Hirn, Gedanken, so absurd und pervers und doch so schön, schaurig schön beinah, Gedanken an dieses Nymphchen, aus dem Nichts aufgetaucht und in sein Leben getreten, dieser göttliche Körper – er hätte alles darum gegeben, einmal diesen Körper in all seiner Pracht und Herrlichkeit betasten zu dürfen. Dieses unverbrauchte, scheinbar porenlose Fleisch zu liebkosen, seinen Mund auf diese jungfräulichen Lippen zu legen, die Nase in das kostbare goldene Haar ihrer Scham zu versenken und den Blütenstaub der Jungfräulichkeit einzusaugen.

Er hatte sich verliebt, es war anders als bei Nicole, diesem fleischlichen, lustvollen Verhältnis, dem keine seelische Komponente beigemischt war. Mit Nicole schlief er, weil sie ihn bezahlte und weil sie eine angenehme Abwechslung im Einerlei des Alltags bedeutete. In Esther aber hatte er sich verliebt, wie ein pubertärer Jüngling mit pickligem Gesicht und wummerndem Herzen, schon in dem Moment, als sie über die Schwelle trat und ihre Blicke sich trafen und für Sekundenbruchteile ineinander verschmolzen. Der Gedanke an Esther erregte David dermaßen, daß sein Glied erigierte und Schauder durch seinen Rücken und seine Lenden zuckten und all sein Denken derart auf dieses Gotteskind fixiert war, daß er sich selbst streichelte und sein Blut in Wallung brachte und dabei unachtsam war und in die Unterwäsche ejakulierte. Zunächst erschrak er, doch es überwog dieses himmlische Gefühl, dieses verbotene Denken, diese Vorstellung, diese Phantasie, die nie Wirklichkeit werden würde, er hätte ja ihr Vater sein können! Aber mit Esther schien ein Teil seiner Jugend, die er verloren hatte, bevor sie überhaupt begann, zurückgekehrt zu sein, sie hatte etwas zurückgebracht, an das er nicht einmal mehr zu denken gewagt hatte. Mit einemmal stand sie da und mit ihr vergangene Zeiten. Er erinnerte sich, als er fünfzehn, sechzehn, siebzehn war, wie er oft allein in den nahen Wald ging und träumte und in seinen Träumen auf breiten Schwingen in eine andere Welt glitt, eine schönere, heilere Welt, mit einer Mutter, die ihn liebte, und einem fürsorglichen Vater. Und irgendwann gesellten sich in den Traum schöne Mädchen, und es hatte einige Mädchen in Helmbrechts gegeben, die ihm gefallen hatten, doch seine Schüchternheit hatte wie eine unüberwindliche Mauer zwischen ihm und diesen Mädchen gestanden.

Esther war ihm vertraut von der ersten Sekunde an. Ihr Gesicht, er meinte es schon tausendmal gesehen zu haben. Ihre Bewegungen, ihre Augen, ihr Mund, wie sie sprach, ihre

Stimme, als hätte er sie tausendmal gehört. Woher aber kam diese Vertrautheit? Warum betrachtete er sie nicht wie andere Mädchen ihres Alters auch, warum verliebte er sich in sie?

Er hatte seit ewigen Zeiten nicht masturbiert. Und dann erschien sie, und er tat es. Er sah schemenhaft und gefährlich eine drohende Gestalt am Horizont aufsteigen, und von unsichtbarer Hand wurde in riesigen Lettern wie ein Menetekel etwas an den Himmel geschrieben, und es hieß L-I-E-B-E! Aber wie konnte ein Mann in der Mitte seines Lebens sich in ein Mädchen verlieben, das erst geboren wurde, als er längst verheiratet war? Was machte sie so faszinierend, so anziehend? Ihre Unbekümmertheit, ihre ungewöhnliche Reife, ihr sich von anderen ihres Alters so sehr unterscheidendes Wesen, ihr Körper, ihre Stimme?

Er lag zehn Minuten regungslos da, die klebrige Samenflüssigkeit begann, an seinem Unterbauch anzutrocknen, er stand ein weiteres Mal auf, zog vorsichtig eine frische Unterhose aus dem Schrank (die verdammte Tür knarrte!), ging ins Bad und wusch sich, zog sich um und stellte sich dann im Wohnzimmer ans offene Fenster. Die Wohnung war noch immer erfüllt von einem leichten Brandgeruch, der Platz unter ihm war leer, nur hinter wenigen Fenstern brannte Licht. Er lehnte sich auf das Fensterbrett und sah hinaus. Die Stille dieser Nacht hatte etwas Beruhigendes. Er hätte müde sein müssen, und doch konnte er nicht schlafen, und er wußte nicht, wieso er aufgewacht war.

Schlimme Sorgen drückten ihn, und jeder normale Mensch wäre angesichts dieser Last zusammengebrochen. Nichts hätte in seinem Kopf sein dürfen, als nur die Sorge um seine Familie. Ein Kind im Krankenhaus, Drohungen, Anrufe, Angst. Und Lügen über Lügen! Doch in seinem Kopf war mehr, gefährlich mehr.

Er hatte sich zu allem Unglück auch noch verliebt. In ein kleines Mädchen. Er schalt sich einen Narren, Esther in sein

Leben integrieren zu wollen; sie auch nur in seine Phantasien einzuspannen war vermessen. Er hörte nicht, wie Johanna ins Zimmer trat und plötzlich neben ihm stand. Er erschrak, als sie ihre Hand auf seine legte und sagte: »Kannst du auch nicht schlafen?«

»Mein Gott, hast du mich erschreckt! Was machst du denn hier?«

»Das gleiche könnte ich auch dich fragen. Es ist zu heiß im Bett, und ich hatte einen Druck auf der Blase.«

»Wenn dieser Sommer nur endlich zu Ende ginge! Ich sehne mich wie verrückt nach eisiger Kälte.«

»Und ich mich nach Ruhe. Ich habe miserabel geträumt«, sagte Johanna und legte ihren Kopf an seine Schulter. »Was ist bloß mit unserem Leben los? Ich kapiere es nicht.«

»Wer würde das schon kapieren? Hättest du dir jemals träumen lassen, hierher verschlagen zu werden? Ich nicht.«

»Liebst du mich?«

»Warum fragst du?«

»Du hast es mir lange nicht gesagt.«

»Ich denke, ich liebe dich.«

»Du denkst es nur?«

»Nein, ich habe nur Spaß gemacht. Ich liebe dich. Was würdest du machen, wenn ich eine Freundin hätte?«

»Was soll auf einmal diese bescheuerte Frage?«

»Einfach so. Mich interessiert deine Meinung.«

»Ich hab mir noch keine Gedanken darüber gemacht.«

»Und warum nicht? Glaubst du nicht, daß ein Mann in eine solche Lage geraten könnte?«

»Wann willst du noch Zeit für eine Freundin haben? Also laß die blöde Fragerei. Ich habe keine Lust, mich mitten in der Nacht mit so 'nem Quatsch abzugeben!«

»Würdest du mich fallenlassen?«

»Kannst du nicht bitte damit aufhören?! Ich will nicht darüber sprechen.« Johanna wurde wütend.

»Du brauchst nicht gleich an die Decke zu springen. Ich habe nur mal drüber nachgedacht. Und ich wollte deine Meinung dazu hören.«

»Und ich werde sie dir nicht sagen. Aber sollte es eines Tages tatsächlich soweit kommen, dann wirst du meine Reaktion schon kennenlernen.« Ein drohender Unterton klang aus ihrer Stimme.

David bohrte nicht weiter. Es gab Themen, die er nicht einmal anschneiden durfte, weil Johanna darauf mit der Aggressivität einer wütenden Klapperschlange reagierte. Sie war hochgradig eifersüchtig. Ein anerkennender Blick von David auf eine schöne Frau, eine Schauspielerin, eine Fernsehansagerin konnte bedeuten, daß Johanna einen ganzen Abend lang eingeschnappt war. Es schien eine innere Angst zu sein, eines Tages den Mann zu verlieren, für den sie sich aufgeopfert hatte. Die Angst der fünf Jahre älteren Frau, wegen einer jüngeren im Stich gelassen zu werden. Deshalb waren für sie selbst Blicke etwas Verbotenes, hatten sich seine Liebe und seine Gefühle und Gedanken allein auf sie zu konzentrieren. Jeden bewundernden Blick, jedes *falsche* Wort setzte sie mit potentiellem Ehebruch gleich. Johanna, die barmherzige Samariterin, die sich so gut als aufopfernder Engel in einer mittelalterlichen Peststation gemacht hätte, der Schmutz und Gewürm, eitrige Geschwüre und stinkende Ausdünstungen und Ausscheidungen, Pestbeulen und vollgekotzte und beschissene Böden und Wände nichts ausgemacht hätten, solange sie durch ihren Dienst und ihr Dasein und ihre hilfreichen Worte den bedauernswerten Kreaturen Linderung in den Stunden des Schmerzes und der Todesqual bereitet hätte, diese selbe Johanna sprach nicht über Ehebruch, weil sie sich davor fürchtete wie vor sonst kaum etwas auf der Welt. Sie lebte in ihrem Reich täglichen Opferns und erwartete dafür Liebe. Das Gefühl, gebraucht zu werden, bedeutete ihr mehr als Geld und Wohlstand. Doch hätte man ihr die Geborgenheit genommen, den Lebensinhalt, der scheinbar aus nichts als der Sorge für und um andere, dem täglich gleichen Trott aus Putzen, Kochen, Waschen, Bügeln und den kleinen und größeren Problemen der Kinder bestand, wäre sie nicht mehr gebraucht worden, dann wäre ihr dünnes, wackliges Kartenhaus allein durch den Flügelschlag eines Schmetterlings in sich zusammengefallen. Und weil sie Angst davor hatte und in ihrem tiefsten Innern diese Angst eine reale Rolle spielte und mit zunehmendem Alter, da ihre einstige Attraktivität von fünf Kindern und ständigem Kopfzerbrechen um die täglichen Dinge aufgezehrt worden war und einer gewissen Vergrämtheit Platz gemacht hatte, die sich in zum Teil schon tiefen Falten äußerte, wollte sie nicht einmal in einem belanglosen Gespräch mitten in der Nacht dieses Thema behandeln, barg es doch die Gefahr, den Ängsten und geheimen Befürchtungen einen Hauch von Realität zu verleihen.

David streichelte über ihr frischgewaschenes Haar (nur dann fühlte es sich nicht strohig an), dabei dachte er zuerst an Nicole, dann an Esther, sah vor sich das Bild ihrer langen Beine, die sie im Kino auf die Lehne des Vordersitzes gelegt hatte, eine Winzigkeit gespreizt, gerade so viel, daß eine Hand senkrecht dazwischen paßte.

Johanna war lieb, einfach nur lieb. Nicole war nie lieb, nur manchmal unverbindlich nett, doch meist war sie entweder kalt und berechnend oder feuerspeiend. Und Esther? Wie fühlte sich ihr Haar an? Was, würde jetzt ihr Kopf an seiner Schulter ruhen? Was, würde er jetzt hier am offenen Fenster ihren kurzen Rock hochschieben und dieses junge Becken mit seinen wilden Stößen penetrieren?

Johanna stützte sich mit beiden Händen auf dem Fensterbrett ab, während David ihr Nachthemd hochschob und von hinten in sie eindrang. Esther, Esther, Esther! Er schloß die Augen und stieß mechanisch in diese feuchte, warme Höhle. Er umfaßte ihre ausgelaugten und ausgezehrten Brüste und stellte sich vor, Esthers junges, festes Fleisch in Händen zu halten und zu massieren, während Johanna leise und dunkel

228

stöhnte. Und als er nach langer Zeit (er hatte ja gerade eben erst masturbiert) ejakulierte, durchzuckte ein wildes Ziehen seine Wirbelsäule bis in seinen Kopf, und dann hielt er inne und verweilte noch einige Sekunden und streichelte über Johannas Rücken; sie schnurrte wohlig. Er küßte sie kurz und leidenschaftslos – gab ihr aber dabei das Gefühl, leidenschaftlich zu sein – auf den Nacken, dann verließ er sie und wusch sich im Bad, und als er fertig war, stand Johanna vor der Tür, die Wangen gerötet, ein schelmisches und zugleich etwas verlegenes Lächeln auf den Lippen, und ließ ihn an sich vorbeitreten und über den dunklen Flur im Schlafzimmer verschwinden. Als sie kam, lag David im Bett, auf der linken Seite, die Augen geschlossen, die Decke bis zu den Schultern gezogen. Johanna beugte sich zu ihm und küßte ihn auf die Wangen und auf die Stirn und flüsterte: »Schlaf gut, mein Prinz.«

Um kurz nach vier läutete das Telefon. David, der noch wach lag, sprang aus dem Bett, nahm den Hörer von der Gabel. »Du bist schnell am Telefon, David von Marquardt«, sagte die Fistelstimme. »Nicht mehr lange, und deine Brut wird es nicht mehr geben. Gute Nacht, und grüß deine Frau von mir.« Dann war die Leitung tot. David hielt den Hörer noch eine Weile in seiner zitternden Hand, Schweiß auf der Stirn. »Wer war das?« fragte Johanna, als David ins Bett zurückkam.

»Hm, was glaubst du wohl?«

»Der Typ mit der fiesen Stimme?«

David nickte nur. »Versuchen wir zu schlafen, versuchen wir's einfach.«

## SAMSTAG, 10.00 UHR

David erreichte Manfred Henning zu Hause.
»Die Fistelstimme hat wieder angerufen. Heut nacht um
kurz nach vier. Könnt ihr nicht irgendwas unternehmen?
Eine Fangschaltung oder so was? Wir erwarten ja nicht
einmal direkten Personenschutz, aber es muß doch eine
Möglichkeit geben, damit wir wenigstens wieder ein klein
wenig Ruhe in unser Leben kriegen.«
»Eine Fangschaltung ist zwar möglich, aber wie lange dauern
die Telefonate in der Regel?«
»Eine halbe Minute vielleicht, vielleicht auch eine.«
»Dann kann ich dir keine große Hoffnung machen, außerdem wird der Kerl ja wohl kaum von zu Hause aus anrufen.
Sollte er noch öfter anrufen, dann versuchen wir's. Stopp
beim nächsten Mal doch die Zeit, wie lange er mit dir
spricht ... Aber wo du gerade am Apparat bist – ich würde
dich ganz gerne noch einmal persönlich sprechen. Hättest du
um elf Zeit? Dann könnten wir noch einmal alle Fakten
durchgehen. Ich würde sagen, auch wenn dies mein freier
Tag ist, wir treffen uns im Präsidium, dort können wir uns
am ungestörtesten unterhalten.«
»Elf ist okay. Ich werde dasein.«


## SAMSTAG, 11.00 UHR

Manfred Henning verspätete sich um fünf Minuten. Sie
betraten sein Büro, kalter Rauch hatte sich im Raum festgesetzt. Henning setzte sich hinter seinen Schreibtisch,
David sich ihm gegenüber. Henning stöberte in einem
Aktenstapel, zog dann eine hervor. Blätterte sie auf, las die

erste Seite, lehnte sich zurück, zündete sich eine Zigarette an.

»Also, gehen wir einmal alle Fakten durch, die wir bis jetzt haben. Deine Firma ist am ... zehnten Mai vergangenen Jahres dichtgemacht worden. Du hattest siebenundzwanzig Mitarbeiter, unter denen deiner Meinung nach keiner ist, der Haß- oder Rachegefühle dir gegenüber empfand oder empfindet. Laut Informationen sind alle gut in anderen Firmen untergekommen, darunter zwei Mitarbeiter bei der PROCOM. Du hast so ziemlich alles verloren, was es zu verlieren gibt, mehr brauch ich ja wohl nicht zu sagen. Meyer und Neubert sind mit deinem Geld durchgebrannt. Meyer, wie wir inzwischen wissen, nach Paraguay, wo Neubert sich rumtreibt, wissen wir nicht. Meyer kam nach Frankfurt zurück, was er hier wollte, ist uns nach wie vor ein Rätsel. Jedenfalls ist er tot. Dann haben wir es mit deinem Sohn Thomas zu tun, der angeblich mit Kokain und Heroin gedealt hat, über eine für seine Verhältnisse große Menge Geld verfügte, weiterhin mit einer toten Giftschlange, einer Beinahe-Entführung, zerstochenen Reifen, zerkratztem Lack, einer eingeschlagenen Autoscheibe, ominösen Anrufen. Das alles zusammen ergibt nicht mal ein halbwegs vernünftiges Bild.«

»Das heißt also im Klartext, ihr habt nicht einmal die geringste Spur?«

»Nichts, absolut nichts. Nur so viel, daß Meyer sich in Paraguay wohl gegen gutes Geld die Staatsbürgerschaft erkauft und seinen Namen geändert und somit einen ganz legalen Paß bekommen hat. Über seine Geschäfte dort wissen wir nichts, wir nehmen an, daß er sich erst mal auf den Millionen ausruhen wollte. Sein Haus jedenfalls soll, so ein Angehöriger der deutschen Botschaft, vom Feinsten gewesen sein. Mehr gibt's nicht. Aber jetzt zu dir.« Er drückte seine Zigarette aus, zündete sich gleich eine neue an. »Ich persönlich glaube nicht, daß diese ganzen ... nennen wir es

231

Terrorakte ... etwas mit deinem Sohn Thomas zu tun haben. Da steckt mehr dahinter. In meinen Augen war er nur ein Opfer. Könntest du dir aus deinem näheren oder weiteren Umfeld irgendwen vorstellen, der es auf dich und deine Familie abgesehen haben könnte? Wobei ich vor allem jetzt einmal dich anspreche. Irgend jemand, der dir ans Leder will, aus welchen Gründen auch immer.«

David schüttelte entschieden den Kopf. »Nein, niemand. Wir oder besser gesagt ich haben niemandem etwas getan.«

»Was mich noch interessieren würde, und ich bitte dich, mir die Frage so ehrlich wie möglich zu beantworten – was für einen Nebenjob hast du? Du hast letztesmal ein ziemliches Geheimnis daraus gemacht.«

David senkte den Kopf, errötete leicht. Krallte die Hände ineinander, schwieg einen Moment, sagte dann mit erhobenem Kopf: »Ich verdiene etwas für unseren Lebensunterhalt dazu.«

»Und als was? Deinem Gesicht nach zu urteilen scheint es dir peinlich zu sein, darüber zu sprechen. Du bist doch nicht etwa ein Callboy?« fragte Henning grinsend und doch irgendwie ernst.

David seufzte kurz auf und zuckte mit den Schultern. »So was Ähnliches. Ich bin einer Dame dreimal in der Woche für jeweils vier Stunden zu Diensten. Dafür entlohnt sie mich mit achtzehnhundert Mark im Monat. Das sind so in etwa meine Kreditraten. Aber wenn du denken solltest, daß es dabei nur ums Bumsen geht, irrst du dich. Ich halte die Wohnung sauber, spiele mit ihr, wir sitzen vor dem Fernseher oder unterhalten uns. Aber natürlich schlafen wir auch miteinander.«

»Kann ich ihre Adresse haben?«

»Nein, Manfred, nein!« wehrte David entschieden ab. »Es ist ein reines Dienstverhältnis, von dem Johanna niemals etwas erfahren darf. Sie würde mich sofort verlassen, du kennst Johanna. Und sie würde es erfahren. Diese Frau ist absolut integer, sie ist promovierte Juristin, na ja, mehr werde ich dazu nicht sagen. Johanna denkt, ich mache Kontrollgänge für eine Bank.«

»Seit wann geht das zwischen euch?«

»Ende April.«

»Und wie lange glaubst du, es vor Johanna verheimlichen zu können? Noch einen Monat, zwei? Und hast du dir schon mal die Frage gestellt, ob nicht vielleicht deine Juristin in der Sache mit drinhängt?«

»Ich sagte doch schon, sie ist absolut integer. Sie ist die letzte, die auf solche Sachen kommen würde. Außerdem möchte ich dich daran erinnern, daß Thomas zusammengeschlagen wurde, und das bestimmt nicht von einer Frau, und die Fistelstimme, sie gehört auch ganz eindeutig einem Mann. Nein, vergiß die Frau.«

»Also gut, die Angelegenheit ist dein Problem, und auch wie du damit zurechtkommst. Aber ich sehe schon, wie du dir die Finger verbrennst.«

»Das laß meine Sorge sein, ich bin vorsichtig.«

»Kann ich dir nur raten. Aber sei auf der Hut, du weißt, was du alles aufs Spiel setzt, wenn die Sache auffliegt. Am Ende stehst du ganz allein da.«

David zuckte nur mit den Schultern und erhob sich. »Wollen wir noch ein Bier trinken gehen?«

Manfred Henning schaute auf die Uhr, nickte. »Eine halbe Stunde habe ich noch Zeit, dann muß ich noch ein paar Erledigungen fürs Wochenende machen. Also, gehen wir.«

## MONTAG, 9.15 UHR

Johannas Nerven lagen blank. Ihr war trotz der Hitze kalt, sie zitterte, war kaum zu einem klaren Gedanken fähig. Alles um sie herum schien zu verschwimmen, und schließlich, von Angst getrieben, der anonyme Anrufer könnte seine wüsten Drohungen bald in die Tat umsetzen, rief sie bei ihrer Mutter in Flensburg an und bat sie, Maximilian und Nathalie für ein paar Wochen bei sich aufzunehmen; natürlich wisse sie, daß dieser Wunsch recht ungewöhnlich sei und urplötzlich käme. Nach einigem Zögern und nachdem Johanna die bedrohliche Situation in aller Deutlichkeit erklärt hatte, willigte ihre Mutter ein. Sie sagte, die Kinder könnten zu ihr auf den Campingplatz kommen, wo das ganze Jahr über zwei Wohnwagen direkt an der Ostsee standen, aber Johanna müsse auch verstehen, daß sie nicht mehr die Jüngste sei und sich nicht den ganzen Tag um die Kinder kümmern könne. Johanna meinte, das würde nichts machen, Nathalie sei schließlich alt genug und Maximilian ein verständiger und folgsamer Junge.

Am Mittag überraschte Johanna David mit dieser Nachricht im Büro.

»Das ist eine prima Idee. So sind sie wenigstens fürs erste aus der Schußlinie.«

»Bleiben nur noch wir ...«

»Warum wir? Warum fährst du nicht einfach mit? Damit wäre die Belastung von deiner Mutter genommen.«

»Ich habe auch schon daran gedacht, aber ... nun, kämst du denn allein zurecht?«

»Allemal. Fahr mit, eine Luftveränderung könnte auch dir nichts schaden. Außerdem ist ja auch noch Alexander da. Wir passen schon auf uns auf.«

»Aber euer Verhältnis in letzter Zeit ist nicht gerade das beste.«

»Wir werden uns arrangieren, mach dir keine Sorgen.«
Johanna, Nathalie und Maximilian würden für längere Zeit
den Belastungen in Frankfurt entfliehen, Alexander war alt
genug, wie er selbst behauptete, auf sich selbst aufzupassen,
und David – ein beinahe diabolisches Grinsen überzog sein
Gesicht, natürlich, auch er hätte freie Bahn, zumindest einige Wochen lang. Esther! Welch grandioser Einfall, sich freie
Bahn zu schaffen für Esther, für sein Küken, seine kleine
Zauberfrucht! Das einzige, was ihm weniger behagte, war
die Aussicht auf ein strapaziöses Wochenende, an dem er die
lange Fahrt an die Ostsee machen mußte.
Oh, Esther, wie gerne hätte er sie durch die Tür schweben
sehen ... *Du Narr!* sagte er sich immer wieder, wenn sie zu
intensiv durch seinen Kopf geisterte. *Du alter, verdammter
Narr! Wo willst du eigentlich landen? Reicht nicht, was du
jetzt schon tust, mußt du es noch weitertreiben? Sieh dich
vor, David von Marquardt! Alles um dich herum versinkt in
Schutt und Asche, deine Familie geht zugrunde, und du
verliebst dich in ein junges Gör und benimmst dich wie ein
geiler Gockel mit stolz gebälhtem Kamm!*
Doch wie konnte er seinen Gedanken, seiner Phantasie Ein-
halt gebieten, seinen Ideen verbieten, nicht länger die herr-
lichsten Bilder hervorzuzaubern? Ja, ja, ja, er hatte sich
verliebt, und er wußte um die zusätzliche Gefahr, die er
dadurch heraufbeschwor, daß das Damoklesschwert sich immer tiefer senkte, daß er sich dadurch auch Nicole zur
erbitterten Feindin machen konnte, doch der Name Esther
allein genügte, seinen Körper zum Zerreißen zu spannen
und alle Sorgen und Nöte und Gefahren wegzuwischen und
zu vergessen. Nie in seinem Leben hatte er auch nur einen
Moment an ein Verhältnis mit einem so jungen Ding gedacht. Und jetzt war sie aufgetaucht, und mit ihr brach eine
unheimliche, gespenstische Macht in ihm hervor, eine
Macht, die er nie in sich vermutet hätte.
Er versuchte sich abzulenken, eine neue Lieferung Handbü-

cher war eingetroffen, die er selber auspackte und in Regalen verstaute. Es waren neue Bücher für PC-Anwender, die sich hauptsächlich mit Textverarbeitung und der Erstellung von Grafiken beschäftigten. Er nahm eines der Handbücher für Textverarbeitung, schlug es auf – und erstarrte. MARQWORD! Nur daß es jetzt einen anderen Namen trug – COMWORD! Die ProCom hatte also die Softwarerechte an seiner alten Firma gekauft! Über einen Mittelsmann hatte Werner Holbein sich die MARQUARDT GMBH unter den Nagel gerissen. Und das war wohl auch der einzige Grund, weshalb er ihm so generös den lausigen Posten in der Poststelle verschafft und sich für ihn bei der Bank eingesetzt hatte. Holbein, das war also seine Rache für die alte Feindschaft! Und jetzt verstand David auch, daß Holbein zwei seiner früheren Softwareentwickler, seine beiden besten Männer, in die ProCom übernommen hatte. Und er selbst hatte von all diesen Spielchen nichts geahnt oder gar mitbekommen. Er würde Holbein, diesen linken Hund, zur Rede stellen. Für einen kurzen Moment flackerte in ihm der Gedanke auf, Holbein könnte auch mit den Terrorakten in Verbindung stehen, aber er verwarf den Gedanken gleich wieder, diese Gemeinheit wiederum traute er ihm nicht zu. Vor allem gab es für Holbein keinen Grund, er war ein geld- und machtbesessener Mann, ohne Zweifel, aber kein gewalttätiger.

Die Tür zu Davids Büro stand offen, als er die Gestalt von Holbein vorüberhuschen sah. David sprang auf, rannte aus dem Büro. »Werner!« rief er ihm hinterher, worauf Holbein stehenblieb, sich umdrehte und David angrinste. David blieb direkt vor ihm stehen und sagte mit ernster Miene: »Könnte ich kurz mit dir reden?«

Holbein schaute auf die Uhr. »Eigentlich habe ich in zehn Minuten einen Termin ... ist es wichtig?«

»Für mich allerdings!«

Holbein holte tief Luft. »Also gut, aber nicht mehr als zehn Minuten. Komm mit in mein Büro.«

Er legte einen Aktenordner auf den Schreibtisch seiner Sekretärin, bat sie, den geänderten Text in den Computer einzugeben. Dann betraten sie Holbeins geräumiges, hypermodern eingerichtetes Büro, er begab sich hinter seinen Schreibtisch, deutete auf den Stuhl ihm gegenüber. David setzte sich.

»Also, schieß los, was gibt's so Dringendes?«

»Es sind vorhin ein paar Pakete mit Handbüchern gekommen. Und als ich einen Blick in eines dieser Bücher warf, traf mich fast der Schlag. Du kannst dir denken, wovon ich spreche?« David beobachtete genau die Reaktion von Holbein, der, ohne aufzuschauen, einen Kugelschreiber zwischen seinen Fingern drehte und sagte: »Ich denke, ich weiß, worauf du hinauswillst. Und?« sagte er schulterzuckend. »Was ist so schlimm daran?«

»Warum hast du mir verheimlicht, daß du die Softwarerechte an meinen Produkten aufgekauft hast? Hättest du es mir ehrlicherweise nicht wenigstens sagen können?«

»Was hätte es gebracht? Du kannst froh sein, daß ich sie habe. Ein anderer hätte dich vermutlich nicht eingestellt. Ich habe dir einen Job gegeben, weil wir früher einmal Freunde waren.«

David lachte auf. »Komm, es war mein Unternehmen, und du hast mich – ›großzügigerweise‹ – in der Poststelle untergebracht. Du weißt, daß ich mehr kann, als nur Briefe und Pakete zu sortieren. Aber ich sag dir, was los ist – du hast Angst, ich könnte immer noch besser sein als du!«

»Und wer hat sich bei der Bank für dich eingesetzt?« fragte Holbein ungerührt.

»Ach komm, vielleicht hast du ja doch so was wie ein schlechtes Gewissen, aber erzähl mir nicht, du hättest es aus alter Freundschaft getan. Dazu kenne ich dich zu gut.«

»Und was willst du jetzt? Kündigen?«

David schüttelte den Kopf. »Nein, ganz sicher nicht, du weißt genau, wie dringend ich das Geld brauche.«

»Gut. Ich werde dein Gehalt um fünfhundert Mark erhöhen, wenn dir das hilft. Ich weiß, du sitzt ziemlich tief im Dreck, aber mehr kann ich für dich nicht tun. Dein altes Programm MARQWORD ist im Verlauf des letzten Jahres von den besten Leuten auf Vordermann gebracht worden. Du solltest sehen, was es jetzt alles leistet! Es ist das beste Programm auf dem Markt.«

»Es war das beste Programm.«

»Ganz genau – war, aber die Zeit ist so schnellebig, man muß sich ständig etwas Neues einfallen lassen – und der Konkurrenz eine Nasenlänge voraus sein. Und das sind wir mit COMWORD. Es wird einschlagen wie eine Bombe, das garantiere ich dir. Tut mir leid, daß du auf diese Weise erfahren mußtest, daß ich die Rechte gekauft habe. Es war vielleicht wirklich nicht ganz fair, aber . . .«

»Ach, vergiß deine Entschuldigungen, ich bin einfach nur enttäuscht. Wir waren einmal Freunde, aber die Betonung liegt auf *waren!*« David erhob sich ruckartig, stützte sich mit beiden Händen auf der Schreibtischplatte ab, sah Holbein an und sagte zynisch: »Aber danke für die Gehaltserhöhung. Damit kann ich meinen Kindern vielleicht ein paar neue Klamotten kaufen.«

Er drehte sich abrupt um und verließ das Büro. In ihm kochte es, er stellte sich vor, wie Holbein jetzt die Millionen kassierte, die eigentlich ihm gehörten, wäre er von Meyer und Neubert nicht so aufs Kreuz gelegt worden. Auch die MARQUARDT GMBH hätte das Programm verbessert, vielleicht sogar noch weiter, als es die PROCOM getan hatte. Er ballte die Fäuste, schrie innerlich auf. Holbein, ausgerechnet Holbein! Verdammtes Schwein, verdammtes, elendes, stinkendes Schwein! dachte er, während er in seine Poststelle ging und sich einen Kaffee einschenkte. Aber vielleicht würde eines Tages der Zeitpunkt kommen, an dem er es Holbein heimzahlen konnte. Vielleicht.

Er telefonierte kurz mit Johanna, um ihr von dem Vorfall zu berichten, die ihr Entsetzen und ihre Wut kaum im Zaum halten konnte. Danach ging er zum Mittagessen über die Straße in einen Imbiß, aß eine Currywurst mit Pommes frites und schüttete einen großen Flachmann Chantré in sich hinein, um seine gereizten Nerven zu beruhigen, spazierte für eine halbe Stunde durch die mittägliche Hitze der Stadt an den Auslagen der Kaufhäuser vorbei, doch seine Gedanken vermochte er nicht zu bändigen.

Als er am Abend nach Hause kam, steckte Johanna bereits in den ersten Reisevorbereitungen. Sie hatte zwei Koffer und die Reisetasche vom Schlafzimmerschrank geholt und sie zum Lüften auf den Balkon gestellt. Maximilian empfing David mit einem Kuß, ein Strahlen überzog das ganze Gesicht, und er berichtete ihm von allen Plänen, die sie im Urlaub verwirklichen wollten, Muscheln und Steine sammeln, Sandburgen bauen und, und, und ... Nathalie verhielt sich wie stets etwas reservierter, doch ihre Freude spielte sich im stillen ab.

»Habt ihr irgend jemandem gesagt, daß ihr verreist?« fragte David.

»Nein, keine Bange, kein Mensch außer meiner Mutter weiß davon. Und Alexander habe ich auch instruiert, den Mund zu halten.«

»Gut so, denn je weniger davon wissen, desto besser für uns.«

Drei volle Wochen waren vorerst geplant, doch es konnten durchaus vier oder fünf daraus werden, der eine Wohnwagen stand ja jetzt, nach Schwiegervaters Tod, leer. Und natürlich hofften David und Johanna auf eine Beruhigung der angespannten Lage zu Hause.

David überließ Johanna ihrer hektischen Betriebsamkeit, duschte und bereitete sich auf den Abend vor. Alexander verbrachte den Abend ausnahmsweise einmal vor dem Fernsehapparat. David telefonierte, kurz bevor er das Haus ver-

ließ, mit Thomas, der einen weiteren erfolglosen Hypnose-
versuch über sich hatte ergehen lassen, sein Inneres wehrte
sich vehement gegen diesen Zugang von außen. Um kurz
nach halb acht fuhr David los. Esther!

David hatte geplant, mit Esther in den Zoo zu gehen und das
Exotarium zu besuchen und hinterher noch einen Abstecher
in eine Diskothek ihrer Wahl zu machen. Die Wohnung von
Nicole war nur spärlich aufgeräumt, von Esther keine Spur.
Nicoles Haare waren, wie immer öfter in letzter Zeit, wild
zerzaust, ihre Füße nackt, die Fingernägel nicht lackiert, ihr
Mund blaß und schmal und fast mit dem Weiß ihrer Haut
verschmelzend, ihre Augen stumpf und leer, ein Gemisch
aus Alkohol und Rauch hatte sich im Zimmer festgesetzt,
eine Zigarette verglühte im Aschenbecher. »Sieht gut aus,
was?« empfing sie ihn und schnürte ihren Hausmantel vorne
zu. »Seit meine liebe Tochter da ist, komme ich zu nichts
mehr. Schau dir das an, alles ihr Werk! Ich glaube, die hat
von Aufräumen noch nie etwas gehört! Möchte zu gerne
wissen, wozu sie das beste und teuerste Internat in ganz
Deutschland besucht. Ich hatte doch tatsächlich geglaubt, sie
würden ihr dort so was wie Manieren und Ordnungssinn
beibringen! Na ja, das ist eben der Einfluß ihres Vaters.«
»Sie hat diese Unordnung veranstaltet?«
»Fast alles, ja! Na, zum Glück bist du ja jetzt hier. Ich werde
mich ein wenig aufs Bett legen. Ich bin kaputt, ich habe
meine Tage und laufe aus wie eine ... Heute wäre sowieso
nichts drin, wenn du verstehst, was ich meine.«
»Wo ist sie?« fragte David, ohne auf die letzte, ihm unange-
nehme Bemerkung einzugehen.
»Keine Ahnung. Weg. Irgendwo. Sie wird wohl gleich wiederkommen, jedenfalls hat sie mir einen Zettel hinterlassen,
auf dem steht, daß sie um halb neun heimzukommen ge-
denkt. Ah, da ist sie! Wenn man vom Teufel spricht!« sagte
sie und deutete mit dem Kopf auf die Tür, die gerade aufge-

schlossen wurde. »Erst veranstaltet die Katze Halligalli, dann verschwindet sie einfach.«

»Hallo, David!« begrüßte ihn Esther und warf nur einen kurzen Blick auf ihre Mutter. »Was liegt für heute an?«

»David wird zuallererst deinen Mist aufräumen, und dann könnt ihr überlegen, was ihr macht.«

»Wieso meinen Mist? Das meiste davon ist von dir.«

»Auch noch lügen, was? Aber von dir ist ja eh nichts anderes zu erwarten!«

»Moment mal«, sagte Esther und schüttelte verwundert den Kopf. »Bin ich hier im falschen Theater? Ich rauche nicht, und die Klamotten hab ich auch nicht auf den Boden geschmissen! Die Unordnung stammt zum größten Teil von dir.«

»David, bitte, hör nicht auf sie, sie lügt, wenn sie den Mund aufmacht! Räum auf, vielleicht hilft sie dir ja dabei.« Nicole machte kehrt und verschwand mit schnellen Schritten im Schlafzimmer.

»Ich war's wirklich nicht«, sagte Esther mit unschuldigem Augenaufschlag. »Aber bitte, wenn sie meint, es mir in die Schuhe schieben zu müssen!«

»Wahrscheinlich wart ihr's beide, oder?« fragte David grinsend, der schon beinahe befürchtet hatte, sie an diesem Abend nicht zu Gesicht zu bekommen. Ihr Pony klebte an der Stirn, und er hätte gerne diese süße Stirn trockengeküßt. Das Shirt umspannte ihre kleine Brust wie eine zweite Haut, und auf eine seltsame Weise machte sie einen hilflosen und verstörten Eindruck. Ein Rehkitz, das seine Mutter verloren hatte.

»Komm, laß uns anfangen, um so eher können wir gehen.« Nach einer halben Stunde befand sich der größte Teil der Wohnung in einem vorzeigbaren Zustand. Durch die Balkontür wehte die noch immer heiße Abendluft, der Wetterbericht hatte Tiefsttemperaturen von knapp zwanzig Grad angekündigt, aber auch die Aussicht auf Hitzegewitter.

»Und jetzt?« fragte Esther und holte sich eine Cola aus dem Kühlschrank. Sie gab in ein Glas drei Viertel Cola und ein Viertel Whisky und schüttete es in einem Zug hinunter. Wäre Nathalie siebzehn, David wäre fuchsteufelswild geworden. Aber Esther war anders, sie war kein Kind mehr, nur ein wenig, gerade so viel, daß David sich nur noch wohl fühlte, wenn er in ihrer Nähe sein konnte. Jede ihrer Bewegungen prägte er sich mit akribischer Genauigkeit ein.

»Eigentlich wollte ich mit dir in den Zoo, besser gesagt ins Exotarium gehen, aber ich fürchte, dafür langt die Zeit nicht mehr. Sie machen schon um zehn zu. Wollen wir eine Runde durch den Park drehen und uns unterhalten? Oder mach du einen Vorschlag.«

Nicole kam aus dem Schlafzimmer, sie hatte sich zurechtgemacht, etwas Rouge auf die Wangen gelegt, Lippenstift aufgetragen, die Fingernägel lackiert.

»David, du bist der perfekte Hausmann«, sagte sie mit beißendem Spott. »Warum geht eigentlich deine liebe Frau nicht arbeiten, und du erledigst die Hausarbeit? Vielleicht könnte sie deine Familie eher ernähren!«

»Könnten wir bitte das Thema lassen?« fuhr er sie an.

»Was habt ihr vor?« fragte sie, die Arme über der Brust verschränkt.

»Wir wissen es nicht. Vielleicht spazierengehen.«

»Um meine liebe Mami nicht zu nerven!«

»Warum bleibt ihr nicht? Wir könnten etwas spielen.«

»Und was?« fragte Esther lustlos.

»Schau im Schrank nach und such ein Spiel heraus, das dir gefällt.«

»Keine Lust. Vielleicht ein andermal«, sagte Esther.

»Das ist meine Tochter! Kein Familiensinn, die Kleine. Wie geht es bei dir? Was machen die Anrufe?«

»Johanna und die Mädchen fahren am Wochenende für ein paar Wochen an die Ostsee zu meiner Schwiegermutter. Der Kerl ruft jetzt fast jeden Tag an. Er muß ein perverses

Schwein sein. Ich verstehe das nicht. Wir haben keiner Menschenseele auch nur das geringste Leid angetan. Ich habe nicht betrogen ...«

»Na ja«, unterbrach ihn Nicole mit süffisantem Lächeln, »wie man's nimmt.«

»Ha, ha! Es gibt jedenfalls keinen Grund, uns so zu terrorisieren.«

»Hey, Moment mal, das ist ja richtig spannend«, sagte Esther, beugte sich nach vorn und blickte David neugierig an. »Was ist los? Anrufe, terrorisieren?«

»Eine lange Geschichte ...«

»Ich liebe lange Geschichten!«

»Das geht dich nichts an!« sagte Nicole und drückte ihre Zigarette aus.

»David, bitte!« flehte Esther mit großen Augen.

Nachdem David auch Esther die Geschichte erzählt hatte, trat für Augenblicke Stille ein. Dann fragte Esther aufgeregt: »Und du hast keine Ahnung, wer dahintersteckt?«

»Nein, absolut nicht.«

»Und die Polizei? Was sagen die dazu?«

»Die Polizei! Sie haben nichts, aber auch gar nichts in der Hand. Es gibt sogar einige, die halten uns für Mitwisser, die denken doch allen Ernstes, wir würden von den angeblich dunklen Geschäften von Thomas wissen und ihn decken!«

»Aber die müssen doch etwas unternehmen!« entrüstete sich Esther. Sie streckte ihre Gestalt, und ihre Brüste stachen wie Helmspitzen hervor.

»Tun sie nicht.«

»Ich würde Himmel und Hölle in Bewegung setzen!«

»Es ist Davids Angelegenheit«, mischte sich Nicole ein. »Er wird ganz gut wissen, was er tut, nicht wahr, David? Kann ich dich bitte für einen Moment unter vier Augen sprechen?«

»Schon gut, schon gut, ich verschwinde in meinem Zimmer. Ihr könnt mich ja holen, wenn ihr fertig seid.« Esther erhob sich und ging. Als sie außer Hörweite war, sagte Nicole: »Es tut mir leid wegen deiner Familie. Wenn ich irgendwie helfen kann, sag's. Aber wenn du keine häuslichen Verpflichtungen in der nächsten Zeit hast, könntest du da nicht öfter herkommen? Natürlich mußt du dich nicht die ganze Zeit um Esther kümmern, ich hätte auch ganz gerne mal wieder was von dir.« Sie streichelte über sein Gesicht, seine Lippen, seinen Hals, und mit einem festen, doch nicht unangenehmen Griff faßte sie zwischen seine Beine.

»Ich werde sehen, was sich machen läßt. Sicher, warum nicht?«

»Du könntest zum Beispiel ein paar Tage Urlaub nehmen, ich meine natürlich von der ProCom, und dich tagsüber mit Esther beschäftigen, du weißt, was ich meine. Und abends wärst du ab und zu für mich frei.«

»Wofür?«

»Wofür schon? Wir haben es lange nicht mehr gemacht. Ich vermisse es.«

»Und Esther?«

»Was ist mit ihr? Willst du etwa auch mit ihr schlafen?«

»Blödsinn! Sie wird es merken ...«

»Sie weiß es, ich habe es ihr erzählt.«

»Was?« entfuhr es David entsetzt, und er stieß sie weg. »Du hast ihr gesagt, daß ich ein bezahlter Liebhaber bin?«

»Reg dich ab, David von Marquardt! Ich habe ihr gesagt, daß du mein Freund bist, und sie ist weiß Gott alt und schlau genug, um zu wissen, daß Freunde wie wir sich nicht nur unterhalten. Ich möchte wetten, sie hat selber schon ihre Erfahrungen gemacht. Sie hat ihre Tage gekriegt, da war sie kaum elf. Bei ihr ist alles etwas früher.«

»Hat sie einen Freund?« fragte David.

»Keine Ahnung, interessiert mich auch nicht. Wahrscheinlich hat sie schon viele gehabt. Weißt du, als ich geschieden wurde, war Esther acht; und ich habe ihr freigestellt, zu wem sie gehen möchte, und sie hat sich für ihren Vater entschieden. Im Prinzip war mir das recht so, ich hätte ehrlich gesagt nicht viel mit ihr anfangen können. Außerdem hat ihr Vater mehr Geld, als er jemals wird ausgeben können. Aber sie ist verdorben, ihre Seele ist ein einziger großer Trümmerhaufen. Nun, auch das kümmert mich wenig. Wie ich schon einmal sagte, ich hasse Kinder. Sie sind nur Ballast.«

»Haben deine Eltern dich auch gehaßt?«

»Willst du jetzt den Psychologen spielen?« fragte sie sarkastisch.

»Nein, es interessiert mich nur.«

Ihr Blick ging an David vorbei ins Leere. Sie setzte sich aufrecht hin, das rechte Bein angewinkelt und den Fuß unter den linken Oberschenkel geschoben. Ihre Lippen wurden ein schmaler, gerader Strich, ihre Nasenflügel bebten. »Meine Mutter vielleicht, ja, vielleicht hat sie mich gehaßt. Mein Vater aber hat mich geliebt, er hat mich vergöttert. Aber das war vor Urzeiten. Ich kenne meine Mutter nicht, ich habe nur von ihr gehört. Es kann tatsächlich sein, daß ich deshalb nicht viel für Esther empfinde.«

Mit einemmal sah sie David erschrocken und direkt an, die Stirn in Falten gezogen, ungläubig.

»Vergiß, was ich gesagt habe. Es ist nicht wahr. Meine Mutter hat mich bestimmt geliebt. So«, sagte sie und stand auf und strich ihren Hausmantel gerade, »wenn ihr noch etwas vorhabt, dann macht euch auf den Weg. Ich bin müde, mein Tag war kräftezehrend. Falls wir uns nicht mehr sehen, gute Nacht.«

Ihre Stimme war hart geworden. Sie drehte sich abrupt um und klopfte kräftig an Esthers Tür und trat ins Zimmer, ohne ein Herein abzuwarten. Esther lag auf dem Bett und blätterte in einem Magazin; sie blickte gelangweilt hoch.

»David wartet auf dich!« sagte Nicole im Befehlston. »Ihr wolltet doch spazierengehen.«

»Ja, ja, ich komme schon. Ist es nicht ein bißchen spät dafür?«

»Macht, was ihr wollt, aber laßt mich zufrieden!«
Esther sprang vom Bett auf, besah sich kurz im Spiegel, löschte das Licht und ging auf David zu. Sie neigte den Kopf nach links und sagte: »Also, gehen wir. Ich habe Lust auf ein schönes großes Eis mit viel, viel Sahne!«

Sie nahmen die Treppe statt des Aufzugs und liefen durch die beinahe menschenleeren Gassen auf den Park zu. Jetzt um halb zehn hatte sich der graue Schleier der Dämmerung über die Stadt gelegt, und ein Grauton nach dem andern wurde dem hinzugefügt, und vereinzelt sausten noch ein paar Schwalben in wilden Tiefflugmanövern auf der Jagd nach Mücken durch die schwülwarme Luft, vom östlichen Horizont schob sich eine finstere Wand allmählich auf die Stadt zu. Eine Weile schlenderten David und Esther schweigend nebeneinander her, einige Male berührten sich wie zufällig ihre Arme, und in Davids Kopf spannen phantastische Phantasien wilde Netze, während Esther ihren Kaugummi zwischen den Zähnen knetete und einen unbeschwerten Eindruck machte. Sie konnte ja nicht ahnen, was in David vorging.
Nach etwa fünfhundert Metern kamen sie an eine vielbefahrene Hauptstraße, die Stühle vor der Eisdiele waren vollbesetzt, selbst im Innern fand sich kein Platz mehr.
Sie standen vor dem Verkaufsschalter an, David kaufte einen Becher mit sieben Kugeln und einer doppelten Portion Sahne für Esther, für sich selber eine Tüte mit drei Kugeln. Sie setzten ihren Weg fort, und ein paarmal drehte David sich um, er hatte ein ungutes Gefühl, wähnte sich beobachtet, vielleicht sogar verfolgt, doch immer, wenn er hinter sich blickte, erblickte er niemand Verdächtiges.
»Hast du Angst?« fragte Esther, als spürte sie seine Unruhe.
»Ich meine, wenn ich solche Anrufe bekäme … ich glaube, mir würde das Herz stehenbleiben.«
»Seltsamerweise gewöhnt man sich an alles, selbst an so was.

Und bis jetzt ist ja auch nichts weiter passiert, außer das mit Thomas. Ich nehme an, der Verrückte wird sein Vorhaben bald aufgeben. Reden wir nicht weiter darüber.«

Sie gelangten an den Park, der vollgestopft war mit Spaziergängern und vielen jungen Leuten, die noch auf den Wiesen lagen und Bier tranken, Musik hörten oder mit Frisbeescheiben spielten, obwohl in der Dämmerung kaum noch etwas zu erkennen war. Unter den dichtbewachsenen Bäumen war es angenehm kühl. Die Dämmerung ging in die Nacht über, das Grau wurde zu Schwarz, und weit hinten, am Ende der Welt, flackerte unaufhörliches Wetterleuchten.

»Es wird ein Gewitter geben«, sagte David. »Und es kommt von Osten. Es heißt, Gewitter, die von Osten kommen, sollen besonders heftig sein.«

»Ich habe keine Angst vor Gewittern. Im Gegenteil«, sagte sie und kickte mit ihrem rechten weißen Leinenturnschuh einen vor ihr liegenden kleinen Stein gegen einen Baum. »Am Bodensee, dort wo mein Internat ist, habe ich oft gesehen, wenn Blitze in den See eingeschlagen sind. Ich finde es herrlich anzuschauen.«

»Wie ist es in einem Internat?« wollte David wissen.

»Man gewöhnt sich dran. Ich habe eine Klasse übersprungen, weil ich besonders gut bin. Einige halten mich sogar für besonders intelligent. Mag sogar stimmen, ich habe einen IQ von hundertfünfundvierzig, was ziemlich hoch ist. Und trotzdem mag ich die Schule nicht, sie ödet mich an.«

»Mich hat sie auch angeödet. Erzähl mir von deinem Vater.«

»Er ist *der* Vabochon! Opernsänger, Troubadour, neben Pavarotti, Carreras und Placido Domingo die vierte Größe in diesem Geschäft.«

»*Der* Vabochon?! Du hast einen berühmten Vater.«

»Ich hab nicht viel von ihm, er ist ja nie da. Und wenn er verspricht dazusein, ist es trotzdem eher wahrscheinlich, daß er es nicht ist. Aber du müßtest ihn kennenlernen. Wir kommen gut miteinander aus. Ganz im Gegensatz zu diesem

Weib, das sich meine Mutter nennt! Die Frau kotzt mich total an. Aber ich werd die Ferien überstehen.«

Sie setzten sich auf eine freie Parkbank, zwischen ihnen waren etwa zwanzig Zentimeter Raum. Radfahrer huschten wie Schemen vorbei, Hunde wurden durch die Nacht spazierengeführt und setzten ihre Duftmarken an Bäume und Laternenpfähle, Verliebte tauschten Küsse und im Schutz der Dunkelheit vielleicht sogar mehr aus. Aus dem Wetterleuchten wurden Blitze, und aus fernem, dumpfem Grollen die schwüle Luft durchschneidende, krachende Donner. Der nur noch im Westen verschwommen wahrnehmbare Sternenhimmel wurde von der Wolkendecke zugedeckt.

»Komm, laß uns gehen, bevor wir naß werden.« Sie eilten auf den Ausgang des Parks zu, die Menschen verkrochen sich in ihren Häusern, die Stühle vor der Eisdiele wurden eilig aufeinandergestapelt und nach drinnen gebracht, und mit einemmal brach das Unwetter los, fuhr eine gewaltige Windbö durch die Häuserschluchten, bogen sich die Bäume gefährlich weit zur Seite, und dann kam der Regen; ein vernichtender Wolkenbruch prasselte auf die ausgetrocknete Erde und den warmen Asphalt. David nahm Esther bei der Hand, und sie rannten, bis David stehenblieb und nach Luft japste.

»Kannst du nicht mehr?« fragte Esther sichtlich belustigt, das nasse Haar klebte an ihrem Kopf, im Licht der Straßenlaternen zeichneten sich die Brustwarzen zart und sanft unter dem weißen Shirt ab, und irgendwie mußte David an den Film *Ein Amerikaner in Paris* denken; auch er wäre jetzt am liebsten durch die überschwemmten Straßen getanzt. Esther nahm ihn bei der Hand und zog ihn mit sich, und als sie zu Hause anlangten, blieben sie im Foyer des Hauses stehen und rangen um Luft.

»Mir ist auf einmal kalt«, sagte Esther, und wie instinktiv zog David sie an sich, legte seine Arme um sie, um sie zu wärmen, streichelte ihren Rücken. Sie ließ es mit sich geschehen, es schien ihr sogar zu gefallen. Sie legte ihren Kopf an seine Schulter, und er sog den Duft ihres nassen Haares ein, doch plötzlich löste sie sich von ihm und sah ihn fragend aus ihren großen, tiefen Augen an und schürzte die Lippen.

»Warum hast du das getan?« fragte sie verstört.

»Ich, nun, äh, du sagtest, dir wäre kalt, und ...«

»Stimmt. Danke«, sagte sie knapp, drückte den Knopf für den Aufzug, der sich leise surrend von oben in Bewegung setzte.

In der Wohnung war es dunkel. Esther ging auf Zehenspitzen zur Schlafzimmertür und lugte vorsichtig hinein. »Sie schläft«, sagte sie und schloß die Tür wieder. »Ich werde ein Bad nehmen. Und du?«

»Ich muß bald nach Hause.«

»Dann warte ich noch, bis du gehst.«

»Macht es dir eigentlich gar nichts aus, wenn du gezwungen bist, mit einem alten Mann wie mir deine Abende zu verbringen?« fragte er und hoffte auf eine gnädige Antwort.

»Du bist doch kein alter Mann! Außerdem würde ich meine Abende nicht mit dir verbringen, wenn ich dich nicht leiden könnte.«

»War das ein Kompliment?«

»Nimm's, wie du willst«, erwiderte sie schulterzuckend.

»Du hast also nichts dagegen, wenn wir auch den Rest der Sommerferien zusammen verbringen?«

»Nein, ich denke nicht. Auch was zu trinken? Whisky, Cognac, Sekt, Cola?«

»Ein Whisky wäre nicht schlecht«, sagte David. »Ich bin klitschnaß, hoffentlich habe ich mir nichts weggeholt.«

Esther schenkte ihr und sein Glas halbvoll mit Whisky. Ihre Blicke trafen sich, und wieder meinte David, eine leichte Belustigung in ihren Augen zu lesen. »Hier, die Erwärmung von innen. Cheers!« Sie schüttete ihn mit einem Zug runter. »Noch einen?« fragte sie.

David lehnte ab. »Du siehst aus wie ein nasse Katze«, sagte

249

er und lachte albern. »Und ich wahrscheinlich wie eine begossener Pudel!«

»Mag sein«, antwortete sie ernst und ließ sich rücklings auf das Sofa fallen. Sie streifte ihre Schuhe ab und legte die nassen Beine auf die Lehne. »Für den Mittwoch überleg ich mir was, einverstanden?« Sie blickte zur Uhr. »Ich schätze, es wird Zeit für dich zu gehen.«

»Bis übermorgen dann.« Er reichte ihr die Hand, konnte aber im schwachen Licht der sechs oder sieben Meter entfernten Standleuchte ihren Blick nicht deuten. Aber als er sich zum Gehen umdrehte und bereits an der Tür war, kam sie ihm nach und sagte: »Warte.« Sie stellte sich dicht vor ihn, legte ihre Hände an sein Gesicht und drückte ihm einen schnellen Kuß auf die Lippen, und genauso schnell wandte sie sich um und verschwand im Bad.

*Esther!*


Mitternacht. Die Koffer waren zum größten Teil gepackt, Johanna befand sich in einem wahren Reisefieber.

»Wirst du auch alles schaffen?« fragte sie und fuhr fort: »Es tut mir wirklich leid, daß du nicht mitkommen kannst. Ein Urlaub würde auch dir guttun. Ich denke, wir werden nicht länger als drei Wochen wegbleiben.«

»Bleibt ruhig, so lange ihr wollt ... Aber warum hetzt du dich so ab? Wir fahren erst am Samstag, und heute ist Montag?«

»Ach, ich weiß nicht, ich sitze hier wie auf Kohlen. Ich lass' die Koffer ja offen, falls wir noch irgendwas daraus zum Anziehen brauchen. Ich bin einfach mit den Nerven fertig. Kannst du das nicht verstehen?« fragte sie und umarmte ihn. »Fix und fertig. Ich fürchte mich vor jedem Tag und jeder Nacht. Ich hoffe und bete nur, daß hier zu Hause alles ruhig bleibt, während wir weg sind. Ich werde auf jeden Fall jeden Tag anrufen.«

David lächelte. »Du bist doch noch nicht einmal weg. Aber die Tage bis Samstag werden schnell vorübergehen.«

»Hoffentlich ... ach, lassen wir das. Wie gesagt, ich bin einfach mit den Nerven runter. Komm, laß uns zu Bett gehen. Du hast morgen wieder einen anstrengenden Tag vor dir.«

»Na, so anstrengend nun auch wieder nicht, ich muß ja morgen abend nicht weg.«

»Duschst du noch?«

»Nein, ich glaube, heute nicht. Ich wasch mich nur kurz, ich bin ehrlich gesagt zu müde.«

»Kann ich verstehen. Bis gleich.«

## MONTAG, 21.45 UHR

Die Maschine aus Kapstadt war gelandet. Dr. Jan van Houdsten, ein großer, hagerer, dunkelhaariger Mann, wartete noch auf sein Gepäck, nahm es vom Rollband und verließ die Ankunftshalle des Flughafens. Er verstaute die große Reisetasche im Taxi und gab dem Fahrer Anweisung, ihn zum PLAZA CENTRAL zu fahren. Die Fahrt dauerte zwanzig Minuten, van Houdsten entlohnte den Fahrer, nahm die Reisetasche und betrat die Empfangshalle.

»Van Houdsten«, sagte er zu dem jungen Mann hinter dem Schalter. »Für mich ist ein Zimmer reserviert.«

»Moment ... ja, Zimmer vierhundertachtzehn. Wenn Sie sich bitte kurz eintragen wollen ...« Danach händigte ihm der junge Mann den Zimmerschlüssel, der eigentlich eher ein Magnetstreifen war, aus und wünschte eine gute Nacht. Van Houdsten fuhr mit dem Aufzug in den vierten Stock, öffnete die Tür zu seinem Zimmer mit dem Magnetstreifen. Schaltete das Licht an, frische Blumen auf dem kleinen

Beistelltisch, zwei Riegel Schokolade auf der Kommode sowie Werbebroschüren für das Hotel. Er stellte die Reisetasche neben das Bett, öffnete die Minibar und entnahm ihr eine kleine Flasche Whisky und eine Flasche Bier. Er trank zuerst den Whisky, dann das Bier, warf beide Flaschen in den Abfallkorb. Er schaltete den Fernsehapparat ein, zog seine Jacke aus, warf sie aufs Bett, lockerte die Krawatte und öffnete den obersten Hemdknopf. Er zog den Reißverschluß seiner Reisetasche auf, holte frische Unterwäsche heraus sowie ein Duschgel und den Rasierapparat. Er zog sich aus, drehte den Duschhahn auf, stellte die passende Temperatur ein, duschte. Trocknete sich ab, zog die Unterwäsche an, legte sich aufs Bett; ein Kriminalfilm fing gerade an. Er sagte kurz beim Portier Bescheid, daß er nicht vor halb zehn am nächsten Morgen gestört werden wollte. Er schlief während des Films ein.

## DIENSTAG, 7.15 UHR

Es klopfte leise an van Houdstens Tür. Er war schon wach und angezogen, hatte einen Schokoriegel gegessen, eine Zigarette geraucht und eine Flasche Bier getrunken.
»Komme«, rief er, drückte die Klinke und ließ die Person eintreten. Der Flur war menschenleer.
»Schön, daß Sie gekommen sind«, sagte die Person und betrat den Raum. »Haben Sie gut geschlafen?«
»Wie ein Stein. Aber setzen Sie sich doch.« Er wies auf einen Stuhl, während er sich auf die Bettkante setzte.
»Wie lange werden Sie in Frankfurt bleiben?«
»Weiß nicht, drei, vier Tage vielleicht. Ein bißchen Shopping

und so. Aber kommen wir zum Geschäft, weshalb haben Sie mich hergebeten? Doch nicht, um mich einfach nur zu sehen?«

Die Person lachte kurz auf und schüttelte den Kopf. »Nein, ganz sicher nicht. Ich will zum einen wissen, wie es Ihnen in Kapstadt gefällt, und was die Geschäfte machen.«

»Zu Frage eins – mir gefällt es dort unten ausgezeichnet. Zu Frage zwei kann ich nur sagen, daß mir inzwischen zwei Antiquitätengeschäfte gehören sowie eine Kette von Zeitungs- und Buchständen am Flughafen. Sie sehen, ich liege nicht auf der faulen Haut.«

»Gut.« Plötzlich lächelte die Person und meinte: »Sie wirken etwas verspannt, habe ich recht?«

»Mein Rücken. Bin deswegen schon seit längerem in Behandlung, aber meine Rückenhaltung stimmt einfach nicht.«

»Haben Sie jetzt Schmerzen?«

»Es geht. Es ist hauptsächlich im Nackenbereich. Ich habe deswegen oft Kopfschmerzen, und was tue ich dagegen . . . entweder nehme ich Tabletten, oder ich ertränke den Schmerz in Whisky und Bier. Was soll's!«

»Haben Sie schon einmal etwas von Fußreflexzonenmassage gehört? Sie kann Wunder bewirken.«

»Gehört schon, aber . . .«

». . . noch nicht ausprobiert. Verstehe. Ich fürchte, bevor wir zum wirklichen Geschäft kommen, werde ich Ihnen eine solche Massage verpassen müssen.«

Van Houdsten zog die Stirn in Falten und sah die ihm gegenübersitzende Person ungläubig an.

»Sie wollen meine Füße massieren? Und Sie meinen, davon gehen die Schmerzen weg?«

»Ich bin sogar sehr sicher. Als erstes werde ich mir allerdings Ihren Nacken anschauen. Legen Sie sich auf den Bauch, die Beine ausgestreckt, die Arme an die Seite gelegt. Am besten ziehen Sie dafür das Hemd aus.«

Van Houdsten zog das Hemd aus, er hatte eine stark behaarte Brust, einen schmalen und vor allen Dingen untrainierten Oberkörper. Er legte sich auf den Bauch, die Beine ausgestreckt, die Arme an die Seite gelegt. Die Person betastete die Nackenmuskulatur und sagte nach ein paar Sekunden: »Sie sind ja mehr als verspannt. Aber das kriegen wir hin. Ich werde Sie jetzt erst ein paar Minuten vorsichtig massieren, um die Muskulatur zu lockern, danach werde ich mich über Ihre Füße hermachen. Sie brauchen keine Angst zu haben, es tut nicht weh ...«

»Haben Sie das etwa auch gelernt?« fragte van Houdsten.

»Ja, hab ich. Und ich habe damit schon so einige von ihren Beschwerden befreit. Sie müssen wissen, daß sich in Ihren Füßen bestimmte Punkte befinden, die für jedes einzelne Organ stehen.«

»Und Sie kennen die Punkte alle?«

»Jeden einzelnen, vertrauen Sie mir. In einer halben Stunde werden Sie keine Schmerzen mehr haben.«

Die Person massierte den Nacken etwa zwei Minuten lang, dann: »So, und jetzt legen Sie sich bitte auf den Rücken, die Socken müssen Sie natürlich vorher ausziehen. Die Arme wieder an die Seite gelegt, und jetzt schließen Sie die Augen, und denken Sie an etwas Schönes. Einen Sonnenaufgang über dem Meer, eine saftig grüne Wiese, eine schöne Frau ...«

Van Houdsten befolgte alle Anweisungen, er schloß die Augen, ein leichtes Lächeln umspielte seine schmalen Lippen.

»Einen Moment noch, bleiben Sie aber so entspannt wie jetzt liegen, ich hole nur etwas Creme aus meiner Tasche.«

Van Houdsten hörte den Reißverschluß, lächelte immer noch. Er spürte kaum, wie Sekunden später rasend schnell das rasiermesserscharfe Stilett von einer Seite seines Halses zur andern gezogen wurde. Er riß vor Entsetzen die Augen auf, ungläubig auf die Person schauend, das Blut pulsierte aus seinem Hals, er war unfähig, einen Laut von sich zu geben. Er spürte auch kaum noch, wie das Stilett in seine Augen stieß und leere Höhlen zurückließ. Dann öffnete die Person seine Hose, und mit einem behenden Schnitt entfernte sie seinen Penis und die Hoden, spreizte seine Beine und legte beides dazwischen. Für einen Moment blieb die Person regungslos vor dem Toten stehen, betrachtete ihn mit seltsam fernem Blick, ein kurzes Lächeln, sie legte seine Arme wieder an die Seite, dann wandte sie sich ab, wusch das Stilett und trocknete es ab, steckte es in die Tasche. Nahm einen Waschlappen, wusch die Nackenpartie des Toten sowie die Füße, auch wenn sie diese nicht einmal berührt hatte. Die Person nahm die Tasche, ging zur Tür, öffnete sie, betrat den Flur, zog die Tür hinter sich zu. Sie fuhr mit drei anderen Personen nach unten, durchquerte die geräumige Eingangshalle, die um diese Zeit von vielen Menschen bevölkert wurde, die meisten davon Messebesucher. Die Person trat nach draußen, setzte sich in ein Taxi. Ihr Auftrag war erledigt.

## DIENSTAG, 10.00 UHR

Manfred Henning stand zusammen mit seinem Kollegen Schmidt vor dem Toten. Ging um das Bett herum, begutachtete genauestens den makabren Anblick. Die leeren Augenhöhlen, der lange, tiefe Schnitt von einem Ohr zum anderen, die abgeschnittenen Genitalien, die zwischen den gespreizten Beinen lagen, das blutdurchtränkte Bett.

»Wer hat ihn gefunden?« fragte Henning einen der Streifenbeamten, der zuerst am Tatort war.

»Das Hausmädchen. Sie wollte das Zimmer saubermachen,

und ... na ja, sie wird gerade von einem Arzt behandelt. Ist ja auch kein schöner Anblick.«

»Wie heißt er?«

»Jan van Houdsten. Hat einen südafrikanischen Paß. Kam gestern abend um Viertel vor zehn mit der Maschine aus Kapstadt hier an ...«

»... und ich nehme an, sein Zimmer war bereits reserviert, und zwar schon seit einer ganzen Weile, denn jetzt zur Messe sind die Hotels doch alle lange im voraus ausgebucht. Hat schon jemand den Arzt benachrichtigt?«

»Ja, er müßte gleich hier sein.«

Kaum hatte Schmidt die Worte ausgesprochen, kam der Arzt. Er stellte seinen Koffer auf den Boden, seine Miene war ausdruckslos. Er öffnete den Koffer, streifte sich Gummihandschuhe über, holte das Thermometer heraus. Maß die Temperatur des Toten rektal, 34,3 °C, drehte ihn kurz auf die Seite, befühlte die Haut des Rückens.

»Und?« fragte Henning.

»Er ist seit maximal drei Stunden tot. Ich würde sagen, er wurde zwischen sieben und acht getötet. Mehr kann ich nach der Autopsie sagen. Bringt ihn in die Gerichtsmedizin.«

»Erst brauchen wir noch seine Fingerabdrücke«, sagte Henning. Der Mann von der Spurensicherung beeilte sich mit seiner Arbeit, van Houdsten wurde in einen Plastiksack gesteckt und über den Lastenaufzug durch den Hintereingang zum Leichenwagen gebracht.

»Was denken Sie, Schmidt?« fragte Henning.

»Wahrscheinlich das gleiche wie Sie. Es erinnert irgendwie an den Mordfall Meyer, vor allem die durchschnittene Kehle und die ausgestochenen Augen.«

»Hm, genau das gleiche denke ich auch. Und ich würde mein letztes Hemd verwetten, daß dieser Kerl nicht als van Houdsten zur Welt gekommen ist, sondern unter einem ganz anderen Namen – Neubert. Sind Sie da auch meiner Meinung?«

»Sicher, und jetzt?«

»Wir lassen die Fingerabdrücke untersuchen, damit wir den endgültigen Beweis haben. Und dann das übliche – Befragungen. Scheißjob! Verdammter Scheißjob!«

## DIENSTAG, 10.30 UHR

Die Fistelstimme. Kurz und bündig und mit einem geradezu satanischen Kichern sagte er: »Jetzt ist es bald soweit, bald sind alle dran.« Dann legte der Anrufer auf.

Johanna bebte und zitterte wie jedesmal, wenn dieses ungreifbare Ungeheuer sich wie Starkstrom auf ihre Nerven legte. Wenn sie auch bis jetzt noch den geringsten Zweifel gehabt hätte, ob es zu verantworten war, David und Alexander allein in Frankfurt zurückzulassen, während sie die Tage an der Ostsee genoß, so genügte dieser Anruf, ihr endgültig zu bestätigen, daß es besser war zu fahren, allein um der Gesundheit der Kinder willen. Auch wenn sie Angst um die beiden hatte, Angst, sie vielleicht nie wiederzusehen. Aber sie vertraute auf Gott und darauf, daß er sie beschützte.

## DIENSTAG, 17.30 UHR

Polizeipräsidium. Lagebesprechung. Manfred Henning saß hinter seinem Schreibtisch, einen Becher dampfenden Kaffees vor sich, einen dünnen Ordner in Händen. Fünf weitere Beamte befanden sich im Raum, von denen zwei auf Stühlen saßen, die anderen drei an den Schrank oder die Tür gelehnt standen. Henning, der die Beine auf den

Schreibtisch plaziert hatte, legte den Ordner auf seine Schenkel, holte eine Schachtel Marlboro aus seiner Hemdtasche, zündete sich eine Zigarette an. Das Fenster stand offen, die Jalousie war zur Hälfte runtergelassen, drückende Schwüle hatte sich in jeder Ritze des Zimmers festgesetzt. Henning machte ein ernstes Gesicht, während einer der Beamten sich ebenfalls einen Becher Kaffee einschenkte, während ein anderer sich aus dem Automaten auf dem Flur eine kalte Cola zog.

»Also«, begann Henning, »wie ich bereits am Tatort vermutete, handelt es sich bei dem Toten um einen gewissen Gerhard Neubert, das haben die Fingerabdrücke eindeutig bewiesen. Es gibt eine offensichtliche Verbindung zum Mordfall Edouard Meyer. Beide haben die Firma MARQUARDT GMBH in den Ruin getrieben und sich mit über etwa dreißig Millionen Mark aus dem Staub gemacht. Meyer hatte sich nach Paraguay abgesetzt, während Neubert es sich in Südafrika gutgehen ließ. Beide hatten legale Pässe der jeweiligen Länder, beide hatten Gesichtsoperationen zur Veränderung des Aussehens hinter sich. Bis jetzt wissen wir nicht, was Meyer hier wollte, und ich schätze einmal, wir werden auch nicht erfahren, was Neubert nach Frankfurt zurücktrieb. Beide wurden im PLAZA CENTRAL getötet, der Grund mag sein, daß es das größte und am stärksten frequentierte Hotel der Stadt ist und es ziemlich leicht ist, unerkannt in die einzelnen Stockwerke zu gelangen. Die Zimmer waren jeweils im voraus bestellt, wie ich annehme von dem oder den Tätern. Beiden wurde die Kehle durchschnitten, die Augen ausgestochen, Meyer die Hand abgehackt, Neubert wurde kastriert. Beide Morde erinnern an ein ritualmäßiges Vorgehen. Die Todeszeit von Neubert wird auf ziemlich genau sieben Uhr dreißig festgelegt, das Tatwerkzeug war aller Wahrscheinlichkeit nach ein Stilett. Es gibt keine Fremdfingerabdrücke an seinem Körper, er wurde offensichtlich nach seinem Tod gewaschen.

Jetzt zu euch – was haben die Befragungen des Personals ergeben?«

»Keiner hat etwas Ungewöhnliches gesehen oder bemerkt. Wie schon bei Meyer. Dazu war die Eingangshalle um diese Uhrzeit einfach zu stark frequentiert. Zur Zeit ist Messe, und die meisten Gäste machen sich um diese Zeit auf den Weg. Es ist leicht, in dieser Menge unterzutauchen. Also, wie gesagt, keiner hat etwas bemerkt.«

»Aber Neubert hat allem Anschein nach seinen Mörder gekannt, denn er muß ihm aufgemacht haben, da der Schlüssel sich im Zimmer befand und die Tür von außen nur mit einem Magnetstreifen zu öffnen ist. Auch hier eine Parallele zu Meyer. Das heißt für mich, daß sowohl Meyer als auch Neubert unter irgendwelchen fadenscheinigen Gründen nach Frankfurt gelockt wurden, um hier exekutiert zu werden. Doch wer könnte ein Interesse am Tod der beiden haben?«

»Marquardt«, meinte einer der Beamten lakonisch.

»Ausgeschlossen«, erwiderte Henning kopfschüttelnd. »Er wird selber seit geraumer Zeit terrorisiert, anders kann man es kaum nennen. Nein, ich schließe Marquardt aus ...«

»Weil er Ihr Freund ist?« fragte ein anderer etwas spöttisch.

»Nein, bei Mord hört die Freundschaft auf. Außerdem, der oder die Täter müssen den jeweiligen Aufenthaltsort von Meyer und Neubert gekannt haben, sonst hätten sie sie nicht hierher bestellen können. Ich bin sicher, hätte Marquardt auch nur den geringsten Schimmer gehabt, wo die beiden untergetaucht sind, er hätte uns sofort informiert oder wäre selbst hingeflogen, um es ihnen heimzuzahlen, was sie ihm angetan haben. Wenn Sie logisch denken, fällt Marquardt einfach raus. Er hätte reichlich Gründe gehabt, aber er wäre erstens zu einem Mord nicht fähig und zweitens schon gar nicht auf eine solch perfide Weise ...« Er drückte seine Zigarette aus, zündete sich eine neue an, sagte: »Ich habe den ganzen Tag überlegt, wie wir einen Zusammenhang herstellen könnten, und dabei kam mir eines in den Sinn – Meyer und Neubert haben die MARQUARDT GMBH nicht allein ruiniert, sie sind vielleicht nicht einmal auf den Gedanken gekommen, es zu tun ... es steckt ein Dritter dahinter, der Marquardt vernichten will. Er hat die beiden nur – sagen wir – benutzt, und ganz ehrlich, meine Herren, wer würde bei einer Summe von zehn oder fünfzehn Millionen nicht schwach werden?« Er schnippte Asche in den Aschenbecher. »Es gibt eine dritte Person, eine, die hinter dem Konkurs der MARQUARDT GMBH steckt. Da sie aber keinen direkten Zugriff auf die Firma hatte, bediente sie sich Meyers und Neuberts. Warum Meyer und Neubert aber dran glauben mußten – dieses Rätsel werden wir noch lösen müssen. Wer ist der unbekannte Dritte? Wer hat einen solchen Haß auf Marquardt? Und warum? Und warum werden zwei bis dahin unbescholtene Männer dazu verführt, eine gutgeführte Firma in den Ruin zu treiben, und dann ein Jahr später umgebracht? Fragen über Fragen, die uns wohl noch eine ganze Weile beschäftigen werden. Also, meine Herren, auf uns wartet eine Menge Arbeit. Ich werde persönlich noch einmal mit Marquardt reden. Es muß etwas in seinem Leben geben, das jemanden Amok laufen läßt. Nur, ich bin fast sicher, er weiß es selber nicht. Trotzdem muß ich mit ihm reden.« Er erhob sich von seinem Stuhl, zog die Jalousie hoch und drehte sich wieder um. »Das war's für heute. Wir sehen uns morgen früh in alter Frische.«

Die Männer verließen den Raum, nur Henning blieb noch einen Augenblick; nahm den Telefonhörer in die Hand, wählte Davids Nummer. Er war selbst am Apparat.

»David, hier ist Manfred. Ich muß dich sprechen, und zwar heute noch. Wann kann ich bei dir sein?«

»Du kannst gleich kommen, wenn du willst, ich bin zu Hause. Was gibt's denn so Wichtiges?«

»Nicht am Telefon. Ich bin in einer Viertelstunde bei dir.«

## DIENSTAG, 18.30 UHR

Die Marquardts saßen gerade am Abendbrottisch, als Henning klingelte. David öffnete ihm und bat ihn herein.
»Willst du mitessen?« fragte er ihn.
Henning schüttelte den Kopf. »Nein, ich habe keinen Hunger. Ich setze mich solange ins Wohnzimmer, wenn's recht ist.«
»Ich komm gleich nach. Nicht wenigstens was zu trinken?«
»Ein Glas Wasser vielleicht.«
David ging in die Küche, nahm eine Flasche Mineralwasser aus der Kiste, ein Glas aus dem Schrank und brachte es Henning. Dann begab er sich zurück an den Tisch, aß sein Teewurstbrot und die saure Gurke, trank ein Glas Orangensaft.
Johanna fragte: »Was will er schon wieder von dir?«
David zuckte mit den Schultern. »Keine Ahnung, er hat's mir bis jetzt nicht verraten. Ich werd's dir nachher erzählen.«
Er erhob sich, ging zu Henning, schloß die Wohnzimmertür hinter sich, setzte sich in den Sessel. Henning trank sein Glas leer, schenkte sich nach, stellte das volle Glas auf den Tisch und lehnte sich zurück. David schwieg, wartete, bis Henning den Grund seines Kommens nannte.
»David, es ist wieder etwas passiert. Es gab heute morgen wieder einen Toten im PLAZA CENTRAL. Kannst du dir denken, wer der Tote sein könnte?«
»Nein, um ehrlich zu sein.« David schüttelte den Kopf.
»Neubert, dein Exsteuerberater. Man hat ihm die Kehle durchschnitten, die Augen ausgestochen und ihn kastriert.«
David setzte sich aufrecht hin. »Bitte was – Neubert? Was wollte er hier?«
»Keine Ahnung. Wir haben genausowenig Hinweise wie bei Meyer. Und jetzt nur eine Routinefrage – wo warst du heute morgen zwischen sieben und acht?«

261

David verzog die Mundwinkel. »Ich habe um Punkt acht das Haus verlassen, du kannst Johanna fragen. Ich habe ein handfestes Alibi.«

»Es tut mir leid, aber ich mußte diese Frage einfach stellen.« Er faßte sich ans linke Ohrläppchen und sagte: »David, der Grund, weshalb ich eigentlich hier bin ist, nun, wie soll ich es sagen, ... wir haben es hier nicht nur mit zwei Toten zu tun, die einstmals eng mit dir zusammengearbeitet haben, sondern auch mit sogenannten Terrorakten und Drohungen dir und deiner Familie gegenüber ...«

»Tja, ich hab doch von Anfang an gesagt, daß das alles irgendwie zusammenhängt. Nur warum?«

»Ja, warum?« fragte Henning und nahm einen Schluck aus seinem Glas. »Das Warum beschäftigt mich auch. Auf jeden Fall steckt eine dritte oder gar vierte Person dahinter. David, überleg doch bitte mal ganz genau ... könnte es irgend jemanden geben, der ganz persönlich etwas gegen dich hat, aus welchem Grund auch immer, und dem jedes Mittel recht ist, sein Ziel zu erreichen? Und das Ziel ist offensichtlich, dich zu vernichten. Der- oder diejenigen schrecken dabei vor keinem Mittel zurück, wie du selber siehst. Irgend jemand aus der näheren oder ferneren Vergangenheit? Jemand, dem du vielleicht unbewußt derart auf die Füße getreten bist, daß er sich jetzt so grausam rächt?«

»Wir werden deine Brut vernichten«, flüsterte David vor sich hin. »Mein Gott, das ist kein Scherz mehr.« Er schaute Henning direkt an, schüttelte den Kopf. »Nein, Manfred, du mußt mir glauben, ich habe keine Ahnung. Ich habe niemals jemandem auf die Füße getreten, zumindest nicht so, daß solche Verbrechen gerechtfertigt wären. Nein, niemals ...« Er stockte, sprach nicht weiter.

»Was ist?«

»Hm, es ist ein geradezu absurder Gedanke, nein, vergiß es ... der Mann hat es wahrhaft nicht nötig ...«

»Wer?«

»Werner Holbein. Er ist mein Arbeitgeber, ihm gehört die ProCom. Wir waren eine ganze Weile befreundet, bis wir uns bei der Entwicklung eines Programms in die Haare gerieten und sich ab da unsere Wege trennten.« Er machte eine Pause, fuhr dann fort: »Er stieg in den NetServer-Markt ein, während ich mit meinem Textverarbeitungsprogramm den Markt anführte. Er hat wohl nie verwunden, daß ich und meine Mitarbeiter einfach besser waren als er.«

»Aber trotzdem hat er dich eingestellt? Das ergibt keinen Sinn, tut mir leid.«

»Er hat mich nicht nur eingestellt, er hat sich sogar bei der Bank für mich stark gemacht. Aber da wußte ich noch nichts über die Hintergründe seines Handelns.« David grinste zynisch. »Ich habe gestern mehr durch Zufall herausgefunden, daß Holbein letztes Jahr derjenige war, der die Softwarerechte an Marqword erworben hat. Nur daß es jetzt nicht mehr Marqword, sondern Comword heißt. Dieser Schweinehund hat sich auf diese Weise an mir gerächt. Er braucht keine Morde dafür.«

»Ich würde trotzdem ganz gerne mit ihm sprechen.«

»Meinen Segen hast du. Tut ihm vielleicht auch mal ganz gut, mit der Polizei zu tun zu haben. Aber er steckt nicht dahinter, dazu ist er nicht der Typ. Er ist einfach nur geldgeil und will Macht. Und die hat er mit diesem Produkt. Alles andere interessiert ihn nicht.«

»Aber warum hat er dich eingestellt? Er hätte doch keinen Grund gehabt ...«

»Keine Ahnung«, meinte David schulterzuckend, »vielleicht so eine Art schlechtes Gewissen, auch wenn ich mir das bei ihm nicht so recht vorstellen kann. Ist ja auch egal, Hauptsache, ich habe den Job.«

»Fällt dir sonst noch jemand ein?«

»Nein, und wie gesagt, auch Holbein ist nicht der Typ für solche Sachen.«

»Was ist mit den Anrufen?«

»Der Kerl meldet sich sporadisch. Johanna und die Kinder, bis auf Alexander, fahren am Wochenende für drei, vier Wochen an die Ostsee, raus aus dem nervlichen Streß. Und wenn sie wiederkommen, ist hoffentlich der ganze Alptraum endlich vorbei ... Tu mir um Himmels willen einen Gefallen – schnappt dieses Schwein. Ich werde dir helfen, wo ich kann, aber auch ich halte nicht mehr lange durch. Ich habe Angst um meine Familie.«

»Kann ich verstehen. Wir tun unser Bestes, und vor allen Dingen, ich werde dich auf dem laufenden halten. Okay? Und sollte dir doch noch irgend etwas einfallen, auch wenn es dir vielleicht völlig nebensächlich erscheint, dann laß es mich umgehend wissen. Wir müssen jeder noch so vagen Spur nachgehen.«

David nickte, Henning stand auf, leerte sein Glas und stellte es zurück auf den Tisch. »Mach's gut, Junge, und halt die Ohren steif. Irgendwann begeht jeder Verbrecher einen Fehler, und auch hier wird es nicht anders sein. Irgendwann wird er unvorsichtig. Und morgen nehm ich mir mal diesen Holbein vor. Tschüs.«

## MITTWOCH, 11.00 UHR

Manfred Henning schaute bei der PROCOM vorbei, um sich mit Holbein zu unterhalten. Das Gespräch war nach zehn Minuten beendet, Holbein hatte für jeden Zeitpunkt der Morde ein handfestes Alibi. Und sein Gefühl sagte Henning, daß Holbein tatsächlich so war, wie David ihn beschrieben hatte – geldgeil und machtbesessen. Die ganze Art, wie er sich benahm, wie er gekleidet war, seine Arroganz, all das

264

ließ auf einen eiskalten Geschäftsmann schließen, aber nicht auf einen Mörder, auch nicht auf einen Menschen, der jemanden anheuerte, diese schmutzige Arbeit für ihn zu erledigen.

## MITTWOCH, 20.00 UHR

Mittwoch abend fuhr David mit Esther auf ihren Wunsch hin auf die Aussichtsplattform des Fernmeldeturms, anschließend kehrten sie bei einem Chinesen ein. Esther hatte sich dezent geschminkt und damenhaft gekleidet, und sich mit ihr zu unterhalten bereitete David große Freude. Sie verfügte über ein umfangreiches Allgemeinwissen, und sie konnte sich, wenn sie wollte, sehr gewählt ausdrücken. Doch manchmal brach auch ein wenig damenhafter Fluch aus ihrem zarten Mund hervor, vor allem, wenn das Gespräch auf ihre Mutter kam.

Nicole hatte wieder einmal zuviel getrunken und war auf der Couch eingeschlafen. Sie wurde wach, als Esther die Beleuchtung anknipste. Sie setzte sich aufrecht hin und rieb sich die Augen, zündete sich eine Zigarette an und meinte, als Esther die Klinke der Badezimmertür herunterdrückte: »Moment mal, bitte. Stellt euch doch mal nebeneinander.«

»Warum denn das?« fragte Esther kratzbürstig.

»Nun macht schon! Nur einmal.«

»Also gut, und jetzt?« Esther stand direkt neben David. Nicole spitzte die Lippen, ein nicht zu deutendes Lächeln umspielte ihren Mund.

»Wißt ihr eigentlich, daß ihr euch ähnlich seht? Tatsächlich«, sagte sie, »ihr seht euch so ähnlich, als wäret ihr Vater und Tochter. Hm, na ja, ihr könntet sogar als Geschwister durchgehen. Ja, eigentlich würde ich euch für Geschwister halten.«

»Spinnst du?« sagte Esther und tippte sich an die Stirn.

»Wieso? Schaut in den Spiegel und sagt selbst, ob ich nicht recht habe.«

»Wir und Geschwister! Ha, ha, ha! Daß ich nicht lache!«

»Es ist nur mein Eindruck, aber bitte, wenn ihr nicht wollt.«

»Komm«, sagte David und zog Esther mit sich ins Bad, »tun wir ihr den Gefallen.«

Nicole kam ihnen nach und blieb an den Türrahmen gelehnt stehen. »Na, hab ich recht?«

»Wir sind zumindest fast gleich groß. Und wenn ich mir die Haare färben würde und die Augen irgendwie braun wären und ... Du spinnst wirklich«, sagte Esther und wandte sich ab.

»Die Gesichtszüge, schau auf nichts als die Gesichtszüge. Den Mund, die Form der Augen, die Nase, das Kinn. Die leicht hervorstehenden Wangenknochen, selbst die Ohren. Vergeßt die Haar- und die Augenfarbe. Sogar die Art, wie ihr die Stirn in Falten legt, hat eine gewisse Ähnlichkeit. Ihr müßt ganz genau hinsehen.«

Esther ging zurück zu David. Nach einer Weile bemerkte sie leise: »Sie hat tatsächlich recht. Na ja, deine Nase ist etwas größer und deine Haut faltiger, aber das hat wohl was mit dem Alter zu tun«, meinte sie kichernd. »Nun gut, und was willst du uns damit sagen?« fragte sie ihre Mutter.

»Nichts«, erwiderte Nicole schulterzuckend, »gar nichts. Es ist mir einfach nur aufgefallen, das ist alles. Ich finde es lediglich verblüffend, mehr nicht.« Sie machte auf dem Absatz kehrt und sagte: »David, es wird Zeit für dich zu gehen. Wir sehen uns dann am Freitag.«

Als er ging, warf Esther ihm einen traurigen Blick nach. Sie winkte und verzog den Mund, als wollte sie gleich anfangen zu weinen. Ab nächster Woche würde David unendlich viel Zeit für sie haben.

# SAMSTAG, 8.00 UHR

Am Samstagmorgen machten sie sich auf die Reise an die Ostsee. Sie fuhren in die Hitze des Tages hinein, kaum ein Wort wurde gewechselt, die Stimmung gedrückt von der unerträglichen Schwüle im Wageninnern. Sie passierten verdorrte Wald- und Wiesengebiete, in Norddeutschland hatte es seit drei Monaten nicht mehr geregnet. Die Getreidefelder waren verkümmert, kaum gewachsene Halme ließen traurig ihre leeren Ähren hängen. Und je weiter sie nach Schleswig-Holstein hineinkamen, desto trister wurde das Bild. Es war eine gelbe, staubige Landschaft, wie David sie bisher nur von südlichen Ländern kannte. Die Natur lechzte und schrie nach Wasser, doch das Hoch hatte sich unerbittlich von den Azoren bis weit in den Norden und nach Weißrußland ausgedehnt und mit stählernen Klauen festgekrallt. Und wenn man die Satellitenbilder im Fernsehen betrachtete, so bestand keinerlei Aussicht auf Besserung, das hieße Regen und etwas Abkühlung. Und während Europa austrocknete, versanken Teile der USA und Kanadas und ein Großteil Asiens unter sintflutartigen Regenfällen. Ein paar Bauern versuchten, ihre kärgliche Ernte durch Berieselungsanlagen zu retten, doch die Kosten dafür würden kaum durch den Ernteertrag kompensiert werden. Hellseher, Weltuntergangspropheten, Mahner mit erhobenem Zeigefinger sagten, dies wären die Zeichen der Zeit, und das Ende der Menschheit sei endgültig eingeläutet, und es gäbe nichts, was man dagegen noch tun könnte.

Der für Johanna und die Kinder bestimmte Wohnwagen war zum Beziehen bereit, die altgewordene Frau – sie hatte die Siebzig längst überschritten, doch sie verfügte noch über jenen jugendlichen Elan, den nur wenige alte Menschen haben – empfing sie im Badeanzug. Der Himmel war wie in Frankfurt blau, doch das Blau war heller, etwas strahlender, kein Smog, kein Dreck, der sich wie ein Schleier darüberlegte, die See, in dieser Ecke noch sauber, hatte kaum je zuvor erlebte 24 °C.

Als David sich am Sonntagmittag verabschiedete, weinte Johanna. Sie sagte: »Fahr vorsichtig und bitte, trink nicht soviel. Ich habe lange meinen Mund gehalten, aber ich weiß, daß irgend etwas mit dir nicht in Ordnung ist. Was immer es auch sein mag. Doch Alkohol ist kein Problemlöser.«
»Hast du mich schon einmal betrunken gesehen?« fragte David.
»Betrunken!« Sie seufzte auf. »Nein, nicht wirklich betrunken. Doch auch das kommt unweigerlich irgendwann. Alkohol kommt vom Teufel, und der will deine Seele. Und hierbei geht es weniger um mich als um dich. Und du kannst mir auch nicht weismachen, daß du den Glauben an Gott vollständig verloren hast. Wir sind doch auf dem besten Weg aus der Misere, und ich denke, Gott hat daran entscheidenden Anteil ...«
»Hör doch bitte endlich mal auf mit diesem Gott!« bat David.
»Ich kann aber nicht, es ist meine Überzeugung. David, bitte, hör auf zu trinken! Wenn nicht für mich, dann wenigstens um deiner selbst willen.« Sie sah ihn für einen Moment flehend an. Dann sagte sie: »Und jetzt hoffe und bete ich nur noch, dieser Mistkerl von Anrufer wird sich nicht mehr melden. Grüß Alexander von mir. Und noch was – ich liebe dich. Ich habe es dir lange nicht gesagt, aber es wird nie einen anderen Mann in meinem Leben geben.« Dann küßte sie ihn, er umarmte die Kinder und streichelte ihnen über die Wangen, als sähe er sie zum letzten Mal. Als er den Campingplatz verließ, weinte auch er.

Als er zurück in Frankfurt war, rief er auf dem Campingplatz an, um Bescheid zu sagen, daß er gut heimgekommen war.

Er war noch allein. Alexander hatte am Freitagabend eine große Tasche gepackt, einen Schlafsack unter den Arm geklemmt und sich für das Wochenende abgemeldet. Ein Freund feierte seinen achtzehnten Geburtstag, und die Fete sollte bis Sonntagnacht durchgehen.

Die Anstrengung der beiden Tage hatte deutliche Spuren in Davids Gesicht hinterlassen, er hatte nur wenig gegessen und kaum etwas getrunken, dafür Unmengen Wasser durch Schwitzen verloren. Sein Mund war ausgetrocknet, sein Magen schmerzte. Er holte eine Flasche Wasser aus dem Kühlschrank, schraubte den Verschluß ab und trank sie in zwei Zügen leer. Er rülpste langgezogen und stellte die Flasche auf den Tisch. Er machte den Fernsehapparat an, ließ sich Wasser in die Wanne laufen. Ein Verrückter hatte seine Musikanlage auf der Wiese aufgebaut und mit einem etwa fünfzig Meter langen Verlängerungskabel in seiner Wohnung angeschlossen, und seit einer Viertelstunde dröhnte in kaum auszuhaltender Lautstärke das immer gleiche Lied *Weather with you* aus den Lautsprechern. David fluchte leise vor sich hin und schaute aus dem Fenster, eine Gruppe junger Leute hatte sich um den Verrückten geschart, eine offensichtlich betrunkene Frau zog ihr Oberteil aus und tanzte mit freiem Oberkörper zu der Musik, ihre dicken Hängebrüste hüpften bei jeder Bewegung wie prallgefüllte Weinschläuche, die Umstehenden klatschten und grölten begeistert. Eine alte Frau schrie aus dem Nachbarhaus, sie würde die Polizei holen, wenn der Krach nicht sofort aufhörte, doch die Meute lachte sie nur aus, ein junger Mann streckte ihr den rechten Mittelfinger entgegen. David schaute nach dem Wasser, die Wanne war halbgefüllt, er schnitt sich zwei Scheiben Brot ab, schmierte Butter und Leberwurst drauf und aß eine saure Gurke dazu. Sein Kopf war leer, nur in seiner linken Schläfe hockte ein kleiner, böser Mann und piesackte ihn in einem fort mit spitzer Nadel; nicht einmal zwei Aspirin halfen, ihn zu vertreiben.

Das Telefon klingelte, nachdem die Polizei den Störenfried von der Wiese vertrieben hatte und die gewohnt laute Ruhe vor dem Haus wieder eingekehrt war und David sich bereit machte, ins Bett zu gehen.

Die Fistelstimme! Er lachte gackernd und sagte: »Du warst fort, Drecksau! Wo warst du?«

»Hören Sie zu, Sie verdammtes Arschloch«, schrie David in den Hörer, »wenn Sie nicht umgehend mit diesen Anrufen aufhören, werde ich Sie anzeigen!«

»Tz, tz, tz, wer wird denn gleich?! Wen willst du denn anzeigen? Du kennst mich doch gar nicht. Aber ich kenne dich. Ich kenne jeden von deiner Bande. Und keiner wird ungeschoren davonkommen. Bye, bye, und träum süß, Drecksau!«

David schluckte schwer. Die Fistelstimme hatte aufgelegt. Hing die Müdigkeit eben noch wie ein bleierner Mantel über ihm, so hatte die Fistelstimme sie auf einen Schlag beseitigt. Er begriff es nicht. Wie gut, daß dieser Kerl nichts vom Aufenthaltsort von Johanna und den Kindern wußte. Und doch hatte David Angst. Die Einsamkeit der Wohnung schien ihn schier zu zerquetschen. Er nahm einen kräftigen Schluck aus der Whiskyflasche.

David schlief rasch ein, wachte aber nach zwei Stunden wieder auf. Der Alptraum! Noch intensiver, noch bedrohlicher denn je zuvor, in unglaublich grellen, schrecklichen Farben gezeichnet, die bekannten Gesichter lachend und dann mit einemmal zu schrecklichen Fratzen werdend, das Bersten und Zischen und Krachen des brennenden Hauses, im Traum glaubte David, der Brandgeruch fülle seine Lungen und lasse ihn langsam ersticken. Ein eiserner Ring lag um seine Brust, er setzte sich auf, die Bettdecke klebte an seinem nackten Oberkörper. Der kleine, böse Mann in seiner linken Schläfe stach in wildem Stakkato zu, David würgte, ohne sich übergeben zu müssen.

Draußen war alles still, nur ein paar schnell vorbeiziehende klappernde Stöckelschuhe hallten vom Bürgersteig wider. Fernes Donnergrollen, bedeckter Himmel. Im Haus gegenüber ging ein Licht an. Ein Blick zur Uhr, halb zwei. David hatte Durst, seine Blase schmerzte, er hatte am Abend drei Flaschen Wasser getrunken, um den Wasserverlust während der Tageshitze zu kompensieren. Nachdem er sich entleert hatte, machte er leise die Stereoanlage an und legte eine Platte von Chris Rea auf. Er wollte einfach nur entspannen und nachdenken. Er hätte schon wieder duschen können, diese verfluchte Hitze! Er sah kurz in Alexanders Zimmer nach, das Fenster war geöffnet, der Vorhang bewegte sich leicht unter dem Luftzug. Alexander war zurück, lag abgedeckt und nur mit einer Unterhose bekleidet im Bett und hustete in Intervallen.

Dieser Traum machte einfach keinen Sinn. Eine unheimliche Kette schicksalhafter Ereignisse zog sich immer dichter zu. Wenn in seinem Leben bisher auch wenig gestimmt hatte, bis auf die Jahre, seit er Johanna kennengelernt und zum Millionär aufgestiegen war, so schien sich doch vieles jetzt wieder zum Besseren zu wandeln – doch jetzt kam eine neue, bösartige Komponente des Verlusts hinzu. Aber das war beileibe nicht alles, woran David dachte, als im Hintergrund leise die schmelzende Stimme von Chris Rea erklang und er am Fenster stehend die schwüle, schwere Nachtluft einatmete. Seine Gefühle spielten ihm einen Streich. Kein einziges Mal in zwanzig Jahren hatte er die Ehe gebrochen, und dann kam Nicole, und er ließ sich wie eine Hure kaufen und vögelte sie voller Lust und Wonne und ließ sich dabei von ihr noch demütigen und verhöhnen, wenn es auch Momente gab, in denen er seine Hände um ihren Hals hätte legen mögen, um ihr die Lebensluft wie einen Wasserhahn abzudrehen. Er hatte zu saufen begonnen, und nun war eingetreten, was nie eintreten sollte, er hatte sich auch noch verliebt, scharwenzelte um eine aus dem Nichts aufgetauchte Zauber-

271

fee herum, und statt sie mit respektierlichem Abstand wie eine weitere Tochter zu behandeln, suchte er ihre Nähe und buhlte um ihre Liebe, verging seit Tagen keine Stunde, in der seine schwülstigen Gedanken nicht in irgendeiner Form um sie kreisten. Wenn dies, was er erfuhr, Liebe war, dann hatte er in seinem ganzen Leben nie zuvor geliebt, denn was er jetzt empfand, hatte er nie bei Johanna gefühlt. Bei ihr war es Geborgenheit und Ruhe und die Gewißheit, es mit der Erfahrung einer reifen Frau zu tun zu haben, die allerlei Höhen und Tiefen durchlebt hatte; bei ihr mußte er nicht viel dazutun, um sie zufriedenzustellen. Er war als Junge nie verliebt gewesen, hatte nur ein paarmal aus weiter Ferne geschwärmt für ein paar Mädchen, die kamen und gingen und nie auch nur einen Blick an ihn verschwendet hatten, denn er war ja so schüchtern und stotterte, vor allem, wenn er aufgeregt war. Johanna war die erste und bis vor kurzem auch die einzige Frau in seinem Leben. Und er selber hätte nie geglaubt, daß sich dieser Zustand ändern würde, nicht durch sein eigenes Zutun, dazu war er viel zu phlegmatisch und darauf bedacht, vermeidbare Schwierigkeiten zu umschiffen. Er hatte lediglich dann und wann und verstohlen um sich blickend, ob ihn auch niemand Bekanntes sah, ein Pornokino besucht oder sich heimlich bestimmte Hefte gekauft, um dem ihm innewohnenden, lüsternen Tier die notwendige Befriedigung zu verschaffen.

Er sah ein, daß er sich in eine Sackgasse manövrierte. Daß ihm all das, was ihm einst so viel bedeutet hatte (und es immer noch tat, wenn auch jetzt deutlich weniger), aus den Fingern gleiten könnte, wenn er sich zu stark an Esther klammerte, nur weil er glaubte, durch sie seine Jugend zurückzuerobern. Nicht Nicole, Esther war gefährlich. Liebe – die vielleicht gefährlichste Waffe der Welt –, und er sagte sich, daß es letztendlich eine sinnlose Liebe war, der nie erfüllbare Traum eines alternden Mannes; für Esther wahrscheinlich nicht mehr als ein Abenteuer, der Reiz des Verbotenen, von dem Lebensschatz des gereiften David zu kosten. Und doch war seine innere Spannung so groß, sein Verlangen so unstillbar, daß dieses Mädchen ihn anzog wie süßer Nektar die Bienen. Er würde zu ihr gehen, Nicole die Last mit dem *verzogenen* Gör abnehmen (wenn Nicole wüßte oder auch nur ahnte, was er wirklich vorhatte!) und Tage und Abende mit ihr verbringen. Morgen, nein, heute abend würde er mit ihr ins Kino gehen, wie hieß doch gleich der Schauspieler, den sie vergötterte? Ach, egal, er war nur ein kleiner Schauspieler, unantastbar, weit weg. Esther, das kleine Biest, war schlau genug, ihr Herz nicht an irgendeinen Kerl, der von der Leinwand sein Zahnpastalächeln runterschickte, zu hängen. Schließlich, und das hatte David nicht vergessen, war an jenem Gewitterabend etwas Entscheidendes geschehen; er hatte sie, angeblich weil ihr kalt war, im Foyer des großen Hauses, als das Licht ausging und der Fahrstuhl noch in den oberen Stockwerken stand, in seine Arme geschlossen und an sich gedrückt wie ein mitleidheischendes Kätzchen, und auch wenn sie nur wenig später so tat, als wäre ihr das alles peinlich gewesen, so hatte sie es mit dem flüchtig auf seine Lippen gehauchten Kuß widerlegt. Wenn ihre Ozeanaugen ihn ergründeten, erahnte er, was in ihr vorging, doch sie würde ihm den ersten und entscheidenden Schritt überlassen. Ganz Dame, die einen Gentleman um sich werben ließ. Eine kaugummikauende, unordentliche, laszive Dame. Er würde ihr schon das eine oder andere beibringen, sie war noch jung und formbar.

Vor wenigen Tagen hatte er an diesem Fenster Johanna geliebt. Sie von hinten genommen, und es hatte ihr wohliges Vergnügen bereitet, sie hatte geschnurrt wie eine läufige Katze. Er würde Johanna vielleicht nie verlassen, weil sie nicht verdiente, so gedemütigt zu werden, ihr mit dieser göttlichen Gestalt, diesem Abbild einer Nymphe das eigene Alter und die Verbrauchtheit mit einem grausamen Spiegel vorzuhalten. Diese Demütigung wäre über die schlimmsten

Prügel hinausgegangen, sie hätte ihre Seele zerstört. Und auch wegen der Kinder würde er es nicht tun. Auch wenn die vielleicht eher verstehen würden ...

Bevor er ins Bett ging, um noch einmal zu versuchen einzuschlafen, schüttete er sich ein Wasserglas zur Hälfte voll mit Whisky aus seinem heimlichen Versteck. Es brannte kurz und höllisch in seinem Magen, als zündete der Teufel dort ein Feuer an; die Flammen loderten gewaltig auf und stiegen in seinen Kopf, der Qualm umnebelte sein Hirn, und er konnte einschlafen. Er nahm das Wetterleuchten am Horizont und das dumpfe Grollen nicht mehr wahr.

## MONTAG, 9.00 UHR

Alexander schlief noch, als David um halb acht das Haus verließ. Er hinterließ ihm einen Zettel auf dem Küchentisch. Das Gewitter hatte eine Menge Regen, doch kaum Abkühlung gebracht. Es war windstill, die Straßen dampften noch. David fuhr tanken, reinigte die Windschutzscheibe von Mücken und Schlieren, prüfte Reifendruck und Ölstand. Die Straßen in Frankfurt waren wie immer während der Ferienzeit relativ frei. David benötigte fast zehn Minuten weniger bis zur PROCOM. Müller und Frau Badura waren schon da. Müller war ein großer, gutgebauter, blonder und blauäugiger Kerl, auf den David insgeheim neidisch war. Von den sechzehn Männern und zwölf Frauen, die hier arbeiteten, hatte Müller schon mit allen Frauen etwas gehabt. Wo immer das geschehen sein mochte, bei ihm zu Hause, bei den Damen oder nur auf einer der Firmentoiletten. Selbst die Badura, dieses fette Schlachtschiff auf krummen, krampfadrigen Beinen und mit diesem ständig verkniffenen Zug um den schmalen, leichenblassen Mund und dem fettesten Hintern, den David je zu Gesicht bekommen hatte, war von Müller schon bearbeitet worden. Zumindest vermutete David das, denn als Müller vor über einem Dreivierteljahr hier anfing, lästerten alle über diesen gelackten Schönling mit dem gegelten Haar, doch eine nach der anderen hörte schon bald auf mit der Lästerei, im Gegenteil, bald hieß es nur noch Müller hier und Müller da, und selbst die Badura, diese griesgrämige alte Jungfer, die an niemandem ein gutes Haar ließ, kam eines Tages wohlgelaunt und lachend in die Firma, grüßte jeden freundlich, was sie nie zuvor getan hatte, und besonders als Müller kam, überschlug sie sich vor Freundlichkeit. Jetzt stand die Badura am Kopierer, begrüßte David mit einem dahingemurmelten »Guten Tag«, das David mit der gleichen Freudlosigkeit erwiderte.

Er verkroch sich im Büro, riß das Fenster auf, das auf einen dreckigen Hinterhof zeigte, der nachts ein gefährliches Pflaster war. Es war ein quadratischer, unansehnlicher, häßlicher, grauer, alter, kopfsteingepflasterter Hof, auf drei Seiten von je vierstöckigen Häusern eingerahmt, entlang der vierten Seite zog sich eine etwa zwei Meter hohe Backsteinmauer, an der vier überquellende Müllcontainer standen. Es stank nach Unrat. Zwei der Häuser beherbergten ausschließlich das horizontale Gewerbe, meist ältere, abgetakelte Huren, die ihre von Alkohol oder Drogen aufgedunsenen, schmuddeligen, unappetitlichen Leiber durch Schaufenster den Vorübergehenden präsentierten. Grellgeschminkte Gestalten der Nacht, die tagsüber mit ihren oft tiefschwarz gefärbten Wimpern und Augenbrauen, blutroten Fingernägeln, von denen der tagealte Lack wie alter Putz von einem baufälligen Haus abbröckelte, etwas Dämonisches ausstrahlten, die ihre teils riesigen Brüste in viel zu enge Tops preßten, die oft fetten, zellulitischen Schenkel unter meist nur gürtelbreiten Minis und in durch Laufmaschen verunzierten

Nylons zur Schau stellten. Einige wenige Male war David durch diese kleine, enge Seitenstraße gegangen, eine andere Welt, ein Fabelreich mit seltsamen Wesen, die ihr Dasein auf diesen wenigen Quadratmetern Tristesse fristeten. Und vielleicht war unter den Huren sogar die eine oder andere, die seit Jahren ihren Fuß nicht mehr auf das Land außerhalb ihres Bezirks gesetzt hatte. Wenn David dieses winzige Ghetto durchstreifte, dann, um mit verstohlenem Blick die illusionslos dahockenden Damen des beischlafenden Gewerbes in ihren Fenstern zu beobachten, nach den Männern, meist Ausländern, zu schielen, die mit ihnen wie auf einem Basar verhandelten, die entweder nicht genug Geld hatten, sich saubere, anständige Huren zu leisten, oder denen es nur darauf ankam, sich von dem Druck in den Lenden zu befreien, die Einsamkeit für wenige Minuten in einer warmen, behaglichen Höhle abzustreifen. Zwei Bordelle, zwei Sexshops und auf der gegenüberliegenden Seite ein Schrottplatz – und irgendwie war es ein harmonisches Bild, zusammen mit der löchrigen, seit Ewigkeiten nicht ausgebesserten Straße, den teils kaputten Neonbuchstaben über den Etablissements, diesem in der Luft hängenden, süßlichen Geruch von Sperma – zumindest meinte David, es riechen zu können –, vermischt mit den exotischen Gewürzen südländischer oder orientalischer Küche. Er warf einen kurzen Blick in den Hof, an der Mauer stand schwankend ein Betrunkener und urinierte. David goß die beiden nach Wasser lechzenden Grünpflanzen. Er hatte keine Lust zu arbeiten, öffnete die zwölf Briefe auf seinem Schreibtisch, nahm den Telefonhörer in die Hand und wählte die Nummer von Holbeins Büro. Bat um ein kurzes Gespräch. Holbein sagte, er hätte gerade Zeit. David blieb mitten im Büro stehen. »Tut mir leid, dich zu stören, aber ich möchte dich bitten, mir drei Wochen Urlaub zu geben. Du weißt ja inzwischen selber, was bei uns zu Hause los ist.«

Holbein lehnte sich zurück und nickte. »Klar bekommst du

deinen Urlaub. Wir werden auch mal drei Wochen ohne dich zurechtkommen. Ich hoffe für dich und deine Familie, daß das Schwein bald gefaßt wird. Von mir aus kannst du deinen Urlaub gleich antreten.« Er machte eine kurze Pause und meinte dann: »Du siehst auch ziemlich mitgenommen aus. Erhol dich gut. Tschüs.«

»Danke«, erwiderte David und verließ grußlos das Büro. Er lief ziellos einmal die Einkaufsstraße hoch und wieder runter, hörte peruanischen Straßenmusikanten zu, machte einen großen Bogen um verdreckte Penner und einen genauso großen Bogen um wild und entschlossen dreinschauende Jugendliche, schlenderte gedankenverloren durch Kaufhäuser; die Hitze drinnen war kaum auszuhalten, und er fragte sich, wie die armen Kreaturen von Verkäufern und Verkäuferinnen diese Zeit ohne Schaden an ihrem Körper zu nehmen überstanden. Er holte sich ein Hot dog mit viel Senf, in einem Getränkeladen eine Cola. Mit der gleichen Rast- und Ziellosigkeit setzte er sich in seinen Wagen und fuhr los, nicht nach Hause, sondern zu Esther. Unterwegs hielt er kurz an, wählte die Nummer von Nicoles Büro, und als er ihre Stimme hörte, legte er einfach wieder auf.

Als er bei Esther vor der Tür stand, blieb er eine Weile im Wagen sitzen, um zu überlegen, ob das, was er vorhatte, nicht eine riesengroße Dummheit war. Yin und Yang, Jekyll und Hyde, Gut und Böse fochten einen erbitterten Kampf aus über die Frage, ob er aussteigen oder lieber schleunigst nach Hause fahren und eine kalte Dusche nehmen sollte, um zur Besinnung zu kommen.

Hyde siegte, David stieg aus, ließ die Tür zuschnappen und schloß ab. Mit leicht zittrigen Beinen lief er auf das Haus zu, legte den Zeigefinger auf den Klingelknopf. Ihre junge, weiche Stimme ertönte Sekunden später aus dem Lautsprecher, und als er seinen Namen nannte, drückte sie den Öffner.

»Was machst du denn um diese Zeit hier?« fragte sie verwundert, als er aus dem Aufzug kam. Sie trug einen roten Bikini, über den sie sich ein weißes Shirt gestreift hatte. Sie ging vor ihm in die Wohnung, den frischen Duft von Sonnencreme hinter sich herziehend. Ein paar Zeitungen lagen auf dem Tisch und dem Boden, eine Liege stand auf dem von grellem Sonnenlicht überfluteten Balkon. Esther begab sich schnurstracks dorthin, zog ihr Shirt aus und streckte ihre wundervolle Gestalt in ganzer Länge aus. David lehnte sich an das Geländer und ließ seinen Blick in einem Moment, in dem sie die Augen geschlossen hielt, über ihren Körper wandern, diesen wunderbaren, kunstvoll geformten Busen, der leider von einem Hauch Stoff verdeckt wurde, dieser flache Bauch mit seiner winzigen Vertiefung in der Mitte, vielleicht der Zugang zu ihrer Seele, diese ganz sanfte, kaum merkliche Wölbung unter dem Höschen, die langen, schlanken, makellos glatten Beine.

»Ich habe mir Urlaub genommen, und da ich fast allein zu Hause bin, dachte ich mir, ein kurzer Abstecher hierher könnte nichts schaden. Wenn ich wieder gehen soll, mußt du es nur sagen.«

»Warum denn? Meine Mutter arbeitet aber.«

»Ich weiß. Ich schlage auch vor, wir behalten dieses Treffen für uns. Ich weiß nicht, wie Nicole reagieren würde, wüßte sie, daß ich dich am hellichten Tag allein hier besuche.«

»Keine Ahnung, bei der weiß man sowieso nie, wie sie reagiert. Nimm dir einen Stuhl und setz dich zu mir. Wenn du was trinken willst, du weißt ja, wo alles steht. Bei der Gelegenheit könntest du mir auch gleich eine Whisky-Cola mitbringen!«

»Um diese Zeit?«

»Was ist an dieser Zeit anders?«

»Es ist gerade Mittagszeit.«

»Na und, tu mir einen Gefallen und versuch nicht, den Vater zu spielen, ich habe nämlich schon einen! Okay?«

»Entschuldige, war nicht so gemeint.«

David erfüllte Esthers Wunsch und holte sich selber einen Whisky mit viel Eis. Die Sonne brannte auf die immer kahler werdende Stelle an seinem Hinterkopf und seinen Nacken. Jetzt stand er hier und wußte nicht, was er sagen sollte. Er kam sich albern vor, kein Wort fiel, er hielt sich an seinem Glas fest. Als Esther ausgetrunken hatte, stellte sie ihr Glas unter die Liege, legte sich auf die Seite, setzte die Sonnenbrille auf und musterte David.

»Wie habt ihr euch eigentlich kennengelernt, du und meine Mutter?«

»Warum willst du das wissen?«

»Es ist ein seltsames Verhältnis. Ich habe mir Gedanken darüber gemacht, bin aber zu keinem Resultat gekommen. Irgendwas ist merkwürdig, ich weiß aber nicht, was.«

»Hast du sie schon gefragt?«

»Um Himmels willen, ich werde mich hüten! Sag du's mir.«

»Was willst du mit der Information anfangen?«

»Nichts weiter, ich bin eben neugierig. Ich meine, ein verheirateter Mann mit vier Kindern, und dann meine Mutter ...«

»Ich arbeite für sie, aber das habe ich dir schon einmal gesagt«, sagte David leise und verzog den Mund zu einem gequälten Lächeln.

»Und was?«

»Sie bezahlt mich dafür, daß ich dreimal in der Woche zu ihr komme und allerlei Arbeiten verrichte.«

»Das heißt, du bist so was wie ein Hausangestellter?«

»Wenn du es so nennen möchtest. Ich bin selber nicht glücklich damit, aber was soll ich tun? Sie hat mir den Job angeboten, und ich habe angenommen. Es ist nichts Verbotenes daran.«

»Schläfst du mit ihr?«

»Bist du immer so direkt?«

»Meistens. Ich rede nicht gern um den heißen Brei herum. Also, tust du's?«

»Und wenn ich es täte?«

»Bezahlt sie dich auch dafür?«

»Findest du nicht, daß deine Neugier ein bißchen sehr weit geht?«

»Verdienst du so wenig in deinem Beruf, daß du das nötig hast?«

»Laß uns das Thema wechseln ...«

Sie blieb hartnäckig. »Was sagt denn deine Frau dazu? Ich meine, weiß sie überhaupt, daß du einer sehr gutaussehenden, alleinstehenden Frau dreimal in der Woche in den Abendstunden die Zeit versüßt?«

»Sollte sie es wissen?«

Esther drehte den Kopf etwas zur Seite, um so David besser ansehen zu können. Dann sagte sie: »Sie weiß es nicht, oder? Du hast ihr bestimmt irgendein Märchen aufgetischt, und sie hat es gefressen. Hauptsache, die Kohle stimmt.«

»Lernt man so was auch im Internat – andere Leute auszufragen und sich gleichzeitig die Antworten zu geben?« fragte David etwas säuerlich.

»Ich sagte doch, ich bin sehr intelligent. Und ich kann kombinieren. Aber im Prinzip geht mich das alles wirklich nichts an. Es ist allein dein Problem und das meiner Mutter. Außerdem wollte ich es nur von dir selbst hören. Meine Mutter hat es mir schon gesagt.« Sie hielt inne und veränderte ihre Haltung, indem sie sich auf den Bauch legte. »Könntest du mir bitte den Rücken einreiben? Ich bin ziemlich empfindlich gegen Sonne. Das Öl steht unter der Liege.«

David löste sich vom Geländer, beugte sich nach unten, nahm die Flasche, öffnete den Verschluß und ließ aus vierzig oder fünfzig Zentimetern Höhe einen Tropfen Öl auf die nackte Haut fallen; Esther zuckte zusammen und fing an zu kichern und sagte, das wäre ein saukomisches Gefühl und er solle sie doch bitte richtig eincremen. David gab ein paar Spritzer in seine Handfläche und verrieb das Öl mit sanften, kreisenden Bewegungen auf Esthers Rücken, er hielt sich besonders lange an der Nacken- und Schulterpartie auf,

280

massierte ihre Seiten und glitt schließlich hinunter zu dem meisterhaft geformten Lendenbereich mit zwei niedlichen Grübchen beiderseits der Wirbelsäule bis hin zum Abschluß des knappen Höschens.

»Das tut gut«, knurrte sie. »Das könnte ich stundenlang aushalten, ich glaube, ich könnte dabei einschlafen. Du hast sehr zarte Hände. Wo arbeitest du noch mal, in einer Computerfirma? Gehst du mit deinen Computern auch immer so zärtlich um?«

»Ich weiß es nicht.«

»Liebst du meine Mutter?« fragte sie urplötzlich.

»Nein, ich liebe deine Mutter nicht. Es ist ein Arbeitsverhältnis, sonst nichts.« Warum, um alles in der Welt, zerstörte diese Nymphe durch solche Fragen Momente, in denen er meinte, seinem Ziel ein Stück nähergerückt zu sein?

»Und sie, liebt sie dich?«

»Nein, sicher nicht. Sie ...«

»Sie, was?«

»Nichts.«

»Du wolltest sagen, sie ist überhaupt nicht fähig, zu lieben. Stimmt's? Du hast recht, sie ist kalt bis ins Mark. Sie hat noch nie lieben können. Aber sie kann hassen. Sie haßt, glaube ich, jeden, der glücklich ist. Hat mein Vater gesagt, und wenn ich's genau bedenke, so hat er wohl recht.«

David massierte weiter Esthers Rücken, festes, junges Fleisch, überzogen von hauchdünnem Flaum. Er spürte, wie bei jeder Bewegung seiner Hände sein Inneres stärker zu vibrieren begann, sein Herzschlag wie eine dumpfe Pauke dröhnte und sein Glied sich nach oben streckte und den Weg ins Freie suchte, der ihm jedoch verwehrt blieb.

»Wollen wir heute abend ins Kino gehen?« fragte David.

»Wie heißt gleich dein Lieblingsschauspieler?«

»Luke Perry? Er ist nicht mein Lieblingsschauspieler, ich habe nur viel Gutes über seinen neuen Film gehört. Ich finde, für Schauspieler oder Sänger zu schwärmen ist Zeitverschwendung. Aber wenn du willst, dann gehen wir ins Kino. Aber bitte eines mit einer Klimaanlage.«

»Die Kinos sind, soweit ich informiert bin, alle klimatisiert.«

»Na gut«, sagte sie, drehte sich abrupt um, legte sich auf den Rücken, den er ihr gerade so liebevoll eingecremt hatte, und verschmierte jetzt alles auf der Auflage der Liege. Sie hielt sich eine Hand wie eine Sonnenblende über die Augen, um David besser ansehen zu können. Sie kaute einen Moment lang unentschlossen auf ihrer Unterlippe, dann sagte sie: »Ich weiß übrigens, weshalb du gekommen bist.«

»So, weshalb denn?« fragte David errötend und wich ihrem Blick aus.

»Sag du's mir.«

»Einfach so, ich habe Urlaub und . . .«

»Ich habe bisher erst einmal mit einem Jungen etwas gehabt«, unterbrach ihn Esther. »Vor einem Jahr im Internat. Er war nett, aber nicht so nett wie du. Du bist gekommen, weil du mich allein sehen wolltest. Dabei ist es Schwachsinn, du bist verheiratet, du könntest mein Vater sein . . .«, sagte sie mit entwaffnender Direktheit und einer Offenheit, die David die Schamesröte ins Gesicht trieb.

»Du bist so anders«, flüsterte er verlegen. »Ich bin einfach gerne in deiner Nähe. Vielleicht hat es etwas damit zu tun, was deine Mutter gesagt hat. Weißt du noch, wie sie sagte, wir sähen aus wie Geschwister?«

»Und wie soll es weitergehen? Ich bin erst seit einer Woche hier und . . .« Sie ließ ihre Finger über seine Hand gleiten, über den Arm. »Bitte, David, das darf einfach nicht sein. Es ist Schwachsinn!«

»Es gibt Mächte, die sind stärker als wir. Sie sind irgendwo um uns herum und in uns drin. Wir können uns nicht dagegen wehren. Es vergeht kein Tag, an dem ich nicht an dich denken muß. Ich sage mir selber, es ist Wahnsinn, aber . . . bitte, verzeih mir.« Er streichelte ihr Gesicht, sie schloß die Augen und ließ es sich gefallen, schmiegte sich in seine Hand. Er näherte sich ihrem Mund und legte seine Lippen auf ihre, und er küßte diesen Äonen jüngeren, warmen Mund, diese zarten, noch in der Blüte befindlichen Kirschen, drückte ganz langsam und vorsichtig seine Zunge in sie hinein, und er küßte dieses Geschöpf, wie er noch nie ein Mädchen oder eine Frau geküßt hatte.

## MONTAG, 16.00 UHR

Als David wenige Minuten nach vier nach Hause kam, war die Wohnung leer. Die Tür zu Alexanders Zimmer stand sperrangelweit offen, der vor sein Fenster gezogene Vorhang blähte sich weit auf, bei manchem Windstoß flog er bis zur Decke, und David fluchte leise über die Nachlässigkeit seines Sohnes. Hatte er ihm nicht tausendmal gepredigt, daß bei geöffneten Fenstern und gleichzeitig starkem Wind alle Türen geschlossen zu sein hatten?! Unendlich viel Staub wurde so unnötigerweise umhergewirbelt. David zog mit kräftigem Ruck die Tür des im Chaos versinkenden Zimmers zu und ging in die Küche, wo ein gebrauchter Teller samt Besteck auf dem Tisch stand, sowie ein noch zur Hälfte mit Limo gefülltes Glas, in dem eine Wespe verzweifelt um ihr Leben zappelte. Der Wasserhahn war nicht richtig zugedreht und tropfte klackernd in kurzen Abständen. Die Tüte Milch hatte Alexander auch nicht wieder in den Kühlschrank zurückgestellt, obgleich er kaum etwas davon getrunken hatte. David roch kurz daran, sie war noch genießbar. Brötchenkrümel auf dem Boden und dem Stuhl, auf dem Alexander gesessen hatte, überall mußte der Junge seine Spuren hinterlassen. Und nicht einmal eine Nachricht, wo er unter Umständen zu erreichen war.

David eilte durch die Wohnung, saugte den Boden und wischte Staub, spülte das wenige Geschirr und goß die Blumen, hörte Nachrichten und schüttelte den Kopf, als er von Massakern in einem Indiodorf erfuhr. Die Hitzewelle hatte erste Todesopfer, vor allem Alte und Kreislaufschwache, gefordert. Die Krankenhäuser quollen über, ständig waren die durchdringenden Sirenen der Kranken- und Notarztwagen zu hören.

Noch bevor er wieder zu Esther fuhr (er fuhr ab sofort nur noch zu Esther und nicht mehr zu Nicole!), mußte er unbedingt Thomas besuchen. Irgendwann, das wußte David, würde die Blockade in Thomas' Gehirn durchbrochen werden, irgendwann würde Thomas die fehlenden Minuten in sein Gedächtnis zurückrufen.

Er hatte den Duft von Esthers junger Haut noch in seiner Nase, den süßen Geschmack ihrer Lippen noch auf seiner Zunge. Alles um ihn schien erfüllt vom wohltuenden Aroma ihrer Sonnencreme, vom Duft ihres Haares. Er wußte, welch Tor er war, daß er wie ein Narr handelte, nur Narren handelten wie er. Doch war die Liebe an sich nicht etwas Närrisches? Zauberte sie nicht im Nu Gefühle wie weiße Kaninchen aus dem Hut, konnte sie nicht einen klaren Verstand von einer Sekunde zur anderen in einen rauschartigen Zustand verwandeln? David rechnete nach – wenn er fünfzig war, würde Esther schon sechsundzwanzig sein, er war doch noch so jung, auch wenn seine Haare ausfielen und die ersten Ansätze von Grau zu erkennen waren. Er hatte sich noch nie um die Meinung anderer geschert, und er würde es auch diesmal nicht tun. Narr!! Jetzt baute er schon tagsüber Luftschlösser, und auf einmal machte ihn die Gewißheit traurig, nie in diesem Luftschloß wohnen zu können, diesen Traum nie erfüllt zu bekommen. Er war, wie es schien, einem Leben ausgeliefert, aus dem es kein Entrinnen gab. Er würde sich nie scheiden, nie seine Kinder im Stich lassen. Sein Gesicht, das er bisweilen schon jetzt kaum noch im

Spiegel zu sehen ertrug – dann würde er es erst recht nicht mehr sehen können. Er war zum ersten Mal in seinem Leben wirklich verliebt, vernarrt, verschossen und würde doch nie mit der Nymphe Esther auf Dauer glücklich sein können. All dies wußte er, und doch spielte sie im Moment die Hauptrolle in seinem Leben. Jetzt und morgen und übermorgen. Und selbst wenn sie ihn eines Tages vergessen haben würde – er würde nie die wenigen Augenblicke seiner späten Jugend mit ihr vergessen.

Er hatte nur am Mittag bei Esther einen Whisky getrunken, jetzt holte er die Flasche aus dem Versteck, setzte sie an und nahm drei lange Schlucke, um den Kummer zu vertreiben. Er setzte sich an den Küchentisch und fuhr sich mit beiden Händen durchs Haar, stützte den Kopf auf und schloß die Augen. In seinem Kopf hämmerte es, draußen ging eine Flasche zu Bruch, Kinder schrien und lachten. Der Geruch von Gebratenem stieg durchs Haus und drang durch jede Ritze.

David wusch sich Gesicht und Hände, putzte die Zähne. Als er fertig war, überlegte er, ob er noch duschen sollte, doch er ließ es sein, er würde heute noch nicht mit Esther schlafen. Sie hatten sich benommen wie frisch verliebte Jugendliche, hatten sich geküßt und gestreichelt ... Mehr sollte es nicht sein, er würde nichts fordern.

Er machte sich bereit zum Gehen, als es klingelte. Er sah zur Uhr, kurz nach fünf. Wenn er um sechs in der Klinik sein wollte, mußte er sich sputen. Er legte die Sicherungskette vor und machte die Tür einen Spalt auf. Draußen standen zwei Männer, wohlbekannte Gesichter, Brüder aus der Gemeinde. Ausgerechnet die! Sie lächelten ihn an, er ließ sie eintreten. Sie zu sehen war ihm nicht recht, er hatte die Gemeinde seit zwei Monaten nicht besucht und hatte auch nicht vor, dies in nächster Zeit zu tun.

»Guten Tag, Bruder Marquardt«, sagte einer der beiden, Bruder Schneider, der Mann für *schwierige* Fälle, und blieb im Flur stehen. »Wir wollten uns mal nach Ihrem Befinden erkundigen.«

»Mir geht's gut«, erwiderte David kühl und blickte demonstrativ zur Uhr. »Ich habe auch nicht viel Zeit, ich muß zu Thomas in die Klinik, Sie wissen ja.«

»Ja, wir haben davon gehört, schlimm, nicht? Wir haben schon lange vorgehabt, ihn einmal zu besuchen, aber die Zeit! Bestellen Sie ihm auf jeden Fall schöne Grüße von uns. Hätten Sie trotzdem einen Moment Zeit für uns?«

»Bitte, wenn es nur ein Moment ist.«

»Dürfen wir uns setzen?«

»Bitte, im Wohnzimmer.«

»Ich war noch nie in dieser Gegend«, sagte Bruder Schneider und setzte sich mit dem anderen Mann auf die Couch, während David im Sessel Platz nahm. »Aber hier hat man ja richtig Angst, aus dem Auto zu steigen. Es ist schlimmer als jede Beschreibung, die ich bisher gehört habe ...«

»Tut mir leid, wenn es Ihnen nicht gefällt, aber es hat Sie keiner gezwungen herzukommen!« erwiderte David sarkastisch. »Wir leben hier, und sobald man in der Wohnung ist, ist alles halb so schlimm.«

»Es war nicht so gemeint«, wiegelte Schneider ab, der merkte, daß er den falschen Einstieg gewählt hatte, während der andere, der junge Bruder Gehrmann, sich still im Hintergrund hielt. »Können wir irgend etwas für Sie tun?«

»Wie meinen Sie das?« fragte David mißtrauisch.

»Nun, wir haben Sie seit Monaten nicht in der Kirche gesehen, und zuletzt kam immer nur Ihre werte Frau mit den Kindern. Wenn Sie Hilfe brauchen, in welcher Form auch immer, dann lassen Sie uns das bitte wissen.«

»Nein, ich brauche keine Hilfe. Ich kann mich jedoch erinnern, daß es Zeiten gab, da hätte ich tatsächlich welche gebraucht, aber da hat sich niemand für uns interessiert.«

»Wir haben es nicht gewußt.«

»Sie wußten es! Vielleicht nicht Sie persönlich, aber ande-re ...«

»Ist das der Grund für Ihr Fernbleiben vom Gottesdienst?«

»Nein, es gibt andere Gründe, die ich Ihnen aber nicht nennen werde.«

»Sie hatten doch immer ein festes Zeugnis vom Evangelium, zumindest hatte ich den Eindruck bei Ihnen. Hat sich da etwas geändert?« fragte Schneider ernst.

»Wenn es so wäre, was dann? Aber keine Angst, noch habe ich mein Zeugnis nicht gänzlich verloren. Ich habe es nur ein bißchen auf Eis gelegt«, sagte David ehrlich.

»Das sollten Sie nicht tun. Sie wissen schon so viel über Gott und Jesus Christus, daß man ein Zeugnis nicht einfach auf Eis legen kann. Gott läßt nicht mit sich spielen ...«

»Wer sagt denn, daß ich mit Gott spiele?« fragte David spöttisch. »Sie sind doch nicht gekommen, um mich über mein Verhältnis zu Gott zu belehren, oder?«

»Nein, das nicht, es tut mir nur um jede Seele weh, die sich abwendet vom wahren Glauben. Jedes getaufte Mitglied sollte regelmäßig vom Abendmahl nehmen, jeder sollte re-gelmäßig die Versammlungen besuchen und dadurch Gott seine Liebe bekunden. Sie sind immer ein guter Lehrer gewesen, und Ihre Ansprachen waren inhaltsreicher als die der meisten anderen. Sie fehlen der Gemeinde wirklich.«

»*Mir* fehlt aber die Gemeinde nicht. Im Augenblick zumin-dest.«

»Dann lassen Sie uns helfen, dazu sind wir schließlich da, daß jeder des anderen Last mittrage. Wir erschweren uns das Leben unnötig, wenn wir versuchen, es ohne Gott zu leben. Und außerdem sollten Sie Ihre liebe Frau nicht allein lassen.«

»Hören Sie zu, Bruder Schneider, ob mit oder ohne Gott, mein Leben ist beschissen, auch wenn Sie dieses Wort nicht mögen! Wo war denn dieser Gott, als man Thomas zusam-mengeschlagen hat, wo war denn Gott, als wir immer tiefer in den Sumpf gezogen wurden und schließlich hier gelandet sind? Sie haben ja nicht den Schimmer einer Ahnung, was in letzter Zeit alles vorgefallen ist.« Er spie seine Worte abfällig aus. »Wissen Sie, ich frage mich schon lange, und ich habe auch mit meiner Frau darüber gesprochen, ob dieser Gott nicht ein sehr anspruchsvoller und wählerischer Genosse ist. Seit wir hier wohnen, sind Sie die ersten Brüder, die mich besuchen kommen. Keiner hat sich bis jetzt hergetraut. Abschaum muß schließlich selber klarkommen! Ist es nicht so?«

»Mag sein, daß Sie recht haben«, sagte Schneider mit säuerlicher Miene und faltete die Hände, »aber Sie suchen die Schuld ja selbst bei den anderen ...«

»Tu ich das? Aber bitte, wenn wir schon dabei sind – ich bin zu der Überzeugung gelangt, daß an keinem Ort der Welt so viel geheuchelt wird und so viele leere Phrasen gedroschen werden wie in der Kirche. Manchmal könnte man direkt meinen, die Leute haben sich selbst einen Heiligenschein verliehen! Aber ich habe es durchschaut, dieses bigotte Gehabe, diese schönen Reden, die nichts als Fassade sind! Wenn es zu spät ist, dann kommen Sie. Sie kommen, wenn Sie meinen, eines Ihrer Schäfchen könnte Ihnen durch die Lappen gehen! Auch wenn ich nicht mehr viel zu bieten habe, im Gegensatz zu früher, wo ich durch meine Spenden doch ganz wesentliche Beiträge geleistet habe. Ich habe das Gefühl, Ihnen kommt es eher auf den sozialen Stand des einzelnen an und weniger auf seine Seele ...«

»Sie sind ungerecht, Bruder Marquardt.«

»So, ungerecht? Wo haben Sie denn Ihren Mercedes stehen, doch nicht in dieser Straße?! Es könnte ja immerhin sein, daß irgendein verkommenes Subjekt sich daran zu schaffen macht. Und hier leben ausschließlich verkommene Subjekte, Junkies, Säufer, Huren, Betrüger, Einbrecher, Diebe, Vergewaltiger, Mörder. Das ist doch genau das, was in den Köpfen derer rumspukt, die nicht von hier sind!« David schaute zu Boden und seufzte auf. »Es ist die Verlogenheit, die verdammte Verlogenheit, die ich anprangere, und sonst nichts!«

»Gut«, sagte Bruder Schneider und beugte sich nach vorn, »wenn Sie die Verlogenheit anprangern, warum tun Sie das dann nicht öffentlich? Warum verkriechen Sie sich, anstatt Ihren Unmut zu bekunden? Sie waren doch sonst nie auf den Mund gefallen.«

David stand auf und stellte sich ans Fenster, durch das die heiße Sonne in breiten Bahnen drang. Er steckte die Hände in die Taschen und sagte: »Sicher war ich noch nie auf den Mund gefallen, aber hat sich je irgendwer was draus gemacht? Sagen Sie mir, wo ist Gott, wenn uns all das Unglück widerfährt? Sie haben mich übrigens gar nicht gefragt, wo meine Frau ist. Aber natürlich, Sie sind nicht wegen mir gekommen, sondern weil auch der Rest der Familie am Sonntag nicht in der Gemeinde war!« David faßte sich an die Stirn und grinste Schneider an. »Ich Idiot, Sie reden und reden und reden, und dabei wollen Sie einfach nur rumschnüffeln. Gut, ich sage Ihnen, daß Johanna und die Kinder auch die nächsten drei oder vier Sonntage fehlen werden, sie sind nämlich verreist. Und das, ohne Ihnen Bescheid zu sagen. Nur Alexander und ich sind hiergeblieben.«

»Das stimmt nicht, Bruder Marquardt, das ist eine Unterstellung. Wir hatten schon lange vor ...«, sagte Schneider erregt, doch David unterbrach ihn mit einer unmißverständlichen Handbewegung.

Er verengte die Augen zu Schlitzen und fuhr leiser und sehr langsam fort: »Und warum sind Sie dann nicht schon längst einmal gekommen? Warum hat sich nicht schon längst einmal einer die Mühe gemacht zu sehen, wie wir leben? Meinen Sie, ich wüßte nicht, wie auch in der Gemeinde über uns geredet wird, nicht wenn wir dabei sind, sondern wenn wir außer Hörweite sind?! Ich sage doch, Ausreden, Fassade, Heuchelei! Ihr seid alle so verdammt verlogen! Wenn es Gott gibt, dann war er nie bei mir. Nicht als ich ein Kind war und auch jetzt nicht. Lange Zeit habe ich ihn angefleht, mir doch beizustehen, aber alles, was dabei herauskam, war, daß wir noch tiefer in der Scheiße versanken. Und jetzt gehe ich meinen Weg ohne Gott. Ich arbeite viel und hart, und ich bin dabei, meine Familie selbst aus diesem Dreck rauszuziehen. Wenn Gott es nicht tut, dann mache ich es eben selber.« Er hielt inne und biß sich auf die Lippe, sein Blick war abwesend. Dann sagte er: »Es gibt bei Gott so vieles, das keinen Sinn macht.«

»Haben Sie Probleme mit irgendwelchen Geboten?« fragte Schneider.

David lachte auf. »Die Frage mußte kommen! Welche Gebote meinen Sie denn, Rauchen, Alkohol? Oder etwa Keuschheit? Was, wenn ich Alkoholiker wäre? Würde ich vor ein Kirchengericht kommen?«

»Nein, selbstverständlich nicht, aber . . .«

»Gut!« sagte David mit maliziösem Grinsen. »Und was, wenn ich das hehre Gesetz der Keuschheit überträte, was dann?«

»Es käme darauf an, in welcher Form das geschähe. Sie wissen, es gibt gewisse Abstufungen innerhalb dieses Gesetzes. Wenn Sie natürlich die Ehe brächen . . . aber das wissen Sie ja selber, und ich halte Sie für klug und integer genug, dies nicht zu tun. Sie würden nicht nur Gott, Sie würden vor allem Ihre liebe Frau verletzen. Und das hat sie nicht verdient.«

»Gesetzt den Fall, ich würde übertreten, käme ich in die Hölle? Gesetzt den Fall, ich würde mich unsterblich in eine andere Frau verlieben, wäre das verwerflich?« David studierte mit Vergnügen in Schneiders Gesicht dessen entsetzte Reaktion, dann grinste er und sagte: »Sie sehen aus, als hätte eben jemand mit weißer Farbe über Ihr Gesicht gestrichen. Ich wollte nur Ihre Reaktion testen. Sie ist genauso ausgefallen, wie ich vermutet hatte.« Er blickte auf die Uhr. »Es tut mir leid, meine Herren, aber ich muß zu Thomas in die

Klinik. Ich habe ihn das ganze Wochenende über nicht gesehen.«

»Macht er Fortschritte?«

»Besuchen Sie ihn und überzeugen Sie sich selbst. Er würde sich bestimmt freuen.«

»Dürfen wir, bevor wir gehen, ein Gebet mit Ihnen sprechen?«

»Bitte, wenn *Ihnen* davon wohler wird.«

»Mir ist immer wohl, wenn ich mit Gott spreche«, erwiderte Schneider mit leichtem Sarkasmus. »Knien wir uns hin?« Davids Kiefer mahlten aufeinander, doch er fügte sich der Bitte. Die Brüder verschränkten die Arme vor der Brust und schlossen die Augen, während David die Arme lasch an der Seite herunterhängen und die Augen offen ließ. Er hörte die Worte, die Bruder Schneider sprach, doch er nahm sie nicht auf. Nichts als ein paar leere Phrasen mehr.

Als Schneider und der andere Bruder das Haus verließen, reichten sie David die Hand. »Ich würde mich wirklich freuen, Sie bald wieder in der Gemeinde begrüßen zu dürfen«, sagte Schneider, und es klang sogar ehrlich. Doch David machte ein ernstes, beinahe mürrisches Gesicht, sein Händedruck war schlaff. Er fühlte sich in Gegenwart der Brüder nicht wohl. Vielleicht war es sein Gewissen, das wieder einmal zu ihm sprach. Und als er die Tür hinter ihnen schloß, lehnte er sich mit dem Rücken dagegen, er hatte Herzklopfen und dachte: *Verdammte Bagage!*

Zwei Minuten nach den Brüdern verließ auch David das Haus. Eine riesige Urinlache auf der Treppe, der dünne, noch feuchte Streifen an der maroden Wand zeugte davon, daß das verursachende Schwein weiter oben gestanden und gepinkelt hatte. David übersprang drei Stufen freihändig, er hatte sich schon lange abgewöhnt, das verseuchte Geländer anzufassen, und die Türklinken berührte er nur mit den Fingerspitzen. Er mußte grinsen, wenn er sich Schneider

vorstellte, wie der vielleicht aus Versehen mit seinen Fünf-
hundert-Mark-Schuhen in die Lache getreten war. Schneider, dieser Idiot, der auch nur Reden schwang, vor allem
sonntags, aber unter der Woche sich in nichts von anderen
Menschen unterschied. Der einer alten Schwester für eine
Heimfahrt in seiner Luxuskarosse auch noch Benzingeld
abknöpfte, wobei er selbst bestimmt nicht einmal wußte,
wieviel Geld er überhaupt besaß. Sollte er sich doch seine
Anteilnahme in die Sitze seines Mercedes schmieren!
Der Spielplatz lag um diese Zeit zum größten Teil im Schat-
ten, Mütter saßen auf den umliegenden Bänken, ein paar
Kinderwagen bewegten sich leicht und schaukelnd, Kinder
quietschten vergnügt, eine friedliche Runde. David stieg in
seinen Wagen und fuhr los. Es war bereits Viertel vor sechs.
Thomas hatte Gesellschaft bekommen. Ein ebenfalls junger
Mann, multiple Sklerose, lag ausgestreckt auf dem Bett, die
Arme hinter dem Kopf verschränkt. Thomas saß im Roll-
stuhl am Fenster, wie immer, wenn David kam.
»Hallo, wie geht's?« fragte David und faßte ihn an der
Schulter.
»Ganz gut. Und bei euch? Kannst du dich bitte etwas weiter
nach links stellen, damit ich dich besser sehe?«
»Deine Mutter, Nathalie und Maximilian sind für die näch-
sten drei Wochen an der Ostsee. Ich soll dir schöne Grüße
von ihnen bestellen.« Er verriet Thomas nicht den wahren,
schrecklichen Grund für die Reise. Es hätte sein Gewissen
nur noch mehr belastet.
»Sie haben es noch immer nicht geschafft«, sagte Thomas
ruhig, »aber der Arzt möchte dich sprechen.«
»Was will er?«
»Woher soll ich das wissen?«
»Ist er noch da?«
»Er hat bis acht Dienst, du brauchst nur die Schwester zu
fragen.«
Es waren Belanglosigkeiten, die der Arzt von sich gab. Die

gleichen leeren Reden wie jedesmal. Thomas' Unterbewußtsein würde sich wehren, wahrscheinlich aus Angst vor der Wahrheit, die bei einer Hypnose ans Tageslicht käme. Anders könne er es sich nicht vorstellen. David hörte zu, und als der Arzt geendet hatte, sagte er artig danke und ging zurück zu Thomas. Er blieb anderthalb Stunden, ab sieben blickte er mit zunehmender Nervosität ständig auf die Uhr, die innere Anspannung stieg wieder.

## MONTAG, 20.00 UHR

»Wir gehen heute abend ins Kino«, sagte David zu Nicole. »Ich habe es Esther versprochen, auch wenn ich von diesen neumodischen Filmen nicht viel halte.« Neumodischer Kram, neumodische Filme, alles Neumodische hatte ihm nie soviel bedeutet wie jetzt!

Sie zuckte nur mit den Schultern und meinte: »Eigentlich hatte ich mich innerlich auf einen gemütlichen Abend zu dritt eingestellt, doch Esther hat schon angedeutet, daß heute Kinotag ist.«

Esther trug ein knallrotes Top und weiße Shorts, die ihre schlanken, braunen Beine besonders vorteilhaft zur Geltung brachten. Ihr Haar hatte sie zu einem Pferdeschwanz gebunden, die Lippen dezent angemalt, ihre braunen Wangen schienen leicht zu glühen, als David eintrat. Sie kaute Kaugummi und strahlte David an, doch so, daß Nicole dieses Strahlen nicht sehen konnte. Wer weiß, auf welch dumme und gefährliche Gedanken sie gekommen wäre!

Im Auto und außer Sichtweite von Nicole, die auf dem Balkon stand und ihnen nachwinkte, küßten sie sich, und die

293

ganze Fahrt über hielt David Esthers Hand (bis vor kurzem war dies allein Johanna vorbehalten!), sie sprachen nicht. Erst mitten in der Stadt fragte Esther: »Ich habe keine Lust auf Kino, ich würde mich viel lieber irgendwo hinsetzen oder spazierengehen. Können wir nicht in den Taunus fahren?«

»Du hörst dich etwas melancholisch an«, sagte David und lenkte den Wagen durch den lichter werdenden Abendverkehr, die grüne Welle bescherte ihnen freie Fahrt.

»Es ist nichts. Ich mache mir nur Gedanken.«

»Und worüber?«

»Du weißt es doch genau. Es ist Wahnsinn.«

»Natürlich ist es das! Aber ist nicht das ganze Leben, diese ganze Welt ein großer Wahnsinn?«

»Nicole wird uns beide lynchen, wenn sie es erfährt. Nicht, weil du mit mir etwas angefangen hast, das wäre ihr im Prinzip schnurzegal, sondern weil sie es nie hinnehmen würde, daß du außer mit ihr auch noch mit mir ...« Sie stockte, David stand an der Ampel und sah geradeaus aus dem Fenster.

»Nicole ist die seltsamste Frau, die ich bislang getroffen habe«, sagte er, ohne den unvollendeten Satz von Esther zu vervollständigen. »Ich weiß bis heute nicht, was hinter ihrer Stirn vorgeht. Manchmal habe ich den Eindruck, als würde sie mich hassen. Dann wieder tut sie so, als könnte sie keiner Fliege etwas zuleide tun.«

»Du mußt aufpassen«, sagte Esther. »Sie ist krank. Nicht körperlich, in ihrer Seele. Mein Vater sagt es. Er hat sich von ihr scheiden lassen, weil sie bösartig wurde. Sie hat Dinge getan, die kein normaler Mensch tun würde. Sie hat seinen Rolls demoliert, seine Anzüge zerschnitten, Bilder zerfetzt, eine volle Flasche Brandy nach ihm geworfen, und weißt du warum?« Sie zog die Stirn in Falten, schaute aus dem Fenster. »Es gab keinen Grund, sie ist einfach nur verrückt. Weißt du, wie sie aussieht, wenn sie morgens das Haus verläßt, um in die Bank zu gehen? Sie trägt ein graues oder

294

braunes Kostüm, klobige Schuhe, sie hat die Haare hinten zu einem Dutt geformt und vorher den Nagellack entfernt, kein Lippenstift, kein Rouge, nichts. Sie bindet sich eine alte Digitaluhr um und macht sich einfach abgrundtief häßlich. Ich habe sie gefragt, warum sie so entsetzlich rumläuft, aber sie hat mir nicht darauf geantwortet. Nun, es ist ihr Problem. Aber auch das sagt mir, daß sie krank ist. Ein normaler Mensch verhält sich nicht so. Warum tut sie es?«

David fuhr aus Frankfurt heraus, über die breite Ausfallstraße, die zum Taunus hinführte. »Sie sagt, sie habe kein Interesse an geifernden, geilen Männern, wie sie angeblich reihenweise in der Bank rumlaufen. Deswegen würde sie sich so kleiden«, erklärte David.

»Das mag sogar stimmen, denn sie hat, und da bin ich absolut sicher, seit der Scheidung nie wieder einen anderen Mann gehabt, obgleich sie an jedem Finger tausend haben könnte.« Sie stockte, sah David von der Seite an und fragte: »Und was ist mit dir? Warum bist du wirklich mit ihr zusammen? Liebst du sie etwa? Ich meine, daß du mit ihr schläfst, ist mir klar . . .«

»Ist das so wichtig?«

»Ja, irgendwie schon. Auf der anderen Seite kann ich dich natürlich auch verstehen, meine Mutter ist eine attraktive Frau, zumindest abends. Sag mir bitte ganz ehrlich, wie ist euer Verhältnis?«

»Gleich. Ich fahre nur auf den Parkplatz, und dann gehen wir ein bißchen spazieren. Die frische Waldluft wird uns guttun.«

Die Idee, den Abend im Taunus zu verbringen, hatten viele Frankfurter, die der zum Teil unerträglichen Hitze ihrer Wohnungen entflohen und hier ein wenig Erholung und Abkühlung suchten. David und Esther nahmen einen schmalen, wenig frequentierten Weg. Die schattige Kühle machte das Atmen leicht, und im ersten Moment wirkte der Sauerstoff wie Doping. David nahm Esther bei der Hand und schwieg.

»Du wolltest mir etwas sagen.«

»Ich überlege gerade ...«

»Was – ob du mir die Wahrheit sagen sollst?«

»Nein, das nicht. Ich weiß nur nicht, wie ich diese Wahrheit in die passenden Worte packen kann. Versprich mir nur, nicht zu lachen und auch nicht böse zu sein! Versprich mir, einfach nur zuzuhören und mich zu verstehen. Wenn überhaupt jemand das kann, dann vielleicht du. Denn wenn du wirklich so intelligent bist, und ich glaube, du bist es, dann wirst du es verstehen. Obwohl, andererseits, wie solltest du begreifen, was ich selbst nicht begreife? Wahrscheinlich ist es die perverseste Geschichte, die überhaupt jemand erleben kann, aber sie zeigt nur einmal mehr, daß in diesem Leben und auf dieser Welt nichts unmöglich ist.«

Er hielt inne und nahm ihre Hand etwas fester, ihre Schritte waren gleichmäßig und langsam, und während sie sich vorwärtsbewegten, tiefer in den Wald hinein, nur ab und zu begegneten ihnen Spaziergänger, begann David zu sprechen.

»Ich habe bis zum Hals in Schulden gesteckt, die Bank hatte alles gesperrt, was mit Geld zu tun hatte, meine Familie und ich, wir standen praktisch am Abgrund. Ich habe mit zwanzig geheiratet, eine Frau, die fünf Jahre älter ist als ich. Sie hat ein Kind mit in die Ehe gebracht, drei weitere folgten, ein anderes ist kurz nach der Geburt gestorben. Ich habe ein Computerunternehmen aufgebaut, eines der besten Textverarbeitungsprogramme auf den Markt gebracht, uns ging es jedenfalls blendend. Dann haben mich mein Buchhalter und mein Steuerberater übers Ohr gehauen und sind mit dem ganzen Geld durchgebrannt. Und jetzt sind beide tot, ermordet. Na ja, egal, jedenfalls kam dann dieser Brief von der Bank. Von deiner Mutter. Als ich eines Tages mit meinen ganzen Unterlagen bei ihr vorsprach, empfing sie mich genau so, wie du sie vorhin beschrieben hast, wie eine graue Maus, damals verglich ich sie mit einer sozialistischen Grenzbeamtin. Sie machte mir nicht viel Hoffnung, was

296

meine Zukunft anging, aber immerhin wollte sie sich Gedanken machen. Am nächsten Tag rief sie mich an und bat um ein weiteres Gespräch, diesmal in einem Restaurant, was mich verwunderte, denn wieso bestellte diese Frau mich in ein Restaurant? Ich erzählte Johanna, das ist meine Frau, nichts von dem ungewöhnlichen Treffen, vielleicht hat mir damals schon eine innere Stimme zugeflüstert, ich solle vorsichtig sein und aufpassen, was ich tue. Und mit niemandem darüber sprechen. Hast du auch schon mal eine innere Stimme gehört?«

»Ab und zu. Es ist, als ob jemand in dir drin sitzt. Jemand, der es gut mit dir meint.«

»Als ich kam, war deine Mutter schon da. Ich erkannte sie, obgleich sie völlig verändert aussah. Sie war geschminkt, sommerlich gekleidet, die Haare fielen locker bis auf ihre Schultern. Ich war völlig verwirrt, und sie muß diese Verwirrtheit bemerkt und ausgenutzt haben. Wir aßen und tranken, und sie bezahlte alles, nur vom Geschäft redeten wir nicht. Draußen tat sie, als hätte sie es glatt vergessen, obwohl ich mehrere Male das Gespräch in diese Richtung lenken wollte. Sie bat mich um Verzeihung und ob ich nicht noch etwas Zeit hätte, mit zu ihr zu kommen, es würde nicht lange dauern. Nun, es dauerte wirklich nicht lange, sie kam schnell zur Sache. Sie sagte, sie würde eine Möglichkeit für mich sehen, alle meine Schulden loszuwerden. Das heißt, sie würde alle Schulden übernehmen, und mir war völlig egal, ob das auf legale oder illegale Weise geschah, Hauptsache, ich wurde diesen fürchterlichen Druck los. Ich fragte sie, wie das gehen solle, worauf sie nur meinte, es wäre ein Geschäft auf Gegenseitigkeit. Sie täte etwas für mich, und ich müßte etwas für sie tun.« David machte eine Pause, sie liefen, ohne stehenzubleiben, er hatte den Blick zu Boden gerichtet. Esther war etwas näher gerückt, ihre Arme berührten sich, dann hielt sie plötzlich an, umfaßte David und küßte ihn.

»Und dann?« fragte sie. »Was waren die Bedingungen? Sie

ist allein, sie bräuchte im Prinzip höchstens eine Zugehfrau, die einmal in der Woche den Mülleimer leert und ein bißchen Staub wischt. Sie wollte Liebe, stimmt's?«

»Ja, sie wollte mich. Sie wollte meine Gesellschaft. Dreimal in der Woche für je vier Stunden. Und dafür würde sie meine Schulden bezahlen, wie immer sie das macht.«

»Was heißt Gesellschaft?«

»Ganz einfach, sie wollte, daß ich mit ihr schlafe. Als ich ihr, entsetzt über dieses Angebot, sagte, daß ich verheiratet bin und noch nie Ehebruch begangen hatte, antwortete sie kühl, das würde ihr nichts ausmachen, aber ich sollte die Vorteile dieses Geschäfts bedenken. Nun, ich nahm ihr Angebot an. Und jetzt frage ich mich, ob es nicht ein Wink des Schicksals war, denn nur so konnte ich dich kennenlernen. Manchmal denke ich, es ist ein Spiel oder ein Traum, dann denke ich wieder, es ist eine Fügung des Schicksals, das uns auf verschlungensten Pfaden zusammengeführt hat, dann wieder denke ich, genau wie du, es ist blanker Wahnsinn. Vielleicht ist auch alles nur Zufall, ein böser, traumatischer Zufall. Aber angeblich soll es keine Zufälle geben, irgendwer hat gesagt, Zufall sei nichts anderes als das Pseudonym Gottes, das er benutzt, wenn er nicht mit seinem eigenen Namen unterzeichnen will.«

»Und wie fühlst du dich dabei, ich meine, wenn du *dafür* bezahlt wirst?« fragte Esther mit der ihr eigenen, unbefangenen Neugier. An einem Himbeerstrauch blieb sie stehen und pflückte ein paar der überreifen Beeren, betrachtete sie im diffusen Licht des abendlichen Waldes und reichte David eine. Er schüttelte den Kopf. Sie steckte sich zwei in den Mund und fragte beim Kauen, ob er Angst vor Würmern hätte, und pflückte weiter.

»Wie ich mich fühle?« fragte David mit echter Verzweiflung. »Wie eine Hure! Wie eine gotterbärmliche Hure! Aber nenn mir eine andere Lösung! Deine Mutter hat mich an der schwächsten Stelle gepackt.«

»Macht es dir Spaß?«

»Nein, jetzt nicht mehr.«

»Das heißt, es hat dir Spaß gemacht. Sie hat auch einen tollen Body.«

»Du hast einen viel schöneren Körper.«

»Ich bin auch jünger. Und wie soll es weitergehen? Wirst du weiter mit ihr schlafen?«

»Bleibt mir eine Wahl?«

»Ich kann dich nicht lieben, wenn ich weiß, du schläfst mit dieser Frau. Ich würde daran kaputtgehen.«

»Könntest du denn einen alten Mann lieben, der nichts hat? Der als Versager und Verlierer geboren wurde? Und ich würde auf ewig dieser Versager und Verlierer bleiben, würde ich die Beziehung zu Nicole beenden. Du bist nie anderes gewöhnt gewesen, als in Luxus zu leben ...«

»Du bist kein Versager und Verlierer. Du bist reingelegt worden, das hat mit Versagen nichts zu tun. Außerdem, was ist Luxus schon?!«

»Und in ein paar Wochen wirst du wieder weg sein, unerreichbar für mich«, wechselte er das Thema.

»Und wenn ich nicht gehen würde?« fragte sie ruhig, den Blick zu Boden gesenkt.

»Als ob du das allein entscheiden könntest! Das heißt, können schon, aber dürfen nicht. Wenn ich für dich entscheiden dürfte ... ich würde dich ganz sicher nicht weglassen.«

»Ich will nicht, daß du mit ihr schläfst. Es würde mich wahnsinnig machen. Mit deiner Frau ist es etwas anderes, sie kenne ich nicht.«

»Ich schlafe fast nie mehr mit ihr. Das ist die Wahrheit. Ich habe mit Nicole öfter geschlafen als mit Johanna.«

»Komm«, sagte Esther, »setzen wir uns einen Moment, hier ist eine schöne Stelle.«

Sie setzten sich in das Gras einer Lichtung, von wo sie einen fast ungestörten Blick auf das im Dunst liegende Frankfurt hatten, das weit weg schien und mit ihm alle Sorgen. Kein

Autolärm, nicht das Kreischen von Flugzeugen, nur das Zirpen von Grillen, das muntere Zwitschern der Vögel, die sich im Geäst der Bäume versteckten und den Tag verabschiedeten, und ein leichter Wind, der die Blätter rascheln ließ. David umfaßte Esther und zog sie zu sich heran. Sie legte ihren Kopf an seine Schulter, der zarte Duft ihres Haares vermischte sich mit dem Duft der Natur. Sie spielte mit einem Grashalm, den sie zwischen den Fingern drehte.

»Ich möchte, daß du mit mir schläfst«, sagte sie. »Ich möchte dich ganz spüren. Egal, was danach kommt.«

»Ich werde nicht mehr mit Nicole schlafen«, sagte David.

»Du kennst meine Mutter nicht, sie wird dich unter Druck setzen. Und ich bezweifle, daß du diesem Druck standhältst.«

»Sie kann mich nicht unter Druck setzen, womit denn?«

Esther lachte kurz und trocken auf und sah David in die Augen. »Meine Mutter kann jeden unter Druck setzen, den sie unter Druck setzen will. Sie hat es mit meinem Vater gemacht und mit mir auch. Und ich könnte dir noch ein paar andere Leute aufzählen, deren Leben sie zerstört hat. Sie ist eine Hexe, eine bösartige alte Hexe! Der einzige Unterschied zu einer wirklichen Hexe ist, daß Nicole kein verschrumpeltes Gesicht mit einer Warzennase hat und auch keinen buckligen Rücken und keinen Besen, auf dem sie bei Vollmond über den Nachthimmel reitet, sondern sie ist schön, ich habe vielleicht eine der schönsten Mütter überhaupt, in Wirklichkeit aber ist sie böse! Sie ist böser, als du dir vorstellen kannst. Glaub mir, ich übertreibe nicht.«

»Du gehst sehr weit mit deiner Behauptung, ich finde, eine Idee zu weit. Du hast eine riesengroße Phantasie, und deine Bildersprache ist bewundernswert. Du solltest einmal anfangen, Geschichten zu schreiben. Aber gut, ich habe sie auch schon wütend und verletzend erlebt, aber sie soll *so* böse sein?« David lächelte Esther nachsichtig an.

»Dann mach deine Erfahrung mit ihr«, sagte sie gelassen und ohne beleidigt zu sein. »Du wirst sicher bald einsehen, daß ich bis ins Detail recht habe. Wußtest du, daß sie sich mit Schwarzer Magie beschäftigt? Ich habe ein bißchen rumgeschnüffelt und habe in einem Schrank mindestens fünfzig Bücher über Hexerei, Schwarze Magie und so 'n Zeugs gefunden. Sie ist böse, und ich habe Angst vor ihr.« Esther erhob sich und klopfte sich die trockene Erde von ihren Beinen und den Shorts.

»Das tut sie wirklich? Sich mit solchen Dingen abgeben?«

»Sie hat das schon gemacht, als ich noch klein war. Manchmal wurden in unserem Haus spiritistische Sitzungen abgehalten. Ich weiß nicht, ob sie so was heute noch macht, aber zutrauen würde ich es ihr.«

»Die Fratzen an ihrer Wand, haben die auch was damit zu tun?«

»Sicher haben sie das. Sie hat sie sich vor ein paar Jahren von einem Urlaub in der Karibik mitgebracht. Sie haben irgendwas zu bedeuten, ich weiß aber nicht was.«

»Seltsam, eine Frau, die promovierte Juristin ist und sich dann mit derartigen Dingen abgibt!«

»Ich sage doch, sie ist verrückt. Einfach nur plemplem! Sie trinkt nicht nur, sie nimmt außerdem irgendwelche merkwürdigen Drogen, die sie high machen. Mein Vater hat es mir erzählt. Er war heidenfroh, als die ganze ekelhafte Geschichte mit ihr über die Bühne war.«

»Warum bist du dann überhaupt hergekommen, wenn du weißt, daß sie so – böse – ist? In deinem Alter kannst du doch in einem Ferienclub oder irgendwo sonst Urlaub machen ...«

»Mein Vater hat einen Tag vorher angerufen, daß aus unserem Segeltörn nichts werden würde, er hatte nach einem Auftritt in San Francisco einen Schwächeanfall. Und da er sowieso Herzprobleme hat, hat er sich gleich in eine Klinik einweisen lassen. Er hat für die nächsten vier Monate alle Konzerte abgeblasen und kuriert sich aus. Ich wollte zwar zu ihm fahren, aber er hat mich gebeten, nicht zu kommen, warum auch immer. Begeistert war ich nicht gerade, aber ich hatte ehrlich gesagt auch keine Lust, jetzt Himmel und Hölle in Bewegung zu setzen, nur damit ich irgendwo unterkomme. Außerdem ist sie immer noch meine Mutter, und ich habe ein Zimmer bei ihr. Das ist übrigens das einzige, worüber ich mich wundere, daß sie dieses Zimmer nicht anderweitig nutzt. Na ja, aus ihr wird wohl keiner je schlau! Komm, laß uns fahren.«

»Gefällt es dir hier nicht?«

»Schon, aber ich würde gerne zurückgehen. Wir brauchen mindestens zwanzig Minuten bis zum Auto. Und ich möchte nachts nicht gerne durch einen finsteren Wald laufen.«

David befreite seine Hosenbeine und nackten Arme von der von wochenlanger Trockenheit ausgedörrten Erde. Esther ging ein paar Schritte vor ihm, und er beeilte sich, um nach ein paar Metern auf gleicher Höhe mit ihr zu sein. Das Thema Beischlaf schien für den Augenblick vom Tisch, fortgeschwemmt von einer Woge aus Angst und Mißtrauen und dem Gefühl, der übermächtigen Zornesmutter Nicole nicht gewachsen zu sein. Dieses Mädchen, das anfangs so fest und störrisch ihrer Mutter gegenüber aufgetreten und ihr verbal in mancher Hinsicht sogar überlegen war, dieses selbe Mädchen mit der überreichen Intelligenz zog sich plötzlich in ein finsteres Schneckenhaus zurück und sprach auf dem ganzen Weg zurück kein Wort; nur auf ein paar Fragen von David, aufmunternde Worte, zuckte sie mit den Schultern und brummte ein mürrisches »Hm«.

Erst im Auto, auf der Fahrt vom Feldberg ins Tal, als David mit gemäßigter Geschwindigkeit die scharfen Kurven nahm und aus dem Radio leise Musik spielte, sagte Esther, aus dem Fenster in den immer dunkler und bedrohlicher werdenden Wald sehend: »Ich könnte mir ein Leben an deiner Seite vorstellen. Ich glaube, ich kenne dich besser als meinen Vater. Warum muß das Leben immer so kompliziert sein? Warum kann ich nicht zehn Jahre älter sein? Warum wird alle Welt gegen uns sein, wenn sie erfährt, was wir tun?«

Sie fuhren durch Königstein und machten einen weiten Bogen um Frankfurt, kamen durch Oberursel und Bad Homburg und schließlich auf die Autobahn, die direkt ins Herz der Mammutstadt führte. Es war zehn Uhr vorbei, der Himmel hatte sich ein dunkelblaues Abendkleid übergezogen, am westlichen Horizont schimmerte es gelb und rot, ein Jet stieg singend in die anbrechende Nacht.

»Noch erfährt keiner etwas. Und wir werden alles tun, um zu verhindern, daß sie auf uns aufmerksam werden. Ich werde überlegen, und mir wird etwas einfallen.« Er machte eine Pause, blickte Esther kurz von der Seite an. »Weißt du, du bist die erste Person, für die ich bereit wäre, alles aufzugeben.«

»Alles? Deine Familie, deine Kinder?« fragte Esther mißtrauisch. »Warum? Weil ich noch so jung bin? Weil ich hübsch bin? Du würdest also alles für mich aufgeben?«

»Alles. Es gibt Zeiten, da muß man sich entscheiden. Aber wir müssen es beide wollen.«

Hatte er nicht erst vor wenigen Stunden gedacht, er würde Johanna und die Kinder nie verlassen? Er war ein wankelmütiger Mensch, wie ein Schiff, das ohne Ruder und Segel von heftigen Winden umhergetrieben wurde. Esther mußte nur neben ihm sitzen, er ihre Nähe spüren, und schon verbrannten alle Vorsätze zu feiner Asche.


David lieferte Esther pünktlich um Mitternacht zu Hause ab. Nicole, das Ungeheuer, als das Esther sie empfand, lauerte in die Couch gezwängt auf ihre Opfer. Aus der Musikanlage klang sanfte Musik, sie rauchte und las dabei in einem Magazin. Vor ihr auf dem Tisch stand eine halbleere Flasche Rotwein und ein fast volles Glas. Sie blickte kurz auf, als David und Esther eintraten, und mit einemmal hatte David das Gefühl, als funkelten ihre Augen gefährlich (zumindest erschienen David nach den Erzählungen Esthers plötzlich diese Augen als gefährlich und bedrohlich). Sie trug ein legeres Kleid, war barfuß.

»Hallo«, sagte Esther und ging an den Schrank, holte zwei Gläser heraus und schenkte erst David, dann sich eine Whisky-Cola ein.

»Deine werte Gattin hat angerufen«, sagte Nicole, setzte sich aufrecht hin und nahm einen letzten Zug an der Zigarette, bevor sie sie im Aschenbecher ausdrückte. Dabei beugte sie sich nach vorn, der Ansatz ihrer vollen Brüste wurde sichtbar, Brüste, die plötzlich nichts Anziehendes mehr für David hatten. Weder ihre Hände, diese makellosen Finger, noch ihre Scham oder der volle Mund machten ihn wild. Im Vergleich mit Esther war sie eine uralte Frau, mit tiefen Gräben um den Mund und die Augen, Haar wie altes Heu ... Dabei gehörte David nicht zu jenen, die voll Geilheit hinter jungem Fleisch her waren! Er war ein treuer Mann, der stets jegliches aufflammende Begehren sorgfältig zu kontrollieren wußte. Zumindest bis vor kurzem. Doch wenn David liebte, dann war sein ganzes Herz, seine Seele dabei, und dann hätten Heerscharen von Brüdern aus der Gemeinde wie die Armee Gottes auftreten können, diesen um ihn gebauten Panzer wären sie nie zu zerstören in der Lage gewesen.

Er hatte seine Zuneigung eindeutig verteilt. Es gab keine Frau, die mit Esther mithalten konnte, es würde nie eine andere mehr geben. Er hatte zwanzig Jahre lang mehr unbewußt denn bewußt in einem Käfig zugebracht, er fühlte sich mit einemmal wie ein eingesperrtes Tier, doch jetzt hatte er eine Möglichkeit zur Flucht gefunden, und er würde sich diese Chance nicht nehmen lassen. Nicht von Johanna, nicht von seinen Kindern, schon gar nicht von Nicole. Sein Verstand, der so viele Jahre hinweg sein täglicher Begleiter gewesen war, dieser Verstand war von einer Woge unerklärlicher und ungeahnter Gefühle fortgeschwemmt worden.

Warum konnte Nicole nicht schlafen, schnarchend im Bett liegen und David und Esther sich in Ruhe verabschieden lassen? Esther wollte mit ihm schlafen – schlafen und nicht ficken, wie bei Nicole, er hätte Esther nie ficken können. Er wollte einfach nur in ihr versinken, ihre kleine, warme Höhle erforschen, sein Ohr auf ihren Herzschlag legen und sein Herz im gleichen Rhythmus schlagen lassen. Er wollte nur zärtlich sein und ihr all die Liebe geben, die er, wie es schien, mehr als vierzig Jahre lang nur für sie aufgespart hatte.

»Deine Frau wollte wissen, ob sie dich irgendwo erreichen kann. Ich habe gesagt, leider nein, aber du wärest sicher kurz nach Mitternacht zu Hause.«

»Hat sie etwas Besonderes gewollt?« fragte David.

»Glaube nicht, sie hat sich ganz ruhig angehört. Sie will wohl nur kontrollieren, ob zu Hause auch alles mit rechten Dingen zugeht. Kann man's ihr verdenken?« fragte sie anzüglich. »Wärst du jetzt gerne bei ihr?«

»Nein, nicht wirklich. Ich werde dann gehen«, sagte David, nachdem er ausgetrunken hatte, und stellte sein Glas auf den Beistelltisch neben dem Sekretär.

»Bis übermorgen«, sagte Nicole, trank ihr Glas Rotwein leer, kam auf David zu und küßte ihn auf den Mund. David ließ es über sich übergehen, aus den Augenwinkeln registrierte er die Reaktion von Esther, die sich verstört abwandte.

»Bis übermorgen«, sagte David leise und öffnete die Tür. Und er glaubte zu wissen, was in Esther vorging.

## MONTAG, MITTERNACHT

Das Telefon klingelte, kaum daß David die Tür hinter sich geschlossen hatte. Er zögerte, ob er abnehmen sollte, tat es dann aber doch, es konnte immerhin Johanna sein.

»Hallo, Schatz«, sagte sie durch die rauschende und knakkende Leitung. »Ich habe heute am späten Nachmittag schon mal probiert, aber du warst nicht da.«

»Ich habe Thomas besucht. Ich habe ihm Grüße von euch ausgerichtet.«

»Du klingst so merkwürdig«, sagte Johanna. »Ist irgendwas passiert?«

»Nein, ich bin nur müde«, schwindelte David. »Die Hitze und die viele Arbeit, du weißt ja.«

»Geh schlafen, ich wollte nur kurz deine Stimme hören. Du fehlst uns. Ansonsten geht's uns gut, es ist eben nur schade, daß du nicht hier sein kannst.«

»Ja, schade.«

»Ist Alexander da?«

»Glaube nicht, ich bin eben erst reingekommen. Soll ich nachsehen?«

»Nein, nein, grüß ihn von mir. Und er soll's nicht übertreiben. Tschüs, Schatz, und laß dir die Zeit nicht zu lang werden. Ich liebe dich.«

»Mach's gut und gib den Kindern einen Kuß von mir. Wann rufst du wieder an?«

»Weiß nicht, laß dich einfach überraschen.«

David legte auf. Hatte er wirklich mit der Frau gesprochen, die über zwanzig Jahre lang seine treue und ergebene Begleiterin gewesen war? Die zu lieben er geglaubt hatte, aber es mußte wohl etwas anderes gewesen sein. Vielleicht hatten sie sich gebraucht, als Stütze, einer für den anderen. Sie hatten Kinder gezeugt, um so noch unzertrennlicher zu werden, aber sie hatten nie damit gerechnet, daß eines Tages jemand kommen könnte, der wie ein Orkan durch diese scheinbar so harmonische Ehe hindurchfegte und David einfach mit sich zog.

Er ließ Wasser in die Wanne laufen und setzte sich auf den Badewannenrand. Durch das geöffnete Fenster drang ein Schwall Mücken, die sich, vom Licht angezogen, an die Decke und die Lampe setzten. Er war nicht müde, eher erschöpft. Er zog sich aus, warf die schmutzige Wäsche in den Korb und legte sich in die Wanne. Er hatte seit dem frühen Abend nichts gegessen, ihm war übel. Ein Kind weinte, eine Mutter schimpfte, ein Fenster wurde zugeworfen. Irgendwo über ihm wurde Musik angestellt, eine Sirene heulte durch die Nacht, die Mücken umtanzten das verführerische Licht. Er wusch sich die Haare und rasierte sich, blieb eine halbe Stunde im Wasser liegen. Als er sich abgetrocknet hatte, schaute er in den Spiegel, er hatte Ränder unter den Augen, sein Gesichtsausdruck war ernst. *Wer bist du?* fragte er sich. *Und wo gehst du hin? Ist es ein Anfang oder das endgültige Ende?*

Er lief nackt durch die Wohnung, noch fühlte er sich frisch, schmierte sich zwei Scheiben Brot und trank eine Flasche Wasser. Der PVC-Boden war abgelaufen und an den Kanten schmierig und verdreckt, der Teppichboden wölbte sich an vielen Stellen, die Farben waren verblaßt, die Tapeten stammten noch von den Vormietern und hätten längst erneuert werden müssen, alles Inventar war alt und brüchig und vergammelt. Der Kühlschrank surrte laut, es war nur eine Frage der Zeit, bis er seinen Geist aufgab, die Waschmaschine klackerte beim Waschen und machte einen Höllenlärm beim Schleudern. Es gab in dieser Wohnung kaum etwas, das intakt und vorzeigbar war.

David aß, weil er Hunger hatte, wenn auch ohne Appetit. Sein Magen füllte sich, seine Laune wurde nicht besser. Er hatte die Beine übereinandergeschlagen und sich zurückgelehnt. Das Telefon! Um halb zwei in der Nacht konnte das nur die Fistelstimme sein. Er ließ es dreimal läuten, dann nahm er mit einem barschen »Ja« ab.

»Ich bin's, Esther«, flüsterte sie kaum hörbar. »Hab ich dich geweckt?«

»Was ist mit Nicole?« fragte David besorgt.

»Sie schläft schon seit einer halben Stunde. Ich habe die ganze Zeit überlegt, ob ich dich so spät noch anrufen kann.

Es ist blöd, aber ich vermisse dich. Warum kannst du jetzt nicht hier sein?«

»Es ist schön, deine Stimme zu hören. Paß nur auf, daß Nicole dich nicht erwischt. Es könnte fatale Folgen haben.«

»Sie hat noch die Flasche Rotwein ausgetrunken. Die wacht nicht vor morgen früh auf.«

»Sehen wir uns morgen?« fragte David.

»Ich bringe dich um, wenn du morgen früh nicht spätestens um zehn hier bist«, sagte sie leise lachend.

»Ich werde dasein. Ich liebe dich, Engel.«

»Ich würde mich jetzt am liebsten die ganze Nacht mit dir unterhalten«, sagte sie, »aber dann sind wir beide morgen früh nicht ausgeschlafen. Ich werde von dir träumen. Schlaf gut.«

Kaum hatte David den Hörer aufgelegt, läutete es erneut. Mit einem Schmunzeln nahm er ab (was sie ihm wohl noch sagen wollte?), flüsterte: »Ja, mein Engel?« Am anderen Ende Stille, nur hastiges Atmen, dann gackerndes Lachen.

»Schön, wenn du mich Engel nennst«, sagte die Fistelstimme. »Mit wem hast du telefoniert, Drecksau? Ist sie hübsch, ist sie jung? Oder war es gar deine Frau? Aber deine Frau wird dich doch nicht mitten in der Nacht aus dem Bett holen, und zu ihr sagst du bestimmt nicht mehr Engel. Jetzt werde ich mir die ganze Nacht den Kopf zerbrechen, wer das gewesen sein könnte. Tz, tz, tz! Aber ich will dich nicht in Verlegenheit bringen. Ich wollte dir nur sagen, daß ab jetzt der Tanz losgeht. Ein Czardas oder vielleicht auch eine Polka, aber du wirst es vielleicht einen Veitstanz nennen!«

»Halt dein Maul, du Arschloch!« erwiderte David gelassen. »Deine verdammten Drohungen kannst du dir in deinen Allerwertesten stecken. Wenn du wirklich Mumm hättest, würdest du dich nicht hinter einem Telefon verstecken, sondern dich vor mich hinstellen und alles wiederholen. Und dann würden wir mal sehen, wer der Stärkere von uns beiden ist. Komm ruhig, ich bin fast allein zu Hause. Meine Familie ist nicht hier. Traust du dich nicht? Ich hätte es mir denken können, du bist nämlich in Wirklichkeit die Drecksau. Wahrscheinlich scheißt du aus dem Maul! So, und jetzt laß mich zufrieden, ich bin müde. Und einen weiteren Anruf kannst du dir sparen, ich werde nämlich den Stecker rausziehen. Gute Nacht, und träum süß!«

David legte auf. Er war unsicher, ob dies die richtige Taktik war. Möglicherweise hatte er dem anderen Angst eingejagt, möglicherweise aber hatte er ihn erst richtig wild gemacht. Hier im Haus wähnte David sich relativ sicher, tagsüber auch außerhalb. Aber die meiste Zeit würde er sowieso weg sein. Um Johanna und die Kinder brauchte er sich keine Sorgen zu machen, blieb nur noch Alexander. Aber Alexander ließ sich nicht zwingen, die Nächte zu Hause zu verbringen.

David schaute kurz in Alexanders Zimmer, es war leer. Der kaum wahrnehmbare Wind ließ den Vorhang zittern, in dem kleinen Raum war es stickig heiß. Er ließ die Tür offenstehen. Zog den Telefonstecker aus der Buchse, legte sich hin. Selbst die dünnste Bettdecke war zuviel. Esther!

Er träumte seinen Traum. Als er erwachte, schimmerte das erste Grau der Dämmerung durch das Fenster, er hatte ein starkes Kratzen im Hals, das Atmen bereitete ihm Mühe, er hätte schreien können. Er war schweißgebadet, und als er die Augen öffnete, tanzten sprühende Funken vor seinem Gesicht. Er stützte sich auf seine Hände, wandte den Kopf zum Fenster hin und versuchte, ruhig und gleichmäßig zu atmen und die körperliche Pein des Traumes zu verjagen. Sein Herz galoppierte in Höchstgeschwindigkeit, das durch seine Venen gepumpte Blut rauschte wie eine tosende Meeresbrandung in seinen Ohren. Seine Arme zitterten nach den wenigen Augenblicken, die sie seinen Körper stützen mußten, ein großer Löffel rührte in seinen Eingeweiden, der kleine böse Mann saß wieder bei der Arbeit in der linken Schläfe und piesackte David mit schnellen, peinigenden Nadelstichen. Dieser verfluchte Traum! Diese verdammten Gesichter! Wo kamen diese Gesichter her, und warum quälten sie ihn immer dann, wenn er die Qual am wenigsten ertragen konnte? Die Dämmerung verwandelte sich in einen silbrigen Schein, die ersten Vögel erwachten aus ihrem Schlaf und wetzten sich die Schnäbel, und die ersten zaghaften Piepser drangen aus dem dichten Blattwerk der Bäume.

Vater, was war mit Vater? Warum veränderte sich sein Gesicht auf solch grausame Weise, was hatte dieser betrübte Ausdruck seiner Augen zu bedeuten? Welche Rolle spielte Tante Maria, warum um alles in der Welt blieb ihm der Anblick ihres Todes in keinem dieser Träume erspart? Als wäre er jedesmal dabei, als stünde er mitten in dem Zimmer, in dem sie sich getötet hatte! Jedes Detail war zu erkennen, die Schnitzereien an der Wand, die Bilder, die alte Truhe, die Eckbank mit der abgewetzten Sitzauflage, der abgetretene Dielenboden, der bei jedem Schritt knarrte. Auf dem Tisch lag eine fein gestickte weiße Decke, doch sobald Tante Maria zweimal schnell hintereinander abdrückte, war alles nur noch rot, es schwamm im Blut ihres Leibes. Und das Haus, dieses wunderschöne, palastartige Gebäude, ein Traum, in dem zu leben David sich ewig gewünscht hatte, warum brachen Flammen daraus hervor und ließen es in sich zusammenstürzen? Diese pastellfarbenen Blumen, die ihn lockten, an ihnen zu schnuppern, warum verwelkten sie so blitzartig und wurden zu abscheulichem Schwarz?

Je öfter er ihn träumte, desto unbegreiflicher wurde der Traum. Nichts machte Sinn, und wenn es ein Puzzle war, so fehlten David ganz offensichtlich wesentliche Teile, um es zusammensetzen zu können. Er richtete sich auf, setzte sich im Schneidersitz hin. Seine Blase schmerzte, die Pein in seiner Schläfe setzte sich ins linke Auge fort. Nein, jetzt kehrte die Erinnerung zurück, das kleine Mädchen, sie hatte ihn diesmal für den Bruchteil einer Sekunde (wenn es im

Traum denn überhaupt eine Zeitrechnung gab!) so seltsam angeschaut, aus großen, unergründlichen Augen (woher kannte er bloß diese Augen?) und doch abwesend, bevor ihr Vater sie an die Hand genommen hatte, um mit ihr in den Horizont einzutauchen, der in etwa die Farbe dieser Morgendämmerung hatte. War es denn eine Morgendämmerung oder war es gar Abend? Machte es einen Unterschied, ob er es wußte?

Vor dem Haus plötzlich lautes Gekreische, zwei Kater, die sich bekriegten und laut schreiend davonstoben. David stand auf, seine Beine waren statt mit Blut mit Blei gefüllt, und ging ans Fenster. Die Straße lag still. Keine Musik aus irgendeiner Wohnung, nur ein alter, gebrechlicher Mann, der mit müden, schlurfenden Schritten aus der Haustür trat. David kannte ihn, der alte Mann mit dem stoppeligen Gesicht, die Hose von unzähligen Flecken übersät, saß jeden Tag, bei Wind und Wetter, auf einer Bank am Rande des Spielplatzes unter einem Baum, und er rauchte und trank Bier und dann und wann einen Schnaps, und irgendwann würde er einfach umfallen und tot sein. Auch jetzt hatte er eine Flasche in der ausgeleierten Tasche seines speckigen Sakkos, und er bewegte sich mit winzigen Schritten geradewegs auf *seine* Bank zu. Für Sekunden tat der Mann David leid, denn irgendwann mußte er jung und hoffnungsvoll gewesen sein, irgendwann hatte er vielleicht eine Familie, um die er sich sorgte, irgendwann hatte er gearbeitet und all seinen Lohn nach Hause getragen, und irgendwann war alles zusammengebrochen, und irgendwann war er die wenigen Sprossen, die er im Laufe seines Lebens erklommen hatte, heruntergefallen und wie wertloser Schrott hier abgeladen worden. Und jetzt lebte er vielleicht nur auf den Tod hin, vielleicht wußte er, daß er ihn sich selber holte, vielleicht holte er ihn bewußt. In seinen verkrüppelten Fingern hielt er eine Zigarette, er hustete langgezogen und quälend und spie aus. David sah ihm nach, dann drehte er sich um und zog den

Vorhang zu. Lebte der alte Mann einst ähnlich wie David, würde David vielleicht eines Tages so enden wie er?

Er entleerte seine übervolle Blase, das Wasser spritzte mit gewaltigem Druck in das Becken, er betätigte zweimal kurz die Spülung. Er wusch sein Gesicht kalt ab, ließ Wasser über die Unterarme laufen und stützte sich auf das Waschbecken, die Übelkeit wurde heftiger, die Stiche peinigender, und mit einemmal erbrach er sich und würgte, und als nichts mehr in seinem Magen war und seine Augen fast aus den Höhlen traten, kam zuletzt eine zähe Masse grünlicher, bitter schmeckender Schleim. Er würgte noch ein paarmal, es war wie leichte Nachbeben nach dem großen Beben, er hielt die Luft an, um den quälenden Reiz zu unterdrücken, dann wusch er sich ein zweites Mal, spülte den Mund aus und ging ins Bett. Er legte sich auf den Rücken, und schließlich rollte er sich zusammen wie ein Embryo im Mutterleib, und er betete leise vor sich hin, und er sagte Gott, daß er Mitleid mit ihm haben solle, er sei doch eigentlich kein schlechter Mensch. Er wollte einschlafen, konnte es aber nicht – die Übelkeit. Er holte die Flasche Whisky, nahm einen tiefen Schluck, stellte sie neben das Bett. Die Übelkeit verschwand, er schlief ein.

## DIENSTAG, 8.15 UHR

Als David, vom grellen Sonnenlicht geblendet, vor dem selbst die Vorhänge keinen Schutz boten, erwachte, schien es, als wollte der kleine böse Mann David vernichten. Er blickte zur Uhr, halb neun, absolute Leere im Bauch, nur Luft, die sich, sobald David sich bewegte, mit Macht einen

Weg ins Freie bahnte. Er stand auf und holte sich die letzten zwei Bananen aus der Küche und aß sie, danach nahm er ein Aspirin. Er sah nach, ob Alexander gekommen war; sein Zimmer war leer. David schüttelte den Kopf, warum hatte der Junge keine Nachricht hinterlassen, daß er wieder nicht nach Hause kommen würde? Wenn er nur einen Blick hinter seine Stirn werfen könnte! Er würde ihm diesmal gehörig die Meinung geigen. Erst einmal würde er ihm eine deutliche Nachricht unübersehbar auf einem riesigen Zettel auf dem Tisch hinterlassen.

David setzte Wasser auf, steckte zwei Scheiben Weißbrot in den Toaster und holte Marmelade und Butter aus dem Kühlschrank. Er stellte das Radio an, Musik und Werbung, ein paar Informationen. Um neun die Nachrichten, die über Krieg und Verwüstung, über einen Antrag auf eine Verfassungsänderung, eine Geiselnahme in einem Supermarkt, bei der der Geiselnehmer von Scharfschützen der Polizei getötet worden war, und über einen verheerenden Orkan, der über die Karibik gefegt war, berichteten. Zum Schluß das Wetter mit trostlosen, entmutigenden Aussichten. Die Höchsttemperatur hatte gestern sechsunddreißig Grad betragen, die Tiefsttemperatur dreiundzwanzig Grad. In der ganzen Wohnung gab es keine kühle Stelle mehr. Jetzt, mit dem Tag, war Wind aufgekommen, der von Osten heiße Luft durch die Straßen jagte.

David aß seinen Toast und trank einen schwarzen Tee mit Whisky. Er räumte den Tisch ab und schrieb den für Alexander bestimmten Zettel und kleidete sich an. Der Postbote war schon dagewesen, er hatte nur wieder Reklame gebracht, die David ohne zu öffnen in den Papierkorb warf. Die Temperatur betrug wahrscheinlich jetzt schon knapp dreißig Grad, wie sollte man es bloß während des Tages aushalten? Auf dem Weg zu Esther hielt er unterwegs kurz an, um sich eine Zeitung zu besorgen. Am Nachmittag, wenn er Esther wieder verließ, würde er ein paar Lebensmittel einkaufen,

313

Milch, Butter, vor allen Dingen Bananen, ohne die David nicht leben konnte. Ihn plagte oft Übelkeit, ein Arzt hatte einmal gesagt, er hätte einen nervösen Magen, und er hatte herausgefunden, daß Bananen ihm am besten halfen. Keine Medikamente, keine speziellen Diäten, einfach nur Bananen. Er dachte darüber nach, während er an einer lange auf Rot geschalteten Ampel stand, Esther ein Geschenk mitzubringen, das ihrer würdig war. Eine Kette, ein Halsband, ein paar Ohrstecker, doch die Zeit war weit vorangeschritten, und er mußte sich sputen, wollte er um zehn bei ihr sein. Die Spannung befiel ihn wieder, diese an ihm reißende Erwartung, diese Ungeduld, sie wiederzusehen, sie wiedersehen zu müssen, sonst wäre dieser Tag ein lebloser, unnützer Tag gewesen. Er parkte vorsichtshalber hundert Meter vom Haus entfernt. Um fünf vor zehn legte er den Finger auf die Klingel. Die Tür ging einfach auf. Angenehme klimatisierte Kühle im Foyer, der Aufzug stand im Erdgeschoß. Er ballte die Fäuste vor Freude, sie gleich in die Arme schließen zu dürfen, sie, seine kleine Nymphe, seinen Engel.

Sie wartete vor dem Aufzug auf ihn, kaugummikauend, barfuß, bekleidet mit einem knallroten Bikinioberteil und grellgelben Shorts. Ihre weißen, makellos geraden Zähnen blitzten ihn an, als er aus der Kabine auf sie zutrat, sie kurz in den Arm schloß und ihr einen Kuß auf die geschmeidigen Lippen hauchte und mit ihr in die Wohnung ging.

»Ich habe nicht einmal vier Stunden geschlafen«, sagte sie. »Rate mal, warum?« Ihr Sonnenscheinlächeln verlieh ihr eine heilige Aura, schelmisch funkelten ihre Augen, sie stand einen Moment wie ratlos vor David, der in ihr Gesicht eintauchte und seinen Blick über diesen wie aus Seide gewebten, schmalen, jungen Körper gleiten ließ. Er trat ganz nahe an sie heran, küßte ihre Stirn – welch Unterschied zu dem Salzwasser, das Johanna ausdünstete! –, er liebkoste ihre Apfelwangen, ihr Näschen und das Gewölbe über ihren Ozeanaugen, strich sanft wie ein lauer Frühlingswind über

ihre Arme und Schultern, und sie stand regungslos wie eine
Statue, sie rührte sich nicht, es hätte ja sein können, daß die
geringste Bewegung diesen wundersüßen Traum zerplatzen
ließ, und er liebkoste den Ansatz ihrer zarten Brüste, er ging
in die Knie und ließ seine Zunge einen Kreis um den von
Meisterhand geformten Bauchnabel beschreiben, und die
Statue zuckte kurz zusammen, und David schwebte tiefer,
seine Hände umfaßten die weichen, glatten, von diesen gelben Shorts (schöne, himmlische, schreckliche Shorts!) bedeckten Bäckchen, und seine süchtigen Lippen machten sich
auf den Weg in die Tiefe, die Innenseite ihrer frischen
Schenkel wurde sowenig verschmäht wie ihre Kniekehlen,
und zum Schluß gab er einen Tropfen seiner Glut auf jeden
ihrer in zartem Rosé bemalten Zehen, und dann machte er
sich auf den Weg zurück nach oben, und er nahm die gleiche
Strecke, und dann langte er an ihrem Hals an, und der Kopf
der Statue legte sich sacht zur Seite, um die Liebkosungen
auskosten zu können, und sie hatte die Augen geschlossen,
ihre filigranen Arme hingen an der Seite herunter, und
wenn jetzt die Welt untergegangen wäre, so wäre es David
so gleichgültig gewesen wie auch Esther, denn jetzt hatten
sie sich, und was hätte schöner sein können, als in diesem
Moment gemeinsam von dieser Erde zu gehen. Er schlang
seine Arme um sie, und ihre Zungen spielten miteinander
und fächerten die Glut ihrer Körper zu lodernden Flammen,
die in ihnen aufstiegen und zu einem riesigen Flammenmeer
wurden, ein verzehrendes Feuer der Leidenschaft, die wie
Magma aus einem Vulkan geschleudert wurde und sich
gewaltsam aus der Gefangenschaft befreite. Esther, seine
Esther, gleich würde sie ihm gehören! Ihm ganz allein, alles,
was er jetzt nur sah, würde in wenigen Augenblicken ein Teil
seiner selbst sein.
Er nahm sie bei der Hand, und schwingendes, schwebendes
Leben kam in die Statue, ihre Glieder bewegten sich mit
David in das blaue Zimmer mit dem Weltallhimmel, er zog

die Vorhänge vor die Scheiben, und Esther stand da, ein paar Tränen kullerten über ihre Wangen, und dann zog David sie aufs Bett, und er löste die Schlaufe ihres roten Oberteils und streifte es ab, und seine Zunge spielte einen Moment mit den Knospen ihrer kleinen, festen Brüste, die aufbrachen und sich ihm entgegenstreckten, und leichte Zuckungen befielen Esther, seine Esther! Er flüsterte mit kehliger Stimme: »Bleib liegen, Engel«, ließ die Slipper auf den Boden fallen und riß sich das Hemd vom Leib und zog geschwind die Hose aus. »Laß uns fliegen«, sagte er leise und streichelte über ihr Haar, und er sog den Duft ein, »laß uns mit Lichtgeschwindigkeit im All verschwinden und nachsehen, ob wir irgendwo Leben finden. Vielleicht gibt es Lebewesen, die uns tolerieren. Wollen wir fliegen? Dort oben hinaus, auf Nimmerwiedersehen?«

Sie nickte, und wieder liefen ein paar zarte Tränen aus dem Ozean und tropften auf das Bett. »Ich würde mit dir überallhin fliegen«, hauchte sie. »Überallhin! Solange du bei mir bist.«

Und dann flogen sie.


Es war weit nach Mittag, als ihr Raumschiff landete und die Motoren abgestellt wurden. David lag auf dem Rücken, Esther kuschelte sich wie ein Zärtlichkeit suchendes Kätzchen in seinen Arm. Er hatte noch nie so viel für einen Menschen empfunden, noch nie ein derart starkes Verlangen in sich verspürt. Es war die perfekte Harmonie, ein vollkommenes, gemeinsames Gleiten durch die Weiten des Universums, von dem David bisher nicht einmal geahnt hatte, wie groß und wie mächtig und wie schön es überhaupt war. Sie waren durch ferne Galaxien gesaust, und sie waren ganz allein. Niemand würde je fühlen können wie sie. Die Vertrautheit, die er schon beim ersten Sehen empfunden hatte, diese Vertrautheit nahm an diesem Morgen unermeßliche Dimensionen an.

»Ich habe nicht gewußt, wie schön das sein kann«, schnurrte

sie und schmiegte sich noch fester an ihn. »Ich hatte ein bißchen, ein ganz kleines bißchen Angst vor diesem ersten Mal mit dir. Ich weiß, es war töricht, so zu fühlen. Gehören wir jetzt zusammen? Auf immer und ewig, und nichts kann uns trennen?«

»Nichts kann uns trennen!«

»Ich habe Angst, daß es doch jemand könnte.«

»Das geht nicht, und irgendwann werde ich dir erklären, warum es nicht geht.«

»Und Nicole?«

»Die schon gar nicht!«

»Und deine Frau und deine Kinder?«

»Nicht einmal die.«

»Ich habe Geld«, sagte Esther plötzlich ganz ruhig. Sie saß in der gleichen Haltung da, die Nicole schon einige Male eingenommen hatte, nachdem David mit ihr geschlafen hatte, die Beine unters Kinn gezogen und die Arme um die Knie geschlungen. »Ich habe ein Sparkonto, über das ich jederzeit verfügen kann. Es ist eine ganze Menge Geld drauf, ich glaube, so an die vierhunderttausend Mark. Damit könnten wir leben. Außerdem habe ich ein Haus in Portugal, das mein Vater mir geschenkt hat.«

»Du kannst mit siebzehn über solch immense Beträge verfügen?« fragte David ungläubig.

»Mein Vater ist ein großzügiger Mann. Er hat eine Vollmacht ausgeschrieben, und ich kann jederzeit an mein Geld. Wir könnten weggehen. Wir könnten tatsächlich dorthin gehen, wo uns keiner aufspürt.«

David schluckte nach dieser Ankündigung schwer und setzte sich ebenfalls auf. Das Raumschiff war wieder gestartet. Er nahm Esther bei den Armen und sagte mit eindringlicher Stimme, die Erregung nur schwer unterdrückend: »Du hast Geld, das ist schön. Aber ich habe keines. Ich bin nichts als ein armer Schlucker. Ich sage dir das vorsichtshalber noch einmal.«

»Na und? Mir liegt nicht sonderlich viel an Geld, das habe ich dir schon einmal gesagt. Gut, ich habe welches. Aber wozu sollte es gut sein, wenn ich unbedingt jemanden haben wollte, der auch Geld hat? Es ist mir egal, ehrlich.«

»Ich hoffe, du bereust das nicht eines Tages ...«

»Müssen wir über diesen Schwachsinn reden? Ich habe mir über Geld bis jetzt nie Gedanken gemacht, und ich habe auch nicht vor, das je zu tun. Also, hören wir auf damit!« Nach einer kurzen Pause fuhr sie fort, ohne ihre Stellung verändert zu haben: »Ich will nichts als mit dir weggehen. Nur weggehen, weit, weit weg!«

Sie war so enthusiastisch, so voller Tatendrang, sie war fähig, in ihren Gedanken die Welt aus den Angeln zu heben. So wie David früher, als er noch jung und dynamisch und sicher gewesen war, die Welt ließe sich nach seinen Vorstellungen formen. Doch ein Teil dieses Jungseins, dieser Dynamik war mit Esther zurückgekehrt. Ihre Augen blitzten ihn unternehmungslustig an, und David hatte Mühe, diese ihre Lust zu zähmen, nicht sofort loszurennen und im Überschwang ihrer Gefühle einen verhängnisvollen Fehler zu begehen. Trotz all ihrer Intelligenz, trotz ihrer Reife vermochte sie noch nicht, ihre Emotionen im Zaum zu halten. Sie mußte es lernen, unbedingt, denn der kleinste Fehler, die geringste Unachtsamkeit vor allem Nicole gegenüber hätte nicht wiedergutzumachende Konsequenzen nach sich gezogen.

»Das will ich auch. Aber bitte, laß uns nichts übereilen! Ich sehe es deinen Augen an, du beginnst, an mir zu zweifeln, aber das brauchst du nicht. Laß uns bitte in Ruhe darüber sprechen. Wir müssen einen Plan machen, einen hieb- und stichfesten Plan, den uns keiner durchkreuzen kann. Erst wenn wir jede Unwägbarkeit erkannt und aus dem Weg geräumt haben, dann verschwinden wir. Ich verspreche es. Einverstanden? Aber glaub mir, wenn ich jemals mit einem Menschen blind abgehauen wäre, dann mit dir.«

Sie nickte verständig und kaute auf ihrer Unterlippe. »Du

hast recht. Und ich vertraue dir. Wir machen einen Plan. Morgen machen wir einen Plan. Und bevor die Ferien um sind, sind wir weg. In fünf Wochen sind wir nicht mehr hier.«

David lächelte sie an und strich über ihr schweißnasses Haar – es war aber ein anderer Schweiß als der von Johanna, in diesem Schweiß hätte er baden, er hätte ihn trinken können!

»Wir müssen verdammt vorsichtig sein. Sollte Nicole auch nur den leisesten Verdacht schöpfen, wird sie uns vernichten. Das hast du selbst gesagt.«

»Diese alte Kuh wird uns keinen Strich durch die Rechnung machen«, zischte sie, und für einen Moment ähnelte sie Nicole. Sie stand auf. »Ich schwöre dir, sie wird es nicht schaffen!«

Sie wuschen sich und kleideten sich an. Esther fönte ihr Haar trocken, während David das Schlafzimmer so richtete, daß Nicole unmöglich etwas von dem morgendlichen Treiben merken konnte. Er bezog das Bett frisch und stellte die Waschmaschine an, instruierte Esther, sie solle sagen, daß sie sich gelangweilt und nichts Besseres zu tun gehabt hätte, als ein wenig aufzuräumen, und dabei seien ihr eben auch die Betten unter die Finger gekommen.

Nicole würde heute um halb fünf nach Hause kommen. Eine Stunde zuvor verabschiedete sich David von Esther. Sie verabredeten sich für den Abend, Esther sollte zu einem bestimmten Treffpunkt in die Stadt kommen, und dann würden sie etwas unternehmen.

»Warum mußt du jetzt weg?« fragte sie traurig, als er sie in den Arm nahm und ihr Haar und ihre Ohrläppchen küßte. »Daß alles so heimlich geschehen muß!«

David erledigte die notwendigen Einkäufe, Milch, Butter, etwas Wurst, Bananen und Äpfel und eine Flasche Whisky. Whisky schmeckte ihm mittlerweile besser als Cognac, all-

319

mählich begann er sich an diesen seltsam herben, fast seifigen Geschmack zu gewöhnen. Er brauchte eine Stunde für den Einkauf, stand in einer langen Schlange an der Kasse an, von den acht Kassen waren nur zwei besetzt. Und doch fühlte er sich heiter und beschwingt, selbst die gnadenlose Hitze, die sich in den Häuserschluchten staute und von einem heißen böigen Südostwind nur verteilt wurde, machte ihm nichts aus. Sein Denken konzentrierte sich nur noch auf einen Fixpunkt direkt vor ihm, und er würde vorläufig weder nach links noch nach rechts sehen. Vor dem Supermarkt stand ein Notarztwagen, in dem hektische Betriebsamkeit herrschte. Ein alter, magerer Mann stand ängstlich und traurig blickend direkt davor, der Stock in seiner rechten Hand zitterte. Eine Frau kam auf ihn zu und sagte, er solle sich keine Sorgen machen, das sei nur die Hitze, und seiner Frau würde es sicher bald bessergehen. Der alte Mann nickte, aber er schien kaum wahrzunehmen, was die nette Frau zu ihm sagte. Dann ging die Tür des Notarztwagens auf, ein ganz in Weiß gekleideter Arzt mit Nickelbrille und kurz geschorenem Haar sprang herunter und kam auf den Mann zu, Besorgnis im Blick. Er faßte ihn kurz bei der Schulter und schüttelte den Kopf, und der alte Mann sackte noch ein Stück mehr in sich zusammen, das Zittern seines Stockes wurde zu einem Beben, und als David an ihm vorbeiging, sah er Tränen aus seinen alten, matten Augen quellen und in den tiefen Gräben seiner Mundwinkel versickern. Die tröstende Frau machte ein betroffenes Gesicht und wandte sich schnell zum Gehen, während der alte Mann gestützt von zwei Helfern in den Krankenwagen stieg, der Sekunden später losfuhr, ohne Sirene, ohne Blaulicht, ein großer, fahrender Sarg.

Wenige Minuten vor fünf kehrte David nach Hause zurück. Die Wohnung war unberührt, der für Alexander bestimmte Zettel noch immer am selben Platz. David zog die Stirn in Falten, er war zornig über die Schamlosigkeit, mit der Alexander seine Freiheit ausnutzte. Er verstaute die Lebensmittel im Kühlschrank beziehungsweise in der Obstschale, danach duschte er fast kalt, zog frische Unterwäsche an (es wurde Zeit, daß er sich neue, sportlichere zulegte!) und setzte sich vor den Fernsehapparat. Er legte die Beine hoch, trank in kleinen Zügen einen Whisky mit unendlich viel Eis und starrte auf den Bildschirm, ohne wirklich zu sehen, was dort lief. Er hatte das Telefon neben sich gestellt, für den Fall, daß Johanna anrief. Als der Apparat um sechs Uhr mit leisem Surren auf sich aufmerksam machte, nahm David sofort den Hörer ab. Es war Alexander.

»Hallo, Papa«, sagte er, und in seiner Stimme schwang eine winzige Spur Reue mit, »tut mir leid, daß ich mich jetzt erst melde, aber ich habe gestern versucht, dich zu erreichen, und ...«

»Wo bist du, verdammt noch mal?« blaffte David ihn an. »Hast du eigentlich eine Ahnung, welche Sorgen ich mir mache?! Als Mutti gestern angerufen hat, habe ich ihr natürlich nichts davon gesagt, daß du verschwunden bist, aber ich finde, du übertreibst es! Wo bist du?«

»Ich bin mit Freunden zusammen. Wir zelten in der Nähe von Hanau. Ich wollt dir nur sagen, daß ich bis Sonntag bleibe. Tut mir leid, ich wollte dir eine Nachricht hinterlassen, aber ich hab's vergessen.«

»Mit welchen Freunden bist du zusammen?«

»Die üblichen, Stefan, Hartmut und noch ein paar.«

»Sind auch Mädchen mit?«

»Warum willst du das wissen?«

»Es interessiert mich einfach.«

»Ein paar.«

»Ihr macht aber keinen Blödsinn, oder?«

»Ich weiß zwar nicht, was du unter Blödsinn verstehst, aber keine Angst, ich werde meine Unschuld schon nicht verlieren.«

»Ich weiß jetzt jedenfalls, was ich Mutti zu sagen habe. Und paß auf dich auf.«

»Werd ich. Tschüs.«

David war erleichtert. In seinem Innersten hatte er schon fast befürchtet, Alexander könnte etwas zugestoßen sein, schließlich hatte der verfluchte Kerl mit der Fistelstimme der gesamten Familie gedroht. Aber solange Alexander mit seinen Freunden zusammen war ...

Um kurz nach sechs rief auch noch Johanna an. Sie wirkte gelöst und zufrieden. »Die Kinder sind aus dem Wasser überhaupt nicht mehr rauszukriegen, es hat Mittelmeertemperatur. Glaub mir, im Wohnwagen ist es kaum auszuhalten, bestimmt sind es trotz der geöffneten Fenster vierzig Grad, die einzige Möglichkeit, sich abzukühlen, besteht tatsächlich nur darin, ins Wasser zu gehen oder aber einen Spaziergang in den Wald zu machen, wo es auch noch einigermaßen erträglich ist. Heute morgen sind ganze Kolonnen von Bundeswehrfahrzeugen aufgetaucht und haben sich auf dem Gelände hinter dem Wald breitgemacht, und du kannst dir denken, wie die Kinder und Jugendlichen, Nathalie und Maximilian eingeschlossen, ganz wild darauf waren, die Soldaten aus nächster Nähe zu begutachten.« Sie machte eine kurze Pause, fuhr fort: »Na ja, ich habe mich als junges Mädchen auch immer ganz gerne bei den Soldaten rumgedrückt, es waren halt Männer, die Eindruck machten.« Wie oft hatte er sich diese Geschichte schon anhören müssen, wie oft hatte sie ihn damit gelangweilt!

Bevor ihr Geld vom Automaten aufgebraucht war, sagte David: »Alexander ist übrigens die ganze Woche über gut untergebracht. Er ist mit seinen Freunden campen.«

»Schön, dann kann ihm auch nichts passieren ... Puh, ist das heiß hier in der Zelle. Aber David, ich vermisse und ich liebe dich.« Es klang wie eine Phrase – verdammte, abgedroschene Phrasen, diese ganze Welt bestand wohl aus nichts als leeren, dahingeplapperten Worten! David antwortete, auch eine Phrase: »Ja, es wäre schön, könnte ich bei dir sein, und ja, ich liebe dich auch.« Dann machte es ein paarmal kurz hintereinander piep-piep-piep, und das Gespräch war zu Ende. David atmete tief ein und blies die Luft mit kräftigem Druck wieder aus. Er stand auf, um sich noch einen Whisky einzuschenken, und während er die Flasche aufschraubte und die braune Flüssigkeit über das Eis goß, klingelte das Telefon erneut.

Nicole, die Hexe! Ihre Stimme segelte auf Samtschwingen durch die Leitung und säuselte in sein Ohr: »Hallo, großer Mann! Wie geht es dir?«

»Gut, warum?«

»Ich habe mir etwas überlegt. Du bist doch deine Familie jetzt für eine ganze Weile los, warum kommst du eigentlich nicht öfter zu mir?«

»Steht davon etwas im Vertrag?«

»Ich habe kurzentschlossen eine Zusatzklausel eingefügt. Ich würde dich gerne heute abend sehen.«

»Heute abend geht nicht, tut mir leid.«

»Und warum nicht?« fragte sie und tat enttäuscht, doch David bemerkte, wie sich die Samtstimme in wütendes Klapperschlangenrasseln verwandelte.

»Ich habe einem Bekannten versprochen, ihm bei einer Arbeit zu helfen«, log er.

»Schade, Esther ist nämlich heute abend weg, dann hätten wir sturmfreie Bude. Sie hat heute morgen sogar vor lauter Langeweile das Bett frisch bezogen und überall staubgewischt und gesaugt und zwei Maschinen Wäsche gewaschen. Aus der wird doch noch mal was. Ich dachte nur, wir könnten das frischbezogene Bett einweihen.«

»Sicher. Aber wie gesagt, es geht nicht.« David grinste innerlich und stellte sich vor, Esther stand in Hörweite des Telefons und grinste ebenfalls.

»Ein andermal.«

»Ein andermal, ein andermal!« Ihre Stimme wurde schneidend. »Wie lange bist du bei deinem Freund?« fragte sie hart.

»Es kann spät werden. Sehr spät.«

»Ich habe verstanden. Aber morgen abend, mein Freund, will ich dich sehen. Ich bezahle dich nicht nur dafür, daß du den ganzen Sommer über meine liebe Tochter ausführst. Ich habe bestimmte Vorstellungen, was unsere Beziehung angeht ...«

»Wir haben keine Beziehung«, unterbrach David sie schroff, »wir haben ein bloßes Arbeitsverhältnis, wie du ja selbst gesagt hast! Ich würde mit dir nie eine Beziehung haben! Außerdem war das Ausführen deiner lieben Tochter deine Idee.«

»Oh, schau an, der Herr wird aufsässig! Gut, dann werden wir doch mal sehen, wer von uns am längeren Hebel sitzt! Bis morgen, mein Lieber, und verleb einen schönen, angenehmen Abend.«

Sie legte auf, ohne eine Erwiderung abzuwarten. David ließ sich zurückfallen und dachte nach. Er war mutiger geworden, er ließ sich nicht mehr alles gefallen.

Er schaute jetzt unentwegt zur Uhr, die Zeiger kreisten mit geradezu unverschämter Gemächlichkeit um das Zifferblatt, doch schließlich wurde es halb acht und Zeit für ihn loszufahren, um seinen Engel, seine Zukunft nicht warten zu lassen. Er zog frische Socken an und seine Slipper über. Es klingelte. Eine Nachbarin, die es nur mit Schwarzen trieb, beinahe Woche für Woche kam ein neues Gesicht die Treppen hoch, und die allein mit zwei kleinen krausköpfigen Kindern am Ende des Flurs wohnte, stand vor ihm. Eine Zigarette hing lose im Mundwinkel, die strubbeligen, wasserstoffblond gefärbten Haare waren zerzaust, die Lippen blaß und die Augen klein, leblos und übermüdet, tiefe Furchen hatten sich um die Nase und den Mund gegraben, die fetten Oberschenkel und der noch fettere Hintern waren in hautenge Leggings gepreßt, die Nippel des ballonartigen, in ein enganliegendes durchsichtiges Shirt gezwängten Busens zeigten wie Richtungspfeile vom Bauch ab zum Boden, der auf ihre ungepflegten Fuß- und Fingernägel aufgetragene Lack war nur noch zu erahnen, eine Schlampe ersten Grades, die David nicht einmal mit einer Beißzange angefaßt hätte. Sie reichte ihm ein Päckchen und stieß mit rauchiger, brüchiger, ordinärer Stimme hervor: »Das ist heute morgen für Sie abgegeben worden. Es hat nichts gekostet.«

»Danke«, sagte David und nahm das leichte Päckchen in seine Hände. Die Frau machte wortlos kehrt und schlurfte in ihren ausgelatschten Schlappen zu ihrer Wohnung zurück, in der eines der Mischlingsgören plärrte.

David ließ die Tür ins Schloß fallen und schnitt die Schnur des Päckchens durch, riß das Papier ab. Kein Absender. Als er den mit festem Klebeband umwickelten gelben Karton aufschnitt und die Klappe hochbog, wurde ihm für einen Moment schwindlig, dann übel, er stürzte ins Bad und kotzte sich die Seele aus dem Leib. In dem Paket war in Plastik eingewickelter Hundekot!

Als sein Magen zur Ruhe gekommen war, wusch er sich die Tränen von der Anstrengung ab, fuhr sich mit der Bürste durchs Haar, putzte die Zähne und zog eine frische Hose an. Bevor er das Bad verließ, hielt er die Luft an, eilte an dem bestialisch stinkenden Paket vorbei in die Küche, holte einen Plastikbeutel, atmete aus und tief wieder ein, nahm das Päckchen zwischen seine Fingerspitzen und verstaute es in der Tüte. Er nahm die Schlüssel vom Haken und schloß die Tür hinter sich ab und übersprang jeweils zwei Stufen auf dem Weg nach unten. Die Mülltonnen quollen wieder einmal über, er stellte die Tüte mit dem ekelerregenden Inhalt zu all den anderen Tüten und Säcken neben der riesigen grünen Tonne. Fliegen schwirrten durch den Müll, ein durch die Hitze kaum erträglicher Gestank erfüllte die Luft.

Dieses verdammte Dreckschwein! David ballte in ohnmächtiger Wut die Fäuste. Warum tat er ihm das an? Welche Gemeinheiten hatte er noch auf Lager? Welch perverses

Hirn dachte sich solche Sauereien aus? Es mußte doch ein Perverser sein, einer, der Freude daran hatte, andere zu quälen! Dieses Schwein gehörte in eine geschlossene Anstalt, und zwar für den Rest seines Lebens.

Mit diesen Gedanken stieg David in sein Auto, den Zettel hinter der Windschutzscheibe bemerkte er erst jetzt. *Na, hast du meine duftende Botschaft erhalten? Du bist genauso ein Stück Scheiße!* David zerknüllte den Zettel und warf ihn auf den Boden. Er startete den Motor und raste mit quietschenden Reifen vom Parkplatz. Es gab tausend Gründe, diese Hölle zu verlassen, und jeden Tag kamen mehr hinzu.

## DIENSTAG, 20.00 UHR

Esther wartete am verabredeten Treffpunkt. Sie sah schon aus der Ferne zauberhaft aus, die goldenen Fäden ihres Haares mit einer Feenschleife gebunden, stand sie an einem alten Wasserspeier neben der Kirche. Er erkannte das Strahlen in ihren Augen, als er noch fünfzig oder sechzig Meter entfernt war, spürte ihre Ungeduld, die auch die seine war, beschleunigte seine Schritte, geleitet auf den unsichtbaren Bahnen, die ihre Blicke ihm bereiteten. Noch stand die Sonne in einem 50°-Winkel am Himmel, noch zeigte das riesige Digitalthermometer an der Wand eines Bürohauses 32 °C an, noch gingen, liefen, rannten, schlenderten unzählige Beine über die breiten Gehwege, ein unentwegtes Reden und Schnattern, ein dicker Brei aus Lauten und Tönen, Straßenmusikanten spielten, und Skateboardfahrer zeigten ihre Kunststücke auf der eigens für sie aufgestellten Halfpipe. Als er vor ihr stand, spitzte sich ihr Kirschmund, und David ließ alle Vorsicht außer acht und küßte diesen Mund, und zum Teufel, sollte die Welt doch denken, was sie wollte, er war und würde auf ewig ein freier Mann sein! Nach dem Kuß drehte er sich kurz um, nirgends erblickte er ein bekanntes Gesicht, er nahm Esther bei der Hand und fragte augenzwinkernd: »Kino?«

»Kino!«

Sie sahen sich den Film in einem winzigen Kino an, in dem außer ihnen beiden nur noch ein junges Pärchen drei Reihen hinter ihnen schmuste. Nach dem Film – Dunkelheit war über die Stadt hereingebrochen, doch die Straßen barsten noch immer vor Leben – holten sie sich ein Eis und bummelten über die breite Einkaufsstraße und besahen sich die hellerleuchteten Auslagen der Geschäfte, machten große Bogen um Zusammenrottungen finster aussehender Gestalten, und jedesmal wurde der Griff von Esthers Hand ein wenig fester und ließ erst nach, sobald sie wieder das Gefühl von Sicherheit hatte.

»Meine Mutter war vorhin ganz schön wütend auf dich«, sagte sie, als sie am Auto anlangten. »Sie hat zwar nichts gesagt, aber an ihrem ganzen Gehabe hab ich's gemerkt. Was, wenn sie morgen darauf besteht, daß du mit ihr schläfst?«

David schloß die Autotür auf ihrer Seite auf und ließ Esther einsteigen – Johanna mußte fast immer warten, bis er eingestiegen war und die Verriegelung von innen betätigte! –, ging um den Wagen herum und öffnete seine Tür. Er setzte sich, kurbelte das Fenster herunter und steckte den Schlüssel ins Zündschloß.

»Ich weiß es nicht«, sagte er, der Motor sprang an. »Ich werde es nicht tun. Ich werde versagen, bewußt versagen. Wenn du verstehst, was ich meine.«

»Nein, nicht ganz«, erwiderte sie und zog ihre hohe Stirn in Falten und schnallte sich an.

»Ich werde so tun, als würde ich ...« Er stockte und verzog

den Mund vor Verlegenheit, er war noch nie in der Lage gewesen, über intime Dinge in aller Offenheit zu sprechen, und gegenüber diesem Kind, diesem unbefangenen, naiven Geschöpf noch weniger. Als Nicole ihn mit ihren vulgären Ausdrücken bombardierte, ihn animierte, sie in den Mund zu nehmen und ihr gegenüber zu gebrauchen, schon da wollte er es nicht, denn es gehörte nun mal nicht zu seinem Sprachschatz. Und Esther war noch so unschuldig, unverdorben, und er würde um nichts in der Welt etwas sagen, das ihre zarte Seele verletzen könnte.

»Als würdest du was?«

»Weißt du, manche Männer sind impotent ...«

»Ich weiß, was das ist, ich bin aufgeklärt. Und weiter!«

»Entschuldige, ich wußte nicht. Aber ich werde jedenfalls so tun, als wäre ich zur Zeit nicht imstande, Geschlechtsverkehr mit ihr auszuüben.«

»Und wie willst du das anstellen?« fragte sie neugierig und sichtlich amüsiert.

»Ich werde den ganzen Abend nur an dich denken und daran, daß ich dich nicht betrügen werde. Mein kleiner Mann wird dann auch ein kleiner Mann bleiben«, sagte er breit grinsend.

»Sie kennt bestimmt Tricks ...«

»Mir egal, es wird nicht funktionieren. Vertrau mir.«

»Natürlich vertraue ich dir. Und wenn doch?«

»Kein wenn doch. Weißt du, als ich mich von Nicole kaufen ließ, um meine Schulden zu bezahlen, da war ich überzeugt, ich würde meine Frau nicht betrügen, schließlich tat ich es zum Wohl meiner Familie. Jetzt aber würde ich *dich* betrügen.«

»Und deine Frau?«

»Es gibt nur dich. Sie wird allein zurechtkommen, sie ist eine starke, durchsetzungsfähige Frau. Und die Kinder sind alt genug, um zu verstehen.«

»Ich will nicht, daß du irgend jemandem weh tust. Es muß

alles in Ruhe und Frieden geschehen. Versprichst du mir das?«

»Ich verspreche es!«

Esther blickte aus dem Seitenfenster, sie passierten die Alte Oper, und David erklärte ihr, daß dieses Gebäude vor etlichen Jahren noch abgerissen werden sollte, bis man sich entschloß, es in altem Glanz erstehen zu lassen.

»Zeig mir, wo du wohnst«, bat Esther, doch David schüttelte energisch den Kopf.

»Nein, das kann ich nicht. Es ist eine furchtbare Gegend. Ich möchte nicht, daß du sie siehst.«

»Ach bitte, nur einmal durchfahren. Mir ist langweilig. Ist es weit von hier?«

»Nein, zehn Minuten etwa.«

»Also, dann laß uns durchfahren. Ich will einfach nur die Gegend sehen, mehr nicht, und dann gehen wir noch einen trinken.«

»Also gut, aber wann mußt du denn zu Hause sein?«

»Mitternacht, hat sie gesagt. Es kann ruhig später werden, ich schätze, sie wird schlafen, wenn ich komme.«

»Und wenn nicht?«

»Was soll mir schon passieren?«

»Sie wird dir Hausarrest geben.«

Esther lachte kichernd auf. »Hausarrest! Nie und nimmer! Damit würde sie sich bloß ins eigene Fleisch schneiden. Ihr ist doch egal, was ich tue, solange ich ihr nicht im Weg bin.«

»Gut, ich zeige dir kurz *meine* Gegend, dann fahren wir in eine Bar und trinken etwas. Wir setzen uns an einen kleinen, ruhigen Tisch und fangen an, unsere Zukunft zu besprechen. Einverstanden?«

Nach knapp zehn Minuten hatten sie das Ziel erreicht. Es war das gleiche Bild wie immer, Jugendliche und Betrunkene an der Straße, die überquellenden Müllcontainer, die erst am übernächsten Tag geleert werden würden, die schmutzigen

Häuser, deren Schmutz jetzt von der Nacht verdeckt wurde, Sperrmüll, der einfach auf die kleinen Rasenflächen geworfen worden war.

»Ist wirklich nicht besonders einladend«, sagte sie. Dann, als David am Ende der Sackgasse wendete: »Zeigst du mir deine Wohnung?«

»Das auch noch? Es ist keine schöne Wohnung, du bist bestimmt noch nie in einer solchen Wohnung gewesen ...«

»Na und, glaubst du vielleicht, ich hätte Vorurteile? Ich kenne die Geschichte, wie du hierhergeraten bist ...«

»Was, wenn uns Nachbarn sehen, und sie erzählen Johanna ...?«

»Ah, du hast Angst!« sagte sie lachend. »Ich glaube eher, hier kümmert sich jeder um seinen eigenen Dreck. Komm, zeig sie mir, wir trinken bei dir etwas, und dann fährst du mich nach Hause. Sei kein Feigling.«

»Also gut, wenn du darauf bestehst, aber es wird dir nicht gefallen.«

»Mir gefällt alles, wo du bist«, erwiderte sie. Er parkte das Auto auf seinem gemieteten Parkplatz, sie stiegen aus. Liefen zum Haus, er öffnete die Haustür. Gestank.

Sie rümpfte die Nase. »Stinkt das hier immer so?«

»Du mußt aufpassen, es sind ab und zu Urinlachen auf den Stufen ...«

»Was? Ehrlich?«

»Ich hatte schon meine Gründe, dir das alles nicht zeigen zu wollen ... Aber du wolltest ja unbedingt. Wir müssen in den ersten Stock.« Er zog die Zwischentür auf, das Flurlicht funktionierte wieder einmal nicht, er nahm Esther bei der Hand und zog sie hinter sich her. Steckte den Schlüssel ins Schloß, schaltete das Wohnungslicht an, schloß die Tür hinter Esther.

»Es ist eine bescheidene Behausung«, sagte David wie entschuldigend.

»Es gibt Leute, die haben überhaupt keine Behausung. Außerdem, so schlimm finde ich es auf den ersten Blick gar nicht, ich denke, ihr habt das Beste daraus gemacht. Krieg ich was zu trinken?«

»Komm mit ins Wohnzimmer, ich hole uns was.« Sie begaben sich ins Wohnzimmer, Esther setzte sich auf die Couch. David holte aus der Küche eine Flasche Cola und die Flasche Whisky, stellte beides auf den Tisch, nahm Gläser aus dem Schrank, schenkte ein, reichte ein Glas Esther, zog den Stecker des Telefons aus der Buchse.

»Setz dich zu mir«, bat sie, »ich möchte ein bißchen kuscheln. Es ist so schön mit dir. Weißt du eigentlich, daß du überhaupt nicht wie vierzig aussiehst? Als ich dich das erste Mal sah, habe ich dich auf vielleicht dreißig bis zweiunddreißig geschätzt. Du hast dich sehr jung gehalten.«

David lächelte. »Trotzdem könnte ich dein Vater sein.«

Sie trank aus, stellte das Glas auf den Tisch. »Ich liebe dich, David. Es ist einfach über mich gekommen. Weißt du, was ich jetzt am liebsten täte? ... Am liebsten würde ich jetzt mit dir schlafen. Es ist einfach nur schön mit dir ...«

Er streichelte über ihr Haar, küßte sie. Sie liebten sich im Wohnzimmer. Kurz, aber intensiv. Sahen sich in die Augen – er hatte das irgendwann einmal bei Johanna gemacht, vor Urzeiten, als das Leben noch keines war! Es gab schon lange keine Momente mehr, in denen er den Wunsch verspürte, Johannas Inneres zu ergründen, er war überzeugt, doch längst alles zu kennen, nichts Neues mehr erforschen zu können, eine kleine, öde Insel, die er schon millionenmal umrundet und durchquert hatte und die keine Überraschungen mehr parat hielt. Blanke Langeweile, die noch eine Ewigkeit so weitergehen sollte? Liebe, gute Johanna, treue, ergebene Seele, Seelsorgerin auf einer Peststation, es tut mir leid, doch ich wandere aus, ich werde neues Terrain erkunden.

David war überzeugt, die Insel Esther hatte so unendlich viel

mehr zu bieten, sie war so abwechslungsreich, Meer und
Sandstrand, Palmen und Urwald, wilde und zahme Tiere,
Sonne und Stürme und er mittendrin. Er steckte den Telefonstecker wieder in die Buchse, um halb eins fuhr er Esther
nach Hause.

## MITTWOCH, 1.25 Uhr

Er hörte das Klingeln des Telefons schon im Treppenhaus. Er
rannte nach oben, schloß schnell die Tür auf und riß den
Hörer von der Gabel.
»Na endlich!« Johanna. »David, es ist etwas Furchtbares
passiert. Mein Gott, das Schlimmste, was man sich überhaupt nur vorstellen kann.« Sie atmete hastig und doch
schwer. Machte eine kurze Pause, als müßte sie sich von
einem Rennen erholen. Dann sagte sie: »Nathalie ist vergewaltigt und zusammengeschlagen worden! Mein Gott, David, was soll ich bloß machen?« Sie fing an zu schluchzen.
Ein eiserner Ring legte sich um seine Brust, er war kaum
fähig, zu atmen. »Noch mal, was ist passiert?«
»Nathalie ist vergewaltigt worden. Im Bundeswehrwald. Ich
habe mich gewundert, wo sie so lange steckt. Ein paar Spaziergänger haben sie gefunden, sie sieht schrecklich zugerichtet aus. Ich bin mit ihr im Krankenhaus, sie ist nur
halbwegs bei Bewußtsein. David, was hat das zu bedeuten?«
»Komm, ganz ruhig, sonst bekommst du noch einen Herzinfarkt. Sie ist nur halb bei Bewußtsein, sagst du? Das heißt,
sie konnte noch keine Angaben über den oder die Täter
machen?«
»Nein, verdammt noch mal, das konnte sie nicht, sie sagte

nur, daß es drei waren! Die Polizei war auch schon hier, und die Ärzte sagen, sie ist im Moment in einem kritischen Zustand, wobei ich nicht weiß, ob sie ihren Körper oder ihre Seele meinen. David, ich habe solch furchtbare Angst, ich kann dir das überhaupt nicht beschreiben! Hat das auch etwas mit Frankfurt zu tun?«

»Nein, bestimmt nicht, das ist nur ein dummer und grausamer Zufall. Ich habe niemandem erzählt, wo ihr seid. Mein Gott, kommen wir denn nie zur Ruhe?!«

»Ich habe der Polizei auch von den Anrufen erzählt. Natürlich auch von Thomas und was mit ihm geschehen ist. Aber sie sagen genau wie du, das eine hätte mit dem andern wohl nichts zu tun. Ich weiß nicht mehr, was ich noch denken soll! David, bitte hilf mir!«

»Schatz, ich kann dir nicht helfen, so leid es mir tut. Du mußt jetzt stark sein und dich um Nathalie kümmern. Was ist mit Maximilian?«

»Er schläft heute nacht bei meiner Mutter. Meinst du, wir sollten nach Hause kommen, sobald sich Nathalie besser fühlt?«

»Nein, auf keinen Fall, der Kerl ruft immer noch hier an. Ihr bleibt oben, zumindest so lange, bis ich Entwarnung gebe.«

»Kannst du kommen?«

»Das geht schlecht, und das weißt du auch.«

»Mensch, David, es muß doch eine Möglichkeit geben, daß wir zusammen sind?! Ich bin kurz davor durchzudrehen! Meine Nerven halten das nicht mehr lange aus. Aber das verstehst du nicht, was? Du denkst nur an das Scheißgeld!«

»Jetzt mach aber mal halblang!« explodierte er. »Das Scheißgeld, wie du es nennst, ist doch der Grund für unsere Misere!«

»Natürlich, Entschuldigung! Bleib doch in Frankfurt und verreck!« schrie sie.

»Du bist hysterisch, Johanna. Reiß dich zusammen! Ich werde hier unten klarkommen und du dort oben. Und wenn du wiederkommst, unterhalten wir uns in aller Ruhe über unsere Zukunft.«

»Was meinst du damit?« fragte sie, plötzlich ruhig geworden, als hätte eine kleine, helle Glocke in ihrem Kopf geläutet.

David hätte sich selbst ohrfeigen können. Er war unvorsichtig in der Wahl seiner Worte gewesen. »Ich meine damit, daß wir uns endlich darüber klarwerden müssen, was wirklich wichtig ist. Und im Augenblick gibt es zwei Dinge, das ist die Sicherheit der Familie, und das ist unser Schuldenberg ...«

»Und wir beide zählen überhaupt nicht mehr, was?«

»Wir beide? Was meinst du damit?«

»Denk mal drüber nach, vielleicht kommst du drauf!«

»Johanna, bitte, warum jetzt? Im Augenblick ist Nathalie die wichtigste Person ...«

»Dann komm, verdammt noch mal, und kümmere dich um sie!«

»Es geht doch nicht, ich wäre kurz davor, alles zu verlieren. Sei stark, geh zu Nathalie und steh ihr bei. Und wenn du dich beruhigt hast, dann ruf mich wieder an.«

»O ja, wenn ich mich beruhigt habe! Du redest, als ob du mit der ganzen Sache überhaupt nichts zu tun hättest! Du bist ein gefühlloser Eisblock! Mein Gott, du willst Nathalies Vater sein? Ein wirklich besorgter Vater würde sofort zu seiner Tochter eilen und für sie dasein. Aber du, du redest und redest und redest. Wieviel hast du wieder gesoffen? Aus was besteht dein Leben eigentlich noch? Wo warst du denn heute abend? Ich habe zigmal probiert, aber nirgends warst du zu erreichen!«

»Entschuldige bitte, aber ich war im Kino, ich habe wohl das Recht, mir dann und wann wenigstens eine Kleinigkeit zu gönnen! Und außerdem bin ich nicht betrunken. Weißt du was, dieses Gespräch bringt nichts. Du weißt im Augenblick nicht, was du sagst, du bist nicht Herr deiner Sinne. Knie dich hin und bete, das wird dir helfen ...«

334

Johanna knallte den Hörer einfach auf. David hielt den Hörer eine Weile gedankenversunken in der Hand. Nein, sagte er kopfschüttelnd zu sich selbst, das hat nichts mit den Anrufen oder mit Thomas zu tun. Sie sind Hunderte von Kilometern weg von hier, und keiner weiß es, außer ... Esther und Nicole. Nein, ein absurder Gedanke, der ihm wie ein feuriger Pfeil durch das Hirn schoß, was sollten die beiden schon damit zu tun haben. Es war ein dummer, dummer Zufall, ein grausames Geschick, das Nathalie widerfahren war. Liebe, gute, stille, introvertierte Nathalie, die keiner Menschenseele je ein Leid hätte zufügen können, die Tiere liebte und alle Gewalt verabscheute. Die eine gute Schülerin war und ein ruhiges und friedliches Leben verdiente. Die später eine gute Ehefrau und Mutter sein und ganz wie Johanna werden würde. Nathalie hatte viele Eigenschaften von Johanna geerbt.

Er setzte sich und trank Whisky. Einen und noch einen und noch einen. Bevor er einschlief, klingelte das Telefon. Er zog einfach den Stecker aus der Wand.

## MITTWOCH, 8.00 UHR

Johanna rief am Morgen um acht an.

»Nathalie hat die Nacht durchgeschlafen, zum Glück«, sagte sie kühl. »Jetzt ist sie wach, will aber weder etwas essen noch trinken ...«

»Hat sie erzählt, wie es passiert ist?«

»Sie kann sich nur erinnern, daß sie plötzlich von hinten gepackt und in ein Gebüsch gezerrt wurde, wo die drei über sie hergefallen sind. Sie sagt, daß keiner von ihnen auch nur ein Wort gesprochen hat, sie hätten nur ab und zu gelacht, aber ob Namen genannt wurden, daran kann sie sich nicht erinnern.« Sie machte eine Pause und holte tief Luft.

»Und was sagen die Ärzte? Wird sie wieder auf die Beine kommen?«

»Auf die Beine kommen wird sie, aber ... der Schaden an ihrer Seele ... keiner kann zu diesem Zeitpunkt sagen, ob und was zurückbleibt.«

»Kann sie die Täter wenigstens beschreiben?«

»Nein, sie hatten Strumpfmasken übers Gesicht gezogen. Zwei von ihnen haben sie jeweils festgehalten und ihr den Mund zugehalten. Das Schlimme ist, daß sie nicht nur vaginal, sondern auch anal vergewaltigt wurde, und bei letzterem sind ihr auch die schwersten körperlichen Verletzungen beigebracht worden.« Dann machte Johanna eine Pause und räusperte sich. »Es tut mir leid wegen heute nacht. Ich war vielleicht etwas ungerecht dir gegenüber. Aber ich habe nur Nathalies zerschundenen Körper gesehen und daran gedacht, daß du eben ihr Vater bist und es vielleicht besser wäre, wenn du jetzt hier wärst ... Könntest du nicht doch einen Weg finden, zu kommen? Ich würde mich freuen, und Nathalie sicher noch viel mehr.«

Pause. Dann sagte er: »Schatz, hör zu und geh nicht gleich wieder an die Decke – es ist nicht möglich, ich bin noch in der Probezeit. Außerdem wird sie von meiner Anwesenheit auch nicht schneller gesund.«

Am anderen Ende herrschte einen Moment lang Schweigen, dann sagte Johanna ganz ruhig und gefaßt: »Weißt du was, David von Marquardt, bleib doch, wo du bist ... und vergiß meine Entschuldigung von eben, ich bereue kein Wort von dem, was ich dir heute nacht gesagt habe ... Irgend etwas stimmt mit dir nicht! Du hast dich verändert, eine Veränderung, die ich schon seit langem beobachte, doch sie nimmt immer gravierendere Ausmaße an. Überleg bitte genau, ob wir dir noch irgend etwas bedeuten. Denk einmal über meine Worte nach!« Dann legte sie grußlos auf.

336

David hatte keine Zeit zum Nachdenken. Aber es war gut, wenn Johanna sich von sich aus zurückzog. Er hatte nicht mehr viel Zeit, er mußte noch frühstücken und aufräumen. Natürlich hatte Johanna recht, er hatte sich verändert. Er war schließlich der erste, der diese Veränderung an sich bemerkte. Er war kalt geworden, der Wind und der Sturm, die brennende Sonne und das viele kalte Wasser, das ihn in seiner Kindheit und während des letzten Jahres umspült hatte, hatten ihn geprägt. Die Seele des alten David von Marquardt war vom Wind weggetragen, von der brennenden Sonne zu Asche verbrannt, vom kalten Wasser fortgespült worden. Übriggeblieben war ein anderer David von Marquardt. Einer, der alles um sich herum distanziert und ohne große Emotionen betrachtete, den nicht einmal mehr ein tragisches Schicksal wie das von Nathalie über die Maßen berührte. Er war kalt und hart geworden, andern und sich selbst gegenüber. Die einzige Ausnahme war Esther. *Esther, Esther, Esther! Seine Jugend!*

Er aß zwei Scheiben Toast mit Marmelade und trank einen Tee mit Whisky – er schüttelte den Kopf, gestand sich ein, auf dem besten Weg zum Alkoholiker zu sein, er mußte aufpassen, nicht abzurutschen, er durfte nur an Esther denken, doch im Moment mußte er trinken, weil er mit klarem Kopf dies alles nicht ertragen hätte –, und für diese kurze Zeit fragte er sich, warum er geworden war, wie er jetzt war. Mutter, verdammte Hure! Erhard, rufe sanft, Dreckschwein! Und das Geld, und ... Aber wie könnte ein Eisblock lieben, vor Lust und Freude wie eine von einer frischen Ozeanbrise getriebene Welle überschwappen, wie er es in Gegenwart Esthers tat? Er trank und versperrte sich jeglichem negativen Gedanken, der Einlaß in seinen Kopf begehrte. Es gab für ihn nichts mehr außer Esther. Wenn er auch seit über einem Jahr ein zielloser Mensch war, jetzt hatte er wieder ein Ziel vor Augen. Und sollte alles um ihn herum in Trümmern versinken, sollte alle Welt sich gegen

ihn und sein Tun verschwören, nichts würde ihn aufhalten
können.

Esther erwartete ihn voll Ungeduld. Wieder erkundeten sie
in Überlichtgeschwindigkeit das Universum einen ganzen
Morgen lang, und als ihr Raumschiff zur Landung ansetzte,
waren sie einfach nur glücklich. Er erzählte nichts von Nathalie, nichts von Johanna, er wollte sie nicht beunruhigen,
wollte nicht hören, daß sie vielleicht sagte, er solle doch zu
Nathalie fahren, sie werde ihn wohl brauchen.
»Ich habe bei meiner Bank angerufen«, sagte sie, als sie sich
wieder angekleidet hatte – gerade so weit, daß ihr mädchen-
hafter Körper noch das meiste von dem zeigte, was David so
sehr an ihr zu sehen liebte, die langen, wohlgeformten,
festen, braunen Beine mit den schlanken Fesseln eines jungen, wilden Füllens und den anmutigen Füßen, die zarten
Arme und vor allem dieses Gesicht, das ein da Vinci nicht in
seinen kühnsten Träumen und mit der größten Genialität zu
zeichnen imstande gewesen wäre. »Ich habe mich erkundigt,
was ich tun muß, um mein Sparbuch aufzulösen. Sie haben
nur gesagt, ich solle drei Tage vorher anrufen, und dann
würde das Geld bereit liegen.«
»Und wo ist dein Sparbuch?«
»Leider in Hamburg. Ich müßte irgendwie hinkommen, um
es zu holen«, sagte sie mit neckischem Grinsen. Sie setzte
sich ans Fußende des Bettes und streichelte über Davids
dunkelbehaarte Beine.
»Wann fahren wir?« fragte David.
»Wenn du willst, am kommenden Montag. Das ist ein ganz
günstiger Tag, weil Nicole montags auch immer bis um sechs
arbeitet, das heißt, sie ist nicht vor halb sieben zu Hause. Wir
sollten also morgens losfahren und zusehen, daß wir am
späten Nachmittag wieder hier sind.«
»Du hast schon viel nachgedacht«, sagte David anerkennend
und stand auf, um sich anzuziehen. »Aber es gibt noch eine

ganze Menge mehr zu bedenken. Du müßtest deinen Vater informieren, daß du das Geld holst . . .«

»Quatsch«, sagte sie und winkte ab, »das interessiert ihn nicht. Er ist, was so was angeht, absolut cool. Und wenn ich ihm sagen würde, daß ich mit dir in mein Haus in Portugal ziehe, hätte er mit Sicherheit nichts dagegen. Er ist ein liberaler Typ.«

»Erzähl mir von dem Haus, wo steht es?«

»An der Algarve, in der Nähe von Praia de Rocha, mit direktem Blick aufs Meer. Ich sehe an deinen Augen, du weißt nicht, wo das ist! Stimmt's?«

»Ich war noch nie in Portugal«, sagte David schulterzuckend.

»Die Algarve ist im Süden . . .«

»Das weiß ich, aber Praia de . . . oder wie immer das heißt . . .«

»Praia de Rocha liegt an der Algarve. Ein winzig kleiner Ort mit vielen Hotels und einem herrlichen Strand, wo man wunderbar baden kann. Im Sommer kommen zwar eine ganze Menge Touristen dorthin, im Winter ist es aber wesentlich ruhiger. Aber ich glaube nicht, daß ich mein Leben lang dort unten wohnen möchte. Sicher werden wir irgendwann woanders hinziehen«, sagte sie bestimmt.

»Deine Pläne gehen noch weiter? An was du alles denkst!«

»*Cogito, ergo sum*, ich denke, also bin ich! Und da ich sehr viel denke, bin ich auch sehr viel. Ich weiß nicht, ob ich irgend etwas wert bin, ich habe keine Ahnung, ob es einen Gott gibt, ich weiß nicht, ob das, was ich tue, sinnvoll ist, aber ich weiß, daß ich lebe, daß ich hier bin, daß ich denken kann und daß ich im Prinzip genau weiß, was ich will. Und allein das zählt.«

»Du bist eine kleine Philosophin. Meine Philosophin . . .«

»Ach was«, sagte sie und winkte ab. »Ich frage mich aber zum Beispiel, warum werden manche Menschen in unermeßlichem Reichtum geboren, während andere nie eine Chance haben. Ich frage mich, warum gibt es Krieg, warum ist es nicht möglich, daß alle in Frieden leben. Und dann sage ich mir, wir leben alle im Krieg. Solange wir Menschen nicht aufhören, egoistisch zu sein, solange wir anderen Dinge neiden, solange wir unsere kleinen privaten Kriege führen, so lange wird es keinen wirklichen Frieden auf der Erde geben. Wahrscheinlich wirst du denken, daß eine Siebzehnjährige sich über solche Dinge Gedanken macht! Aber ich kann nun mal nichts gegen diese Gedanken tun.« Esther stand auf und machte von einer Sekunde zur anderen ein trauriges Gesicht. Ein Engel, der kurz davor stand, ein paar Tränen aus seinem Ozean zu verlieren. Sie stellte sich ans Fenster und sah hinunter, wo zu keiner Zeit des Tages die Ruhe dieser Gegend unterbrochen wurde. »Bist du dir eigentlich im klaren, daß ich erst im September achtzehn werde? Lausige achtzehn!«

»Natürlich«, sagte David ernst und stellte sich hinter sie. Er schlang seine Arme wie schützend um diesen plötzlich so hilflos wirkenden Körper, und sie ließ sich sacht zurückfallen und lehnte sich an ihn. »Ich weiß, daß du erst siebzehn bist. Und wenn du das alles nicht möchtest, werde ich dir nicht böse sein. Ich liebe dich, und gerade deshalb werde ich dich nicht drängen. Du sollst glücklich sein, ich würde mir ein Leben lang Vorwürfe machen, wenn du durch meine Schuld unglücklich wärst.«

»Das ist es nicht«, sagte sie. »Es ist nur alles so schnell gegangen, wie ein Hurrikan, ich hätte selber nie für möglich gehalten, daß mir so etwas passieren könnte. Tun wir wirklich das Richtige?«

»Ja«, sagte David bestimmt und küßte sie auf den Hals. »Manchmal fragt man sich ein Leben lang, ob das, was man vorhat, das Richtige ist, und bevor man dann endlich einmal eine Entscheidung getroffen hat, ist das Leben zu Ende, und die Frage bleibt für immer unbeantwortet. Ich habe so lange das Falsche getan, und ich möchte dir das gleiche ersparen. Ich werde dich nicht auf Händen tragen, aber wir werden Hand in Hand gehen. Ich werde nie vergessen, wie alt oder wie jung du bist, aber ich werde immer für dich dasein.«

»Das hast du schön gesagt, es war auch nur ein momentanes Gefühl . . .«

»Ich kenne das, du hast Angst vor den Problemen, die auf uns zukommen werden. Angst vor Nicole, vielleicht auch ein wenig vor deinem Vater. Und womöglich stellst du dir die Frage, ob ich nicht doch zu alt für dich bin. Zumindest könnte ich es dir nicht verdenken.«

»Nein«, sagte sie beinahe entrüstet und entzog sich seinem Griff, feurige Funken in seine Richtung sprühend, »diesen Gedanken habe ich nie gehabt! Du bist nicht zu alt, ich bin nur älter, als ich eigentlich bin. Das haben schon viele gesagt. Laß uns am Montag nach Hamburg fahren und . . .« Sie stockte, sah zu Boden und kniff die Lippen aufeinander. »Heute abend, meinst du wirklich, du schaffst es, ihr zu widerstehen?«

»Vertrau mir einfach nur. Du hast keinen Grund, an mir zu zweifeln.«

»Wenn ich mir vorstelle, du schläfst mit ihr, du gibst ihr all das, was du mir gegeben hast, ich glaube, ich könnte wahnsinnig werden. Tu's bitte, bitte nicht!«

Er küßte und streichelte sie, half ihr, die Wohnung aufzuräumen, die Unordnung zu beseitigen, die Nicole, die Hexe, am Abend zuvor und am Morgen hinterlassen hatte. Bevor David ging, tranken er und Esther noch einen Whisky mit Eis, und als die Zeiger der Uhr auf Viertel vor vier standen (welch perverses Gehabe der Zeit, manchmal zerflossen die Sekunden, die Minuten und Stunden wie glibbrige, zähe Masse, dann wieder, wenn alles Glück dieser Erde ihn umhüllte, galoppierte sie mit der Wildheit einer Rennstute davon!), ging David, und er wußte, welche Qualen Esther durchlitt, wenn sie an den Abend dachte.

Im Briefkasten steckten vier Briefe, von denen drei Mahnungen unbezahlter Rechnungen waren. Er hatte vergessen, sie zu begleichen, schimpfte kurz leise mit sich wegen der jetzt anfallenden zusätzlichen Gebühren. Der vierte Brief war ohne Absender und von Hand geschrieben und von keinem Briefträger gebracht worden. David öffnete den Umschlag, gewarnt durch das Päckchen, mit aller gebotenen Vorsicht. Es war ein kleiner Zettel mit vier Zeilen: *Hast du dich schon um deine Tochter gekümmert? Das arme, arme Ding, läuft so allein im Wald herum, und dann kommen so böse Menschen! Wie schade um sie!*

David schloß die Augen, er zitterte. Eine Kälte, die tief aus seinem Inneren kam. Er meinte, die Fistelstimme zu hören, sein gackerndes Gelächter, seine bösartigen Drohungen. Dieses verfluchte Phantom! Sollte er ihn je zu fassen kriegen, wie auch immer, er würde ihm die Fresse zu einem breiigen Klumpen zerschlagen, ihn breitbeinig über einen Stacheldrahtzaun ziehen und ihm anschließend glühende Eisen in den Hintern schieben, bis er um den erlösenden Tod bettelte!

Tränen des Zorns und der Ohnmacht stiegen ihm in die Augen, und während er die Treppen hinaufstieg – diesmal tappte er mitten in die frische Urinpfütze –, kamen ihm zwei junge Männer aus der Wohnung über ihm entgegen, zwei von denen, die er so lange so sehr verflucht hatte, doch sie waren Heilige im Vergleich mit dem Ungeheuer, mit dem er es inzwischen zu tun hatte. Sie hielten kurz inne, als sie den weinenden David erblickten; einer von ihnen, den David bisher immer als besonders brutal eingeschätzt hatte, blieb stehen und fragte David mit beinahe sanfter, mitleidiger Stimme: »Ist etwas passiert? Können wir Ihnen helfen?«

David schüttelte den Kopf und sagte mit belegter Stimme: »Nein, danke, aber dabei kann mir keiner helfen.« Die beiden jungen Männer sahen David nach, dann tuschelten sie, doch David konnte sie nicht verstehen, er schloß die Tür auf, schlug sie hinter sich zu, ließ sich in den Sessel fallen. Die Briefe rutschten ihm aus der Hand, als ein Weinkrampf ihn durchschüttelte. Er legte seine Hände auf die Tischplatte und den Kopf in die Hände. Wie sinnlos doch das Leben war! Welche Freude konnte er daran haben, mit Esther fortzugehen, wenn die, die er einmal geliebt hatte und die er auf eine gewisse Weise immer lieben würde, zu leiden hatten?! Erst Thomas, jetzt Nathalie! Wer würde als nächstes dran sein, Johanna, Alexander, Maximilian, seine kleine Entführung war ja im Vergleich zu dem, was Nathalie angetan worden war, harmlos gewesen. Seltsam, daß er selbst sich nicht mit in den Kreis der Gefährdeten einschloß. Daß er sich für ungefährdet hielt, daß er nicht in Betracht zog, diese Kreatur, dieser Kretin könnte ihm etwas anhaben. Während er weinte, glimmte für Augenblicke der Gedanke auf, was geschah, könnte tatsächlich mit ihm zu tun haben. Weder mit Thomas noch irgendwem sonst, allein er, David von Marquardt, war gemeint. Das hatte auch schon Henning gesagt. Doch was hatte er verbrochen, daß ein anderer, von dem er nur die Stimme kannte, ihm derart böse mitspielte? Hatte er überhaupt jemals irgend etwas verbrochen? Waren nicht alle Verbrechen an ihm begangen worden, war nicht ihm die Jugend und seine Firma gestohlen worden? War nicht er verdammt, in einem Rattenloch zu hausen? Hatte er denn je einen anderen Menschen mißhandelt, betrogen oder gedemütigt? Hatte er die ihm aufgetragenen Pflichten nicht erfüllt, hatte er nicht manchmal, wenn auch selten, etwas mehr als nur seine Pflicht getan? Hatte er nicht jahrelang Gott gedient (hatte er das wirklich, war er nicht auch nur einer von jenen Phrasendreschern gewesen, die er immer angeprangert hatte?), und erst als Gott seine Dienste nicht genügend würdigte, begonnen, sich einen anderen Weg aus seinem Schlamassel zu suchen? Gab es denn überhaupt etwas in seinem Leben, das eine so fürchterliche Rache verdiente?

Als er nur noch leise vor sich hin schluchzte, klingelte das Telefon. Er wischte sich die Tränen mit dem Handrücken aus dem Gesicht, putzte sich die Nase und hob den Hörer ab.

»Hör zu, Drecksau«, sagte die Fistelstimme hart und bösartig, »du weißt jetzt, wo der Hase langläuft! Wir wissen alles über dich und deine Sippe! Ihr werdet bluten, bis kein Tropfen mehr in euch ist. Jeder von euch!«

»Halt, halt«, bat David mit bebender Stimme, »bitte, legen Sie nicht auf ...«

»Oh, auf einmal kannst du bitten! Wie war das doch gleich bei unserem letzten Gespräch, wie hast du mich da genannt? Wie zahm und ergeben du doch auf einmal werden kannst! Also, ich höre, Drecksau.«

»Bitte, sagen Sie mir, warum Sie das alles machen. Ich weiß doch nicht einmal, was los ist! Ist es wegen Thomas? Schuldet er Ihnen Geld oder Rauschgift? Was ist es?« schrie David. »Bitte, bitte, bitte, sagen Sie es mir doch!!! Vielleicht kann ich die Schuld begleichen, auf irgendeine Weise! Ich könnte Geld auftreiben, es wäre sicher kein Problem!«

Es entstand eine kurze Pause, David hörte nur das Atmen am anderen Ende der Leitung. »Ich führe nur aus, ich bin nicht der Auftraggeber. Ich müßte fragen. Aber das kann dauern, mein Auftraggeber ist zur Zeit nicht erreichbar. Er meldet sich erst Ende der Woche wieder bei mir.«

»Dann sagen Sie mir wenigstens«, David schluckte schwer, und er meinte, der Speichel bliebe ihm in der Kehle stecken, »passiert diese Woche noch etwas?«

»Vielleicht, vielleicht auch nicht.«

»Was? Was wird passieren?«

»Überraschung, Überraschung!«

»Bitte, ich flehe Sie an, tun Sie Maximilian und meiner Frau nichts! Lassen Sie sie in Ruhe! Und auch Alexander, er ist ein anständiger Junge! Ich stelle mich Ihnen zur Verfügung, was immer Sie vorhaben.«

»Arschloch, kleines, winselndes Arschloch! Du kommst schon noch dran, zur rechten Zeit. Freu dich drauf!«

»Ich werde die Polizei einschalten ...«

Die Fistelstimme lachte satanisch auf. »Das hast du doch

schon! Du meinst, das wissen wir nicht? Idiot! Aber sie werden nie etwas herausfinden. Nie, kapiert? Was immer geschieht, sie werden es auf deinen mißratenen Sohn Thomas schieben ...«

»Also doch Thomas!«

»Denk, was du willst, ich melde mich wieder. Und wisch dir die Tränen aus dem Gesicht, Drecksau, Tränen machen häßlich!« Dann lachte er böse, hustete kurz und trocken und fuhr fort: »Ach, beinahe hätte ich's vergessen, Drecksau. Ich soll dir ausrichten, daß du dein Testament machen sollst, dieses Leben geht manchmal verdammt schnell zu Ende. Übrigens, noch was; ich weiß, daß du ein elender Feigling bist, und ich weiß, daß Feiglinge besonders viel Angst haben, und genau deswegen wirst du am längsten auf die Vollstreckung deines Urteils warten müssen. Mach's gut, Drecksau! Ich melde mich!«

David war nicht mehr Herr seiner Gedanken. In seinem Kopf drehte sich rasend schnell ein außer Kontrolle geratenes Kettenkarussell, und er saß darauf, und je schneller es sich drehte, desto mehr verschwamm die Umgebung. Er holte die Flasche Whisky aus dem Kühlschrank (er konnte sie jetzt, wo er allein zu Hause war, offen aufbewahren, ohne daß Alexander ihm dumme Fragen gestellt hätte), schraubte den Verschluß ab und schenkte sich, um das Kettenkarussell in seinem Kopf zum Stillstand zu bringen, ein Wasserglas bis zur Hälfte ein. Er schüttete den Inhalt mit einem Zug hinunter, schüttelte sich und schenkte nach, diesmal eine Idee weniger. Das Karussell stoppte, er nahm seine Umgebung wieder wahr. Seine Atmung wurde ruhig und gleichmäßig, das Pochen in seinen Schläfen ließ nach, das Vibrieren, das seinen gesamten Körper erfaßt hatte, verschwand.

Hatten sie es doch auf ihn abgesehen? Aber wenn – warum? Die Fistelstimme war jedenfalls nur ein ausführendes Organ, das stand jetzt fest, obwohl er ihn bis eben als den Drahtzieher des Ganzen angesehen hatte. Wer aber war dann der

Auftraggeber? Wer hatte ein solches Interesse daran, ihn und seine Familie zu vernichten?

David aß eine Kleinigkeit und setzte sich ins Wohnzimmer, blieb ein oder zwei Minuten sitzen, ging auf die Toilette und zog sich aus, um zu duschen. Das kühle Wasser tat ihm gut, er ließ den Strahl lange über seine Haare laufen, er benutzte das mentholhaltige Duschgel, und für Momente fröstelte ihn sogar.

Als David sich abtrocknete, rief Johanna an. Ihre Stimme klang kühl und spröde.

»Ich will mich nur kurz melden, weil du ja wieder den ganzen Abend arbeiten mußt. Aber du sollst noch einmal wissen, daß ich nichts, aber auch gar nichts von dem, was ich dir vorgeworfen haben, bereue. Weißt du, mir ist mit einemmal mit aller Deutlichkeit klargeworden, daß du in Wahrheit ein elender Egoist bist, der nur auf seinen eigenen Vorteil bedacht ist . . .«

»Stop . . .«

»Laß mich ausreden! Ich werde mich damit abfinden, glaub mir.«

»Willst du dich von mir trennen?«

»Nein, David, das habe ich nicht vor. Aber ich werde in Zukunft andere Prioritäten setzen. Nicht du stehst mehr an erster Stelle, sondern ich, dann kommen die Kinder und dann erst du. Vielleicht kommst du dann endlich zur Besinnung . . . Außerdem hört sich deine Zunge schwer an, so als hättest du getrunken. Du bist so tief gesunken, du denkst nur noch an dich, und du säufst, und auch das ist für mich ein Zeichen für deine Abkehr von alten, *mir* so bedeutsamen Werten.«

»Noch was?« fragte David kühl.

»Eines noch – ich weiß, warum so oft so viele Tage oder Wochen verstreichen, bevor du dich einmal dazu herabläßt, mit mir . . . na ja, du weißt schon, wovon ich spreche. Aber ich bin nun mal nicht mehr die Jüngste, und ich sehe nicht mehr aus wie zwanzig. Ich bin sechsundvierzig, vergiß das nicht. Aber ich habe einen Körper, und ich habe Gefühle. Doch auch du solltest dich damit abfinden, kein junger Gockel mehr zu sein. Denk bloß nicht, die jungen Mädchen warten nur auf dich ...«

»Jetzt fängst du aber an zu spinnen. Als ob ich mich jemals nach anderen Frauen oder Mädchen ...«

»Ach komm, meinst du vielleicht, ich bekomme nicht mit, wenn du mit lüsternen Augen den jungen Dingern hinterherschaust?«

»Johanna, bitte, vielleicht befinde ich mich einfach nur in einer Krise. So was soll es auch bei Männern geben. Ich liebe dich doch.« (Lügner!)

Darauf lachte Johanna nur – ein seltsames, fernes Lachen –, und das war beileibe nicht die Johanna, die David kannte. Hohntriefend meinte sie: »Du jammerst seit einem Jahr! Aber keine Angst, ich werde ab jetzt meinen Mund halten. Und ich werde dich auch während der nächsten paar Tage nicht anrufen, es hat ja doch keinen Zweck, mit dir zu reden.«

Bevor sie auflegte, sagte David: »Ich möchte zu gern wissen, warum du überhaupt angerufen hast. Wolltest du mich nur fertigmachen ...? Johanna, ich liebe dich wirklich. Bitte verzeih mir, wenn ich einen Fehler begangen habe.«

»Liebe, Liebe!« schleuderte sie ihm entgegen. »Du weißt doch überhaupt nicht, was das ist! Ich habe mich in dir getäuscht, und ich habe über zwanzig Jahre gebraucht, um den wahren David von Marquardt zu erkennen, die Fassade von deinem hübschen, charmanten Gesicht abzukratzen und dahinter nichts als leblose, lichtlose Leere vorzufinden.«

David hörte ihr einfach nur zu, erwiderte nichts darauf, sagte lediglich: »Paß auf dich und Maximilian auf ...«

Doch Johanna lachte wieder nur. »Was kümmert es dich denn schon, wenn mir oder Maximilian etwas zustößt?!«

Als David auflegte, war er irritiert. Ahnte Johanna etwas?

Oder war es nur wegen seiner Trinkerei, oder war es doch die Intuition einer Frau – er wünschte sich, einmal die Gedanken und Gefühle einer Frau nachvollziehen zu können! –, die spürte, daß ihr Mann ihren Fängen entglitt, so fest sie auch zupackte? Hatte sie vielleicht längst das fremde, teure Parfüm an ihm erschnuppert, wenn er ausgelaugt von Nicole nach Hause kam, überzeugt, alles abgewaschen zu haben, oder hatte sie durch irgendwelche geheimen Kanäle herausbekommen, worin seine Arbeit wirklich bestand? Bisher hatte sie sich, wenn sie es denn wußte, nichts anmerken lassen. Er hatte aber doch alles unternommen, um sie in Sicherheit zu wiegen und keinen Verdacht in ihr zu wecken! Was soll's, dachte er und machte eine wegwerfende Handbewegung, es kümmerte ihn im Augenblick tatsächlich herzlich wenig, ob sie etwas ahnte, da war diese verdammte Fistelstimme, dieses Gefühl der Ohnmacht, da war Nicole, die erwartete, daß er sie heute abend bestieg. Den Teufel würde er tun! *Und Esther, liebe, gute Esther, Engel, Göttin, Muse in einem, am Montag fahren wir nach Hamburg, am Montag lassen wir eine neue Zeitrechnung beginnen, am Montag haben wir einen ganzen Tag nur für uns!*
*Narr, gottverdammter Narr, siehst du nicht, welches Unglück du heraufbeschwörst? Merkst du nicht, daß dein Traum sich zu erfüllen beginnt, daß alles in Schutt und Asche versinkt? Du Narr, hör auf deinen Traum, hör auf deine innere Stimme, die dich warnt, nichts Unbedachtes zu tun! Zum letzten Mal, David von Marquardt, hör auf! Noch kannst du zurück!*
Doch David war viel zu beschäftigt und ein klein wenig betrunken, um zuhören zu können. Er durfte nicht zu spät kommen, vielleicht konnte er noch einen Blick von seiner Esther erhaschen, bevor sie entweder in ihr Zimmer entschwand oder das Haus verließ. Wenn er doch nur zu ihr fahren und mit ihr allein sein könnte!

Vor dem Haus spielten ein paar junge Männer Fußball, ein Hund rannte laut bellend hinter dem Ball her. David nahm keine Notiz von ihnen und stieg in seinen Wagen. Als er eine Viertelstunde später bei Nicole eintraf, erwartete sie ihn bereits, sie trug eine Kopie der Kleidung, die Esther ein paarmal schon getragen hatte; Shorts, die ihren Po wie eine zweite Haut umspannten, und ein trägerloses Top, aus dem sich der Ansatz ihrer vollen Brüste herauspreßte. Ihre Lippen waren grell geschminkt, schwarzer, dick aufgetragener Lidschatten verlieh ihren Augen etwas Dämonisches und das dunkle Rot ihrer Finger- und Zehennägel schien wie das Blut zu sein, das die Vampirin ihren Opfern ausgesaugt hatte.

»Hallo, David«, gurrte sie und drückte ihre Zigarette aus. »Ich freue mich, dich zu sehen. Wir haben einen ganzen Abend nur für uns allein. Gefalle ich dir?« Sie schlang ihre Arme um seinen Hals und küßte ihn, er ließ es wie ein Millionen Jahre alter Stein über sich ergehen.

»Was ist los, großer Held, so kühl heute? Dabei ist das Wetter heiß, und ich bin noch viel heißer auf dich. Du hast lange nicht mehr mit mir geschlafen, ich möchte deinen Schwanz spüren! Keine Angst, großer Held, mein liebes Töchterlein hab ich fortgeschickt und ihr gesagt, sie soll sich bloß nicht trauen, vor Mitternacht hier aufzutauchen. Nimm mich, wo immer du willst, aber nimm mich um Himmels willen!«

»Du bist ordinär«, sagte David kühl, wand sich aus Nicoles Umarmung und ließ sie in der Mitte des Zimmers stehen. Er ging an die Bar, um sich einen Whisky einzuschenken.

»So, ich bin also ordinär? Habe ich dir nicht gesagt, daß ich in meinem Haus rede, wie ich will, und daß du dich diesen Regeln anzupassen hast? Hab ich das?«

David drehte sich um, das Glas in der Hand, und sah sie an. »Ja, das hast du. Und ich habe dir gesagt, daß ich solche Reden nicht mag.«

»Okay, und jetzt?« fragte sie und kam auf ihn zu.

»Ich weiß nicht, es liegt an dir.«

»Du mußt doch zugeben, ich gefalle dir. Ich weiß genau, daß du auf große Brüste stehst und nur zu gerne in meinen feuchten, tropischen Urwald eindringen möchtest! Also, worauf wartest du?«

»Es geht heute nicht«, sagte er. »In meiner Familie sind schreckliche Dinge passiert. Meine Tochter ist gestern von drei Männern vergewaltigt worden. Sie liegt schwerverletzt im Krankenhaus. Und ich habe vorhin wieder einen Drohanruf erhalten.«

»Oh, das tut mir leid, aber ich denke, ein guter . . .«, sie fuhr sich mit der Zunge über die Lippen, ». . . du weißt schon, was ich meine, könnte helfen, die Sorgen zu mindern. Zumindest für den Augenblick. Komm, ich brauche das jetzt.«

Sie näherte sich ihm und kniete sich vor ihn. Sie knöpfte mit ruhigen, doch behenden Fingern seine Hose auf, als täte sie das jeden Tag, und streifte sie zu Boden. David ließ Nicole einfach gewähren, doch er zwang sich, ein Stein zu bleiben. Ihre Hände streichelten ihn, mit ihrem Mund versuchte sie, ihn zu erregen, doch David schloß die Augen und dachte nur an Esther, er wollte keinen Betrug begehen, nicht an ihr, und Nicoles Lippenstiftmund mühte sich lange Zeit erfolglos ab. Nach einer ganzen Weile gab sie es auf. Sie stand auf, ihre Augen funkelten böse, ihr Mund verzog sich zu einem zynischen Grinsen. »Du bist impotent! Du bist ein impotenter Kerl! Ein Schlappschwanz ersten Grades! Ich kann mich erinnern, daß du eine Weile nicht genug von mir bekommen konntest. Holst du dir dein Vergnügen woanders?« fragte sie mit vieldeutigem Augenaufschlag und zündete sich eine Zigarette an. »Aber wo? Doch sicher nicht bei deiner kleinen, fetten Frau? Nein, die ist ja gar nicht da! Wo dann? Ich habe einen Verdacht, aber ich denke, ich brauche ihn nicht auszusprechen. Es sei denn, du besorgst es mir jetzt. Dann werde ich den Verdacht hinunterschlucken. Was ist?«

»Sprich's aus«, sagte David kühl.

»Hast du was mit Esther?«

»Nein!«

»Ein schnelles, entschiedenes Nein. Ein sehr schnelles und sehr entschiedenes Nein. In guten Kriminalfilmen wird so was immer gegen den Angeklagten gewertet. Sind wir hier in einem guten Kriminalfilm?«

»Du bist wahnsinnig ...«

»Verdammt noch mal, David von Marquardt, ich habe dir schon einmal gesagt, du sollst mich nicht wahnsinnig nennen!« schrie sie ihn an. »Und ich habe recht, du hast was mit dieser kleinen, verfluchten Schlampe! Gib's zu!«

»Bitte, wenn dir davon wohler wird«, entgegnete David gelassen und begegnete ihrem Blick. »Wenn du meinst, ich würde mit einem Mädchen etwas haben, das meine Tochter sein könnte, wenn du mich tatsächlich für so bescheuert hältst, dann kann ich dir auch nicht helfen.«

Nicole kniff die Augen zusammen, schnappte sich eine Zigarette und rauchte in hastigen Zügen. »Es tut mir leid«, sagte sie, und ihr Tonfall änderte sich schlagartig. Sie schnippte Asche in den Aschenbecher. »Ich bin nur wütend, weil ich mir den Abend so schön vorgestellt hatte. Natürlich drücken dich Sorgen, und es tut mir leid, wenn ich ausfällig geworden bin. Verzeih mir. Setzen wir uns und reden wir oder sehen fern.«

»Es tut *mir* leid«, sagte David sanft, stellte sich neben Nicole und legte seine Arme um sie, »aber in Zeiten wie diesen kann ich mich nicht auf Sex konzentrieren. Ich bin völlig durcheinander. Falls du das verstehst.«

Sie machte auf einmal wieder einen sehr nervösen, fahrigen Eindruck, sie pulte an ihrem rechten Daumen, ihr Blick ging an David vorbei. »Ich verstehe mehr, als du ahnst. Auch deine Situation. Es gab auch in meinem Leben eine Zeit, in der ich durcheinander war. Ich war achtzehn, mein Vater lag im Sterben, und ich brachte Esther zur Welt. Ich habe nicht verstanden, warum mein Vater so leiden mußte und ich niemanden hatte, der mit mir mein eigenes Leid durchstand. Ich habe einen Monat lang vor der Entbindung im Krankenhaus gelegen, ich habe ständig am Tropf gehangen, Esther ist dann aber doch zwei Wochen vor der Zeit gekommen. Ich war gerade achtzehn Jahre alt und hatte niemanden, der mir beistand! Als die Wehen einsetzten, dauerte es genau sechsunddreißig Stunden, bis dieses Luder aus meinem verdammten Bauch raus war! Sie hat mich nur gequält und gequält und gequält. Und die Ärzte scherten sich einen Dreck um meinen miserablen Zustand, sie meinten nur, solche Geburten wären nichts Ungewöhnliches. Nichts Ungewöhnliches! Daß ich nicht lache! Sie hätten mir nur ein Mittel zu spritzen brauchen, damit dieses Biest schneller aus meinem Bauch rauskam, aber diese Schweine waren so kalt und erbarmungslos. Und als ich endlich aus dem Krankenhaus entlassen wurde, dauerte es noch genau eine Woche, bis mein Vater krepiert ist. Jawohl, krepiert und nicht gestorben! Ich erinnere mich an einen Tag, da hat er nur geschrien, er hat geschrien, wie ich nie zuvor einen Menschen habe schreien hören. Er konnte nicht mehr schlucken, kaum noch atmen, nur noch schreien. Sein ganzer Körper war ein einziges, riesiges Krebsgeschwür. Es verging eine lange Zeit, bis ich wieder an etwas anderes denken konnte.« Dann sah sie ihn an, zuckte wie entschuldigend mit den Schultern und sagte: »Aber lassen wir das jetzt, komm, setz dich zu mir und entspann dich.«

Nicole setzte sich an die andere Seite des Tisches, holte eine Zigarette aus der Schachtel und zündete sie an. David beobachtete sie dabei, während sie ihm keinen Blick schenkte. Sie rauchte in ruhigen und gleichmäßigen Zügen, lehnte sich zurück und blickte zur Decke. Er kannte diese Situation, mit jeder Sekunde mehr, die verstrich, fühlte er sich unbehaglicher, kam er sich einmal mehr vor wie die Fliege, die sich im klebrigen Netz der hungrigen Spinne verfangen hatte, und die Spinne wartete nur auf den günstigsten Moment, ihr

Opfer allmählich auszusaugen oder in einen fetten Kokon einzuwickeln. Als die Zigarette fast bis auf den Filter abgebrannt war, zog die Schwarze Witwe eine neue aus der Schachtel und zündete diese an der alten an.

»Ich habe etwas mit dir zu besprechen«, sagte Nicole und genoß Davids unruhig umherschweifenden Blick. »Aber keine Angst, es ist nichts Weltbewegendes, ich möchte dir nur die Bedingungen noch einmal klarmachen. Unser Vertrag sieht vor, daß du dreimal in der Woche herkommst und dich um mich kümmerst. Diesen Vertrag hast du bislang bis auf wenige Ausnahmen erfüllt. Doch bei den Klauseln hapert es gewaltig. Du bist dazu da, hier aufzuräumen, mir Gesellschaft zu leisten und mich zu befriedigen, wobei ich keine seelische, sondern eine rein körperliche Befriedigung meine. Diesen Punkt hast du schon seit einer ganzen Weile nicht mehr erfüllt.«

»Kann ich etwas für das, was mir angetan wird?«

»Ich weiß es nicht, vielleicht«, sagte Nicole mit hochgezogenen Augenbrauen. »Jeder ist in diesem Leben in irgendeiner Weise schuldig.«

»Und du, worin liegt deine Schuld?« fragte David.

»Meine Schuld?« fragte Nicole grinsend. »Meine Schuld ist vielleicht, daß ich dir helfen wollte, weil mein übergroßes Herz wieder einmal überquoll vor Mitleid. Nun, ich denke, aus den vier Jahren wird wohl nichts. Nicht, wenn es so weitergeht.«

»Mitleid! Daß ich nicht lache!« David sprang auf und lief im Zimmer umher. »Du hast doch nicht aus Mitleid gehandelt! Ich weiß nicht, warum du mich dazu gebracht hast, dein Sklave zu werden, aber Mitleid war es ganz sicher nicht!«

»Sklave! Hört, hört, unser Herr Marquardt empfindet sich als Sklave. Morgen können wir in der Zeitung lesen, *Sexsklave befreite sich aus seinem Käfig, er wurde gehalten wie ein Stück Vieh!*« Sie machte eine Pause und zischte dann: »Arschloch, blödes Arschloch!« Sie inhalierte und fuhr ru-

353

higer fort: »Aber anstatt solchen Schwachsinn zu reden, sag mir lieber, wie es weitergehen soll. Ich bin offen für konstruktive Vorschläge.«

»Ich werde dir am kommenden Montag meine Vorschläge unterbreiten. Einverstanden?«

Nicole überlegte. »Montag? Warum nicht am Freitag? Aber gut, Montag. Den wievielten haben wir am Montag?«

»Den sechsten, soweit ich weiß, warum?«

»Nur so.« Sie lächelte geheimnisvoll, setzte sich aufrecht hin und drückte ihre Zigarette aus. »Ich würde sagen, du gehst jetzt nach Hause und schläfst dich mal richtig aus. Vielleicht hebt das deine Potenz. Ich sehe dich dann am Freitag.« Sie stand auf und ging ins Schlafzimmer und schloß die Tür hinter sich. Er sah ihr nach, verwundert über das seltsame Ende dieses Abends. Er verließ die Wohnung, es war noch nicht einmal elf Uhr.

David setzte sich in sein Auto, innerlich triumphierend über diesen großartigen Sieg und Liebesbeweis Esther gegenüber, fuhr die Straße entlang und um den Block herum und stellte den Wagen an der Ecke ab, die Esther, wenn sie aus der Stadt kam, passieren mußte. Er war ungeduldig, hörte laute, hämmernde Rockmusik, erst Metallica, dann Guns n' Roses, klopfte unruhig mit den Fingern auf das Lenkrad, bis er sie kommen sah. Mit langsamen Schritten näherte sie sich. Er sprang aus dem Auto, rannte auf sie zu und umarmte sie.

»Hey, was machst du denn hier?« fragte sie überrascht. »Es ist doch noch gar nicht Mitternacht?«

»Sie hat mich früher heimgeschickt, den Grund kannst du dir denken.«

»Ehrlich?« fragte sie ungläubig auflachend. »Du hast ihr widerstanden?«

»Es war gar nicht schwer. Ich habe nur an dich gedacht. Aber sie hat einen Verdacht, sie hat mir vorgehalten, ich hätte was mit dir. Ich habe ihr gesagt, sie spinnt.«

»Das gleiche wird sie auch von mir zu hören bekommen.«

David begleitete Esther bis zu der Stelle, wo Nicole, sollte sie zufällig auf dem Balkon stehen und nach Esther Ausschau halten (was David allerdings für wenig wahrscheinlich hielt, denn selbst wenn Esther etwas zugestoßen wäre, Nicole hätte wohl nur die Achseln gezuckt) ihn nicht sehen konnte. Er wartete, bis die Tür sich hinter Esther geschlossen hatte, dann fuhr er nach Hause.

## DONNERSTAG, 8.30 UHR

Polizeipräsidium. Manfred Henning saß vor der aufgeschlagenen Akte, studierte alle Fakten, die bisher zu den Morden an Meyer und Neubert zusammengetragen worden waren – es hatte sich kaum etwas ergeben –, und ging noch einmal alle Notizen durch, die er sich während seiner Gespräche mit David und Holbein gemacht hatte. Dieser Fall zählte zu den schwierigsten, die er je zu bearbeiten gehabt hatte. Bislang nicht eine einzige auch nur annähernd heiße Spur, die zu dem oder den Tätern führen könnte. Er stand auf, stellte sich ans offene Fenster, der Krach von der Baustelle am Platz der Republik drang bis zu ihm, die Autos standen in langer Schlange vor der Ampel an der Mainzer Landstraße. Wer hatte Meyer und Neubert dazu gebracht, eine gutgeführte Firma in den Konkurs zu treiben, wer hatte den perfiden Plan ausgeheckt, sie erst mit Millionen verschwinden zu lassen, um sie dann nach einem Jahr nach Frankfurt zurückzubeordern, um sie hier auf bestialische Weise zu töten? Beide mußten jedenfalls dieser Person blind vertraut haben. Warum dieses ritualmäßige Vorgehen bei den Morden? Ein Psychologe hatte gemeint, hier lebe unter Umständen jemand seine unbewältigte Vergangenheit aus, aber das sei lediglich Theorie. Bei dem Täter könnte es sich womöglich auch um eine Frau handeln, vor allem der zweite Mord mit der Kastration weise in diese Richtung. Und wer verschickte tote Schlangen, zerstörte ein ums andere Mal David von Marquardts Auto, wer schlug Thomas zum Krüppel? Wer konnte, aus welchem Grund auch immer, einen solchen Haß auf David haben?

Henning zündete sich eine Zigarette an, inhalierte tief, blies den Rauch aus dem Fenster. Es gab eine Frage, die ihn zusätzlich seit einigen Minuten beschäftigte – wie kam Holbein damals so schnell an die Information, daß die Softwarerechte an Marquardts Firma zum Verkauf standen, lange bevor andere potentielle Interessenten informiert wurden? Und dies schien der Fall gewesen zu sein, denn bereits am 15. Mai, also fünf Tage nach dem Zusammenbruch des Unternehmens, gab Holbein über einen Mittelsmann ein erstes Gebot ab. Er würde Holbein noch einmal befragen, woher er die Information hatte, daß die Rechte zum Verkauf standen oder stehen würden. Vielleicht war dies ein kleiner Ansatzpunkt ...

Er nahm das Telefon, wählte die Nummer von Holbeins Firma, fragte, ob Holbein anwesend war. Holbein war da und zu einem Gespräch bereit. Henning schlug die Akte zu, legte sie auf den Stapel zu den andern Akten. Verließ das Büro, fuhr zu Holbein.

Er wurde bereits erwartet.

»Herr Holbein, es gibt eine Frage, die mich nicht losläßt – woher wußten Sie so schnell vom Konkurs der Firma Marquardt? Wer gab Ihnen die Information, daß die Softwarerechte zum Verkauf standen?«

Holbein lehnte sich zurück, faßte sich an die Nase, Henning glaubte, ein leichtes Erröten zu bemerken.

»Ich bekam einen Anruf, daß die Rechte zum Verkauf standen. Und daß ich sie zu einem relativ günstigen Preis erwerben könnte. Mehr kann ich nicht sagen.«

356

»Wer hat Sie angerufen?«

»Keine Ahnung. Ich weiß nur, daß es eine Frau war. Und daß sie mir behilflich sein könnte, die Rechte zu bekommen.«

»Wie kam sie gerade auf Sie?«

»Sie meinte nur, daß ich doch sicherlich ein Interesse haben müßte ...«

»Warum?«

»Nun, Marquardt und ich haben einmal zusammengearbeitet, sind dann aber wegen einer ziemlich heftigen Meinungsverschiedenheit auseinandergegangen. Das scheint sie gewußt zu haben.«

»Und warum haben Sie Marquardt dann eingestellt? Wenn Sie doch, wenn man es so nennen darf, Intimfeinde waren? Und Sie haben sich sogar für ihn bei seiner Bank stark gemacht, daß die noch ausstehenden Schulden in ein Darlehen umgewandelt wurden. Warum?«

»Das war eine Bedingung, die mir gestellt wurde. Fragen Sie mich nicht, warum, aber die Frau sagte, ansonsten würde ich die Rechte nicht bekommen.«

»Und Sie haben die Frau nie gesehen? Nur telefonisch mit ihr kommuniziert?«

»Nie gesehen. Nur Telefonate.«

»Und der Mittelsmann? Kennen Sie den?«

»Nein.«

»Wieviel genau haben Sie bezahlt?«

»Zwanzig Millionen.«

»Und wieviel waren die Rechte tatsächlich wert?«

»Mit Sicherheit mehr, eine ganze Menge mehr, aber ich bekam den Zuschlag. Warum also hätte ich ausschlagen sollen? Nennen Sie mir einen Grund.« Er lachte kurz auf, räusperte sich. »Mir ist ein Superprodukt quasi auf einem Silberteller präsentiert worden. Natürlich habe ich sofort zugegriffen. Und als Gegenleistung Marquardt eingestellt und mich bei seiner Bank für ihn eingesetzt. Das ist alles.«

Henning erhob sich wieder. »Danke, das war's für heute.«

An der Tür drehte er sich noch einmal um, fuhr sich mit dem Zeigefinger über die Nasenspitze. »Als Sie das mit dem Kredit aushandelten, wo geschah das? In einer ganz normalen Bankfiliale?«

»Ja, in seiner Filiale.«

»Noch eine Frage – würden Sie die Stimme der Frau wiedererkennen?«

»Ich denke schon, wir haben bestimmt fünfmal miteinander telefoniert, und sie hat eine ziemlich markante Stimme.«

»Was heißt markant?«

»Nun, ich würde sagen, eine sehr warme und weiche Stimme. Irgendwie sexy. Aber das ist wohl Geschmackssache.«

»Danke, und auf Wiedersehen.«

Eine Frau also. Wer war die Frau? Was hatte sie mit David zu schaffen? War sie eine verschmähte Geliebte, die sich rächte? Eine ehemalige Mitarbeiterin? Er schaute in Davids Büro nach, es war leer. Er fragte eine junge Frau, wann David zur Arbeit käme. Er habe Urlaub, sagte sie. Er würde ihn zu Hause anrufen.

---

## DONNERSTAG, 10.30 UHR

---

Henning kehrte ins Präsidium zurück, wählte Davids Nummer. Er wollte nach dem zehnten Läuten schon auflegen, als am anderen Ende abgenommen wurde.

»Ja?«

»Hier ist Manfred. Ich habe noch ein paar Fragen an dich. Kannst du herkommen?«

»Wann?«

»Wann du willst, ich bin den ganzen Morgen im Büro. Komm einfach vorbei.«

David traf eine Stunde später bei Henning ein. Er setzte sich einfach auf den Stuhl vor dem Schreibtisch, sagte nichts. Henning drückte seine Zigarette aus, nahm einen Schluck Kaffee; er hatte die Akte wieder aufgeschlagen vor sich liegen.

»Schön, daß du gekommen bist. Ich war vorhin noch mal bei Holbein und habe ihm ein paar Fragen gestellt. Dabei kam heraus, daß der sogenannte Hintermann, durch den Holbein an deine Softwarerechte gekommen ist, eine Frau ist. Jetzt stellt sich mir natürlich die Frage, was es mit dieser Frau auf sich hat.« Er machte eine Pause, zündete sich eine weitere Zigarette an, sah David direkt ins Gesicht. »Hast du irgendwann einmal eine Geliebte gehabt? Eine, die du sitzengelassen hast, der du vielleicht alle möglichen Versprechungen gemacht hast und die dir das nicht verziehen hat? Gib mir jetzt um Himmels willen eine ehrliche Antwort, denn nur mit Ehrlichkeit deinerseits kommen wir weiter. Also bitte!«

David schüttelte den Kopf. »Ich habe nie die Ehe gebrochen. Ich habe nie eine Geliebte gehabt, habe nie mit einer anderen Frau als Johanna geschlafen. Das ist die volle und reine Wahrheit. Glaub mir, ich möchte selber, daß die Person endlich geschnappt wird, ich lüge dich nicht an. Es gibt niemanden.«

»Eine ehemalige Mitarbeiterin, die sich vielleicht ungerecht behandelt gefühlt hat, der du gekündigt hast oder was weiß ich ... wie steht es damit?«

»Nein, auch da bin ich ganz ehrlich. Wir haben immer ein ausgezeichnetes Betriebsklima gehabt. Du kannst alle Mitarbeiter, die ich jemals hatte, vernehmen, sie werden alle bestätigen, daß unser Betriebsklima ausgezeichnet war und keiner benachteiligt wurde. Zudem habe ich in all den Jahren, in denen ich das Unternehmen leitete, nicht einem kündigen müssen. Tut mir leid.«

Henning nickte versonnen, faltete die Hände und führte die Fingerspitzen an die Nase. »Und was ist mit der Frau, für die du jetzt ... arbeitest? Ich glaube, es wäre gut, wenn ich mit ihr reden würde. Es handelt sich hier immerhin um eine Frau, und es ist ein, nun, recht ungewöhnliches Arbeitsverhältnis. Du arbeitest für sie, du schläfst aber auch mit ihr.«

»Nein, Johanna würde es erfahren ...«

»Sie muß es nicht erfahren. Wenn die Frau astrein ist ... warum sollte Johanna dann irgend etwas erfahren? Von wem? Nenn mir ihre Adresse.«

David schluckte schwer. »Ich möchte vorher mit ihr reden. Sie darauf vorbereiten, daß die Polizei kommt. Das bitte gestatte mir.«

»Okay, wenn du meinst. Hier ist das Telefon, ruf sie an. Aber stop, bevor du anrufst, sag mir doch noch, bei welcher Bank du dein Konto hast.«

»Bei der DEUTSCHEN GENERALBANK, warum?«

»Schon gut, ruf jetzt an.«

»Sie arbeitet ...«

»Dann ruf sie im Büro an, du wirst doch wohl ihre Nummer haben, oder?«

David nahm den Hörer ab, wählte Nicoles Nummer. Sie nahm nach dem zweiten Läuten ab.

»Vabochon.«

»Hier ist David. Entschuldige, daß ich dich in der Bank anrufe, aber es bleibt mir keine andere Wahl. Sie möchten mit dir sprechen.«

»Warum? Hab ich was verbrochen?«

»Nein, reine Routine, glaub mir ...«

»Und wenn deine Frau davon erfährt ...«

»Sie wird es nicht erfahren, versprochen. Ich konnte mich aber nicht dagegen wehren, sie bestehen darauf, mit dir zu sprechen.«

»Gut, dann sollen sie vorbeikommen, ich bin den ganzen Tag im Büro. Wir unterhalten uns später darüber. Es wäre ganz gut, wenn du heute abend vorbeikämst. War's das?«

»Ja, ja, und ich komme heute abend vorbei. Es tut mir leid,

daß du jetzt auch noch in die Sache hineingezogen wirst, aber wie gesagt, sie bestehen darauf.«

»Schon gut, schon gut, mach dir keine Sorgen. Bis heute abend.«

David legte auf und sah Henning an. Er zog die Stirn in Falten, kniff die Lippen zusammen, sagte dann: »Du kannst bei ihr vorbeikommen. Sie arbeitet bei der DEUTSCHEN GE-NERALBANK, dreizehnter Stock. Ihr Name ist Nicole Vabochon, ich schreib's dir auf.«

Nach weiteren fünf Minuten verabschiedete sich David und machte sich auf den Weg zu Esther. Es würde seine strapazierten Nerven beruhigen. Er hatte Angst vor dem Abend, vor der Konfrontation mit Nicole.

## DONNERSTAG, 12.30 UHR

DEUTSCHE GENERALBANK. Dreizehnter Stock, das Büro von Nicole Vabochon.

Henning klopfte an die Tür, ein leises »Herein«. Henning war von dem sich ihm bietenden Anblick genauso überrascht wie David damals beim ersten Zusammentreffen. Er ließ sich die Überraschung nicht anmerken. Er schloß die Tür hinter sich, kam näher, wies sich aus, setzte sich. Jetzt konnte er sich wenigstens vorstellen, warum diese Frau sich einen bezahlten Liebhaber hielt.

»Ich habe nur ein paar Fragen, und ich werde die Angelegenheit so diskret wie möglich behandeln. Sie brauchen keine Angst zu haben, Herrn von Marquardts Frau könnte etwas davon erfahren.«

»Ich habe keine Angst, er müßte Angst haben . . .«

»Hat er auch. Ich habe ihm aber versprochen, daß jedes Wort, das wir hier sprechen, absolut vertraulich behandelt wird.«

»Also«, sagte sie, »was führt Sie zu mir?«

»Herr von Marquardt, der übrigens ein Freund von mir ist, hat Ihnen doch sicherlich seine Geschichte erzählt, oder?«

»Wenn Sie das mit seiner Firma meinen und wie seine Familie und er terrorisiert werden ... natürlich hat er das. Ich bin ja wohl eine der wenigen Personen, denen er sein Herz ausschütten kann.«

»Sie haben auch von den Morden gehört?«

»Ich kenne jede Einzelheit, zumindest die, die Herr von Marquardt kennt. Es ist eine scheußliche Sache. Die Frage ist nur, wer steckt dahinter? Soweit ich weiß, tappt die Polizei völlig im dunkeln.«

»Noch ... aber inzwischen wissen wir, daß eine Frau die Drahtzieherin ist. Zumindest was den Verkauf der Software-rechte an die PROCOM angeht. Und auch, daß besagte Rechte nur unter der Bedingung an die PROCOM vergeben wurden, wenn diese Herrn von Marquardt einstellt. Und der Inhaber der PROCOM hat sich bei Ihrer Bank für Herrn von Marquardt stark gemacht ...« Er machte eine Pause und musterte die vor ihm sitzende, in ein dunkelbraunes Kostüm gekleidete Frau. Sie zeigte keine Regung.

Nach einer Weile: »Ja, und? Was wollen Sie jetzt von mir? Was habe ich damit zu tun?«

»Keine Ahnung, ob Sie überhaupt mit irgend etwas, was diesen Fall betrifft, zu tun haben. Ich will Ihnen nur ein paar Fragen stellen, ein paar Angaben zu Ihrer Person haben ...«

»Schießen Sie los, ich habe nichts zu verbergen.«

»Ihr Name ist Nicole Vabochon. Alter?«

»Sechsunddreißig.«

»Ihr Mädchenname?«

»Maier, mit ai.«

»Geburtsort?«

»Nürnberg.«

»Dort sind Sie auch aufgewachsen?«

»Ja.«

»Seit wann leben Sie in Frankfurt?«

»Neunzehnhundertzweiundachtzig.«

»Verheiratet sind Sie nicht, sonst hätten Sie Herrn von Marquardt sicher nicht dieses doch etwas seltsame Angebot gemacht. Was hat Sie dazu gebracht, ihn für dreimal in der Woche bei sich ... einzustellen?«

»Das geht Sie im Prinzip nichts an, aber ich mag Herrn von Marquardt. Und ich bin eine sehr einsame Frau. Es ist wirklich nur ein Arbeitsverhältnis, das ich übrigens entsprechend honoriere. Sie sollten wissen, daß er in großen finanziellen Schwierigkeiten steckt.«

»Aber Sie schlafen doch auch mit ihm, oder?«

»Natürlich, das haben wir so ausgemacht. Ich bin noch nicht zu alt *dafür*.«

»Und Sie übernehmen für seine Dienste seine – Kreditraten?«

»So kann man es nennen. Er kommt jetzt zumindest mit seinem Geld aus.«

»Kennen Sie Herrn von Marquardt von früher?«

»Nein, nur aus den Unterlagen, die mir von der Filiale zugeschickt wurden, als seine Situation immer bedrohlicher wurde. Nun, daß sich alles so entwickelt hat ... wollen Sie mir daraus einen Strick drehen? Sicher ist es ein ungewöhnliches Verhältnis, aber ich denke, damit ist uns beiden geholfen. Er ist aus seiner Finanzmisere fürs erste raus und ich ... aber lassen wir das. Aber falls Ihre nächste Frage sein sollte, wie ich es mir leisten kann, achtzehnhundert Mark im Monat für einen ... Liebhaber auszugeben – ich bin nicht unvermögend. Mein Exmann hat sich bei der Scheidung äußerst generös verhalten. Er ist ein berühmter Opernsänger und hat mehr Geld, als er jemals wird ausgeben können. Das alles können Sie recherchieren. Außerdem verdiene ich selbst nicht schlecht.«

»Der Name Holbein, sagt der Ihnen etwas?«

»Ich glaube, David hat ihn einmal erwähnt, sonst ... nein.«

»Und die Namen Dr. Meyer und Neubert? Das waren der Buchhalter und der Steuerberater von Herrn von Marquardt. Sie sind beide hier in Frankfurt umgebracht worden, nachdem sie sich ...«

»Sparen Sie sich die Geschichte, David hat sie mir erzählt. Nein, ich kenne die Herren nicht, oder muß ich sagen, kannte sie nicht?«

»Haben Sie ein über das Arbeitsverhältnis hinausgehendes Interesse an Herrn von Marquardt?«

»Ich verstehe zwar die Frage nicht, aber es ist, und wird es auch immer bleiben, ein Arbeitsverhältnis. Ich habe nicht vor, ihn von seiner Familie zu trennen.«

»Gut, damit wäre die Befragung beendet. Ich bedanke mich für Ihre Zeit. Und wie gesagt, nichts von dem hier Gesagten wird nach außen dringen. Auf Wiedersehen, und einen schönen Tag noch.«

Henning verließ das Büro und machte sich auf den Weg zurück ins Präsidium. Er würde alle Angaben der Vabochon überprüfen, aber er glaubte nicht, über sie an die Drahtzieherin zu kommen. Er drehte sich noch immer im Kreis. Ein Scheißspiel!


Polizeipräsidium. Henning schickte die Daten der Vabochon durch den Polizeicomputer. Über sie lagen keine Informationen vor. Alle ihre Angaben entsprachen offensichtlich der Wahrheit. Auch gab es keine Hinweise auf eine Verbindung zu Holbein, da die ProCom andere Bankverbindungen hatte und diese seit Firmengründung nicht gewechselt hatte. Und trotzdem wollte er einen letzten Versuch wagen, nämlich Holbein mit der Stimme der Vabochon konfrontieren. Er sollte sie einfach einmal anrufen. Er nahm den Hörer ab, wollte Holbein sprechen. Holbein war nicht da und würde auch für den Rest des Tages unterwegs sein. Henning sollte es am Freitag noch einmal probieren. Er legte auf, lehnte sich zurück. Es war ein vorerst letzter Versuch, von dem er sich aber selbst nicht viel versprach.

## DONNERSTAG, 19.30 UHR

Sie empfing ihn in einem roten Hausanzug und mit einer Zigarette in der Hand. Esther saß auf dem Balkon, las in einer Zeitschrift. Sie drehte sich kurz zu David um, ein leises »Hallo«. Sie hatten sich am Mittag ausgiebig geliebt, er hatte ihr von dem Gespräch mit Henning erzählt und daß Henning jetzt wußte, worin Davids Nebenbeschäftigung bestand.

»Komm rein und nimm dir was zu trinken. Und dann laß uns reden.«

»Du bist sicher sauer, daß Henning . . .«

»Warum sollte ich? Es war fast vorauszusehen, daß es eines Tages dazu kommen würde.«

David schenkte sich ein halbes Glas voll Whisky, gab Eis dazu. Er setzte sich Nicole gegenüber.

»Was wollte er von dir?« fragte David, nachdem er einen Schluck genommen hatte.

»Eigentlich nichts weiter. Er wollte wissen, wo ich geboren bin, seit wann ich in Frankfurt lebe, na ja, Routinefragen. Ob ich einen Holbein kenne oder die beiden ermordeten Meyer und Neubert. Und dann haben wir noch kurz über unser sogenanntes Arbeitsverhältnis gesprochen. Mehr war nicht.«

»Hat er einen Kommentar abgegeben, zum Arbeitsverhältnis, meine ich?«

»Nein, aber in seinem Gesicht war abzulesen, daß er es nicht
versteht. Er hat mir jedenfalls versichert, daß deine Frau
nichts davon erfährt. Du scheinst tatsächlich tiefer in der
Scheiße zu stecken, als ich glaubte. Es ist vielleicht ganz gut,
daß du die Kripo eingeschaltet hast, vor allem, daß dieser
Henning auch noch ein Freund von dir ist.«

»Du bist also nicht sauer, daß er bei dir war?«

»Warum sollte ich? Für mich war es eh nur eine Frage der
Zeit, bis das mit uns rauskommt, vor allem durch die Situation, in der du steckst. Mach dir keine Gedanken.«

Sie schaute zur Uhr, sagte: »Ich muß aber noch mal weg, ich
hoffe, es macht dir nichts aus.«

»Nein, überhaupt nicht, es ist ja heute sowieso nicht unser
Tag.«

»Du kannst hierbleiben, wenn du willst, und Esther Gesellschaft leisten, vorausgesetzt, sie legt Wert darauf... Esther«,
rief sie, »macht es dir etwas aus, wenn David noch ein
bißchen hierbleibt, während ich weg bin?«

»Nee, kann bleiben«, war die Antwort.

Nicole Vabochon stand auf, verschwand im Schlafzimmer.
Sie zog sich um und kam fünf Minuten später wieder heraus,
eine Handtasche über der rechten Schulter. Ein weiterer
Blick zur Uhr, sie sagte: »Ich schätze, ich werde so gegen elf
wieder hier sein. Bis dann.«

David nickte nur, trank seinen Whisky aus. Er schaltete den
Fernseher ein, sobald sich die Tür hinter Nicole geschlossen
hatte. Esther kam vom Balkon ins Wohnzimmer, setzte sich
David gegenüber auf die Couch, blickte ihn an. »Weißt du
was?« fragte sie. »Ich liebe dich. Ich liebe dich, so wie du
bist.«

David setzte sich zu ihr, nahm sie in den Arm.

# DONNERSTAG, 22.15 UHR

Als Holbein seinen Mercedes durch die Toreinfahrt bis zur Garage lenkte, die Scheinwerfer löschte, ausstieg und die Tür zu seinem Haus auf dem Lerchesberg betreten wollte, sagte eine weibliche Stimme von der Toreinfahrt her: »Herr Holbein, könnten wir uns bitte einen Moment unterhalten?«
Holbein drehte sich nach der Stimme um, sah eine Frau mit langen schwarzen Haaren.
»Ja, bitte, um was geht es?«
»Nicht hier auf der Straße, es ist wichtig, glauben Sie mir.«
»Ich weiß nicht so recht, es ist ziemlich spät, und ich habe einen anstrengenden Tag hinter mir.«
»Tun Sie mir den Gefallen. Es dauert auch nicht lange.«
»Also gut, wollen wir irgendwo hingehen, etwas trinken?«
»Einverstanden. Allerdings, wir können es auch in Ihrem Auto besprechen. Es dauert wirklich nicht lange. Es geht um ein Geschäft.«
»Was für ein Geschäft? Kenne ich Ihre Stimme nicht?«
»Nein, kaum möglich. Ich habe übrigens lange auf Sie gewartet. Deshalb sollten Sie mir ein paar Minuten geben. Bitte.«
Holbein zuckte mit den Schultern, ging auf die Frau zu, öffnete die Türen zu seinem Mercedes. Als sie die Türen zuschnappen ließen, ging die Innenbeleuchtung aus. Nur noch fahles Dämmerlicht fiel ins Wageninnere.
»Also, was gibt es so Wichtiges, daß Sie mich so spät abends noch sprechen möchten?«
»Gleich. Darf ich rauchen?«
»Bitte.«
Die Unbekannte öffnete ihre Tasche, holte eine Zigarette heraus, zündete sie an, ließ die Tasche offen. Sie inhalierte tief, griff erneut kurz in die Tasche. Holbein sah nicht, was

367

sie herausholte, er spürte nur, wie rasend schnell etwas Spitzes ein paarmal in seine Seite gestochen wurde, er blickte ungläubig auf die neben ihm sitzende Person, wollte aus dem Wagen springen, ein schneller Schnitt über seinen Hals. Er schaffte es noch, aus dem Wagen zu kriechen, die Frau stieg aus, zertrat ihre Zigarette, ging um den Wagen herum, Holbein lag auf dem Boden, unfähig, ein Wort zu sagen, sie beugte sich zu ihm hinunter und stach zweimal schnell in seine Augen. »Adieu«, sagte sie und verließ Holbeins Anwesen. Sie lief etwa hundert Meter, hielt ein Taxi an, fuhr nach Hause.

## DONNERSTAG, 23.10 UHR

»Fast das gleiche Vorgehen wie bei Meyer und Neubert. Nur daß es diesmal nicht in einem Hotel passiert ist. Sichert mögliche Spuren um den Tatort und im Wagen. Wir warten jetzt noch auf den Arzt und die Spurensicherung. Danach fahr ich nach Hause und leg mich aufs Ohr. Ich werde mich morgen um alles weitere kümmern.« Henning sah den neben ihm stehenden Schmidt an, der nur nickte.

Arzt und Spurensicherung trafen im Fünfminutenabstand ein. Der Arzt stellte wortlos seinen Koffer neben den Toten, zog Gummihandschuhe über, tastete Holbein ab, maß die Körpertemperatur und blickte auf. »Er ist maximal eine Stunde tot. Das Blut ist noch nicht einmal vollständig geronnen . . .«

»Ich hab hier eine Zigarettenkippe«, sagte einer der Männer der Spurensicherung und packte sie in einen Plastikbeutel.

»Hat Holbein geraucht?« fragte Henning mehr sich selber,

beugte sich in den offenstehenden Mercedes, schaute im Aschenbecher nach. Leer und sauber. Und soweit Henning sich erinnern konnte, hatte er in Holbeins Büro auch keinen Aschenbecher auf dem Tisch gesehen.

»Kann man noch erkennen, um was für eine Marke es sich handelt?« fragte Henning.

»Moment«, der Mann der Spurensicherung holte die Kippe aus dem Beutel, drehte sie zwischen den Fingern. »Lucky Strike.«

»Hm, gut. Ist sie auf Fingerabdrücke zu untersuchen?«

»Kaum, sie wurde ausgetreten.«

Henning setzte sich in seinen Wagen, zündete sich eine Zigarette an, blieb einen Moment still sitzen, bevor er den Motor startete. Er lenkte den Wagen aus der Parklücke, fuhr langsam die verkehrsberuhigte Straße entlang. Er gelangte an einen Kreisel, bog nach links in die Mörfelder Landstraße ab, in etwa zehn Minuten würde er zu Hause sein. Er schnippte die ausgerauchte Zigarette aus dem Seitenfenster. Sie hatte also wieder zugeschlagen oder zuschlagen lassen. Ausgerechnet Holbein, der morgen sagen sollte, ob er die Stimme dieser Nicole Vabochon kannte. Irgendwer war ihm auch hier einen Schritt voraus gewesen. Er krallte die Finger um das Lenkrad, seine Zähne mahlten aufeinander. Während er vor seinem Haus hielt, den Motor ausschaltete und noch einen Moment sitzenblieb, lehnte er den Kopf gegen die Kopfstütze und murmelte mit grimmigem Blick: »Ich kriege dich doch. Ich kriege dich!«

## DONNERSTAG, 23.05 UHR

Etwa zur gleichen Zeit, als die Leiche von Holbein gefunden wurde, kehrte Nicole Vabochon nach Hause zurück. Esther und David saßen noch immer vor dem Fernsehapparat. Sie stellte ihre Tasche ins Schlafzimmer neben das Bett und ging zurück ins Wohnzimmer. Sie schenkte sich einen Cognac ein, kippte ihn in einem Zug runter. Setzte sich in den Sessel, streifte die Slipper ab, legte die Füße auf den Tisch. Sie wirkte erschöpft.

»So, jetzt werde ich noch eine rauchen und dann ins Bett gehen«, sagte sie. »Es war ein anstrengender Tag, ein wirklich anstrengender Tag. Aber er hat sich wenigstens gelohnt.«

»Wieso, hast du ein Geschäft für die Bank abgeschlossen?«

Sie gähnte, schüttelte den Kopf. »Nein, außerdem schließe ich für die Bank keine Geschäfte ab. Es ist auch nicht so wichtig«, sagte sie und erhob sich wieder. Sie begab sich ins Schlafzimmer, drehte sich noch einmal um, wünschte eine gute Nacht und schloß die Tür hinter sich.

»Ich glaube, ich werde jetzt auch besser gehen«, sagte David und gab Esther einen schnellen Kuß auf die Lippen. »Wir sehen uns morgen, Engel.«

»Bis morgen dann«, sagte sie leise, damit Nicole es unmöglich hören konnte. »Schlaf gut und paß vor allem gut auf dich auf. Denn ich liebe dich und möchte dich nicht verlieren.«

»Keine Sorge, ich werde auf mich aufpassen. Und du gehst jetzt auch zu Bett, okay?«

»Hatte ich sowieso vor. Tschüs.«

# FREITAG, 10.00 UHR

Polizeipräsidium. Lagebesprechung und Tagesplan. Die
Nachbarn von Holbein sollten befragt werden, ob sie etwas
Ungewöhnliches bemerkt hätten, Henning wollte noch ein-
mal zu Dr. Vabochon fahren. Holbein war mit acht Stichen
in den Bauch und Brustbereich sowie einem langen Schnitt
quer über den Hals getötet worden. Einziger möglicher
Hinweis auf den Täter oder die Täterin konnte die neben
dem Mercedes gefundene Zigarettenkippe der Marke Lucky
Strike sein. Die Besprechung war nach zehn Minuten be-
endet.
Henning machte sich auf den Weg zur DEUTSCHEN GENERAL-
BANK. Dr. Vabochon saß wie eine Statue hinter ihrem
Schreibtisch, eine Zigarette glimmte im Aschenbecher.
»Bitte, was führt sie erneut zu mir?« fragte sie.
»Nur ein paar Fragen«, sagte Henning und nahm Platz. Er
warf einen Blick auf die neben dem Aschenbecher liegende
Zigarettenschachtel, Gauloises.
»Ist das Ihre Zigarettenmarke?« war seine erste Frage.
»Ja, warum?«
»Ziemlich starkes Zeug für eine ...«
»Frau? Irgendwann gewöhnt man sich daran.«
»Seit wann kennen Sie Herrn von Marquardt persönlich?«
»Moment, das kann ich Ihnen genau sagen, das war ...« Sie
drückte ein paar Tasten am Computer, wartete einen Mo-
ment, blickte auf den Bildschirm und schaute dann Henning
an. »Das war genau am sechsundzwanzigsten April diesen
Jahres. Ich habe ihm geschrieben, daß er mit all seinen
Unterlagen zu mir kommen sollte, denn seine finanzielle
Situation wurde stetig bedrohlicher. Und es war unmöglich,
daß wir seinen Bitten um Stundung weiter nachgaben. In
dem Jahr nach dem Zusammenbruch seiner Firma war er

dreimal nicht in der Lage gewesen, seinen Ratenzahlungen nachzukommen. Wir mußten handeln.«

»Und wie spielte sich dieses Zusammentreffen ab?«

»Er kam mit seinen Unterlagen, wirkte ziemlich nervös, was ich ihm auch nicht verdenken kann.« Sie legte die Hände aneinander und fuhr fort: »Aber wer wäre das nicht gewesen in seiner Lage? Ich brauchte nur einen kurzen Blick auf die Unterlagen zu werfen, und schon war mir klar, daß er es niemals aus eigener Kraft schaffen würde, selbst wenn wir die Kreditlaufzeit verlängern und damit den Ratensatz reduzieren würden. Er hatte tatsächlich kaum noch Geld zum Leben.«

»Aber es gibt doch meines Wissens einen gewissen Mindestsatz, den eine Familie zum Leben zur Verfügung haben muß ... Dafür gibt's doch das Sozialamt ...«

»Sicher gibt's diesen Mindestsatz und das Sozialamt. Aber wenn Herr von Marquardt zum Sozialamt gegangen wäre, wäre dies auch mit bestimmten Auflagen dererseits verbunden gewesen. Er hätte zum Beispiel unter Umständen sein Auto aufgeben müssen, und es gibt so einige andere Bedingungen, die einem auferlegt werden können, bevor man Anspruch auf Sozialhilfe hat. Aber ich glaube, die muß ich jetzt nicht alle nennen, oder?«

»Verstehe.« Henning nickte und fragte weiter: »Und wie kam es dann zu Ihrem sogenannten Arbeitsverhältnis? Haben Sie sich in ihn verliebt?«

Nicole Vabochon verzog den Mund zu einem leichten Lächeln.

»Muß ich darauf antworten?«

»Müssen nicht, aber interessieren würde es mich schon.«

»Also gut, er gefiel mir. Er gehörte nicht zu den aufgeblasenen, von sich eingenommenen Gockeln, die meinen, jede Frau rumkriegen zu müssen ... Ja, ja, schon gut, ich sehe Ihrem Blick an, was Sie denken, aber mein Aufzug, dieses Erzkonservative habe ich bewußt für meine berufliche Tätigkeit gewählt. Sie glauben gar nicht, was hier für Typen rumlaufen. Ich sehe nicht immer so aus. Aber um Ihre Frage vollständig zu beantworten – ich behielt die Unterlagen hier, denn wie gesagt, mir gefiel dieser eher schüchterne Mann, und ich versprach, ihm am nächsten Tag eine Antwort zukommen zu lassen. Ich rief ihn in der Firma an, bat ihn um ein Treffen, aber nicht hier in der Bank, sondern in einem kleinen italienischen Restaurant, was er sicherlich befremdlich fand, aber er kam ...«

»Hatten Sie keine Angst, daß seine Frau davon erfahren würde?« unterbrach Henning sie.

»Ich habe ihm nur gesagt, es würde genügen, wenn er allein käme. Und er kam allein. Ich hatte mich natürlich umgezogen und, wie man so schön sagt, hübsch gemacht. Wir aßen und tranken und fuhren zu mir, wo wir den Vertrag aushandelten. Seitdem arbeitet er für mich. Und er braucht sich nicht länger mit Schulden herumzuplagen. Wollen Sie noch mehr wissen?«

»Nein, nein, schon gut, ich denke, ich habe genug erfahren. Ich werde auch Herrn von Marquardt gegenüber nichts von diesem Gespräch erwähnen. Haben Sie vielen Dank für Ihre Auskünfte.« Er stand auf, reichte Dr. Vabochon die Hand. Sie hat schöne Augen, dachte er. Zurechtgemacht sieht sie bestimmt ganz passabel aus. Er wollte gerade gehen, als er mitten im Raum stehenblieb, sich umdrehte und sagte: »Ich habe Sie doch gestern nach einem Herrn Holbein gefragt, den Inhaber der ProCom, ob Sie ihn kennen, erinnern Sie sich?«

»Ja, sicher.«

»Herr Holbein ist letzte Nacht Opfer eines Gewaltverbrechens geworden. Wahrscheinlich von demselben Täter oder derselben Täterin, die auch schon Meyer und Neubert auf dem Gewissen hat. Nur zu Ihrer Information.«

»Schrecklich. Und keine Spur?«

»Keine, nur eine Zigarettenkippe ...«

»Aha, deshalb vorhin der kurze Dialog über Zigaretten ...
Sie bringen mich doch nicht etwa mit diesen Verbrechen in
Verbindung? Oder etwa doch?« fragte sie lächelnd.
»Nein, die Kippe, die wir gefunden haben, war eine Lucky
Strike. Auf Wiedersehen.«
Er schloß die Tür hinter sich, sah nicht den starren Blick, der
ihn hinausbegleitete.
Als Henning wieder im Präsidium war, rief er bei David an.
Informierte ihn kurz über den Tod von Holbein. Und daß
dieser Tod ganz offensichtlich in direktem Zusammenhang
mit den beiden anderen Morden stand. David hörte einfach
zu und legte dann wortlos auf.

## MONTAG, 8.00 UHR

Das Wochenende verlief erstaunlich ruhig, die Fistelstimme
rief nur einmal an, und Nicole verhielt sich ausgesprochen
friedlich; sie trank kaum etwas.
David und Esther holten das Sparbuch aus dem in T-Form
gebauten Haus in Hamburg. Ein parkähnliches Gelände mit
hohen, ausladenden Bäumen und vielen Büschen, einem
riesigen Swimmingpool und Rasen, so weit das Auge reichte, schlossen sich am hinteren Teil an. Die Fenster waren
allesamt vergittert, zusätzlich als Schutz vor Einbrechern
die Rolläden heruntergelassen, ein Videoüberwachungs-
system war, so Esther, direkt mit der nächsten Polizei-
dienststelle verbunden, zusätzlich gab es Lichtschranken,
die nur mit dem passenden Schlüssel deaktiviert werden
konnten, sowie Bewegungsmelder. Das Personal war in Urlaub, Esther sagte, nur einmal am Tag würde ein Mann von
der Wach- und Schließgesellschaft nach dem rechten sehen. Sie begab sich zielstrebig zum Tresor, stellte mit blin-

der Sicherheit die richtige Kombination ein und holte ihr Sparbuch heraus.

»Sieh dich um, wenn du magst, nimm dir was zu trinken, mach dich frisch«, sagte Esther. »Fühl dich einfach wie zu Hause.« Sie liebten sich im Wohnzimmer, sie aßen und tranken, und um ein Uhr verließen sie Hamburg wieder.

»Wie ich sagte, etwas über vierhunderttausend Mark. Wann hauen wir ab?«

»Bald«, sagte David.

»Noch vor dem Ferienende«, sagte Esther bestimmt.

»Ja, noch vor dem Ferienende.«

## MONTAG, 17.45 UHR

Thomas rief am frühen Abend an, kurz nachdem David aus Hamburg zurückkam – seine Stimme klang freudig erregt, zumindest hatte David ihn so seit dem an ihm begangenen Verbrechen nicht erlebt –, um mitzuteilen, daß sie es zweimal hintereinander geschafft hätten, ihn unter Hypnose zu setzen, und das Ergebnis sei eindeutig: *Er war unschuldig!*

David hatte immer gewußt, daß Thomas ein guter, rechtschaffener junger Mann war, der weder etwas mit Drogen noch mit anderen unsauberen Geschäften zu tun hatte.

»Wann wirst du kommen und mit dem Arzt sprechen?« fragte Thomas ungeduldig.

»Morgen, ist er morgen da?«

»Ja, er hat morgen Dienst. Er ist aber auch heute noch bis um halb neun da ...«

David blickte zur Uhr, und als ob Thomas es durch das Telefon sehen konnte, sagte er schnell: »Entschuldige, ich habe vergessen, daß du heute ja noch arbeiten mußt. Der Arzt wird dir morgen genau erklären, was gemacht wurde, und er soll dir das Tonband vorspielen.« Doch plötzlich wurde seine Stimme leise und verzagt. »Aber jetzt macht das alles noch weniger Sinn, Vater. Warum wurde ich zusammengeschlagen, warum hat man mir das Kokain und das viele Geld zugesteckt? Ich grübele jetzt schon den ganzen Tag und komme zu keinem Schluß. Hast du eine Ahnung?«

»Jetzt kann ich dir's wohl sagen, Thomas«, sagte David, hielt inne und sortierte seine Gedanken. »Mutti ist mit Nathalie und Maximilian an die Ostsee gefahren, weil sie hier in Gefahr sind. Wir werden seit einiger Zeit mit Drohanrufen bombardiert, der Anrufer sagt, er würde uns alle fertigmachen. Und noch etwas, Nathalie ist vergewaltigt und zusammengeschlagen worden, sie liegt im Krankenhaus. Es geht ihr sehr schlecht. Auch das war wohl das Werk derselben Männer, die dich zusammengeschlagen haben.«

»Das ist nicht wahr, oder?« fragte Thomas fassungslos. »Und Alexander und du? Warum seid ihr noch hier? Haut doch ab, damit sie euch nicht erwischen!«

»Das geht nicht, Thomas, und das weißt du. Ich kann meine Arbeit nicht im Stich lassen. Und ich fürchte, wo immer wir hingehen, sie wissen es. Sie beobachten wahrscheinlich jeden unserer Schritte, und wir haben keine Chance. Und die Polizei tappt im dunkeln. Sie haben keine Spur, die auch nur im entferntesten zum Täter führen könnte. Wir sind verflucht, Thomas, durch irgend etwas sind wir verflucht! Es gibt irgendwo in dieser Stadt eine Person, die uns bis aufs Blut haßt, und diese Person wird keine Ruhe geben, bis sie nicht einen jeden von uns gebrandmarkt hat. Wir sind Abschaum, wir müssen allein klarkommen. Doch das verstehst du wahrscheinlich noch nicht. Und bevor du etwas sagst – ja, es ist meine Schuld, daß wir hier gelandet sind. Ich bin das Oberhaupt der Familie, und ich hätte mich mehr um euch alle sorgen müssen. Jetzt ist es leider zu spät.«

»Vater, ich habe dir nie einen Vorwurf gemacht, das weißt du. Im Gegenteil, ich war dir eigentlich immer dankbar für alles, was du für Mutti und mich getan hast. Es ist nicht allein deine Schuld. Ich habe ein gutes Buch gelesen, und darin heißt es, daß manche Menschen geboren werden, um zu leiden. Es stimmt, Vater, manche Menschen kommen auf diese Erde und durchschreiten von Anfang bis Ende ein einziges, tiefes Tal. Und so sehr sie sich auch abmühen, es gibt keine Möglichkeit, dieses Tal je zu verlassen. Aber es ging uns doch viele Jahre wirklich gut. Es war doch nicht nur ein tiefes Tal, durch das wir gegangen sind, es ist doch erst im letzten Jahr so schlimm geworden. Aber es gibt auch einen Weg nach oben. Du schaffst es wieder, da bin ich sicher.«

»So hast du noch nie mit mir geredet, Thomas. Ich bin überrascht.«

»Ich habe viel Zeit zum Nachdenken gehabt. Tag für Tag und Nacht für Nacht liegst oder sitzt du eingesperrt in einem Zimmer und grübelst. Dann fängst du an, mit deinem Schicksal zu hadern, du schaust in die Glotze, ohne daß du etwas siehst, dann versuchst du, Bücher zu lesen, und irgendwann fängt dein Verstand an, klarer zu werden. Ich habe erkannt, daß dieses Leben aus mehr als nur Arbeit und Vergnügen besteht. Du wirst es nicht glauben, aber ich habe Gott gesucht, und ich habe ihn gefunden. Ich war verzweifelt und habe ihn gefragt, ob er nur ein Gott ist, der bei mir war, wenn es mir gut ging, denn er hatte mir doch versprochen, immer mit mir zu sein. Ich dachte genau darüber nach, und als ich das Buch erneut aufschlug, stand dort die Geschichte von jemandem, der Gott genau die gleiche Frage stellte: Wo warst du, Gott, als es mir schlecht ging? Hast du mir nicht versprochen, immer bei mir zu sein? Hier schau, die Fußspuren, solange es mir gutging, sah ich vier Fußabdrücke im Sand. Und plötzlich waren es nur noch zwei. Und weißt du, was Gott ihm antwortete? Gott sagte: Mein Sohn, dort, wo du nur zwei Abdrücke sahst, dort habe ich dich getragen. Ich fürchte, Gott wird mich jetzt oft tragen müssen. Nicht wahr, Vater?«

David schluckte schwer, ein Kloß hatte sich in seinem Hals festgesetzt. »Gott wird dich tragen, da bin ich sicher. Er wäre ein schlechter Gott, würde er es nicht tun. Und mein sehnlichster Wunsch ist, daß du zumindest einigermaßen wiederhergestellt wirst.«

»Mach dir darüber keine Gedanken, Vater. Es wird alles gut werden. Ich würde mich freuen, wenn du morgen kämst, um mit dem Arzt zu sprechen. Und bring was zum Lesen mit, ich vergehe vor Langeweile.«

»Mach's gut, Thomas, du bist ein guter Junge.«


Direkt nach Thomas rief Johanna an. Ihre Stimme hatte nichts von der Kälte des letzten Gesprächs eingebüßt, sie wollte sich eigentlich nur kurz melden, um David Bescheid zu sagen, daß Nathalie sich körperlich auf dem Weg der Besserung befand.

»Hör zu, Johanna, Thomas ist unter Hypnose gesetzt worden, und stell dir vor, er konnte die Tat rekonstruieren. Er ist unschuldig, Johanna, unschuldig. Er hat nichts Unrechtes getan.«

»Schön, ich habe es immer gewußt . . .«

»Freust du dich denn gar nicht?« fragte David, irritiert über die Emotionslosigkeit in ihrer Stimme.

»Worüber sollte ich mich schon noch freuen? Daß meine Familie allmählich dem Untergang entgegentreibt und keiner etwas dagegen unternimmt? Wir sind verdammt, David, einfach nur verdammt.«

»Diese Worte aus deinem Mund? Das klingt sehr seltsam . . .«

»Irgendwann ist auch meine Kraft aufgebraucht. Ich kann nicht mehr. Ich werde mit den Kindern bis zum Ferienende hierbleiben, das habe ich heute beschlossen. Es macht dir doch sicher nichts aus . . .«

»Wie geht es Nathalie?«

»Von Tag zu Tag ein bißchen besser. Sie geht aber keinen Schritt ohne mich. Sie steht neben mir, willst du sie sprechen?«

»Gib sie mir ... Hallo, Nathalie, wie geht's?«

»Ganz gut.«

»Es tut mir leid, daß ich nicht kommen konnte, aber ...«

»Schon gut, ich weiß schon, daß es nicht ging. Mutti will dich noch mal haben. Tschüs.«

»David, paß auf dich auf und sag Alexander, daß auch er auf sich aufpassen soll. Bis bald.«

Den Abend verbrachte David mit Nicole und Esther, sie spielten Mensch ärgere dich nicht, hörten dabei Musik, tranken Whisky-Cola.

Als es Mitternacht war, fuhr David nach Hause, in der Hoffnung, Alexander würde endlich zu Hause sein, hatte er doch versprochen, schon am Sonntag heimzukommen. Er war noch immer nicht zu Hause, doch Alexander hatte sicher einen Schlüssel bei sich. Um halb zwei Uhr morgens klingelte das Telefon. David brauchte eine Weile, um sich zurechtzufinden, dann sprang er aus dem Bett. Sein Kopf schmerzte, er hatte wieder einmal zuviel getrunken, er nahm den Hörer ab.

»Hallo, Drecksau! Hab ich dich aus dem Bett geholt?«

»Was wollen Sie?« fragte David, auf einmal hellwach.

»Ich hab doch gesagt, ich würde mich wieder melden. Hier bin ich. Ist dein Sohn Alexander schon zu Hause?«

»Ich weiß nicht, ich habe geschlafen. Warum?«

»Ach, du brauchst auch gar nicht nachzuschauen. Dein Sohn wird nicht nach Hause kommen. Hey, Drecksau, alles klar mit dir?«

»Was ist mit ihm? Was haben Sie mit ihm gemacht?« fragte David mit tonloser Stimme.

»Oh, welch rührende Sorge! Es steht dir gut, Drecksau,

wenn du dich so sorgst. Du willst wissen, was wir mit ihm gemacht haben? Wir haben getrunken, er hat wohl ein klein wenig zuviel getrunken, er verträgt nicht viel, nicht? Sei's drum, er ist das Trinken ja auch gar nicht gewöhnt, er ist ja religiös, soweit ich weiß. Der arme Kerl, als er so besoffen in der Gegend rumgetorkelt ist, hat er doch tatsächlich nach einem Schuß verlangt. Du weißt doch, was ein Schuß ist? Es ist dieses ekelhafte Zeugs, das sich die Junkies immer in die Arme oder Beine oder Füße spritzen! Wie hätten wir einem lieben Jungen wie deinem Alexander diesen Herzenswunsch nur abschlagen können?! Einem Freund erfüllt man doch jeden Wunsch. Auch wenn er etwas kostspieliger ist. Aber wir haben an der Spritze gespart; ein Freund, einer, der's nicht mehr lange macht, hat uns seine geliehen. Der Ärmste wird bald verrecken, Aids ist was Schreckliches. Wenn man sich diese entstellten Gestalten ansieht, kann man das kalte Grauen bekommen. Aber es war die einzige Spritze, die wir hatten. Leider gab es keine Möglichkeit, sie vorher zu reinigen. Aber wie ich schon sagte, Alexander bestand darauf.«

»Sie gottverdammtes Schwein, das haben Sie nicht wirklich getan! Sagen Sie's, daß Sie …«, heulte David auf.

»Du wirst ausfällig, Drecksau! Ich sagte dir, ich habe nur den Wunsch deines lieben Sohnes erfüllt. Irgendwann wird dieser Wunsch ihm leider zum Verhängnis werden. Schlaf gut, Drecksau!«

»Halt, halt, nicht auflegen! Er hat nie in seinem Leben auch nur einen Tropfen Alkohol angerührt, von Drogen ganz zu schweigen! Wo ist er jetzt?«

»Er liegt in irgendeinem Bunker, einem finsteren, ekelhaft stinkenden Loch, wo die Ratten sich ficken. Er wird heimkommen, sobald er wieder krabbeln kann. Ciao, Drecksau!«

»Einen Moment noch, was ist mit Ihrem Auftraggeber? Haben Sie mit ihm gesprochen?«

»Oh, natürlich, ich habe mit ihm gesprochen. Du wirst von ihm hören.«

Dann war die Leitung tot. Thomas, Nathalie, Alexander. Zerstochene Reifen, eingeschlagene Scheiben, Päckchen, eine tote Schlange. Er konnte nicht mehr schlafen. Statt dessen betrank er sich, um nicht wahnsinnig zu werden. Als er betrunken war und kaum noch aufrecht stehen konnte, kniete er sich hin, die Hände ineinander verkrampft, und er schrie mit lallender Stimme zu Gott, wo er sich denn versteckt halte, wann er denn endlich ihn, David, tragen würde! Er schrie und heulte und schrie und jammerte, und dann stand er auf und torkelte ins Schlafzimmer und ließ sich aufs Bett fallen, das sich wie ein Karussell zu drehen begann. Er schlief ein.

## DIENSTAG, 11.50 UHR

Alexander kam am Dienstagmittag nach Hause. Er war blaß, tiefe Ränder lagen unter seinen Augen, die Schritte schwankend und schwerfällig. David sah ihn von weitem kommen, er rannte die Treppe hinunter, seinem Sohn entgegen. Er schien Schmerzen zu haben, hielt sich an einem Laternenpfahl fest, schloß die Augen und kam langsam auf David zu. David nahm ihn am Arm und geleitete ihn ins Haus. Alexander stank nach Urin und Kot, die Fistelstimme hatte nicht gelogen, sie hatten ihn buchstäblich in die Scheiße gelegt.

»Was ist passiert?« fragte David besorgt.

Alexander setzte sich auf einen Küchenstuhl, schüttelte den Kopf und stöhnte vor Schmerzen auf. »Ich kann mich kaum erinnern. Ich war auf dem Heimweg vom Zelten . . .«

»Du wolltest doch schon am Sonntag kommen«, unterbrach ihn David.

»Ist doch egal. Die andern sind jedenfalls alle nach Hause gefahren, und ich bin noch ein bißchen in die Billardhalle gegangen. Ich hab dort mit zwei Typen gespielt, ein dritter hat danebengestanden. Dann hat einer von ihnen gemeint, wir könnten uns doch noch ein paar Videos reinziehen. Sie sind mit mir an einen fremden Ort gefahren, dann haben sie mich aus dem Auto gezerrt, mich geschlagen und eine Flasche Schnaps genommen und in mich reingeschüttet ... ab dann kann ich mich an nichts mehr erinnern. Ich bin vorhin in einem Bunker aufgewacht. Ich stinke wie die Pest. Solche fürchterlichen Kopfschmerzen habe ich noch nie gehabt, und mir ist hundeelend.«

»Kann ich bitte deine Arme sehen?«

»Warum denn das?«

»Bitte, zeig sie mir!«

Alexander streckte David die Arme entgegen, der Einstich war deutlich zu erkennen. »Hier«, sagte David, »sie haben dir außerdem Heroin gespritzt.«

»Woher weißt du das?«

»Ich habe dir doch erzählt von den anonymen Anrufen, die wir bekommen. Du hast mir damals nicht glauben wollen, du hast gemeint, du würdest vorsichtig sein. Sie haben dich gekriegt. Ich bin gestern nacht angerufen worden. Auch du trägst jetzt ihr Zeichen.«

»Heroin?« fragte Alexander entsetzt und erhob sich langsam. David hatte Mitleid mit dem großen, starken Jungen, der sich auszog und die Wäsche einfach auf den Boden fallen ließ und mit den Tränen kämpfte. »Sie haben mir Heroin gespritzt? Warum denn das?«

»Diese Frage kann ich dir nicht beantworten.«

David erwähnte auch nichts von der mit Aidsviren verseuchten Spritze. Alexander war schon fertig genug, er würde es jetzt noch nicht verkraften. Er ließ ihm ein Bad ein und holte frische Wäsche aus dem Schrank, die stinkende packte er in die Waschmaschine. »Nimm ein Bad, und dann ißt du was.

Und danach wirst du dich ausschlafen. Ich werde bei Dr. Sintermann anrufen und ihn bitten vorbeizukommen. Er soll dich untersuchen.«

»Nein, keinen Arzt, ich werde schon wieder. Ich muß nur schlafen.«

»Ganz sicher keinen Arzt?«

»Nein, ganz sicher. Ich will nur Ruhe.« Alexander ging ins Bad, stellte das Wasser ab und legte sich in die Wanne. David machte ihm etwas zu essen, Cornflakes mit viel Zucker und Milch. Aids! Sie hatten nicht gelogen, sie waren dabei, die Brut zu vernichten.

Am Nachmittag, Alexander schlief tief und fest, rief David bei seiner Bank an und erkundigte sich nach dem Kontostand. Es war bereits der Neunte des Monats, und noch immer waren die achtzehnhundert Mark von Nicole nicht auf dem Konto, dabei war doch sonst das Geld nie später als am Ende eines Monats da. Nein, man könne sich das nicht erklären, es gäbe auch keinen Computerfehler. Aber die Kreditrate wäre fällig und auf seinem Konto nicht genügend Deckung vorhanden. Er solle bitte bis spätestens Mittwoch für Ausgleich sorgen. David begann zu schwitzen, er würde Nicole zur Rede stellen. Vermutlich war dies ein perfider Trick von ihr, ihm eins auszuwischen, vermutlich hatte sie deswegen am Mittwochabend mit diesem süffisanten Lächeln gefragt, der wievielte am Freitag doch gleich wäre. Doch was immer sie anstellen würde, es war nur eine Frage der Zeit, bis er frei war, und er würde auf ihr Geld scheißen; sie sollte es sich sonstwohin stecken, er brauchte sie nicht mehr. Sie hatten Esthers Geld und bereits ein Schließfach gemietet, in dem sie das Geld bis zum Tag ihrer Abreise aufbewahren wollten.

David ging in Alexanders Zimmer, trat nahe an dessen Bett heran. Alexander atmete ruhig und gleichmäßig, es war heiß im Zimmer, Schweißperlen hatten sich auf seiner Stirn gebildet. David sah nachdenklich den friedlich schlafenden Jungen an und schüttelte den Kopf; nein, er würde Alexander wahrscheinlich nie etwas von der verseuchten Spritze erzählen. Nicht heute und nicht morgen, irgendwann würde bei Alexander die Krankheit ausbrechen, irgendwann würde Alexander daran sterben. Doch er würde mit Johanna darüber reden. Er würde ihr die Entscheidung überlassen, ob sie es Alexander sagte oder nicht. Doch Alexander war noch so jung, und vielleicht hatte er ja Glück, vielleicht brach die Krankheit nicht aus, vielleicht blieb ihm ein qualvolles Dahinsiechen erspart, vielleicht wurde ja bald ein Mittel gegen HIV gefunden. Er streckte sein Gesicht zum Himmel empor und dachte voll Zynismus, *du, Gott da oben, wenn du schon mir alles versagst, dann hilf wenigstens diesem Jungen! Er hat dir nichts getan! O ja, ich bin ein Ehebrecher, ich bin nicht nur das, ich bin auch ein Verbrecher! Ich weiß, ich werde eines Tages in der Hölle schmoren, und du wirst dir die Hände reiben! Aber so lange werde ich dieses Scheißleben genießen, und du wirst mir keinen Strich mehr durch die Rechnung machen! Gott, wo um alles in der Welt hältst du dich bloß versteckt?!*

Am Nachmittag, als Alexander schlief, fuhr David in die Klinik. Er hatte auf dem Weg dorthin beim Supermarkt haltgemacht und Thomas' Lieblingsschokolade – Erdbeer-Joghurt – sowie eine Packung Butterkekse und eine Tüte Gummibärchen gekauft. Er sprach mit dem Arzt, ließ sich das Band von den beiden Hypnosesitzungen vorspielen. Danach blieb er noch eine Stunde bei Thomas, sie unterhielten sich hauptsächlich über Gott und wie sehr Thomas auf ihn baute. David hoffte nur, daß Thomas nicht allzusehr enttäuscht wurde. Daß er noch eine Chance erhielt, ein menschenwürdiges Leben zu führen. Daß es Gott überhaupt gab.

## DIENSTAG, 17.30 UHR

Zum ersten Mal seit mehr als drei Monaten hatte der Wetterbericht von einer wirklichen Aussicht auf Abkühlung gesprochen. In das über Europa und Nordafrika und dem westlichen Rußland wie festgefressene Hoch kam langsam, aber sicher Bewegung. Ein riesiges und breites Sturmtief setzte sich von Neufundland aus in Marsch über den Großen Teich, und spätestens am Wochenende würde wohl mit einer drastischen Abkühlung zu rechnen sein. David hörte nur mit einem Ohr hin, seine Gedanken arbeiteten fieberhaft. Es gab so vieles zu erledigen in den nächsten Tagen und Wochen. Er kramte aus einem Stapel Papiere seinen Reisepaß hervor, er war noch genau zwei Jahre gültig. Sein Personalausweis war erst ein Jahr alt.

Er kam sich auf einmal nicht mehr schäbig vor, Johanna und die Kinder allein zurückzulassen (der Alkohol, er ließ ihn klarer denken, unnötige Gefühle beiseite schieben – unnötige Gefühle?!), er wäre sich aber wie ein gemeiner Hund vorgekommen, hätte er sie auf all den Schulden alleine sitzengelassen. Er würde einen Weg finden, die Schulden zu begleichen, und bestimmt half Esther ihm dabei. Sobald er aus Frankfurt verschwunden war, würde er einen Anwalt damit beauftragen, für ihn die Scheidung einzureichen. Alles mußte von Anfang an seine Ordnung haben. Den Telefonaten nach war Johanna ohnehin nicht mehr sonderlich an ihm interessiert, also würde eine Scheidung ihr auch nicht weiter weh tun. Einzig Maximilian würde ihm fehlen, doch Esther war jung, und er stand noch in der Blüte seiner Männlichkeit, er hatte es ihr ja bereits bewiesen, und sie würden Kinder haben, eines hübscher als das andere. Träumer, Phantast!

Um kurz nach sechs rief er bei Nicole an und fragte sie, ob sie etwas dagegen hätte, wenn er am Abend vorbeischauen würde.

»Nein«, antwortete sie. »Im Gegenteil, ich würde mich freuen, dich zu sehen.«

»Gut, ich werde so gegen acht da sein.«

»Bis nachher.«

David wartete bis halb acht, dann schrieb er eine Notiz für Alexander, falls er vor Mitternacht wach werden sollte, und stellte den Zettel an den Obstkorb gelehnt auf den Küchentisch.

An diesem Abend würde er mit Nicole reden. Er würde das Arbeitsverhältnis offiziell beenden, und keine Drohung würde ihn zurückhalten. Bye, bye, Hexe!

Nicole Vabochon kam um Viertel vor neun nach Hause. »Du bist ja da!« sagte sie, als wäre sie erstaunt, ihn zu sehen, und trat näher. Sie schleuderte ihre schwarze Handtasche auf den Sessel, streifte ihre Sandalen ab und ging als erstes an den Schrank, um sich einen Martini einzuschenken. »Wartest du schon lange? Tut mir leid, aber ich mußte vorhin noch einmal weg, und es ist ein wenig später geworden. Aber es ist gut, daß du heute gekommen bist. Ich muß nämlich mit dir reden«, sagte sie, »aber unter vier Augen. Esther weiß schon Bescheid, sie wird solange verschwinden.« Nicole wirkte seltsam entspannt, sie machte nicht den Eindruck, als wollte sie an diesem Abend mit ihm schlafen. »Esther, Schatz, würdest du uns jetzt bitte noch einmal allein lassen? Ich wäre dir dankbar, wenn du vielleicht eine Runde durch den Park drehen würdest, ich habe mit David etwas zu besprechen.«

Esther kam wortlos vom Balkon, warf Nicole einen eiskalten Blick zu, machte eine Blase mit ihrem Kaugummi, und mit provozierend-laszivem Hinternwackeln durchschritt sie das Wohnzimmer, nahm ihren Schlüssel vom Sideboard und ließ die Tür mit lautem Knall ins Schloß krachen.

Nicole zündete sich eine Zigarette an und setzte sich David gegenüber. »Es wird kurz und schmerzlos sein. Ich habe mir unser Verhältnis durch den Kopf gehen lassen. Ich bin nicht länger gewillt, für etwas zu bezahlen, wofür ich keine Gegenleistung erhalte. Darum habe ich, und das hast du sicherlich schon festgestellt, für den vergangenen Monat keine Zahlung geleistet, und ich werde so lange nicht zahlen, wie du nicht bereit bist, in allen Punkten eine Gegenleistung für gute Bezahlung zu bieten. Aber noch ist das Geld für dich nicht verloren. Hast du das verstanden?«

David nickte und lächelte. »Natürlich hab ich das! Ich habe mich tatsächlich schon gewundert, wo das Geld geblieben ist. Jetzt weiß ich's! Aber mach dir nichts draus, am Ende des Monats wäre für mich sowieso Schluß gewesen. Tut mir leid, aber ich kündige. Und das ohne Wenn und Aber. Hast *du* das verstanden?«

»Du kündigst? Daß ich nicht lache! Das kannst du gar nicht.«

»Und wieso nicht?«

»Was, wenn ich deiner lieben Frau stecken würde, wo du dich die ganze Zeit, in der sie glaubte, du würdest arbeiten, rumgetrieben hast?«

»Na und, tu's!« meinte David schulterzuckend.

»Du Kleingeist, du erbärmlicher! Du meinst, ich würde auf deinen Trick reinfallen? Ich weiß doch, wie sehr du dein Frauchen liebst, zumindest hast du das immer behauptet, und ein David von Marquardt lügt doch nicht, oder?«

»Nein, das tut er nicht, aber die Zeiten ändern sich.«

»Was soll das heißen?«

»Das soll heißen, daß Johanna und ich uns im Laufe der Zeit auseinandergelebt haben und wir uns erst jetzt klargeworden sind, daß wir uns nicht lieben. Es war eine Zweckgemeinschaft ...«

»Aus der immerhin vier Kinder hervorgegangen sind. Du machst dich lächerlich, David! Sie würde dich bluten lassen, erführe sie, was für ein Schwein du bist. Für mich bist du nur bedingt eins, sie aber würde dir ins Gesicht spucken! Glaub mir, ich kenne die Frauen. Wenn eine Frau sich betrogen fühlt, wird selbst die zahmste und verständigste zu einer reißenden Bestie. Ich an deiner Stelle würde es nicht darauf ankommen lassen. Vier Jahre, David, läppische vier Jahre! Du wirst sie durchstehen.«

»Nein, es bleibt bei dem, was ich gesagt habe. Und kein Zurück mehr.«

»Eine Scheidung ist eine teure Angelegenheit. Wie willst du sie finanzieren?«

»Das weiß ich jetzt noch nicht, doch wer spricht hier von Scheidung? Man muß sich nicht unbedingt gleich scheiden lassen, wenn man nicht mehr einer Meinung ist. Weißt du, ich habe mir überlegt, ich werde einen richtigen Job annehmen, einen, bei dem ich eine gescheite Arbeit verrichte und nicht ...« Er stockte und sah Nicole an.

»Und nicht was? Bumsen? Du bist ein Schlappschwanz, das war mir von Anfang an klar, und glaub mir eines, ich habe immer nur so getan, als würde es mir Spaß bereiten. Ich habe mich vor dir geekelt! Erstaunt? Irgendwann werde ich dir's erklären, noch vor Ende des Monats.«

»Du dich vor mir geekelt? Entschuldige, daß ich lache, aber man kann fühlen, ob eine Frau sich ekelt oder nicht ...«

»Wenn du meinst«, sagte sie mit vielsagendem Blick und merkwürdigem Unterton. »Aber gut, du willst nicht mehr ...«

»Moment«, unterbrach David sie und machte ein fragendes Gesicht. »Warum hast du dann überhaupt ... Ich verstehe nicht ganz, ich meine, warum hast du mich bezahlt?«

»Ich sehe, deine Schrauben sind noch nicht gänzlich eingerostet. Denk drüber nach, David von Marquardt. Denk einfach nur drüber nach. Vielleicht kommst du drauf. Vielleicht bist du schlauer, als ich annehme. Und wenn nicht, werde ich dir schon auf die Sprünge helfen.« Sie rauchte und stand auf, die Zigarette hing lässig in ihrem Mundwinkel, sie ging an die Bar und schenkte sich diesmal einen Cognac ein, drehte sich zu David um und fragte, ob er auch einen wollte. Er nickte. Sie kam mit beiden Gläsern zurück und reichte David seines. Sie blieb vor ihm stehen, ihr Blick fegte wie ein arktischer Eissturm über ihn hinweg, sie fuhr sich mit der Zunge über die Lippen, ein lasziven Gebaren, sie trug eng-anliegende Shorts und ein keine Form verdeckendes Top, im Prinzip das gleiche, das sie am Freitag getragen hatte, um ihn zu verführen, nur hatte sie diesmal die Farben Blau und Gelb gewählt. »Würdest du mich jetzt nehmen wollen?«

Sie stand so dicht vor ihm, er hätte nur seine Hände aus-strecken und ihren Hintern greifen, die Shorts runterreißen und seine Zunge in ihrer Scham zu vergraben brauchen, er meinte, den Duft ihrer feuchten Wölbung einzuatmen, er fühlte das Pulsieren in seiner Hose (Esther, verzeih, daß ich dir in Gedanken untreu werde, doch keine Angst, ich werde nichts tun, ich werde nichts tun, ich werde nichts tun!), wie sein Mund trocken wurde und sein Blut wie ein reißender Strom durch die Windungen seines Körpers jagte.

»Nein, würde ich nicht.«

»Das hört sich nicht sehr überzeugend an. Ich denke, du würdest schon wollen, aber etwas anderes hindert dich. Esther?« fragte sie und zog die Stirn in Falten und die Augenbrauen hoch. »Tust du es wegen ihr nicht?«

»Ich habe dir bereits gesagt, das ist ein Hirngespinst ...«

»Ach ja, ein Hirngespinst? Dann frage ich dich, wie diese seltsamen Flecken auf die Tagesdecke in meinem Schlafzim-mer gekommen sind. Erklär es mir!« forderte sie und blieb vor ihm stehen, ihren Unterleib direkt vor seinem Gesicht.

»Keine Ahnung, aber ich habe mit Esther nichts!« Schweiß-perlen standen auf seiner Stirn, Nicole lachte kehlig auf.

»Und warum hast du Urlaub von der ProCom genommen? Wo treibst du dich den ganzen Tag rum, wenn du weder in der Firma noch zu Hause bist?«

»Das geht dich überhaupt nichts an«, sagte David gespielt

entrüstet und lehnte sich zurück, weg von der nur wenige Zentimeter entfernten Verlockung. Verdammt noch mal, wie hatte sie das herausgefunden? Woher wußte sie von seinem Urlaub? »Ich suche mir Arbeit.«

»Oh, du suchst dir Arbeit«, spöttelte sie, setzte sich direkt neben ihn und griff zwischen seine Beine. Ein fester, harter Griff, der ihm das Wasser in die Augen trieb. Mit sanfter Stimme sagte sie: »Paß gut auf, was ich dir jetzt sage; sollte ich je rauskriegen, daß du meine Tochter bestiegen hast wie ein geiler alter Bock, schneide ich dir ganz langsam deine Eier ab und stopfe sie dir ins Maul! Ganz, ganz langsam. Du wirst dir wünschen, nie geboren worden zu sein. Es wäre doch schade um deine Männlichkeit, oder?«

»Laß los, laß um Himmels willen los!« preßte er zwischen den Zähnen hervor. Sie lockerte ihren Griff, ohne ihre Hand wegzunehmen.

»Ich glaube dir, Darling, tatsächlich, ich glaube dir. Du bist so treu und so dämlich, daß ich dir einfach glauben muß. Und weil du so dämlich und so treu bist, wirst du nicht kündigen. Die einzige, die das tut, bin ich. So, und jetzt steht dir frei, was du tust, entweder du schläfst mit mir, oder du gehst schön brav nach Hause, mit allen Konsequenzen, die das nach sich zieht. Also, wie lautet deine Entscheidung?«

»Du bist eine verdammte Viper! Du bist böse, du bist das personifizierte Böse!« Er stand abrupt auf und sah auf Nicole. »Ach ja, damit du mich vielleicht ein klein wenig besser verstehen kannst, mein Sohn Alexander ist jetzt auch ein Opfer von diesem perversen Schwein geworden. Sie haben ihn betrunken gemacht und ihm anschließend eine mit Aidsviren verseuchte Heroinspritze in den Arm gejagt. Meinst du nicht, ich hätte schon genug auszustehen? Kannst nicht wenigstens du mir das Leben ein wenig erleichtern?«

»Dein Privatleben, David«, sagte sie schulterzuckend, »dein Privatleben ist sicher tragisch, aber um ehrlich zu sein, es schert mich einen Dreck. Du lebst im Dreck, du bist durch eigenes Versagen in den Dreck geraten, und jetzt mußt du mit dem Dreck fertig werden. Es wird aber vorläufig kein Geld auf deinem Konto eingehen. Mal sehen, wie du klarkommst. Aber du wirst jeden Monat pünktlich die Kreditraten bezahlen. Es wäre übrigens besser für dich, wenn du einen Abbuchungsauftrag erteilen würdest, das erleichtert uns die Arbeit ganz wesentlich. Noch hast du aber die Wahl.«

»Gib mir einen Tag«, bat er, ruhig geworden. »Gib mir einen Tag, um es mir zu überlegen. Ich bitte dich nur um einen einzigen Tag. Ich habe mich dumm benommen, ich gebe es zu.«

»Du willst also morgen kommen?«

»Ja, ich will morgen kommen.«

Nicole spitzte die Lippen und sah David an. »Ich scheiße drauf, ob du morgen kommst, oder übermorgen oder überhaupt noch einmal. David von Marquardt, es hat keinen Sinn mehr. Ich lege keinen Wert mehr auf deine Gesellschaft. Ich werde mir wohl doch jemand anders suchen müssen.« Sie machte eine Pause und grinste David an. Dann fuhr sie fort, und sie tat es mit einem Gesichtsausdruck, der ordinärer war, als ihn die billigsten Huren in dem Etablissement in der Nähe der ProCom haben konnten: »David von Marquardt, du könntest mich heute überhaupt nicht besteigen, ich habe nämlich meine Tage, und wenn ich meine Tage habe, könntest du mich nur ... du weißt ja. Aber darauf hab ich heute keine Lust!«

In jener Nacht hatte David wieder seinen Traum. Er wachte auf, schwer atmend, schweißgebadet, tränenüberströmt. Zum ersten Mal hatte er geweint, und wie seltsam, zum ersten Mal waren die Gesichter verschwommen, und doch mußte er weinen. Etwas war anders, aber er konnte sich nicht erinnern.

## MITTWOCH, 8.00 UHR

Am nächsten Morgen rief Johanna erneut an.

»David, es ist aus, alles ist aus«, sagte sie mit schwerer und gleichzeitig matter Stimme. »Ich will dich in meinem ganzen Leben nicht mehr wiedersehen!«

»Was ist denn jetzt auf einmal los?« fragte er erschrocken.

»Was verdammt noch mal ist los?«

»Ich habe dir einen Brief geschrieben, den du wahrscheinlich heute noch erhalten wirst.«

»Augenblick . . .«

Sie legte einfach auf.

Der Brief kam um halb zehn. Es waren zwei Seiten, nicht sonderlich eng beschrieben.

*David,*

*ich habe bewußt das »lieber« weggelassen, denn ich glaube, daß ich dieses Wort aus meinem Sprachschatz im Zusammenhang mit Dir streichen werde. Es gibt nicht viel, was ich Dir zu sagen habe, doch das wenige genügt sicherlich. Ich habe lange Zeit geschwiegen, weil ich trotz aller Zweifel immer an Deine Unschuld geglaubt habe, doch jetzt gibt es keine Unschuld mehr, jetzt ist mir alles klargeworden. Du hast ein Verhältnis, und ich gestehe es Dir zu. Ein reizvolles Mädchen – wie alt ist sie, achtzehn, neunzehn, oder jünger? Sie ist schön, äußerlich. Ich weiß aber nicht, wie es in ihr aussieht. Wie lange geht es schon zwischen euch? Einen Monat, zwei? Ich hätte wissen müssen, daß es eines Tages soweit sein würde, daß Du mich verläßt. Ich hätte nur nicht gedacht, daß Du mich so demütigen würdest.*

*Aber ich werde nicht die dumme Kuh sein, die den*

392

*Haushalt führt und alles macht, damit der liebe Mann sich wohl fühlt. Ich bin schon einmal von einem Mann schäbig behandelt worden, doch die Schläge, die er mir versetzt hat, taten nicht halb so weh wie das, was Du getan hast. Nicht nur, daß Du es mit einem jungen Mädchen treibst, Du hast sogar Deinen Körper für Geld verkauft! Du bist die erbärmlichste Kreatur, ich möchte sagen Hure, die mir je über den Weg gelaufen ist. Ich weiß jetzt, warum Du Dich von Gott abgewandt hast, Du hast es getan, weil Du Dein Tun nicht länger mit Deinem Gewissen vereinbaren konntest. Du bist ein Scheißkerl!*

*Ich werde, sobald ich in Frankfurt bin, die Scheidung einreichen. Die Beweise gegen Dich sind derart eindeutig, daß es sinnlos wäre, sie zu leugnen.*

*David, es gab eine Zeit, da war ich fest überzeugt, unsere Liebe würde ein Leben lang halten. Ich habe Dir alles gegeben, das zu geben ich imstande war. Doch Du hast mich nur benutzt. Alles Unglück dieser Welt ist in den letzten Wochen und Monaten über uns hereingebrochen; ich glaubte, wir würden alle noch so tiefen Tiefen gemeinsam überstehen.*

*Ich wünsche Dir für Deine Zukunft alles Gute, wirklich, das tue ich, aber um Himmels willen, ich will Dich nie wieder sehen! Ich werde mit den Kindern so lange hierbleiben, bis ich weiß, daß Du ausgezogen bist.*

*Johanna*

Er stand einen Augenblick wie versteinert, preßte die Lippen zusammen. Er hielt den Brief noch immer zwischen den Fingern, warf einen Blick darauf und riß ihn dann wütend entzwei. Trank einen Tee mit Whisky, das Zeug schmeckte von Tag zu Tag besser, und sein Denken wurde klarer. Um halb zehn klingelte das Telefon. Es war die Fistelstimme.

»Guten Morgen, Drecksau! Wie geht's?«

»Was wollen Sie schon wieder?«

»Hat dein Frauchen sich schon gemeldet? Was wird sie nur von dir denken? Eine Scheidung, mein Lieber, ist eine verdammt teure Angelegenheit, vor allem, wenn man noch so hohe Schulden hat. Du wirst bluten, bis kein Tropfen mehr in dir ist. Na, Drecksau, wie fühlst du dich?«

»Bestens, Arschloch! Bestens!«

»Oh, oh, oh, wie rüde du mit mir sprichst! Ich dachte, du wolltest das nicht mehr tun? Aber gut, Drecksau, du sollst deine Chance haben. Ach ja, da fällt mir ein, du hast ja noch einen Sohn, wie heißt er gleich, Maximilian, genau, Maximilian heißt das gute Stück. Du hängst sehr an ihm, ist mir gesagt worden. Und er an dir. Ich sag dir was, du kannst sein Leben retten, im wahrsten Sinne des Wortes. Dein Leben gegen seines. Nun, was hältst du von dem Deal? Mein Auftraggeber findet, du hast sowieso schon viel zu lange gelebt. Und jetzt, wo deine Familie nichts mehr von dir wissen will, jetzt macht es doch nichts mehr, wenn du diese ohnehin so schlechte Welt verläßt. Es kostet mich nur einen Anruf, dann ist dein Liebling Maximilian tot! Ich würde an deiner Stelle nicht zu lange zögern.«

»Sie wollen mich töten?« fragte David mit tonloser Stimme.

»Und wenn Sie mich nicht töten, dann wären Sie fähig, Maximilian umzubringen?«

»Leider ja. Das ist das Gesetz, Drecksau!«

»Was soll ich tun?«

»Jetzt noch gar nichts, Drecksau. Wir melden uns zu gegebener Zeit wieder. Einen schönen Tag, und erhol dich gut.« Er lachte böse und hart und legte auf. David lief durch eine Nebelwand in die Küche, wo Alexander am Tisch saß – er hatte sechzehn Stunden geschlafen und sah erholt aus –, Cornflakes aß und die Bildzeitung las. David holte die Flasche Whisky aus seinem Versteck und ließ ein Wasserglas vollaufen. Alexander sah ihn erschrocken an und fragte entsetzt: »Hey, was machst du denn da?«

»Das siehst du doch, aber egal. Hör zu, Alexander, ich muß mit dir reden, es ist ernst. Ich habe eben wieder einen Anruf erhalten. Sie werden Maximilian umbringen, wenn ich nicht für Maximilian . . .«

»Was?« fragte Alexander mit zusammengekniffenen Augen und ließ die Zeitung sinken. »Wenn du was nicht für Maximilian?«

»Ich soll mich opfern. Sie wollen, daß ich für Maximilian sterbe. Sie werden sich irgendwann wieder melden und mir Bescheid geben.«

»Du mußt die Polizei informieren! Und zwar sofort!«

»Das habe ich doch schon lange getan«, sagte David in der Nebelwand. »Ich bin der letzte in der Reihe. Erst Meyer, dann Neubert, dann Holbein, und jetzt ich . . . Und sie werden mich nicht einmal beschützen können. Er sagte, es würde ihn nur einen Anruf kosten, und Maximilian wäre tot. Ich kann nichts tun.«

»Du darfst nicht auf ihre Forderung eingehen . . .«

»Welche Forderung? Sie stellen keine Forderung. Sie haben keine Geisel, sie wollen kein Geld, sie wollen nur mich! Und ich weiß nicht, warum. Das ist so pervers, daß ich es nicht begreife. Es gibt wahrhaft Dinge zwischen Himmel und Erde, die sich nicht erklären lassen. Ich habe nichts verbrochen, und doch soll ich mein Leben verlieren. Ich soll mich einfach umbringen lassen.«

David stellte die Flasche mit dem Restinhalt auf den Tisch und ging aus der Küche. Alexander sah ihm hinterher, sprang dann auf und packte ihn bei der Schulter. »Hör zu, was ich letztens zu dir gesagt habe, war nicht so gemeint. Ich will dir helfen. Egal was, ich will es einfach.«

»Nein, das ist eine Sache zwischen denen und mir. Ich werde wissen, wann es soweit ist. Ich muß jetzt gehen. Ich bin am Nachmittag wieder da. Es wäre schön, wenn du hierbleiben könntest.« Er blieb in der Küchentür stehen, sah noch einmal Alexander an, kaute auf der Unterlippe und sagte dann:

»Vielleicht hast du recht, vielleicht sollte ich doch noch einmal mit der Polizei sprechen. Vielleicht können sie Maximilian schützen.«

»Sag ich doch. Und wenn sie Maximilian schützen können, dann können sie das auch bei dir.«

»Okay, ich werde Henning anrufen.«

David ging ans Telefon, wählte die Nummer von Henning. Er war selbst am Apparat.

»Manfred, hier ist David. Ich habe eben einen Anruf erhalten. Der Mann hat gesagt, daß sie Maximilian töten werden, wenn, ja wenn nicht ich mich für ihn zur Verfügung stellen würde ...«

»Moment, Moment, was war das eben? Sie wollen dich töten?«

»Mich oder meinen Sohn. Kannst du etwas für ihn tun?«

»Wo genau ist er?«

David beschrieb den Campingplatz.

»Gut, wir stellen ihn rund um die Uhr unter Polizeischutz. Du brauchst keine Angst zu haben, daß dem Jungen etwas passiert. Und wie sieht es mit dir aus?«

»Ich weiß nicht, ich weiß es wirklich nicht. Was soll ich tun?«

»Öffne keine Pakete, und vor allen Dingen öffne keine Briefe, deren Herkunft nicht eindeutig geklärt ist. Sollte ein Paket oder ein Brief ohne oder mit unbekanntem Absender kommen, dann informierst du uns sofort. Und versuch vor allem, das Haus abends so wenig wie möglich zu verlassen. Mehr kann ich dir nicht raten.«

»Was ist mit dem Telefon, einer Fangschaltung?«

»Ich sagte dir schon einmal, es dürfte ungeheuer schwierig sein, den Anrufer ausfindig zu machen, da er mit Sicherheit clever genug ist, nicht von zu Hause aus anzurufen. Aber ich verspreche dir, wir garantieren für die Sicherheit deines Sohnes.«

»Danke, vielen Dank«, sagte David und legte auf. Dann wandte er sich an den hinter ihm stehenden Alexander. »Ich werde mich jetzt auf den Weg machen. Ich bin am Nachmittag zurück.«

Alexander nickte nur. David nahm noch einen letzten Schluck Whisky, der aber die Nebelwand nicht lichten konnte. Er lief durch die Urinpfütze, durch Glasscherben, er ignorierte die eingeschlagene Scheibe des Haustürfensters, er ging wie ein Roboter auf sein Auto zu. Er fuhr zu Esther. Er würde mit ihr sprechen. Es gab keine Zukunft für sie.

Esther weinte, schrie, klammerte sich an David. David weinte, drückte sie ganz fest an sich und versuchte sie zu beruhigen, und Esther sagte, wenn David sterben müsse, dann wolle auch sie nicht mehr leben. Sie tranken, bis sie nur noch lallten und Esther betrunken in der Couch zusammensank und schlief. Und David fuhr, betrunken wie er war, wieder nach Hause.

## DONNERSTAG, 19.30 UHR

Am Abend fuhr David, trotz der Warnung Hennings, abends wenn möglich das Haus nicht zu verlassen, wieder zu Nicole. Esther lag noch immer im Bett, die Tür zu ihrem Zimmer war geschlossen. Er erzählte Nicole mit stockender und schwerer Stimme von seinem angekündigten Tod. Nicole hörte eine Weile zu, ihr Gesicht war eine undurchdringliche Maske, sie rauchte und trank und sah David mit erschreckendem Ausdruck aus den leicht verschwommenen Augen an.

»Hast du Angst vor dem Tod?« fragte sie kühl, als David geendet hatte.

»Ja, ja, ja! Ja, ich gebe zu, ich habe vor nichts soviel Angst wie vor dem Tod! Aber ich könnte genausowenig weiterleben, wenn ich wüßte, sie haben Maximilian etwas angetan!«

Nicole stellte sich an die Balkontür und sah auf die Skyline von Frankfurt. Sie sagte mit leiser und trauriger Stimme: »Ich hatte auch Angst vor dem Tod. Schreckliche Angst. Ich habe keine mehr. Du solltest nicht so jammern, David von Marquardt. Jammern steht dir nicht.«

»Du bist so verdammt kalt! Kannst du nicht ein wenig Mitleid haben? Ein klitzekleines bißchen Mitleid? Wo andere ein Herz haben, ist bei dir eine finstere Höhle!«

»O doch, David, da war ein Herz, ein großes und gutes Herz. Bis vor siebzehn Jahren war dort ein Herz. Helmbrechts ist eine schöne Stadt, nicht? Zwar klein, aber man kann gut und billig dort leben, nicht? Es gibt viele Höfe in der Gegend, viele Bauern, viele Wälder, viele Weiden, viele Teiche und Tümpel und Weiher. Es gibt alles dort, nur manchmal stinkt es erbärmlich nach Katzendreck, du weißt doch, wenn der Ostwind aus der Tschechei herüberweht.« Sie sagte es sanft, mit verklärtem Blick, ohne David aus den Augen zu lassen. »Helmbrechts ist ein idyllischer Flecken am Ende der Welt. Die Leute sind nett, sie sind verlogen, sie sind bigott. Nicht anders als in jeder anderen Stadt auch. Du siehst, ich kenne Helmbrechts sehr gut.«

David wußte nicht, was er denken sollte. Ein kühler Luftzug strömte durch die geöffnete Balkontür, das erste Mal seit Monaten, daß man etwas befreiter atmen konnte. Nicole drehte sich um, die Kälte und Härte ihres Blickes trafen David bis ins Mark.

»Aber du, David von Marquardt, du bist das jämmerlichste Stück Dreck, das mir je untergekommen ist. Du hast Angst vor dem Tod? Du brauchst keine Angst mehr zu haben, du bist schon tot, mausetot. Du hast nichts mehr.« Sie machte eine Pause und setzte sich wieder und zündete sich eine weitere Zigarette an. Sie blies den Rauch in Davids Richtung.

»Augenblick«, sagte er, und mit einemmal war er so nüchtern wie lange nicht mehr, »was hat das zu bedeuten? Was erzählst du da von Helmbrechts, was weißt du von Helmbrechts, was weißt du von meinem Tod?«

Sie sprach ruhig und gelassen weiter. »Alles, ich weiß alles. Du bist erledigt. So erledigt wie dein Vater, so erledigt wie Meyer, Neubert und Holbein, so erledigt wie deine gottverdammte verrottete Sippe! Ich habe keinen ausgelassen, jeder hat seinen Teil bekommen. Aber du hast den schwersten Teil zu tragen, denn du hast sie alle verloren . . .«

»Was faselst du da für ein wirres Zeug? Ich verstehe nicht!« stammelte David.

»Ich werde dir eine Geschichte erzählen, und dann urteile selbst, ob die Strafe nicht noch viel zu gering ausgefallen ist. Ich habe dir nie von meinen Eltern erzählt, nicht wahr? Nur von dem Leiden meines Vaters. Ich sagte dir, daß ich meine Mutter nicht kannte, und das stimmt. Meine Mutter hat sich nämlich das Leben genommen. Und weißt du auch, wie? Ja, du weißt es, du hast es mir selbst erzählt, du kennst sie sogar besser, als ich sie jemals gekannt habe. Du hast auf ihrem Schoß gesessen und hast mit ihr geschmust. Aber bevor ich sie kennenlernen konnte, hat sie sich eine Pistole in die Vagina geschoben und zweimal abgedrückt. Das ganze Zimmer war voller Blut, ihr Körper hatte einfach aufgehört zu existieren.« David saß da wie versteinert. »Oh, du siehst mich an, als wäre ich ein Gespenst! Tante Maria, so nanntest du sie doch, deine Tante Maria war meine Mutter! Und Onkel Gustav mein Vater. Ja, er war mein Vater, obgleich er nicht mein richtiger Vater war. Mein Gott, ihr verfluchte Sippe ihr, zur Hölle sollte ich euch alle schicken!« Sie stand auf, ihre Stimme bebte, ihre Hand mit der Zigarette zitterte, ihre Mundwinkel vibrierten, dann stieß sie speiend wie eine Kobra hervor: »Dein Vater, Alfred von Marquardt, dein Vater ist auch mein Vater! Er hat meine Mutter geschwängert, er trägt die Schuld an ihrem Tod! Ich habe lange nicht gewußt, daß mein Vater nicht mein leiblicher Vater war.

Mein Vater hat geschwiegen, er hat alles in sich hineingefressen, er hat sich dadurch von innen verseucht. Der
Krebs war nur ein Resultat davon. Als er starb, ich war
gerade siebzehn Jahre alt, habe ich sämtliche Unterlagen
zusammengesucht, und dabei ist mir das Tagebuch meiner
Mutter in die Hände gefallen. Ich habe zuerst gedacht, ich
müßte sterben, als ich ihren Kummer und ihre Verzweiflung
las. Sie hatte nie verwinden können, daß der von ihr so
geliebte Mann keine Kinder zeugen konnte, und in einem
schwachen Moment hat sie sich deinem verdammten Vater
hingegeben! Mein Vater, der beste Mann, der jemals gelebt
hat, er hat mich geliebt. Er hat nie ein Wort über Alfred von
Marquardt verloren. Obwohl dein Vater, dieser Schweinehund, kaum eine Frau in und um Helmbrechts verschmäht
hat. Er war der größte Hurenbock in der ganzen Gegend!«
Sie kaute auf ihrer Unterlippe und sah durch David hindurch. Dann grinste sie, sie grinste wie eine irre alte Frau,
deren Lebensinhalt aus nichts als Haß und Rache bestand.
»Aber er lebt nicht mehr. Ich habe diesen Hurenbock aufge-
spürt, er betrieb eine kleine Praxis in der Nähe von Asunción
in Paraguay. Er hat dort tatsächlich Indianer auf Läuse und
Flöhe behandelt, wie du irgendwann so treffend vermutet
hast. Ich habe ihn besucht, ich habe sogar fast mit ihm
geschlafen; er wußte nur nicht, daß ich seine Tochter war,
aber er wußte, daß er der Vater des Mädchens war, das meine
Mutter zur Welt gebracht hatte. Eines Nachts habe ich ihm
zwei Buschmeister ins Bett gelegt. Weißt du, was Buschmeister sind? Buschmeister sind gewaltige Giftschlangen, die
eine unglaubliche Menge Gift in dich hineinpumpen können. Er hat dagelegen und um sein Leben gewinselt, als sie
sich über ihn hermachten. Du hättest sehen sollen, wie er
verreckt ist. Ich hatte ihn vorher betrunken gemacht und so
getan, als wollte ich mit ihm schlafen, und dann ...! Als sie
ihn fanden, war sein Gesicht dunkelblau, die Biester haben
ganz schön zugebissen.«

»Du bist krank«, sagte David mit weitaufgerissenen Augen. Er sprang auf und entfernte sich ein Stück von ihr. »Das kann nicht sein, du bist krank! Wahnsinnig, nur eine Wahnsinnige kann so was tun! Hey, sag, daß das nicht wahr ist!«

»Wahnsinnig?« wiederholte sie mechanisch seine Worte. »Ich bin nicht wahnsinnig. Ich habe nur getan, was getan werden mußte. Und glaub mir, das Gefühl, vom eigenen Bruder gefickt zu werden, ist ein Scheißgefühl. Und du bist ein elender Liebhaber, ein verflucht schlechter Liebhaber. Aber ich habe dich genau dahin gekriegt, wohin ich dich haben wollte. Weißt du eigentlich, daß dir überhaupt nichts passiert wäre, wenn du damals mein Angebot, dich von allen Schulden zu befreien, nicht angenommen hättest? Ich wollte sehen, inwieweit du deinem Vater ähnelst, und ich kann dir sagen, ihr beide gleicht euch wie ein Ei dem anderen! Du bist keine Spur anders! Dir ging es doch weniger ums Geld als darum, mich zu besteigen! Kein Wunder, bei der Frau, die du zu Hause hast.«

»Was haben aber Alexander und Thomas und all die anderen damit zu tun? Sie sind unschuldig!«

»Keiner ist unschuldig, der den Namen Marquardt trägt! Keiner! Verdammte Sippe. Ich hasse dich, ich habe deinen Vater bis aufs Blut gehaßt, ich hasse deine Mutter, diese verfluchte Blutschänderin! Seit ich neunzehn war, habe ich nur einen Gedanken gehabt, und der war Rache. Rache an dem, was ihr meinen Eltern zugefügt habt. Rache kann einen Menschen zerstören, Rache kann zu einem Lebensinhalt werden wie nichts anderes sonst! Ich wachte morgens mit dem Gedanken an Rache auf, und ich bin nachts mit dem gleichen Gedanken zu Bett gegangen. Ich sah immer nur meinen Vater vor mir, der, so lange ich mit ihm zusammen war, Tag für Tag einen kleinen Tod gestorben ist. Er hat gegrübelt und geweint, er litt unter Depressionen, er hat getrunken, er war zuletzt nicht mehr fähig zu arbeiten. Dein verdammter Vater hat nicht nur das Leben meiner Mutter

401

zerstört, sondern auch das meines Vaters und mein Leben, er hat jedes Leben zerstört, das in seinen Bann geriet!« Sie hielt inne und ging wieder zur Balkontür. Sie atmete tief ein und kräftig wieder aus. »Du wirst in diesem Leben nie wieder ein Bein auf den Boden kriegen. Du wirst für den Rest deiner Tage in der Scheiße liegen, und in der Scheiße wirst du krepieren! Du wirst schlimmer dran sein als der übelste Penner in der Stadt, denn du wirst immer wissen, daß du dein Unglück hättest vermeiden können. Hättest du damals abgelehnt, hätte ich gemerkt, daß du anders als dein Vater bist, ich hätte meinen Plan wahrscheinlich fallenlassen. Aber du bist nicht anders, du bist auf eine gewisse Weise sogar schlimmer. Denn du warst sofort bereit, alle Grundsätze, die dir angeblich etwas bedeutet haben, beiseite zu legen, um mit mir schlafen zu können. Du bist ein Kretin! Nichts als ein stinkender Kretin!«

»So? Ein stinkender Kretin? Und was waren Meyer, Neubert und Holbein? Auch stinkende Kretins?«

Sie lachte auf, nahm einen Schluck und zündete sich eine weitere Zigarette an. »Im Prinzip ja. Ich habe Meyer und Neubert, diese geldgeilen Böcke, tatsächlich dazu bringen können, mit deinem Geld abzuhauen. Und Holbein, er war nur zu schnell bereit, deine Softwarerechte zu erwerben, um dir eins auszuwischen ...«

»Aber warum hast du sie umbringen lassen ...«

»Ich habe sie nicht umbringen lassen, ich habe alles selbst in die Hand genommen. Nur der Anrufer war von mir gekauft.« Sie nahm einen tiefen Zug an der Zigarette.

»Und warum hast du sie so bestialisch getötet?«

»Ich sagte dir doch schon einmal, ich stehe auf das Außergewöhnliche. Ein einfacher Mord wäre mir einfach zu plump gewesen. Und um auf deine Frage zurückzukommen, warum sie sterben mußten: Meyer plagte das schlechte Gewissen, er hat mich ein paarmal angerufen, er wollte zurück nach Deutschland. Sie hätten ihn geschnappt, und dann wäre alles

402

aufgeflogen. Also bin ich ihm zuvorgekommen, habe ihn unter einem Vorwand nach Frankfurt bestellt, na ja, den Rest kennst du. Und bevor auch Neubert das Heimweh plagen konnte ... Diese Idioten, sie hätten sich wahrhaft ein schönes Leben machen können.«

»Und Holbein?«

»Er kannte meine Stimme, er konnte mir wirklich gefährlich werden. Aber jetzt bist von allen nur noch du übrig. Du allein.«

»Ich werde dich anzeigen«, sagte David mit leiser Stimme. »Ich werde dich anzeigen und für den Rest deiner Tage aus dem Verkehr ziehen. Ich werde dich anzeigen und sagen, daß du Meyer, Neubert und Holbein und auch meinen Vater ...«

»Vergiß es! Es gibt nicht den geringsten Beweis für alles.«

»Dann sage ich eben, daß du Gelder in der Bank unterschlagen hast oder was immer du gemacht hast, damit meine Schulden getilgt wurden ...«

Sie lachte hämisch. »Du meinst wirklich, ich hätte einen Betrug begangen? Du Narr, ich und betrügen! Ich habe nicht den geringsten Fehler begangen. David«, sagte sie mitleidig lächelnd, »ich bin ausgebildete Juristin, ich weiß, wie man arbeiten kann, ohne Spuren zu hinterlassen. Jeden Monat habe ich dein Gehalt bar eingezahlt. Und ich habe es von meinem eigenen Geld genommen. Wofür willst du mich also anzeigen? Ich habe mir einen Haushälter gehalten, oder eine Hure, wenn du dich schon als solche betrachtest. Oder willst du mich wegen Thomas anzeigen?« Sie lachte wirr auf. »Ich habe ihn nicht zusammengeschlagen, und ich habe natürlich überhaupt keine Ahnung, wer dieses scheußliche Verbrechen begangen haben könnte. Und, und, und ... Du bist so hilflos wie ein neugeborenes Baby. Ich sag dir, du hast keine Chance. Aber ich habe die Genugtuung, dich vernichtet zu haben. Du hast keine Familie mehr, deine Frau will nichts mehr von dir wissen. Nicht nach den Beweisen, die ihr geschickt wurden. Hast du eigentlich die Bilder gesehen, die von dir und Esther gemacht wurden? Zauberhafte Bilder, diese Verliebtheit! Man könnte glatt ins Schwärmen geraten, und irgendwie paßt ihr zusammen, du und dieses kleine Miststück! Ich finde, sie ist genau im richtigen Moment erschienen, diese kleine Hure. Es stimmt, ich kann sie nicht leiden, aber ihr Auftauchen war perfektes Timing. Du kleines Arschloch, du hast dich verliebt, in eine Siebzehnjährige! Und wie ich dich einschätze, glaubst du gar noch, daß es für immer ist. Träum ruhig weiter, Idiot! In den Augen deiner kleinen, fetten Frau jedenfalls bist du auch nur noch eine erbärmliche Hure. Und es stimmt, du bist eine. Du hast dich kaufen lassen. Ihr Marquardts seid alle gleich, ihr treibt es mit anderen und mit eurem eigenen Blut . . .«

»Aber ich habe doch überhaupt nicht gewußt, daß du meine Schwester bist!« David jaulte wie ein geprügelter Hund. »Ich hatte doch keine Ahnung! Wenn ich gewußt hätte . . .«

»Wenn du gewußt hättest, natürlich . . . wenn du gewußt hättest, daß ich deine Schwester bin, dann wäre das nie passiert!« Sie machte eine Pause und schoß einen weiteren Giftpfeil ab. »Dir wäre das scheißegal gewesen. Du wolltest nur runter von deinen verdammten Schulden, für die du übrigens allein verantwortlich bist. Du hättest eben besser auf deinen Buchhalter aufpassen müssen. Ich wollte dir nur sagen, daß mit dem heutigen Tag unser Verhältnis beendet ist. Du wirst nie wieder hierherkommen. Solltest du es doch tun, dann werde *ich* die Polizei rufen. Ich werde ihnen sagen, daß du mich sexuell belästigst. Du bist tot, mausetot!«

David glaubte, auf einer glibbrigen, rutschigen Masse zu stehen. Er stellte sich hinter Nicole, und für einen Moment wollte er seine Hände um ihren Hals legen und zudrücken. Sie sagte: »Wenn du mich umbringst, wanderst du für den Rest deiner Tage ins Gefängnis. Ich habe bei einem Anwalt einen versiegelten Brief hinterlassen, in dem steht, daß im Falle meines vorzeitigen Ablebens und so weiter und so weiter . . . Ich habe jede Möglichkeit in Erwägung gezogen und jeden Schritt sorgfältig geplant. Und ich habe keine Spuren hinterlassen.«

»Sei dir nicht zu sicher«, zischte David. »Es gibt Unfälle, seltsame, grausame Unfälle. Sei auf der Hut, Nicole Vabochon oder Maier! Ich werde dich kriegen. Weniger für das, was du mit mir gemacht hast, sondern wegen dem, was du meinen Kindern angetan hast. Sie sind unschuldig.«

»Verschwinde und laß mich allein. Sonst hole ich die Polizei.«

»Darf ich noch einen Whisky trinken?«

»Bitte, von mir aus die ganze Flasche.«

»Du auch?« fragte er und schenkte ein.

»Wenn du so freundlich wärst.« Sie stand weiter mit dem Rücken zu ihm. »Ich werde jetzt baden, und wenn ich fertig bin, möchte ich dich nicht mehr hier sehen.« Sie ging mit müden, schwerfälligen Schritten an David vorbei, blieb kurz stehen und sah ihn fast traurig an. »Ich habe selber nicht gewußt, was für Gefühle in einem Menschen stecken können.« Sie ging ins Bad und machte die Tür zu, ohne abzuschließen. David trank seinen Whisky, doch das Beben in ihm ließ nicht nach. Sie war böse, sie war eine Hexe, Esther hatte recht gehabt mit dem, was sie über ihre Mutter gesagt hatte. Er hörte das Rauschen des einlaufenden Wassers, in ihm drehte sich alles, er hörte, wie nach einer Weile das Wasser abgestellt wurde, er legte sein Ohr an die Tür, hörte, wie Nicole in die Wanne stieg. Er zitterte, sein Herz schlug dumpf, und in seinem Kopf braute sich ein gefährliches Unwetter zusammen. Er öffnete die Tür und trat einfach ins Bad. Ihr tödlicher Blick traf ihn hart.

»Verschwinde!«

»Hör zu«, sagte er und trat näher, »es tut mir leid. Ich bin nicht wie mein Vater, ich bin anders. Ich habe vor dir noch nie meine Frau betrogen.« Er setzte sich auf den Badewannenrand zu ihren Füßen. Sie lachte auf, er haßte dieses Lachen. Einer ihrer Füße spielte mit dem nach Rosen duftenden Schaum. David tippte einige Male mit seinen Fingern in

405

den Schaum und sah Nicole an. Ihr Körper war bis zum Kinn im Wasser versunken, ihre vollen Brüste von Schaum bedeckt. Er tauchte mit einer Hand tiefer ins Wasser, sehr heißes Wasser, und streichelte ihre Unterschenkel. »Bitte, verzeih mir«, sagte er noch einmal, dann glitt auch seine andere Hand ins Wasser, sie sah ihn nur an, die Stirn leicht fragend in Falten gezogen. Mit einem plötzlichen Griff umfaßte er beide Füße und zog ruckartig an ihnen, Nicoles Gesicht verschwand augenblicklich unter Wasser, ihre Arme schlugen nicht hilfesuchend, kein Schrei, nichts. Das Wasser rauschte in ihrer Nase aufwärts, und sie verlor sofort das Bewußtsein. David ließ die Füße los und das jetzt leblose Fleisch ins Wasser zurücksinken. Nur ein paar Haare schwammen auf der Wasseroberfläche, umspült von Schaum. Die Spinne lebte nicht mehr.

Er trocknete sich Arme und Hände ab, bürstete sich ein letztes Mal durchs Haar, öffnete die Tür von Esthers Zimmer, sie schlief noch immer. Er gab ihr einen leichten Kuß auf die Wange, sie gab einen knurrenden Laut von sich, er nahm sein Glas vom Wohnzimmertisch, spülte es und stellte es in den Schrank zurück. Dann verließ er die Wohnung. Er fuhr nach Hause.
Alexander saß vor dem Fernsehapparat, er ging auf ihn zu und nahm ihn in den Arm. Er sagte kein Wort, und Alexander spürte, daß es nicht an der Zeit war, Fragen zu stellen. David nahm das Telefon mit ins Schlafzimmer, er legte sich aufs Bett, die Arme hinter dem Kopf verschränkt, die Schattenlichter der Nacht zeichneten sich an der Decke ab. In seinem Kopf war ein großes schwarzes Loch.
Das Telefon klingelte um zwei Uhr in dieser Nacht. Es war Esthers sich überschlagende Stimme, die ins Telefon schrie. Er hatte ihren Anruf erwartet.
»Nicole ist tot«, schrie sie, »meine Mutter ist tot! Sie ist in der Badewanne ertrunken! David, ich habe solche Angst!«

»Hast du die Polizei schon gerufen?« fragte er.

»Nein, aber ich werde es gleich tun. Ich habe bis eben geschlafen, und als ich aufs Klo mußte, da ...« Sie stockte und weinte.

»Ruf die Polizei, sie sollen kommen«, sagte David ruhig. »Ich liebe dich, Engel. Ich liebe dich.«

»Ich dich auch.« Dann legte sie auf.

Der Spuk war zu Ende. Die Spinne hatte eine Menge Opfer erlegt, aber irgendwann war auch ihre Zeit gekommen. David fühlte sich nicht schlecht. Er hatte nicht einmal Angst vor der Polizei, vor ungewöhnlichen Fragen. Sollten sie kommen und ihn mitnehmen. Er fühlte sich erleichtert. Das einzige, was ihn plagte, war die Angst, Esther verloren zu haben. Sie vielleicht nie wiedersehen zu können. Er fürchtete sich nicht vor dem Gefängnis, nicht vor dem Eingesperrtsein, nicht vor der Einsamkeit. Er hatte ohnehin alles verloren. Und auf eine gewisse Weise stimmte sogar, was Nicole gesagt hatte, er hatte es durch seine eigene Schuld verloren. Und auch Mutter hatte recht, wahrscheinlich, daß er nach seinem Vater käme. Er war aber kein Hurenbock, doch Eigenschaften waren in ihm hervorgebrochen, die er bis vor wenigen Monaten nicht einmal im entferntesten in sich vermutet hatte. Vielleicht würden sie ihn besuchen, Johanna und die Kinder, wenn er seine Tage in einer winzigen Zelle eingesperrt zubrachte. Vielleicht auch nicht.

Er schlief in dieser Nacht nicht. Er dachte nur. An seinen Traum, an die Gesichter, an das schöne Haus, an die Trümmer. Der Traum hatte ihm alles gesagt, und er hatte nicht zugehört. Das kleine Mädchen war Nicole, und jetzt wußte er, woher ihm die Augen bekannt vorkamen. Und was sie in der Hand hielt, war ein Messer. Der kleine Racheengel.

407

## DONNERSTAG, 8.00 UHR

Morgens um acht rief Esther an, deren Stimme sich jetzt ruhiger anhörte.

»Die Polizei war hier«, sagte sie. »Ein Arzt hat meine Mutter untersucht und gesagt, die Todesursache sei eindeutig Ertrinken gewesen. Wahrscheinlich ist sie in der Wanne eingeschlafen, sie hatte ja vorher reichlich Whisky getrunken. Sie hatte sich auch sehr viel Wasser einlaufen lassen. Sie haben mich gefragt, ob irgend jemand außer mir noch in der Wohnung war, aber ich habe gesagt, nein, meine Mutter war allein. Du warst doch nicht da, oder?«

»Nein, Liebes, ich war nicht da.«

»Dachte ich mir schon, du hattest ja auch ziemlich viel getrunken. Obwohl gestern Mittwoch war und du eigentlich hättest kommen sollen. Aber es war gut, daß du nicht da warst. Sie haben keine Fragen weiter gestellt. Sehen wir uns nachher?«

»Klar, Liebes, wir sehen uns nachher. Ich schätze, wir haben eine Menge Vorbereitungen zu treffen. Zuallererst die Beerdigung, und dann . . .«

»Komm bitte bald. Ich möchte nicht gerne allein hier sein.«

»Kommt die Polizei noch mal?« fragte David.

»Nein, sie rufen an, wenn sie noch Fragen haben. Aber es ist alles so klar. Bis nachher.«


Als David gegen Mittag bei Esther ankam, öffnete sie ihm mit dem Telefon in der Hand. Sie sagte »ja« und »danke« und legte auf, sobald David eingetreten war. Sie schlang ihre Arme um seinen Hals und küßte ihn. Er preßte sie ganz fest an sich, spürte ihren Herzschlag an seiner Brust.

»Das war die Polizei. Sie wollten mir nur sagen, daß der Obduktionsbefund morgen vorliegen wird. Die Beerdigung kann für Anfang nächster Woche geplant werden.« Esther löste sich aus Davids Umarmung und setzte sich auf den Wohnzimmertisch.

»Es war schrecklich, der Anblick. Glaubst du mir das? Nur ihre Haare haben aus dem Wasser geschaut. Ihr Gesicht sah so unnatürlich aus. Ich glaube, ich werde diesen Anblick mein Leben lang nicht vergessen. Hältst du mich für verrückt, wenn ich dir jetzt etwas sage? Ich bin nicht einmal traurig, daß sie nicht mehr lebt. Auf eine gewisse Weise bin ich sogar froh. Sie hat nie einem anderen Menschen etwas Gutes getan. Wenn ich vor irgend jemandem Angst hatte, dann vor ihr. Ihr hätte ich zugetraut, daß sie alles zunichte macht, was wir uns erträumten. Jetzt steht uns nichts mehr im Weg.«

»Sowie die Beerdigung vorüber ist, fliegen wir. Wir werden ein Leben lang fliegen. Wir werden das ganze Universum erkunden.«

## SAMSTAG, 9.00 UHR

Es klingelte an Davids Wohnungstür. Manfred Henning.

»Darf ich eintreten?« fragte er.

»Bitte«, sagte David und ließ Henning an sich vorbei in die Wohnung.

»Sind wir allein?«

»Ja, Alexander ist bei einem Freund.«

»Gut, ich muß mit dir reden. Setzen wir uns ins Wohnzimmer.«

»Was zu trinken?«

»Ein Glas Wasser vielleicht.«

David holte eine Flasche und zwei Gläser. Er schenkte ein, Henning nahm einen Schluck.

»Okay, David, wir haben Nachforschungen angestellt über diese Nicole Vabochon. Seit wann wußtest du es?«

»Wußte ich was?« fragte David, den Kopf geneigt.

»Daß sie aus demselben Ort wie du kommt, daß dein Vater auch ihr Vater ist?«

David lachte kurz auf, schüttete den Inhalt seines Glases in einem Zug in sich hinein. »Ihr seid mit einemmal ganz schön schnell gewesen, was?«

»Tja, dieser plötzliche Tod hat mich doch etwas stutzig gemacht. Wir haben Tagebücher gefunden, von ihrer Mutter und von ihr selbst. Mein Gott, eindeutiger geht's nicht mehr. Ihr einziges Ziel nach dem Tod ihres Vaters war Rache, Rache für das, was ihrer Familie angetan worden war. Und sie hat diese Rache in vollen Zügen ausgelebt. Also, noch einmal, seit wann wußtest du es?«

David ließ sich mit der Antwort Zeit, schloß für einen Moment die Augen und quetschte hervor: »Seit dem Abend.«

»Und dann hast du sie umgebracht.«

»Sie ist ertrunken, ganz einfach ertrunken. Sie war alkoholisiert und hatte außerdem viel zu heiß gebadet ...«

»Das ist die offizielle Version, mein Lieber.« Er legte die Hände aneinander und führte die Fingerspitzen an die Nase. Er sah David durchdringend an, der Hennings Blick erwiderte.

»Und jetzt?« fragte David. »Was wirst du jetzt tun.«

»Um dich zu beruhigen, wir werden es dabei belassen. Sie war betrunken und ist ertrunken. Ich habe nicht vor, dich wegen Mordes ranzukriegen. Aber wie hast du's gemacht, ohne Spuren zu hinterlassen?«

David grinste. »Studier die Kriminalliteratur, dann wirst du drauf kommen. Ich habe zufällig einmal von einem ähnlichen Fall gelesen.«

Henning nickte versonnen, blickte David direkt in die Augen. »Mehr wollte ich von dir nicht hören. Und wie gesagt, es bleibt ein tragischer Unfall. Es könnte dir sowieso keiner etwas nachweisen. Zumindest würde es sehr schwer werden und eine Menge Aufwand kosten. Ich glaube, das lohnt sich nicht.« Er kniff die Lippen zusammen und sagte dann weiter: »Das wär's. Wie du jedoch mit dem Rest deines Lebens fertig wirst, dabei kann ich dir nicht helfen. Ich wünsche dir nur viel Glück bei allem, was du jetzt tust.« Er stand auf, reichte David die Hand. »Mach's gut, alter Freund, wir hören voneinander.«

»Sicher, wir hören voneinander«, erwiderte David.

Die Woche verging, und der Tag der Beerdigung kam, und außer Esther und ein paar Bankangestellten, die für einen großen Kranz zusammengelegt hatten, hatte sich niemand auf dem Friedhof eingefunden, um von Nicole Vabochon Abschied zu nehmen; außer einer alten Frau, die keiner kannte und die als einzige ein paar Tränen vergoß. Der Pfarrer hielt eine kurze und langweilige Rede, nach fünfzehn Minuten war der Sarg in der Erde versenkt, ein paar Blumen und Erde wurden hinterhergeworfen. Der Himmel war seit dem Wochenende grau, es hatte geregnet, und auch an diesem Morgen platschten dicke Tropfen auf die Erde, ein kühler Wind blies von Nordwesten über Frankfurt.

Der Untersuchungsbericht gab als Todesursache eindeutig Herzversagen infolge Ertrinkens an. In ihrem Blut war eine Alkoholkonzentration von 1,9 Promille festgestellt worden sowie Spuren einer südamerikanischen Droge, die hauptsächlich von Schamanenpriestern benutzt wurde, daraufhin wurde eine unnatürliche Todesursache ausgeschlossen. Zudem betrug die Wassertemperatur zur Zeit des Eintreffens der Polizei noch 31 Grad, und der Tod war mindestens drei Stunden vorher eingetreten, woraus man schloß, daß sie in zu heißem Wasser gelegen hatte. Es gab keinerlei Spuren von Fremdeinwirkung, ein tragischer Unfall durch Selbstverschulden. Esther zeigte David den Bericht schwarz auf weiß. Sein Name war von Esther zu keiner Zeit genannt worden. Nach der Beerdigung blieben sie noch einige Tage in der Stadt, um letzte Vorbereitungen für ihre gemeinsame Abreise zu treffen.

411

# Epilog

David betrieb die Scheidung von Praia da Rocha aus. Er zog mit Esther in das kleine, schmucke Haus über dem Meer, etwa zehn Autominuten vom Ortskern entfernt. Ein großer Garten mit einem kleinen, weißgetünchten Zaun umrahmte das Häuschen wie ein Schutzwall, Steinplatten führten vom Tor zum Haus. Es war komplett eingerichtet; als David und Esther kamen, mußten sie nur den Staub entfernen und den Fußboden wischen und die Teppiche absaugen. Sie klappten die Fensterläden auf und ließen das weiche Licht der Atlantiksonne einfließen. David hatte endlich, was er zeit seines Lebens gesucht hatte, er war auf der Suche nach dem heiligen Gral gewesen, und er hatte ihn gefunden. Genau ein Jahr später wurde die Scheidung ausgesprochen. David flog nach Frankfurt, er sah Johanna und die Kinder. Johanna war schlank geworden, sie sah gut aus, zumindest besser als vor einem Jahr, sie war modern und farbig gekleidet, hatte eine schicke Frisur, duftete nach Shalimar, aus ihren Augen war alles Matte verschwunden, keine Schweißperle stand auf ihrer Stirn. Alexander war der einzige, der ihn umarmte. Er sagte ihm, er sei nicht böse, er hätte gelernt zu verstehen. Auch Thomas lächelte, er war auf einem Auge blind, und auch die Sehkraft auf dem anderen ließ durch eine Netzhautablösung beständig nach. Nathalie, die weiblich gewordene, ernste Nathalie, und Maximilian, der mindestens zehn Zentimeter in die Höhe geschossen war und ihn so unendlich traurig ansah, sie reichten ihm nicht einmal die Hand. Der Scheidungstermin war nach einer Viertelstunde vorüber. Es war eine Scheidung ohne Schmutz, ohne Verleumdungen.

»Du hast es geschafft«, sagte David am Ende zu Johanna, die nickte und sagte, daß ihr nichts anderes übriggeblieben sei. Sie ginge arbeiten, und sie würde gut verdienen, in einem Architekturbüro, und auch Alexander trüge zum Lebensunterhalt bei, und im nächsten Monat würden sie eine schöne, große Neubauwohnung im Vordertaunus beziehen. Alexander war untersucht worden, er war nicht HIV positiv. Die Fistelstimme hatte geblufft – oder ein Schutzengel war mit Alexander gewesen. Es war zu Ende, und sie hatten beide gewonnen. Johanna hatte ein neues Leben begonnen, eines, das sie ganz allein gestaltete und in dem sie offensichtlich eine völlig neue Form von Glück und Zufriedenheit gefunden hatte, und David, der die lästige, enge Haut der Vergangenheit abgestreift hatte und endlich frei war.

Als David zum Flughafen zurückkehrte, fiel kalter Regen auf die Stadt. Als das Flugzeug abhob und die Stadt allmählich unter ihm zu Spielzeug wurde, wußte er, daß er nie wieder hierher zurückkommen würde.

Ein weiteres Jahr verging, er sah keines seiner Kinder wieder, Briefe, die er nach Frankfurt schickte, blieben unbeantwortet. Johanna hatte David nie den Verrat an ihrer Liebe verziehen. Sie, die heilige Johanna der Schlachthöfe, die Jeanne d'Arc von Frankfurt, sie, die Pestbeulen und Eitergeschwüre gesundpflegen konnte, sie wollte nie wieder etwas mit David zu tun haben. Auch Samariterinnen haben ihren Stolz, und Johannas würde nie wieder von irgend jemandem gebrochen werden.

Zu dem Geld, das Esther von ihrem eigenen Konto abgehoben hatte, kam noch einmal die gleiche Summe, die aus dem Nachlaß von Nicole stammte. Alle noch offenen Schulden von David waren beglichen.

Davids und Esthers Leben spielte sich in einem kleinen,

festgesteckten Rahmen ab, nur dann und wann gingen sie zum Essen in den Ort, oft spazierten sie am Ufer entlang und lauschten den Wellen, und Esther legte ihren Kopf an seine Schulter, und sie beobachteten die waghalsigen Flugmanöver der Seevögel, zelebrierten so manchen Sonnenuntergang und flogen und schossen durchs Universum, bis ihr Raumschiff keinen Treibstoff mehr hatte und sie landen mußten. Die Jugend war endgültig zu David zurückgekehrt, auch wenn David dann und wann wehmütig, aber ohne es Esther zu sagen, an Frankfurt zurückdachte, an Johanna, an die Kinder. Manchmal dachte er an die Schuld, die er auf sich geladen hatte, als er Nicole tötete, auf eine raffinierte Weise, von der er nur zufällig in einem Buch kurz zuvor gelesen hatte. Er ließ Esther nie wissen, daß Nicole seine Halbschwester war.

Manchmal lief David allein am Meer entlang, dann dachte er an Gott und schaute hinauf zum Himmel, ob er ihn vielleicht auf einer weißen Wolke vorbeifliegen sah, aber Gott war irgendwo, nur nie dort, wo David war. Vielleicht ritt er auf dem Kamm einer Welle, vielleicht versteckte er sich hinter den Dünen, vielleicht ... gab es ihn nicht.

David hatte recht schnell Portugiesisch gelernt, er konnte sich einigermaßen ausdrücken, ging einkaufen, konnte die Zeitung lesen. Und er begann zu schreiben. Er hatte die Ruhe und die Geborgenheit, ja, Esther gab ihm Geborgenheit, trotz ihrer erst knapp zwanzig Jahre, doch sie stellte keine hohen Forderungen, keine übertriebenen Ansprüche, und David schrieb Kapitel um Kapitel, und irgendwann würde er ein letztes Kapitel schreiben. Doch die Geschichte war noch nicht zu Ende.

Es war August, der fünfzehnte, ein heißer Tag mit kräftigem Südwind, der das Meer vor sich hertrieb und Gischtkronen auf die Wellen zauberte, die mit lautem Getöse an die Felsen und den Strand krachten. Esther stand vor David, sie lachte ihn an wie so oft und legte ihre Arme um ihn und küßte ihn, und er ließ seine Hände über ihren Rücken gleiten, und sie sagte, sie wolle sich abkühlen und eine kleine Runde im Meer schwimmen, und David sagte, sie solle aufpassen, die Wellen wären sehr hoch. Sie lachte nur und schüttelte den Kopf und sagte, sie sei doch Rettungsschwimmerin und es gäbe gar nicht so hohe Wellen, daß sie ihr gefährlich werden könnten. Sie trug ihren roten Badeanzug, den er so gerne an ihrem zauberhaften Körper sah, und sie hatte nicht einmal ein Handtuch dabei, und vom Haus aus sah David, die Hände in den Hosentaschen vergraben, ihr nach, die Spuren, die ihre Füße im Sand hinterließen, wie sie sich ins Wasser stürzte und hinausschwamm. Er sah ihren Kopf, das kräftige Rudern ihrer Arme, die sich durch die Wellen arbeiteten. Er sah die Surfer, die mit dem Wind und den Wellen kämpften.

Ihre Leiche wurde am späten Nachmittag an Land geschwemmt. Sie war beinahe unversehrt, nur ein roter unscheinbarer Fleck an ihrer Stirn. Ein Surfbrett hatte sie getroffen, sagte man, sie müsse sofort tot gewesen sein.
David saß den ganzen restlichen Tag tränenlos und stumm in sein Schicksal ergeben auf der Terrasse und blickte aufs Meer. Er hatte ein Jahr lang fast keinen Alkohol getrunken, jetzt trank er zwei Flaschen Wein und rauchte zwei Schachteln Zigaretten. Ihm wurde übel, er mußte sich zweimal übergeben. Er schlief eine Stunde, dann wachte er auf, schreiend – der Traum. Er trank wieder und rauchte. Und als die Dämmerung anbrach, versank er in einem Weinkrampf. Und als er am Morgen in den Spiegel sah, waren seine Haare grau geworden.
Er hatte geglaubt, alles gewonnen zu haben, doch er hatte wieder einmal verloren. Selbst diese Liebe war wie feiner Sand durch seine Finger geronnen, und jetzt hatte er nichts, außer Geld und einem Haus, doch er verfluchte seine Herkunft, er verfluchte sein Dasein, er raufte sich die Haare, und an manchen Tagen betrank er sich bis zur Besinnungslosig-

keit. Er schrieb sein Buch nie zu Ende. Denn es würde nie jemanden geben, der ein solches Ende für möglich hielt.

Wer nach Praia da Rocha geht, kann David manchmal sehen. Er sitzt, ein alter Mann von vierundvierzig Jahren, die Haare grau, das Gesicht eingefallen, in schlabbriger, alter Kleidung in einer kleinen Bar, in der sich meist nur Einheimische aufhalten, und er trinkt Absinth und Wein. Manchmal aber gesellt sich ein Deutscher an seinen Tisch, und der Deutsche spricht, während David nur zuhört.

David war ein Wurm. Ein kleiner, elender Wurm, geringer noch als der geringste Penner, wie Nicole prophezeit hatte. Und er würde nie etwas anderes sein. Doch irgendwann würde der Wurm aufhören zu kriechen. Und vielleicht würde eines Tages ein Raumschiff ihn abholen und ihn zu dem Ort im Universum bringen, zu dem Esther schon geflogen war.